元代文坛格局与走向研究

任红敏 著

天津古籍出版社
天津出版传媒集团

图书在版编目（CIP）数据

元代文坛格局与走向研究 / 任红敏著. — 天津：天津古籍出版社，2023.3
ISBN 978-7-5528-1287-9

Ⅰ.①元… Ⅱ.①任… Ⅲ.①中国文学—古典文学研究—元代 Ⅳ.①I206.47

中国版本图书馆CIP数据核字（2022）第208467号

元代文坛格局与走向研究
YUANDAI WENTAN GEJU YU ZOUXIANG YANJIU

任红敏 / 著

出　　版	天津古籍出版社
出 版 人	张　玮
地　　址	天津市和平区西康路35号康岳大厦
邮政编码	300051
邮购电话	（022）23517902

责任编辑	王海燕
封面设计	鞠佳美

印　　刷	北京虎彩文化传播有限公司
经　　销	全国新华书店发行
开　　本	710毫米×1000毫米　1/16
印　　张	28.5
字　　数	410千字
版次印次	2023年3月第1版　2023年3月第1次印刷
定　　价	180.00元

版权所有 侵权必究
图书如出现印装质量问题，请致电联系调换（022-23517902）

序

查洪德

红敏这部《元代文坛格局与走向研究》，是2012年国家哲学社会科学基金项目成果，又中选2021年度国家出版基金项目。一部著作，两个国家级项目，其价值，不需要再作具体评说。列入国家社科基金项目，说明选题很有价值；中选国家出版基金项目，说明成果水平很高。它的出版面世，无疑是对元代文学研究的重要贡献。

元代文学的一大特点，就是它的多元性。元代文坛的多元，超越历史上任何时期。在中国文学史上，元代第一次出现了色目作家队伍。色目作家，其族有"克烈、乃蛮、也里可温、回回、西蕃、天竺之属"（戴良《丁鹤年吟稿序》），他们以令人瞩目的创作成就，为元代文学增添了亮色，使得元代的文学更加多彩。中国文学史上，只有元代形成了一个俗文学作家队伍，这一队伍的出现，动摇了传统俗文学定义，使得俗文学与作家文学并列的逻辑无法成立。元代甚至出现了一些草根诗人，这些诗人的人生本身即具有传奇性，连同他们的创作，都带有神秘与怪异色彩。元代文坛的地域构成也是多元的，这不仅仅是传统意义上的南北差异，特异的是，元代的诗史要从今天乌兹别克斯坦的撒马尔罕写起，两位传奇诗人耶律楚材和丘处机，在这个当时被称作西域河中府的地方，留下了他们的唱和之作。一些诗人、文章家,其原籍在今中亚甚至更远处。戴良感叹,在《诗经》时代,"西北之诗,见之于《国风》者,仅自豳、秦而止",而元代有些著名诗人,"居西北之远国,其去豳、秦,盖不知其几万里,而其为诗,乃有中国古作者之遗风",此外,还有来自高丽、安南的诗人。(《丁鹤年吟稿序》)在元代大一统统治下,文化的缤纷多彩,文学的异彩纷呈,为历代所无,当时人就有应接不暇之感。大儒吴澄的一段话,显示了他面对这种多彩的惊奇与自豪:"自古一统之世,车必同轨,书必同文,行必同伦。今则器用各有宜,不必同轨也;文字各有制,不必同文也;国土各有俗,不必同伦也。车不同轨,书不同文,行不同伦,而一统之大,未有如今日。睢盱万状,有目者之所未尝睹;呷喁九译,有耳者之所未尝闻。"(《送萧九成北上序》)元人有这样的视野,见前人所未见,睢盱万状,尽入其眼;元人也有这样的心胸,远方他国,各族各类,来居中土,没有"非我族类"的拒绝与排斥,而是接纳万方,含括万有。

  关于文体的发展,章学诚有"后世文体,备于战国"之说:"盖至战国而文章之变尽,至战国而著述之事专,至战国而后世之文体备;故论文于战国,而升降盛衰之故可知也。"(《文史通义·诗教上》)他说的文体,跟今天文学史上讲的文体,不是同一概念。就中国古代文学各种体裁说,文体备于何时?文体备于元代。中国古代文学的各种文体,在元代已齐聚文坛。传统诗文词之高峰,元代之前都已过去,一些新兴文体,在宋元逐渐登台。曲是兴于元,盛于元。还有一些文体,兴起于宋元,在元以后踵事增华,繁盛于明清,创造了各自的辉煌。可以这样说,中国古代文体的大格局,形成于元代,此后虽有发展,但未能突破。

元代文学最为多元，同时又多元融合。华夷交融是最为显著的。元代多族共居，相互通婚，互为师友。各族士子，倾慕中原文化，从儒学到群艺，他们沉浸其中，共同参与一系列文化与文学活动，达到心灵的契合。在大元治下，蒙古、色目士人与汉族文人，有着共同的国家认同与文化认同。多族士人的交流互动，多元文化互鉴吸收，铸就了元代独特的文化精神。其次是南北的融合。在元之前，中国经历了一百多年的宋金对峙，长期的南北隔绝，声教不通，加之地理差异，南北文学追求与风格差异明显。元统一后，经过数十年交流，走出宋金季世诗文之弊，形成了体现大元气象的时代文风。再次有雅俗融会。俗文学在经典的涵育中提升，通俗中含高雅，元曲之所以成为经典，正是雅俗融会的成果；雅文学则在元代俗化的社会空气中趋向通俗。"杨虞诗律皆追古，一统皇元气象殊。"（叶绍本《仿遗山论诗得绝句廿四首》其十八）多元融合，包容大气，成就了元代文学的特殊气象。

以上是元代文学最突出的三大交融。此外有文理融会、三教合流、诗书画"同体"等。文章家与理学家，由南宋的对立走向融合。南宋诗人、文章家批评理学害艺，以为"理学兴而文艺绝"（袁桷《戴先生墓志铭》），在理学影响下，诗歌不过"经义策论之有韵者尔"（刘克庄《竹溪诗序》），文章则"错冗猥俚，散焉不能以成章"（袁桷《乐侍郎诗集序》）。理学家抨击文章家"离道而为文"，文字华美而人品低下，"所谓文者，特饰奸之具尔"（真德秀《跋欧阳四门集》）。元人则打破壁垒，相互吸收，兼综文理，"道从伊洛传心学，文擅韩欧振古风"（王恽《追挽归潜刘先生》），或成为文采斐然的理学家，或深于理学的文章家。三教合流，宋代已成趋势，元代承宋之后进一步深化。战乱使大批文人躲进寺院道观，深刻改变了释子道徒群体的构成，大大提升了其文化水准，加深了释道与士人的联系，于是文人禅道化、释道文人化，达到更高程度。诗僧成为元代诗人队伍中独特的一支，僧人也成为文学活动中的重要角色，如释来复，先后住持慈溪定水寺、鄞县天宁寺、杭州灵隐寺等，他交游广泛，与著名诗人虞集、张翥、欧阳玄、黄溍、贡师泰、李好文等多有唱和，并将这些唱和之作编成《澹游集》。道士诗人较之诗僧也不逊色，道士与士人的关系，比之僧人更为密切，在一定范围内，道士可能是一个士人圈的实际核心。道士与士人的交往中，自然少不了诗歌唱酬。至今留有诗作的元代道士，有一百多位，全真道士、正一道士中都有一定数量的诗人。特别值得关注的，还有元代诗书画精神的高度契合。在唐代，能兼擅诗书画的人极少。有位郑虔，能书善画有诗才，"自写其诗并画以献，帝（玄宗）大署其尾曰'郑虔三绝'，迁著作郎"（《新唐书·郑虔传》）。于是"郑虔三绝"的佳话便广泛且久远流传。若在元代，他绝对不会有这样的恩荣，因为元代可称"三绝"的人太多了。由于兼通兼擅，画富诗情，诗融画意，影响了诗风与画风。题画诗、论画诗在元代也都发达。在元代，融会是一种趋势，文体的相互吸收融会也非常普遍，不再一一枚数。

　　文化多元，思想自由，视野开阔，元代文人个体意识与主体精神的增强，深刻地影响着文学的走势。诗学领域，有人提倡"诗而我"，有人提倡"以诗为日用"，于是诗歌创作出现了自我化、生活化趋势。在抒情言志外，诗歌还被看作实用文体，这对诗歌的影响极其深刻，因而诗歌纪实性、叙事性色彩得到强化。元代诗学也由精英走向世俗，诗学著作主要不是记录士大夫的推敲与雅谈，而以教习普通人作诗为主要目的和内容，诗格取代诗话，成为诗学著述的主要体式。文章中出现了新型人物（如色目人、商人、伶人、匠人等），记载了以往未曾有过的事物（域外见闻、极地景观等），记录了前人未曾感受过的心理体验，随之形式与风格情趣也有新变，出现小品化趋势与传奇性色彩。笔记、行记之文，与诗歌进一步结合，有不少诗化短文。元人坦诚的性格；人与人交往中的坦白直率、有话直说，无须含蓄其辞、隐晦其意；礼法的宽松；社会等级意识的松动：这一切都反映在文学作品中，带来其内容与风格的变化。元代文学这些新的趋势和走向，体现在各个方面，有待我们认真考察和认识。

通过以上扫描式的介绍，读者应该可以感到，对于一个有志于学术的人来说，这样的课题，无疑具有极大魅力。本书作者任红敏多年沉浸其中，爬梳文献，博观综理，精研深思，多有创获，将她的心得，撰成此书。全书十章，分为文坛格局和文体格局与走向两大部分，从元代特定历史时期的社会体制、文化思潮、民俗世风、娱乐休闲等对文学的影响和渗透，综合考察各种社会与文学现象，加以提炼和阐释。诸如元代的社会义化环境，元代用人导向与元代义人的大分化，作家队伍的雅俗分流，多族作家的交游与契合，盛世文风的形成与表现，理学的主导地位与文风导向，科举与元代文人生存状态，文人雅集与文学创作，隐逸闲适心态与诗文走向，信仰多元与文学自由，戏曲与词曲盛衰等，都是本书考察的对象和思考的问题。

这无疑是一个难度很大的选题。对一代文学格局与走向的把握，比写一代文学史难度更大。写一代文学史，要尽可能全面占有材料，客观呈现一代文学的创作及其价值，当然不易。本课题则要从各个方面去透视、剖析其板块构成，以及怎样构成、相互之间如何有机联系，并进一步解析它们如何影响着一代文学的走向。文学史是要尽可能客观地说明其然，而本课题还要深入进去，看看一代文学有哪些因素在相互作用，寻找文学走势的所以然。从本书看，这些目的达到了。通过细读作品，精研文献，拓展思路，将宏观审视与微观分析相结合，尽力客观地描述和说明元代文学史、文化史的相关问题，针对元代文坛格局与走向深入探究，求真、求新、求细。所下的功夫，比写一部元代文学史要多；奉献给读者的，比一部元代文学史也要多。不下深细功夫，没有大量投入，不会有此收获。这部书，是元代文学研究的重要成果。它的出版，是元代文学研究的新收获，也是对元代文学研究的积极推进。

对于作者红敏来说，学术之路还长。我所期待的，是在已有方向上凝神贯注，倾力开拓，精心锤炼，推出新的成果，做出新的学术贡献。我相信，她定能如此。

2022 年岁尾

目 录

绪论　元代社会与学术环境 / 1
　　一、元代特殊的政治文化环境 / 3
　　二、元代政治文化的开放性与包容性 / 5
　　三、元代宽容开放的宗教政策与多元化的宗教信仰 / 12
　　四、元代城市的繁荣与俗文化的发达 / 19
　　五、元代多民族多元文化的交汇融合 / 23

第一章　元代文人的大分化 / 33
　第一节　作家队伍的雅俗分流及雅文学作家群体 / 34
　第二节　元代俗文学作家队伍及俗文学创作 / 46

第二章　多元文化交融下的元代文人及文学 / 59
　第一节　民族融合大背景下的多族士人 / 61
　　一、多族文人群体的涵化 / 63
　　二、元廷倡导下的多族文人互动 / 68
　　三、多元一体的文化与民族格局 / 71
　第二节　"西北子弟"与元代文坛格局 / 83
　　一、"西北子弟"的汉文化认同 / 85
　　二、"西北子弟"的诗文创作 / 97
　第三节　多元文化与元代文学创作 / 116
　　一、多元文化影响下的元代俗文学 / 116
　　二、元代雅文学中的多元文化精神 / 122

第三章　六合一统与南北文风的交汇融合 / 131
第一节　政权对峙与文风隔绝 / 133
一、南宋后期：琴棋诗酒的淡泊 / 133
二、金末元初：北方幕府文人与北方文坛 / 146
第二节　南北一统与文风交融 / 161

第四章　海宇混一下的盛世文风 / 175
第一节　元代文人的盛世之感 / 177
第二节　翰林与奎章文士推动的盛世文风 / 181

第五章　元代科举与诗文发展 / 189
第一节　科举兴废与文人心态变迁 / 193
第二节　南人入仕与元代诗文 / 205
第三节　科举复行与盛世文风 / 216

第六章　元代理学承传与诗文创作 / 235
第一节　元代理学的承传 / 241
第二节　元代理学与诗文发展 / 247

第七章　元代文学流派及其发展 / 257
第一节　中州文派 / 258
第二节　北方文派 / 268
第三节　江西文派 / 271
第四节　金华文派 / 273
第五节　新安文派 / 278
第六节　高丽文派 / 279

第八章　三教交融与元代文人及文学 / 285
第一节　元代文人之禅道化 / 286
第二节　元代释道徒之文人化 / 293
第三节　三教交融对元代文学创作的影响 / 306

第九章　元词成就之重新审视 / 317
第一节　元词发展及其走向 / 318
第二节　元代少数民族词人的创作 / 334
一、以山水、田园、隐逸展示士大夫文人情怀 / 335

二、深入骨髓的英雄心态与英雄情结 / 339
  第三节 南北词风之交融 / 346

第十章 元代俗文学的发展及演变 / 353
  第一节 城市文化与元代戏曲的发展 / 355
    一、元代文艺政策与戏曲的发展 / 359
    二、青楼女子与元代戏曲 / 362
    三、书会才人、文人与元代戏曲 / 369
  第二节 宗教的世俗化与元代戏曲的发展 / 376
  第三节 元曲雅俗共赏的文化阐释 / 388
  第四节 市井及娱乐需求与元代小说发展 / 404

结 语 / 413

参考文献 / 425

绪论　元代社会与学术环境

元朝是中国历史上一个特殊的时期。13世纪初，散居于漠北草原的游牧民族蒙古族中的一支孛儿只斤部，他们杰出的领袖铁木真逐渐统一了漠北蒙古各部落，于1206年建立蒙古汗国，被尊称为成吉思汗。成吉思汗北侵南伐，东征西讨。1215年，攻占女真族建立的金国都城中都，同时占领了原金国统治的中原河北、山西和山东部分地区，金室被迫南迁。1227年，灭西夏，同年成吉思汗逝世，其第三子窝阔台继任为大汗。窝阔台汗继续成吉思汗的军事扩张事业，于1234年灭金统一北方。1260年，元朝的奠基者忽必烈在开平城继承汗位，并仿汉法建元中统，开始派兵进攻南宋。至元八年（1271），改国号为"大元"。至元十三年（1276），攻取南宋都城临安。1279年，南宋彻底沦亡，忽必烈结束了宋、金政权的分裂，完成了统一，建立了中国历史上版图最大的全国性统一政权。元顺帝至正二十八年（1368），明军攻陷大都，明太祖朱元璋建立大明帝国，元顺帝退往漠北。元自统一中国到被明朝取代，享祚仅仅八十九年，历时较短。元世祖之后，共经成宗、武宗、仁宗、英宗、泰定帝、天顺帝、明宗、文宗、宁宗和顺宗十位君主。

元代也是中国文学史上一个特殊的时期。元代文学史的时间跨度，如果按照明人编纂《元史》从成吉思汗1206年建蒙古到1368年元为朱元璋农民起义所推翻，为一百六十三年[1]；从窝阔台汗六年（1234）灭金拥有中原地区到元顺帝退往漠北，为一百三十四年；从元世祖忽必烈1271年改

---

[1] 1206年，成吉思汗统一蒙古诸部族，历经窝阔台、贵由和蒙哥汗，直到1260年忽必烈称帝，其间蒙古帝国横跨欧亚，幅员广大。此时中国并非蒙古大帝国的中心，台湾学者姚从吾教授等称这一段时期为"四大汗时期"，或者"元朝前史时期"。

国号为"大元"到元顺帝退出大都到漠北，为九十七年。这一百多年的文学现象和文学活动，便是元代文学的内容。元代是我国历史上第一个由少数民族掌握大一统国家政权的王朝，颠覆了以往由汉族执掌国家政权的政治格局，是我国历史上颇具特色的时期。在几千年的中国文学史上，元代文学处于一个特殊时期。元代以后的明清时期，中国文学最后定型之大格局形成，元代是这一大格局形成的关键期，也是中国文学史上的转折与创新时期。在中国文学史上，元代文学不仅是特殊的，是独立的、完整的，也是复杂的。因元代国祚短暂，以往的文学史往往将之附着在宋之后或明之前，把元与宋或者明联称，忽视元代文学的独立意义和特殊地位。本书借理清元代文学的格局与走向问题，希求引起学术界对元代文学的足够重视。

　　元朝版图空前广大，横跨欧亚大陆。《元史·地理志》记载："自封建变为郡县，有天下者，汉、隋、唐、宋为盛，然幅员之广，咸不逮元。汉梗于北狄，隋不能服东夷，唐患在西戎，宋患常在西北。若元，则起朔漠，并西域，平西夏，灭女真，臣高丽，定南诏，遂下江南，而天下为一。故其地北逾阴山，西极流沙，东尽辽左，南越海表。盖汉东西九千三百二里，南北一万三千三百六十八里，唐东西九千五百一十一里，南北一万六千九百一十八里，元东南所至不下汉、唐，而西北则过之，有难以里数限者矣。"[①] 元代民族众多，宗教众多，文化多元，不同的民族、宗教、文化、语言相互影响交流，在潜移默化之间影响了元代的经济、政治和文化生活。统治者的草原游牧文化本位思想与传统的中原农耕文化的差异，南北地域文化的差异，多种宗教文化的差异，均对元代的文化产生了很大影响，使得元代社会文化有很多不同于前代的地方。不过，由于民族观念的遮蔽以及"华夷之辨"观念的影响，人们对于元朝这中国历史上第一个由少数民族建立的大一统政权，有着这样那样的主观误读。拨开误读，我们来审视元代丰富多彩、错综复杂的社会文化现象：

---

① 《元史·地理志》，中华书局1976年版，第1345页。以下所引《元史》均为此版本，不另注。

一、元代特殊的政治文化环境

元代特殊的政治文化环境体现在民族关系、选官制度及具体的政策设置等多个方面，具体说来包括：

其一，元代是蒙古族统治者通过武力战争的征服而建立起来的多民族国家，蒙古族虽然是统治者，但人口规模和汉族相差甚远，经济和文化上更是远远落后于中原。为巩固其统治，也为了保障蒙古贵族的特权，元代采取民族压迫之国策。元代把全国人口划分为待遇明显不同的四个等级：第一等是蒙古人；第二等是较早被蒙古汗国征服的西域色目人；第三等是汉人，包括原金朝统治区的汉族、契丹族和女真族，以及高丽人；第四等是南人，即原南宋统治区的人。当然，为防范其他民族的反抗，不仅要保持本民族在武力方面的优势，还要在政治、经济、教育、科举等方面都给予本民族一定的特权和优待。按照元政府的规定，蒙古和色目人是享受种种特权的阶层，"其长则蒙古人为之，而汉人、南人贰焉"[①]，中央和地方的高级行政和军事长官都由蒙古或色目贵族担任，汉人、南人只能充任副职和低级官吏。官员选拔以出身论高低，而不是按照其能力功绩。这种统治民族刻意制定的族群差别等级制度不仅导致了民族不平等、各族权利分配不均、民族仇视等，也导致了统治民族整体腐化。

其二，依然是出于统治者的草原游牧文化本位思想，元朝统治者在用人制度上保持游牧民族的统治特色。为保障蒙古、色目贵族专权，整个元朝时期即使在实行科举制期间，也一直保持与族群差别等级制度相一致的根脚制和承荫制。元朝简任官员看重门第出身，即所谓"根脚"，如木华黎、博尔忽、博尔术、赤老温四大家族作为开国功臣一直拥有特权，为"大根脚人"，不仅享受分邑、分户、岁赐，而且其子孙后代可直接出任朝官和行省官，把持朝政和地方大权，占据着省、院、台要职。在整个元代，蒙古、色目族世勋贵族子弟（也有少数汉人功臣子弟）通过在宫廷担任宿卫而后出任官员的怯薛制一直延续。怯薛职务是世代相袭的，主要是嫡长子继承，"诸用荫者，以嫡长子。若有废疾，立嫡长子之子孙，曾玄

[①] 《元史·百官志》，第2120页。

同。如无，立其同母弟。如无，立继室所生或次室。如无，立婢子。无子，旁荫亲兄弟，各及子弟。如无，旁荫伯叔及其子孙。诸用荫，生孙降子一等，曾孙降孙，婢生子及旁荫皆降合叙品一等"①。在元朝，怯薛的编制通常为一万人，贵族子弟在担任宫廷近侍之职一定时期之后可以出任官员，并且升职很快，多成为朝廷重臣、封疆大吏。

其三，蒙古起自漠北，官制至简，入主中原之后，虽仿汉法建立国家体制，但在用人上依然沿袭其本民族观念。元代的选官方式，一是根脚制，高官厚禄几乎为少数具"老奴婢根脚"的勋臣世家所垄断，皇帝身边的怯薛武士——蒙古、色目勋臣之家的子弟，经由宿卫可以直接获授高官，并可不按寻常程序得到提升；二是儒士以岁贡的方式出任吏职②；三是通过令吏、司吏、通事、奏差等吏员逐渐升迁为官。即使是开科举的仁宗朝，以科举出身者也仅占官员总额的百分之四，所占比例少之又少。元代很多官员是通过吏职逐渐获得官位的，如苏天爵《大名路总官王公神道碑铭》中所说："我国家之用人也，内而卿士大夫，外则州牧藩宣，大抵多由吏进，可不重其选欤？"③元政府中很多事务性工作是由吏来完成的，但吏员大多素质低下，"刀笔以簿书期会为务，不知政体"，甚至"不识字，不能书算"④，故出身于吏员的职官难以被重用。再者，元朝有明确规定，"吏员出身者，秩止四品"⑤，吏员必须做相当长时间的见习吏职与正式吏职之后才能够出职为官。

如此一来，虽然有小部分汉人精英能进入统治阶层，但大部分汉族文士被抛出权力之外，在政治上已经边缘化了。然而，汉族士人又往往代表着先进的文化。元朝统治者起自漠北而崇尚武力，文化积淀素来较弱，根

---

① 柯绍忞：《新元史》，吉林人民出版社1995年版，第1501页。
② 如至元十九年（1282）诏诸路岁贡人吏，补充内外职官；至元二十八年（1291）诏南方儒人，若有隐遗、德行、文章、正事可取者，其依内郡体例，各路岁贡一人，朝廷量才录用。
③ （宋）苏天爵著，陈高华、孟繁清点校：《滋溪文稿》卷一七，中华书局1997年版，第276页。
④ （明）胡翰：《送徐文昭序》，《胡仲子集》卷四，钱伯城等主编：《全明文》第2册，上海古籍出版社1994年版，第761页。
⑤ 《元史·泰定帝本纪》，第642页。

本无力在文化领域驾驭广大的汉族文人,造成元代社会文化出现这样一个局面:"蒙古人有关民族歧视的规定的一个主要后果(虽然不是有意的),是造成了汉人精英的赋闲或无所事事这样一种大环境,但却没有破坏这个集团的群体意识和内聚力。"① 因而,形成了元代文化和文学不同于其他朝代的特点。

二、元代政治文化的开放性与包容性

元代文人生活在一个非汉族统治的政权之下,正因为社会政治的特殊性,谢枋得《送方伯载归三山序》中"七匠八娼九儒十丐"的说法广为人知,在很多文史著作中被人引用:"滑稽之雄,以儒为戏者曰:'我大元制典,人有十等:一官二吏,先之者,贵之也,贵之者,谓有益于国也。七匠八娼,九儒十丐,后之者,贱之也,贱之者,谓无益于国也。'嗟乎,卑哉!介乎娼之下、丐之上者,今之儒也。"② 虽然清魏源在《元史新编·选举志》中斥之为无稽之谈,但很多文史著作依然引之为贬低元代文化的例子。其实,谢文本意是"批判宋代科举制度造就了科举程文无用之士,他们只会作场屋无用之文,造成了文化厄运,……谢枋得深恶痛绝的科举无用之士和场屋无用之文,都是宋代的事"③。

蔡镇楚先生在其《中国诗话史》中也有过这样一个论断:"元代是中国文化史上学术思想沦入最沉闷最黑暗的时期。统治者尚武轻文,文化落后,知识贫乏,整个民族的文化素质越来越低劣。"④ 很多论述对元代文化是带有偏见的,没有做出客观评价。"以往的元代文学研究中,这种断章取义、主观解读甚至有意曲解是很多的。要客观认识元代,必须清除这些偏见。"⑤ 当然这"偏见"中不排除一些固有的成见和民族观念的因素。早在20世纪20年代,陈垣先生在《元西域人华化考》中已经对元代文学文

---

① 〔德〕傅海波、〔英〕崔瑞德编,史卫民等译:《剑桥中国辽西夏金元史(907—1368年)》,中国社会科学出版社1998年版,第724页。
② (元)谢枋得:《送方伯载归三山序》,《叠山集》卷六,《景印文渊阁四库全书》本。郑思肖《心史》下亦有此说。
③ 查洪德:《元代诗学通论》,北京大学出版社2014年版,第2页。
④ 蔡镇楚:《中国诗话史》,湖南文艺出版社1988年版,第132页。
⑤ 查洪德:《元代诗学通论》,北京大学出版社2014年版,第2页。

化做出了非常明确的肯定,并且分析了以往未能客观评价元代文化和文学的原因,在于元代享国时日不足百年,明人出于种族之见有意贬低:元代虽然"儒学文学,均盛极一时","而论世者每轻之,则以元享国不及百年,明人蔽于战胜之余威,辄视如无物,加以种族之见,横亘胸中,有时杂以嘲戏"。[①]元代是我国第一个由少数民族建立的大一统政权,统治者又极力推行民族不平等政策,但大多汉族儒士文人虽然失去了治国的权利,却并未失去文化和文学领域的话语权。因为元代特殊而宽松的社会政治环境,统治阶层并不严格控制思想领域,如果不是直接造势反抗或者吐辞咒骂统治者就不予禁止,不干涉言论自由,在政策上是比较宽松放任的。在这种具有开放性和包容性的政治文化环境中,文人更能展现其群体意识,在文化领域享有绝对性的掌控力。

蒙古族是一个勇武剽悍、纵横驰骋于大草原上的游牧民族,尚武轻文,对汉族礼教文化不重视,更疏于理会对文人精神和理念的控制,几乎没有文禁,例如在禁书上控制措施不严,终其一朝没有文字狱。明代祝廷心在《药房居士集序》中说:"元氏全有中国者九十三年,不以政柄属文人,而亦不以法度诛之,故士之仕者,苟循理自守,则可以致名位而无患祸。"[②]元朝民族众多、文化多元,统治者在思想文化控制上开明大度。元世祖忽必烈曾命平章政事哈伯等谕中书省、枢密院、御史台:"凡小大政事,顺民之心所欲者行之,所不欲者罢之。"[③]在这种政策下,整个元代形成一种比较宽松自由的思想氛围,出现了相对随意的文学创作条件。清代李慈铭如此评论元代的社会文化环境:

> 元代屡罢科举,又有汉人、南人之分(金地为汉人,宋地为南人),汉人至中书平章,而不得为丞相,南人无入中书省、枢密院、御史台者。顾尊崇前代圣贤,及宋儒周、邵而下,皆加封赠。文学之士,亦多加优礼。其待当世之儒,若许、吴两文正,征聘之虔,有过

[①] 陈垣:《元西域人华化考》,《励耘书屋丛刻》,北京师范大学出版社1982年版,第259页。
[②] (明)祝廷心:《药房居士集序》,《皇明文衡》卷四〇,《四部丛刊》本。
[③] 《元史·世宗本纪》,第202页。

于汉世之待樊英,所谓筑坛设席,犹待神明者。故其一朝,文章风气,最为陵弱,而稍知翰墨者,无不立致重名。上者回翔台阁,王公俱敬礼引重,无敢猜害;次亦为行省行台州郡所邀致;贵家富人,倾筐倒庋,得其一吟一句以为荣。终元世百年,内难屡作。大臣往往致死,而文臣无敢加陷害者。其一朝独无文字之狱,非后世所可及也。①

元代跟它的前朝宋代与后朝明清两代相比,"既没有像宋朝'乌台诗案'那样迫害诗人,也没有宋朝那样众多的忌讳,更没有像明清两朝那样捕风捉影,大兴文字狱、杀戮诗文作者"②。元代可以说是在意识形态方面比较淡化的朝代,文坛相对宽松且思想活跃。中国历来传统是尊重士人,讲究士可杀而不可辱,自古有"刑不上大夫"的规定。士大夫有独立的人格,统治者为表示对他们的尊重,可以让士大夫与他们"坐而论道"。宋代对读书人的尊重到了极致,充分尊重读书人的言论自由。但是,宋朝统治者对思想文化依然是高度戒备。有些文人穿凿诗文,在文字细枝末节上做文章,甚至捏造莫须有的罪名迫害别人,如南宋末年的"江湖诗祸",致使士子两年不敢作诗。不仅如此,宋代的书禁也很严酷,这些均给文人的精神自由造成了一定影响,损害了一定时期的学术风气。

自秦代焚书坑儒,至明清统治者大兴文字狱,文字狱可谓源远流长。最为严酷的应该是明洪武朝,清代雍正朝和乾隆朝。

朱元璋不仅屡兴文祸,把文字狱演绎到了超越往古的境界,而且打破"刑不上大夫"的传统,在殿堂之上,用廷杖拷掠臣子,被施以廷杖的大臣不可胜数。廷杖之下,文人士大夫不仅肉体受到创伤,而且精神上受到的羞辱摧残更为严重。元末明初"北郭四子"之一的著名诗人高启,素来喜欢自由自在无拘无束的生活,修过《元史》之后,恳请退归乡里继续过隐居自适的生活。不愿为大明效力输忠的文人怎能为明太祖朱元璋所容忍?高启的结局是因一篇《上梁文》及一首《宫女图》诗惨遭腰斩,冤死于文字狱。《明史·高启传》说:"启尝赋诗,有所讽刺,帝嗛之未发也。

---

① (清)李慈铭著,由云龙辑:《越缦堂读书记》,商务印书馆1959年版,第348页。
② 周湘瑞、韦庆缘:《从元诗例证看元代宽容现象》,《社会科学研究》1994年第6期。

及归，居青丘，授书自给。知府魏观为移其家郡中，旦夕延见，甚欢。（魏）观以改修府治，获谴。帝见启所作上梁文，因发怒，腰斩于市，年仅三十有九。"①在元代已经自由无拘惯了的"北郭四子"在明初均没有一个好的结局，张羽投水自尽，杨基劳役致死，徐贲冤死狱中。洪武时期文网深重，冤案重重，很多官吏本意是要对皇帝歌功颂德，但是莫名地触犯了皇帝的某些忌讳，乃至被抄家灭门。清代尽人皆知的文史学家赵翼所著《廿二史札记》中"明初文字之祸"条所举的例子，如今看来可笑之至：

> 当时以嫌疑见法者，浙江府学教授林元亮为海门卫作《谢增俸表》，以表内"作则垂宪"诛。北平府学训导赵伯宁为都司作《万寿表》，以"垂子孙而作则"诛。福州府学训导林伯璟为按察使撰《贺冬表》，以"仪则天下"诛。桂林府学训导蒋质为布按作《正旦贺表》，以"建中作则"诛。常州府学训导蒋镇为本府作《正旦贺表》，以"睿性生知"诛。澧州学正孟清为本府作《贺冬表》，以"圣德作则"诛。陈州学训导周冕为本州作《万寿表》，以"寿域千秋"诛。怀庆府学训导吕睿为本府作《谢赐马表》，以"遥瞻帝扉"诛。祥符县学教谕贾翥为本县作《正旦贺表》，以"取法象魏"诛。台州训导林云为本府作《谢东宫赐宴笺》，以"式君父以班爵禄"诛。尉氏县教谕许元为本府作《万寿贺表》，以"体乾法坤，藻饰太平"诛。德安府学训导吴宪为本府作《贺立太孙表》，以"永绍亿年，天下有道，望拜青门"诛。盖以"则"音嫌于"贼"也，"生知"嫌于"僧"也，"帝扉"嫌于"帝非"也，"法坤"嫌于"发髡"也，"有道"嫌于"有盗"也，"藻饰太平"嫌于"早失太平"也。②

不仅明代开国之君朱元璋如此，其后继者也大多承袭了他的做法。明成祖朱棣杀害方孝孺，将其满门抄斩，灭其十族，被处死的共有八百余

---

① 《明史·高启传》，中华书局1974年版，第7328页。下所引《明史》皆为此版本，不另注。
② （清）赵翼：《廿二史札记》，世界书局1936年版，第466页。

人。明李贽遂有"一杀孝孺，则后来读书者遂无种也。无种则忠义人才岂复更生乎？"①的感叹。一桩桩文字狱大肆迫害、杀戮文人所造成的后果是有明一代文人常有恐怖心理。在如此政治高压之下，文网密布，人人自危，"恐怖政治所要求的固守理想与保全生命之间选择的巨大重压，使得明代士人不能不表现出集体性的'道德失节'"②。虽有"万般皆下品，惟有读书高"的说辞，但生活在可能因为读书及书写的文字而带来祸端的恐怖之中，就形成了晚明钟惺在《邸报》诗中所写的明代文人的特殊心态："片字犯鳞甲，万里御魑魅。目前祸堪怵，身后名难计。"③

清代的文字狱更是登峰造极、空前绝后。康熙朝有文字狱二十多起，"《南山集》案""《明史》案"所牵连之人是史无前例的，雍正朝也有二十多起，乾隆朝多达一百三十多起。如此严密的文网，如此野蛮的摧残以及血腥的杀戮，使很多人因文字而遭受迫害，"其弊至于不敢论古，不敢论人，不敢论前人之气节，不敢涉前朝亡国时之正义。此止养成莫谈国事之风气，不知廉耻之士夫，为亡国种其远因者也"④，令天下人人自危，缄口不语。明代和清代统治者为强化皇权，维护其专制统治，对士大夫文人所实施的严酷高压禁锢了人们的思想，戕害了意识形态领域的生机。如果说明代文人是被磨去了精神上的棱角的话，那么清代的知识分子则是多数不敢过问世事，因而他们多埋头于故纸堆研究考证，乾嘉考据之学遂兴盛。

尽管元代也有"诸妄撰词曲，诬人以犯上恶言者，处死"⑤的法律规定，但元代法律疏松，因而，"元代文人思想上的解放，实属空前。仅从反封建、反民族压迫角度分析，诸如咒天骂地、直接讥讽嘲笑皇帝，直接揭露蒙古王室为争夺帝位而骨肉相残的丑恶，深刻暴露蒙古军队清野空村的罪行，猛烈抨击封建王朝的兴亡更替给人民带来的苦难等离经叛道的思

---

① （明）李贽：《文学博士方公》，《续藏书》卷五，中华书局1959年版，第87页。
② 张树旺：《论方孝孺之死对明代士风的影响》，《广东社会科学》2006年第1期。
③ （明）钟惺：《隐秀轩集》卷二，上海古籍出版社1992年版，第6~7页。
④ 孟森：《清史讲义》，中华书局2006年版，第306页。
⑤ 《元史·刑法志》，第2651页。

想意识，在元代文学作品中，都表现突出"①。我们在元代诗文词曲杂剧中随处翻检，可以找到许多抨击当朝、针砭时弊、讥讽胡人、怀念宋朝等有强烈反元思想的作品，但没有一例因文字惹来祸端，招致杀身之祸的。

如元诗人王逢《读谢太皇诏稿》："半壁星河两鬓丝，月华长照素帘垂。衣冠在野收亡命，烽火连营倒义旗。天地昼昏忧社稷，江淮春涨泣孤嫠。十行哀诏无多字，落叶虚窗万古思。"②此诗旨在以怀宋唤起人们的民族意识，反元情绪非常强烈。元末诗人李孝光《谢转运判官张公口号》："新分金节来天上，即见褰帷下日边。汗竹勋名优大节，盐梅议论见名贤。小臣终畏王纮在，使者无逾子骏先。亦有疲民要苏息，愿将仁气洗腥膻。"③尾联最后一句要清洗冲刷"腥膻"之气，明显是贬损胡人。蒙古族也是胡人，这绝对够得上是反诗。但是，王逢和李孝光并未因此招致祸端。赵孟頫写有《岳鄂王墓》一诗："鄂王墓上草离离，秋日荒凉石兽危。南渡君臣轻社稷，中原父老望旌旗。英雄已死嗟何及，天下中分遂不支。莫向西湖歌此曲，水光山色不胜悲。"④诗中直接描述中原陷落、国事衰颓的凄凉之景，对宋王朝灭亡表现出无限哀思。赵孟頫是宋太祖赵匡胤四子秦王赵德芳后嗣，仕元后任翰林侍读学士、翰林学士承旨，这样的一个特别身份，写这样一首诗，在明清任何一朝都免不了杀头的祸端。

我们知道，元代文人的社会地位是远远不能和宋代文人相比的。宋代文士从宋太祖制定重文轻武、以文制武的政治制度之始，便在政治地位和社会地位上获得了极大优势。当然，元代文人和金代文士相比，也不大相同。金是女真族建立的政权，作为统治阶层的女真贵族开始也重用武臣，防范非女真族人，但金代大力推行汉法，以文治国而不以武，继续沿袭中原王朝科举取士的传统。《金史·文艺传序》："金用武得国，无以异于辽，

---

① 周湘瑞、韦庆缘：《从元诗例证看元代宽容现象》，《社会科学研究》1994年第6期。
② （清）顾嗣立编：《元诗选》初集，中华书局1987年版，第2198~2199页。
③ （元）李孝光撰，陈增杰校注：《李孝光集校注》，上海社会科学院出版社2005年版，第333页。
④ 张景星等编选：《元诗别裁集》，上海古籍出版社1979年版，第97页。

而一代制作能自树立唐宋之间,有非辽世所及,以文而不以武也。"① 如金世宗和金章宗朝对科举考试尤为重视,这在一定程度上维持了读书人的社会政治热情,保障了他们的社会地位,有助于社会文化与文明的提高。"维金朝大定以还,文治既洽,教育亦致,名士之旧与乡里之彦,率由科举之选。父兄之渊源,师友之讲习,义理益明,利禄益轻。一变五代辽季衰陋之俗。迄贞祐南渡,名卿材大夫布满台阁。"② 不过,金朝文士已经没有了宋代文人那种强烈的社会责任感和参政的高度热忱。

相较之下,无论是由宋入元还是由金入元,文人的社会地位都处于低落期。元初科举考试不兴,文人进身仕途的途径被堵塞了,但元代宽松的文化政策保证了文人士大夫可以无拘束地抒发自己的性情。故而,一方面是元代文人的社会地位的跌落,另外一方面是文士以文为生的态度的确立。

在元代宽松的社会环境下,国家政权既然已经不给文人儒士参与政事的机会,文士也就可以不必关心政治,自然就卸下了关心政治的义务,可以随意而行。换言之,元代思想领域的自由,带来的恰恰不是文化的沉寂,而是文化的繁荣。正如查洪德先生所言:"今天我们来看元代文人的这种生活和创作,恰恰从中看到了很珍贵的东西,看到了过去数千年中国文人精神中所缺少的东西,看到元代文人可贵的独立的人生价值追求——不依附于政治的独立人生价值意识。他们不以'治国平天下'为实现人生价值唯一的途径,甚至也不以道显于后世为人生价值的实现,而认为有文有才即有价值。他们以才学抗衡富贵,追求文人独立的生活方式——不同于世俗、不同于官场的生活方式。"③ 当元代文人重新发掘了自身所拥有的价值之后,在宽松而自由的社会环境下自然会把文化和文学作为他们最佳的生存和生活方式。

---

① 《金史·文艺传序》,中华书局1975年版,第2713页。
② (金)元好问:《内相文献公神道碑铭》,王新英辑校:《全金石刻文辑校》,吉林文史出版社2012年版,第652页。
③ 查洪德:《元代诗学通论》,北京大学出版社2014年版,第23页。

三、元代宽容开放的宗教政策与多元化的宗教信仰

元代虽享国不足百年,却是中国历史上宗教文化发展的重要时期,这自然和元王朝疆域辽阔、军事强大、多民族融合、政权统一的大一统王朝背景有很大联系。"在中国文化史上元代宗教是颇有特色的,其最大特色便是多元性和开放性,这与蒙古统治的辽阔版图及其迫切需要的文明滋养是分不开的。蒙古诸部原本信奉原始的萨满教,但其在权力扩张的过程中很快学会了接容与纳取。在其兼容并蓄的宗教政策下,佛教、道教、伊斯兰教、基督教等都在中国得到广泛的传播和发展。这种多元与开放有时令人想到唐代,但与唐代不同的是其铁骑与商业的色彩更浓。这是由很大的历史跨越造成的,当蒙古由蒙昧的部落逐渐形成强大的帝国时,其原始的血性与发达的文化结合势必构成一道奇观,而宗教便在其中成为一个独具魅力的角色。"①蒙古统治者对宗教虽然有虔敬之情,但更多是出于功利的考虑。为了大元帝国统治稳定的政治需要,元代统治者所奉行的是比较宽容开放的宗教政策,允许宗教信仰自由,平等而广泛地接受外来和新兴宗教。元代呈现出多元宗教文化共存的现象:不仅有中原传统的汉地佛教、道教,还有在元代特别受尊崇的藏传佛教,以及伊斯兰教、基督教、犹太教、摩尼教、袄教、头陀教等各种宗教。元代外来宗教比较多,针对各宗教的特点形成了相应的宗教管理体制和机构,如以宣政院管理全国佛教事务和西藏地区军政事务等,通过集贤院任命道教各教派宗师"真人"或"大真人"以确定其权威性的宗教地位来管理监督道教事务,以崇福司管理监督基督教,以回回掌教哈的司负责伊斯兰教事务,又以中央六部之礼部管辖宗教的管理机构。元代的民间宗教白莲教和明教基本处于社会管理体制之外。历史上很多农民起义打着民间宗教的旗帜,而民间宗教又有着强大的生存能力,故而历代统治者对民间宗教总是限制多于支持。元代统治者为了控制民间宗教组织的发展,也采取禁断的重要手段,大量禁毁民间宗教典籍。

为了多民族国家统治的政治需要,元代的宗教管理体制既对前朝有所

---

① 张维青、高毅清:《中国文化史》(三),山东人民出版社2002年版,第376~377页。

继承，又有蒙古族的民族特色和创新的管理观念。既能够对宗教力量进行集中有力的控制，又实行宽容开放的政策，这使得元代宗教多元化发展，带来了宗教繁荣兴旺的局面。

成吉思汗建立蒙古汗国，采取宽容的宗教政策，从那时起，宗教信仰即为多元状态。萨满教作为蒙古族狩猎文化与游牧文化的产物，其"天命论"早已与黄金家族正统观有机地融为一体，以共同的祖先神话和超凡出身为成吉思汗权力的合法性辩护，以宗教信仰来凝聚族群。萨满教是蒙古民族代代传承下来的最古老的宗教信仰，它认为万物有灵，以自然崇拜、天神崇拜、祖先崇拜、鬼魂崇拜为主要内容，敬仰至高无上、永恒不灭的"长生天"，崇拜"天神"（腾格里）、"地神"（纳亦该）和"灵魂偶像"（翁衮）等。萨满教作为蒙古族原始的宗教信仰，对蒙古社会各方面都有着很大的影响。蒙古族认为他们的先祖是奉天命而生，他们的事业是"托着长生天底气力"才成功的。因而，成吉思汗不仅依靠武力来凝聚蒙古民族，而且十分注重利用宗教作为其统治的精神支柱，充分利用蒙古族敬天奉神的诚笃性来组织蒙古民众。比如1205年，成吉思汗打败了曾和他结拜的札答阑部落首领札木合，由于与札木合曾是盟友，成吉思汗让札木合"不出血而死"。按照萨满教的观念，如此能保留他的灵魂在血液里。既惩治了仇敌，又弘扬了天恩，确实符合蒙古民众的圣明之君标准。波斯史学家志费尼这样描述成吉思汗："他一面以礼相待穆斯林，一面极为敬重基督教徒和偶像教徒。他的子孙中，好些已各按其好，选择一种宗教；有皈依伊斯兰教的，有信奉基督教的，有崇拜偶像教的。"[①]成吉思汗是一个没有宗教偏见的君主，为了进行军事扩张和维护其政治统治，他对各种宗教兼容并蓄，下令尊重一切宗教，不得干预任何教派之自由，并且优待所有宗教，免征其租税与差役。这些宗教政策的实施，不仅减少了被征服地区具有不同信仰民族的反抗，而且能在各民族各宗教人士和信徒中招纳人才，如契丹族佛教居士耶律楚材、畏兀景教徒塔塔统阿、西域穆斯林牙剌瓦赤和马思忽惕父子、全真教领袖长春真人丘处机等。成吉思汗之后，窝

---

① 〔伊朗〕志费尼著，何高济译，翁独健校订：《世界征服者史》（上册），江苏教育出版社2005年版，第22页。

阔台汗、贵由汗和蒙哥汗等,仍然如其父祖一样信奉萨满教"长生天"。《黑鞑事略》载:"其常谈必曰:托着长生天底气力、皇帝底福荫。彼所欲为之事,则曰:天教恁地。人所已为之事,则曰:天识著。无一事不归之于天,自鞑主至其民无不然。"①为了进行军事扩张,也为了维护领土广阔、民族多样、文化参差的蒙古汗国的统治,他们继续执行成吉思汗兼容并蓄的宗教政策,对各宗教平等对待,利用宗教为其统治服务。蒙哥汗参用佛教中"镜面王缘"典故,对法国教士鲁布鲁克说:"如同神赐给我们五根不同的手指,他也赐给人们不同的途径。"②阐明蒙古统治者一视同仁的宗教立场,即只要能为国家政权提供服务即可。不过,在所有宗教中,蒙哥汗最尊崇的是佛教,只因佛教的利用价值已明显地高于道教。蒙古统治者的宗教政策,也由重视道教逐渐倾向于佛教,在哈喇和林,佛、道两教举行了两次辩论,由于蒙古统治者支持佛教,自然是佛教占了上风。

忽必烈作为元王朝的第一代帝王,在宗教政策上和历代蒙古汗王一样,承继了成吉思汗兼容并包的宗教政策,以包容的心态对待各种宗教。萨满教这一宗教信仰已经渗透到蒙古民族心理并积淀于民族传统文化中,无论是在贵族还是平民的宗教信仰观念中,均处于正统地位,仍然有一定的利用价值,为在思想上巩固成吉思汗"天之家族"的神圣性发挥了重要作用。对"长生天"的信仰贯穿了元朝始终,且进一步沉淀入民间宗教。萨满仪式见于岁时习俗,《元史》载:"元兴朔漠,代有拜天之礼。衣冠尚质,祭器尚纯,帝后亲之,宗戚助祭。"③这说明元统治者将对"长生天"的信仰从漠北带到了元朝廷,且礼仪隆重,每岁必祭。除萨满教外,蒙古族在历史上还信仰过景教、天主教、佛教、伊斯兰教等多种宗教。忽必烈虽然信仰藏传佛教,对佛教特别尊崇,并且将佛教定为国教,但为了国家政治的需要考虑,他的宗教观在追求功利上是和几代蒙古汗王一致的。据《马可波罗行纪》记载,元世祖忽必烈说过这么一段话:"全世界

---

① 转引自苏鲁格、宋长宏:《中国元代宗教史》,人民出版社1994年版,第16页。
② 耿昇、何高济译:《柏朗嘉宾蒙古行纪 鲁布鲁克东行纪》(合订本),中华书局2002年版,第302页。
③ 《元史·祭祀志》,第1781页。

所崇奉之预言人有四，基督教徒谓其天主是耶稣基督，回教徒谓是摩诃末，犹太教徒谓是摩西，偶像教徒（佛教徒）谓其第一神是释迦牟尼。我对于兹四人，皆致敬礼，由是其中在天居高位而最真实者受我崇奉，求其默佑。"① 无论是基督教、伊斯兰教、犹太教抑或佛教，只要对他的统治有利，他都给予尊重。他信任各宗教中有学识有才干的人，并多次下令军队中禁止宗教歧视。元政府还投入大量财力和物力修筑庙宇殿堂、译写经典、供养僧侣等。

元初长期的兼并战争，也为宗教传播和发展提供了适宜的土壤。印简大师海云是最先与蒙古族统治者建立联系的汉地佛教禅宗僧人。印简（1202~1257），号海云，早在成吉思汗之时，他就曾随其师中观沼禅师到漠北弘法，被成吉思汗尊称为小长老。这也是成吉思汗笼络和利用各种宗教势力的一种手段。乃马真后元年（1242），忽必烈特意邀请印简大师赴漠北，问佛法大意。印简此次到漠北不仅成功宣扬了安天下之法，而且赢得了拖雷家族的尊崇和信任。印简返回燕京之时，忽必烈赠以珠袄金锦无缝天衣等，奉以师礼。自此之后，海云一直被推为天下禅门之首。蒙哥汗二年（1252）夏，印简大师被蒙哥汗授以银章，领天下宗教事。

元统治者对佛教很是尊崇，一是出于对佛教"法力"的敬畏，二是出于对佛教治世功效的心悦诚服。忽必烈深知宗教可以其特殊的手段而佐助帝王的道理，他信奉藏传佛教，完全是出于他对藏传佛教的认可，这主要得力于他藩邸谋臣中的藏传佛教大师八思巴。八思巴（1235~1280），本名洛珠坚赞，出身于款氏家族，是萨迦五祖中的第五祖，他的伯父是萨迦班智达。《元史·释老传》载："帝师八思巴者，……岁癸丑，年十有五，谒世祖于潜邸，与语大悦，日见亲礼。"② 蒙哥汗三年（1253），八思巴十五岁时，留在了忽必烈潜邸。之后，八思巴一直追随忽必烈，而且与忽必烈家族的关系日益增进。八思巴学识渊博，才华超群，精通咒语，善讲经义，以其卓越的才华和学识赢得了忽必烈的认可。他先后为忽必烈及其王

---

① 〔意〕马可波罗著，沙海昂注，冯承钧译：《马可波罗行纪》，商务印书馆民国三十六年版，第305页。
② 《元史·释老传》，第4517~4518页。

后、子女进行了密宗灌顶①，从而确定了与忽必烈的师徒关系，并给他讲经说法。如此一来，八思巴巧妙地将忽必烈一家与藏传佛教联系在一起，建立了元代皇室和萨迦派及款氏家族的紧密联系，也奠定了元代帝师制度。1260 年，忽必烈即位后马上任命八思巴为国师。《元史·世祖本纪》载，忽必烈"以梵僧八合思八为帝师，授以玉印，统释教"②。八思巴多次受册封为"国师""帝师""大宝法王"等③，同时，忽必烈把西藏地方的治理权交给他。《元史·释老传》载："元起朔方，固已崇尚释教。及得西域，世祖以其地广而险远，民犷而好斗，思有以因其俗而柔其人，乃郡县土番之地，设官分职，而领之于帝师。乃立宣政院，其为使位居第二者，必以僧为之，出帝师所辟举，而总其政于内外者，帅臣以下，亦必僧俗并用，而军民通摄。于是帝师之命，与诏敕并行于西土。"④元代在西藏地区实行"政教合一"，蒙古统治者由此接受了藏传佛教，通过萨迦派首领八思巴等人同吐蕃诸部取得了联系，并促成了西藏归顺。这种宗教和王权之间相依附和利用的关系、王权之下的教权与政权的合一，既充分肯定了宗教的地位，用以辅弼政治，又达到了治理西藏的政治目的。藏传佛教得以复兴，且因较为符合蒙古贵族的传统宗教心理，容易赢得蒙古族的接受和崇信，故而渐渐代替了蒙古族萨满教信仰的主要地位。由于八思巴和忽必烈的特殊关系，藏传佛教地位得以提高，在元代盛行一时，其中的萨迦派则处于统摄地位。藏传佛教逐渐成为蒙古族的主要宗教信仰。在元代，帝师是很受礼遇和尊崇的："百年之间，朝廷所以敬礼而尊信之者，无所不用其至。虽帝后妃主，皆因受戒而为之膜拜。正衙朝会，百官班列，而帝师亦或专席于坐隅。且每帝即位之始，降诏褒护，必敕章佩监络珠为字以赐，盖其重之如此。其未至而迎之，则中书大臣驰驿累百骑

---

① "世祖官帏、东宫皆受戒法，特加尊礼。"见（元）王磐：《拔思发行状》，（元）释觉岸、（明）释幻轮：《释氏稽古略·释氏稽古略续集》，江苏广陵古籍刻印社 1992 年版，第 598~599 页。
② 《元史·世祖本纪》，第 68 页。
③ 按王磐《拔思发行状》记载，八思巴的封号为"皇天之下一人之上开教宣文辅治大圣至德普觉真智佑国如意大宝法王、西天佛子、大元帝师班弥怛拔思发"。
④ 《元史·释老传》，第 4520 页。

以往,所过供亿送迎。比至京师,则敕大府假法驾半仗,以为前导,诏省、台、院官以及百司庶府,并服银鼠质孙。用每岁二月八日迎佛,威仪往迓,且命礼部尚书、郎中专督迎接。及其卒而归葬舍利,又命百官出郭祭饯。"①元代是藏传佛教的鼎盛时期,自忽必烈起,终元一代,受封为帝师的藏地佛教徒有十四人之多。元代赋予藏地僧人各种特权:"凡民殴西僧者,截其手;骂之者,断其舌。"地位如此尊崇,以至有凌驾官员和百姓之势。萨都剌诗曰:"院院翻经有咒僧,垂帘白昼点酥灯。上京六月凉如水,酒渴天厨更赐冰。"②可见元代藏传佛教信徒之众、规模之大、地位之高。

元代统治者尊崇藏传佛教的同时,也同样重视中原佛教,对寺庙的财产专门加以庇护:"但属寺家的田地、水土、园林、碾磨、店铺、解典库、浴堂、人口、头匹等物,不拣是谁,休倚气力夺要者,休谩昧欺负者,休推是故取问要东西者。"③在统治者大力支持下,中原佛教得到了恢复并很快发展,影响几乎遍及大江南北,政治、经济上都拥有很大势力。当时全国有寺院四万余所,僧尼达二十多万人。

道教是中国土生土长的宗教,正式形成于东汉中后期。道教融合了远古信仰、神仙方术、黄老学说等各种元素。到了宋金元时期,中国南北方道教利用各种有利因素都获得巨大的发展。北方道教主要有太一教、真大教、全真教,其中以全真教最盛。全真教凭借丘处机与蒙古上层贵族的特殊关系达到了鼎盛时期,在北方发展迅速,宫观道场遍布,拥有道徒三十万之众。全真教在发展中也融合其他道教派别,在元代成为道教第一大派。全真教和元统治阶层的联系一直未曾中断。

太一教的四代祖中和真人萧辅道(1191~1252),字公弼,号东瀛子,在金源士大夫文人当中才识学问有口皆碑,有极高声望。萧辅道为了太一道的发展和传播,为了取得蒙古政权的认可,主动适应时势的变化,于贵

---

① 《元史·释老传》,第4520~4521页。
② (元)萨都剌:《上京杂咏》其五,(清)顾嗣立编:《元诗选》初集,中华书局1987年版,第1229页。
③ 蔡美彪编著,中国科学院语言研究所编辑:《一三○五年长清灵岩寺令旨碑》,《元代白话碑集录》,科学出版社1955年版,第52页。

由汗元年（1246）、蒙哥汗二年（1252）先后两次入侍忽必烈藩府，从而得到了忽必烈家族的信任和支持，为太一教的发展建立了政治基础。在元王朝的扶植和崇奉下，太一教取得比金代更大的发展，尤其是在忽必烈统治时期，更进入发展的全盛时期。至元十三年（1276），元世祖赐太一教萧居寿掌教宗师印。

元朝统一江南以后，忽必烈在道教政策上采取不支持单一的教派，而是平衡发展的政策。北方金元时期衍生的真大教、玄教等其他道教派别，南方创于南宋的净明教，以及在天师教基础上融合了江南各符箓道派形成的以龙虎山为核心的正一教，都得到一定发展，其中正一教尤为繁盛。后来全真教受到元政府的扶持，逐渐壮大起来，形成与正一教相互制衡的发展态势，共同成为元代两大道教派系。

元代伊斯兰教很兴盛，"回回之人遍天下"[1]，众多的色目人信仰伊斯兰教。景教也是由蒙古人和色目人带到了中原，信教者除蒙古人以外，皆为色目人。基督教和犹太教也都得到了传播和极大的发展。

蒙古族统治者诚笃地信奉宗教，是希望各种神祇能给予他们实实在在的利益，"乘法力以畅皇威，宣天休以隆国势"[2]。因而，他们对各种宗教一视同仁，只要各教拥戴大元帝国，为元廷祈灵致福，维护皇帝的统治，保佑大元朝国富民安即可。元代一些大的佛寺、道观、教堂和清真寺，往往立有这种字样的碑文："……皇帝圣旨里：和尚、也里可温（基督教士）、先生（道士）、达识蛮（伊斯兰教士）每，拣甚么差发休当者，告天祝寿。"[3]佛教、基督教、道教、伊斯兰教四教教徒，职务都是为皇帝进行祝祷，不当任何差发。元朝在宗教政策上宽容开放、广事利用，允许和支持宗教的多元发展，并且为了保证国家对宗教的监控，设置了宣政院和集贤院等管理机构。如此，既促进了宗教的自主发展，也协调了宗教矛盾，保证了宗教政策的实行。

在元代这个比较开放、宽容的文化环境内，除蒙古族原有的萨满教以

---

[1] 《重修礼拜寺记》，元至正八年（1348），河北定州城内清真寺碑文。
[2] （元）黄溍：《杭州路凤凰山禅宗大报国寺记》，《金华黄先生文集》卷一一，《续金华丛书》本。
[3] 佟洵主编，孙勐编著：《北京佛教石刻》，宗教文化出版社2012年版，第162页。

外，佛教、道教、伊斯兰教、基督教、犹太教、摩尼教、祆教等各种宗教均得到发展，形成了各宗教间彼此融合、繁荣共处的局面，造就了元代开放多元的空前的宗教景观。白寿彝先生指出："从民族发展上看，宋元时代是中国历史上的第三次民族大融合。"①在这一大背景下，元代宗教文化发达，各种宗教之间交流、融合而且逐渐世俗化。尤其是儒释道三教的融合，使宗教伦理儒学化和世俗化。因而，元代虽享国不足百年，但疆域辽阔、军事强大、政治统一，是各种民族宗教文化发展的重要时期，多种宗教共存并行，也给元代文学、艺术、哲学、语言文字乃至医学、印刷术、天文、历法和社会生活等带来了极大的影响。

四、元代城市的繁荣与俗文化的发达

元代统治者于"马上得天下"，从成吉思汗开始，连年发动战争，掠夺财物，屠戮人民，侵夺土地为牧场，中原地区社会经济遭受严重破坏，农业生产衰退。②他们用草原游牧经济方式来管理中原农业经济，导致社会矛盾重重。忽必烈继承大汗之位后，在姚枢、许衡、刘秉忠等幕府谋臣的协助下，采用汉法治理国家，社会趋向稳定。朝廷逐渐认识到农业生产的重要性，改变了蒙古族以游牧经济为主的经济形态，越来越重视农业。③"世祖即位之初，首诏天下，国以民为本，民以衣食为本，衣食以农桑为

---

① 白寿彝：《关于中国封建社会的几个问题》，《白寿彝史学论集》，北京师范大学出版社 1994 年版，第 41 页。
② 在蒙古国和元王朝初期，蒙古王公贵族侵占百姓耕地为牧场的情况相当严重，东平人赵天麟上疏元世祖忽必烈："今王公大人之家，或占民田近于千顷，不耕不稼，谓之草场，专放孳畜。"（《续文献通考》卷一，《景印文渊阁四库全书》本）加上蒙古统治者赏赐给皇族、贵族、功臣等的大量田地财产，如大都大承天护圣寺得赐田达三十余万顷，护国仁王寺占有田地十余万顷以上，导致农业生产衰退，人民生活多陷于困境。
③ 土地是农业经济最根本的基础。元初刘秉忠、姚枢等名臣都进言献策，提出了很多重视农桑的言论。胡祗遹的文章对当时存在的土地买卖频繁状况有所反映："自经野无法，田不隶官，豪强者得以兼并，游手者得自货卖，是以离乡轻家，无父母之邦，无坟庐之恋，日且一日，千年田换八百主。"[(元)胡祗遹著，魏崇武等校点：《折狱杂条》，《胡祗遹集》卷二三，吉林文史出版社 2008 年版，第 497 页]元世祖在汉族谋臣的劝谏之下，开始重视农业与土地问题。

本。于是颁《农桑辑要》之书于民,俾民崇本抑末。"①为了保护农耕地区,禁令蒙古军不能再占用民田为牧场,"乙酉,禁野狐岭行营民,毋入南、北口纵畜牧,损践桑稼……诏阿术戒蒙古军,不得以民田为牧地"②。忽必烈采取了一系列措施恢复和发展农业,并组织编写了《农桑辑要》一书,以先进的生产技术推动农业发展,兴修水利,重修了四川都江堰,疏通了大都至杭州的南北大运河。元朝地域空前广大,民族众多,与各国之间交往逐渐增多,交通运输业也相应逐渐发展,开辟了国内至中亚的驿路。元政府又统一了货币,在宋、金已经比较发达的工商业的基础上,发展手工业和商业贸易,对外贸易繁荣,城市经济空前发展,文化和文明均取得了很大进步和发展:"详考其时之文物,则仍继续进步,纚纚不休。文学、工艺、美术、制造,无不各有所新创。"③元贞、大德年间,国家承平日久,国泰民安,经济文化繁盛。

号称"人烟百万"的元帝国京师大都,既是全国的政治中心,也是当时国家的经济和文化中心之一,人口众多,经济繁荣,吸引各国商人纷纷前来。意大利人马可·波罗印象中的元大都是这样的:"应知汗八里城(大都),城内外人户繁多,……郭中所居者,有各地往来之外国人,或来贡方物,或来售货";"及外侨来往者,彼处营业之妓女,娟好者达两万人。每日商旅及外侨往来者,难以数计,故均应接不暇。至所有珍宝物品之数,更非世界上任何城市可比。余首述印度输入者,如宝玉珍珠及其他珍品。中国及其他区域之精美珍贵物品,均荟萃于此,以供奉此地之皇室、贵妇、诸侯、将佐,及大汗朝中之臣僚。故余谓此间之富裕及所用之珍奇宝货,为世界上其他城市所无。商品之交易,亦至繁多,每日所到之丝,何止千车?并制造金丝泥绒及丝织品等。而此间四周之城市,远近计二百,均购买所需者";"此汗八里大城之周围,有城市二百,位置远近不等。每城皆有商人来此买卖货物,盖此城为商业繁盛之城也"。④ 大都沟

---

① 《元史·食货志》,第2354页。
② 《元史·世祖本纪》,第93页。
③ 柳诒徵撰,蔡尚思导读:《中国文化史》,上海古籍出版社2001年版,第645页。
④ 〔意〕马可·波罗著,冯承钧译:《马可波罗行纪》,内蒙古人民出版社2008年版,第138页。

通南北，水陆交通便利，以其特殊的地理位置成为一个国际性大都市，与欧洲、非洲、东南亚及东亚各地使团和各民族商人往来频繁，丰饶富足，奇珍异宝充斥其中。

杭州是南宋的都城，到元朝时仍然是全国有名的大都会，物产丰饶。贡师泰《杭州新城碑》对杭州地理位置优越、商业贸易发达、交通便利、繁华富庶的情况描述极为详细："左江海，右湖山，内接京畿，外控诸国。潮汐昼夜，一再往返，风帆雨舶，瞬息千里。象、犀、珠、玉之珍，粳、稻、鱼、盐之利，常溢于庐市；而其俗又机巧多技能，故五方之人咸集于此。邑屋繁华，货殖填委，可谓庶且富矣。"① 扬州、广州、泉州也是如此，工商业繁荣，富庶繁华。

元灭金、灭南宋之后，全国一统，水陆畅通，交通便利，工商业兴旺发达，城市繁荣富裕，商埠林立。城市繁荣刺激了娱乐业的发展，勾栏瓦舍随之发达，戏曲说唱等娱乐行业也继续发展。元代的话本小说、民间说唱、杂剧、散曲等表现世俗生活情趣和众生相的俗文化繁荣，而且市井间出现了为说话艺人和戏曲艺人编写演唱脚本的"才人"组成的协会"书会"。② 市民文学的蓬勃发展，与元代城市经济的繁荣和市民阶层对娱乐的需求紧密相关。

元代书会在南北较大的城市中均有，如大都的玉京书会、敬仙书会和元贞书会，温州的永嘉书会、九山书会，杭州的古杭书会、武林书会。当

---

① 李修生主编：《全元文》第 45 册，凤凰出版社 2004 年版，第 303 页。下引《全元文》均为此版本，不另注。
② 书会在宋代出现，并且已经具有一定规模，主要是为勾栏瓦肆中演出的杂剧、讲史、诸宫调等通俗文艺撰写文学脚本，是一种以民间艺人为主体的行会组织。（参见赵敏俐、吴相洲、刘怀荣等著：《中国古代歌诗研究从〈诗经〉到元曲的艺术生产史》，北京大学出版社 2005 年版，第 621 页）周密《武林旧事·诸色伎艺人》载有宋时书会中部分艺人的名单及其擅长的表演项目："书会，李霜涯（作赚绝伦）、李大官人（谭词）、叶庚、周竹窗、平江周二郎（猢狲）、贾廿二郎。"另外，宋代书会也指士人相互切磋、研讨学术聚会或者教授举业的学塾。如灌园耐得翁《都城纪胜·三教外地》记载说："都城内外，自有文武两学、宗学、京学、县学之外，其余乡校、家塾、舍馆、书会，每一里巷须一二所，弦诵之声，往往相闻。遇大比之岁，问有登第补中舍选者。"（参见徐朔方：《论书会才人——关于世代累积型集体创作的编著写定者的身份》，《浙江学刊》1999 年第 4 期）

时北方的杂剧作家关汉卿、白朴、杨显之、费君祥、赵公辅、岳伯川等都是玉京书会成员，马致远、李时中等杂剧作家是以元成宗铁穆耳年号命名的元贞书会的成员。元代辞章之士因遭受朝廷用人政策的排斥，加之科举考试的停滞，怀高才而得不到社会认可，"古称高才而无贵仕，诚哉是言"①，很多投入杂剧创作，使得元代书会发展空间更为广阔。一部分流连市井的辞章之士因寄情词曲加入书会。书会中还有一些"抑沉下僚，志不得申"的小吏。这些以创作为主的文人在元代被称为"书会才人"。"功名亦何有，富贵安足计！唯有百年后，文字可传世。"②他们希望借文字传世以为不朽，诗词文章也好，戏曲创作也好，均是实现此理想的工具。元代书会成员身份多样，还包括商人、医生、术士和一些通文墨的演员。"元代书会是剧作家聚合的场所，也是剧本发行的场所，他们构成的分子，称谓才人。书会从北宋宣和年代南戏《温州杂剧》肇始，至明宣德年间（1119~1432）仍有纪录可考。"③孙楷第先生《元曲新考·书会》认为钟嗣成《录鬼簿》所列的"前辈已死名公才人""方今已亡名公才人""已死才人不相知者""方今才人相知者"和"方今才人闻名而不相知者"等曲家泰半为书会中人。④书会才人聚集在一起，偶倡优而不耻，"丑斋继先钟君所编《录鬼簿》，载其前辈玉京书会燕赵才人，四方名公士大夫，编撰当代时行传奇、乐章、隐语"⑤。书会才人编写各种演唱材料，是元杂剧的主要创造群体。杂剧创作成为书会才人的兴趣和谋求生计的门路。他们可以和勾栏艺人合作创作出更能适合舞台演出的贴近市民生活的联杂剧，并以满腔的热情发挥才学，相互切磋、竞赛（当时称为"对棚"）以推陈出新，对杂剧创作起到了一定的推动作用。

---

① 周绍良：《唐才子传笺证》，中华书局2010年版，第230页。
② （元）赵孟頫：《酬滕野云》，《松雪斋集》卷二，《海王邨古籍丛刊》，中国书店影印本。
③ 陈万鼐：《元代"书会"研究》，台湾《图书馆刊》2007年第6期。
④ 孙楷第：《也是园古今杂剧考》附录，上杂出版社1953年版，第395页。
⑤ （元）贾仲明：《书录鬼簿后》，（元）钟嗣成、贾仲明著，浦汉明校：《新校录鬼簿正续编》，巴蜀书社1996年版，第41页。

五、元代多民族多元文化的交汇融合

元代地域广阔,民族众多,多层次、多地域的移民活动促使多民族大范围地交错杂居。在统一的国家、共同的地域内生活,各民族联系更为广泛和密切,不仅加强了政治、经济、科技等方面的联系,而且随着交往的频繁,文化上也互相影响渗透,在诸如风俗习惯、价值观、爱好甚至婚姻嫁娶风尚等各方面都显示出元代独有的特色。元朝统治者带着草原文化进入中原,草原游牧民族的社会习俗与道德风尚必然会对元代社会产生影响;大量西域色目民族带来了商业文化,也必然冲击中原农耕文化:这促成了多元文化的相互冲撞融合。中华文化不仅历史悠久、博大精深、胸怀宽广,有着海纳百川的包容,还有吸收和同化不同文化的气魄和能力,在多民族多元文化的冲击下,更具有了无限发展的空间。由此,元代的经济、科技、文学均呈现出鲜明的时代特色。

国家的统一与多民族的融合带来了元代经济的发展。例如,蒙古等游牧民族所产的马、牛、羊、骆驼等牲畜以及皮毛可以顺畅地运到并行销中原各地。游牧民族进入中原后也带来他们所擅长的畜牧业生产经验与技术,《元史·文宗本纪》记载:"云南行省言:亦乞不薛之地所牧国马,岁给盐,以每月上寅日啖之,则马健无病。"[①]草原民族养马的方法已经传播到了西南偏远地区,随着元代牧业经济的发展,中原农业和交通运输业所需的畜力问题得到解决。当然,疆域广大与多民族融合也会促进农业发展。漠北的称海、怯绿连河、和林、杭海山麓、五条河、呵札、益兰州、谦谦州、吉利吉思等地以前只有牧场,在元统治者开始重视农业生产之后,汉族军民移居漠北,在那里开垦土地,种植适宜生长的农作物,草原有了农田,有了粮食,一片欣欣向荣的景象。多民族交流也带来科技发展。元代医学分科比前代更细。蒙古族把他们善于接骨治伤的经验带入中原,和中原传统医学结合,推动了外科和骨伤科方面医学的发展。多民族共同研发,互相借鉴学习,使得元代的天文历法及仪器制造技术更为先进。其间,大批的回回天文学家来到中原。元世祖时期,

---

① 《元史·文宗本纪》,第792~793页。

专设"回回司天台",后改称"回回司天监"。回回天文学家创制了浑天仪、地球仪等七种天文学仪器,还带来了当时世界上比较先进的天文历法,又借鉴学习了汉族传统的天文知识,使得天文学在多民族科学家的研究下进一步发展。

元代多民族的杂居交往,不仅促进了经济和科学的繁荣兴盛,而且促进了文化和文学的发展,形成了多民族多元文化交汇融合的元代文化特色,即以中原传统文化为主的多民族文化的联合发展。不同地域、不同民族、不同文化观念的元代文人,认识问题的视角、内容和价值取向也是多样的。中原汉文化和文学在本书其后有专门章节论述,此处从略。这里主要把少数民族在文化上的成就做一个简单介绍。

用畏兀体蒙文写成的蒙古第一部史书《蒙古秘史》,是北方草原游牧社会文化的反映,其中描绘了草原独特的地理环境和审美情趣,既是我国现存最早的以少数民族语言文字撰写的史书,也是一部蕴含深广、涉猎广泛的草原民族典籍,一部涉及草原民族的宗教、民俗、民谚、制度、军事的文学作品。蒙古族叙事诗《成吉思汗的两匹骏马》,也是元代少数民族文学的代表作之一。

元朝大一统的局面,为官修全国地理总志《大元大一统志》提供了可行性。色目学者札马鲁丁是编纂的发起者,他与湖南学者虞应龙共同完成了此书的第一次编纂。《大一统志》涉及面很广,"编类天下地理志书,备载天下路府州县古今建置沿革及山川、土产、风俗、里至、宦迹、人物,赐名《大一统志》"①。到元成宗时,集贤大学士卜兰禧、昭文大学士秘书监岳铉被任命继续主持这项工作。在南北学者共同努力之下,《大一统志》编纂完成,对后代影响深远。

元代学者接受外来文化的影响,视野开阔,地图绘制技术已经很先进,不仅影响了中国后世的绘图学,而且影响了朝鲜的绘图学。元朱思本的中国全图《舆地图》、元末江南士人李泽民的《声教广被图》已经把目光投向了世界。明朝时以这两幅图为蓝本绘制出的古代世界地图《大明混一图》以及明建文四年(1402)朝鲜李荟绘制的《混一疆理历代国都之

---

① 《大元大一统志》附录,《辽海丛书》第九集,辽沈书社1985年版,第3631页。

图》，在中国地图发展史上第一次画出了中亚、西南亚以及非洲、欧洲的位置。以研究中国科学史著称的英国学者李约瑟对《混一疆理历代国都图》给予了极高评价："这样广博的地理知识显然是通过与阿拉伯人、波斯人、土耳其人的接触得来的，也许在更大的程度上和札马鲁丁（札马剌丁）1267 年来北京时所带来的地球仪有关……当然，从根本上说，这是蒙古人征服了几乎所有全部'有人居住的世界'的一项具体结果。"[①]招讨使女真人蒲察都实奉忽必烈之命，与其弟阔阔出探访黄河河源，进行了对黄河河源的考察，其后翰林学士潘昂霄据此写成精彩的水文地理专著《河源志》流行于世。

"饮膳太医"——蒙古族的忽思慧在总结了汉、蒙古、女真等多个民族的膳食营养经验后所写的专著《饮膳正要》，是饮食营养学最早的书籍。这是多民族多元文化在大一统政权下的结出的硕果，是前代所未有的在中国文化史上的突破。

元朝作为一个军事上统一的疆域广大的帝国，涵盖原西辽、西夏、金、南宋的广大地区，民族众多，保持统治的稳定是最重要的。但一时之间，要在政治、法律、经济、文化等方面使各族完全融合为一体是非常困难的。对此，元代的统治者采用了"酌古准今""依俗而治"的独特方式。比如，在立法上，既保留大量的蒙古族的制度和习俗，又采用中原传统汉法，还要尊重各民族以及各地区的习惯，从而能适应当时国家社会生活的需要，维护社会秩序。如此一来，有效解决了许多实际问题，又形成了元代文化多元化的鲜明特色。

多民族迁移杂居及婚姻互通，必然会促使风俗习惯发生改变。在元代特殊的时代背景和社会背景下，各族婚俗及观念也出现了不同程度的交融。蒙古族的多妻制和收继婚习俗对汉族的婚俗产生了影响，汉族贞节观也影响了蒙古和色目民族人民。

收继婚一直是蒙古等游牧民族沿袭的一种婚姻方式，在元代法律重要的渊源之一即蒙古族第一部成文法典——成吉思汗《大札撒》里有规定。

---

① 〔英〕李约瑟著，《中国科学技术史》翻译小组译：《中国科学技术史》第五卷第一分册，科学出版社 1976 年版，第 154~159 页。

统一全国以后，尽管元统治者以这样或者那样的形式限制其他民族行收继婚，但仍在法律中保留了蒙古本族的收继婚俗，保护蒙古固有的文化。元陶宗仪《南村辍耕录》记载："顾世之名门巨族……往往有夫骨未寒而求匹之念已萌于中者。"①皇族和官宦妇女改嫁和收继的情况很普遍，如克烈部王汗有孙女脱忽思哈敦，是拖雷的妻子，拖雷死，脱忽思哈敦又为其子旭烈兀所收；元世祖女囊家真公主先嫁纳陈之子斡罗陈为继室，斡罗陈死，"改适纳陈子帖木儿，再适帖木儿之弟蛮台"②；浙东廉访使脱脱赤颜"其生母何氏本父之妾，而兄妻之"③。

汉族的婚姻习俗也明显受到了蒙古族等北方游牧民族婚姻习俗的影响。收继婚历来都被中原王朝法律和儒家伦理道德规范严格禁止。元代，江南等地区由于妇女的贞节观与伦理观重于北方，收继婚现象较少，但在北方汉族中，收继婚尤其流行，这与元朝政府的默许以及蒙古婚俗的影响有很大关系。元代汉族士大夫多将此视为乱伦行为，并对之口诛笔伐。收继婚俗多发生在下层百姓之中，因无需花费聘礼和钱财就能为家族保留一个劳动力并繁衍子孙，又是在国家统治阶层流行并被认可的一种婚俗，非常容易为汉族贫民所接受。流行于游牧地区的收继婚制，在汉人中屡见不鲜，还有一个原因是元政府在收继婚方面政策的不统一、不连贯。虽然元代统治者曾多次禁止汉人、南人、色目人实行收继婚，但屡禁不止。④元朝曾由尚书省出榜晓谕各地，禁止汉族收继婚，其后又颁发了一系列规定，对汉族的收继婚加以限制，其中包括禁止异辈收继，平辈收继中只允许弟收嫂。在民间，有不少汉族士人及深受汉文化影响的蒙古、色目士人

---

① （元）陶宗仪：《南村辍耕录》，上海古籍出版社2012年版，第225页。
② 柯绍忞：《新元史》，吉林人民出版社1995年版，第2073页。
③ 《元史·文宗本纪》，第786页。
④ 《元史·文宗本纪》：至顺元年九月"敕：诸人非其本俗，敢有弟收其嫂，子收庶母者，坐罪。"（第767页）《元史·刑法志》曰："诸汉人、南人，父没子收其庶母，兄没，弟收其嫂者，禁之。"（第2644页）《元史·刑法志》还规定："诸居父母丧，奸收庶母者，各杖一百七，离之，有官者除名。"（第2643~2644页）

提出反对①，也有一些汉族烈女子对此进行强烈抗争②，但由于法令规定的条款不是很严格，也没有相应的得力措施，汉人当中依然有收继婚的存在，在《元典章》和《通制条格》中多见有收继婚的案例。元文宗时，敕令"诸人非其本俗，敢有弟收其嫂，子收庶母者，坐罪"③，不过蒙古族人为其"本俗"，"弟收其嫂，子收庶母"则是合法的。文宗之后，虽然收继婚这种社会风俗不太容易改变，但随着理学势力的影响不断加强以及政府法规做出的强硬的限制措施，汉族收继婚逐渐衰亡。

当然，北方游牧民族婚姻习俗对汉族传统伦理纲常的冲击还体现在另一方面，就是元代妇女离婚和改嫁比前代自由宽松，政府也在制度上给予

---

① 有不少汉族士人反对收继婚俗，汉人官吏、儒士常常上疏劝谏，要求朝廷用儒家礼制思想禁约收继婚俗。如燕南廉访副使宋崇禄曾言："蒸收之败礼伤化，时论鄙之。"[(元)许有壬著，傅瑛、雷近芳校点：《有元故中奉大夫陕西诸道行御史台侍御史宋公墓志铭》，《许有壬集》，中州古籍出版社1998年版，第683页]不少受汉文化影响较深的蒙古、色目人士也提出过反对意见。监察御史乌古孙良桢认为收继婚不合纲常，以"国俗父死则妻其从母，兄弟死则收其妻，父母死无忧制"，遂言："纲常皆出于天而不可变，议法之吏，乃言国人不拘此例，诸国人各从本俗。是汉、南人当守纲常，国人、诸国人不必守纲常也。名曰优之，实则陷之，外若尊之，内实侮之，推其本心所以待国人者，不若汉、南人之厚也。"（《元史·乌古孙良桢传》，第4288页）《元史·顺帝本纪》：至正十五年（1355）正月，大斡耳朵儒学教授郑咺言："蒙古乃国家本族，宜教之以礼。而犹循本俗，不行三年之丧，又收继庶母、叔婶、兄嫂，恐贻笑后世，必宜改革，绳以礼法。"（《元史·顺帝本纪》，第921页）乌古孙良桢、郑咺等人都想以儒家的纲常伦理来改变蒙古人的婚俗，但并未引起统治者的重视，因为这种风俗在蒙古人心中已根深蒂固，不可能一下子就改变。终元一代，也未见朝廷明令禁止蒙古人实行收继婚。
② 汉族女子反抗收继婚的例子屡屡见于史册，如《元史·列女传》记载："赵美妻王氏，内黄人。至治元年，美溺水死，王氏誓守志……舅姑乃欲以族侄与婚，王氏拒不从"（《元史·列女传》，第4495页）；"王氏，成都李世安妻也。年十九，世安卒，夫弟世显欲收继之。王氏不从，引刃断发，复自割其耳，创甚。亲戚惊叹，为医疗百日乃愈"（《元史·列女传》，第4496页）；"周氏，泽州人，嫁为安西张兴祖妻。年二十四，兴祖殁，舅姑欲使再适，周氏弗从，曰：'妾家祖、父皆早世，妾祖母、妾母并以贞操闻，妾或中道易节，是忘故夫而辱先人也。夫妇忘故夫不义，辱先人不孝，妾不为也'"（《元史·列女传》，第4478页）。
③ 《元史·文宗本纪》，第767页。

一定保障和支持。元前期广泛采用"和离"的离婚制度①，且社会贞节观念比较淡薄。王祎在《俞公墓表》中指出当时社会的种种陋习："元既有江南，以豪侈粗戾，变礼文之俗。未数十年，薰渍狃押，胥化成风，而宋之遗习，销灭尽矣。"②元代，妇女改嫁之事司空见惯，元人文集与《元典章》中多有女子离婚、再嫁事例，只要夫亡无子且"无事产"，女子可以正大光明地再嫁，而且不会受到任何阻拦。当时还有专门为无子遗孀要求改嫁设计的状纸"模板"，如"妇人夫亡无子告据改嫁状式"：

告状人王阿厶

右阿厶年几岁无疾孕系厶里厶都籍民已死人王大妻属伏为状告有阿厶元系厶里民户人王大妻室自来不曾养育子息于厶年月日夫王大因病身死当已行持服营丧安葬了当即目户下别无事产可以养赡委是贫难生受若不具告给据改嫁情实寡居过活生受谨状上告

厶县伏乞　详状施行所告执结是实伏取　裁旨

年　月　日　告状人王阿厶　　状③

夫亡无子的妇女守服三年期满之后，本人可以自由选择在夫家守志还是回娘家"归宗改嫁"。当然，即使丈夫在世，若夫妻感情不和也可以离婚各自娶嫁。

《元史·列女传》记载了不少贞烈女子，但受游牧民族婚俗观念的影响，"不守妇节"的并不在少数。元名臣郑介夫在大德七年（1303）上成宗的奏章中非常愤慨地谈论这种社会风气："纵妻求淫，暗为娼妓，明收钞物，……典买良妇，养为义女，三四群聚，扇诱客官，日饮夜宿，自异

---

① 元之前，汉族中原地区一直延续传统"七出"和"义绝"的离婚方式。"和离"的离婚制度在蒙古族地区适用范围较广，在中原地区大都虽有适用，但是较少。元代在遵守传统习惯的同时，也对"义绝"式离婚作出一定的改进。
② （元）王祎：《俞公墓表》，《王忠文公集》卷二〇，《丛书集成初编》本。
③ 黄时鉴辑点：《元代法律资料辑存》，浙江古籍出版社1988年版，第236~237页。

娼户……都城之下十室而九，各路郡邑争相仿效。"①《元典章》中还记载了不少妇女与人通奸而私奔、与多人淫乱、受财纵妾与他人通奸、因奸情谋杀亲夫的案例。

不过，蒙古等草原游牧民族的婚姻形式影响中原汉族婚姻，汉族的习俗和文化观念也影响了草原民族的习俗。《元史·列女传》中记载了只鲁花真、别哥伦氏、贵哥、卜颜的斤、阿不察、脱脱真等蒙古族女性的贞烈行为。如鲁国大长公主祥哥刺吉，乃武宗、仁宗之姐妹，文宗之岳母，受汉族贞节观的影响，"蚤寡守节，不从诸叔继尚，鞠育遗孤"②。雍吉剌氏脱脱尼，美貌，善女工，年二十六时夫亡寡居，公然抗拒蒙古族的国俗收继婚，"前妻有二子皆壮，无妇，欲以本俗制收继之，脱脱尼以死自誓。二子复百计求遂，脱脱尼恚且骂曰：'汝禽兽行，欲妻母耶，若死何面目见汝父地下？'二子惭惧谢罪，乃析业而居。三十年以贞操闻"③。《元史·列女传》里还记载有这样的事例："只鲁花真，蒙古氏。年二十六，夫忽都病卒，誓不再醮，孝养舅姑。逾二十五年，舅姑殁，尘衣垢面，庐于墓终身。至元间旌之。"④她们的表现已经和汉族贞节烈女并无区别，由于受到中原封建纲常伦理道德观念的影响，已经不再遵从蒙古族国俗，而是否定本族收继婚俗。

在多民族迁移和杂居的情况下，元代蒙古族及北方其他少数民族与汉族通婚是不可避免的，各族的通婚现象较以前更为普遍，这对社会风俗以及民族融合和文化交融起到了很大的促进作用。元朝廷对于各族通婚有一个原则性规定："诸色人同类自相婚姻者，各从本俗法。递相婚姻者，以男为主，蒙古人不在此例。并其余民间议结婚姻，明立婚书，已有元行定例。"⑤即尊重各民族的婚姻习俗，各族人可以自相婚嫁，只不过蒙古人以本族习俗为主。洪金富先生在《元代汉人与非汉人通婚问题初探》一文

---

① （元）郑介夫：《太平策》，陈得芝等辑点：《元代奏议集录》，浙江古籍出版社1998年版，第75页。
② 《元史·文宗本纪》，第746页。
③ 《元史·列女传》，第4495~4496页。
④ 《元史·列女传》，第4489页。
⑤ 郭成伟点校：《通制条格》，法律出版社2000年版，第38页。

中，对元代各族间通婚的实例经过整理分析得出这样的结果：蒙古人娶汉人者三十例，娶色目人者三十例，娶契丹人者九例，娶女真人者六十例，娶渤海、高丽人者十例，共计一百三十九例；汉人嫁蒙古人者五十二例，嫁色目人者一百一十例，嫁契丹人者三十五例，嫁女真人者四十六例，嫁渤海人者四例，共计二百四十七例。①从这些数据可以看出，当时跨民族通婚现象是非常普遍的，而且不同民族之间通婚使得人们体质以及文化风俗习惯的融合与互动都得到加强，尤其是对少数民族的汉化影响比较大。"许多通婚异族的汉人具有异族化或蒙化的倾向；更多的通婚汉人的蒙古、色目人具有汉化的倾向，或者已经汉化了。"②由此形成的彼此文化等方面的涵化是符合当时实际情况的。

另外，未见元代朝廷颁布有关禁止蒙汉通婚的法令。《元典章》记载，至元八年（1271）元世祖忽必烈规定："诸色人同类自相婚姻者，各从本俗法。递相婚姻者，以男为主，蒙古人不在此例。"③萧启庆先生在《元代科举与菁英流动》一文中指出了蒙古族进士家庭成员及其本人与汉人通婚的比率非常之高的情况，二者合计共三百八十六例。他指出："若就蒙汉通婚的嫁娶对象加以分析，无疑亦可反映出两族互动的社会阶层性。即蒙古上、中、下层家族分别与汉人对等家族通婚。"④

元代多民族互相交流融合，不止影响到婚俗，在文化上也出现各族相互涵化现象，如蒙古人和色目人采用汉族方式取姓命名，汉人又取蒙古名字。清人赵翼《廿二史札记》之"元汉人多作蒙古名"条中说："元时汉人多作蒙古名者。如贾塔剌浑本冀州人，张拔都本平昌人，刘哈剌不花本江西人，杨朵儿只及迈里吉思皆宁夏人。崔彧弘州人，而小字拜帖木儿，贾塔剌浑之孙又名六十一，高寅子名塔失不花，皆习蒙古俗也。盖元初本

---

① 洪金富：《元代汉人与非汉人通婚问题初探》，《食货》（复刊）1977年第6卷第12期，第7卷第1、2期合刊。
② 洪金富：《元代汉人与非汉人通婚问题初探》，《食货》（复刊）1977年第6卷第12期，第7卷第1、2期合刊。
③ 陈高华等点校：《元典章·户部四·婚姻·婚礼·嫁娶聘财体例》，中华书局、天津古籍出版社2011年版，第614~615页。
④ 萧启庆：《论元代蒙古人之汉化》，《蒙元史新研》，允晨文化实业公司1994年版，第235页。

有赐名之例，张荣以造舟济师，太祖赐名兀速赤。刘敏，太祖赐名玉出干……"①萧启庆先生在《论元代蒙古人之汉化》一文中明确指出这一点：元朝廷"虽未采纳明定蒙古姓氏之建议，但是不少蒙古、色目人采用汉式姓名与字号，也有甚多汉人采用蒙古名，可说是各族相互涵化的表现。不过，蒙古、色目人采用汉式姓名字号与汉人采用蒙古名之原因全然不同。由于蒙古人在政治上居于主宰，而汉人在文化上则占优势，汉人采用蒙古名者或为接近权力源头的宫廷近臣，或为冒充蒙古人身份而谋求一官半职的猎官之徒；而采用汉式姓名之蒙古、色目人则皆系汉化较深者"②。此略举数例：杂剧家杨景贤，蒙古人，名暹，后改名讷，号汝斋；蒙古族诗人泰不华，字兼善，号白野；散曲家贯云石，畏兀氏，本名小云石海涯，别号酸斋、成斋、疏仙、芦花道人；薛昂夫，色目回鹘族人，名超吾，号九皋，汉姓马，字昂夫，故又称马昂夫③；女真人奥敦卿，又作奥屯周卿，名希鲁，字周卿，别号竹庵、沧江。他们的名、字、号都是多民族文化交融的产物。与汉民族在政治经济、风俗习惯等多方面的融合与交流，使蒙古、色目、契丹、女真等民族中涌现出一大批汉化程度很深的学者和文学家，成为元代文学史上一道非常靓丽的景观。元代文学多源共生，不仅汉语言文学创作辉煌、斑斓绚丽，少数民族语言文学也取得了前所未有的成就。汉族和非汉族作家在传统文学诗文词赋，新兴文学散曲、戏曲（杂剧与南戏）、白话和文言小说等各种文学创作方面均有涉猎，形成了中国文学史上独有的多样与多元性，元代文学呈现出前所未有的格局。

元朝疆域辽阔，多族共处，元代文坛的作家队伍构成也是多元的。元代拥有一个中华民族历史上包容最广泛的文坛，作家籍贯从东南沿海到西亚地中海，从漠北到南疆，甚至广被于康里、克烈、茁林、大食、高丽、

---

① （清）赵翼：《廿二史札记》卷三〇，中华书局1984年版，第701页。
② 萧启庆：《论元代蒙古人之汉化》，《蒙元史新研》，允晨文化实业公司1994年版，第235页。
③ 元王德渊在《薛昂夫诗集序》中论及薛昂夫名字来由时说："薛超吾字昂夫，其氏族为回鹘人，其名为蒙古人，其字为汉人。盖人之生世封域不同，瓜瓞绵亘，而能氏不忘祖，孝也。仕元朝明圣之代，蒙元朝水土之恩，名不忘国，忠也。读中夏模范之书，免马牛襟裾之诮，字不忘师，智也。"[（元）周南瑞：《天下同文集》卷一五，《景印文渊阁四库全书》本]

天竺……其部族包括回鹘（畏兀）、葛逻禄（哈剌鲁）、西夏（唐兀）、吐蕃、契丹、女真，涵盖了蒙古、色目、汉人、南人四大族群。这些作家的宗教信仰也是多元的，除传统的儒士、释子、道人外，伊斯兰教徒（答失蛮）、基督教徒（也里可温）皆登上文坛，彬彬称盛。元代多族士人有着广泛的交游，共同参与文化文学活动，在活动中彼此深度交流，达到心灵的契合。多族士人的交流互动，多元文化的碰撞融合，促成了元代独特的文化精神：含弘正大、崇真贵俗。这不是中原传统的农耕文明宗法制度下固有文化精神的延续，也不是北方游牧文化精神的入主，更不是西域商业文明精神的移植，而是多元文化的融合，是元代文化和文学独特的精神。

总之，一方面，民族、宗教的多样性，政治环境的宽松，带来了文学创作群体、创作风貌的多样性；另一方面，选官制度的倾向性，尤其是科举取士的时行时废，带来了汉人和南人士人仕进之途的逼仄、士人阶层的剧烈分化，这使得元代文学创作主体总体呈现社会阶层下移的趋势，而这也构成了元代俗文学发展的社会基础。

第一章
元代文人的大分化

　　元朝秉承的用人政策是尚武轻文,重视经济和义理之士而轻辞章之士,纯文学之士人地位跌落。要了解在这种社会状况下的元代文人的生活以及他们的精神风貌,首先要了解元代文人的处境、作家队伍的分化状况。他们和宋代、明代文人相比较,有着不同的生活和志趣。

第一节　作家队伍的雅俗分流及雅文学作家群体

元朝统治者为保障蒙古、色目贵族专权，即使在实行科举制的同时，也一直保持与族群差别等级制度相一致的根脚制和承荫制。因此，官员选拔以出身论高低，中央和地方的高级行政官员和军事长官都由蒙古或色目贵族担任，汉人、南人只能充任副职和低级官吏。元王朝没有给汉族精英在仕途上提供一个公平竞争的机会，政府机构中权利分配不均，又加重了民族不平等。由元入明的叶子奇曾对此进行过阐述：

> 古之圣贤立心，至公无我。其官人之道，必曰禄罔及私，官惟其能；爵罔及恶，德惟其贤。此其所以能为天地立心，为生民立命也。元朝天下，长官皆其国人是用。至于风纪之司，又杜绝不用汉人、南人。宥密之机，又绝不预闻矣。其海宇虽在混一之天，而肝胆实有胡越之间。不过视官爵为己私物，其视古圣立贤无方之道，果何如哉？不知天位天禄，天以命有德，岂能屯膏吝赏，久蔽于汉人、南人哉？是以不及百年，大乱继踵，而爵禄皆归中原之人。①

自古圣贤于用人之道均遵崇"至公无我"这一原则，这也是历朝贤明的统治者认可的用人之道。而元朝为了维护蒙古族自身的利益，在任用官员时则是以蒙古人为尊，并且在监督风纪的官署里杜绝汉人、南人掌握权力，所以虽然元朝疆域广大，兵力雄厚，但国祚未及百年。

元朝政府用人以实用为目的，不重科举。元前期迟迟未开科举，直到仁宗延祐二年（1315），在李孟等儒臣的建议下才正式开科取士，科举制度在中断若干年之后得以延续。到顺帝至元元年（1335），因中书平章蔑儿乞氏伯颜坚决反对，科举考试再度停废。到顺帝至正元年（1341），才又

---

① （明）叶子奇：《草木子》卷四，中华书局1959年版，第81页。

恢复了科举，此后一直到元朝灭亡，科场每三岁一次开试。① 元代的开科较之辽、金两代要晚得多，到 1368 年元朝灭亡，科举实行五十二年，扣除中断六年，实际上只有较短的四十五年时间，仅开科举十六次，每次取士数十人。至正二十年（1360）取士三十五人，为最少的一次。最多的一次是元统元年（1333），取士一百人。终元之世，左、右两榜共取士一千一百三十九人。显而易见，元代科举实行时间短、规模较小、擢用人数较少，不能与科举兴盛的宋、金两朝相比，即使与仅统治中原东北一隅、选派官员也不甚重视是否科举出身的辽代相比，规模也不及其一半。所以有人说，元代是中国科举史上最低落的一代。② 元代名臣胡祗遹针对元代科举之法的难以实施以及选人的种种弊端有过鞭辟入里的论述：

> 世官既不可行，取人之法未立，是以有素无行检，恃利口而得官者；素无才望，纳贿行赂而得官者；不经历试，以虚声浮举而得官者；似有实无、毫不知耻、厚貌深情而得官者。致使缄默谨约者为无能，贫窭寡交者为退缩无用，逃名务实者为无闻，壮年豪迈、思深虑远、直言谠论、切中时病者为狂妄诽谤。当此之际，而处选举铨衡之任，不亦艰哉！③

不过，元代即使恢复科举之后，也没有像前朝那样给文人儒士提供多少进身的机会。元仁宗称："举人宜以德行为首，试艺则以经术为先，词章次之。浮华过实，朕所不取。"④ 他们要选拔的不是能以文墨歌功颂德的文学之士，而是以经术义理和经济治理国家的人才。虽然元世祖忽必烈在治国上采用汉法，但他还要顾及蒙古族贵族的利益，在用人上兼顾蒙古族世家和根脚取才制度，在采用汉法上是有所保留的。⑤ 元朝是我国第一个

---

① 《元史·选举志》，第 2018 页。
② 金诤：《科举制度与中国文化》，上海人民出版社 1990 年版，第 160 页。
③ （元）胡祗遹著，魏崇武等校点：《上李尚书书》，《胡祗遹集》，吉林文史出版社 2008 年版，第 295 页。
④ 《科举诏》，《全元文》第 16 册，第 5 页。
⑤ 萧启庆：《内北国而外中国：蒙元史研究》，中华书局 2007 年版，第 145 页。

由少数民族主宰的大一统王朝，有其固有的文化及政治传统。蒙古社会重视世袭权利，选官用人偏重出身，以作为收揽士人与建立正统的重要手段。汉族的科举选官是为打破世袭与贵族的特权，这和蒙古社会的用人方式是格格不入的。因此，元仁宗推行科举也考虑到蒙古族和汉族的区别，在科举取士时，对蒙古、色目、汉人、南人区别对待。这对以前依靠科举谋仕途的汉族读书人来说是一个打击，汉族读书人多，而以科举谋求官职的机会变得非常少。

历来文人所信奉的以儒术经邦治国的观念，在元代受到了很大冲击。元代选官用人重根脚，高官厚禄几乎为少数"大根脚"即与皇室渊源深远的勋臣世家所总揽垄断。元代文士即使通过科举谋得官职，进入仕途，地位和待遇也不能和蒙古、色目人相比，更不能和宋代文人相比。宋代业已形成了尊师重道、重文轻武的社会环境和社会风气。[①]宋代富商常常想方设法攀附士子以为荣，"近岁富商庸俗与厚藏者嫁女，亦于榜下捉婿，厚捉钱以饵士人，使之俯就，一婿至千余缗"[②]。整个宋代，士人在社会上声望和地位极高。

宋元易代之后，文人在宋代所拥有的政治和经济上的优势不再。元代文人科举入仕的机会相比之下很少，没有其他更好的入仕途径，于是纷纷选择由吏入仕。但出身吏员官职升迁很慢，更不用说受到重用了。元廷有明文规定：吏员出身者，秩止四品。[③]再有，元代文人为了生存，多出任与本业最为接近的儒学教职，既可自养，又可育人，这是元代士人生存境况的一大特色。不过，元代的教职虽属无资品的流外职，但取之并不容易，且升迁艰难。

如此一来，元近百年间，汉人只有小部分精英能进入统治阶层而获居高位，大部分在政治权力上已经被边缘化了。元末余阙曾论及元代文人的地位和处境：

---

① 宋太宗曾以有些夸张的口气对其近臣感慨道："学士之职，清切贵重，非他官可比，朕常恨不得为之。"[（宋）李焘：《续资治通鉴长编》卷三四，岳麓书社 2008 年版，第 207 页] 从中可见宋代学士在政治生活中的地位。
② （宋）朱彧撰，李伟国点校：《萍洲可谈》卷一，中华书局 2007 年版，第 127 页。
③ 《元史·泰定帝本纪》，第 642 页。

> 我国初有金宋，天下之人，惟才是用之，无所专主，然用儒者居多也。自至元以下，始浸用吏，虽执政大臣亦以吏为之。由是中州小民粗识字能识文书者，得入台阁，共笔札，累日积月，皆可以致通显，而中州之士见用者遂浸寡。况南方之地远，士多不能自至于京师，其抱材蕴者又往往不屑为吏，故其用者尤寡也。及其久也，则南北之士亦自町畦以相訾，甚若晋之与秦，不可与同中国，故夫南方之士微矣。延祐中，仁皇初设科目亦有所不屑，而甘自没溺于山林之间者不可胜道，是可惜也。①

然而，汉族士人又往往有着先进的文化。虽然大多汉族儒士文人失去了治国的权利，但并未失去在文化和文学领域的话语权。在元代这种具有开放性和包容性的政治文化环境中，文人更能展现其群体意识，从而在文化领域拥有绝对的掌控权。

千百年来中国文人通过治国和明道来实现其人生价值的两大途径到元代都行不通了，社会没有给他们更多飞黄腾达的机遇，于是他们也卸下了如唐宋文人那样的负累。任何事情都有其两面性。"修身齐家治国平天下"是历代文人的人生理想和人生价值追求，进而行道，退则明道，所依附的是政治或者道，均是以天下为己任。但元代没有给文人这样的机会，文人需要适应这种社会环境。他们被抛出了社会的主流，远离政治权力，社会地位大大跌落了，但没有富与贵，他们还有"文"，"文"是文人自身所具有的优势。

元代文人卸下了社会责任和思想上的枷锁，淡化了对朝廷的责任和义务，换来了文人本身的自由。经过内心的选择和自我调适，文化生活的清雅之趣，成为很多文人的追求。他们淡化了与政治的依附关系，远离了尘俗污浊的官场，精神上更加独立。这部分文人，在动乱扰攘时代大潮的冲击之下全节远害，或隐居教授，或隐于田园，或隐于山林，或隐于释老，或隐于市井，追求的依然是文人生活雅趣，是人格的完整和精神的独立。

---

① （元）余阙：《杨君显民诗集序》，《青阳集》卷二，《景印文渊阁四库全书》本。

诗酒自娱是文人的传统，以示无意于权势富贵，同时也是文士风流儒雅生活的标志。戴表元在《千峰酬倡序》中记载了当时的一次宴游与雅集：

> 方其濯缨清流，连镳层云，雍容雅言，优游燕歌，固当他有汲汲于今时之为者。风霜摇落，砂砾净尽，平生扳援驰逐之好，一切不以介意，乃相率俯首从事于山川篇翰间，一以逃喧远累，一以忘形遗老。寒暄荣悴，嚣寂禽虫，卉木百物之变出没于前；忧愁喜乐，穷达贵贱，史册古今之感往来于中。一一可与吾接，而不得为吾累也，何莫非诗之助者，呜呼快哉！①

在自然中远离喧嚣，解除身之累和心之累，欣欣然忘形于山水。对此，他们珍惜，他们喜欢。无须歌时颂圣以换取社会政治地位，不治国，不明道，回归文人自身的价值，文学创作成为文人生活的一部分。

至于经济和义理之士，他们还有机会出仕新朝，于是立即投入救世行道的行动中，自信其济世救民、匡扶天下、民胞物与的道德情感和修齐治平的政治抱负还能实现。

在元代，钟嗣成在《录鬼簿》中就已把文人分为了三类："若以读万卷书，作三场文，占奎甲第者，世不乏人。其或甘心岩壑，乐道守志者，亦多有之。但于学问之余，事务之暇，心机灵变，世法通殊，移宫换羽，搜奇索怪，而以文章为戏玩者，诚绝无而仅有也。"②科举入仕者，隐居岩壑者，这两类都属于传统的文士。第三类"以文章为戏玩者"，是具有文学素养的下层文士，他们绝大部分终身布衣或者沉溺下僚，自称"浪子"，即所谓的浪子文人群体，是新分离出来的一个群体。当然，除浪子文人群体之外，元代还有一部分从雅文化群体中分离出来的下层士人，可称之为江湖游士群。因元前期不设科举，仕途逼仄，再加上"士失其守，反不如

---

① （元）戴表元著，李军等校点：《千峰酬倡序》，《戴表元集》，吉林文史出版社2008年版，第184页。
② （元）钟嗣成、贾仲明撰，马廉校注：《录鬼簿新校注》，文学古籍刊行社1957年版，第146页。

农工商贾之有定业"①，为了谋生，一部分士人转为以相术谋生的江湖游士，即所谓江湖术士，"多以星命相卜，挟中朝尺书，奔走闽台郡县糊口耳"②。这部分文人在元代为数较多，刘克庄《跋术者施元龙行卷》载："挟术浪走四方者如麻粟。"③另有一部分因不务举子业，为了生计而"干求一二要路之书为介，谓之阔匾，副以诗篇，动辄数千缗以至万缗"④，则是以诗文谋生的江湖诗人。戴复古《市舶提举管仲登饮于万贡堂有诗》曰："七十老翁头雪白，落在江湖卖诗册。平生知己管夷吾，得为万贡堂前客。嘲吟有罪遭天厄，谋归未办资身策。鸡林莫有买诗人，明日烦公问蕃舶。"⑤从中可以看到元代下层士人向豪门兜售自己诗文的情形，这也是当时江湖士人的一种普遍现象。这两部分就是从士阶层中分化出来的江湖游士群，他们游谒于江湖以求生存。

元初北方从文人雅士中分离出来向下流动而走入市井的才子文人，进入以市民为主体的商业化文化娱乐市场，与歌妓艺人交往，投身于为正统文人所不看重的新兴文体——杂剧和散曲的创作。至此，俗文学作家队伍形成，且具有相当规模。元散曲家赵显宏〔南吕·一枝花〕《行乐》写道："十年将黄卷习，半世把红妆赡。向莺花场上走，将风月担儿拈。"⑥十年苦读诗书，半世以来肩负的却是"风月担"，行走于"莺花场"，在舞妓歌姬风月场中消遣，诗酒忘忧。他们在市井这个文化空间中，不受礼教在思想上的管辖与束缚，冲破男女之大防，创造了俗文学的辉煌。

扎拉嘎先生说："在元代之后，中国古代文学结构进入到俗文学为主体

---

① （元）陆文圭：《吴县学田记》，《全元文》第17册，第607页。
② （元）方回选评，李庆甲集评校点：《瀛奎律髓汇评》卷二〇，上海古籍出版社1986年版，第840页。
③ （元）刘克庄：《后村先生大全集》卷一〇九，四川大学出版社2008年版，第2813页。
④ （元）方回选评，李庆甲集评校点：《瀛奎律髓汇评》卷二〇，上海古籍出版社1986年版，第840页。
⑤ （宋）戴复古著，金芝山点校：《戴复古诗集》，浙江古籍出版社2012年版，第16页。
⑥ 隋树森编：《全元散曲》，中华书局1964年版，第1182页。下所引《全元散曲》皆为此版本，不另注。

的时代。"①宋代的俗文学以小说为结构主体,元代的俗文学以戏剧为主,明代的俗文学以小说和戏曲为主。明代王骥德在《曲律》中阐明了这一点:"至元而始有剧戏,如今之所搬演者皆是。此窍由天地开辟以来,不知越几百千万年,俟夷狄主中华,而于是诸词人一时林立,始称作者之圣,呜呼异哉!"②元杂剧的创作相当兴盛,以《全元戏曲》收录为据,则元代南戏、杂剧两种类型的作品,合达二百种以上。③其成就虽然不能和明清小说抗衡,但在俗文学发展史中、在小说戏曲发展历程中,其为明清小说戏曲的发展奠定了厚重的基石。元代戏曲作家也是一个阵容不算小的读书人群体。翻开《录鬼簿》,我们看到一群沉沦下僚、混迹于勾栏瓦舍的浪子文人,即元杂剧作家群,其中以关汉卿为代表的"前辈已死名公才人,有所编传奇行于世者"就有五十六人。④元代戏曲作家的人数实难以确计,但以庄一拂《古典戏曲存目汇考》的考订来看,其中有名有姓的至少也有百人。⑤

由此,元代作家队伍而分雅分俗。

选择不同的人生道路,也就意味着选择不同的创作道路。元代雅文学作家队伍,包括科举入仕者和隐居岩壑者,创作侧重的依然是作为正统文化载体的传统诗文,故诗文仍是元代文学的大宗,依然为人们看重。元代的诗文别集数量相当可观,清人修《四库全书》,收入元人别集一百七十一种,另存目三十六种,而现存元人诗文集起码在四百五十种以上,散佚(含未见)四百二十五种。据统计,元代有近五千诗人,十三万四千首诗;而宋有九千诗人,二十七万首诗。元立国不足百年,而宋朝享国则在其三倍以上。元代诗文数量可观,质量也相当高。元欧阳玄在《罗舜美诗序》中这样评价本朝文章:"我朝延祐以来,弥文日盛,京师诸名公,咸宗魏

---

① 扎拉嘎:《游牧文化影响下中国文学在元代的历史变迁——兼论接受群体之结构变化与文学发展的关系》,《文学遗产》2002年第5期。
② (明)王骥德:《曲律》,中国戏曲研究院编:《中国古典戏曲论著集成》第4册,中国戏剧出版社1959年版,第150页。
③ 王季思主编:《全元戏曲》,人民文学出版社1999年版,第1页。
④ (元)钟嗣成、贾仲明撰,马廉校注:《录鬼簿新校注》,文学古籍刊行社1957年版,第9页。
⑤ 庄一拂:《古典戏曲存目汇考》,上海古籍出版社1982年版。

晋唐，一去宋金季世之弊，而趋于雅正。"①在他看来，元代是文章盛世。元末杨维桢在《玩斋集序》中这样评价元诗："我朝古文殊未迈韩柳欧曾苏王，而诗则过之。"②据现有文献可知，元代诗人有近五千人，而曲家只有二百多人。因而，元代雅俗文学分流，但仍以雅文学为主体。

　　元代朝廷的用人取向和辞章之士受排斥的现实，不仅影响了统治者对雅文化雅文学的态度，也影响了入仕文人的人生价值取向。元之前，有志于"治国平天下"的正统文人往往信守"达则兼济天下，穷则独善其身"的古训，大都从事诗文创作；而历代帝王不管是为了宣扬教化，还是为了附庸风雅，也多参与诗文的倡导和创作活动。元朝统治者显然不理解也不欣赏汉族传统的高雅文化，而更注重实用。忽必烈就曾对藩府儒臣赵良弼提出过这样的问题："汉人惟务课赋吟诗，将何用焉？"③上有所好，下必甚焉。帝王的偏好影响是很大的。因而，元代文人对在社会上起主导作用的以温柔敦厚、载道劝善为创作主旨且以"阳春白雪"自诩的诗歌和散文等社会主流雅文学的态度开始发生了转变。如藩府理学家许衡诗文雅洁深稳而质实，代表了元初北方儒者之文风，正如四库馆臣所言："其文章无意修词，而自然明白醇正。诸体诗亦具有风格，尤讲学家所难得也。"④但许衡一生所致力的，并非是文章家的文字辞章之工，也不是理学家的天理性命之奥，而是基本精神重"践履"的经世致用，是将儒学或说理之学应用于政治实践，正如明人何瑭《表彰文正公碑记》所说："学以躬行为急，而不徒事乎语言文字之间；道以致用为先，而不徒极乎性命之奥。其所得者，盖纯乎正而不可加矣。"许衡并不刻意著述，也不留心性命，而着意于"修齐治平之方，义利取舍之分"⑤。他认为：

　　　　唯仁者宜在高位，为政必以德。仁者心之德，谓此理得之于心

---

① （元）欧阳玄：《东维子文集》卷八，《四部丛刊》本。
② 《全元文》第42册，第342页。
③ 陶秋英编选：《宋金元文论选》，人民文学出版社1984年版，第3746页。
④ （清）永瑢等撰：《四库全书总目》卷一六六，中华书局1965年版，第1430页。下所引《四库全书总目》均为此版本，不另注。
⑤ （元）许衡：《鲁斋遗书》卷一四，《北京图书馆古籍珍本丛刊》本。

也。后世以智术文才之士君国子民，此等人岂可在君长之位？纵文章如苏黄，也服不得。不识字人有德，则万人皆服，是万人共尊者。非一艺一能，服其同类者也。①

按许衡的说法，文士不能治国。因为按他的逻辑推理，文为德之累，文名为身之累，文高必然德下，故文高只能位下。许衡作为元初北方的大儒，曾任中书左丞，出任国子监祭酒。在国子监，许衡教授了一批蒙古、色目与汉族子弟，其中不乏俊杰之士。他对元代文人的影响不可忽视。他的学生姚燧，是元代的文章大家。②姚燧早年文章受人赞赏，许衡立即告诫他："弓矢为物，以待盗也；使盗得之，亦将待人。文章固发闻士子之利器，然先有能一世之名，将何以应人之见役者哉？非其人而与之，与非其人而拒之，钧罪也，非周身斯世之道也。"③不希望他以文名世，还断言有文名必然会导致身心之累：一旦成为文章名家，各色人等都来求文，面对求文者，就像面对手执弓矢利器的进攻者一样，将非常被动，要做到与所当与、拒所当拒是很难的，这即是文名之累。许衡总是以伦理的、社会功利的、理性的眼光而不是艺术的、审美的眼光审视文学。他反对专意为文，强调若要提高文章写作水平，不是靠词章，而在于修养身心、提高德行，圣人之文便是由"德性中发出，不期文而自文，所谓出言有章者"④。无意为文而文自生，这样的文章当然不会害道。元初杨奂也说：

> 金大定中，君臣上下以淳德相尚，学校自京师达于郡国，专事经术教养，故士大夫之学，少华而多实。明昌以后，朝野无事，侈靡成风，喜歌诗，故士大夫之学，多华而少实。⑤

---

① （元）许衡：《鲁斋遗书》卷二，《北京图书馆古籍珍本丛刊》本。
② 姚燧之学有得于许衡，由穷理致知，反躬实践，为世之名儒。《四库全书总目》卷一六六说："燧虽受学于许衡，而文章则过衡远甚。"（第1433页）
③ 《元史·姚燧传》，第4057页。
④ （元）许衡：《鲁斋遗书》卷二，《北京图书馆古籍珍本丛刊》本。
⑤ （元）杨奂：《跋赵太常拟试赋稿后》，《全元文》第1册，第131页。

杨奂喜经术多于歌诗，在文学上也是崇尚实学，批评金代士大夫之学华而少实。藩府儒臣郝经也力主文章须实用，不作"逐末之文"。他曾致书杨奂说："天下已乱，生民已弊，无有为拯而药之者之士也，方相轧以辞章，相高以韵语，相夸以藻丽，不知何以尧舜其君民也，道其不行矣夫！伏观先生《韩子辨》《正统例》《还山教学志》，洋洋灏灏，若括元气而禽辟之，其事其辞其理，皆有用者也，非世之逐末之文也。"①称赞杨奂文章注重社会政治功能，有用于世。元名儒胡祗遹主张："文章贵适用，美恶不可逃。政教苟无补，辞雄亦徒劳。"②"儒无用"论在当时颇为流行，不仅对写文章要求务实、以经世致用为主，对儒士也有如此评判。因元代统治者注重实用，王祎批评当世儒者怯懦无用，以下这段文字颇具代表性："有用之谓儒。世之论者，顾皆谓儒为无用，何也？曰：非论者之过也。彼所谓无用，诚无用者也。而吾所谓有用者，则非彼之所谓无用矣。……儒者之道，其果尽于辞章训诂而已乎？此其为儒也，其为世所诋訾，而蒙迂阔之讥也固宜，谓之为无用，固诚无用矣，而又何怪焉？"③他认为，真正的儒者，不是徒具儒者之表，是法周孔之道、习圣贤之学，能以圣贤之学为天地立心、为生民立命、为国家天下立功的有用之儒。

元代的入仕文人都以经济之才或义理之学相标榜，虽然也从事文学创作，但仅"以余力为诗文"④。如刘秉忠诗文创作是"裁云镂月之章，阳春白雪之曲，在公乃为余事"⑤，虽然也希望别人赞赏或推崇自己的诗文，但决不愿意被视为诗人或文章家，忌讳被视为辞章之士。宋濂，作为元末代表性的文章家，亦是志在经济和义理，不喜欢被人以文学之士看待。他在

---

① （元）郝经：《上紫阳先生论学书》，《全元文》第4册，第164页。
② （元）胡祗遹著，魏崇武等校点：《胡祗遹集》，吉林文史出版社2008年版，第60页。
③ （元）王祎：《儒解》，《王忠文集》卷一四，《景印文渊阁四库全书》本。
④ （宋）楼钥：《攻媿集》卷一〇一《鲍明叔墓志铭》："多记经史子传之文，喜为人讲说，纚纚可听。以其余力为诗词，发语清丽，倡酬无虚时。"（广雅书局光绪二十五年本）这种说法又见于吴澄《故将仕佐郎赣州路儒学教授陈君墓碣铭》及《丁叔才诗序》。如《丁叔才诗序》："唐宋以来之为诗，出没变化以为新，雕镂绘画以为工，牛鬼神蛇以为奇，而《周南·樛木》等篇何新之有？何工之有？何奇之有？临川丁叔才教授生徒，以其余力为诗章，辞达而已，不惟新、惟工、惟奇之尚。"（《吴文正集》卷八七，《景印文渊阁四库全书》本）
⑤ （元）阎复：《藏春集序》，（元）刘秉忠：《藏春集》，《北京图书馆古籍珍本丛刊》本。

所撰自传《白牛生传》中说："好著文，或以文人称之，则又艴然怒曰：吾文人乎哉？天地之理欲穷之而未尽也，圣贤之道欲凝之而未成也。吾文人乎哉？"①

因而，在元代，文章家和道学家合而为一，不再有学者和文人之别。元中期虞集等馆阁文臣即是持这种看法，认为说理者"鄙薄文辞之丧志，而经学、文艺判为专门"，"士风颓弊于科举之业"②，应该消弭经学与文艺的壁垒，将二者融合。所以宋濂等修撰的《元史》将前代史书的"儒林""文苑"二传合而一之为"儒学传"。我们再看一下有元一代文章家的创作情况。元前期领袖文坛者是许衡的高足姚燧。继姚燧而起的古文大家元明善，是姚燧文风的继承者。之后主持文坛者是"儒林四杰"虞集、黄溍、柳贯、揭傒斯，他们又被誉为"元文四家"，均为元代名儒与著名诗文作家。此外，元代文章大家还有赵孟𫖯、邓文原、袁桷、欧阳玄等，他们的儒学涵养均十分深厚。

总体而言，雅俗分流的独特现象，使得元代文坛呈现出独特的格局与风貌，并成为中国文学发展的一个重要现象，进而影响了明清文坛的格局。明清两代雅俗分流格局的日趋明显化，使雅俗文学共同繁荣的新局面出现，进而对中国文学史的发展也产生了深远的影响。

我们看一下元代诗文创作的情况。根据北京师范大学古籍研究所编纂《全元文》统计，《全元文》收作者三千一百九十四人，文章三万二千余篇。又，据中国社会科学院文学研究所编纂《全元诗》统计，《全元诗》收作者近五千人，诗约十四万首。元代的诗文别集，现存的应有四百五十种以上，散佚的不少于四百二十五种。元代诗文依然是元代文学的主流，南北的诗文作家都属雅文学作家队伍，占据主导地位。在南北士风文风融通之前，南北隔绝，地域上又有差异，北方主要沿袭金朝文脉，南方承袭宋朝文脉，南北各有自己的特色。北方政治上较为强势，南方学术与文学较为强势。南北统一后，南北方学术与诗文交流融合，从而形成特色鲜明的雅正、清和、平易的大元气象。元代统治者对思想文化领域没有严格控

---

① 罗月霞主编：《宋濂全集》，浙江古籍出版社 1999 年版，第 80 页。
② （元）虞集：《庐陵刘桂隐存稿序》，《道园学古录》卷三三，《四部丛刊》本。

制,没有文字狱,又因为科举的不兴,文人不再以诗文歌时颂圣,刻意炫才,成就功名,换取社会政治地位,不会因诗文而获罪,也无须婉曲深晦地表达。如元孟攀鳞为耶律楚材文集所作的序中所言:"今公之为言,非徒示虚文而已,实救世行道之具,所以柱石名教,纲纪彝伦,鼓舞士风,甄陶人物。岂惟立当代之典章,端可为将来之规范。"①这种情况在元代已经不再是主流,元代文人逐渐放弃了用诗文以救世行道。吟诗著文更多是元代文人生活的一部分,正如刘将孙《九皋诗集序》所言:"夫诗者,所以自乐吾之性情也,而岂观美自鬻之技哉?"②他们不再以诗文博取功名,创作回归了诗文本身的意义。

---

① (元)孟攀鳞:《湛然居士文集序》,(元)耶律楚材:《湛然居士文集》,中华书局1986年版,第6页。
② (元)刘将孙:《九皋诗集序》,《养吾斋集》卷一〇,《景印文渊阁四库全书》本。

第二节　元代俗文学作家队伍及俗文学创作

元末明初叶子奇对元代的用人政策有过一个很恰当的评价："元朝自混一以来，大抵皆内北国而外中国，内北人而外南人。"① 元朝统治者于马上得天下，虽然采用了汉法治理中原地区，但没有完全消化汉族一整套的君道臣纲的制度规范，并未建立起行之有效的官僚机构和道德体系。为了保障本民族的纯粹性，为了享受国家政权给他们带来的财富和特权，在统治过程中特别重利。"利"字当头，统治者对于本族人和色目人信任有加，在各级政府机构中以蒙古人和色目人为正职，而与汉人和南人关系疏远。虽然汉族文人在文化上占据优势，但元朝时断时续的科举政策，没有给他们提供通过读书入仕的机会。不能施展抱负、建功立业，把自己融入国家政治体系，治国平天下的士人理想也就不再了，读书人的生存之途坎坷起来。改朝换代所带来的时局混乱及新价值观念的失衡，使元代文人面临的处境是："蒙古人主中原使他们成为下了马的夯汉，却将汉人架上马背，对于广大汉人来说，蒙古人当家作主的国家就是一匹咆哮的野马，只能顺其势跟着'飘'起来……于是，元代文人也成了马背上的水手——拥有了全套的不合时宜的思想、无权者的权力、有苦说不出还不能不识抬举的尴尬。"② 在改朝换代刚刚结束时，他们还有对过去的山川美景、贤明君主及佐政良臣的怀念，对新王朝异族统治者的抵触和怨言，但随着国家统治的加强及统治者对汉族和儒家文化的尊重，在适应了新的社会状况之后，他们把归隐林间泉下、吟风弄月的避世和浪迹秦楼楚馆、纵情花酒风月的玩世都纳入可以接受的生活方式。

"轻暖肥甘，妖淫艳丽，自娱之外，而又欺世盗名；翻经阅史，鼓琴

---

① （明）叶子奇：《草木子》卷三，中华书局1959年版，第55页。
② 梁归智、周月亮：《大俗小雅：元代文化人心迹追踪》，河北大学出版社2001年版，第2~3页。

焚香，吟诗写字，以为高雅，以示闲暇。"①此乃元代文人的追求与理想生活。放弃了对社会、君王乃至国家的责任，他们或诗书自娱，或啸傲湖山，或投身市井，但首先必须要面对的一个问题是生计。中国文人的生存方式，不是居庙堂之高或处江湖之远那么简单，在朝为官则为其君，在野为民则独善其身，这仅仅是理想化的描述，实际上文人也离不开吃饭穿衣。相传张璨有《无题》诗云："书剑琴棋诗酒花，当年件件不离他。而今七事都变更，柴米油盐酱醋茶。"②文人们的理想生活是"书剑琴棋诗酒花"，却离不开基本生活所需要的"柴米油盐酱醋茶"，世俗生活也是必须面对的。《元史·选举志》中说："士无入仕之阶，或习刀笔以为吏胥，或执仆役以事官僚，或作技巧贩鬻以为工匠商贾。"③文人为求生计，或出任书塾教授，或由吏入仕，或经商、行医、做工匠，也有的当了术士。元代官吏俸禄微薄，从元郑介夫于大德七年（1303）所上奏议可知：

> 今各处职田元有官田则有之，元无官田则无之。又虽有官田而不给为职田者。有职田处，除丝麻豆麦外，所收子粒，路之正官不下八百石，微如巡检亦收一百余石。无职田处，浪得职官之名，不沾颗粒之惠。而况外任俸钞，从五品止三十两，从六品不满二十两，如九品止十二两。以俸钞买物，能得几何。十口之家，除岁衣外，日费饮膳，非钞二两不可。九品一月之俸，仅了六日之食，而合得俸钞，又多为公用掯除。若更无职田，老稚何以仰给？又如小吏，俱已添俸添米，旧请俸钞六两者，增作八两，每钞一两，月加米一斗。以此比之，则六品以下之无职田者，反不如一小吏也。饥寒相迫，欲律以廉，得乎？此禄之不均三也。今内任俸钞倍于外任，而京城之间，寻常米价亦是半定一石。饮食衣帛，件件职田可以供赡。如外任三品官，月得俸钞八十两，职田米八百石，一月该米六十余石。至如九品

---

① （元）胡祗遹著，魏崇武等校点：《悲世风》，《胡祗遹集》，吉林文史出版社2008年版，第434~435页。
② （清）袁枚著，吕树坤译评：《随园诗话》，吉林文史出版社2004年版，第73页。
③ 《元史·选举志》，第2017页。

亦收职田米一百石以上，一月得米已近九石之数。随朝三品官，月请俸钞三锭一十五两，既元无职田，又不添俸米。而四品官除俸钞外，月增米一石九斗五升。由此言之，则随朝三品、四品之官，反不如外任九品簿尉之俸。此禄之不均四也。①

和宋代相比，元代官员俸禄普遍较低；和外任官员相比，京城内官员的俸禄更低。京城内的文官要想维持一家老小的生计是很困难的，或申请补外官，或以校书、卖字卖画等贴补家用。以往文人卖书画，纵然有所酬劳，也是大家随意自愿，但现在为了生计，不仅需计费算酬，而且在思想行动上都已经表现得对金钱孜孜以求了。《至正直记》"松雪遗事"条记载：

> 一日，有二白莲道者造门求字。门子报曰："两居士在门前求见相公。"松雪怒曰："什么居士？香山居士、东坡居士邪？个样吃素食的风头巾，什么也称居士！"管夫人闻之，自内而出，曰："相公不要恁地焦躁，有钱买得物事吃。"松雪犹愀然不乐。少顷二道者入，袖携出钞十锭曰："送相公作润笔之资，有庵记，是年教授所作，求相公书。"松雪大呼曰："将茶来，与居士吃。"即欢笑逾时而去。②

不管是有意戏弄还是无意嘲讽，从这一记载来看，即便是元人中的名士也很在意酬金多少。当然，无论古今都有这样的看法：酬劳多自然也代表身价高。赵孟頫夫妇要生活，也难免于柴米生活所需。自古文人清高，要么是本身清心寡欲，要么是家资丰厚有足够的资本。

文人以笔墨求润笔之资，自魏晋以来就有，尤其是文坛名宿的稿酬更是一字千金。司马相如写《长门赋》得千金。白居易即使是为好友元稹写墓铭，也所得颇丰："为元微之作墓铭，酬以舆马、绫帛、银鞍、玉带之类，不胜枚举。"③韩愈所写碑志墓铭文字价值千金："公鼎侯碑，志隧表

---

① 陈得芝：《元代奏议集录》，浙江古籍出版社1998年版，第87~88页。
② 周勋初主编：《宋人轶事汇编》卷三〇，中华书局1981年版，第1047页。
③ （清）钱泳：《履园丛话》卷三，中华书局1979年版，第73页。

阡，一字之价，辇金如山。"①此道大可为之，生活优裕之时，字画诗赋涵养性灵，既可自娱又可娱人，生活困顿之时，可暂把高雅姿态放到一旁，落得俗一些，把笔墨丹青兑换成银子。赵孟頫不仅文名远播，而且在当时是享有盛誉的书法大师、画家，常有人持金帛以求，写一篇庵记就能得到十锭钞的润笔之资，比元代普通一品大员的月俸还要多。②其他文士恐怕很难和他相比。《至正直记》卷四"金陵李恒"条云："金陵李恒，字晋重，杨通微女兄之子、文举之表弟也，进士出身，颇称廉简。然以家贫，尝以五分取逋息，作文鬻钱，是以贱吏、庸人、富室等皆得易而求之。尝为小吏凌立义之父作墓志，时人亦以是薄之。"③李恒虽然已经是进士出身，但依然改变不了贫困的现实，不得不卖文养家，因曾给小吏凌立义的父亲作墓志铭而遭到世人的鄙薄。如此看来，除去那些掌握权柄或营私舞弊的官员，仅仅依靠俸禄度日的官员日子也不会太宽裕，何况下级小吏。"吾藉是以养口体，岂好为人家作画师哉？"④鬻书卖画为生也是他们的一种无奈选择。

元杂剧《老生儿》里的刘从善也是落魄文人，虽然仍寄希望于参加科举而谋求发迹，但生活所迫，只得暂寄权宜，去教授蒙童："我将着这一所草堂开，聚几个蒙童训，常则是对青灯黄卷埋身。苦了我也十年窗下无人问，何日得功名进。"⑤不过教书也会有许多烦恼，若碰上几个愚顽淘气的学生，便生出许多无奈，如《荐福碑》中博学广文的张镐牢骚满腹："出来的越顽愚，忒乖疏，便有文宣王哲剑难拘束。一个个拴缚着纸毽子，一个个装画闷葫芦，一个撮着那布裙踏竹马，一个舒着那臁肋跳灰驴。他每那里省的鸦窝里出凤雏，您兄弟常则是油瓮里捉泥鳅。"⑥元代官学老师以俸禄养家，私塾先生则靠学生的束脩，以教授学生来谋生的方式对文人来说还是相当体面的。《元史·韩性传》云："性出无舆马仆御，所过，负者息

---

① （唐）刘禹锡：《祭韩吏部文》，《刘禹锡集》，中华书局1990年版，第604页。
② 《元史·食货志》记载：至元二十二年百官俸例，从一品六锭或五锭，正二品四锭二十五两或四锭一十五两。（第2451页）
③ （元）孔齐：《至正直记》，中华书局1991年版，第104页。
④ （明）宋濂著，陈葛满评注：《王冕传》，《宋濂诗文评注》，长江文艺出版社1997年版，第14页。
⑤ 王季思主编：《全元戏曲》第六卷，人民文学出版社1999年版，第225页。
⑥ 王季思主编：《全元戏曲》第二卷，人民文学出版社1999年版，第83页。

肩，行者避道。巷夫街叟，至于童稚厮役，咸称之曰'韩先生、韩先生'云。"①

元代著名理学家刘因虽然以开馆授徒谋生，但收入微薄，仅能维持生计，依然清贫，有时甚至衣食难周，温饱也成了问题。他在和陶诗中常常吐露他的寒士生活。如其《和有会而作》小序云："今岁旱，米贵而枣价独贱。贫者少济以枲食之，其费可减粒食之半。且人之与物，贵贱亦适相当，盖亦分焉而已。因有所感而和此诗。"其诗云：

> 农家多委积，渊明犹苦饥。况我营日夕，凶岁安得肥？衾裯一饱计，何暇谋寒衣？经过米麦市，自顾还自悲。彼求与此有，相直成一非。尚赖枣价廉，殆若天所遗。唯人有贵贱，物各以类归。小儿法取小，浅语真吾师。②

除了为官为吏、出任教授或者私馆授徒之外，根据元代相关资料，当时文人所能从事的职业或能谋生的途径不外乎卖字画诗文等几种。为了维持自己和家人的生活，他们不得不使出浑身解数，赚钱养家。市井也成为他们可选择的谋生之所。

元朝立国后，经济在宋代城市经济高度繁荣的基础上得到大力发展。《元史·地理志》称："自封建变为郡县，有天下者，汉、隋、唐、宋为盛，然幅员之广，咸不逮元。汉梗于北狄，隋不能服东夷，唐患在西戎，宋患常在西北。"③元代幅员辽阔、水陆交通发达，"无阃域藩篱之间也"④，南北大运河与海运全线打通。据《元史·地理志》和《经世大典·站赤》记载，元朝驿站遍布辖境，全国驿站超过一千六百处。驿站规模之大、分布地区之广超过历史上任何一个朝代。⑤驿站的建立与完善便于各地的联系，以元大都为中心，在全国形成了四通八达的交通网络，当时"四海为

---

① 《元史·韩性传》，第4343页。
② （晋）陶渊明著，袁行霈撰：《陶渊明集笺注》附录，中华书局2003年版，第669页。
③ 《元史·地理志》，第1345页。
④ （元）虞集：《可庭记》，《道园学古录》卷八，《四部丛刊》本。
⑤ 李云泉：《略论元代驿站的职能》，《山东师范大学学报》1996年第2期。

家……适千里者,如在户庭,之万里者,如出邻家"①。交通发达,商人贸易便方便快捷。元代农业、手工业得到发展,加上统治者对商人所采取的扶植政策,商业也繁荣起来。成吉思汗时期规定商人无须缴纳任何赋税,即便是随着元代赋税制度的完善,朝廷开始收取商业税,还是比较低的。窝阔台汗时商业税是取三十分之一,忽必烈时只收取六十分之一。无论是本就善于经商的色目人,还是蒙古人、汉人、南人,均有不少经商者。元大都是色目商人聚集之地,且多是富商大贾。元代很多地区"工商淫佚,游手众多,驱畎亩之业,就市井之末"②,人们的谋生手段倾向于商业经营。富商不仅物质生活优厚,而且社会地位比之前代得到提高,如河南人姚仲实便弃官从商,经商十年,资产百万,富可攀皇室。与宋、金时代相比,元代市镇发展显著,城镇人口增长,城市发达,经济更加繁荣。据《元史·地理志》《元一统志》等资料统计,元代有大型城市约一百二十个,并且出现了大都、杭州、苏州、广州、泉州、扬州、镇江、涿州、太原、奉元(今陕西西安)、开封、成都、江陵、九江等一批繁华的大城市,还有谦州、称海、德宁等新兴城市。泉州在元代是第一大港,"番货远物、异宝奇玩之所渊薮,殊方别域富商巨贾之所窟宅,号为天下最"③。广州也是热闹繁华,孙蕡在《广州歌》一诗中如此称扬其富庶:"广南富庶天下闻,四时风气长如春。……岢峨大舶映云日,贾客千家万户室。春风列屋艳神仙,夜月满江闻管弦。良辰吉日天气好,翡翠明珠照烟岛。"④元大都是中原地区最大的城市,于1267年开始营建,主要设计师是色目人也黑迭儿,元末时发展成号称"人烟百万"的大城市,也是北方最大的经济贸易中心、国际性大都市。不少外国商人常到此做生意,丝绸是主要的交易商品。马可·波罗描写道:

> 汗八里城内外人户繁多,有若干城门即有若干附郭。此十二大郭

---

① (元)王礼:《义冢记》,《麟原文集》前集卷六,《景印文渊阁四库全书》本。
② (元)马祖常:《建白一十五事》,《石田集》卷七,《景印文渊阁四库全书》本。
③ (元)吴澄:《送姜曼卿赴泉州路录事序》,《全元文》第14册,第155页。
④ 陈永正编注:《中国古代海上丝绸之路诗选》,广东旅游出版社2001年版,第128页。

之中，人户较之城内更众。郭中所居者，有各地来往之外国人，或来入贡方物，或来售货宫中。所以城内外皆有华屋巨室，而数众之显贵邸舍，尚未计焉。……外国巨价异物及百物之输入此城者，世界诸城无能与比。……百物输入之众，有如川流之不息。仅丝一项，每日入城者计有千车。①

杭州是南宋的都城，由于宋元易代之际并未遭到严重的战火破坏，"九衢之市肆不移，一代之繁华如故"②，入元后人口超过百万，跟西北的和林、元大都是当时全国三大都会。杭州是江南政治、军事、经济和文化中心，不仅风光秀丽、交通便利，而且非常繁荣，保持着"五方之民所聚、货物之所出、工巧之所萃、征输之所入，实他郡所不及"③的实力。马可·波罗描写道：

此行在城甚大，周围广有百哩。内有一万二千石桥，桥甚高，一大舟可行其下。其桥之多，不足为异，盖此城完全建筑于水上，四围有水环之，因此遂建多桥以通往来。……此城有十二种职业，各业有一万二千户，每户至少有十人，中有若干户多至二十人、四十人不等。其人非尽主人，然亦有仆役不少，以供主人指使之用。……城中有商贾甚众，颇富足，贸易之巨，无人能言其数。……此职业主人之为工厂长者，与其妇女，无不亲手操作，其起居清洁富丽，与诸国王无异。……城中有一大湖，周围广有三十哩，沿湖有极美之宫殿，同壮丽之邸舍，并城中贵人所有。……海洋距此有二十五哩，在一名澉浦城之附近。其地有船舶甚众，运载种种商货往来印度及其他外国。④

---

① 〔意〕马可·波罗著，冯承钧译：《马可波罗行纪》，上海书店出版社2001年版，第237~238页。
② （元）孟祺：《贺平宋表》，《全元文》第11册，第700页。
③ （明）徐一夔著，徐永恩点校：《思政堂记》，《始丰稿》卷一〇，《徐一夔集》，浙江古籍出版社2017年版，第261页。
④ 〔意〕马可·波罗著，冯承钧译：《马可波罗行纪》，上海书店出版社2001年版，第353~354页。

马可·波罗讲的大体上是事实。中国的史书里记载了杭州工商业发达的情况,特别是丝织业,市内手工工场很多,到元朝末年时已经出现了雇佣劳动力的状况。当时的西域商人不仅在杭州经商,而且以杭州为家、定居杭州,多聚居在杭州八间楼一带。

扬州"为南北之要冲,达官显人往来无虚日,富商大贾房积货财之渊薮"①。由于元王朝重视两淮盐生产和流通所带来的丰厚渔盐之利以及优越的地理位置,"雄富甲天下"的扬州在元代更加繁荣。马可·波罗记载:

> (扬州)城甚广大,所属二十七城,皆良城也。此扬州城颇强盛,大汗十二男爵之一人驻此城中,盖此城曾被选为十二行省治所之一也……居民是偶像教徒,使用纸币,恃工商为活。制造骑尉战士之武装甚多,盖在此城及其附近属地之中,驻有君主之戍兵甚众也。②

扬州不仅物产丰富,"介江南北,而以其南隶浙西,其北隶河南,壤地千里,鱼盐稻米之利擅于东南,为天下府库盖将百年矣"③,而且风景优美、工商业发达,经济繁荣,商贾云集。元代文人多有诗词吟咏扬州的山水美景、富丽繁荣景象:"画鼓清箫估客舟,朱竿翠幔酒家楼。四城列屋数十万,依旧淮南第一州。"④扬州作为江淮地区的商业经济中心,城市居民达百万,城内外商贾云集,游人如织,自然刺激了城市的娱乐业发展。王冕《过扬州》一诗描绘扬州的繁荣:"东南重镇是扬州,分野星辰近斗牛。人物渐分南北异,江淮不改万古流。琼花香委神仙佩,杨柳风闲帝子舟。十里朱帘晴不下,银罂翠管满红楼。"⑤吴娃荡桨,楚客吹箫,红翠满楼,夜夜笙歌。

城市的发展,城市经济的繁荣,使得各行各业、各色人等汇聚于城

---

① (元)危素:《扬州正胜寺记》,《说学斋集》卷二,《景印文渊阁四库全书》本。
② 〔意〕马可·波罗著,沙海昂注,冯承钧译:《马可波罗行纪》上册,商务印书馆民国三十六年版,第542页。
③ (元)孙作:《送淮南省梅择之序》,《沧螺集》卷二,《景印文渊阁四库全书》本。
④ (元)吴师道:《扬州四首》其一,《礼部集》,《景印文渊阁四库全书》本。
⑤ (元)王冕著,寿勤泽点校:《王冕集》,浙江古籍出版社1999年版,第50页。

市，市民阶层形成。《管子·小匡》曰"处商必就市井"，市井自古是人们买卖各种物品的地方，在城市里，市场是必备的。有市井，必然就有市井生活。市井生活一般和商业、服务业、娱乐业分不开。宋代市井街道和街区上店铺、作坊、酒楼、旅邸、澡堂、勾栏和瓦舍等林立。张择端《清明上河图》描绘了市井间俗世风情：热闹的街市两旁各行各业店铺应有尽有，甚至还有门诊药铺、算命看相摊，店铺里货品齐全，绫罗绸缎、珠宝香料无所不有，街市行人，熙来攘往。元代市井的繁荣，较之宋代有过之而无不及。元大都城内的市井商业勃兴，店铺井然有序："官大街上作朝南半坡屋，或斜或正，于下卖四时生果、蔬菜、剃头、卜算、碓房磨俱在此下。"①各类市场应有尽有：羊角市出售羊、马、牛、骆驼、驴、骡等牲畜，杂货日用生活品市场出售米、面、菜、果、鱼、家禽、鞋帽、纱布等，还有绸缎、皮货、金银、珍珠、雕刻等高级商品及文化用品市场。大凡市井均有酒楼、茶馆等，元朝的饮食风味独特，各族饮食文化繁荣，各色纷呈。元大都酒馆、酒肆豪华："茶楼酒馆照晨光，京邑舟车会万方。驿路花生春报信，御河水散客逢装。"②酒楼里胡姬美酒，清歌妙舞，檀板莺喉，引来不少文人即兴歌咏："小姬劝客倒金壶，家近荷花似镜湖。游骑等闲来洗马，舞靴轻妙迅飞凫。"③酒楼和茶肆不仅是普通百姓、歌妓、帮闲出入的场所，也往往有官吏文人出入，是市井生活中一个热闹的所在。元黄文仲在《大都赋》中描写了大都各种艺妓充斥并让仕宦巨贾流连忘返的情景："若夫歌馆吹台，侯园相苑，长袖轻裾，危弦急管，结春柳以牵愁，伫秋月而流盼，临翠池而暑消，褰绣幌而云暖。一笑金千，一饭钱万，此则他方巨贾，远土谒宦，乐以消忧，流而忘返。"④当然，在城镇，酒肆、茶坊、饭店等均具备。元代还有临时搭建节庆山棚的习俗，"元

---

① （元）熊梦祥著，北京图书馆善本组辑：《析津志辑佚》，北京古籍出版社1983年版，第206页。
② （元）马臻：《都下初春》，《霞外语录》卷四，《景印文渊阁四库全书》本。
③ （元）赵孟頫：《海子上即事与李子构同赋》，《松雪斋集》，西泠印社出版社2010年版，第105页。
④ 《全元文》第14册，第133页。

自世祖以来，凡遇天寿圣节，天下郡县立山棚，百戏迎引，大开宴贺"①，助长了市井的繁华。

如此一来，城市经济的繁荣和娱乐的需求给元代文人提供了更多谋生方式，部分文人融入人们交易买卖和杂聚之处，真刀真枪"练摊"，以供一家众口基本需要，也促进了游乐之风盛行。市民游乐之风盛行，也自然促进了俗文学的发展，大众娱乐在繁荣的城市经济下迅速成长。在城市文化的培育和滋养下，既有关汉卿、王实甫、马致远、纪君祥、王仲文、杨显之、高文秀、郑光祖、乔吉等投身戏剧创作的大批优秀文士，也有适合演出的场所即许多大中城市均具备的勾栏瓦舍，还有广大欣赏戏剧的市民阶层："内而京师，外而郡邑，皆有所谓勾栏者，辟优萃而隶乐，观者挥金与之。"②因而，元代戏剧很快发展到繁荣鼎盛，呈现一片欣欣向荣的局面。

元代俗文学作家队伍的出现和他们的文学创作在文学史上是具有重要意义的。元代作家队伍的雅俗分流是元代文学的特有现象，俗文学作家——浪子文人群体从此从文人雅士中分离出来，出雅而入俗，投入俗文学的创作中去，从而创造了俗文学的辉煌。这在中国文化史、文学史上是第一次。么书仪说："宋朝文人很少下顾戏曲杂艺，而明朝创作戏曲的作者，又回到了文人圈子和书斋中。"③唐代文人创作传奇，也是偶尔为之，其身仍在士人圈中，明代戏曲家也是如此，只有在元代，杂剧作家们——这些浪子文人流连于娼楼妓院，从事着俗文学创作，已经蜕变为市井文人。从此，俗文学作家队伍与俗文学沿着自己的轨迹发展。

元代俗文学作家以"戏玩"的态度从事杂剧创作，其中很多人是书会才人。钟嗣成所编《录鬼簿》共收杂剧、散曲作家一百五十二人。孙楷第先生认为《录鬼簿》《录鬼簿续编》两书中所录元杂剧作家泰半为书会中人。元代书会有元贞书会、玉京书会、武林书会、九山书会、古杭书会等。李时中、马致远都是元贞书会才人，"元贞书会李时中、马致远、花

---
① （明）叶子奇：《草木子》卷三，中华书局1959年版，第64页。
② 中国戏曲研究院编：《中国古典戏曲论著集成》第2册，中国戏剧出版社1959年版，第7页。
③ 么书仪：《元人杂剧与元代社会》，北京大学出版社1997年版，第112页。

李郎、红字公,四高贤合捻黄粱梦"①。关汉卿"生而倜傥,博学能文,滑稽多智,蕴藉风流,为一时之冠"②,是玉京书会的成员,其与当时著名演员朱帘秀的往复也算是一段佳话。元代浪子文人出于谋生的考虑,加入民间书会,在市井中与民间说书、歌妓艺人为伍,成了"曲状元""风月主"。书会才人发挥自己一技之长,推动了杂剧、南戏等俗文艺的勃兴,"他们形成了一个庞大的杂剧作家群落,不仅辉煌元朝剧坛,而且光被后世,使中国戏剧始终在元杂剧照亮、开拓的现实性、人民性、战斗性的道路上阔步前进"③。

俗文学作家在价值取向上和雅文学作家队伍呈现出明显的分野。既然已经没有什么前程可言,"不占龙头选,不入名贤传"④,他们写出的作品也就不可能关乎经世大业,也不会有关伦理政教。他们以自己的浪子生活而自豪。关汉卿公然自称是"蒸不烂、煮不熟、捶不破、炒不爆、响当当的一粒铜豌豆",是"普天下郎君领袖,盖世界浪子班头",要"占排场风月功名首"⑤。乔吉也称"我是个花柳营中惯战马"⑥。"浪子"这个在宋代为士人所不齿的头衔,他们却以之为荣耀。在这一批人心中,已经形成了不同于传统的道德评判标准和伦理观。元末钟嗣成的《录鬼簿》为这批浪子文人立传,在序中,将他们与历史上"圣贤之君臣,忠孝之士子"并提,在道德评判上对他们是肯定的,且赞扬他们"高才博识,俱有可录"。从事俗文学创作的作家,是文人中沦落的一族。么书仪说:"书会才人们一旦落脚于勾栏瓦肆,便意味着与正统儒士文人分离,走上了殊途异域,他们不再与治国平天下的大业相关,也失去了实现读书人传统上的'辉煌前途'的可能性,而只能与娼优歌妓为伍,从事供人娱乐和调笑的职业。在世人眼里,他们虽与伶人有别,究竟也相差无几了。"⑦他们叛逆的道德

---

① (元)钟嗣成:《录鬼簿》卷首,《续修四库全书》本。
② (元)熊梦祥:《析津志》,《永乐大典》卷四六五三。
③ 昊海:《元杂剧论》,河北教育出版社2001年版,第7~8页。
④ (元)乔吉:〔正宫·绿么遍〕《自述》,《全元散曲》,第574~575页。
⑤ (元)关汉卿:〔南吕·一枝花〕《不伏老》,《全元散曲》,第172页。
⑥ (元)乔吉:〔双调·新水令〕《闺丽》,《全元散曲》,第644页。
⑦ 么书仪:《元人杂剧与元代社会》,北京大学出版社1997年版,第108页。

评判标准,与他们的这种处境有关。必须明确的是,他们这种叛逆性的道德批判标准,或者说他们这些非道德的东西,在元代也没有为全社会所普遍接受。这种非道德的伦理观念,只在他们这批浪子文人中流行。钟嗣成在《录鬼簿序》的最后说:"若夫高尚之士,性理之学,以为得罪于圣门者,吾党且啖蛤蜊,别与知味者道。"①可见这种道德观念并不为当时的"高尚之士,性理之学"所认可。但是,如果换一种视角来审视,他们又是无媚态而有傲骨的,是一群才华横溢的有德之士,正如钟嗣成〔双调·凌波仙〕《吊宫天挺》所表彰的:"豁然胸次扫尘埃,久矣声名播省台。先生志在乾坤外,敢嫌他天地窄。更辞章压倒元白。凭心地,据手策,无比英才。"②

---

① 《全元文》第31册,第110页。
② (元)钟嗣成著,王钢校订:《校订录鬼簿三种》,中州古籍出版社1991年版,第22页。

第二章
多元文化交融下的元代文人及文学

元代是中国历史上的一个特殊时期，也是中国文学史上的一个特殊时期。元朝民族众多，文化多元，不少蒙古和色目子弟"舍弓马而事诗书"①，因环境和家庭以及所受的汉文化教育的熏染，他们的汉文化水平和汉族文人相差无几，其中很多人成为元代非常有名的学者或文学家。顾嗣立曾对元代西域色目作家群体现象有过评价："要而论之，有元之兴，西北子弟，尽为横经，涵养既深，异才并出。云石海涯、马伯庸以绮丽清新之派振起于前，而天锡继之，清而不佻，丽而不缛，真能于袁、赵、虞、杨之外，别开生面者也。于是雅正卿、达兼善、迺易之、余廷心诸人，各逞才华，标奇竞秀，亦可谓极一时之盛者欤！"②西域色目和蒙古作家群的出现，是元代文坛的一个非常耀眼的现象。这是在中国文学史上前所未有的为数众多而且成就斐然的多族作家群体。据统计，元代有作品流传至今的蒙古诗人有二十余人，色目诗人约有一百人。③他们的作品在四千首以上。他们和汉族作家共同创造了元代诗文的繁荣。陈垣先生《元西域人华化考》对元代多民族融合下的文化和学术有过很高评价：

> 盖自辽、金、宋偏安后，南北隔绝者三百年，至元而门户洞开，西北拓地数万里，色目人杂居汉地无禁，所有中国之声明文物，一旦尽发无遗，西域人羡慕之余，不觉事事为之仿效……故儒学、文学，均盛极一时。而论世者轻之，则以元享国不及百年，明人蔽于战胜余

---

① （元）戴良：《鹤年吟稿序》，《九灵山房集》卷二一，《四部丛刊》本。
② （清）顾嗣立编：《元诗选》初集，中华书局1987年版，第1185~1186页。
③ 杨镰：《元诗史》，人民文学出版社2003年版，第67页。

威,辄视如无物,加以种族之见,横亘胸中,有时杂以嘲戏……以论元朝,为时不过百年,今之所谓元时文化者,亦指此西纪一二六〇年至一三六〇年间之中国文化耳。若由汉高、唐太论起,而截至汉、唐得国之百年,以及由清世祖论起,而截至乾隆二十年以前,而不计其乾隆二十年以后,则汉、唐、清学术之盛,岂过元时!①

陈垣先生的评价非常客观,他从元代享国时间以及多元、多民族文化的角度分析,汉、唐、清等虽号称文化盛世,但从多民族在文化上的贡献来看远不及元代。在元代文学中,除了汉语言文学之外,另有少数民族语言文学。汉语言文学创作中,既有汉族文人的创作,也有少数民族作家的创作。据萧启庆先生统计,元代蒙古、色目汉学者增加的趋势是明显且多方面的。就人数而言,前期蒙古汉学者不过十七人,占总人数(包括一人兼一门以上而致重见者)的 10.90%;在中、后期则持续增加,分别增至 28.21%与 58.97%。其中色目汉学者前期仅占总人数的 8.15%,在中、后期分别为 40%与 45.19%,显然是与日俱增。就专长而言,前期大多数之蒙古及色目汉学者皆为儒学者,长于文学、艺术者甚为少见;而在中、后期,擅长文学、艺术之人数皆有大幅成长。②蒙古、色目学者在元代各个领域均有大家出现。随着非汉族文人汉化程度的加深,其无论是人数还是文学成就均呈逐渐上升趋势。到中后期,他们的学养日渐丰厚。其中造诣甚高者则以元末为最多,取得的成就也更高。元代文学的繁荣是多族作家共同创造的,元代文化的繁荣也是多族士人在民族融合的大背景下共同创造的。

---

① 陈垣:《元西域人华化考》,上海古籍出版社 2008 年版,第 118~119 页。
② 萧启庆:《元朝多族士人圈的形成初探》,《内北国而外中国:蒙元史研究》下册,中华书局 2007 年版,第 484 页。

第一节　民族融合大背景下的多族士人

元王朝疆域辽阔，是中国历史上少见的多民族迁移融合与混居的时代。陈垣先生说："盖自辽金宋偏安后，南北隔绝者三百年，至元而门户洞开，西北拓地数万里，色目人杂居汉地无禁，所有中国之声明文物，一旦尽发无遗。"①蒙古、色目人置身于中华幅员空前的疆域内，有了共享丰厚文化遗产的时空条件，不仅于思想上，而且在多个层面上认同、接受了汉文化，进而成为文质彬彬的士大夫。集金文学之大成、开元文学之先河的元好问是鲜卑族拓跋部后裔，高智耀、廉希宪、贯云石、赵世延、马祖常、迺贤、孛术鲁翀、萨都剌、郝天挺、余阙、颜宗道、瞻思、辛文房、不忽木、康里巎巎、沙班、泰不华、伯颜师圣、也速答儿赤、丁希元等西域和蒙古名士也在文学艺术领域取得了卓越的成就。他们精通诗词曲赋，在诗学方面成就相当高，赢得了各民族文士的赞誉。尤其是康里巎巎、马祖常、泰不华、贯云石、迺贤、丁鹤年，均有诗集传世。元胡行简在《方壶诗序》中对这些在文学领域有所造诣的异族士人不吝赞誉之词。②我们可以约略看一下这些少数民族文学家所取得的成就。

回回人丁鹤年（1335~1424）在元末诗坛较有影响。其"兄弟俱业儒"③，不仅工诗，而且"为文章有气，至于算数、导引、方药之说，亦靡不旁习"④。清陈焯称："鹤年诗典丽清醇。天姿既高，而学力足以副之。一时

---

① 陈垣著，陈智超导读：《元西域人华化考》，上海古籍出版社2000年版，第132页。
② （元）胡行简《方壶诗序》："海宇混合、声教大同、光岳之气冲融磅礴，而人材生焉！西北贵族联英挺华，咸诵诗读书，佩服仁义。入则谋谟帷幄，出则与韦布周旋，交相磨砻，以刻厉问学，蔚为邦家之光。至元、大德间，硕儒巨卿前后相望。自近世言之：书法之美，如康里氏子山、札剌尔氏惟中；诗文雄混清丽，如马公伯庸、泰公兼善、余公廷心，皆卓然自成一家。其余卿大夫士以才谞擅名于时，不可屡数。"（《樗隐集》卷五，《景印文渊阁四库全书》本）
③ （元）戴良：《鹤年先生诗集序》，《九灵山房集》卷二一，《四部丛刊》本。
④ （元）戴良：《高士传》，《九灵山房集》卷一九，《四部丛刊》本。

词彦，罕有出其右者。"①色目人萨都剌被林人中誉为"有元一代词人之冠"，其诗"不但集铁崖、松雪之成，且以开犁眉四杰之首。元音正始，俱在斯文，又岂揭、范、张、杨所能颉颃也哉"②。葛逻禄人迺贤，以诗闻名，"上而公卿大夫，下而里闾韦布之士，莫不称之，一时之善为诗者亦莫之能过也"③。萨都剌和迺贤在元代诗坛均享有盛誉，明人徐燉序《元人十种诗》曰："天赐、易之，崛生穷发不毛之域，流商刻羽，含英咀华，骎骎闯作者之室，岂非奇渥温氏帝天下，而风会极一时之盛欤！"④高昌色目人小云石海涯（贯云石）是廉希宪之弟廉希闵的外孙，曾出任翰林学士，是散曲大家，还是最早的散曲评论家。元末大诗人杨维桢评其词曲曰："酸斋之词，滑稽谑浪，真风流才仙也。"⑤雍古人马祖常是元中期诗文大家，屡主文衡，四库馆臣称元大德延祐之后，文坛"主持风气，则祖常等数人为之巨擘云"⑥。唐兀氏余阙，元代文坛盟主虞集和黄溍、揭傒斯、危素等名流都对其十分称赏。元末李祁谓："廷心诗尚古雅，其文温厚有典则，出入经传疏义，援引百家，旨趣精深，而论议闳达，固可使家传而人诵之，凿凿乎其不可易也。"⑦清顾嗣立对他诗歌的成就评价更高："诗体尚江左，高视鲍、谢、徐、庾以下不论也。"⑧陈垣先生也赞道："马祖常外，西域文家厥推余阙。"⑨康里巎巎、泰不华在元代堪称书法高手，时人、后人赞誉颇多。康里巎巎是与赵孟頫比肩的书法大家，"元朝翰墨谁擅场，北巎南赵高颉颃"⑩。泰不华书法以篆隶见长，元明之际的乌斯道

---

① （清）陈焯：《宋元诗会》卷九四，《景印文渊阁四库全书》本。
② （元）萨都剌：《雁门集》附录一，上海古籍出版社1982年版，第407~408页。
③ （元）迺贤：《金台集》卷首，《元人十种诗》，《海王邨古籍丛刊》，中国书店出版社1990年版，第346页。
④ （明）徐燉：《元人十种诗》序，汲古阁刊本卷首。
⑤ （元）杨维桢：《庐山瀑布谣》，《铁崖古乐府》卷三，《景印文渊阁四库全书》本。
⑥ 《四库全书总目》卷一六七，第1440页。
⑦ （元）李祁：《青阳先生文集序》，《云阳集》卷三，《景印文渊阁四库全书》本。
⑧ （清）顾嗣立编：《元诗选》初集，中华书局1987年版，第1736页。
⑨ 陈垣著，陈智超导读：《元西域人华化考》，上海古籍出版社2000年版，第76页。
⑩ （元）张灿：《巎赵二公翰墨歌》，（清）卞永誉辑：《式古堂书画汇考》，中正书局1958年影印本。

称："元初最数松雪翁，白野（泰不华）亦可追其踪。"①泰不华师事汉儒周仁荣、李孝光，其诗歌创作也卓有成就，"清标雅韵，蔚有晋唐风度"②。《元诗选》存其诗二十四首。回鹘文人薛昂夫是元代曲家，精通儒学，兼善书法，只可惜他创作的诗词多已散佚。《全金元词》收其词三阕。蒙古、色目、女真等士人群体不仅改变了元代文学的面貌，也以他们的聪明才智为元代文坛注入了新的活力和生机，这在中国文学史上是绝无仅有的，他们所取得的成就也是令人瞩目的。

在元代，多族士人间关系密切、交游广泛，"蒙古、色目士人透过姻戚、师生、座主与同年、同僚等关系与汉族士人形成了一个超族群藩篱的社会网络"③。汉族、非汉族文人之间通过各种社会关系，逐渐打破了各族群成员之间原有的文化与信仰、政治与社会的隔阂，在同一时空、同一文坛，彼此沟通交汇融合，优势互补，相互影响。"元代蒙古、色目汉学者与日俱增，而且其专长逐渐由儒学的研习，进而登入文学、艺术的殿堂。这些蒙古、色目文士并非孤立存在于汉族士大夫阶层之外，而是与后者紧密接纳，相互之间存有千丝万缕之关系，形成中国史上前所未有的多民族文人圈。"④他们共同缔造了在中国历史上既有继承性又具特殊性的元代文化。元代多族文人之间互相学习、交汇融合是一个逐渐发展的过程，大致梳理，可以看到：

一、多族文人群体的涵化

建元之前，忽必烈主管漠南汉地，开府金莲川，形成的金莲川藩府文人群体，是中国历史上前所未见的多族文人群体。群体中各族文人经常接触，超越了种族的藩篱。金莲川藩府中，有一批深受儒学影响、有着很高汉文化造诣的非汉族侍卫谋臣，包括蒙古文人阔阔、脱脱、秃忽鲁、乃

---

① （明）乌斯道：《赠杨允铭小篆歌》，《春草斋集》卷二，《丛书集成续编》本。
② （元）苏天爵著，陈高华、孟繁清点校：《题兼善尚书自书所作诗后》，《滋溪文稿》卷三〇，中华书局1997年版，第511页。
③ 萧启庆：《元朝多族士人圈的形成初探》，《内北国而外中国：蒙元史研究》下册，中华书局2007年版，第495页。
④ 萧启庆：《元朝史新论》，允晨文化实业股份有限公司1999年版，第54页。

颜、霸突鲁，西域色目文人孟速思、廉希宪，女真人赵良弼等。①首先，在藩府之中，他们自然常与其他汉族藩府文士接触，很容易熏染中原地区的文化。他们虽然有着蒙古或西域色目血统，但却与藩府之中汉族文士相交甚善。再者，忽必烈有意培养蒙古精英子弟学习汉文化、修习儒学，曾让汉族儒臣王鹗、赵璧、张德辉、李德辉、姚枢、窦默、王恂等教授蒙古贵族子弟。于是，在藩府之中，首先涌现出一批蒙古和色目儒者，如阔阔、秃忽鲁、孟速思等人。他们认同汉文化，学习汉文化，有的还深受儒家思想熏陶，如畏兀人廉希宪是一个深受儒学影响的色目文人、官僚、学者。他师从名儒王鹗，元明善《平章廉希宪赠谥制》称其"非诗书不陈于上前，非仁义不行于天下"②，较早融进了中原士人文化的主流，嗜好读书，儒学素养很高，被忽必烈称为"廉孟子"。廉希宪与汉族文士名流交往广泛，他不仅尊重汉族儒士，而且竭尽全力保护中原文化，尊重儒学，为保护儒生出力良多，在延续中国传统文化方面做出了重要的贡献。

中统二年（1261），忽必烈设翰林院，至元元年（1264）又设翰林国史院。翰林国史院是元代主管国家文化事业的部门，"兼起居注、领会同馆、知秘书监，而国子学以待制兼司业，兴文署以待制兼令、编修官兼丞，俱来隶焉"③。元代翰林国史院虽属于清要机构，影响也有限，但在这里集中了很多元代诗文大家、学术精英，如赵孟𫖯、程钜夫、留梦炎、郑滁孙、郑陶孙、阎复、姚燧、张养浩、王恽、卢挚、元明善、虞集、欧阳玄、黄溍、揭傒斯、吴澄、袁桷、邓文原、范梈、柳贯、陈旅、贡师泰、张起岩、李好文、王沂、宋褧、张翥、马祖常、余阙、高克恭、危素等，称得上是文人雅士聚集之地。翰林国史院文士来自不同民族，汉、蒙古、色目等族都有。据日本学者山本隆义统计，翰林国史院中汉人、南人约占52%，蒙古、色目人约占31%，族属不明者约占16%。④不同民族的同僚之间相互涵化影响，蒙古人伯颜求学于宋进士黄坦，西域人玉元鼎学经于

---

① 参见任红敏：《金莲川藩府文人群体之文学研究》，南开大学博士论文，2010年。
② （元）元明善：《清河集》卷二，《续修四库全书》本。
③ （元）黄溍：《翰林国史院题名记》，《金华黄先生文集》卷八，《四部丛刊》本。
④ 〔日〕山本隆义：《元代に於ける翰林學士院について》，《東方学》第11辑，1955年10月。

大儒吴澄，畏兀学士贯云石从姚燧习古文。蒙古、色目翰苑文臣和汉族文臣并无二致，在公务之暇常常谈古论今，切磋学问与诗艺，唱酬聚会与品题赏鉴风气较为流行。翰林院色目文臣刘沙剌班敦厚儒雅，与馆阁文臣宋褧、陈旅、张雨、王沂、陈基、郑元祐、余阙等多有诗文往来。①虞集称："盖公之所赋，所以激清风于古道，发大雅于儒林。"②元初标志着南北诗文风气交汇的雪堂雅集参与者多为翰林国史院文臣。雅集活动也使得蒙古、色目文人日趋风雅，这种"艺术化的生活方式甚至也吸引和改变了很多元代其他民族的上层人物，在元代，各种异质文化的交流，反而促使了元代士大夫生活方式的定型"③。

元文宗倾慕汉文化，是汉化较深的君主，他于天历二年（1329）在大都设奎章阁学士院。奎章阁是国家昌明文治之所需，为帝王万机之暇读书游艺而设，为皇帝研读经史以及元朝的"祖宗明训"之所，文宗几无一日而不御于斯。奎章阁内不仅收藏了各种古器物和图籍书画，而且汇聚了元中叶以来的文人精英。奎章阁学士"非尝任省、台、翰林及名进士，不得居是官"④，虞集、欧阳玄、揭傒斯、黄溍、马祖常等文坛大家汇聚于此。"元之文宗可称右文，然其时奎章阁诸臣如虞伯生、欧阳原功、揭曼硕、

---

① 参见（元）宋褧：《刘伯温御史旧所藏所题二绝句即景和寄》，《燕石集》卷九，《北京图书馆古籍珍本丛刊》本；（元）陈旅：《江浙省郎中沙剌班伯温之官序》，《安雅堂集》卷五，《景印文渊阁四库全书》本；（元）王沂：《送刘伯温序》，《伊滨集》卷一四，《景印文渊阁四库全书》本；（元）张雨：《寄刘伯温大监》，（元）顾瑛著，杨镰、祁学明、张颐青整理：《草堂雅集》卷五，中华书局 2008 年版；（元）陈基：《寄沙剌班伯温秘卿》，（元）顾瑛著，杨镰、祁学明、张颐青整理：《草堂雅集》卷一，中华书局 2008 年版；（元）陈基：《跋学斋侍御张掞刘公洛阳怀古诗》，《夷白斋稿外集》，《四部丛刊》三编本；（元）郑元祐：《跋聚星楼卷后》，《侨吴集》卷七，《景印文渊阁四库全书》本；（元）余阙：《送刘伯温之江西廉使》，《青阳先生文集》卷一，《四部丛刊》续编本。
② （元）虞集：《次韵刘伯温送王止善员外四首并序》，《道园遗稿》卷二，《景印文渊阁四库全书》本。
③ 杨亮：《文化传统的继承与发展——以元代翰林国史院文士的生活方式为中心》，《船山学刊》2010 年第 1 期。
④ （元）揭傒斯：《送张都事序》，《全元文》第 28 册，第 380 页。

黄晋卿辈，乃一时能文之士，以检校图籍等事为上所宠礼。"① "奎章阁学士院下辖群玉司、艺文监、博士司、授经郎、艺林库、广成局等部门和机构，这些职能部门和机构笼络了大量优秀的文人供职其中……他们共事一处，常诗文往来，共襄文坛盛业。"②奎章阁虽然从成立到废罢再到更名宣文阁仅有十二年时间，但有力地推动了元代的学术繁荣、文化传播和文学发展。深受儒家正统思想影响的奎章阁文人们"对诗文创作的热衷和对后进才学者的荐拔奖掖很容易刺激民间对于诗文创作的热情"③。阁内翰苑名臣中有不少非汉族文士，如北魏拓跋氏后裔元明善、女真人字术鲁翀、蒙古人泰不华以及色目人马祖常、赡思、贯云石、盛熙明、赵世延、康里巎巎、刘沙剌班、雅琥、斡玉伦徒、甘立等。奎章阁多族文人一起参与修撰《大元太常集礼稿》《经世大典》《大元通制》等，而且同僚间的交游活动频繁，对元代中后期多族士人文化互动有很大的推动作用。

元中期以后，政权相对稳固，各民族散居中土，已经形成了大杂居、小聚居的社会格局。随着社会环境的改变，不少世代逐水草迁徙、无城郭常居耕田之业的蒙古、色目人"息马投戈，以文易武"④。有些蒙古、色目家族徙居中土后，以诗礼传家，代有才人，风雅之士辈出，多族士人间交往更加频繁，诗酒唱和，观书问学，共论政事，雅集、游宴等各种活动屡见记载。

至正九年（1349），福建廉访司幕僚僧家奴、奥鲁赤、赫德尔等人同游道山亭，并一起燕集联句；至正十一年（1351），葛逻禄诗人迺贤与危素等七人出游大都南城；至正二十一年（1361）畏兀世家子弟廉惠山海牙，翰林院经历蒙古人答禄与权，户部尚书南人贡师泰，汉人李国凤四人同游，贡师泰《春日玄沙寺小集序》一文记载了这次相聚时的欢乐融洽和谐。在元大都影响较大的多族士人雅集有清香诗会、廉园雅集、天庆寺雅集。在大都廉园的万柳堂，畏兀人贯云石，康里人不忽木，汉族名士赵孟

---

① （元）秦惠田：《学礼》，（元）欧阳玄著，魏崇武、刘建立校点：《欧阳玄集》，吉林文史出版社2009年版，第402页。
② 邱江宁：《奎章阁文人与元代文坛》，《文学评论》2009年第1期。
③ 邱江宁：《奎章阁文人与元代文坛》，《文学评论》2009年第1期。
④ （元）黄溍：《金华先生文集》卷三五，《续修四库全书》本。

颎、卢挚、王恽、张养浩、姚燧、袁桷、许有壬、贡奎等被廉氏家族主人所邀请，常于此赋诗、品茶、弹琴、对弈、赏曲。① 大德元年（1297），帝师八思巴的高足唐兀僧人沙啰巴在大都与王恽、傅立、雷膺、阎复等文化名流谈文论道，宾主两忘。至治三年（1323），雅好书画收藏的鲁国大长公主祥哥剌吉，"集中书议事执政官，翰林、集贤、成均之在位者，悉会于南城之天庆寺。命秘书监丞李某为之主，其王府之寮寀悉以佐执事。笾豆静嘉，尊罍洁清，酒不强饮，簪佩杂错，水陆毕凑，各执礼尽欢以承饮赐，而莫敢自恣。酒阑，出图画若干卷，命随其所能，俾识于后。礼成，复命能文词者，叙其岁月，以昭示来世"②。女真人孛术鲁翀、色目人赵世延、玄教大宗师吴全节等人均参与了这次雅集。另外，在江南的文人雅集，最主要的是元末东南最著名的玉山草堂雅集。除杨维桢、李孝光、柯九思、黄溍、张雨、倪瓒、高明等汉族名士之外，蒙古人聂镛、泰不华，西夏人昂吉，畏兀人唐古德（马九霄），女真人石抹宜孙、兀颜思忠等均是草堂雅集的主要参与者。大德二年（1298），书法家鲜于枢在自己江南的寓邸，曾邀请畏兀人廉希贡及周密、赵孟頫、邓文原等汉族士大夫文人共同赏品晋王羲之《思想帖》和北宋郭忠恕《雪霁江行图》。后来为庆祝霜鹤堂落成，鲜于枢又邀请回回画家高克恭和诗人、画家萨都剌等十二人聚会。金坛良常草堂，原为张德常旧居，倪瓒、吴克恭、朱泽民、韩友直、张翥等江南名士曾多次聚会于此，蒙古人聂镛也与这些汉族文上交往密切。倪瓒绘有《良常草堂图》，其《寄张府判》序云："德常明公旧有良常草堂，在金坛华阳之天。良常亦华阳洞名，揭曼硕、张仲举诸学士尝

---

① （元）陶宗仪《南村辍耕录》卷九："京师城外万柳堂，亦一宴游处也。野云廉公，一日于中置酒，招疏斋卢公、松雪赵公同饮。时歌儿刘氏名解语花者，左手折荷花，右手执杯，歌《小圣乐》……既而行酒，赵公喜，即席赋诗曰：'万柳堂前数亩池，平铺云锦盖涟漪。主人自有沧洲趣，游女仍歌白雪词。手把荷花来劝酒，步随芳草去寻诗。谁知咫尺京城外，便有无穷万里思。'此诗，集中无。《小圣乐》乃小石调曲，元遗山先生好问所制，而名姬多歌之，俗以为'骤雨打新荷'者是也。"（文化艺术出版社 1998 年版，第 124 页）许有壬的《木兰花慢》词序，记载了至大元年（1308）其与卢挚、贯云石同游廉园、分韵赋诗的乐事。（唐圭璋编：《全金元词》，中华书局 1979 年版，第 958 页。下所引《全金元词》均为此版本，不另注）
② （元）袁桷：《鲁国大长公主图画记》，《清容居士集》卷四五，《四部丛刊》本。

赋诗纪胜。"①苏大年跋云："《良常草堂诗》一卷，金坛张君德常家山图也。君之尊翁鹤溪先生以高年硕德浮沉里社，一家父子兄弟自相师友，文风蔼然，人望雅归重之。……意当时绘图赋诗，摹写其幽野闲适之趣。"②

多族士人之间关系融洽，或观景宴游，或临景赋诗，或品题诗画，或浅酌低歌，或弹琴赏曲，或对弈品茶，或谈文论道，通过交往，他们之间不仅逐渐消除了文化隔膜，而且建立了深厚的情感联系。

二、元廷倡导下的多族文人互动

元世祖忽必烈一向重视蒙古子弟的汉文化教育，他在金莲川藩府时期就诏令诸王子及近臣子弟从汉儒学习儒家经典，如太子真金就先后就学于汉儒姚枢、窦默等人。至元八年（1271），忽必烈"始下诏立京师蒙古国子学，教习诸生，于随朝蒙古、汉人百官及怯薛歹官员，选子弟俊秀者入学，然未有员数"，是岁八月，始置回回国子学。③当年北方大儒许衡出任国子监祭酒④，其后教授出一批俊杰之士，有王梓、刘季伟、韩思永、吕端善、姚燧、高凝、白栋、苏郁、姚敦、孙安、刘安中等汉族子弟，还有耶律楚材之孙、契丹族的耶律有尚，以及燕真、坚童、秃忽鲁、也先铁

---

① （元）倪瓒：《倪云林先生诗集》卷四，明万历十九年本。
② （明）朱存理集录，韩进、朱春峰校证：《铁网珊瑚校证》（中），广陵书社2012年版，第341页。
③ 《元史·选举志》，第2027页。
④ 许衡（1209~1281），字仲平，怀庆河内（今河南沁阳）人。号其斋曰鲁斋，世因称鲁斋先生。他宣扬汉法，前后四居国子学，是元代国子监学的奠基人。《元史·世祖本纪》："乙酉，许衡以老疾辞中书机务，除集贤大学士、国子祭酒，衡纳还旧俸，诏别以新俸给之。命设国子学，增置司业、博士、助教各一员，选随朝百官近侍蒙古、汉人子孙及俊秀者充生徒。"（第134~135页）皇庆二年（1313），元廷以许衡从祀孔庙，并在大名修建魏国公许衡庙，岁时致祭。《宋元学案》言："有元之学者，鲁斋、静修、草庐三人耳。草庐后至，鲁斋、静修，盖元之所藉以立国者也。"[清]黄宗羲等：《宋元学案·静修学案》，沈善洪主编：《黄宗羲全集》第6册，浙江古籍出版社1992年版，第555~556页］

木儿、不忽木、嵲嵲等蒙古、色目学生。① 许衡以经世致用的儒家经典作为教学的主要内容，使儒家学说获得了极大的传播空间。国子学的教育，使不少蒙古、色目人接受了汉文化，非汉族士人群逐渐出现。至元二十四年（1287），设国子监，立国学监官②，规定国子生"凡读书必先《孝经》《小学》《论语》《孟子》《大学》《中庸》，次及《诗》《书》《礼记》《周礼》《春秋》《易》"③，学习的依然是传统儒家经典。此外，从《元史·百官志》的记载可知，中央以外，各斡耳朵，诸王爱马（即投下）及以蒙古、色目军队为主的卫军亦有儒学教授，使得中下层蒙古、色目子弟也可以学习汉文化。成宗大德八年（1304）起，实行国子贡试之法，国子生考试及格者即可任六品官，这更激励了少数民族子弟偃武修文、研习儒学。不同民族的文人在国子监学习时频繁互动，如至大三年（1310）虞集任国子监助教，曾召集蒙古、色目、汉人生徒饮酒赋诗："国子监后圃梨花盛开，先生率僚吏席林台之上，尊有醴、盘有蔬，肴胾杂陈，劝酬交错。饮且半，命能琴者作古操一阕，禽鸟翔舞，云风低回。先生于是歌木兰之引，以寓斯文之至乐，而泳圣泽之无穷也。明日，僚友酌酒而赓之。又明日，诸生之长酌酒而赓之，气和辞畅，洋洋乎盛哉！"④ 国子监的教育活动，有力促进了不同族群之间的文化交流、多族士人的交游往来。

  元代科举制度时行时废。忽必烈多次下诏定制开科取士，但迟迟未能实施，至仁宗延祐元年（1314）才正式下诏恢复科举。按程钜夫所拟《行科举诏》中"举人宜以德行为首，试艺则以经术为先，词章次之。浮华过

---

① 《元史》卷一三〇《不忽木传》："（王）恂从北征，（不忽木）乃受学于国子祭酒许衡。"（第3164页）卷一三四《阔阔传附坚童传》："（坚童）既长，奉命入国学，复从许衡游。"（第3251页）卷一三四《秃忽鲁传》："（秃忽鲁）自幼入侍世祖，命与也先铁木儿、不忽木从许衡学。"卷一四三《嵲嵲传》："嵲嵲幼肄业国学，博通群书，其正心修身之要得诸许衡及父兄家传。"（第3413页）又《元史·百官志》："至元初，以许衡为集贤馆大学士、国子祭酒，教国子与蒙古大姓四怯薛人员。"（第2192页）可知，燕真、坚童、秃忽鲁、也先铁木儿、不忽木、嵲嵲等曾从许衡学习。
② 《元史·世祖本纪》，第296页。
③ 《元史·选举志》，第2029页。
④ （元）虞集：《国子监后圃赏梨花乐府序》，《道园学古录》，《万有文库》第二集，商务印书馆1937年版，第111页。

实，朕所不取"①的方针，科举以朱学作为唯一考试内容："昔在世祖皇帝时，先正许文正公得朱子四书之说于江汉先生赵氏，深潜玩味，而得其旨，以之致君泽民，以之私淑诸人。而朱氏诸书，定为国是，学者尊信，无敢疑贰。"②元仁宗称："设科取士，庶几得真儒之用，而治道可兴也。"③他规定科举考试程式：明经、经疑二问，于《大学》《论语》《孟子》《中庸》内出题，并用朱氏《四书章句集注》。蒙古、色目贵族可以凭借"大根脚"的身份享受封荫特权。但对于广大的中下层蒙古、色目子弟来说，科举依旧是步入仕途的"敲门砖"。因为即便是名门望族，也因子孙繁衍众多，须在有限的荫袭名额之外另辟他径，以求入仕。元代恢复科举制度，激励蒙古、色目士子充实学养以开拓自身的政治前途，客观上起到了兴复儒学的作用，也带动了蒙古、色目子弟攻读汉学的风气："自科举之兴，诸部子弟，类多感励奋发，以读书稽古为事。"④元人陆文圭也曾描绘各民族文人学习儒学的盛况："五方之人，言语不通，嗜欲不同，性善则一。修道之教，所以明此善也。先皇帝武定内难，文致太平，举中原百年之旷典，大比兴贤，天下之士，雷动响应，山岩薮泽之间搜罗殆尽，而殊方异俗，释捌掉甲，理冠带，习俎豆，来游来歌，蹈德咏仁，莫不洗涤，思奉明诏，立跻膴仕。"⑤据统计，元代科举先后共举行过十六科，录取进士总数为一千一百三十九人。⑥其中，蒙古、色目人各占四分之一，共六百人上下⑦，而参加乡试的蒙古、色目士子应当数十倍于此。"天子有意乎礼乐之事，则人皆慕义向化矣。延祐初，诏举进士三百人，会试春官五十人。

---

① （元）苏天爵：《国朝文类》卷九，《四部丛刊》本。
② （元）虞集：《跋济宁李璋所刻九经四书》，《道园类稿》卷三四，《元人文集珍本丛刊》本。
③ 《元史·仁宗本纪》，第558页。
④ （清）顾嗣立编：《元诗选》初集，中华书局1987年版，第1729页。
⑤ （元）陆文圭：《送家铉翁序》，《墙东类稿》卷六，《景印文渊阁四库全书》本。
⑥ 数字统计参见姚大力：《元朝科举制度的行废及其社会背景》，《元史及北方民族史研究集刊》1982年第6期。
⑦ 《元史·选举志》："天下选合格者三百人赴会试，于内取中选者一百人，内蒙古、色目、汉人、南人分卷考试，各二十五人。蒙古人取合格者七十五人……色目人取合格者七十五人……汉人取合格者七十五人……南人取合格者七十五人。"（第2021页）于此可知，元代科举取士，四大族群各占四分之一。

或朔方、于阗、大食、康居诸土之士，咸橐书囊笔，联袂造庭而待问于有司，于时可谓盛矣。"①科举考试刺激了各族士子学习汉文化的热情，各民族之间语言、文化的隔阂减少。另外，科举考试官常常于"有德望文学常选官内选差"②，汉族文臣担任考官居多，不过色目人马祖常、赵世延、余阙，蒙古人阿鲁威、燕赤、斡玉伦徒，以及女真人李术鲁翀等德学兼修、汉文化水平较高的非汉族官员也当过考官。他们欣赏汉文化，与同僚及各族士子交流，对多族士人群体的形成起到了很大作用。

三、多元一体的文化与民族格局

钱穆先生曾指出："人类文化大别不外游牧、农耕、商业三类型，游牧、商业起于内不足，需向外寻求，文化特性常为侵略的，农耕型可自给，无事外求，文化特性常为和平的。"③元代幅员辽阔，交通发达，中外经济和文化交流频繁，不仅"五方之人，言语不通"，而且人有华夷之别，"殊方异俗"，"嗜欲不同"，必然会带来民族文化的撞击与交流，形成多民族文化兼容并存、共同发展的局面。查洪德先生已经对元代文化的独特精神作了深刻的阐述："元代文化是多源融会、多元一体的。多元，基本上是三源：以蒙古族草原游牧文化主导，以中原汉民族农耕文化为主干，西域商业文化为重要一源。元代文化的共有精神，既不单是中原传统的农耕文明宗法制度下固有文化精神的延续，也不是北方游牧文化精神的入主，更不是西域商业文明所具有的文化精神的移植，而是这多元文化冲突、融合后形成的一种独特文化精神。"④由此，我们审视一下元代民族众多带来的文化构成的多元化。

"辽、夏及金，以殊族而同化于汉族，固不能出中国之范围也。至于蒙古则不然。成吉思汗之兴，先用兵于西北，至于太宗、宪宗之世，其疆域已据有今之内外蒙古、天山南北路、中国之西北部、阿富汗、波斯之北

---

① （元）马祖常著，李叔毅点校：《送李公敏之官序》，《石田先生文集》卷九，中州古籍出版社1991年版，第182页。
② 《元史·选举志》，第2020页。
③ 钱穆：《中国文化史导论》封底，商务印书馆1994年版。
④ 查洪德：《元代文学史研究再审视》，《陕西师范大学学报》2010年第5期。

部、俄罗斯之南部,而分为四大汗国。至世祖时,始灭宋而全有华夏,故蒙古吸收之文化,盖兼中国、印度、大食及欧洲四种性质,未可专属于中国之系统。是亦吾国历史上特殊之事也。"①蒙古族统治者和辽、金统治者是不同的。辽、金统治者除了本民族的文化以外,以汉文化为主。蒙古族入主中原之后,接受汉地的农耕文明,元世祖忽必烈"稽列圣之洪规,讲前代之定制"②,推行汉文化,但并未放弃本民族的文化与制度,仍采取多种措施来保存和发展本民族的文化。蒙古原有的诸如内廷斡耳朵宫帐制、轮番宿直禁廷的宿卫亲军怯薛制以及封赏贵族食邑的投下封邑制等,终元一代都保存下来,不过,和成吉思汗时期相比,有了很大变化。元廷曾经有过利用八思巴字统一全国文字的设想:"以同四海之文,以达四方之情,以成一代之制。"③而且,朝中议事、奏对时所使用的官方语言还是以蒙古语为主。虞集曾说:"昔以文史末属得奉禁林,见廷中奏对文字、言语,皆以国语达。"④清代史学大师赵翼也评论道:"有元一代诸君,惟知以蒙古文字为重,直欲令天下臣民皆习蒙古语,通蒙古文,然后便于奏对,故人多学之,既学之则即以为名耳。"⑤为了推行蒙古语言文字,"中外置学校官,以广其学,而进用之,后以为常秩"⑥,在朝廷的大力推广之下,大蒙古"国俗"与汉文化、汉法逐渐相互融合,蒙古语言文字也为各族文人所接触和学习。蒙古族草原游牧文化形态中豪迈刚健、尚武尚勇的英雄情结,吃苦耐劳、团结一心的民族性格,无男女之大防、礼教观念淡薄的文化思想等,均对中原汉民族农耕文化产生了巨大的冲击,进而促使传统的汉族思想文化出现了变异和新的发展。

西域商人带来的经济利益,使蒙古贵族对西域商贾有较大的依赖性;

---

① 柳诒徵:《中国文化史》(下),中国大百科全书出版社1988年版,第544页。
② (元)苏天爵:《中统建元诏》,《国朝文类》卷九,《四部丛刊》本。
③ (元)虞集:《顺德路总管张公神道碑》,《道园类稿》卷四三,《元人文集珍本丛刊》本。
④ (元)虞集:《送谭无咎赴吉安蒙古学官序》,《道园类稿》卷二一,《元人文集珍本丛刊》本。
⑤ (清)赵翼著,王树民校正:《廿二史札记》卷三〇,中华书局1984年版,第702页。
⑥ (元)虞集:《靖州路总管捏骨台公墓志铭》,《道园类稿》卷四六,《元人文集珍本丛刊》本。

同时，他们给这些商人更多的利益作为回报，西域商人蜂拥而来。元代四通八达的海陆交通，使西域商人"兴贩营运百色"①，足迹遍及元朝全境。西域商人善经营且富有，多参与国家的财政管理工作。中统三年（1262），李璮发动叛乱，忽必烈不再信任、重用汉人，西域人见此良机，伏阙群言"回回虽时盗国钱物，未若秀才敢为反逆"②，乘隙而入，成为忽必烈政治上的得力帮手。商人出身的西域人阿合马善于聚敛财富，曾被忽必烈器重一时，领中书左右部，兼诸路都转运使。同时，一批西域敛财之臣也被擢用，阿合马死后，这些西域人仍被继续重用。虽然一些汉族官员和儒士对"时相多西域人"、"我元始征西北诸国，而西域最先内附。故其国人柄用尤多，大贾擅水陆利，天下名城区邑，必居其津要，专其膏腴"③颇有微词，但元廷任用西域人理财的情况一直延续到泰定帝时期。西域商人在元代社会中多是官商一体，不仅待遇优厚而且享有很多特权，如泉州一些西域商人靠控制和垄断海外贸易成为巨富。西域商业文化是整个元代文化之中的重要组成部分，西域商人的商业文明传统、擅长行商的生活方式也影响了汉族、蒙古族和其他民族。

元代是一个民族大融合的时代，各族文化相互交流，碰撞融汇。一方面，蒙古和色目、女真人进入中原地区之后，强烈冲击了中原传统文明，"大半蒙古人及其盟友则仍保持原有的语言及习惯……他们不但没有很快地为中原文化吸收而失去本身的特质，反在某些方面影响了中原"④，尤其是道德伦理观念方面。另一方面，蒙古族和西域色目民族接受中原汉地的生产方式，实行汉法的同时，尊重和推崇儒家学说，饮食、起居、婚丧等风俗礼仪也必然受到中原农耕文化的影响。

虽然蒙古统治者推行各依本俗的政策，但元代社会所特有的"胡风国

---

① （元）王恽：《为在都回回户不纳差税事状》，《秋涧先生大全文集》卷八八，《四部丛刊》本。
② （元）姚燧著，查洪德编辑点校：《中书左丞姚文献公神道碑》，《姚燧集》，人民文学出版社2011年版，第221页。
③ （元）许有壬：《西域使者哈只哈心碑》，《至正集》卷五三，《北京图书馆古籍珍本丛刊》本。
④ 〔比〕希路易著，朱丽文译：《明初蒙古习俗的遗存》，《食货》（复刊）1975年第5卷第4期。

俗"，草原文化和西域文化凭借着政治和经济上的优越地位向社会各个方面的渗透，冲击着中原汉族千百年来已经根深蒂固的传统伦理观念和价值观念。① 当然，在广大的中原地区，进入元代以前，已经经过了辽金数百年的统治，中原地区的儒学作为千年圣王之法的思想统治地位已经被动摇。金代也是多种民族共存、多元文化交融的时期。女真人对汉文化也积极吸收，他们仰慕中原风俗，着华服，说汉话，学习汉族儒家经典和诗词文章。当然，同时汉族也受女真文化的影响。女真女性在爱恋、婚约、嫁娶过程享有主动、自主的权利。南宋使节洪皓出使金国被扣留十载，他随笔纂录的《松漠记闻》记载了很多女真族生活习俗，其中有女真民间传统习俗"放偷日"的相关内容：

> 金国治盗甚严，每捕获，论罪外皆七倍责偿。唯正月十六日，则纵偷一日，以为戏。妻女、宝货、车马，为人所窃，皆不加刑。是日，人皆严备，遇偷至，则笑遣之，既无所获，虽舂䃺微物，亦携去。妇人至，显入人家，伺主者出接客，则纵其婢妾盗饮器。他日知其主名，或偷者自言，大则具茶食以赎，谓羊酒肴馔之类；次则携壶，小亦打糕取之。亦有先与室女私约，至期而窃去者，女愿留则听之。自契丹以来皆然，燕亦如此。②

青年男女，在社会允许的情况之下，可以自由宽松地交往。女子无论已婚未婚都可以在这个特定日子和男子私奔。这一习俗也影响到中原汉地。

收继婚又称"转房"，古代称"烝"或"报"。在中原，战国以前，这种婚姻习俗合乎当时的道德规范，至战国时期才逐渐消亡。在中国北方，匈奴、乌桓、鲜卑、突厥、乌孙、西羌、契丹、女真、蒙古等草原游牧民族中，这种婚姻形式经久不衰，一直沿袭下来。女真族是"父死则妻其

---

① 参见任红敏：《北方草原文化及西域商业文化对元杂剧创作的影响》，《内蒙古社会科学（汉文版）》2016年第1期。
② （宋）洪皓：《松漠记闻》，《说郛三种》，上海古籍出版社1988年版，第170页。

母,兄死则妻其嫂,叔伯死则侄亦如之。无论贵贱,人有数妻"①,允许同辈与晚辈收继婚并存。收继婚在蒙古社会中一直存在,元立国之后,规定蒙古人仍依照"国俗","父死则妻其从母,兄弟死则收其妻"②。虽然元政府规定"诸国人各从本俗",但是受到"胡风国俗"的影响,收继婚制也被众多汉族人接受。尤其是北方,汉人与契丹、女真、蒙古族广泛接触、通婚,婚俗受影响较大;而相比之下,南方因受理学思想影响较深,女性贞节观和伦理观重于北方,收继婚现象比北方要少。中原王朝自战国之后已经消逝的收继婚再次出现,这不仅和中原汉族历经千年形成的一整套礼法制度相悖,而且与汉族伦理观念也大相径庭。针对汉人、南人收继婚的情况,元廷曾多次发令禁止,"敢有弟收其嫂、子收庶母者,坐罪"③。《至正条格》"断例"卷八"户婚·禁收庶母并嫂"条:

> 至顺元年九月二十三日,中书省奏:"御史台备着监察每文书,俺根底与将文书来:'汉人殁了哥哥,他的阿嫂守寡其间,兄弟们收继了的多有。似这般呵,体例里不厮似一般有。如蒙定拟通例禁治'的,与将文书来的上头,教礼部定拟呵,'今后汉人、南人收继庶母并背阿嫂的,合禁治'么道,定拟行有。依他每定拟的教行呵,怎生?"奏呵,奉圣旨:"那般者。"钦此。刑部议得:"今后似此有犯男子、妇人,各杖八十七下,主媒者笞五十七下,媒合人四十七下,聘财一半没官,一半付告人充赏。虽会赦,犹离之。"部省准拟。④

在草原民族抢掠婚、收继婚影响之下,中原固有的礼法制度、伦理观念受到了冲击和影响。元代的平民社会中,"夫亡不嫁者,绝无有也"⑤,"妇人夫亡守节者甚少,改嫁者历历有之,乃至齐衰之泪未干,花烛之筵

---

① (明)李栻辑:《金志》,《历代小史》本。
② 《元史·乌古孙良桢传》,第4288页。
③ 《元史·文宗本纪》,第767页。
④ 《至正条格》"断例"卷八,韩国学中央研究院2007年版,第242页。
⑤ 陈高华等点校:《元典章·刑部四·误杀·打死强要定亲媒人》,中华书局、天津古籍出版社2011年版,第1443页。

复盛"①。元末陈高有诗讽刺妇女夫死之后急于出嫁的现象："烈女无异志，兹事今罕闻。风俗日以降，朝寡暮求姻。"②

另外，蒙古族没有男女大防，女子在社会生活中有很高的地位。《贞观政要》云："北狄风俗，多由内政。"③游牧民族女子不仅能骑马射箭，照料家庭饮食，还能参与政务，也享有一定的财产继承权。这些观念自然也冲击了汉族传统的女性观。

受儒学传统影响，汉族文人自古以重义轻利为道德旨归。尤其是宋代，因儒家文化高度发达，追名逐利者被视为个人素质低下。元代科举低潮时期，士失其业，偏离了治平的人生理想，以功业济世的追求受到影响，他们也要面临基本的生存问题，再加上西域商业文化及北方游牧民族社会风气的影响，于是，追求名利富贵不再被社会鄙弃和社会道德所否认。胡祗遹在《士辨》中说："今之为士者，志在富贵声色而已耳。"④元代文人整体上有重利的倾向。么书仪在《元代文人心态》中也说："两宋时代理念、信条重于自然欲望，而元朝则开始表现看重物欲。"⑤忽必烈藩府谋士李庭肯定人们对物质的欲望："要名爵、殖货财、开产业，以为子孙无穷之计，此人之常情，古今之同也。"⑥戴表元《虚室记》对"利"的本质也进行了剖析："因有身也，而不能忘其居。因有居也，而耳目口体百物之须，举不能忘焉。因有耳目口体百物之须也，而贫贱者思足其欲，富贵者思固其获。贫贱者思足其欲，富贵者思固其获，而世无闲民矣。"⑦戴表元因生活所迫，为衣食而奔波，他更多的是肯定人的正常需求，肯定每个人都想让自身生活更好的合理性。胡祗遹在《悲士风》中进一步阐述了当时的风气："皇皇汲汲，日夜营办者，广田宅，多妻妾，殖货财，美

---

① 陈高华等点校：《元典章·户部四·官民婚·命妇夫死不许改嫁》，中华书局、天津古籍出版社2011年版，第642页。
② （元）陈高撰，郑立于点校：《汪节妇诗三首》，《不系舟渔集》，上海古籍出版社2005年版，第18页。
③ （唐）吴兢：《贞观政要》卷九，岳麓书社2014年版，第368页。
④ （元）胡祗遹：《紫山大全集》卷二〇，《景印文渊阁四库全书》本。
⑤ 么书仪：《元代文人心态》，文化艺术出版社1993年版，第228页。
⑥ （元）李庭：《遗安堂记》，《寓庵集》卷五，《续修四库全书》本。
⑦ （元）戴表元著，李军等校点：《戴表元集》，吉林文史出版社2008年版，第86页。

车马，聚玩好，媚权贵，援私党，来贿赂。衮职有阙而弗补，纲纪坏弊而弗救，人民涂炭而弗恤。方且偃然自得，以为通方达变。轻暖肥甘，夭淫艳质，自娱之外，而又欺世盗名，翻经阅史，鼓琴焚香，吟诗写字，以为高雅，以示闲暇。使一时后学无执守者，钦仰踵效，而恨不能及。"①利欲是人的普遍心理，在每个人身上都存在，即使标榜自己如何高雅、如何不流于世俗，真正无欲无求者能有几人？先秦、汉唐、两宋，哪朝文人能说没有以上所说的那样的欲望？只不过元代文人能很坦诚地表达出来，不隐晦，不欺瞒。与其说元代文人对个人物欲追求更强烈更为大胆，还不如说是元代文人对利欲的追求表现得更为直接。他们不再委婉表达和美化私欲，而是回归到基本的人情利欲，不矫揉作伪，求真尚实，张扬人情人性。现实的生存生计问题，强化了他们追名利逐的心理，"人之常情"也极大限度地得到了张扬。

由于元朝政府实施宽容的文化政策，在进入中原的各少数民族接受汉文化熏染逐渐"汉化"的同时，少数民族的风俗习惯也影响了汉人，汉人也在"胡化"。各族文化互相渗透，互相融合，多族人民共同地推动了多元文化的发展，形成了独具特色的元代文化。

宋、辽、金、西夏对峙时期，辽欲进入中原，辽朝君臣便自称契丹族本是炎黄之后，在族源上亦属于华夏一脉，自然认同中原文化的正统地位。

元朝按照中原王朝的体制，建立了继唐宋之后的又一个正统王朝。忽必烈《即位诏》即明确了元朝的正统地位："稽列圣之洪规，讲前代之定制。建元表岁，示人君万世之传；纪时书王，见天下一家之义。法《春秋》之正始，体大《易》之乾元。"②元朝以继承中原王朝的身份为中华正统，接受汉文化，推行汉法，并建立了一套完整的制度。以农桑为天下之本，在中原地区进一步推进农耕经济的发展。在意识形态领域中，理学（始于宋代）正式成为官学，是元朝的统治思想。文化方面，如绘画、书法、雕塑、音乐、文学等，依然是沿着唐宋两代的方向继续向前发展。因此，在元代这个华夷一体的特殊历史时期，由于文化积淀、族群规模等方

---

① （元）胡祗遹：《紫山大全集》卷二〇，《景印文渊阁四库全书》本。
② 《元史·世祖本纪》，第65页。

面的差异，汉文化对蒙古人和色目人的影响既深且广。关于中原汉文化对其他民族文化的影响，严文明先生曾有过这样的论述："整个中国的古代文化就像一个重瓣花朵，中原是花心，周围的各文化中心好比是里圈花瓣，再外围的一些文化中心则是外围的瓣。这种重瓣花朵式的结构乃是一种超稳定的结构，又是保持多样性因而充满自身活力的结构，中国文明的历史之所以几千年连绵不断，是与这种多元一体的重瓣花朵式的文化结构与民族结构的形成与发展分不开的。"① 在整个中国文化史上，元代文化是其中延续的一环，又是极富特殊性的一段。此特殊性指的是元代多元文化特色。在大元统一政权之下，虽然蒙古草原文化由于处于统治地位而居主导，西域商业文化也是整个文化重要的组成部分，但是中原农耕文化历史最为悠久，文明程度最高，辐射力最强，因而，元代文化的主干依然是中原农耕文化。在中原地区，汉文化处于强势的主体地位并沿着其固有的方向继续向前发展。雍古部士人马祖常从语言的认同上表达了各族人民对"中原汉音"的接受："东夷、西戎、南蛮、北狄，四方偏气之语，不相通晓，互相憎恶。惟中原汉音，四方可以通行，四方之人皆喜于习说。"② 要实现各族真正的文化融合，必须依托中原汉文化主体，以四方都能接受的"中原汉音"为交流互动的文化基础。当然，元代疆域之广大是超越前古的，中原文化影响的区域也是超越前古的。

　　元代建立之前，西域商人已经随征旅陆续进入中原。元统一全国之后，更有大批西域人定居中原各地。在中原传统文化的熏陶下，许多西域文人刻苦攻读，学习汉文化。陈垣先生说："盖自辽、金、宋偏安后，南北隔绝者三百年，至元而门户洞开，西北拓地数万里，色目人杂居汉地无禁，所有中国之声明文物，一旦尽发无遗，西域人羡慕之余，不觉事事为之仿效。"③ 他们吸取中原文化营养，与汉族文人学者交游学习，逐步形成元代所特有的西域文士群体。元初畏兀人廉希宪、阿鲁浑萨里，康里人不忽木，回回人赛典赤·赡思丁不仅精通儒学，而且身体力行，鼓倡儒学。北魏拓拔氏后裔元明善"自少负才气，盖其得于天者异于人，而又浸淫乎

---

① 严文明：《中国史前文化的统一性与多样性》，《文物》1987年第3期。
② （元）范梈：《木天禁语》，何文焕辑：《历代诗话》，中华书局2004年版，第752页。
③ 陈垣：《元西域人华化考》，上海古籍出版社2000年版，132页。

群经，搜猎乎百家，以资益其学，增广其识，类不与世人同"[1]。其后，西域文学家贯云石、马祖常、萨都剌、余阙、高克恭、康里巎巎、泰不华、雅琥、聂古柏、斡玉伦徒、伯笃鲁丁、三宝柱等[2]，均在文学领域享有盛誉。葛逻禄诗人迺贤，唐兀氏孟昉、张翔，均工于诗文。西域人沐仲易不仅工于诗，而且尤精书法。元代可谓西域色目族群人才济济、名士辈出的一代，文学家、艺术家、儒学家、史学家、天文学家、翻译家、建筑师、航海家等频频涌现，灿如繁星。除此之外，尚有耶律楚材、耶律铸父子以及耶律季天、耶律柳溪、耶律迪、耶律霖、述律杰、石抹宜孙等契丹人，徒单公履、夹谷之奇、乌古孙良祯、兀颜思中、兀颜思敬、完颜东皋、浦察景道、浦察善长、李直夫、奥敦周卿等女真人，均是元代名士。

作为统治民族的蒙古族，虽然在文化上处于主导地位，但由于本身单一的游牧狩猎文化和高度发达的中原文化相比明显处于落后地位，且对各种宗教和文化又有很强的包容性，故易于接受中原汉文化。很多蒙古人也发现了学习汉文化、精通儒学的好处。为了保持蒙古族的统治地位，蒙古族统治者实行四等人制，蒙古人地位最高，色目人次之，中央各部门和地方行政机构的最高长官主要由蒙古人充任。部分蒙古人或者是出于政治需要，或者出于对汉文化的仰慕，在移居内地之后开始学习汉文化并研习儒学。元代任职中书、行省平章政事等中央和地方显位要职的官员很多是精通儒学的蒙古族士大夫，他们既熟知汉文化，又有汉地管理经验和能力，乐于和汉族士大夫文人交往，因而能发挥更大作用。另外，也有部分蒙古儒士在翰林学士院担任顾问，出谋划策。

---

[1] （元）吴澄：《元复初文集序》，《吴文正集》卷一九，《景印文渊阁四库全书》本。
[2] （元）戴良《鹤年先生诗集序》："我元受命，亦由西北而兴。西北诸国，如回回、吐蕃、康里、畏兀儿、也里可温、唐兀之属，往往率先臣顺，奉职称藩。其沐浴休光，沾被宠泽，与京国内臣无少异。积之既久，文轨日同，而子若孙，遂皆舍弓马而事诗书。至其以诗名世，则贯公云石、马公伯庸、萨公天锡、余公廷心其人也。……他如高公彦敬、巎公子山、达公兼善、雅公正卿、聂公古柏、斡公克庄、鲁公至道、三公廷圭辈，亦皆清新俊拔，成一家言。此数公者皆居西北之远国，其去酆、秦，盖不知其几千万里，而其为诗，乃有中国古作者之遗风，亦足以见我朝王化之大行，民俗之丕变。虽成周之盛莫及也！"（丁生俊编注：《丁鹤年诗辑注》，天津古籍出版社1987年版，第337~338页）

西域色目各族和蒙古族对汉文化的接纳和学习，在很多方面都有体现。例如，很多汉人为了政治上的利益采用蒙古名，也有很多蒙古、色目人出于文化上的认同而采用汉式姓名与字号。"由于蒙古人在政治上居于主宰，而汉人在文化上则占优势，汉人采用蒙古名者或为接近权力源头的宫廷近臣，或为冒充蒙古人身份而谋求一官半职的猎官之徒；而采用汉式姓名之蒙古、色目人则皆系汉化较深者。"①这可说是各族相互涵化的表现。不过，蒙古、色目人采用汉式姓名字号与汉人采用蒙古名之原因全然不同。元代东迁的西域各族久居中土，对中原文明耳濡目染，衣食住行等都受到影响，纷纷采用汉姓汉名。华夏礼仪文化以及立身处世之道均对他们产生了影响，如江浙进士家铉翁就"修孔氏之业，读文公之书"②。清人赵翼曾云："(元代)自有赐名之例，汉人皆以蒙古名为荣，故虽非赐名，亦多仿之。且元制本听汉人学习蒙古语，惟其通习，故汉人多以蒙古语为名，一时风会使然也。"③如果说汉人改用蒙古名字是出于一种政治需要或为了谋求利禄，那么，这时东迁的西域诸族人和蒙古族人改汉姓名则纯粹是"慕效华风，出于自愿，并非有政府之奖励及强迫，而皆以汉名为荣"④。因而，东迁中原的西域各族人请字请名者比比皆是，有取表字者，也有采用汉姓者，如高克恭、马九皋、吴惟善、沐仲易、马易之(迺贤)、虎伯恭等。⑤元人安熙言："近世种人居中国者，类以华言译其旧名而称之，且或因名而命字焉。"⑥如元末诗人丁鹤年，曾祖阿老丁，祖父苫思丁，父亲职马禄丁，至丁鹤年乃取先人名中音译末字为姓，其子孙后代遂成丁氏。阿鲁丁，取其祖父玉速阿剌之"玉"为姓氏，称玉元鼎。另有亦不剌金取汉姓名金仲达，札马鲁丁取汉姓名丁慎之。

蒙古和西域人东迁中土与汉人杂而居之，习染华风，开始并逐渐习惯

---

① 萧启庆：《内北国而外中国：蒙元史研究》(下)，中华书局2007年版，第687页。
② (元)陆文圭：《送家铉翁序》，《墙东类稿》卷六，《景印文渊阁四库全书》本。
③ (清)赵翼：《廿二史札记》卷三〇，中国书店1987年版，第443页。
④ 陈垣：《元西域人华化考》卷六，上海古籍出版社2000年版，第95页。
⑤ 参见任红敏：《北方草原文化及西域商业文化对元杂剧创作的影响》，《内蒙古社会科学(汉文版)》2016年第1期。
⑥ (元)安熙：《御史和利公名字序》，《全元文》第24册，第531页。

于按照汉人的行为准则办事，接受中原的伦理道德观念。"由于汉地环境影响，蒙古人皆改采汉人殓葬方式"①，在丧葬等礼制方面也多遵从汉俗。虽然元政府规定各依本俗，但也强调"人道以忠孝为先"②，所以汉族传统的五服和守丧等仪制得以保留并影响了蒙古、西域文人和官员。元政府允许汉人官员实行丁忧制度，但禁止蒙古、色目人效仿。大德八年（1304）："三年之丧，古今通制。今后除应当怯薛人员、征戍军官外，其余官吏，父母丧亡，丁忧终制，方许叙仕。夺情起复，不拘此例，蒙古、色目人员各从本俗。"③仁宗朝再次重申："官吏丁忧已尝著令，今后并许终制，以厚风俗。朝廷夺情起复并蒙古色目、管军官员，不拘此例。"④针对蒙古、色目人在丁忧礼制上效法汉俗的现象，一些蒙古、色目官员建议以剥夺官职来惩罚："致和元年夏四月己亥，塔失帖木儿、倒剌沙请'凡蒙古、色目人效汉法丁忧者，除其名'。从之。"⑤但是蒙古和色目人采用汉族礼俗的现象已经无法禁止，"流风所被，莫之能御也"⑥。于是，文宗于"天历元年十二月戊午，诏蒙古、色目人愿丁父母忧者，听如旧制"⑦。至正十五年（1355），大斡耳朵儒学教授郑昺建议："蒙古乃国家本族，宜教之以礼。而犹循本俗，不行三年之丧，又收继庶母、叔婶、兄嫂，恐贻笑后世，必宜改革，绳以礼法。"⑧一些蒙古、色目女子受汉族贞节观的影响抗拒收继及改嫁，在《元史·列女传》中有记载。

---

① 萧启庆：《论元代蒙古人之汉化》，《内北国而外中国：蒙元史研究》（下），中华书局2007年版，第696页。
② 陈高华等点校：《元典章·礼部三·丧礼·禁治居丧饮宴》，中华书局、天津古籍出版社2011年版，第1064页。
③ 陈高华等点校：《元典章·吏部四·职制一·赴任程限等例》，中华书局、天津古籍出版社2011年版，第374~375页。
④ 黄时鉴校：《通制条格》卷六，浙江古籍出版社1986年版，第99页。
⑤ 《无极县志》卷一六，《石刻史料新编》第3辑（二四），新文丰出版公司1986年版，第185页。
⑥ 《无极县志》卷一六，《石刻史料新编》第3辑（二四），新文丰出版公司1986年版，第185页。
⑦ 《无极县志》卷一六，《石刻史料新编》第3辑（二四），新文丰出版公司1986年版，第185页。
⑧ 《元史·顺帝本纪》，第921页。

元代各族人民在汉、西域色目、契丹、女真及蒙古民族融合的基础之上产生了文化认同，即对以儒学为主干的中华文化的认可、认同。有了文化认同，消除了各族相互交往障碍，才能形成多民族文化的融合。姚大力先生在《中国历史上的民族关系与国家认同》中谈道："华夏或者后来的汉民族很早就认为，华夏文化是一种普世适应的文化。华夏与周边民族间的文化差异，不是不同种类的文化之间的差异，而是一种普世文明的不同发展阶段之间的差异，也就是文明与半文明，乃至非文明之间的差异。这样，在前近代的中国人看来，所谓'夷夏之辨'表面上是族类或种族的差异，实际上主要是一种文化的差异。蛮夷如果提高了文明程度就可以变成华夏；相反，华夏的文明如果堕落，他们也会变成蛮夷。……由这样的立场出发，华夏民族的文化归属感超越了它的政治的或族类的归属感。也就是说，中国文化至上主义的传统把汉文化，而不是国家或族类（即种族）作为忠诚的对象。只要能够坚持'用夏变夷'的文化策略，那么从政治上接受蛮夷的统治也是可以的。"① 在国家高度统一、各民族各地域文化融合的情况下形成的多种族、多文化、多风俗并容的大元气象，即为元代文化的多元性，这在文学上也有显著体现："文化的大一统，大元朝文德远被，文化学术的多元相容，在诗学上有充分体现。其一，追求雅而且正之正大气象，依然是诗学之主导；其二，西域诗人群的出现，给诗坛带来新的气象，诗学也相应有新的思考；其三，尊重多样性，是元代诗学的显著特色。"②

---

① 姚大力：《中国历史上的民族关系与国家认同》，《中国学术》2002年第4期。
② 查洪德：《元代诗学通论》，北京大学出版社2014年版，第18页。

第二节 "西北子弟"与元代文坛格局

　　元代是西北少数民族人才辈出的朝代。随着成吉思汗的开疆拓土，大批西域游牧民族部众随蒙古大军的铁骑东征西讨，并以武力征服者的身份成为新帝国的勋臣权贵。元立国后，西域人更是大量东迁，依据日本学者佐口透的论述，以士兵、工人、技师、官吏、武将等各种身份移居到中原的回回人约在一百万以上。① 他们与中原汉族人民杂居，深受中原传统文化的影响，故本有文字、宗教的西域人一旦入居华地，亦改从华俗，"且于文章学术有声焉"②。一大批精通汉文化的西域子弟在政治、经济以及文学、史学、经学、易学、医学、书画等领域崭露头角，而且卓有建树，成为推动元代社会发展的重要组成部分。我们不妨称元代这部分西域色目人为"西北子弟"。

　　元廷把全体国民分四等，即蒙古人、色目人、汉人、南人，西域人即其中第二等之色目人。③ 陈垣先生对此有过论述："西域之名，汉已有之，其范围随时代之地理知识及政治势力而异。汉武以前，大抵自玉门、阳关以西，至今新疆省止，为西域。其后西方知识渐增，推而至葱岭以西，撒马儿干、今俄领土耳其斯坦，及印度之一部，更进而至波斯、大食、小亚细亚，及印度全部，亦称西域。元人著述中所谓西域，其范围亦极广漠，自唐兀、畏吾儿，历西北三落所封地，以达于东欧，皆属焉。质言之，西域人者色目人也。不曰色目而曰西域者，以元时分所治为蒙古、色目、汉

---

① 〔日〕佐口透：《鞑靼的和平》，《日本学者研究中国史论著选译》第九卷，中华书局1993年版，第467页。
② 陈垣著，陈智超导读：《元西域人华化考》，上海古籍出版社2000年版，第2页。
③ "色目"一词，始见于《唐律疏议》，有"各色名目"之意。宋代科举，将稀见姓氏列为"色目"。元人使用该词，应是承宋而来，主要指西域诸部。元陶宗仪《南村辍耕录》卷一录有哈剌鲁、钦察、唐兀、阿速、秃八、康里、苦里鲁、剌乞歹、赤乞歹、畏吾儿、回回、乃蛮歹、阿儿浑、合鲁歹等三十一种色目部族。（江户初写本）

人、南人四色，公牍上称色目，普通著述上多称西域也。"①元人所指的"西域"地域范围极广，包括我国的内蒙古、宁夏、新疆、西藏，及印度、波斯、阿拉伯、土耳其与东欧等地。"我国家祖宗龙飞朔方，四征不庭，西域之来归也，其土之人，极梯航以通幽远，率名赋以充国用，其有才智者，相天子以执国柄，司利灌溉而苾民庶，仕于时者，盖莫盛焉。"②大量西域士人融入中华文化并创造了元代文化的辉煌，这是元代社会所特有的一个现象。陈垣在《元西域人华化考》中所述西域诗人、画家、曲家、书法家等凡一百三十余人。其中，"儒学篇"有：高智耀、廉希宪、不忽木、嵘嵘、庆童、沙班、泰不华、回回、伯颜师圣、欣都、也速答儿赤、丁希元、家铉翁、马祖常、阔里吉思、赡思丁、忽辛、赡思、溥博、勤实戴、阿鲁浑萨理、偰哲笃、偰玉立、偰朝吾、偰直坚、偰列篪、偰百僚逊、善著、正宗、阿儿思兰。"佛老篇"有：贯云石、迺贤、马时宪、亦都忽立、剌马当、丁鹤年、马节、赵世延。"文学篇"有：泰不华、迺贤、余阙、聂古柏、斡玉伦徒、三宝柱、张雄飞、昂吉、完泽、伯颜子中、薛超吾、郝天挺、辛文房、马彦翚、阿里、马润、马祖常、马世德、雅琥、别都鲁沙、萨都剌、丁鹤年、吉雅谟丁、爱理沙、鲁至道、哲马鲁丁、别里沙、仉机沙、买闾、赵世延、孟昉、贯云石、赡思、亦祖丁、察罕、马九皋、琐非复初、不忽木、兰楚芳、沐仲易、虎伯恭、虎伯俭、虎伯让、丁野夫、赛景初、全子仁、月景辉、金元素、金文石、金武石。"美术篇"有：廉希贡、盛熙明、阿尼哥、斡玉伦都、道童、沙剌班、达识帖木儿、伯颜不花的斤、康里不花、荣僧、喜山、边鲁、赵鸢、伯颜不花、高克恭、也黑迭儿。"礼俗篇"有：鲁古讷丁、沙的行之、木撒飞、玉元鼎、合剌思、米少尹、咬思永、札马鲁丁、怯里木丁、拜住、刘君定、李公敏、赵荣、凯霖、别的因、马庆祥、马合麻、马合谟、张间、马季子、斡朵忽都鲁、守中、钱宝臣、答里麻、俣公远、仲礼、萨德弥实、合剌甫丁、答彦修等。要谈元代文坛以及元代传统诗文，西北子弟是一个重要的组成部分，"要而论之，有元之兴，西北子弟，尽为横经。涵养既深，异才并

---

① 陈垣著，陈智超导读：《元西域人华化考》，上海古籍出版社2000年版，第1页。
② （元）虞集：《双溪义庄记》，《道园类稿》卷二五，《元人文集珍本丛刊》本。

出。云石海涯、马伯庸以绮丽清新之派振起于前,而天锡继之,清而不佻,丽而不缛,真能于袁、赵、虞、杨之外别开生面者也。于是雅正卿、达兼善、迺易之、余廷心诸人,各逞才华,标奇竞秀。亦可谓极一时之盛者欤"①。元代西域大儒、书法家、诗文大家很多,正如启功先生所言:"现在我们选元朝人的诗,讲元朝的汉文学史,你能把萨都剌、迺贤取消吗?讲宋元绘画史,你能把米芾、高克恭、倪瓒取消吗?讲书法史,你能把康里取消吗?不能,他们不但不能取消,而且还是起大作用、占重要位置的人。"②

一、"西北子弟"的汉文化认同

元代西域色目士人对汉文化的认同以及对传统儒学的接受,正如陈垣先生所说:"盖自辽金宋偏安后,南北隔绝者三百年,至元而门户洞开,西北拓地数万里,色目人杂居汉地无禁,所有中国之声明文物,一旦尽发无遗。"③西北子弟在他们的先辈随蒙古军队驰骋征战定居中原之后,也尽快融入汉文化圈,并"息马投戈,以文易武"④。元中期以后,各民族大杂居、小聚居的社会格局已经形成,到元后期,很多留居中土的西域人已与汉族"相忘相化,而亦不易以别识之"⑤。仅陈垣先生所考就有三十位精通儒学的西域文士,这只是元代西北弟子中服膺汉文化并在儒学上造诣甚高的一部分。元中期开科取士之后,大量西域士子研习儒学。到了元中后期,西域学者数量激增,大批对汉文化和儒家经籍的掌握已到了炉火纯青境地的西北子弟涌现。他们都用汉文进行创作,且成就很高,是元代文化和文学重要的组成部分。诚如清人王士禛所言:"元名臣文士,如移剌楚

---

① (清)顾嗣立编:《元诗选》初集,中华书局1987年版,第1185~1186页。据陈垣先生统计,元代色目汉文作家共三十六人,著书达八十八种之多,且其内容"经史、词章、老庄、申韩、舆地、艺术、阴阳、医药之属无不具,且皆华法"。(陈垣著,陈智超导读:《元西域人华化考》,上海古籍出版社2000年版,第136页)
② 启功著,赵仁珪、万光治、张廷银编:《启功讲学录》,北京师范大学出版社2004年版,第153页。
③ 陈垣著,陈智超导读:《元西域人华化考》,上海古籍出版社2000年版,第132页。
④ (元)黄溍:《札剌尔公神道碑》,《金华黄先生文集》卷三五,《四部丛刊》本。
⑤ (元)丘濬:《区畿甸降夷》,《皇明经世文编》卷七三,明崇祯刻本。

材,东丹王突欲孙也;廉希宪、贯云石,畏吾人也;赵世延、马祖常,雍古部人也;孛术鲁翀,女直人也;迺贤,葛逻禄人也;萨都剌,色目人也;郝天挺,朵鲁别族也;余阙,唐兀氏也;颜宗道,哈剌鲁氏也;瞻思,大食国人也;辛文房,西域人也。事功、节义、文章,彬彬极盛,虽齐、鲁、吴、越衣冠士胄,何以过之。"①

元代西域民族深受汉文化影响、笃学儒术的主要有两大家族:北庭廉氏家族和高昌偰氏家族。

北庭廉氏家族的廉氏之称始于布鲁海牙,其于窝阔台时任廉使,后因仰慕汉文化而以官为姓。廉氏为元代望族,以儒家诗书文化教育家族子弟。侯克中挽廉希宪诗云:"宾客填门惟慕德,诗书满架不知贫。"②廉氏家族乐居中土,其子弟为官各地,与汉族儒士文人为师为友,交往频繁。

廉希宪(1231~1280),忽必烈金莲川藩府重要谋臣,被忽必烈称为"廉孟子"。一名忻都,字善用,号野云,畏兀人,名将布鲁海牙之子。其父于窝阔台汗时便在燕京(后改称大都)、真定任职,故廉希宪自小便受到中原文化的影响,酷爱读书、藏书,曾随名儒王鹗、张德辉学习。《元朝名臣事略》载:

> 公于书嗜好尤笃,虽食息之顷,未尝去手。一日,方读《孟子》,闻急召,因怀以进,上问:"何书?"对曰:"《孟子》。"上问其说谓何,公以"性善义利之分,爱牛之心,扩而充之,足以恩及四海"为对,上善其说,目为"廉孟子"。③

他常常手不释卷,以读书为乐,在陕西樊川别墅内设有读书堂,藏书二万卷。刘岳申在《读书岩记》中记载:"太师恒阳文正王尝镇闽陕,买田筑室少陵原之阳,藏书二万卷,日与司徒许文正公、紫阳杨先生讲学,太师

---

① (清)王士禛撰,靳斯仁点校:《池北偶谈》卷七,中华书局1982年版,第165页。
② (元)侯克中:《挽廉平章》,《艮斋诗集》卷六,《景印文渊阁四库全书》本。
③ (元)苏天爵辑撰,姚景安点校:《元朝名臣事略》卷七,中华书局1996年版,第125页。

出镇荆鄂，再入朝决大议、定大计未尝忘此书。悻（希宪子）幼从伯兄平章、仲兄中丞读书其中。"①汉文化博大精深，底蕴丰厚，影响力强，廉希宪和许多西北色目文人一样"舍弓马而事诗书"，醉心其中。他已经是一个纯粹的儒者，并且具有很高的儒学素养，"暇日从名儒若许衡、姚枢辈，咨访治道"②，经常与汉族文士交往酬答，与"诸儒讲求事君立身大义，评品古今人物是非得失"③。

廉希宪在京兆和在大都的两处宅邸——樊川别墅（廉泉）和廉园是当时各族士子文人诗酒聚会之所。《咸宁志》载："至元中，平章廉公希宪行省陕右，爱秦中山水，遂以樊川杜曲林泉佳处，葺治厅馆亭树，导泉注园，移植汉沔东洛奇花异卉，畦分棋布、松桧梅竹罗列成行，暇日同姚雪斋（枢）、许鲁斋（衡）、杨紫阳（奂）、商左山（挺）、前进士邳大用、来明之、郭周卿、张君美樽酒论文，弹琴煮茗，雅歌投壶，燕乐于此。"④到大都后，廉氏的私家园林廉园又成为大都士子文人和社会名流聚会之所在，袁桷有《廉右丞园号为京城第一名花几万本右丞有诗次韵》一诗："闭户春深诗祟侵，卷帘新燕掠清阴。亭亭梅月能消酒，肃肃松风独和琴。新笋未容穿石径，落花时许补云林。主人妙手随机转，万本姚黄磨紫金。"⑤廉园有万柳堂、清露堂、后乐堂，园内花木极盛，是当时很有名的雅集之所。廉希宪在万柳堂张筵，邀请当时文坛名流卢挚和赵孟頫两学士，歌姬刘氏歌《骤雨打新荷》曲子佐酒，赵孟頫即席赋诗，宾主尽欢，一时传为佳话。

据王梅堂先生《元代内迁畏吾儿族世家——廉氏家族考述》⑥一文考证，廉氏家族的子弟多精通汉文和儒学，而且出过书法家、文学家和史学家。

廉希尹，字达父，布鲁海牙第四子。读书略通大义，尤喜读《易》，

---

① （元）刘岳申：《申斋集》卷六，《景印文渊阁四库全书》本。
② 《元史·廉希宪传》，第3085页。
③ 任继愈主编，缪荃孙、庄仲方、苏天爵编：《中华传世文选：辽文存、金文雅、元文类》，吉林人民出版社1998年版，第973页。
④ （元）骆天骧撰，黄永年点校：《类编长安志》，三秦出版社2006年版，第267页。
⑤ （元）袁桷：《清容居士集》卷一〇，元刻本。
⑥ 王梅堂：《元代内迁畏吾儿族世家——廉氏家族考述》，中国元史研究会编，邱树森主编：《元史论丛》第七辑，江西教育出版社1999年版，第123~135页。

沉静寡言，乐善有守。

廉希贡，字端甫，又作端父，号芗林。布鲁海牙第八子。书法家，《书史会要》言其善匾榜大字①，现存《珊竹公神道碑》篆额及部分书画题跋。爱好文物，广收藏，为官时交游很广，多为汉人儒士。

廉孚，廉希宪长子，后改名廉怡。有《秋山暮霭图》传世。

廉恂，廉希宪第三子。"读书达事体，意远文且质"，曾为集贤大学士，书法家。

廉惇，廉希宪幼子。博古通今，四书五经、诗词歌赋，无不披读研览。有用汉文撰写的《廉文靖公集》，惜已失传。

廉惠山海牙，布鲁海牙之孙，广德路达鲁花赤阿鲁浑海牙之子。至治元年（1321）进士，史学家、书法家和文学家。担任过《辽史》的纂修官，是《辽史》主要撰稿人中的西域人之一。

廉充，国子学生，《新元史》氏族表无载。据《道园学古录》载《送廉充赴浙西宪司照磨序》介绍，廉充为人谦和好学，"也不矜不扬退然就列，执经问义，岁无旷日，友生服其敏，师资许其通，而生之名著矣"。

高昌偰氏家族，畏兀族，有"一门九进士"之称，是汉化程度很深而且深受儒学影响的另一个极具代表性的西域大家族。欧阳玄《高昌偰氏家传》：

> 偰氏伟兀人也，先世曰暾欲谷，本突厥部，以女婆匋妻默棘速可汗为可敦，乃与谋其国政。《唐史·突厥传》载其事甚详。……哈喇巴哈，倜傥有节慨，好义如嗜欲，恤穷若姻戚，恤危蹈难，殉国忘身。儿时，父以断事官治保定，留之侍母鄂通氏，居益都。……二子，长曰偰文质，次曰越伦质。文质甫十岁，刲股以愈母疾。粤之人士谓忠贞孝三节备于一家，故相与绘为图而传观之。既长，名迹猎猎，称其家。延祐初，守广德，治法风声，为诸郡最。②

其先祖暾欲谷拥其众归附蒙古，为元朝建国立下功勋。自岳璘帖穆尔

---

① （元）陶宗仪：《书史会要》卷七，上海书店出版社1984年版。
② （元）欧阳玄：《高昌偰氏家传》，《圭斋集》卷一一，明成化刊黑口本。

与撒吉思一代起,高昌偰氏开始入居汉地。偰氏家族一家三代共有六十余人在朝为官。

哈剌普华(哈喇巴哈),岳璘帖穆尔第八子,精通畏兀文化,同时也研习汉学,跟从汉族儒士学习儒家经典《论语》《孟子》等,且以儒家传统礼仪要求自己,以忠孝闻名于有元一代。哈剌普华有二子,长曰偰文质,次曰越伦质。

偰文质幼时即以孝闻于邻里,曾割股以愈母疾,有五个儿子:偰玉立、偰直坚、偰哲笃、偰朝吾、偰列篪,皆登进士第。对此,江西名儒刘诜称赞道:"正议(文质)五子世玉、世学、世德、世南、世则,其犹子世文宿嗜学如饥渴,科举兴,遂连登上第,布列中外,天下谓之六桂。"①《元诗选》三集称:

> 玉立字世玉,其先本回纥人,即今辉和尔。辉和尔称高昌,地则高昌,人则回鹘也。居偰辇河上,因以偰为氏焉。……玉立以儒业起家,登延祐戊午进士第,授翰林院待制,兼国史院编修官。至正中,为泉州路达噜噶齐。考求图志,搜访旧闻,聘寓公三山吴鉴成《清源续志》二十卷。后迁湖广佥事、海北海南道肃政廉访使。玉立兄弟五人,弟偰直坚登泰定甲子第,偰哲笃登延祐乙卯第,偰朝吾登至治辛酉第,偰列篪登至顺庚午第,俱以江西龙兴籍同登进士榜,时论荣之。②

其中,世玉指偰玉立,延祐五年(1318)进士,有诗集《世玉集》,并有文、词、书法传世;世学为偰直坚,泰定元年(1324)进士;世德为偰列篪,至顺元年(1330)进士;世南为偰哲笃,延祐二年(1315)进士,曾与畏兀人廉惠山海牙共同担任《辽史》纂修官,《元诗选》三集存其诗三首;世则为偰朝吾,至治元年(1321)进士;世文即偰文质弟越伦质之子善著,泰定四年(1327)进士。偰哲笃之子本名偰逊(偰伯僚逊)为至正五年(1345)进士,有诗集《近思斋逸稿》,惜不存。偰逊后入高丽,

---

① (元)刘诜:《三节六桂堂颂》,《桂隐文集》卷四,《景印文渊阁四库全书》本。
② (清)顾嗣立编:《元诗选》三集,《景印文渊阁四库全书》本。

与其子偰长寿皆享誉朝鲜半岛文学史。善著的次子阿儿思兰于至正八年（1348）中进士。偰善著的长子偰正宗、偰哲笃的儿子偰百僚，同登至正五年（1345）进士。① 偰氏一门，有名号可考者凡四十七人。叔侄两代共出了九个进士，如此一门书香，在汉人中亦不多见。

偰氏家族先祖本以武力征讨而建功立勋，入居中原之后，竟以儒学而赢得"一门九进士"的美誉，如果不是深受儒家文化的熏陶教化是做不到的。偰氏家族家风严谨，要求子弟行止有度，恪守礼法。《至正直记》记载：

> 高昌偰哲笃世南以儒业起家。在江西时，兄弟五人同登进士第，时人荣之。且教子有法，为色目本族之首。……世南有九子，皆俊秀明敏。……每旦，诸子皆立于寝门之外省谒父母，非通报得命则不敢入，至暮亦如之。一日，予造其书馆，馆宾荆溪储惟贤希圣主之，见其子弟皆济济有序，且资质洁美，若他人殊者。盖体既俊秀，又加以学问所习气化使之然也，予深美慕之。②

又如元代名臣、诗文大家马祖常一家。马祖常（1279~1338），字伯庸，号石田，师从元代著名儒士。马祖常的祖先出西域聂思脱里贵族，家族世奉也里可温。曾祖父马庆祥（原名习礼吉斯），还只是"善骑射而知书，凡诸国语言文字靡所不通"③，其后，"子孙更业儒术，卒致光显焉"④。父亲马润以文墨入官，著有《樵隐集》，今不传。⑤ 到了马祖常一代，更是以诗书传家。延祐二年（1315），元代首开科举。马祖常是延祐首科进士。王礼《跋张文忠公帖》：

> 某尝求我朝科目得人之盛，无如延祐首榜。圣继神传，累朝参

---

① （元）欧阳玄：《高昌偰氏家传》，《圭斋集》卷一一，明成化刊黑口本。
② （元）孔克齐：《静斋至正直记》卷三，《续修四库全书》本。
③ （元）黄溍：《马氏世谱》，《金华黄先生文集》卷四三，《四部丛刊》本。
④ （元）袁桷：《漳州路同知朝列大夫赠汴梁路同知骑都尉开封郡伯马公神道碑铭》，《清容居士集》卷二六，《四部丛刊》本。
⑤ （元）袁桷：《漳州路同知朝列大夫赠汴梁路同知骑都尉开封郡伯马公神道碑铭》，《清容居士集》卷二六，《四部丛刊》本。

错。中外闻望之重,如张起岩、郭孝基;文章之懿,如马祖常、许有壬、欧阳玄、黄溍;政事之美,如汪泽民、杨景行、干文传辈,不可枚举。大者深厚忠贞,小者精白卓荦。所以黼藻皇猷,裨益治道者,初科之士为多。虽曰一时光岳之气,钟为英杰,沛然莫之能御,然亦仁庙切于求贤之念,上格天心,当时硕德元老,足以风厉后进所致也。①

此科得人最多,马祖常、许有壬、欧阳玄、黄溍等文章大家具列其中。马祖常乡贡会试皆中第一,廷试第二,授应奉翰林文字,其后历任翰林直学士、礼部尚书、御史中丞等职。后来,马祖常主持科举,援引、选拔人才,引领元代文坛风气。苏天爵《御史中丞马公文集序》:"公少嗜学,非三代两晋之书不观。文则富丽而有法,新奇而不凿;诗则接武隋唐,上追汉魏。后生争慕效之,文章为之一变。"②当时被誉为"得士无惭龙虎榜,盛朝一变古文章"③。作为馆阁文臣,马祖常与虞集、柳贯、揭傒斯、许有壬、欧阳玄、张起岩、宋褧、曹元用、胡助、胡彝、程端学、傅若金、萨都剌等翰苑名臣往来频繁,常切磋交流,共同引领一代文风,如四库馆臣所称:"大德、延祐以后,为元文之极盛,而主持风气,则祖常等数人为之巨擘云。"④元代大儒王结对马祖常十分推重,在《书松厅事稿略》一文中言道:"吾友马君伯庸,尤所谓杰出者也。释褐应奉翰林,明年擢六察官,遂纠劾权奸,荐扬儒雅。凡治道根柢,生民利病,莫不究其蕴而覆论之。竟以触忤贵幸,居位十三月而罢。乃辑其论事之书,名曰《松厅事稿略》。余以友义之笃,得窃观焉。然伯庸之文章,简洁精密,足以鸣一世而服群彦,余固未暇论也。余独三复此书,而慨然叹息者,盖由此可以仰窥仁皇崇儒之盛德、用儒之实效,中统文献,渐可复致。而吾伯庸,学与年进,蹈道而迪德,他日践扬台阁,其格君之业,经世之材,必有大可观者矣。"⑤马祖常熟读圣贤之书,才学卓异,为一代翰苑名臣。其

---

① 《全元文》第60册,第615页。
② (元)苏天爵:《滋溪文稿》卷五,《景印文渊阁四库全书》本。
③ (元)胡助:《和马伯庸同知贡举试院记事》,《纯白斋类稿》卷八,《景印文渊阁四库全书》本。
④ 《四库全书总目》卷一六七,第1449页。
⑤ (元)王结:《文忠集》卷四,《景印文渊阁四库全书》本。

文学造诣高，文章宏赡精核，自成一家，为一时文坛盟主。①其所作训诂应用文才力富健，典雅而气势磅礴，诗赋文章有名于世，深获元文宗赏识。《元文类》选录马祖常的诗文为全集之冠，多至二十一篇。

马祖常之弟马祖孝亦为延祐二年（1315）进士，授陈州判官。苏天爵《元故资德大夫御史中丞赠摅忠宣宪协正功臣魏郡马文贞公墓志铭》："延祐元年，诏辟贡举，网罗贤才。公偕其弟祖孝俱荐于乡，公擢第一。明年会试礼部，又俱中选，公仍第一。"②弟马祖谦谙熟儒学，名列《宋元学案补遗》。从弟马世德能诗，《元诗选》癸集存其诗三首。③

西域民族到中原之后对汉文化的认可和对传统儒学的认真学习，使得西北子弟人才辈出。如许衡在国子学的弟子中，不忽木、也先铁木儿、坚童、秃忽鲁、太答，都精通儒学。

康里人秃忽鲁，一日世祖问其所学，秃忽鲁答曰"三代治平之法也"，世祖赞其为"康秀才"。④

康里人不忽木，字用臣，号静得，跟从许衡学习时，"日记数千言，衡每称之，以为有公辅器"⑤。不忽木事世祖、成宗两朝，在推行汉法、倡导仁政上发挥了巨大的作用。

西域儒学大师哈剌鲁人伯颜师圣，字宗道，曾受业于汉儒黄坦门下，

---

① （元）许有壬《敕赐故资德大夫御史中丞赠摅忠宣宪协正功臣河南行省右丞上护军魏郡马文贞公神道碑铭并序》："公先世已事华学，至公始大以肆，为文精核，务去陈言，师先秦两汉，尤致力于诗，凌轹古代，大篇短章，无不可传者。……且其为学，初不为贡举也，以挺特之资，丁文明之会，衰为举首，驯至达官，威重足以镇薄俗，文章足以追古作，议论足以正风俗，设科得士，不得不以延祐之初为盛也。"（《至正集》卷四六，《景印文渊阁四库全书》本）（清）翁方纲《石洲诗话》卷五："马伯庸诗，亦极展才气，然较之袁伯长，觉边幅稍单窘矣。"（《丛书集成初编》本）《四库全书总目》卷一六七："《石田集》十五卷，元马祖常撰。……其文精赡鸿丽，一洗柔曼卑冗之习。其诗才力富健，如《都门》《壮游》诸作，长篇巨制，回薄奔腾，具有不受羁鞚之气。……盖大德、延祐以后，为元文之极盛，而主持风气，则祖常等数人为之巨擘云。"（第1440页）
② （元）苏天爵：《滋溪文稿》卷九，《景印文渊阁四库全书》本。
③ 陈垣《元西域人华化考》以为马世德是马祖常从父，此处从黄溍《马氏族谱》。
④ 《元史·秃忽鲁传》，第3251页。
⑤ 《元史·不忽木传》，第3164页。

"自弱冠即以斯文为己任，其于大经大法，粲然有睹，而心所自得，每出于言意之表。乡之学者，来相质难，随问随辨，咸解其惑。于是中原之士，闻而从游者日益众。"①他著述颇多，曾与畏兀人刘沙剌班一起担任《金史》纂修官。晚年归乡，在河南楼阳家居讲学，"四方之来学者，至千余人"②。

元中后期的回回人沙班、善材、善庆父子三人前后中进士，西域人穆鲁丁、海鲁丁、获独步丁兄弟三人，皆中进士。③沙班兴办私学，广收生徒。至正十一年（1351），他在杭州兴办义学，"盖不满意于官学之专为利禄，而欲独创一正谊明道之私学以行其素志，中国之学者未能或之先也"④。

北魏拓拔氏后裔元明善，"自少负才气，盖其得于天者异于人，而又浸淫乎群经，搜猎乎百家，以资益其学，增广其识，类不与世人同"⑤。

大食人赡思，成长于中土，受教于名儒王思廉，通经史子集。

伯牙吾台部人泰不华⑥，师事汉儒周仁荣、李孝光，熟读儒家经典。元代大儒苏天爵说他"读邵子书不去手，晚岁又释外篇"⑦。

回回诗人丁鹤年，自称"腐儒"⑧，年十七而通《诗》《书》《礼》三经。⑨奉母至孝，其兄弟俱业儒。⑩

唐兀氏余阙跟从元代大儒吴澄的弟子张恒学习。余阙学问广博，授徒

---

① 《元史·伯颜传》，第4350页。
② 《元史·伯颜传》，第4350页。
③ 《元史·获独步丁传》，第4434页。
④ （明）刘基：《沙班子中兴义塾诗序》，《诚意伯文集》卷四，《景印文渊阁四库全书》本。
⑤ （元）吴澄：《元复初文集序》，《吴文正集》卷一九，《景印文渊阁四库全书》本。
⑥ 泰不华是蒙古人还是色目人，尚有争议。本书以蒙古人为是。
⑦ （元）苏天爵：《答达兼善郎中书》，《滋溪文稿》卷二五，《景印文渊阁四库全书》本。
⑧ （元）丁鹤年《颁历》："腐儒避地海东偏。"见丁生俊编注：《丁鹤年诗辑注》，天津古籍出版社1987年版，第27页。
⑨ （元）戴良：《高士传》，《九灵山房集》卷一九，《四部丛刊》本。
⑩ （元）戴良：《鹤年先生诗集序》，《九灵山房集》卷二一，《四部丛刊》本。

讲学，"每解政，开门授徒，萧然如寒士"①。汉族名士郭奎、王彝、胡翰、汪广洋、戴良均是其高足。

葛逻禄人迺贤在鄞县师事乡县大儒郑觉民、高岳，曾被刘仁本礼聘为东湖书院山长。迺贤不仅学术造诣深厚，而且任教职也是兢兢业业，"能为书院振励，如创先进、思始二祠，招诸生，择训迪，严释菜礼，皆笃厚于其事也"②。

回回士人薛超吾，字昂夫，曾拜知名儒生刘辰翁为师，学术功底厚实，醉心于诗词文章，诗、词、曲创作成就斐然，有《薛昂夫诗集》，编成于他三十多岁时。

西域文人玉元鼎，师事大儒吴澄。

"唯我皇元，肇基龙朔，创业乘统之际，西域与有劳也。洎于世祖皇帝，四海为家，声教渐被，无此疆彼界，……西域之仕于中朝，学于南夏，乐江湖而忘乡国者众矣。"③西北子弟"舍弓马而事诗书"，认同汉文化，以开放的文化心态汲取汉文化的营养，浸濡于传统儒家文化，出现了一些儒学大家。究其主要原因，则有二端。一是共同的儒家文化思想基础更容易使得西域文士得到汉儒的认同和尊重。汉文化历史悠久，博大精深，西北子弟要融于中原文人圈，必须学习汉地的语言和文化：他们"生活在汉人的海洋中，天天和他们接触，不学习汉人的语言，对日常生活与工作的不便可想而知；至于从政的上层人士和其子孙，还需要学习汉文的典籍"④。陈垣先生的说法是："色目人之读书，大抵在入中国一二世以后。其初皆军人，宇内既平，武力无所用，而炫于中国之文物，视为乐土，不肯思归，则惟有读书入仕之一途而已"，"特患其不通中国之文，不读中国之书耳，苟习其文，读其书，鲜有不爱慕华风者"。⑤二是和元王朝尊崇儒学的社会风气有关。舒岳祥《宁海县学记》曰："皇帝既一南北，

---

① （明）宋濂：《余左丞传》，《文宪集》卷一一，《景印文渊阁四库全书》本。
② （元）刘仁本：《送陆德阳摄东湖书院》，《羽庭集》卷六，《景印文渊阁四库全书》本。
③ （元）王礼：《义冢记》，《麟原文集》前集卷七，《景印文渊阁四库全书》本。
④ 杨志玖：《元代回族史稿》，南开大学出版社2004年版，第470页。
⑤ 陈垣著，陈智超导读：《元西域人华化考》，上海古籍出版社2000年版，第17、28页。

郡百蛮，乃尊孔氏，隆儒术，阐文治也。京师立太学，郡置学教授，县设学教谕，凡有籍于学者，皆得免徭役，士无科举之累，而务问学之实。"①元代官学和私学的发展，推动了儒学的推广和传播。欧阳玄说："今州县学校则必专祠先圣先师，于是国家秩诸祀典。若夫书院则又多为先贤之祠，或其过化之邦，或其讲道之地，如是者不一也。"②程朱理学日益被元代士人普遍认可，并渐渐成当时社会的主流思想，到仁宗朝上升为官方哲学。元仁宗深受儒学影响，他已经深刻认识到："明心见性，佛教为深，修身治国，儒道为切。"③他即位之后，标榜儒风，扶持儒学，大力兴办教育，认为非学校不足以致天下之才，并恢复了一度中断的科举取士制度。仁宗皇庆二年（1313），明令科场考试，四书五经均以程朱注解为主，所考内容都是儒学经典。④随后，朝廷更以"周程朱子之说为主，定为国是，而曲学异说，悉罢黜之"⑤，把程朱的经注、经解作为科场取士的法定根据。至此，程朱理学的官学地位开始确立。西北子弟也毫无例外，自"科举之兴，诸部子弟类多感励奋发，以读书稽古为事"⑥。雍古人马祖常在《送李公敏之官序》中所记的即是色目子弟学习汉文化的盛况：

> 天子有意乎礼乐之事，则人皆慕义向化矣。延祐初，诏举进士三百人，会试春官五十人。或朔方、于阗、大食、康居诸土之士，咸囊书橐笔，联裳造庭而待问于有司，于时可谓盛矣。然其进之道虽则曰应诏对策，皆不过文艺细碎，矫诬情实，求合乎有司而蕲得一官于天

---

① （元）舒岳祥：《阆风集》卷一一，《景印文渊阁四库全书》本。
② （元）欧阳玄：《贞文书院记》，《圭斋文集》卷五，《景印文渊阁四库全书》本。
③ 《元史·仁宗本纪》，第594页。
④ 《元史·选举志》："蒙古、色目人，第一场经问五条，《大学》《论语》《孟子》《中庸》内设问，用朱氏章句集注。其义理精明，文辞典雅者为中选……汉人、南人，第一场明经、经疑二问，《大学》《论语》《孟子》《中庸》内出题，并用朱氏章句集注，复以己意结之，限三百字以上；经义一道，各治一经，《诗》以朱氏为主，《尚书》以蔡氏为主，《周易》以程氏、朱氏为主。"（第2019页）
⑤ （元）苏天爵：《伊洛渊源录序》，《滋溪文稿》卷五，《景印文渊阁四库全书》本。
⑥ （清）顾嗣立编：《元诗选》初集，中华书局1987年版，第1729页。

子也,未闻其不为利禄而不干世用,特立而独行,违今而趋古,孟轲所谓"虽无文王犹兴"者也。余在河南,即闻于阗人李君公敏能尊孔子之教而变其俗,其学日肆以衍,浸渍乎六经,汪濊乎百家,蔚然而为儒者。流离困苦,益自刻厉,教授于青齐之间,赖公卿大夫知其贤名,荐牍交上,用是乃起家而入官焉。且公敏始有志乎古道也,岂必欲公卿大夫之知哉?①

朔方、于阗、大食、康居诸族士子为科举而肆力于儒学,只有在元代才有此盛况。

在元代,儒学与文学全面融合,《元史》总裁官宋濂、王祎在编纂《元史》时把"儒林"与"文苑"二传并而为一,就是追求学术与文章并重、儒学与文学交融。②有元一代,上自朝中重臣,下及栖迟衡门、遁迹山泽的山林布衣之士,以通经能文兼于一身者确实是"彬彬焉众矣"。要适应这样的社会环境和情势之需要,西域文人学习汉文化和接受汉族最重要的儒家思想是必然的。

因而,西域文人和中原文人在文化和思想认同的基础上,打破了族群的藩篱,彼此交流融合。西北子弟由此在文学上也取得了卓越成就,戴良在《丁鹤年诗集序》一文中对此有过很高赞誉:

> 我元受命,亦由西北而兴。西北诸国,若回回、吐蕃、康里、畏兀儿、也里可温、唐兀之属,往往率先臣顺,奉职称藩。其沐浴休光,沾被宠泽,与京国内臣无少异。积之既久,文轨日同,而子若孙,遂皆舍弓马而事诗书。至其以诗名世,则贯公云石、马公伯庸、

---

① (元)马祖常:《送李公敏之官序》,《石田文集》卷九,《景印文渊阁四库全书》本。
② 《元史·儒学传序》:"前代史传,皆以儒学之士,分而为二,以经艺专门者为儒林,以文章名家者为文苑。然儒之为学一也,六经者斯道之所在,而文则所以载夫道者也。故经非文则无以发明其旨趣;而文不本于六艺,又乌足谓之文哉。由是而言,经义文章,不可分而为二也明矣。元兴百年,上自朝廷内外名宦之臣,下及山林布衣之士,以通经能文显著当世者,彬彬焉众矣。今皆不复为之分别,而采取其尤卓然成名、可以辅教传后者,合而录之,为儒学传。"(第4313页)

萨公天锡、余公廷心其人也。……他如高公彦敬、嵝公子山、达公兼善、雅公正卿、聂公古柏、斡公克庄、鲁公至道、三公廷圭辈,亦皆清新俊拔,成一家言。此数公者,皆居西北之远国,其去豳、秦,盖不知其几千万里,而其为诗,乃有中国古作者之遗风,亦足以见我朝王化之大行,民俗之丕变,虽成周之盛莫及也!①

他所提到的西域文学家丁鹤年、贯云石、马祖常、萨都剌、余阙、高克恭、康里嵝嵝、泰不华、雅琥、聂古柏、斡玉伦徒、伯笃鲁丁、三宝柱等人,都是在元代文坛很有影响的西域文学家。

二、"西北子弟"的诗文创作

元中后期,从儒学到政治、经济、文学、艺术各方面,西北子弟人才不断涌现,其数量之多、成就之高,前所未有。他们的出现,使得元代文坛异彩纷呈,正如胡行简《方壶诗序》所记:"海宇混合,声教大同,光岳之气,冲融磅礴,而人材生焉。西北贵族,联英挺华,咸诵诗读书,佩服仁义。入则谋谟帷幄,出则与韦布周旋,交相磨礲,以刻厉问学,蔚为邦家之光。至元、大德间,硕儒巨卿,前后相望。自近世言之,书法之美如康里氏子山、扎剌尔氏惟中,诗文雄混清丽如马公伯庸、泰公兼善、余公廷心,皆卓然自成一家。其余卿大夫士,以才谞擅名于时,不可屡数。"②西北子弟用汉语进行诗文创作,是元代文坛的突出特点。西域粗犷、奔放的地域文化特点使元代文学别开生面,促成了元代文化和文学的多元性。可以说,西北子弟文人群体的出现,使得元代在中国文学史上独具风采。

元代的主体文风是平易正大、冲淡悠远,这是元代文人深受儒学和理学影响的结果,正如查洪德先生所说:"元代平易正大、冲淡悠远的文风,是以理学为精神底蕴的。"③这种文风是平静、平淡、中和、清远的人

---

① 此为《丁鹤年集》卷首所载,戴良《九灵山房集》卷二一也有这篇序,文字略有不同。见丁生俊编注:《丁鹤年诗辑注》,天津古籍出版社1987年版,第337~338页。
② (元)胡行简:《樗隐集》卷五,《景印文渊阁四库全书》本。
③ 查洪德:《理学背景下的元代文论与诗文》,中华书局2005年版,第37页。

格修养和心性修养所致,来自元代文人普遍的儒学和理学修养。西北子弟广泛濡染汉文化,接受并自觉践履儒家学说,在这一点上,他们和广大汉族儒士一样。深厚的儒学修养自然直接影响了其诗文风格。元代戴良关于元代风雅正声有过论述:

> 然能得夫风雅之正声,以一扫宋人之积弊,其惟我朝乎?我朝舆地之广,旷古所未有。学士大夫乘其雄浑之气以为诗者,固未易一二数。然自姚、卢、刘、赵诸先达以来,若范公德机、虞公伯生、揭公曼硕、杨公仲宏,以及马公伯庸、萨公天锡、余公廷心,皆其卓卓然者也。至于岩穴之隐人,江湖之羁客,殆又不可以数计。盖方是时,祖宗以深仁厚德,涵养天下垂五六十年之久,而戴白之老,垂髫之童,相与欢呼鼓舞于闾巷间,熙熙然有非汉唐宋之所可及。故一时作者,悉皆餐淳茹和,以鸣太平之盛治。其格调固拟诸汉唐,理趣固资诸宋氏。至于陈政之大,施教之远,则能优入乎周德之未衰。盖至是而本朝之盛极矣。继此而后,以诗名世者,犹累累焉。语其为体,固有山林馆阁之不同,然皆本之性情之正,基之德泽之深,流风遗俗,班班而在。刘禹锡谓八音与政通,文章与时高下,岂不信然欤?①

指出西域雍古部的马祖常、答失蛮氏之萨都剌、唐兀氏之余阙和元代诗文四大家范梈、虞集、揭傒斯、杨载一样是这种文风的倡导者且成就卓然。元朝"舆地之广,旷古所未有"是形成这种文风的社会环境和前提条件;"一时作者,悉皆餐淳茹和,以鸣太平之盛治",濡染儒学兼文学之士则是盛世文风的承担者。

在元代色目文人中,雍古士人马祖常是最具有传统儒家风范的,被誉为"中原硕儒"。马祖常出身于涵茹汉文化的西域世家。对自己祖上濡染儒学,马祖常感叹道:"呜呼!我曾祖尚书,德足以利人,而位不称德;才足以经邦,而寿不享年。世非出于中国,而学问文献过于邹鲁之士;时方遇于

---

① (元)戴良:《皇元风雅序》,《九灵山房集》卷二九,《景印文渊阁四库全书》本。

草昧，而赞襄制度则几于承平。俾其子孙百年之间，革其旧俗，而衣冠之传，实肇于我曾祖也。"①他自幼学习儒家经典，尤喜三代两汉之书。苏天爵《元故资德大夫御史中丞赠摅忠宣宪协正功臣魏郡马文贞公墓志铭》："公自少至老，好学弥笃，虽在扈从，手亦未尝释卷。喜为歌诗，每叹魏晋以降，文气卑弱，故修辞立言，追古作者，其为训诰，富丽典雅。既出词林，迁他官，而勋阀贵胄褒赠父祖，犹请公为之辞。文宗最喜公文，尝拟稿进，上曰：'孰谓中原无硕儒乎！'"②他是典型的醇儒，好学而品行端正，文章和诗歌为当时朝廷和士大夫文人所称赏。

马祖常是元中期平易正大、冲淡悠远文风的代表文人。苏天爵《御史中丞马公文集序》："公少嗜学，非三代两晋之书不观。文则富丽而有法，新奇而不凿；诗则接武隋唐，上追汉魏。后生争慕效之，文章为之一变。"③

马祖常的主张和一代文坛宗主虞集的主张有很多相互呼应之处。虞集认为，写作的最佳心态应该是心境淡泊、思虑安静，写出来的诗歌词意平和而意味深长，才能"以平易正大振文风，作士气，变险怪为青天白日之舒徐，易腐烂为名山大川之浩荡"④。虞集的观点代表了元中期文坛的主导思想。马祖常也认为只有作者修养深厚，为人中和，再充之以圣贤之学，才能作出平易中和、醇厚温润、儒雅清扬的诗文：

> 夫人之有文，犹世之有乐焉。乐之有高下节奏，清浊音声，及和平舒缓，焦杀促短之不同。因以卜其世之休咎，象其德之小大。人之于文亦然，然不能强为也。赋天地中和之气而又充之以圣贤之学，大顺至仁，浃洽而化，然后英华之著见于外者，无乖戾邪僻忿懥淫哇之辞，此皆理之自然者也。非惟人之于文也，虽物亦然。华之大艳者必不实，器之过实者必不良，必也称乎！求乎称也，则舍诗书六艺之

---

① （元）马祖常：《故礼部尚书马公神道碑铭》，《石田先生文集》卷一三，中华书局1986年影元刻本。
② （元）苏天爵著，陈高华，孟繁清点校：《元故资德大夫御史中丞赠摅忠宣宪协正功臣魏郡马文贞公墓志铭》，《滋溪文稿》卷九，中华书局1997年版，第158页。
③ （元）苏天爵：《滋溪文稿》卷五，《景印文渊阁四库全书》本。
④ （元）虞集：《跋程文献公遗墨诗集》，《道园学古录》卷四〇，《景印文渊阁四库全书》本。

文，吾不敢它求焉。①

马祖常所追求的文风和虞集等人一致，代表着引领一代文风的馆阁文人的主流思想。他的文章古雅醇厚，陈旅《石田文集序》评曰：

> 马公伯庸，裹然以古文擢上第，声光煜如。清河元文敏公谓其所作可以被管弦、荐郊庙，《天马》《宝鼎》诸作，殆未之能优也。公早岁吐辞，即不类近世人语言，古诗似汉魏，律句入盛唐，散语得西汉之体。尝谓人："学诗文固贵有师授，至于高古奇妙，要必有得于天。吾未尝有所授而为之计，所尝师者，往往为近世人语言，吾故自知吾之所为者，非由有所授而然也。"盖公以英特之资，而涵毓于熙洽之世，自决科以来，践扬清华，至为御史中丞，其所际者盛矣。则其文章，又岂由有所授而然哉。②

可见马祖常文有魏晋宏赡磅礴之气势，诗更洒脱而无羁勒之气，自成一家。

我们看一下马祖常的诗歌。其《钱塘潮》："石桥西畔竹棚斜，闲日浮舟阅岁华。金凿悬崖开佛国，玉分飞瀑过人家。风杉鹤下春鸣埂，雨树猿啼暝踯花。欲赁茭田来此住，东南更望赤城霞。"③这首诗体现了诗人的善感与灵心，有文人赏景之悠闲，也有士人普遍的归隐之思。马祖常的诗平中寓奇，正大而深邃。平易并非浅显，平易中有深蕴、有深致才能正大，平易正大是元代盛世文人的普遍追求。再如《和王左司柳枝词十首》其二："春日烟雨秋日霜，曲尘丝织衫袖长。谁言折柳独送客，章台还堪系马缰。"④诗歌平淡冲远，清雅明朗。后人的论述多言说马祖常源自大漠的豪荡之气和源自西域民族的粗豪之风，但不应该忽视他诗歌的主体风格还是雅正、清丽。这一点清代顾嗣立早有论述："云石海涯、马伯庸以绮丽清

---

① （元）马祖常著，王媛校点：《卧雪斋文集序》，《马祖常集》，吉林文史出版社2010年版，第202页。
② （元）陈旅：《石田文集序》，《石田文集》卷首，《景印文渊阁四库全书》本。
③ （元）马祖常著，李叔毅点校：《石田先生文集》卷三，中州古籍出版社1991年版，第52页。
④ 杨富有：《元代上都诗歌选注》，中国书籍出版社2018年版，第234页。

新之派振起于前。"①无论是从内容还是艺术形式来看，马祖常的诗歌都是以绮丽清新为主体风格特色。

马祖常一生长期居于馆阁文臣的位置，又具有深厚的中国传统文化功底，深受儒学熏染，稽古穷经，"文章宗馆阁，礼乐著朝廷"②。刘昌《跋马文贞公集》：

> 马中丞文雄健典则，虽其天分之高有足过人，而当时师友之间，如姚文公、元文敏公、虞文靖公、袁文清公，所以相辅而资取者，不可诬也。君子之名世，道德、功业、文章三者，中丞公盖兼有之。夫既博资于人，而其得于天者，又清粹而颖敏，以是而厉志于所向，夫孰得而御之哉！读中丞文，为之俯首三叹。③

马祖常和虞集、欧阳玄、许有壬等翰苑同僚相处日久，且常诗文唱和，互相影响，相互浸润，代表了元代文坛的主体风格。只不过其每个人的气质、性格和才情不同，故诗文又各有特色。

马祖常精于文章，推崇三代两汉之文，"志气修洁，而笔力尤精诣，务刮除近代南北文士习气，追慕古作者，与姚文公燧、元文敏公明善，实相继后先。故其文词简而有法，丽而有章，卓然成家"④，被誉为"有元古文之宗"⑤。作为馆阁名臣，马祖常不仅精熟儒学经典，而且以儒家的行道、致君、泽民、修身的治世、伦理和道德观为准则，体现了浓厚的儒家情怀。所作文章以表笺、碑志、章疏类为主，而且属文言事，往往引类比附，出入文史，引经据典，期望当政者能从中有所感触，乃典型的学者之文。他推崇秦汉古文之风，追慕汉魏风骨，为文精核，务去陈言，师先秦

---

① （清）顾嗣立编：《元诗选》初集，中华书局1987年版，第1185页。
② （元）胡助：《挽马伯庸中丞二首》其一，《纯白斋类稿》卷七，《景印文渊阁四库全书》本。
③ （元）刘昌：《跋马文贞公集》，《中州名贤文表》卷一九，《景印文渊阁四库全书》本。
④ 王守诚：《石田先生文集序》，《石田先生文集》卷首，《景印文渊阁四库全书》本。
⑤ （元）马祖常：《翰林学士元文敏公神道碑》，《石田先生文集》卷一一，中华书局1986年影元刻本。

两汉,"每叹汉魏以降,文气卑弱,故修辞立言,追古作者"①。他的文章既能明道,又具有温厚、质实而典雅的风格。

马祖常论文也主张尚质实、典雅、温厚。他在《周刚善文集序》一文中,赞赏周刚善之文"质实而不窳,藻丽而不华",并说:

> 六经之文尚矣。先秦古文,虽淳驳庞杂,时戾于圣人,然亦浑噩弗雕,无后世诞诡觚觳不经之辞。司马迁耕牧河山之阳,得中州布帛菽粟之常著而为史,其言雄深。唐韩愈挈其精微而振发于不羁。嘻!文亦岂易言哉!柳宗元驾其说,忿懫恚怨,失于和平。《淮西》《雅歌》《晋问》诸篇,驰骋出入古今天人之间,蔚乎一代之制,而学士大夫皆宗师之。宋以文名世,欧、王、曾三氏降而下,天下将分裂,道不得全,业文之士咸浇漓浮薄,不足以经世而载道焉。②

为了矫正当世"浇漓浮薄"的不良之习,马祖常倡导汉魏古风,以自己质实朴厚、儒雅醇和、清秀简约的文学创作和主张来引导文坛风气。对此,苏天爵赞誉道:"温厚典则,有西汉风。在礼部为尚书,两司贡举,选士专求硕学,崇雅黜浮……文则富丽而有法,新奇而不凿;诗则接武隋唐,上追汉魏,后生争慕效之,文章为之一变。"③马祖常又屡主文衡,通过荐举、主持科举等途径,以自身巨大的影响力,和虞集一起成为一代文坛领袖。他们"以雅正之音鸣于时,士皆转相效慕,而文章之习今独为盛焉"④。

马祖常受汉文化影响的家世渊源、自幼所接受的儒学教育、馆阁文臣的身份等均影响了他平易正大的诗文风格,这充分印证了"学问涵养性情"⑤之说。元代著名文士赵孟頫在给西域诗人薛昂夫诗集所作的序文中也阐述了这一观点:

---

① (元) 苏天爵著,陈高华,孟繁清点校:《元故资德大夫御史中丞赠摅忠宣宪协正功臣魏郡马文贞公墓志铭》,《滋溪文稿》卷九,中华书局1997年版,第158页。
② (元) 马祖常:《石田先生文集》卷九,中华书局1986年影元刻本。
③ (元) 苏天爵:《御史中丞马公文集序》,《滋溪文稿》卷五,《景印文渊阁四库全书》本。
④ (元) 苏天爵:《书吴子高诗稿后》,《滋溪文稿》卷二九,《景印文渊阁四库全书》本。
⑤ 查洪德:《元代诗学通论》,北京大学出版社2014年版,第166页。

> 嗟夫！吾观昂夫之诗，信乎学问之可以变化气质也。昂夫西戎贵种，服旃裘，食湩酪，居逐水草，驰骋猎射，饱肉勇决，其风俗固然也。而昂夫乃事笔砚，读书属文，学为儒生。发而为诗、乐府，皆激越慷慨，流丽闲婉，或累世为儒者有所不及。斯亦奇矣。……嗟乎！吾读昂夫之诗，知学问之变化气质为不诬矣。他日昂夫为学日深，德日进，道义之味，渊乎见于词章之间，则余爱之敬之，又岂止于是哉！①

赵孟頫认为，薛昂夫之所以成为一位卓有成就的诗人，是因为他通过读圣贤书而品德修养越来越好，义理之性已生，则学问变化气质。

关于"学问变化气质"之说，查洪德先生在《元代诗学通论》一书中有很精辟的阐发："人皆禀赋义理之性无不善，从这一意义上说，人皆有纯善之天然本性。人之所以有不善，是因为人受气成形时，所禀之气有清浊，禀气清则善，禀气浊则不善。此为气质之性。人的气质之性，可以通过后天的学习来改变，这就是'学问变化气质'"，"诗虽然不得自学问而出自性情，但学问对于诗，却有根本性的影响，它是诗人素质的养成。无此素质，便不能成为诗人"。②薛昂夫童年时代的生活是"服旃裘，食湩酪，居逐水草，驰骋射猎，饱肉勇决"，这催生了他勇武豪健的民族性格。薛昂夫早年拜知名儒生刘辰翁为师，学问功底厚实，诗、词、曲创作均成就不菲，有《薛昂夫诗集》。只可惜这部诗集已散佚，其诗今仅存有四首，无法领略其"流丽闲婉"之貌。

偰氏家族中以儒业起家的文人偰玉立，也有深厚的学问，这影响了他的心态、气质、涵养、出处进退的风格。陈垣先生《元西域人华化考》卷六"西域人居处效华俗"用偰玉立作为西域文士受中原传统文化影响的例证："偰玉立以一摩尼教世家，对于古人遗迹加意保存，发为咏歌，寄其遐想如此，此又西域人爱慕林泉者也。林泉之好，为人类所共，不能谓为中华所独，然西域人率以武功起家，其性质宜与林泉不相近，而有时飘然

---

① （元）赵孟頫：《薛昂夫诗集序》，《松雪斋集》卷六，《海王邨古籍丛刊》本，中国书店1990年版。
② 查洪德：《元代诗学通论》，北京大学出版社2014年版，第166页。

物外，辄令人神往，不料其为西域人者，不得不谓之华风。"①其《绛守居园池》诗序云：

> 乙酉之秋，七月既望，余自河中谳狱还司，过绛，登守居园池。昔日亭墅，悉已埋没，独徊涟亭、花萼堂复构以还旧观，流泉莲沼，犹仍故焉。堤柳阴翳，径花鲜妍，庭竹数竿，清风泠然，有尘外之思，即事赋诗……②

文字清雅平和，吐露了文人那种怡然于清幽秀丽景色，寄情于林泉之想的心态，与汉族文人别无二致。

陈垣先生称："马祖常外，西域文家厥推余阙。"③余阙（1303~1358）④，字廷心，一字天心，人称青阳先生。祖籍河西武威，因幼时其父到庐州做地方官，遂为庐州人。熟读儒家经典，学问广博。⑤其弟子戴良《余幽公手帖后题》记载："初，公金浙东廉访时，良获进拜双溪之上，而师焉，而问焉。于是知公学问该博，汪洋无涯，其证据今古，出入经史百子，亹亹若珠比鳞列。为文章操纸笔立书，未尝起草，然放恣横从，无不如意。至古诗词，尤不妄许可，其视近代诸名公蔑如也。他如篆隶真行诸字画，亦往往深到，有汉晋作者之遗风。"⑥

---

① 刘乃和编校：《中国现代学术经典·陈垣卷》，河北教育出版社1996年版，第166页。
② 刘乃和编校：《中国现代学术经典·陈垣卷》，河北教育出版社1996年版，第166页。
③ 陈垣著，陈智超导读：《元西域人华化考》，上海古籍出版社2000年版，第76页。
④ 元统元年（1333），余阙举右榜进士第二人，授泗州同知，后为应奉翰林文字，中书刑部主事，弃官归家。修宋辽金三史，召入翰林，为修撰，后拜监察御史，改中书吏部员外郎，出为湖广行省右右司郎中。迁翰林待制，出金浙东廉访司事。后淮南乱起，分兵坚守安庆，累升至淮南行省右丞。陈友谅等强攻安庆，十八年，城陷，自刭殉国，赠阙摅诚守正清忠谅节功臣、荣禄大夫、淮南江北等处行中书省平章政事、柱国，追封豳国公，谥文忠。明时改谥忠宣。著有《青阳先生文集》九卷。《四库全书总目》卷一六七："《青阳集》四卷，元余阙撰。……其诗以汉魏为宗，优柔沉涵，于元人中别为一格。"（第1447页）《元诗选》初集庚集选其诗四十九首。
⑤ （明）宋濂：《余左丞传》："阙为人刚简有智，无职不宜为，为即有赫赫名。所至，荐贤旌孝，义如恐后。每解政，开门授徒，萧然如寒士。五经悉为之传注，多新意。诗文篆隶，皆精致可传。"（《文宪集》卷一一，《景印文渊阁四库全书》本）
⑥ （元）戴良：《九灵山房集》卷二二，《景印文渊阁四库全书》本。

元末文人李祁评价余阙诗文："廷心诗尚古雅,其文温厚有典则,出入经传疏义,援引百家,旨趣精深,而论议闳达,固可使家传而人诵之,凿凿乎其不可易也。"①余阙古体诗多古雅劲健,写景诗清新明丽。②黄道月《余忠宣公集后序》论曰:"公故以诗文名。诗文降元,且难乎宋矣,超乘而上,岂不类逐日父?而公不溺于元习。元工乐府,工以宣淫赋艳,而公独喜为古《选》,取裁建安,近体不落天宝后也。文则体直议正,湔涤色泽,上者骎骎乎西京,次亦不失东京故步。"③其《题峨眉亭》:"空亭瞰牛渚,高高凌紫氛。澄江万里至,华埠两眉分。落日兼彩霞,流光成绮纹。凭轩引兰酌,休忆谢将军。"语言清新明快,和谐流畅,所描绘画面绚丽多彩而充满灵动之美。又如《竹屿》:"秋水镜台隍,孤舟入渺茫。地如方丈好,山接会稽长。紫蔓林中合,红莲叶底香。何人酒船里,似是贺知章。"有六朝诗歌余韵,一片清秋,乘一叶扁舟于江水之上,美景相伴,美酒正酣,如此风致,顿有唐代大诗人贺知章超然物外的洒脱。又如《吕公亭》:"鄂渚江汉会,兹亭宅其幽。我来窥石镜,兼得眺芳洲。远岫云中没,春江雨外流。何如乘白鹤,吹笛过南楼。"④诗人的悠然自在与愉悦之情跃然纸上,语言清新隽永,与六朝谢朓诗难分轩轾。顾嗣立说余阙"诗体尚江左,高视鲍、谢,徐、庾以下不论也"⑤。明人胡应麟的看法也是如此:"元人制作,大概诸家如一。惟余廷心古诗近体咸规仿六朝,清新明丽,颇足自赏。"⑥余阙的这种清新、清雅的诗风也是受儒学熏染所致。

---

① (元)李祁:《青阳先生文集序》,《云阳集》卷三,《景印文渊阁四库全书》本。
② (明)叶子奇《草木子》卷四:"浙东金宪余阙,字廷心,按吾郡时,中秋夜望月,尝作一诗,题于分司官舍。其诗曰:'玄武夕始正,华月升秋昊。徘徊出西陆,照耀此瓯闽。金波何穆穆,绿枝满中轮。余波洞轩房,紫兰含微津。皇天降丰岁,王政亦已陈。乐哉一杯酒,允矣同庶人。'此诗清婉,蔼然有与民同乐之意。"(《括苍丛书》第一集)
③ (明)黄道月:《余忠宣公集后序》,(元)余阙:《余忠宣公集》卷首,明万历十六年刻本。
④ 以上三诗引自杨镰主编:《全元诗》第44册,中华书局2013年版,第258~260页。下所引《全元诗》均为此版本,不另注。
⑤ (清)顾嗣立编:《元诗选》初集,中华书局1987年版,第1736页。
⑥ (明)胡应麟:《诗薮》外编卷六,上海古籍出版社1979年版。

元末文豪宋濂对余阙评价也很高:"公文与诗,皆超逸绝伦。书亦清劲,与人相类。"①余阙清劲超逸的诗文风格在元代确实非常有特色,如宋濂所言,其人品道德修养和诗文风格有相近之处。余阙在文学创作上和元代大多数文人一样,认为作文如做人,作者内在修养和气质非常重要,具有高尚的道德修养、高洁的人格品行和纯善的性情,自然能作出好的文章:"圣贤道德之光积中而发外,故其言不期其精而自精。譬犹天地之化,雨露之润,物之魂魄以生,葩华毛羽,极人之智巧所不能为,亦自然耳。故学圣人之道,则得圣人之言。"②所谓道德文章,必然是先有高尚的道德才有好的文学作品。对文章风格,余阙认为要多素朴、少雕琢:"文之敝,至宋亡而极矣,故我朝以质承之,涂彩以为素,琢雕以为朴。当是时,士大夫之习尚,论学则尊道德而卑文艺,论文则崇本质而去浮华。盖久至于至大、延祐之间,文运方启,士大夫始稍稍切磨为辞章,此革之四而趋功之时也。"③余阙有着扎实深厚的儒学修养和经世致用的政治理想,他在文章创作中也实践了自己的文学主张,宗先秦两汉古文,文风自然质朴、平易简洁。王汝玉在《青阳先生文集序》中说:"文章虽公余事,然片言只字,必求前世作者之精英,而议论雄伟多过人者。"④余阙现存碑、记、序、书、铭、表等文章七十一篇,语言平实,文风简洁,尤其是《送归彦温赴河西廉使序》《含章亭记》《送樊时中赴都水庸田使序》等,均为佳作。

元朝疆域之广,亘古未有,南北车书混一,交通交流方便。"中国在元代比在以前的和以后(直到20世纪)的任何时候都更著称于欧洲。这是因为蒙古人统治下的疆土一直扩展到欧洲;喜马拉雅山以北的全部地区,从山海关到布达佩斯,从广州到巴士拉,全部在一个政权统治之下,这在世界历史上是空前绝后的。通过中亚细亚的交通线在当时比在以前和以后的任何时候都更繁忙和安全。在大汗的朝廷中充满了许多有各种技能

---

① (明)宋濂:《题余廷心篆书后》,《宋学士文集》卷六六,《四部丛刊》本。
② (元)余阙:《送葛元哲序》,《青阳集》卷二,《景印文渊阁四库全书》本。
③ (元)余阙:《柳待制文集叙》,(元)柳贯:《柳待制文集》,《景印文渊阁四库全书》本。
④ 韩荫晟编:《党项与西夏资料汇编》(上),宁夏人民出版社1983年版,第448页。

的欧洲人和穆斯林,以及来自西藏、俄罗斯或亚美尼亚的使者。"①这些都为元代文人游历提供了方便,于是游历之风大盛。

袁桷在《赠陈太初序》一文中曾专门谈过元人之游:

> 世祖皇帝大一海宇,招徕四方,俾尽计划以自效,虽诞谬,无所罪,游复广于昔。敝裘破屦,袖其囊封,卒空言无当。以其无所罪也,合类以进,省署禁闼,骈肩攀缘,卒无所成就。余尝入礼部,预考其长短,十不得一。将遏其游以喻之,游者讫不悟。朝廷固未尝拔一人以劝,使果拔一人,将倾南北之士老于游而不止也。②

海宇为一,四海游历是男儿应有之志,更是读书人的快事。"方车书大同,弓旌四出,蔽遮江淮,无复限制。风流文献,盖交相景慕,惟恐不得一日睹也。"③南北之士生于此时,不可不游。

游历之风在许多西域文人身上体现得更为深刻。西域游牧民族自古逐水草而居,元时又以"兴贩营运百色"④为业,出现很多富商大户,如元末色目文人丁鹤年的曾祖阿老丁即是元初巨商。经商之人,要走遍大江南北。因而,喜游历是西域民族自身的性格。这一点在马祖常、萨都剌、丁鹤年、迺贤等色目文人身上体现得淋漓尽致。他们游以寻根,行之于诗文,形成了一道元代文学所独有的风景。

马祖常虽是馆阁名臣,但一生走遍了大江南北,多仕宦之游和出使之游。"及观君之游两都,历邓郏而归吴越,其之官绝巨海而北上,其出使凌长河而南迈,其游览壮而练习多。予知其诗雄伟而浑涵,沉郁而顿挫,言若尽而意有余,盖将进于杜氏也乎?"⑤从长篇五言古体诗《壮游八十韵》中可以看到马祖常的壮游经历:"十五读古文,二十舞剑器。驰猎溱

---

① 〔英〕李约瑟:《中国科学技术史》第一卷,科学出版社、上海古籍出版社1990年版,第145页。
② (元)袁桷著,李军等校点:《袁桷集》,吉林文史出版社2011年版,第373页。
③ (元)柳贯:《跋鲜于伯几与仇彦中小帖》,《柳待制文集》卷一八,明天顺七年刻本。
④ (元)王恽:《为在都回回户不纳差税事状》,《秋涧先生大全文集》卷八八,《四部丛刊》本。
⑤ (明)张以宁:《马易之金台集序》,《翠屏集》卷三,《景印文渊阁四库全书》本。

洧间,已有丈夫气。裹粮上嵩高,灵奇发天秘。……远行探禹穴,六月剖丹荔。巫峡与洞庭,仿佛苍梧帝。三吴震泽区,幼妇蛾眉细。唱歌搅人心,不可久留滞。沿淮达汶泗,摩挲泰山砺。……京国天下雄,豪英尽一世。……问俗西夏国,驲过流沙地。马啮首蓿根,人衣骆驼毳。鸡鸣麦酒熟,木栟荐干茅。浮图天竺学,焚尸取舍利。安定昆戎居,贪鄙何足贵。……骊山葬秦魄,茂陵迷汉窦。……北都上时巡,扈跸浮云骑。……"①马祖常本静州天山人,占籍河南光州,青年时已经游历了河南的风光,从溱洧间到嵩山上,之后从黄河往南到江淮、巫峡、洞庭、汶、泗,往北从京师大都到西夏、流沙、太行、元上都,到过今天的湖北、江苏、浙江、福建、河北、山东、北京、宁夏、甘肃、陕西、内蒙古等地。

色目文人萨都剌,字天锡,号直斋,泰定四年(1327)登进士第,先后任镇江路录事司达鲁花赤、江南行御史台掾史、燕南肃政廉访司照磨、闽海福建道肃政廉访司知事等职。萨都剌作有《溪行中秋玩月》诗,其序云:

> 余乃萨氏子,家无田,囊无储。始以进士入官,为京口录事长,南行台辟为掾,继而御史台奏为燕南架阁官。岁余,迁闽海廉访知事。又岁余,诏进河北廉访经历。皆奉其母而行,以禄养也。后至元三年八月望,舟泊延平津。是夕星河灿然,天无翳云,月如白日,溪声潺湲若奏乐,四山环抱,如拱如立,如侍左右奔走执事者。萨氏子奉母坐船上,与其妇具酒肴盘馔,奉觞上寿。②

他早年经商,后宦游,到过荆、楚、燕、赵、闽、粤、吴等地。萨都剌喜欢游历和以诗文记载江山胜景。明人徐象梅《两浙名贤录》记载:"(萨都剌)寓居武林,博雅工诗文,风流俊逸,而性好游。每风日晴美,辄肩一杖,挂瓢笠,脚踏双不藉,遍走两山间。凡深岩邃壑人迹所不到者,无不穷其幽胜,至得意处,辄席草坐,徘徊终日不能去,兴至则发为诗歌以

---

① (元)马祖常著,李叔毅点校:《石田先生文集》,中州古籍出版社1991年版,第3~4页。
② (元)萨都剌著,刘试骏等选注:《萨都剌诗选》,宁夏人民出版社1982年版,160页。

题品之。今两山多有遗墨。"①

色目文人迺贤也以游历著称。迺贤，西突厥葛逻禄氏。贡师泰序《金台集》称："予闻葛逻禄氏在西北金山之西，与回纥壤相接，俗相类。其人便捷善射，又能相时居货，媒取富贵。"②葛逻禄氏不仅勇猛矫健，而且也善于经商。迺贤身上流淌着西域人的血脉，喜爱游历四方也是其民族性格。迺贤自幼生长在江南鄞县，曾在少年时北上大都求学，其间还曾随驾到上都，留下了《上京纪行》组诗。至正五年（1345），他再次北上，尽情游历，写下了游记《河朔访古记》。③王祎在《河朔访古记序》中这样描述此次行程："乃绝淮入颍，经陈、蔡，以抵南阳。由南阳浮临汝而西，至于洛阳，由洛阳过龙门，还许昌，而至于大梁，历郑、卫、赵、魏、中山之郊，而北达于幽燕。"④至正二十四年（1364）秋，迺贤官拜翰林国史院编修，受朝廷之命"祀南镇、南岳、南海，南镇礼既成，遂道瓯、闽以达海、岳。比至漳，闻广南多警，未进。适分省右丞罗公新建南岳庙成，有司请诹日具牲币，既新庙望祀"⑤。迺贤游踪之广，不逊于马祖常和萨都剌。在游历中，迺贤将悲喜感慨之意，皆形之于咏歌。

西域文人喜爱游历的民族性格，出之为对新异风光的热爱，并发之于诗文。他们的纪行诗文一反唐宋边塞诗文的多描写边塞的荒凉与苦寒，多为有感而发，质朴自然，清丽喜人。

元代西域文人多有江南游历的经历，所留下的诗文更是数不胜数。江南山水清新柔美，郁盛的文风，优越的人文环境，吸引着许多向往中原文化的异族人士。色目人或仕成，或经商，大量南迁，遂有所谓"今回回皆

---

① （明）徐象梅：《两浙名贤录》卷五四，明天启刻本。
② （元）贡师泰：《葛逻禄易之诗序》，《全元文》第45册，第189页。
③ （元）刘仁本《羽庭集》有此书序曰："今翰林国史院编修官郭啰洛氏纳新（案：郭啰洛原作葛逻禄，纳新原作迺贤，今改正）易之，自其先世徙居鄞。至正五年，挈行李，出浙渡淮，溯大河而济。历齐、鲁、陈、蔡、晋、魏、燕、赵之墟，吊古山川城郭、丘陵、宫室、王霸人物、衣冠文献、陈迹故事，暨近代金、宋战争疆场更变者。或得于图经地志，或闻诸故老旧家，流风遗俗，一皆考订。夜还旅邸，笔之于书。又以其感触兴怀，慷慨激烈，成诗歌者继之，总而名曰《河朔访古记》，凡一十六卷。"（《四库全书总目》卷七一）
④ （元）王祎：《河朔访古记序》，《王忠文公集》卷五，明嘉靖元年张齐刻本。
⑤ （元）林弼：《马翰林易之使归序》，《林登州集》卷九，清康熙刻本。

以中原为家,江南尤多"①的说法。也有学者指出:"(元代)对历史文化做出杰出贡献的蒙古、色目人士,其中以江南地区出现的为最多。"②许有壬《九日登石头城诗并序》记载蒙古人万家闾(字国卿)、八札(字子文)、廉公瑞、阿鲁灰、石珪、郭思贞等同登石头城:

> 金陵山水甲江南,凡昔号胜绝著郡乘者,往往可征,以息以游,随其所适,而悉获所欲。……至治壬戌九日,中执法石公、持书郭公具酒肴登焉。监察御史刘传之、李正德、罗君宝、八札子文、廉公瑞、阿鲁灰梦吉、照磨万国卿暨有壬实佐行。时宿雨初霁,万象澄澈,长江钧带,风樯出没,淮西江南诸山,历历可数。与夫川原之逶迤,楼阁之雄丽,虽一草一木,不能逃也。金陵之美,斯为尽得。③

兴之所至,赋诗纪行。萨都剌称"行尽江南都是诗"④,以诗歌的形式吟咏所见的山水风光,仅描写杭州风景和生活的就有《补阙歌》《竹枝词》《游西湖六首》《谒抱朴子墓》《过贾似道废宅》等。唐兀氏余阙世居河西武威,生于庐州,对江南更是有一种深情。其《南归偶书二首》其二曰:"二月不归三月归,已将行箧卷征衣。殷勤未报家园树,缓缓开花缓缓飞。"⑤还未动身,心已飞向家乡的树木之下,并且像叮嘱老朋友一样叮嘱花树等他回去后再慢慢开花。

西域人的生活是铁骑角弓的射猎与驼背上的贩运,即使入居中原、历经几代,西域之流风遗韵也一直流淌在他们血脉当中。所以,当西域文人踏上西北故土时,那种天然的亲切感和豪迈之情便油然而生,正如杨义先生所言:"少数民族作家在自己祖宗之地,是主人,客人的身份变成主人的身份,文学的形态就完全变了。民族身份使他们与汉族诗人发生了换位

---

① (宋)周密著,吴企明点校:《回回沙碛》,《癸辛杂识》,上海古籍出版社2012年版,第176页。
② 潘清:《江南地区社会特征与元代民族文化交融》,《东南文化》2004年第6期。
③ (元)许有壬:《至正集》卷一五,《北京图书馆古籍珍本丛刊》本。
④ (元)萨都剌著,刘试骏等选注:《萨都剌诗选》,宁夏人民出版社1982年版,第49页。
⑤ (元)余阙:《青阳先生文集》卷九,《四部丛刊》续编本。

思维,从而给中国的文学注入新的发展动力,产生了新的精彩。"①于是西域文人笔下的塞外风景成了元代诗文的一大亮色。

余阙对本民族有着深深的情感,他在《送归彦温赴河西廉使序》中,倾情歌颂西北民族的淳朴和睦:

> 人面多黧墨,有长身至八九尺者。其性大抵质直而上义。平居相与,虽异姓如亲姻。凡有所得,虽箪食豆羹,不以自私,必召其朋友。……岁时往来,以相劳问,少长相坐以齿不以爵。献寿拜舞,上下之情,怡然相欢。醉即相互道其乡邻,亲戚各相持,涕泣以为常。予初以为,此异乡相亲乃尔。及以问夏人,凡国中之俗莫不皆然。②

朴厚的民风和习俗,使回归故土的诗人有一种久违的亲切感。在余阙笔下,河西古镇的民风民情也充满独特的魅力。

马祖常是西北雍古人,出身于剽悍勇猛的也里可温家族,他最优秀的诗歌也是超越了中原文化的羁勒,表现出西北子弟刚劲豪健气质的几首浸润着西域情结的河西纪行诗。邓绍基先生《元代文学史》最赞赏马祖常这些诗歌,认为在这些诗歌中,自然景色、边塞风光、民情风俗逼真如画。四库馆臣赞誉"其诗才力富健,如《都门》《壮游》诸作,长篇巨制,回薄奔腾,具有不受羁勒之气"③。延祐四年(1317),马祖常以监察御史的身份抚谕河西。他游览了先祖曾经生活过的西北土地,想起了先辈的荣光:"昔我七世上,养马洮河西。六世徙天山,日日闻鼓鼙。金室狩河表,我祖先群黎。"④当他踏上这片土地时,有一种莫名的亲切感:"乍入河西地,归心见梦余。蒲萄怜美酒,苜蓿趁田居。少妇能骑马,高年未识书。清朝重农谷,稍稍把犁锄。"⑤这次出使,他不仅仅是作为元朝使臣巡视河西,同时还有一种荣归故里的自豪,有一种寻根的情结,使其纪行毫无奔

---

① 杨义:《重绘中国文学地图 创造大国文化气象》,《中国社会科学院院报》2007年7月26日。
② (元)余阙:《青阳先生文集》卷四,《四部丛刊》续编本。
③ 《四库全书总目》卷一六七,第1440页。
④ (元)马祖常:《饮酒》其五,《全元诗》第29册,第290页。
⑤ (元)马祖常:《灵州》,《全元诗》第29册,第309页。

波的辛苦。飘香的美酒、丰硕的苜蓿和谷物，还有如男儿一样骑马的少妇，这些都让诗人欣喜满怀。如此，他笔下的西域自然别有一番风情，如乐府歌行《河西效长吉体》：

> 贺兰山下河西地，女郎十八梳高髻。茜根染衣光如霞，却招瞿昙作夫婿。紫驼载锦凉州西，换得黄金铸马蹄。沙羊冰脂蜜脾白，筒中饮酒声渐渐。①

贺兰山下，妙龄的女子衣着鲜艳，按照当地的习俗招僧人作夫婿，人们经商和饮酒吃羊肉的日子是那样的舒适和快活——充满魅力的西域生活出现在诗人眼前。当然，那种铁骑如风驰骋、弯弓如满月射杀白狼的剽悍勇武的西北男儿形象，也出现在诗人笔下："阴山铁骑角弓长，闲日原头射白狼。青海无波春雁下，草生碛里见牛羊。"还有经验丰富的波斯商人："波斯老贾度流沙，夜听驼铃识路赊。采玉河边青石子，收来东国易桑麻。"②他用和田的玉石到中原换取桑麻，穿越过茫茫的丝绸之路，以驼铃声辨别路途情况，经验老到。

萨都剌的父祖以世勋镇云、代，居于雁门（时为代州治所）。自唐代起，雁门关就是历代长城要隘之一，也叫雁门塞。萨都剌生于雁门，长于塞上，对故乡乃至塞北怀有浓厚的感情，他的诗集《雁门集》之题名，即表明其眷念乡土之情意。从他的《赠答来复上人》组诗中，可以看到他那种浓浓的故乡情结：

> 北口雪深毡帐暖，紫驼声切夜思盐。上人起饮黄封酒，可胜醍醐酪乳甜。（其一）
>
> 燕山风起急如箭，驰马萧萧苜蓿枯。今日吾师应不念，毳袍冲雪过中都。（其二）③

---

① 《全元诗》第 29 册，第 387 页。
② （元）马祖常：《河湟书事二首》，《全元诗》第 29 册，第 364 页。
③ 《全元诗》第 30 册，第 281 页。

那样苦寒的北地，雪深风紧，环境气候恶劣，人们穿着用鸟兽毛皮制成的毳袍来御寒，但这在萨都刺看来别有情趣：在温暖的毡帐中，喝着胜似香甜的醍醐酪乳的黄封酒，倾听阵阵紫驼铃声，感觉不到边塞的苦寒，反有一种悠闲与宁静之感。

元朝实行"两都制"，每年春夏之季，皇帝都要带领皇亲、妃嫔及文武百官到上都住上半年光景。扈从上都的文士创作了内容丰富的纪行诗。据统计，上京纪行诗近千首，涉及诗人五十八位。①马祖常、萨都刺和迺贤都有过上都之行。

哈刺鲁人以骁勇善战闻名，曾出过不少有名的战将，如铁迈赤、密立火者、沙全、也罕的斤、哈刺歹等。元朝建立前后，"内迁的哈刺鲁人主要居住在大都、大名路、南阳府、庆元路等地，亦有一些散居其他地方。集中在几个地方的情况主要是军队屯驻造成的"②。到中期以后，涌现了一批哈刺鲁文人，迺贤是其中最有名的一位。至正九年（1349），迺贤随驾来到上都，看到辽阔的草原，触景生情，发而为诗，其中没有"征人"的哀叹，却充满了"归人"的惬意，其中著名的《塞上曲五首》曰：

秋高沙碛地椒稀，貂帽狐裘晚出围。射得白狼悬马上，吹笳夜半月中归。

杂沓毡车百辆多，五更冲雪渡滦河。当辕老妪行程惯，倚岸敲冰饮橐驼。

双鬟小女玉娟娟，自卷毡帘出帐前。忽见一枝长十八，折来簪在帽檐边。

马乳新挏玉满瓶，沙羊黄鼠割来腥。踏歌尽醉营盘晚，鞭鼓声中按海青。

乌桓城下雨初晴，紫菊金莲漫地生。最爱多情白翎雀，一双飞近马边鸣。③

---

① 刘宏英、吴小婷：《元代上京纪行诗的研究状况及意义》，《河北北方学院学报》2008年第4期。
② 陈高华：《元代的哈刺鲁人》，《西北民族研究》1988年第1期。
③ （清）顾嗣立编：《元诗选》初集，中华书局1987年版，第1460页。

五首诗五个场景，把草原民族的美好生活和民俗风情全部纳入笔下：胡笳声声伴着夜归的勇悍猎人，能干的当辕老妪，活力四射的草原少女，欢愉的草原民族歌舞，乌桓城雨后美丽的风景，充盈着喜悦和欢乐。

萨都剌的《上京即事五首》《上京杂咏五首》从多角度描绘了上京的社会生活、豪华的皇城景象及宫廷生活场景。其《上京即事五首》曰：

> 大野连山沙作堆，白沙平处见楼台。行人禁地避芳草，尽向曲栏斜路来。
> 祭天马酒洒平野，沙际风来草亦香。白马如云向西北，紫驼银瓮赐诸王。
> 牛羊散漫落日下，野草生香乳酪甜。卷地朔风沙似雪，家家行帐下毡帘。
> 紫塞风高弓力强，王孙走马猎沙场。呼鹰腰箭归来晚，马上倒悬双白狼。
> 五更寒袭紫毛衫，睡起东窗酒尚酣。门外日高晴不得，满城湿露似江南。①

低低的沙山连绵不断之处出现高耸的楼台，芳草茵茵之处是皇城；蒙古族祭天的马奶酒洒在草原之上芳香扑鼻，祭祀时皇帝给诸王的各种赏赐十分丰厚；马群如云，牛羊遍野，乳酪香甜，家家毡房上悬挂着厚厚的毡帘以遮挡呼啸的寒风；猎得白狼的王孙归来；夜晚虽然寒冷，但一夜小雨之后满城如春：如此充满浓郁草原风情的景象是上京不与众同的景致，在诗人笔下萌生出盎然生机。

马祖常多次扈从皇帝到上京，馆阁文臣和西北子弟的双重身份，使他诗文中的上京既有草原风光，也同样拥有江南风致："燕子泥融兰叶短，叠叠荷钱水初满。人家时节近端阳，绣袂罗衫双佩光。"②上京的春光如同江南，清新秀丽，富庶而繁华。同时，他的诗中比其他西域文人作品多了

---

① （元）萨都剌：《雁门集》，上海古籍出版社1982年版，第163~164页。
② （元）马祖常：《上京书怀》，《全元诗》第29册，第302页。

一种对天子皇威的歌咏："离宫秋早仗频移，天子长杨羽猎时。白雁水寒霜露满，骑奴犹唱踏歌词。"① 威严的仪仗下，天子在草原上追逐猎物，皇威浩浩，这也是上京独有的风光。只有对草原和西域有着特殊感情的诗人才有这样别具特色的文字，才能在作品中倾注如此特殊而真挚的感情。

  大批才华横溢的西北子弟创造了元代文学史上一道独特的风景，为元代的文学创作增添了亮色，正如陈垣先生针对中国古代文学史上这一独有现象所说的："以蒙古等文化幼稚，其同化华族不奇，若日本、高丽、琉球、安南诸邦则又袭用华人文字制度已久，其华化亦不奇。惟畏吾儿、突厥、波斯、大食、叙利亚等，本有文字，本有宗教，畏吾儿外，西亚诸国去中国尤远，非东南诸国比，然一旦入居华地，亦改从华俗，且于文章学术有声焉，是真前此所未闻，而为元代所独也。"②

---

① （元）马祖常：《丁卯上京四绝》其二，《全元诗》第29册，第373页。
② 刘乃和编校：《中国现代学术经典·陈垣卷》，河北教育出版社1996年版，第53页。

第三节　多元文化与元代文学创作

元代是中国历史上一个特殊的王朝。这一特殊性最突出地表现在，它是中国历史上第一个由少数民族所建立的大一统国家政权。在元代以前，中国历史上虽然也出现过许多少数民族政权，但那都是地方性的政权，与之同时，汉民族的所谓正统王朝，或者仍保有半壁河山，或者屈居一隅，总是一息尚存，绵延未绝。蒙古族灭掉了宋朝，统一了全中国。这一特殊性，造就了这一时期社会文化的各个方面不同于其他朝代的特点。元代享国不久，但疆域广阔，中外交流广泛，东西交通发达，多民族共居，多元文化并存且共同发展："中原农耕文明与北方草原文明及西域商业文明的并存；中原文化中固有的儒、释、道的并存；中原本土宗教（道教和已经充分中国化了的佛教）与外来的伊斯兰教、基督教等的并存；士阶层雅文化与市井俗文化的并存；北方承金而来与南方承宋而来的各具鲜明特色的地域文化的并存。"[①] 即使是在俗文化内部，还有士人文化观念的趋俗和市民原生态俗文化的区别与并存。中原文化作为主体文化影响少数民族文明，游牧民族国俗胡风渗透入社会生活各个方面，人们的思维方式、观念和行为方式多元。这一特殊的文化背景，对于文学当然有着多方面的深刻而巨大的影响，使得元代文学作为中国文学发展史上的重要一环，继续沿着唐宋文学的方向发展，同时又具有不同于其他时期文学的鲜明特点。陈垣先生论及元代文化道："（元代之）儒学文学，均盛极一时，而论世者每轻之，则以元享国不及百年，明人蔽于战胜之余威，辄视如无物。加以种族之见横亘胸中，有时杂以嘲戏。"[②]

一、多元文化影响下的元代俗文学

农耕文化与草原游牧文化的大融合，西域商业文化的涌入，使元代文

---

① 方铭主编：《中国文学史·辽宋夏金元卷》，长春出版社2013年版，第5页。
② 陈垣著，陈智超导读：《元西域人华化考》，上海古籍出版社2000年版，第132页。

学在多元文化背景之下呈现出与此前文学明显不同的特点。尤其是以杂剧和散曲为主的俗文学，在多民族交汇融合的大背景下，其音乐、语言、风格，均受到北方少数民族文化的影响，且得到了自由发展的空间，得以在元代繁荣兴盛，有着鲜明的时代个性。

元杂剧出现在原金朝统治下的中原地区，这一地区的文化原本已经是契丹、女真、汉民族文化的杂糅和涵化。

自辽到金代，民间婚姻较为自由开放。"金国治盗甚严……亦有先与室女私约，至期而窃去，女愿留则听之。自契丹以来皆然，今燕亦如此。"① 金代亦有女子行歌求偶之俗，《大金国志》卷三十九"婚姻"条载：

> 贫者以女年及笄，行歌于途。其歌也，乃自叙家世，妇工容色，以伸求侣之意。听者有求娶，欲纳之，即携而归，后方具礼，偕来女家，以告父母。无论贵贱，人有数妻。②

广大的中原地区经过了辽金数百年的统治，女真风俗自然也会影响中原地区汉族的风气。因而，在契丹、女真族"汉化"的同时，汉人也在"胡化"。如原本流行于游牧地区的收继婚，在中原地区汉族百姓当中出现的情况也非常多。虽然元代统治者虽曾多次下令禁止汉人、南人采用游牧民族之风也实行收继，但元代的法令条款有很多疏漏，政府措施又实行不力，所以汉族收继婚的现象没有得到有力制止。王祎《俞金墓表》记载："近时，江以南竟尚豪侈，一变淳朴之俗。未数十年，薰渍狃押，胥化成风，而古之遗俗，销灭尽矣。"③元代多族共居，游牧民族的婚俗和贞节观不仅影响当时汉族的社会风气，也影响了元代的戏曲创作。黄天骥在《元杂剧史序》里指出，在元代，杂剧的兴起、发展，作者的思想感情乃至语言风格，明显有着文化"碰撞"的烙印。④元代前期杂剧，出现了很多与

---

① （宋）洪皓：《松漠记闻》，《说郛三种》，上海古籍出版社1986年版，第2556页。
② （金）宇文懋昭：《大金国志校正》，中华书局1986年版，第554页。
③ （元）王祎：《王忠文公集》卷二〇，《丛书集成初编》本。
④ 苏古编选：《江苏古籍序跋与书评》，江苏古籍出版社2000年版，第327页。

传统礼教观念迥然有别的爱情、婚姻剧目，是和汉族传统的礼教、门第和功名观相背离的，表现了对自由爱情和婚姻的向往和追求，如关汉卿的《拜月亭》《望江亭》《调风月》。白居易《井底引银瓶》诗本为"止淫奔"，是对男女私情的告诫，白朴《墙头马上》变成对自由大胆爱恋的歌颂与肯定。郑光祖的《倩女离魂》，王实甫的《西厢记》，是为情欲爱情而不为门第富贵张本。女真作家石君宝的《曲江池》《紫云亭》《秋胡戏妻》等，塑造的女子形象大胆热烈、性格果敢，和游牧民族女子形象有些相似。

在草原游牧文化和西域商业文化凭借着自身在政治上的优越地位向社会各个方面渗透的社会背景之下，中原长期以来在儒家思想影响下的传统伦理观念、价值观念均不同程度受到"胡风国俗"的严重冲击。自白居易《长恨歌》"七月七日长生殿，夜半无人私语时。在天愿作比翼鸟，在地愿为连理枝。天长地久有时尽，此恨绵绵无绝期"以来，李、杨爱情本是文人们一向歌颂的美好题材，宋代《太真外传》、金代院本《击梧桐》、元代白朴《梧桐雨》皆是如此。汤式〔正宫·小梁州〕《太真》则抛开唐明皇天子的神圣地位，调侃李、杨的误国和杨贵妃与安禄山的荒淫："开元天子好奢华，太真妃选作浑家。东风吹动祸根芽，娘牵挂，没乱煞胖娃娃。"① 王伯成的《天宝遗事诸宫调》更无所忌讳，对唐明皇、杨贵妃、安禄山三人荒淫糜烂的行径不惜笔墨大胆揭露。文人对圣学道学的否定和叛逆在中国历史上其他任何一个大一统朝代恐怕都不被允许，这自然是"胡风国俗"影响的体现。

明凌濛初在《谭曲杂札》中提出了早已经为学术界所普遍接受的著名的命题——"曲始于胡元"②。北方草原游牧民族的文化与西域商业文化大量涌入，中原地区汉族文化与之聚合交汇，价值观念与信仰彼此影响，同时又互相渗透，各民族乐曲、语言、风俗等不断冲撞与融合，才出现了元杂剧的繁荣兴盛局面，才使元杂剧在内容上和艺术上展现了不同于前代文学的风貌。

---

① 《全元散曲》，第1575页。
② （明）凌濛初：《谭曲杂札》，中国戏曲研究院编：《中国古典戏曲论著集成》第4册，中国戏剧出版社1959年版，第253页。

我们知道，民族文化的交流既有矛盾冲突，也有互相融合。元代的民族融合是中国历史上第一次把中国各个地区、各个民族统一在一个中央政权之下的大融合，是各民族在长期往来中形成认同感的最重要结果。汉族在元朝各民族中人数居首位，汉族的思想文化中儒家思想根深蒂固，随着民族融合的深入，汉族深厚的传统文化自然会影响少数民族的文化。但是，蒙古族作为统治民族，凭借政权的威力强制推行其文化，草原游牧民族所固有的审美趣味、价值观念、生活信念、文化特质等必然会冲击相较更发达的中原传统农业文化。汉族人民也会主动从草原游牧文化中吸取新的思想观念，诸如草原游牧民族所特有的尚武不羁、质朴粗犷、豪放率直、率意任情，甚至重世俗享乐的个性。这些给中原文化注入了新的活力和新的气息，大量异质文化的融合使元代社会文化呈现出一种新颖清新的面貌。这使得在元代，戏剧有了新的生存土壤。传统儒家所谈及的重义轻利价值观，似乎与西域以盈利为目的的商业文化不太合拍。到了元代，儒家的基本精神重"践履"，重经世致用，赞成义利统一、义利兼重的价值观。这为西域商业文化打开了一条通道。西域商人早在成吉思汗征战过程中，就随蒙古大军进入中原。元立国之后，更多的西域商人利用日益开放的陆海道东来中土，从事商业贸易，活动范围极广。蒙古统治者没有汉族传统的重农抑商思想的束缚，元代商业发达，市场活跃，都市繁荣，西域商人占据了元代课税扑买、斡脱经营、市舶贸易等商业活动。因而，西域商业文化必定会影响中原文化。我们看一下北方草原文化及西域商业文化对元杂剧创作的影响。

王骥德在《曲律》卷四里说："元时北虏达达所用乐器，如筝、琵琶、胡琴、浑不似之类，其所弹之曲，亦与汉人不同，见《辍耕录》。"[①]元代西域与蒙古民族将大量的乐曲与乐器带入中原，异域风情的音乐与中原的音乐碰撞交融，新的乐曲系统逐渐产生而且被元杂剧接纳，使人耳目一新，给元杂剧注入了新的元素，故而"胡夷之曲"对杂剧繁荣兴盛的影响很深。元杂剧中使用的音乐曲调，就是由大曲、诸宫调、"胡夷之曲"

---

① （明）王骥德著，陈多、叶长海注译：《王骥德曲律》，湖南人民出版社1983年版，第208页。

等组成的。"胡夷之曲"主要来自北方草原民族如蒙古族和女真族以及西域色目民族。北方草原及西域色目民族的音乐丰富充实了杂剧的曲牌，影响了元杂剧的总体风格，这是音乐自身发展的需要，也是民族融合的产物。

蒙古族和一些西域少数民族信仰萨满教。萨满在举行萨满仪典时，常敲萨满鼓以聚神。萨满鼓不仅是萨满教中的法器，也是萨满音乐中的主要伴奏乐器。萨满在跳神中表现神鬼天人喜怒哀乐情感，场面的热烈、阴森、欢腾、恐怖时均离不开鼓点的渲染和烘托。蒙古族和西域民族的音乐和舞蹈诸如鞭鼓舞、倒喇、黑山鸡舞、海青拿天鹅等节奏强烈，动人心弦。海青舞是在粗犷、铿锵、强烈急促的音乐下，一个男性舞者矫健奔放地跳跃舞蹈。西域民族中有骆驼舞、萨玛舞、阿剌剌舞等。元代张昱《塞上谣》其六描写了西域女子跳阿剌剌舞的情形："胡姬二八面如花，留宿不问东西家。醉来拍手趁人舞，口中合唱阿剌剌。"① 这些异域风情的舞蹈和音乐为元杂剧所吸收，丰富了杂剧的表演。

宋曾敏行《独醒杂志》卷五说："先君尝言：宣和末客京师，街巷鄙人，多歌蕃曲，名曰〔异国朝〕〔四国朝〕〔六国朝〕〔蛮牌序〕等，其言至俚，一时士大夫亦皆歌之。"② "蕃曲"即北方、西域等地民族歌曲，这些早在北宋末年就已为汉族人民所喜爱传唱的歌曲，当然也会被元杂剧吸收。北曲的风格是劲切雄丽，"字多而调促，辞情多而声情少，力在弦，亦和歌，气易粗"③；南曲则是清丽柔远。元杂剧经过北方游牧民族文化的滋养，吸收了草原民族富有民族色彩和地方特色的音乐：

> 至我国乐曲与外国之关系，亦可略言焉。……宋教坊之十八调，亦唐二十八调之遗物。北曲之十二宫调，与南曲之十三宫调，又宋教坊十八调之遗物也。故南北曲之声，皆来自外国。而曲亦有自外国来者，其出于大曲、法曲等自唐以前入中国者……南宋赚词，其结构似

---

① （元）张昱：《张光弼诗集》卷三，《四部丛刊》续编本。
② （宋）曾敏行：《独醒杂志》卷五，上海古籍出版社1986年版，第45页。
③ （明）王世贞：《曲藻》，中国戏曲研究院编：《中国古典戏曲论著集成》第4册，中国戏剧出版社1959年版，第27页。

北曲而曲名似南曲者，亦当自蕃曲出。而南北曲之赚，又自赚词出也。至宣和末，京师街巷鄙人，多歌蕃曲，名曰〔异国朝〕〔四国朝〕〔六国朝〕〔蛮牌序〕〔蓬蓬花〕等，其言至俚，一时士大夫皆能歌之。今南北曲中尚有〔四国朝〕〔六国朝〕〔蛮牌儿〕，此亦蕃曲，而于宣和时已入中原矣。至金人入主中国，而女真乐亦随之而入。《中原音韵》谓："女真〔风流体〕等乐章，皆以女真人音声歌之。虽字有舛讹，不伤于音律者，不为害也。"则北曲双调中之〔风流体〕等，实女真曲也。此外如北曲黄钟宫之〔者剌古〕，双调之〔阿纳忽〕〔古都白〕〔唐兀歹〕〔阿忽令〕，越调之〔拙鲁速〕，商调之〔浪来里〕，皆非中原之语，亦当为女真或蒙古之曲也。①

北曲慷慨刚劲，质朴劲切，爽朗奔放，字多腔少，这些曲子融入当时人们所喜闻乐见的戏曲当中，其热烈奔放、雄浑欢快的节奏给人耳目一新的感觉。草原民族强悍刚毅、勇敢善战等鲜明的民族性格也融入杂剧曲调。

王世贞《曲藻序》云："曲者，词之变。自金、元入主中国，所用胡乐，嘈杂凄紧，缓急之间，词不能按，乃更为新声以媚之。"② 元杂剧中的唱曲并非来自传统的韵文——词，而是来源于民间流行的北曲。契丹、女真和蒙古等族到中原之后，他们的民族歌舞和乐器也随之传到中原地区，无论是行腔歌辞还是伴奏乐器均给人一种全新的感觉，促使汉族地区的音乐与外来音乐互相融合。生活在我国北方和西北部的契丹、女真、蒙古和西域各族，多数能歌善舞，流传着各种各样的俗谣歌曲，很富有民族色彩和地域特色，而且早在宋、金时期，各民族的歌曲已在中原地区广为流传。北曲是契丹、女真、蒙古等族的武夫马上之歌与中原地区的民间小调融汇在一起所形成的，以中原乐系为主，融合契丹、女真、蒙古族诸乐的曲子，其声调慷慨激越、质朴浅切、刚劲豪健，曲辞语言大众化、口语化、通俗化，并且宜于咏歌。元杂剧离不开音乐，它伴随北曲的产生而发

---

① 王国维：《宋元戏曲史》，岳麓书社1998年版，第112页。
② （明）王世贞：《曲藻序》，中国戏曲研究院编：《中国古典戏曲论著集成》第4册，中国戏剧出版社1959年版，第25页。

展,是音乐自身发展的需要。元杂剧在宋杂剧和金院本及诸宫调的基础上,经过金元异族乐曲和风俗的熏染,加上人们对粗犷豪放音乐、歌舞的爱好,改变了汉族长期以来的传统审美风格,形成了幽默诙谐而通俗质朴、刚劲豪健而浅俗鄙俚的风格,成为各民族人民群众共同喜爱的娱乐艺术。对此,顾肇仓先生曾有过很精要的阐述:"它大致只是用北方的歌曲做基础,经过金代的酝酿,又受到了诸宫调那种漫长的叙述体的描状人物故事的说唱文学的影响,从而创造了这种新的戏曲形式。而这种新的戏曲形式,得到了元朝的支持和接受,取得了普遍流行的地位,成为了北方代表性的戏剧。"①也正因此,元杂剧具有雅俗共赏的娱乐性。

二、元代雅文学中的多元文化精神

杨义先生在《重绘中国文学地图通释》中对元代文化和元诗有过如此阐述:元代提供了新的历史文化的语境,蒙古族从北方入主中原统一了中国,震撼了整个中国的文化价值体系,"在这种情况下,元诗的一个根本问题,不是它学唐诗宋诗的程度怎么样,而是它在中华民族文化大融合中发生了怎样的变化,其中就存在一个胡化和汉化的问题"。②其实不止元诗,整个元代文学都是在中华民族文化大融合的前提下的多民族文学的互动、互补。元代的多民族文化融合在中国古代史上是绝无仅有的文化现象,元代雅文学自然也体现了多元文化的精神,从而展示出与此前文学明显不同的特点。

元代文坛的繁盛是多族作家共同创造的。我们要认识元代文化、元代文学,就必须认识作家队伍多元构成的特殊性。元王朝疆域辽阔,汉、蒙古、契丹、女真、靺鞨、回鹘、党项、畏吾等多族共居。不少蒙古、色目子弟"舍弓马而事诗书",具有了很高的汉文化水平,融入了中华文化,为历代所无。汉族在人数和文化上都占了上风,中原文明的流光溢彩使那些蒙古、色目文人以一种倾慕的心理来学习汉文化。蒙古、色目文人总数并不多,一旦融入中华文化圈,"入居华地,也改从华俗,且于文章学术有

---

① 顾肇仓:《元人杂剧选》,人民文学出版社1956年版,第3页。
② 杨义:《重绘中国文学地图通释》,当代中国出版社2007年版,第200~201页。

声焉"①。这些精通汉学华俗的蒙古、色目文人,爱好文学,喜与士大夫游,其中涌现出许多风华卓越的文士,在诗文曲等方面都取得了卓越成就。"元代的诗词,有不少少数民族作家,他们有深厚的汉族文化修养,精通汉族语言,创作诗词,工丽精深,其成就卓越,往往超过同代的汉族作家。如耶律楚材、马祖常、萨都剌、迺贤诸人,颇为著名。"②根据《全元诗》,现存有二十多位蒙古族诗人和近百位色目诗人的作品,这在中国文学史上是空前的。虽然在元代文学中,汉族文人依然是文坛主流,但是西域色目诸族、蒙古族、契丹族、女真族、鲜卑族等少数民族文人作为元代文人成员的重要组成部分,构成了人数众多的少数民族作家群,他们用汉语行文,在文学创作上取得了重要的成就,与汉族文人的创作共同构成了丰富多彩的元代文学。元代的文学,除了汉语言文学外,还有少数民族语言文学。元代的少数民族语言文学取得了前所未有的辉煌成就,如蒙古族的《蒙古秘史》、蒙古族叙事诗《成吉思汗的两匹骏马》等,这在中国文学史上也是罕见的,而之所以形成这种局面,其原因有几个。

第一,北方游牧民族逐水草迁徙,无常居之业,喜游历四方,在浩瀚无垠的草原与大漠不受约束,生活的迁徙性、流动性强,和安土重迁的汉文化有着很大区别。自然,他们的民族风情、民族性格、民族情趣也被带进了文学作品中,给中国文学输入了新的血液,带来新的气象。从元代诗歌的创作角度来看,少数民族诗人诗作的总体风格是粗犷豪放、气魄宏大、阳刚雄放、意境清新、音调响亮,"中州万古英雄气,也到阴山敕勒川"③,带有草原精神和草原气息。如蒙古族巴林部人伯颜,忽必烈时期任中书左丞,奉命率军攻打南宋时,写有一首《奉使收江南》诗:"剑指青山山欲裂,马饮长江江欲竭。精兵百万下江南,干戈不染生灵血。"④雄浑豪迈,气魄极大,极尽渲染蒙古军队的威武强大、勇猛刚毅,显然是草原民族豪迈奔放性格的显现。畏兀族著名的散曲家贯云石曾出任翰林学士,

---

① 陈垣:《陈垣史学论著选》,上海人民出版社1981年版,第176页。
② 刘大杰:《中国文学发展史》(下),上海古籍出版社1997年版,第892页。
③ 元好问:《论诗三十首》其七,《全元诗》第2册,第169页。
④ 鲜于煌选注:《中国历代少数民族汉文诗选》,民族出版社1988年版,第63页。

"年十二三,膂力绝人,善骑射,工马槊,尝使壮士驱三恶马疾驰,公持槊前立而逆之,马至腾上,越而跨之,运槊风生,观者辟易。挽强射生,逐猛兽上下"①,显然大不同于汉族儒生。虽然贯云石一生并未经历过战争,但尚勇武的民族气质却是他骨血里的东西,如其诗《蒲剑》:"三尺青青古太阿,舞风斫碎一川波。长桥有影蛟龙惧,流水无声日夜磨。两岸带烟生杀气,五更弹雨和渔歌。秋来只恐西风恶,销尽锋棱恨转多。"②见到细长型的菖蒲叶子,浮现在他眼前的却是寒气逼人的宝剑,崇尚武力和崇拜英雄的民族基因影响着他的诗歌创作。

萨都剌祖先累世行武,"自其祖思兰不花,父阿鲁赤,世以膂力起家,累著勋伐"③,粗犷狂放的民族气质和性格潜移默化地影响着他的文学创作。其《泊舟黄河口登岸试弓》:"泊舟黄河口,登岸试长弓。控弦满明月,脱箭出秋风。旋拂衣上露,仰射天边鸿。词人多胆气,谁许万夫雄。"④站在黄河岸边,控弦弯弓,一片英雄豪气,对草原铁马雕弓生活的喜爱之情溢于言表。再如其《寒夜闻角》:"野人卧病不得眠,呜呜画角声凄然。黄云隔断塞北月,白雁叫破江南烟。山城地冷迫岁暮,野梅雪落溪风颠。长门美人怨春老,新丰逆旅惜少年。夜深悲壮声摇天,万瓦月白霜华鲜。野人一夜梦入塞,走马手提铁节鞭。髑髅饮酒雪一丈,壮士起舞毡帐前。五更梦醒气如虎,将军何人知在边?"⑤诗人在睡梦之中入塞作战,在毡帐之中以髑髅酒碗豪饮,帐前壮士舞姿粗犷强健的画面鲜活生动,情绪高亢热烈,是北方民族性格和生活的展现。

迺贤出身于精熟弓马骑射的北方游牧民族,其祖上追随元世祖忽必烈西征南伐,迁居中土后定居南阳。自幼生活在江南的迺贤深受汉文化影响,是"元诗四大家"之一虞集在国子监任职时的学生,他的诗歌仍然有

---

① (元)欧阳玄:《元故翰林学士中奉大夫知制诰同备国史贯公神道碑》,《圭斋文集》卷九,《四部丛刊》本。
② (清)顾嗣立编:《元诗选》二集,中华书局1987年版,第269页。
③ (元)干文传:《雁门集序》,殷孟伦、朱广祁整理:《雁门集》附录,上海古籍出版社1982年版,第401页。桂栖鹏、杨镰等先生指出此序是伪作,这里存而不论。
④ (元)萨都剌著,刘试骏等选注:《萨都剌诗选》,宁夏人民出版社1982年版,第172页。
⑤ (清)顾嗣立编:《元诗选》初集,中华书局1987年版,第1207页。

西域民族豪放洒脱的性格。《送慈上人归雪窦追挽浙东完者都元帅四首》其二："日本狂奴扰浙东，将军闻变气如虹。沙头列阵烽烟黑，夜战鏖兵海水红。筚栗按歌吹落月，髑髅盛酒醉西风。何时尽伐南山竹，细写当年杀贼功。"①以激昂的笔触描写元代名将完者都在浙东抗击倭寇入侵的英武豪健，意境雄阔，诗风浑灏劲健。

第二，汉文化重义轻利，经济以农业为主，一贯不重视商业，但西域色目民族是商业文明，重视商业。这一点在色目文人诗文中也有所体现。如萨都剌中进士之前曾有过经商的人生经历，其《客中九日二首》其二称："佳节相逢作远商，菊花不异故人乡。"②马祖常的《河湟书事二首》其二中描写了一位波斯商人经商的情形："波斯老贾度流沙，夜听驼铃识途赊。采玉河边青石子，收来东国易桑麻。"③周密《癸辛杂识》"回回沙碛"条记载：

> 回回国所经道中，有沙碛数千里，不生草木，亦无水泉，尘沙眯目，凡一月方能过此。每以盐和面作大脔，置橐驼口中，仍系其口，勿令噬嗑，使盐面之气沾濡，庶不致饿死。人则以面作饼，各贮水一榼于腰间，每日略食饵饼，濡之以水。或迷路水竭，太渴，则饮马溺，或压马粪汁而饮之。其国人亦以为如登天之难。④

西域人穿越茫茫戈壁大漠来到中国，需要历尽艰险。马祖常诗中所写的穿越丝绸之路来到繁华的中原换取桑麻的，是一位经验老到而又精明且胆识过人的商人。又如《绝句》其六："翡翠明珠载画船，黄金腰带耳环穿。自言身住波斯国，只种珊瑚不种田。"⑤这首诗中所写的波斯客商则是经海路来中国，"只种珊瑚不种田"言其以经商为生，写出了元代丝绸之路和

---

① （清）顾嗣立编：《元诗选》初集，中华书局1987年版，第1450页。
② （元）萨都剌著，刘试骏等选注：《萨都剌诗选》，宁夏人民出版社1982年版，第12页。
③ 《全元诗》第29册，第364页。
④ （宋）周密：《癸辛杂识》续集上，中华书局2004年版，第138页。
⑤ 《全元诗》第29册，第382页。

海外贸易繁荣兴旺的景象，内容新颖，富有异域色彩，令人耳目一新。

第三，元代少数民族诗人和汉族文人笔下的边塞诗也有所不同。唐宋诗中边塞多是金戈铁马、孤城瀚海、长河落日之壮阔与悲凉，日暮乡关之思，但"少数民族作家在自己祖宗之地，是主人，客人的身份变成主人的身份，文学的形态就完全变了。民族身份使他们与汉族诗人发生了换位思维，从而给中国文学注入新的发展动力，产生了新的精彩"[1]。往昔文人笔下苦寒的边塞，是他们祖先居住的故土，由于这种特殊的地缘关系，他们的边塞诗在传统军旅争战和边地风光题材上与汉族诗人有很多不同，他们的诗中有浓郁的民族风情，也有更丰富多彩的地域特色。契丹人耶律楚材《西域河中十咏》描绘了今乌兹别克斯坦地区的民风，雍古人马祖常《上京翰苑书怀三首》《上京书怀》《驾发上京》《驾发》《丁卯上京四绝》《灵州》《河西歌效长吉体》《河湟书事二首》等诗歌描绘的上都和河西走廊，回回诗人萨都剌的《上京即事》和葛逻禄氏迺贤的《塞上曲五首》描绘的上都，其风光、人事、习俗均给人一种全新的感受。如迺贤《塞上曲五首》其一："秋高沙碛地椒稀，貂帽狐裘晚出围。射得白狼悬马上，吹笳夜半月中归。"[2]草原广阔，人口稀少，秋天已经很是寒冷，一片月色之下，胡笳声声，牧民围猎白狼而归，所描写的草原风土人情别开生面，不落窠臼，读来真切自然。马祖常《河湟书事二首》之一描写的也是勇武彪悍的牧民射杀白狼的情景："阴山铁骑角弓长，闲日原头射白狼。青海无波春雁下，草生碛里见牛羊。"[3]阴山下，青海湖波平浪静，风景秀丽，春雁时而飞翔时而落下，草原之上悠闲地吃着青草的牛羊，更衬托出原野上射猎白狼的牧民英武鲜活的形象。马祖常祖上曾经居住于"河湟"一带，他在《饮酒》其五中曾写道："昔我七世上，养马洮河西。六世徙天山，日日闻鼓鼙。"[4]以诗人本民族的审美视角审视草原民族的生活和自然美景，自然笔墨之间有一种自豪和亲切之感，意境鲜明生动，情韵独特。

---

[1] 杨义：《重绘中国文学地图 创造大国文化气象》，《中国社会科学院院报》2007年7月26日。
[2] （清）顾嗣立编：《元诗选》初集，中华书局1987年版，第1460页。
[3] 《全元诗》第29册，第364页。
[4] 《全元诗》第29册，第290页。

第四，虽然元代确立了程朱理学的统治地位，但在特殊的历史、民族背景下，反而涌现出一批与传统观念不同的文学作品。元代科举以儒家经典为主要考试内容，于是官学私塾均以儒家经典为教科书，"自京师至于偏州下邑，海陬徼塞，四方万里之外，莫不有学"①，各族子弟认真学习诗书礼仪。"元时西域世族，类能以诗书化其朴野，其祖若父虽起家甲胄，一二传即沾被华风，其旧俗譬之江河，中国文明则海也。海无所不容，故无所不化，而其所以能化之速者，首由物质供给之丰腴，而诗书礼义随其后，所谓衣食足则礼义兴也。"②但在北方游牧民族风俗习惯和文化观念的介入之下，汉民族独尊的地位被动摇了，历史上的很多东西都被重新认识。很多原本被视为神圣的、至尊的东西被否定，很多禁区都可以畅通无阻。文人在文学作品中敢于揶揄皇帝，嘲笑大圣大贤如孔子、屈原等。如以唐明皇和杨贵妃为题材的文学作品，以往或者歌咏李、杨爱情故事，或者反思历史，批评唐玄宗之荒淫误国，其中的安禄山，不管是作为乱臣贼子，还是作为丑陋的胡人，总是以反面角色出现的。但在元代情况就不同了，如马祖常在颇具讽刺意味的《题明皇端箭图》中说："宁王玉笛吹凤凰，桐花秋露宫昼长。开元天子忽思武，手中金箭照眼光。何物群婢出后房，羽林孤儿射杀将，坐中凛凛无渔阳。"③座中所缺的安禄山，被想象成凛凛多气的汉子、一位英武将军，这在元代以前肯定是不可想象的。又如萨都剌《华清曲·题杨妃病齿图》："朱唇半启榴房破，胭脂红注珍珠颗。一点春寒入瓠犀，雪色鲛绡湿香唾。……九华帐里熏兰烟，玉肱曲枕珊瑚偏。玉钗半脱翠蛾敛，龙髯天子空垂涎。妾身虽侍君王侧，别有闲情向谁说？断肠塞上锦裯儿，万恨千愁言不得。"④在诗中，不仅将杨贵妃描绘成风情万种的天生尤物，而且还对她和安禄山的私情大加描述，这和汉儒的观念是不同的。在元代这样的文化背景下，流行千年的"女祸"观念没有了市场，于是便有人为杨玉环鸣冤："未应三寸脚，踏倒长安千丈壁。马

---

① （元）黄溍：《邵氏义塾记》，《金华黄先生文集》卷一〇，《续修四库全书》本。
② 陈垣：《元西域人华化考》，上海古籍出版社2000年版，第121页。
③ （元）马祖常著，李叔毅点校：《石田先生文集》，中州古籍出版社1991年版，第23页。
④ （清）顾嗣立编：《元诗选》初集，中华书局1987年版，第1021页。

嵬坡下淋铃雨,琵琶膝上何王府。颇得回思向来否?人间又看新歌舞"①;"偃月堂成已乱基,徒令千古罪环儿"②。这种对历史的反思不同于以往。

元代少数民族文人个性或豪放洒脱,或热烈奔放,或尚武豪勇,或粗犷率真,或刚毅顽强,或跌宕不羁,或乐观坦荡,即使受汉文化影响较深,他们的民族性格、民族精神、民族风情和民族审美习惯也依然会影响他们的诗文风格和题材。他们笔下的自然风光、民情民俗给人独特的感觉冲击,呈现出璀璨的文化景观。那种崇尚阳刚劲健、雄奇豪迈、浓烈热切、质朴清新、朴实爽朗的风格特色,不同于中原汉族的民族性格和审美情趣,使得元代文坛呈现出多种色彩。正如杨义先生所言:"元诗在汉人文学胡化和胡人文学汉化的碰撞和融合中,放射出特异的光芒……"③因为多民族文化的碰撞,元代诗文异彩纷呈、色彩多元。元诗曾遭到明代都穆的贬斥:

> 昔人谓诗盛于唐坏于宋,近亦有谓元诗过宋诗者,陋哉见也。刘后村云:"宋诗岂惟不愧于唐,盖过之矣。予观欧、梅、苏、黄、二陈至石湖、放翁诸公,其诗视唐,未可便谓之过,然真无愧色者也。元诗称大家,必曰虞、杨、范、揭,以四子而视宋,特太山之卷石耳。"方正学诗云:"前宋文章配两周,盛时诗律亦无俦。今人未识昆仑派,却笑黄河是浊流。"又云:"天历诸公制作新,力排旧习祖唐人。粗豪未脱风沙气,难诋熙丰作后尘。"非具正法眼者,乌能道此?④

都穆引用明代方孝孺的说法,说元代虞、杨、范、揭诗有"粗豪"之"风沙气",但他们的诗歌实以清和雅正为主,是元代海宇混一之后盛世诗风

---

① (元)刘将孙:《寓言》,《养吾斋集》卷三,《景印文渊阁四库全书》本。
② (元)耶律铸:《题明皇思曲江图》,《双溪醉隐集》卷六,《景印文渊阁四库全书》本。
③ 杨义:《中国古典文学图志·宋、辽、西夏、金、回鹘、吐蕃、大理国、元代卷》,生活·读书·新知三联书店2006年版,第439页。
④ (明)都穆:《南濠诗话》,《四库全书存目丛书》本。

的代表，显然方孝孺之说有明显尊宋贬元的倾向，是不符合元代文坛和文学的实际情况的。不过"风沙气"之说，倒也体现了元代诗文受北方草原文化和西域商业文化的影响，是有道理的。元代少数民族文人倾慕汉文化，精通儒学，用汉语创作，但依然保留着自己的民族文化以及部分民族心理素质，但他们的文学创作包含了其民族文化的特征，为元代文学增添了新鲜血液。同时，元代多族文人相互交往、相互影响，使得元代成为整个中国文学史上最复杂也最丰富的一个时期，特色独具，这既是时代发展的结果，也是各民族文化融合的结果。

第三章
六合一统与南北文风的交汇融合

　　一地有一地之山水，一地有一地之土风。人生于其间，性格受山水与土风影响，诗文会呈现出明显的地域特色。"言出而为诗，原于人情之真；声发而为歌，本于土风之素。方其未有诗与歌也，岂无言若声哉？尚而《击壤》《康衢》之谣，降而越《棹讴》、楚《春相》，情有感发，流自性真。又若辽交凉蓟，生而殊言；青越函胡，声亦各异。于是有唐俭、魏狭、卫靡、郑淫。盖有得于天地之自然，莫之为而为之者矣。"①这已成为古代文论家的共识："古之作者皆是也。所谓真而不杂者，有味乎其言也哉！"②明代唐顺之也有类似观点：

　　　　西北之音慷慨，东南之音柔婉。盖昔人所谓系水土之风气而先王律之以中声者。惟其慷慨而不入于猛，柔婉而不邻于悲，斯其为中声焉已矣。若其音之出于风土之固然，则未有能相易者也。故其陈之则足以观其风，其歌之则足以贡其俗。后之言诗者不知其出于风土之固然，而惟恐其妆缀之不工。故东南之音，有厌其弱而力为慷慨；西北之音，有病其急而强为柔婉。如优伶之相哄，老少子女，杂然迭进，要非本来面目，君子讥焉。③

东南地区的柔婉，西北地区的慷慨，是各地不同的本色，这种本色很难改变。

---

① （元）王沂：《隐轩诗序》，《伊滨集》卷一六，《景印文渊阁四库全书》本。
② （元）王沂：《熊石心诗序》，《伊滨集》卷一六，《景印文渊阁四库全书》本。
③ （明）唐顺之：《东川子诗集序》，《荆川先生文集》卷一○，《四部丛刊》本。

元统一以前，中华大地经历了长时期的宋金南北对峙。在南北隔绝时期，"元气间断，太音不全"①。南北诗文，南方沿袭宋代风格而北方承袭金朝之风，差别比以往更为明显。随着元朝的统一，南北分隔的局势终结了，南北自由来往，东西沟通便利，儒生文士、各族士子墨客互相交游，恰好可以南方之软媚柔婉来补救北方之粗疏犷野，取彼之长补己之短。元代文学家张之翰也认为南北作家通过游历可以开阔视野，提振其气："中原万里，今为一家。君能为我渡淮泗，瞻海岱，游河洛，上嵩华，历汾晋之郊，过梁宋之墟，吸燕赵之气，涵邹鲁之风。然后归而下笔，一扫腐熟，吾不知杨、陆诸公，当避君几舍地。"②南方文人任意万里北游，得北方深浑厚重之气，可以改变东南人之气质，超越"杨、陆诸公"。一个诗人可以受多种地域风格的影响，不同地域特色，也可体现在同一诗人身上。这种文化与文风的差异体现了中华文化和文学的丰富性、多样性。譬如南方人很多爱吃辣，但各地人对于辣有着不同的爱好，湖南人爱香辣，四川人喜麻辣，云贵人吃酸辣，江西人好鲜辣。辣里边有着"香""麻""酸""鲜"的不同，这里边不仅有地域文化的差异，也有民族、文化和宗教信仰等诸多因素在起着作用。

南北文风的交融也是元代文坛格局的一大特征。相对于历史上其他的中原王朝，元王朝享国较短。一般意义上的元代文学史都以1234年蒙古灭金为起点，以1368年顺帝北遁、明王朝建立为终点。蒙古灭金统一北方至统一全国以前，由于宋金对峙长期隔绝南北，声教不通，加之士风之不同，地理之差异，南北文人学术背景与诗文取法对象各不相同，而各自形成了鲜明的气质和特征，各以自身的方式发展与传播。元统一全国后，南北文风开始交汇融合。元代疆域广阔，国力强盛，空前的大一统给了文人强烈的自信，在海宇混一、华夷一统的鼓舞下，形成了元代平易正大、冲淡悠远、纡徐雍容、涵淳茹和的盛世文风。当我们审视从蒙古灭金至元成宗大德时期即元中期盛世文风形成这一段的文学史，就可以发现，元代南北文风交融的过程大致可分为三个阶段。

---

① （元）张之翰：《跋草窗诗稿》，《西岩集》卷一八，《景印文渊阁四库全书》本。
② （元）张之翰：《跋草窗诗稿》，《西岩集》卷一八，《景印文渊阁四库全书》本。

第一节　政权对峙与文风隔绝

1232年，蒙古军包围了金朝新首都汴京，金哀宗弃城而逃，先到归德，后又往蔡州。1234年，蒙古军队联合宋朝军队共同攻破蔡州，金哀宗自杀，金朝灭亡。① 战争中，城郭宫殿被焚毁，文化典籍被焚烧，生灵涂炭，赤地千里。窝阔台汗消灭了金朝，占领了中国北方的大部分领土，不仅加强了蒙古帝国的实力，也为蒙古最后消灭南宋、统一全国创造了条件。随后，蒙古军队占领黄河流域的广大地区，隔淮水与南宋为邻。蒙古自1234年灭金，到元世祖至元十六年（1279）灭南宋统一全国，与南宋有四十多年的共存时间。

一、南宋后期：琴棋诗酒的淡泊

元统一全国以前的南方文坛，虞集说："宋之末年，说理者鄙薄文辞之丧志，而经学文艺判为专门，士风颓弊于科举之业，岂无豪杰之出，其能不浸淫汩没于其间，而驰骋凌厉以自表者，已为难得，而宋遂亡矣。"② 南宋末，理学儒士不屑于诗文创作，且多汲汲于门户之争，多数士人沉湎于科举之业。不过，南宋后期的文坛上也有布衣义士群体的出现，相继出现了一些著名文人和作品，比同时期的北方文坛要繁荣兴旺得多。词坛有以姜夔为代表的、包括吴文英、张炎、王沂孙等人的骚雅派，再有稼轩派的后继刘克庄、刘辰翁等人。在诗歌创作上，有以戴复古、刘克庄、"四灵"等为代表的江湖诗人。在南宋灭亡之际，还出现了文天祥、汪元量、刘辰翁、林景熙、谢翱、郑思肖、谢枋得等一批爱国诗文家。

到元代，江西诗派有方回、牟巘、舒悦祥、陈杰、马廷鸾等主要诗人。尤其是方回，他在诗学方面的建树颇多，倡"一祖三宗"的"江西"

---

① 金朝自1115年女真人完颜阿骨打称帝到1234年灭亡，统治中国北方一百二十年。
② （元）虞集：《刘桂隐存稿序》，《雍虞先生道园类稿》卷一八，《元人文集珍本丛刊》本。

法统。

方回曾对江湖诗派之行径和江湖诗的弊端有所批判:

> 近世诗学许浑、姚合,虽不读书之人皆能为。五七言,无风云月露、冰雪烟霞、花柳松竹、莺燕鸥鹭、琴棋书画、鼓笛舟车、酒徒剑客、渔翁樵叟、僧寺道观、歌楼舞榭则不能成诗,而务谀大官,互称道号,以诗为干谒乞觅之资。败军之将,亡国之相,尊美之如太公望、郭汾阳。刊梓流行,丑状莫掩。呜呼!江湖之弊,一至于此。①

江湖诗派笼罩了南宋中后期的诗坛,方回对江湖文士诗作只描写风云月露、歌楼舞榭等无关国计民生的狭窄题材提出批判,对他们以诗词奔走干谒权贵行径表示不满,显然是包含着道德和社会批判的。当时如姜夔、吴文英、史达祖、高观国等布衣文人都曾有投靠奸佞权贵的情况,"务谀大官"的情况确实存在。对南宋末混迹于江湖的文人作诗鬻文以谋生计求富贵的行径,元人吾丘衍也非常鄙薄,他在《闲居录》中有如此一段话:

> 晚宋之作诗者多谬句,出游必云策杖,门户必曰柴扉,结句多以梅花为说,尘腐可厌。余因聚其事为一绝云:"烹茶茅屋掩柴扉,双耸吟肩更捻髭。策杖遄仙山下去,骚人正是兴来时。"可为作者戒也。②

讽刺他们为标榜雅士之风,东摘西凑拼成诗句。诗歌本是吟咏情怀的,可是在他们手中改变了味道,哪里还有诗趣和诗味?查洪德先生如此评价宋末江湖游士:"这是一批没有政治和社会地位,又没有其他谋生手段的人,但他们有名气,可以影响社会舆论。他们以此为资本,向达官贵人索取生活资料。诗歌在他们手里,成了索取与交换的工具。按元代文人的话说,是不以'诗道'为诗而以'商道'为诗,诗歌因而失去了以往所有的政治教化的、愉心怡情的功能。失去政治教化功能就失去了神圣性,失去

---

① (元)方回:《送胡植芸北行序》,《桐江集》卷一,《续修四库全书》本。
② (元)吾丘衍:《闲居录》,《景印文渊阁四库全书》本。

了愉心怡情功能就失去了高尚脱俗性，诗歌沦落成索取钱财的工具，从烟霞之外跌落到泥淖之中，由出俗变为卑俗。"①

方回和吾丘衍对南宋末诗风的批判有一定道理，但如果撇开南宋后期文人的处境而只以传统道德观来衡量他们的人格品质并不恰当。我们不妨看一下这一批流入江湖的文人所处的社会环境。

宋室南迁，部分工商业也随之南迁，虽国势江河日下，但南方不仅人才繁多，社会经济也很快得到恢复和发展，都市繁荣。南宋统治阶级不思收复北方，侈靡之风充斥着整个社会，南宋后期更是以游乐奢靡为风尚。如南宋都城临安，吴自牧《梦粱录》之"观潮"条记载："临安风俗，四时奢侈，赏玩殆无虚日。西有湖光可爱，东有江潮堪观，皆绝景也。每岁八月内，潮怒胜于常时，都人自十一日起，便有观者，至十六、十八日倾城而出，车马纷纷，十八日最为繁盛，二十日则稍稀矣。"②西湖美景引人入胜，奢侈之风盛行，临安有钱人家"销金衣饰，顷岁有司屡行禁止，往往法令稍宽，随即纵弛，累岁以来，其侈日盛。豪贵之家，固习于此，而下至齐民稍稍有力者，无不竞以销金为饰，盖不止于倡优被服之僭也"③。不仅仅是临安，诸如湖州、绍兴、明州、温州等城市，皆富裕繁华，娱乐业盛行，每个城市均有众多瓦子、勾栏之类的固定文化娱乐场所，每日有讲史、说经、傀儡戏、杂技、影戏、杂剧、鼓子词、诸宫调、陶调、崖词等种类繁多的表演。周密的《武林旧事》卷二"元夕"条曾描绘过临安城中正月十五元宵节民间歌舞的盛况：

> 至节后，渐有大队如四国朝、傀儡、杵歌之类，日趋于盛，其多至数千百队。天府每日差官点视，各给钱酒油烛，多寡有差。且使之南至升旸宫支酒烛，北至春风楼支钱。终夕天街鼓吹不绝。都民士女，罗绮如云，盖无夕不然也。④

---

① 查洪德：《元代诗学通论》，北京大学出版社 2014 年版，第 383 页。
② （宋）吴自牧：《梦粱录》卷四，浙江人民出版社 1980 年版，第 27~28 页。
③ （宋）袁说友：《禁戢销金札子》，《东塘集》卷一〇，《景印文渊阁四库全书》本。
④ （宋）周密著，钱之江注：《武林旧事》，浙江古籍出版社 2011 年版，第 38~39 页。

南宋偏安一隅而社会风气却以享乐为尚，且朝廷对此不加制止反而予以鼓励。生活在这样一种宴乐成风的"销金锅儿"中，许多文人也自然消融在声色犬马、花天酒地、繁华游嬉的世情俗态之中，"一勺西湖水。渡江来，百年歌舞，百年酣醉"①，抵抗不了诱惑而随波逐流，"东南妩媚，雌了男儿"②，哪里还有抗金收复旧山河的斗志和积极进取的功名心？另外，南宋经济繁荣，商业发达，人们不再以经商为耻，"南方之剧郡，泉山、婺女（指婺州），并为称首，其民机巧趋利，故多富室，而讼牒亦繁"③。经商者越来越多，难免有机巧取利者。在这种社会环境之下，如若当时的文人把诗文当成自己谋生的手段，何尝不是当成了一种商品，哪里还能以风雅之士自诩？虽然宋末文人没有明确谈到这一点，但实际上以诗文换白银黄金的行径即是把诗文作为营利的手段。

南宋从奸相秦桧，到政坛"不倒翁"史弥远、隐匿军情不报的权相丁大全，再到亡国的"蟋蟀宰相"贾似道，他们除了维护自己的权力，争权夺势，排斥异己之外，并未替大宋江山考虑。政治腐败黑暗的同时，社会经济的发展、城市的繁华却为人们追求享乐的社会风气提供了成熟的条件。南宋的儒士文人所看到的是权臣卖官鬻爵、奢靡享受成风，在痛心失望之后，只能"却将万字平戎策，换得东家种树书"④，慨叹"老子岂无经世术，诗人不预平戎策"⑤。日益黑暗的社会政治让那些以治国平天下为人生追求的文士们不得不远离政权，无奈之后是对政治的冷漠、情感的偏离，他们甚至连牢骚也不再发，而是转而在诗文词曲琴棋书画中寻求自己的人

---

① （宋）文及翁：《贺新郎·游西湖有感》，（清）上疆村民：《宋词三百首》，北方文艺出版社2014年版，第324页。
② （宋）陈人杰：《沁园春·记上层楼》词序，王兆鹏：《宋词鉴赏》，长江文艺出版社2009年版，第366页。
③ （宋）刘攽：《新差权发遣泉州朱服可知婺州朝散郎胡宗师可权发遣泉州制》，曾枣庄，刘琳主编：《全宋文》第68册，上海辞书出版社、安徽教育出版社2006年版，第328页。下所引《全宋文》均为此版本，不另注。
④ （宋）辛弃疾：《鹧鸪天》，胡云翼、龙榆生评注：《经典唐宋词》，文津出版社2018年版，第231页。
⑤ （宋）史达祖：《满江红·九月二十一日出京怀古》，周振甫：《唐诗宋词元曲全集》第5册，黄山书社1999年版，第1767页。

生价值。任何朝代任何时候，生存都是人最基本的需求。文人谋生方式最荣耀的是出仕为官，既可光耀门楣，又能实现修齐治平的人生理想。这条路如若不顺畅，按照士人传统的不仕则隐的观念，应该选择归隐，在山水田园之间修身养性。但如果没有一定的物质条件保障，选择走向山林高雅的隐逸也是行不通的。因而，一部分知识分子便选择了去私塾教授学生，去弃文经商，走上"江湖"。

商品经济发达和都市生活繁荣，使许多生活无法安定的读书人走上"江湖"，成为琴棋诗酒客。这部分以布衣身份奔走江湖的文人以诗文词曲书画为生存工具，依托于权贵势要之门谋求生存。"诗道之衰靡，莫甚于宋。南渡以后，而其所谓江湖诗者，尤为尘俗可厌。盖自庆元、嘉定之间，刘改之、戴石屏之徒，以诗人启干谒之风。而其后钱塘湖山，什伯为群。挟中朝尺书，奔走阃台郡县，谓之阔匾，要求楮币，动以万计。当时之所谓处士者，其风流习尚如此。"① "以诗人启干谒之风"也算是以一技之长谋生，但只有在诗词创作上有一定影响力的文人才能以诗词获得金钱资助。就如同市井小民交换物品谋利一样，吟诗赋词只不过是一种谋生的手段，并无高下之分，其行径自然也不是如钱谦益所批驳的尘俗可厌、俗不可耐。至于那些读过书、有一技之长、不具备谒客资格而被称之为"闲人"的，恐怕有尘俗之嫌。吴自牧《梦粱录》卷十九"闲人"条对他们有过详细描述：

> 闲人本食客人。孟尝君门下，有三千人，皆客矣。姑以今时府第宅舍言之，食客者，有训导蒙童子弟者，谓之馆客；又有讲古论今、吟诗和曲、围棋抚琴、投壶打马、撇竹写兰，名曰食客，此之谓闲人也。更有一等不著业艺、食于人家者，此是无成子弟，能文、知书、写字、善音乐，今则百艺不通精，专陪涉富豪子弟郎君，游宴执役，甘为下流；及相伴外方官员财主，到都营干。又有猥下之徒，与妓馆家书写简帖取送之类。更专以参随服役资生，旧有百业皆通者，如纽

---

① （清）钱谦益著，钱曾笺注，钱仲联标校：《钱牧斋全集》，上海古籍出版社2003年版，第946页。

元子，学像生叫声，教虫蚁，动音乐，杂手艺，唱词白话，打令商谜，弄水使拳，及善能取覆供过，传言送语。又有专为棚头，斗黄头，养百虫蚁、促织儿。①

这种"闲人"还是凭借琴棋诗酒为业，无论行为是否风雅，他们读过书又甘心为布衣，为了养家糊口，或是做不创造任何价值的纯粹帮闲，或是当家庭教师、说唱艺人等，都是凭借一技之长东奔西走依人为食。

南宋后期文人，在国事不可为、仕途难就的情况之下，在繁华都市靠诗词琴棋书画获利，有的所获钱财确实不菲。"壶山宋谦父自逊，一谒贾似道，获楮币二十万缗以造华居是也。钱塘湖山，此辈什佰为群。"②非官非隐，不失为一种合适和洒脱的生活方式。比如姜夔和吴文英，均词名极重，通音律，能自度曲，不事科举之业，布衣终生，交游广泛，但其襟怀恬淡，逍遥洒脱，填词赋诗是他们的生活。范成大喜欢风雅的姜夔，不仅对他赞誉有加，赞他是"翰墨人品皆似晋宋之雅士"③，而且还慷慨以歌妓相赠："小红，顺阳公青衣也，有色艺。顺阳公之请老，姜尧章诣之。一日，授简征新声，尧章制《暗香》《疏影》两曲，公使二妓肄习之，音节清婉。尧章归吴兴，公寻以小红赠之。"④以诗词而获得如此丰厚的酬劳，在南宋中后期不算稀奇。娱乐亦有高雅和低俗之分，执掌政权的达官显贵中并不乏饱学之士，像贾似道之类都有很高的文化修养，一些雅集自然需要有才学有名气的文士来点缀，布衣文士们以其较高的文学才华博得赞誉和金钱的馈赠是很自然的。

南宋后期的布衣文人并非尘俗可厌，游走权贵豪门也不过是他们的谋生方式，他们偏离了政治，国家也好、江山也罢，在他们的情感世界里都淡化了。在逍遥自在的俗世生活中，他们把目光投向自身，更多地表现为淡泊无为的平民意识和清客风范。南宋方岳有一首《旧传有客谒一士夫题

---

① （宋）孟元老等：《东京梦华录》外四种，文化艺术出版社1998年版，第294页。
② （元）方回：《瀛奎律髓》卷二〇，上海古籍出版社1993年版，第259页。
③ （宋）周密：《齐东野语》，中华书局1983年版，第211页。
④ （元）陆友仁：《研北杂志》卷下，《景印文渊阁四库全书》本。

其刺云琴棋诗酒客因与谈笑戏成此诗》,可以从中窥见江湖文人的心境:"痴书到底成何事,只有穷愁上鬓丝。铸错空糜六州铁,补鞋不似两钱锥。谁欤莫逆溪山我,幸甚无能诗酒棋。依旧挂书牛角去,笑渠到底是书痴。"①在偏安的东南一隅,江湖布衣文士在繁华的都市,尤其是苏杭一带,常常结社唱和,寄兴于吟咏诗词。"文士有西湖诗社,此乃行都搢绅之士及四方流寓儒人,寄兴适情赋咏,脍炙人口,流传四方,非其他社集之比。"②他们一起切磋技艺,唱和诗词,争奇斗胜,突出了文学本体,迎合着及时行乐的繁荣世相,以此逃避政治与社会的责任,诗词成了他们追求的人生价值的寄托。周密记载:

> 西湖十景尚矣。张成子尝赋《应天长》十阕,夸余曰:"是古今词家未能道者。"余时年少气锐,谓:"此人间景,余与子皆人间人,子能道,余顾不能道耶?"冥搜六日而词成。成子惊赏敏妙,许放出一头地。异日霞翁(杨缵)见之,曰:"语丽矣,如律未协何。"遂相与订正,阅数月而后定。是知词不难作,而难于改;语不难工,而难于协。③

从这段记载来看,西湖吟社的活动就是审音辨律、相互唱和之类,以音律、字句的精研来逞才使气。在这种情况之下,他们的文学创作为了迎合权贵,难免有歌舞欢宴的享乐和应酬之作。游戏翰墨自然会催生一批游戏色彩极浓的唱和诗文,他们的文学创作不再具备载道明理的社会功能,多咏物以及山水景物题材,仅仅发挥了文学的宣泄和愉悦功能,致力于追求更高的艺术技巧,这也是招致后人诟病的缘由之一。

宋之季世,南方诗歌在江西诗派笼罩下,逐渐"厌傍江西篱落"④,向唐诗回归。南宋后期诗坛主要是戴复古、刘克庄、方岳、葛长庚、陈造、等江湖诗派的诗人引领风骚,并且使江湖诗派不断壮大,对宋末诗坛的辉

---

① (宋)方岳:《秋崖集》卷七,《景印文渊阁四库全书》本。
② (宋)吴自牧:《梦粱录》卷一九,浙江人民出版社1980年版,第181页。
③ 唐圭璋编纂:《全宋词》第5册,中华书局1999年版,第4129页。
④ (元)方回选评,李庆甲集评校点:《瀛奎律髓汇评》卷二〇,上海古籍出版社1986年版,第771页。

煌做出了很大贡献。戴复古终生未仕，游食于江湖，以诗歌创作为毕生事业，一生笔耕不辍。《宋诗正体》《宋诗钞》《宋诗略》等宋诗选本中收录的江湖诗人诗歌以戴复古的为最多。他常以诗会友，广交社会名流。戴复古的诗歌融通诸家，平实冲淡，尚理而工整，语言清丽而又不乏生活气息，诗名远播，名闻朝野，"以诗鸣海内余四十年，……其诗清苦而不困于瘦，丰融而不豢于俗，豪健而不没于粗，放而不流于漫，古淡而不死于枯，工巧而不露于琢，闻而争传、读而亟赏者，何啻数百千篇"①。戴复古是陆游的弟子，他认识到了晚唐体的弊端，试图"以陆济杨"，学晚唐而不囿于晚唐体的束缚，矫正杨万里所倡导的晚唐体的弊端，主张融合各家之长而自成一家，兼得唐音与宋调之风神，其《论诗十绝》其四："意匠如神变化生，笔端有力任纵横。须教自我胸中出，切忌随人脚后行。"②戴复古是江湖诗派的前辈，其创作和诗学理论影响着江湖诗人的创作倾向。戴复古之后，刘克庄是江湖诗派的领袖，主盟诗坛四十余年。叶适为刘克庄诗集题跋，赞许他说："刘潜夫年甚少，刻琢精丽，语特惊俗，不甘为雁行比也。今四灵丧其三矣……而潜夫思益新，句愈工，涉历老练，布置阔远，建大将旗鼓，非子孰当？"③刘克庄和姜夔、戴复古、翁卷、孙惟信等典型的江湖游士不同，他是典型的士大夫文人。他的诗歌创作成就突出，并且有一套自成系统的诗学思想。刘克庄既有经世济时之抱负，又有纵情山水之情怀，他重名轻利、清狂不羁，也忧谗畏讥、自适旷达，提倡"性情""风雅"，主张诗歌应表达真情实感，诗风真率放任、无所拘检。

对南宋后期文坛，后代评家多诟病其格局小、内蕴浅、边幅狭隘、缺乏气魄，且常有衰飒之气而无盛世豪迈壮丽之势。对此，刘克庄也有过批评："近时小家数，不过点对风月花鸟，脱换前人别情闺思，以为天下之美在是，然力量轻，边幅窘，万人一律。"④但在宋末国势飘摇、整个社会

---

① 吴茂云校注：《戴复古全集校注》，中国文史出版社2008年版，第398页。
② 羊列荣、刘明今编著：《中国历代文论选新编·宋金元卷》，上海教育出版社2007年版，第147页。
③ （宋）叶适：《水心先生文集》卷二〇，《四部丛刊》本。
④ （宋）刘克庄：《听蛙诗序》，《后村集》卷九七，《景印文渊阁四库全书》本。

追求奢靡享乐的社会状况之下，这批江湖文士的诗虽然放弃了社会家国之类题材，却以平民化的题材，通俗平易、清新自然、明白晓畅的语言，精致巧妙的结构，野逸清和、冲淡高妙的意境抒写平淡生活中的清雅闲淡、山林江湖的美丽；词作则以更加纯粹、艺术和精美的语言，更专注于自我纤巧精细的感伤意绪和情思，吟唱着穷愁的羁旅行役、悲欢离合的情感遭遇、世态炎凉的人生苦难。正是他们创造了宋末文坛最后的辉煌。

　　散文方面，南宋后期不仅远比不上北宋，较之前期也大为逊色。南宋理学家当以真德秀①、魏了翁②为最有名，号称一时大儒、真儒。他们都是朝廷重臣，生活于内忧外患、危机四伏的宋宁宗和理宗时期，有很强的经世致用之心，重视文学的社会功能，强调文以载道，风格上主张温柔敦厚。真德秀、魏了翁左右文柄，均以学术、文章、政事享有盛名。魏了翁文章成就显然高于真德秀。真德秀文章重视义理，务为实用，文风温润闳整，平正明白。魏了翁的学问根柢深厚，造诣颇深，其诗文自然晓畅，深醇有法，没有理学家空疏板腐的弊病，而有欧、苏豪赡雅健的风神。宋末理学家虽然强调言理而不言文，以说理见长，文章多道学气，文学性、艺术性、审美价值远逊于前期，但出现了一大批集官僚、学者、文人身份于一身的文章家，他们诗文兼善，为宋代文学发展增添了亮色。

　　一类是进士出身的士大夫文人，多经济义理之士。他们在朝为官，主张经世致用。慈湖先生杨简，以道学知名，其文根柢儒学，温润尔雅，以平常语写文章，文风平实明了。蔡戡，为人侃直忠亮，以经世致用之文为主。彭龟年和游九言都曾在岳麓书院跟从乾淳理学派张栻学习，继承并发展了张栻的"心学"思想观念。彭龟年，学识正大，行文简洁明了，议论

---

① 宋真德秀著有《真文忠公文集》《三礼考》《四书集编》《政经》《西山政训》《大学衍义》《读书记》《心经》《教子斋规》《喻俗文》《西山题跋》《卫生歌》等。德秀以学术、政事、文章享盛名。其学力崇朱熹，号称一时大儒。其文亦以义理为主，务为实用。所为制词，温润闳整，奏议明白剀切，如《上殿奏札》《直前奏札》等，辞旨警拔，曲尽事理。论、序、记诸文，也多平正。
② 宋魏了翁著有《鹤山先生大全集》。了翁在当时号称"真儒"，以学术、文章、政事享盛名。其立朝直言敢谏，无所忌避。出任地方官，常亲诣学官，亲为讲撰，为士论所服。其学根柢深厚，造诣精粹，诗文淳正有法，纡徐宕折，出于自然。

剀切，辨析严谨。游九言，重视事功和经济之学。刘宰从学于游九言，诗文淳古恬淡，质朴自然，不事雕饰而明快畅达。袁燮，其文"淳朴质直，不事雕绘，而真气流溢，颇近自然"①。叶适，南宋中后期著名思想家，主张抗金收复失地，早年志意慷慨，雅以经济自负，在文学方面重视社会功用，主张为文必须"关教事"，反对离开现实专事模拟，所作文章藻思英发，自成一家，尤长于政论文，南渡后卓然为一大宗。程珌，于书无所不读，为文自成机杼，遣词雅健精深，根本义理，以经济自任，关心国计民瘼，奏札诸篇，论说剀切。李心传，南宋著名的史学家，治史态度谨严，考订精审。楼钥，博览群书，博通古今，精通音律，为学多究实用，作文虽不以雕琢为工，但行文自然工致，笔力雄浑雅健，意趣横生，其早年所作《北行日录》，记使金见闻，多中原沦陷之感。钱时，年轻时奇伟不群，读书不为世儒之习，潜心理学，诗文兼善，文章富有文采和理趣。王埜，多才多艺，书法学习欧阳询，擅长诗歌，文章也被人称许。戴复古《东谷王子文死读其诗文有感》称其诗文"议论波澜阔，文章气脉长"②。赵汝腾、赵汝愚，均是宋宗室子弟，且有诗文传世。赵汝腾学远师朱熹，为人守正不阿，以道学享有盛名，文章以披肝沥胆、论说剀切的奏议为多。程公许，为人冲淡寡欲，工诗文，文思敏捷。包恢，不仅理学学力深厚，而且为文皆据义理，下笔汪洋恣肆，疏通畅达，沛然有余。阳枋，受业于朱熹门人度正，为绍庆府学教授，文章多是与人往复的书简，语言明白笃实，不涉玄虚。林希逸，师从陈藻，以理学名世，著作丰富，文章多是应酬颂美之类，因学问深厚，诗文被刘克庄认可。刘克庄称其文"锻炼攻苦而音节谐邕，边幅宽余而经纬丽密"，其诗"槁干中含华滋，萧散中藏严密，窘狭中见纡余"，"老气盛于壮，近制高于旧"。③林希逸长子林泳，能篆书，善墨竹，工诗，尤长于四六，诗作文词雄擅，有趣诣，文章名气胜过诗歌。江万里，以古文知名，其文高古，周密称其文复乾淳体，自成一家。李昂英，以词知名当世，其文简而有法，婉而成章，议论高

---

① 《四库全书总目》卷一六〇，第1377页。
② 戴复年主编：《戴复古全集》，文汇出版社2008年版，第126页。
③ （宋）刘克庄：《竹溪集序》《竹溪诗序》，《全宋文》第329册，第92、132~133页。

迈，四库馆臣谓"其文质实简劲，如其为人。诗间有粗俗之语，不离宋格，而骨力遒健，亦非靡靡之音"①。汤汉，象山书院堂长，淳祐四年（1244）进士，官至权工部尚书兼侍读，以文章精绝而著称于世。罗椅，博学，以理学自命，性情淡泊，诗才横溢，以文章词赋知名于时。欧阳守道，道学醇厚，文章有天趣理致，文天祥、刘辰翁皆出其门。黄震，以儒学著称于世，文字简洁流畅，议论侃直。姚勉，为人慷慨有义气，磊落有奇节，文字汪洋恣肆，气势豪放。袁甫，从杨简学，文章以奏疏为多，立论明白，切中要害，侃侃直陈。韩淲，以父荫入仕，清高绝俗，人品学问俱有根柢，著有《涧泉集》《涧泉日记》。

另一类是精通理学的学者文人。他们或以教授为业，或以布衣身份客食四方。黄榦，早年受业朱熹，著有《勉斋集》，四库馆臣称其"文章大致质实，不事雕琢，虽笔力未为挺拔，而气体醇实，要不失为儒者之言"②。刘过，为人尚气节，喜饮酒，以功业自许，博学经、史、百氏之书，好言古今治乱之略，论兵尤善陈利害，屡试不第，漂泊江淮，以诗词客食四方，与陆游、陈亮、辛弃疾等交游，著有《龙洲集》。其诗词皆工，意气风发，清新豪壮，满怀爱国激情；文工辞藻而尚精要，四六雅驯，散文雄深。陈文蔚，朱熹弟子，笃信谨守，传其师说，举进士不第，讲学武夷精舍、龙山书院、袁州书院，著有《克斋集》。其学以求诚为本，以躬行为事，其文多论学之言，淳厚精确，语言质实，有朱子之遗风。陈淳，朱熹晚年所收弟子，义理贯通，洞见条绪，诗文多质朴真挚，无所修饰，而不以文采称，著有《北溪大全集》。王柏，初为科举之学，转而为偶俪之文，以教授为业，从学者众，著有《鲁斋集》。其人天资卓绝，桀骜不驯，诗文虽刻意收敛，然亦时露豪迈雄肆之气。车若水，弱冠从陈耆卿游，学为古文，潜心理学，又从王柏、陈文蔚游，刻意讲学。阆风先生舒岳祥，能会朱、陆深微之论，归乡不仕，教授田里，著有《阆风集》。其文平实正大，早年所作已气豪骨老，中年所作明洁清峻、丽密深雄，晚年诗益精妙，文益宏肆，不假雕饰，精彩焕发。胡长孺《阆风集序》谓"其文凌张文潜、

---

① 《四库全书总目》卷一六四，第1402页。
② 《四库全书总目》卷一六一，第1386页。

秦太虚而出其上，其诗韩子苍、陆务观不足高也"①。

清人黄宗羲说："文章之盛，莫盛于宋亡之日。"②宗社倾覆，文人自然有太多的哀婉不平要发泄。"遇遗民故老于残山剩水间，往往握手欷歔，低徊而不忍去。缘情托物，发为声歌，凡日用动息，居游合散，耳目之所属，靡不有以寓其意。而物理之盈虚，人事之通塞，至于得失废兴之迹，皆可概见。"③那些不与新朝合作的遗民，无论是以身殉国，还是隐居田园和山林，都有话要说，都有感慨要发。谢翱、邓牧、林景熙、郑思肖、王炎午等所作文章不再拘泥于儒学理学的羁绊，而是遣泄悲愤，慷慨悲壮。文天祥、谢枋得、陆秀夫等以身殉国，其文字也是悲愤激扬，壮怀慷慨。文天祥《指南录后序》为人传颂，具有时代特色，南宋后期散文卑弱之格至此反而有振起之势。谢枋得，为人豪爽，好直言，以忠义自任，宋亡寓居闽中，元强其北行，至燕不食死，著有《叠山集》，学问深醇，诗文雄迈奇绝。谢翱，字皋羽，号晞发子，乃抗元名士，曾为文天祥咨议参军，宋亡后避地浙东，写了著名的哭祭文天祥的《登西台恸哭记》，慷慨悲歌，感人至深，诗文桀骜有奇气。宋濂称其诗直溯盛唐而上，卓有风人意味，"文尤崭拔峭劲，雷电恍惚，出入风雨中"④。郑思肖，宋亡后客居吴下，元朝建立后，改名思肖，字所南，名、字、号皆寓忠于赵宋故国的深意。他擅长画兰，但画兰不画土，根露于外，原因是"地为番人夺去"⑤，而且曾自题其诗为《心史》，并封以铁函，藏于苏州承天寺井中，以表其心。家铉翁，学问宏博，理学出自陆九渊，衔祈请使赴元，被扣留元大都，闻宋亡，旦夕哭泣，久不进食。家铉翁于三宫北迁之时，率故臣迎谒，伏地流涕，坚辞不受元廷官职，后归乡隐居，著书授业。其文章简淡古朴，情韵充沛，有气势。王炎午，初名应梅，字鼎翁，别号梅边，出生于书香世家，自幼刻苦读书，临安陷后，竭尽家产助勤王军饷，入文天祥幕府，以母病归。入元后，杜门却扫，肆力诗文，更其名曰炎午，名其所著

---

① （宋）舒岳祥：《阆风集序》卷首，《景印文渊阁四库全书》本。
② （明）黄宗羲：《谢翱年谱游录注序》，《南雷集》卷一，《四部丛刊》本。
③ （元）黄溍：《方先生诗集序》，《金华黄先生文集》卷一六，《四部丛刊》本。
④ （明）宋濂：《谢翱传》，《宋濂全集》第7册，浙江古籍出版社2014年版，第1247页。
⑤ 柯绍忞：《新元史》，吉林人民出版社1995年版，第3466页。

曰《吾汶稿》,以示不仕异代之意。龚开①、胡次焱②、牟巘③、黄仲元④、许月卿⑤、危昭德、熊瑞、吴渭、方凤、吴思齐、周密、张炎、蒋捷、刘辰翁、王沂孙、王易简、冯应瑞、唐艺孙、吕同老、李彭老、陈恕可、赵汝钠、李居仁、仇远等遗民故老则以唱和吟咏、隐逸高蹈的方式进行消极反抗。⑥他们"相与唱叹于荒江寂寞之滨,流风余韵,久而弗替,遂成风会"⑦,矢志不仕元朝,以隐居终老,其诗词文章与民族气节均为人世代传诵。

总之,南宋后期文坛并非荒落:词坛有以姜夔为代表的,包括吴文英、张炎、王沂孙等人的骚雅派,还有稼轩辛派的后继刘克庄、刘辰翁等人;诗坛有戴复古、刘克庄、"四灵"等一大批"江湖诗人";宋末理学家中也出现了不少著名文章家。他们共同创造了宋末文坛最后的辉煌。即便在南宋灭亡之际,也出现了文天祥、汪元量、刘辰翁、林景熙、谢翱、郑思肖、谢枋得等一批爱国诗文家,以及方回、牟巘、舒悦祥、陈杰、马廷

---

① 龚开,曾参与抗元,兵败后隐居吴中。与宋遗民谢翱、方凤等交游,为宋末义士,有重名于当世。著有《龟城叟集》。曾为文天祥、陆秀夫作传,以寄哀思。《癸辛杂识》续集卷上录其《宋江三十六赞》,有"太史公序游侠而进奸雄"之用意,为研究《水浒传》的珍贵资料。
② 胡次焱,婺源人。咸淳四年(1268)进士,授湖口簿,以母老,改贵池尉。入元微服逃归,以《易》教授乡里,从学者逾百人。著有《梅岩胡先生文集》。明潘滋《梅岩文集序》称其文得益于《易》,于《雪梅赋》《明经桥》《书厨铭》《爱莲说》诸篇,潜心理学,守道不穷,内则离经而辨志,外则感世而化俗。
③ 牟巘,人称陵阳先生,宋亡杜门隐居凡三十六年。与子应龙自相师友,切磨经义,为学者所尊。晚岁笔力愈劲,求文者相属于门。著有《陵阳集》。元程端学《陵阳集序》称其"出处有元亮大节,故其发于文章,渊源雅淡,从容造理,其法度之妙盖与欧、曾并驰"。
④ 黄仲元,少工举子业,屡魁乡校。嗜韩、柳、欧、曾文及邵雍《善人吟》,自号四如。咸淳七年(1271)赐同进士出身,官国子监簿,兼福建路捕捉使司都参议官。入元不仕。著有《四如先生文稿》。仲元能继莆阳理学之传,有声于当世,其文闳深高古,精义入神,而自有端厚朴直之气。
⑤ 许月卿,曾跟从董梦程、魏了翁学习理学。宋亡不仕,深居不言,其诗文以雄赡新奇见称。
⑥ (清)陆心源辑撰《宋史翼》卷三四所载的一些遗民文人有:"周密字公谨,……遇好景佳时,载酒肴,浮扁舟,穷旦夕赋咏于其间。……宋运既阻,志节不屈。……唱和者王沂孙、王易简、冯应瑞、唐艺孙、吕同老、李彭老、陈恕可、唐珏、赵汝钠、李居仁、张炎、仇远,皆宋遗民也。"(《续修四库全书》本)
⑦ (清)赵翼:《廿二史札记》,中华书局1984年版,第705页。

鸾等几位江西诗派主要诗人。

二、金末元初：北方幕府文人与北方文坛

金代文学取得了很大成绩，且由于地域和文化的差异，有不同于南方宋王朝的特色。清人张金吾在金文总集《金文最》序言中也指出："金有天下之半，五岳居其四，四渎有其三，川岳炳灵，文学之士后先相望。惟时士大夫禀雄深浑厚之气，习峻厉严肃之俗，风教固殊，气象亦异，故发为文章，类皆华实相扶，骨力遒上……后之人读其遗文，考其体裁，而知北地之坚强，绝胜江南之柔弱。"① 1234年蒙古灭金，以此为标志，北方的学术与文学进入了一个新的时期，即元代学术史和文学史的开端。当时汴京依然是北方最大的文化中心，许多金源文人聚集于此。

当然，一个王朝的兴亡和一代文学的兴亡不是完全同轨的。虽然金元之际北方中原一带干戈寥落，兵荒马乱，但北方文坛并不寂寥。这一时期，作为文化载体的儒士文人，处境是很艰难的，流离失所，朝不保夕，萍漂梗泛。为避兵燹，为谋生计，他们有的直接为蒙古国所用，如耶律楚材；有的归隐林泉或遁入佛道以求全身远祸，如李俊民、刘祁、杜瑛以及段克己、段成己等"河汾诸老"；有的到北方汉族世侯统治区域避祸，因汉人世侯多优待文士、推崇儒学。北方文人借助汉人世侯幕府和忽必烈金莲川幕府，互相交流往来，聚合成大大小小的文人群体。

汉人世侯中，以真定史氏、东平严氏、顺天张氏为代表，他们重教崇儒，许多名士便留寓其间。

真定史氏当时聚集了大量文士。王恽记载说："北渡后，名士多流寓失所，知公好贤乐善，偕来游依。若王溥南、元遗山、李敬斋、白枢判、曹南湖、刘房山、段继昌、徒单颛轩，为料其生理，宾礼甚厚。暇则与之讲究经史，推明治道。其张颐斋、陈之纲、杨西庵、张条山、孙议事，擢府荐达至光显云。"② 金末文坛盟主王若虚、元好问、李冶，都曾留寓真

---

① （清）张金吾：《金文最》卷首，中华书局1990年版，第10页。
② （元）王恽：《开府仪同三司中书左丞相忠武史公家传》，《秋涧集》卷四八，《景印文渊阁四库全书》本。

定。白华也在真定定居,其子即为"元曲四大家"之一的白朴。白朴幼时鞠育于元好问家中,十多岁即随父投靠史天泽,其后深受史天泽器重。

东平地处齐、鲁、魏文化的交界点上,文化底蕴深厚,吸引的儒士文人也最盛。金亡前后,汴京地区的文人士大夫不少都辗转流寓到了东平境内。东平当时的掌控者严实,军旅之暇常与文士觞咏游从,讲论经史。《新元史·严实传》记载:"实在东平以宋子贞为评议官兼提举学校,延致名儒康晔、李昶、徐世隆、孟祺等于幕府,四方之士闻风而至。故东平文学彬彬称盛。实亦折节自厉,从儒者问古今成败,至仁民爱物之事,辄欣然慕之。"① 元好问也在其中,且客严实幕下最久,与东平文人群体交往密切。苏天爵记载:"我国家肇定河朔,有若金进士元公好问,独以文名,歌诗最其所长。及严侯兴学东方,元公为之师,齐鲁缀文之士,云起风生,以词章相雄长,而阎、徐、李、孟之徒,世所谓杰然者也。"② 东平人才荟萃,王磐、耶律有尚、陈赓、张澄父子、康晔、贾居贞、贾起、李昶、胡德安等均汇集东平。元好问曾向耶律楚材上书推荐并要求重点保护的中州五十四位"天民之秀,有用于世者"③,当中的孔元措、杨奂、张圣予、李世弼、徐世隆、杜仁杰、张澄、商挺、杨鸿、勾龙瀛、赵维道等十余人也汇聚东平,形成一个以东平为中心的文人群体。四方之士闻风而至,"故东平一时人材多于他镇"④。张澄也曾作诗赞曰:"方今河朔藩镇雄,衣冠往往罗其中。"⑤ 袁桷谈到当时情况,曾这样评说:

> 朝清望官,曰翰林,曰国子监,职诰令,授经籍,必遴选焉。始命,独东平之士什居六七。或曰:"洙泗,先圣之遗泽也,诚宜然。"又曰:"其浸汪洋渟伏,昔东诸侯阐兴文儒,飞矢交集,弦歌之声不辍于黉序,有自来矣。"桷向为翰林属,所与交,多东平,他郡仅二

---

① 柯绍忞:《新元史》,吉林人民出版社1995年版,第2380页。
② (元)苏天爵:《西林李先生诗集序》,《滋溪文稿》卷五,《景印文渊阁四库全书》本。
③ (元)元好问:《寄中书耶律公书》,《元好问全集》,山西古籍出版社2004年版,第804页。
④ 《元史·宋子贞传》,第3736页。
⑤ (元)刘祁:《归潜志》卷一四附张澄诗,中华书局1997年版,第181页。

三焉。若南士，则犹夫秭米矣。①

其所谓"东诸侯"，即东平行台。其后元文坛大家虞集也有这样的说法："某蚤岁游京师，得见朝廷文学之士，大抵皆东鲁大儒君子也。"②可见东平世侯严氏为保护儒士文人做出了很大贡献。

顺天此时也是人才荟萃，"四方贤士，翕然来归，冠佩蔼然，有平原、稷下之盛。故好贤之誉日隆，事之利病日益闻，政化修明，人有生赖，既富而教，駸駸乎治平之世"③。郝经、王鹗、乐夔、敬铉等人均曾在张氏幕下。

这些汉族世侯辖区形成一个个文人群体，这些文人相互之间交往密切，常酬唱赠答或游宴题咏，而且不同地域文人之间交游也颇为频繁密切。如金源诗文大家元好问，自金朝灭亡之后，元好问频繁往来于齐、鲁、燕、赵、晋、魏等地，与各地文人交往频繁。在蒙古灭金后的数十年中，他抢救文献，完成《中州集》和《壬辰杂编》二书，保存金源文脉，竭力保护中州名士，并培养了多位著名文人学士，使得文明一脉不断。元初著名的文人学士如白朴、王恽、阎复、郝经、商琥等数十人都出自他的门下。元初北方之学术与诗文，蔚然称盛。又如郝经，曾入于张柔幕下，后入忽必烈藩府。郝经在北方广泛游历燕京、东平、曲阜等地，与藩府文人以及依附汉族世侯的文士砥砺斯文，谈经论艺，"自是声名籍甚，藩帅交辟"④。所以，在金末元初文脉几欲断绝之际，北方的文化和文学能够继续发展，得力于这些汉人世侯的庇护。

也有大批金文士进入蒙古统治区，有的进入蒙古政权，以忽必烈金莲川藩府文人群体为主。蒙哥汗即位，忽必烈以太弟之尊，开府金莲川，思

---

① （元）袁桷：《送程士安官南康序》，《清容居士集》卷二四，《景印文渊阁四库全书》本。
② （元）虞集：《曹士开汉泉漫稿序》，《道园学古录》卷三三，商务印书馆1937年版，第532页。
③ （元）郝经：《左副元帅祁阳贾侯神道碑铭》，《郝文忠公陵川文集》卷三五，《北京图书馆古籍珍本丛刊》本。
④ （元）阎复：《元故翰林侍读学士国信使郝公墓志铭》，《静轩集》卷五，《藕香零拾丛书》本。

大有为于天下，广延藩府旧臣与四方文学之士，形成了一个有着相同的政治目标和生活环境的特殊的文人群体，即忽必烈金莲川藩府文人群体。①金莲川藩府士人群体是一个较复杂的文人集团，人数众多，来源广泛，文化渊源和师承各异。他们大多是金末山东、山西、陕西、河北等不同地域的儒学、文学等领域的精英。群体中各族文人经常接触，广泛交流，互相尊重理解，超越了种族的藩篱，是中国历史上前所未见的多族文人群体。金莲川藩府之中，集中了当时北方一些代表性的诗文作家，比较突出的有郝经、刘秉忠、王磐、许衡等人，他们用自己的创作，创造了北方文坛的繁荣。再者，东平、真定、顺天三个汉族幕府中先后有徐世隆、宋子贞、王磐、商挺、刘肃、张德辉、董文炳、董文忠、董文用、贾居贞、张礎、周惠、王鹗等人加入忽必烈金莲川藩府。他们进入了忽必烈潜邸，但又未曾脱离原来的幕府，和原来的文人圈依然保持联系。因而，无论在东平、真定、顺天等地，还是在金莲川藩府，文人群体之间都建立了良好的互动关系，而且不同地区的文人之间又通过这些入侍和留寓幕府的文人进行了交流与融合。

元好问在元代生活了近三十年，对元代前期北方文坛的影响巨大，可以说开启了有元一代文学和文风。元好问作为当时文坛的集大成者，处于北方文坛盟主地位，总结了金代文学文化并开启了元代的文学文化，在金元之际的学术史、文学史上地位极高，影响力极大。徐世隆在《元遗山文集序》中特别强调了元好问在金末元初文坛上的重要地位和影响：

---

① 忽必烈金莲川藩府文人，从学术流派来讲，包括怀卫理学家群：姚枢、许衡、窦默、郝经和智迁等人；邢州学派：刘秉忠、刘秉恕、张文谦、张易、王恂、赵秉温等人。忽必烈从东平、真定、顺天三个汉族世侯幕府均招揽了一些文士进入金莲川藩府。其中，从东平严氏收揽的是徐世隆、宋子贞、王磐、商挺、刘肃等人，从真定史氏招纳的是张德辉、杨果、贾居贞、张礎、周惠等人，从顺天张氏延揽的名儒王鹗。此外，还有赵璧、李简、张耕、杨惟中、宋衜、杨果、马亨、李克忠、杜思敬、周定甫、陈思济、王博文、寇元德、王利用、李德辉、李庭等其他金源文士谋臣。金莲川藩府侍从中的文士，主要分为两类：一是精通儒学的汉族藩府侍卫，董文炳、董文忠、董文用、赵炳、高良弼、许国祯、许扆、谭澄、柴祯、姚天福、赵弼、崔斌等人；二是深受儒学影响、有很高的汉文化造诣的非汉族侍卫谋臣，包括蒙古文人阔阔、脱脱、秃忽鲁、乃颜、霸突鲁等，西域色目文人孟速思、廉希宪、爱薛、也黑迭儿等人，以及女真人赵良弼等。

> 自中州祈丧，文气奄奄几绝，起衰救坏，时望在遗山。遗山虽无位柄，亦自知天之所以畀付者为不轻，故力以斯文为己任，周流乎齐、鲁、燕、赵、晋、魏之间几三十年，其迹益穷，其文益富，而其名益大以肆。且性乐易，好奖进后学，春风和气，隐然眉睫间，未尝以行辈自尊，故所在士子从之如市。然号为泛爱，至于品题人物，商订古今，则丝毫不少贷，必归之公是而后已，是以学者知所指归，作为诗文，皆有法度可观，文体粹然为之一变。①

元好问的弟子郝经这样评价他："汴梁亡，故老皆尽，先生遂为一代宗匠，以文章独步几三十年。铭天下功德者，尽趋其门。有例有法，有宗有趣……方吾道坏烂，文曜瞹昧，先生独能振而鼓之，揭光于天，俾学者归仰，识诗文之正而传其命脉，系而不绝。其有功于世又大也"②；认为他"收有金百年之元气，著衣冠一代之典刑。辞林义薮，文模道程，独步于河朔者几三十年"③。这些并非过誉之词。清代赵翼也有"两朝文献一衰翁"④之说法。他凭借自己个人的影响力，从事着文化恢复和重建事业，影响了当时北方一个时代的文学走向。元好问和元初活跃于文坛的忽必烈金莲川藩府文人、东平行台幕府文人以及河北和河汾地区儒士均有联系。在灭金后的北方，元好问及其弟子郝经，以及仰慕元好问的刘因为当时诗坛宗主。郝经和刘因的诗学思想和理论均受到元好问的影响。顾嗣立在《元诗选》之袁桷小传中说："元兴，承金宋之季，遗山元裕之以鸿朗高华之作振起于中州，而郝伯常、刘梦吉之徒继之，故北方之学，至中统、至元而大盛。"⑤

---

① （元）徐世隆：《元遗山文集序》，（金）元好问著，姚奠中主编：《元好问全集》（下），山西人民出版社1990年版，第414页。
② （元）郝经：《遗山先生墓铭》，《郝文忠公陵川文集》卷三五，《北京图书馆古籍珍本丛刊》本。
③ （元）郝经：《祭遗山先生文》，《陵川集》卷二一，《北京图书馆古籍珍本丛刊》本。
④ （清）赵翼：《题元遗山集》，《瓯北集》卷三三，清嘉庆十七年湛贻堂刻本。诗云："身阅兴亡浩劫空，两朝文献一衰翁。无官未害餐周粟，有史深愁失楚弓。行殿幽兰悲夜火，故都乔木泣秋风。国家不幸诗家幸，赋到沧桑句便工。
⑤ （清）顾嗣立编：《元诗选》初集，中华书局1987年版，第593页。

元好问是金元之际的文章大家,他的文章内容浩博,旁征博引,才力雄厚。郑振铎先生也指出了元好问文坛宗主的地位:"元初的散文,仍以元好问为宗匠。"①

元好问被誉为"元文章之祖",他认为文章乃是千古事业、经纶之业,追求"文以存史",追溯唐宋文章风格,兼容唐宋各大家之长而自成一家。正如徐世隆所评价的,其文风平易畅达而又雄浑挺拔,宏肆轶荡而不失清新隽永,尤其是金亡后创作的文章更加老成浑厚,如同杜甫安史之乱后诗更加浑厚而沉郁顿挫,世乱时移反而成就了元好问的文章。李冶曾评价道:"壬辰北还,老手浑成,又脱去前日睢盹矣。"②元好问碑志文的史学价值和文学成就都很高,如《孙伯英墓铭》《族祖处士墓铭》《刘景玄墓铭》《敏之兄墓铭》《清凉相禅师墓铭》《聂孝女墓铭》等,有着丰富深刻的社会内容。

清代宋荦《漫堂说诗》云:"元初袭金源派,以好问为大宗。"③金之末造,苏黄诗歌统领北方文坛,但未能深入人心,尹拓曾有"学苏黄则卑猥也"之说④,南北诗坛同时有向唐诗回归的现象:北方诗坛是学盛唐诗歌,学盛唐之气势,但并未学到其浑厚而流于粗豪;南方则是学晚唐之清圆但又流于萎弱。金南渡后的文坛,学唐成为风气。刘祁《归潜志》载:"南渡后,文风一变。文多学奇古,诗多学风雅。由赵闲闲、李屏山倡之。……赵闲闲晚年诗多法唐人李杜诸公,然未尝语于人。已而麻知几、李晨源、元裕之辈鼎出,故后进作诗者,争以唐人为法也。"⑤元好问的诗学观念秉承金赵秉文,多法唐人李杜诸公,推尊杜甫,论诗也多有以唐人为指归之论⑥,为元代的唐诗学开端定调。元好问的《论诗三十首》集诗学理论为一体;所编金诗总集《中州集》成书于元,其中的诗人小传包含了丰富而精到的诗学思想;所作的大量诗集序引题跋,多作于入元后,也是重要和

---

① 郑振铎:《中国文学史》下,江西教育出版社2018年,第567页。
② (元)李冶:《元遗山集序》,《全元文》第2册,第20页。
③ (清)宋荦:《西陂类稿》卷二七,《景印文渊阁四库全书》本。
④ (元)刘祁:《归潜志》卷八,中华书局1983年版,第86页。
⑤ (元)刘祁:《归潜志》卷八,中华书局1983年版,第85页。
⑥ (金)元好问:《杨叔能小亨集引》,姚奠中主编:《元好问全集》(下),山西人民出版社1990年版,第37页。

珍贵的诗学文献。

在元初的北方文坛，还有一部分遗民作家在金亡之后起到传承文脉的关键作用。四库馆臣评价元初北方遗民作家说："诸老以金源遗逸，抗节林泉，均有渊明义熙之志，人品既高，故文章亦超然拔俗。"① 王若虚，麻革，段克己、段成己兄弟，李俊民，杜仁杰，陈赓、陈庚兄弟，刘祁，曹之谦等人，以金遗民的身份把对故国的感情和山林隐逸之情志融于诗文创作中，风格超迈拔俗。元好问和这些遗民文人来往密切。元初的王恽在《西岩赵君文集序》中已经指出："逮壬辰北渡，斯文命脉，不绝如线，赖元、李、杜、曹、麻、刘诸公为之主张，学者知所适从。"② 其所列金元易代之际的名家包括元好问、李庭、杜仁杰、曹之谦、麻革和刘祁（麻革与刘祁是太学同学）等人。金亡之后，元好问奔走于太原、大名、济南、东平、燕都之间。"河汾诸老"中的麻革、曹之谦于1239年之后主持平阳经籍所，陈庚、张宇都在平阳，段成己1252年徙居平阳。1253年，曹之谦因眼疾居家，由陈庚接替其职，麻革赴陕看望好友李庭，尔后隐居晋南虞乡王官谷。麻革好友魏璠③和刘祁入仕忽必烈金莲川藩府。麻革虽未入忽必烈藩府，但他和藩府文人也有着各种关系。

清顾嗣立论元初北方之学："北方之学，变于元初。自遗山以风雅开宗，苏门以理学探本。一时才俊之士，肆意文章，如初阳始升，春卉方茁，宜其风尚之日趣于盛也。"④ 指出了开创元初北方学术、文章格局的两大宗：一个是前文所谈到的元好问以及"河汾诸老"，他们在北方文坛"以风雅开宗"；另外一个是苏门理学，因当年许衡、姚枢等人在苏门山讲道而得名⑤，苏门理学文人多入侍忽必烈藩府，和蒙古上层关系密切。姚枢、

---

① 《四库全书总目》卷一八八，第1708页。
② （元）王恽：《西岩赵君文集序》，《全元文》第6册，第205页。
③ 魏璠（1201~1270），字邦彦，号玉峰，金贞祐三年（1215）进士，官至翰林修撰，金亡后曾应征赴和林入忽必烈幕府，卒于和林。
④ （清）顾嗣立编：《元诗选》初集，中华书局1987年版，第444页。
⑤ 《元诗选》二集姚枢小传述苏门学派形成的过程说："初，雪斋与惟中从太子阔出南征，军中得名儒赵复，始得程朱之书。后弃官携家来辉，中堂龛孔子容，旁垂周、两程、张、邵、司马六君子像，读书其间。自板诸经，散之四方。时河内许衡平仲、广平窦默汉卿并在卫，雪斋时过汉卿茅斋，而平仲亦特造苏门，尽室相依以居。三人互相讲习，而北方之学者始闻进学之序焉。"（中华书局1987年版，第127页）

许衡等"以理学探本",以学术而不以诗文名世,这就涉及了一件在元代学术史上带有某种标志性意义的大事:在蒙古灭金的第二年(1335),蒙古太子阔出率大军南征侵宋,拔德安,俘获宋儒士赵复。忽必烈藩府儒士杨惟中和姚枢当时在军中寻求儒、释、道、医、卜、百工等人才。他们带赵复北上,于燕京周子(周敦颐)祠及太极书院,请赵复讲学其中。赵复在北方传授程朱理学,深受北方儒生欢迎。程朱理学由此开始在北方广泛而迅速地传播。北方学者大多在原有的学术基础之上吸收了朱熹之学,其中包括忽必烈藩府理学家姚枢、许衡、郝经,还有刘因等人。

苏门学派的代表人物是许衡,后世史学家称其为元朝开国大儒。元人揭傒斯奉诏撰吴澄神道碑,以恢宏之论开篇:"皇元受命,天降真儒。北有许衡,南有吴澄。所以恢宏至道,润色鸿业,有以知斯文未丧,景运方兴也。"①忽必烈在潜邸时,"思大有为于天下,延藩府旧臣及四方文学之士,问以治道"②。蒙哥汗四年(1254),忽必烈出为秦王,召许衡为京兆提学。元世祖至元初,许衡上《时务五事》疏,建言行汉法,重农桑,兴学校。其后又参与元代的朝仪和官制的制定,创国子学,与郭守敬等编定《授时历》。他和刘秉忠等人,共同奠定了元代的开国典章基调,人们赞其历史功绩,称其为"孔颜正脉,斯文之宗。用夏变夷,千古人龙"③。在元代学术和文学发展史上,许衡有很高的地位和深远的影响。至元八年(1271),世祖任命许衡为集贤大学士兼国子祭酒,教授蒙古子弟。许衡奏请弟子耶律有尚、吕端善、姚燧等十二人入国学为侍读,以陶冶蒙古生员。许衡一生主要致力于教育和理学的推广和实行,以影响和改变蒙古贵族,即所谓"用夏变夷"。虞集评价许衡对理学传播的贡献说:"使国人知有圣贤之学,而朱子之书得行于斯世者,文正之功甚大矣。"④许衡在元代儒学的传播和对各族子弟的培养上,开创之功无人可及,确实是"圣朝道

---

① (元)揭傒斯:《大元敕赐故翰林学士资善大夫知制诰同修国史赠江西等处行中书省左丞上护军追封临川郡公谥文正吴公神道碑》,《全元文》第28册,第505页。
② 《元史·世祖本纪》,第57页。
③ (元)许衡:《唐山李天秩祭文》,《鲁斋遗书》卷一四,《北京图书馆古籍珍本丛刊》本。
④ (元)许衡:《先儒议论·虞氏邵庵语》,《鲁斋遗书》卷一四,《北京图书馆古籍珍本丛刊》本。

学一脉，乃自先生（许衡）发之"①。在忽必烈时期，苏门学术在北方的地位和影响，逐渐超过了元好问一派。

许衡认为："凡人为诗文，出于何而能若是？曰：出于性。诗文只是礼部韵中字已，能排得成章，盖心之明德使然也。不独诗文，凡事排得着次第，大而君臣父子，小盐米细事，总谓之文。以其合宜，又谓之义。以其可以日用常行，又谓之道。文也，义也，道也，只是一般。"②他一生所致力的，既不是文章家的辞章文字之工，也不是理学家的天理性命之奥，而是将儒学或说理学应用于政治实践。他关注的，依然是经世致用，是日用常行。这与传统儒学主内敛而更重视个人心性修养是不同的。许衡学术的基本精神是重实践性，正如明人何瑭《又表彰文正公碑记》所言："学以躬行为急，而不徒事乎语言文字之间；道以致用为先，而不徒极乎性命之奥。其所得者，盖纯乎正而不可加矣。"③他并不刻意著述，留心性命，而着意于"修齐治平之方，义利取舍之分"④。

许衡为人有大家风度，他的弟子门人对他非常佩服和景仰。《门人白栋题思亲亭记》记曰："鲁斋先生之寓是邑也，时与门弟子一至泉上，吟风咏月，悠然而归。家无儋石之储，心有天地之春。虽曾点之风乎舞雩，明道之过乎前川，乐不逾是。"⑤大有孔夫子之洒落襟怀，超尘出俗。他的文章简洁明了、醇正温厚，是典型的儒者文风。四库馆臣评价说："其文章无意修词，而自然明白醇正。诸体诗亦具有风格，尤讲学家所难得也。"⑥作为一位讲学家而能取得相当的文学成就，是其文学主张与人格风范融合的结果。许衡追求散文风格的平实简易、温柔敦厚、含蓄气象。⑦他现存的散文，可以分成语录体和古文体两类。宋代理学家以为文章害道，于是以语录传道，他们远法先秦诸子，近取禅宗语体，创立新语录体散文。许

---

① （元）苏天爵辑撰，姚景安点校：《左丞许文正公》，《元朝名臣事略》卷八，中华书局1996年版。
② （元）许衡：《语录上》《鲁斋遗书》卷一，《北京图书馆古籍珍本丛刊》本。
③ （元）许衡著，王成儒点校：《许衡集》，东方出版社2007年版，第349页。
④ （元）许衡：《先儒议论》，《鲁斋遗书》卷一四，《北京图书馆古籍珍本丛刊》本。
⑤ （元）许衡：《古今题咏》《鲁斋遗书》卷一四，《北京图书馆古籍珍本丛刊》本。
⑥ 《四库全书总目》卷一六六，第1430页。
⑦ （元）许衡：《与耶律惟重》，《鲁斋遗书》卷九，《北京图书馆古籍珍本丛刊》本。

衡的语录体散文即承此而来，朴实无华，简要而名理，不夸张，不修饰，不铺排，而是直奔主题，揭示本质，娓娓而谈，从容和缓，显示出温柔敦厚、含蓄和缓、雍容正大的气象。许衡文章包括疏、说、序、书、祭文、书状等体裁，作文长于论说。虽然许衡声称不专意为文，其实具有很高的文章写作技巧。其最有影响的文章是上忽必烈《时务五事》疏①，推心置腹，坦然告白，如细雨润物，读者在浑然不觉中已经接受其意见。这类文章显然是精心打造的，并且很讲究文法。

许衡的《鲁斋遗书》卷一一收各体诗八十四首、词五首。其诗多无雕琢而有深浑气象，风格近于杜甫。其七律《学题武郎中桃溪归隐图》二首之二则闲静而恬淡，有陶诗风味：

  门外秋千摆翠烟，篱边鸡犬亦闲闲。更教烂熳花千树，对着萦纡水一湾。好景已凭摩诘画，他年重约长卿还。寻思此世人心别，又爱功名又爱山。②

诗是可爱的，诗人的形象因而也是可爱的，这形象很难和古板迂执的理学先生联系起来。七言绝句《宿卓水》五首之二："寒缸挑尽火重生，竹有清声月有明。一夜客窗眠不稳，却听山犬吠柴荆。"③有意象，有境界，有韵致，有风味，有情趣，很能见出诗人情性。人们认为，宋及元初理学家诗风受北宋邵雍影响，有所谓词旨质直、自然见道的"击壤体"。许衡的诗作，绝不是"击壤"一路。

许衡也能写词，其词清雅中蕴含风致，不同于《鸣鹤余音》一类淡乎寡味之作。其〔满江红〕《别大名亲旧》云：

  河上徘徊，未分袂、孤怀先怯。中年后、此般憔悴，怎禁离别。泪苦滴成襟畔湿，愁多拥就心头结。倚东风、搔首谩无聊，总难说。

---

① （元）许衡：《鲁斋遗书》卷七，《北京图书馆古籍珍本丛刊》本。
② （清）顾嗣立编：《元诗选》初集，中华书局1987年版，第439页。
③ 《全元诗》第3册，第65页。

黄卷内，消白日。青镜里，增华发。念岁寒交友，故山烟月。虚道人生归去好，谁知美事难双得。计从今、佳会几何时，长相忆。①

清《历代诗余》卷一一九引《古今词话》云："此被召时作也。又尝自言曰：生平为虚名所累，不能辞官。其心亦可哀矣。"②词的感情是真挚的，因而也是很感人的，就艺术水平说，虽称不上杰作，但也是优秀的作品，并不平庸。

苏门学派的开创者姚枢（1203~1280），是忽必烈最器重的儒臣之一，字公茂，号敬斋，又号雪斋，河南人。他邀请儒士赵复北上燕京讲学并大力推崇朱熹理学。姚枢是较早进入蒙古政权的有较高文化修养的汉人，学术和诗文都非其优长，但他却有一个明确的意识：积极地用中原文化去影响蒙古当权者。窝阔台汗十三年（1241），姚枢授燕京行台郎中，行台牙鲁瓦赤唯事财货，不行汉法，姚枢身为幕长，因道、志不同而毅然辞官，携家隐居辉州苏门山，致力于理学的研究和传播。元许有壬《雪斋书院记》表彰他在当时北方传播朱学之功，称："宇宙破裂，南北不通。中原学者，不知有所谓四书也。宋行人有箧至燕者，时有馆伴使得之，乃不以公于世。时出一论，闻者竦异，讶其有得也。皇元启运，道复隆古，倡而鸣者，则有雪斋姚公焉。"③

姚枢的存世诗文，《元诗选》收二十五首，有二十一首是一组，题《聪仲晦古意廿一首爱而和之仍次其韵》。这组诗显然受宋诗影响，以诗言理，淡乎寡味，其中也有比较好的，如其十七："有士气凌云，孤松挺高节。壮怀入酺歌，歌长击壶缺。鬓发日以秋，肝肠老于铁。从知养浩然，此意潜消歇。"④诗风质实而厚重，没有金末诗的尖新，也没有宋末之纤琐。在可确定为姚枢的诗作中，最有影响的是《被顾问题张萱画明皇击敌

---

① 此作除载《鲁斋遗书》卷一一外，亦收入《元草堂诗余》卷上、《中州名贤文表》卷五、《花草粹编》卷一七、《历代诗余》卷五六、《词综》卷二七。总集所收与《鲁斋遗书》所载文字略有出入，此从《元草堂诗余》。
② 《历代诗余》卷一一九，《景印文渊阁四库全书》本。
③ （元）许有壬：《圭塘小稿》卷六，《景印文渊阁四库全书》本。
④ 《全元诗》第3册，第18页。

按乐图》，这首诗分别被选入《元音》卷一、《历代题画诗类》卷三九、《宋元诗会》卷六七和《元诗选》二集：

> 阿萱五季名画师，尤工粉墨含春姿。君王游荡堕声色，不知声色倾人国。开元无逸致太平，天宝奢风生五兵。偃月堂近幽蓟远，潜谋不入芙蓉苑。咸阳行色马氅尘，萱笔虽工恐未真。四海苍生半鱼肉，归来岂为香囊哭。一日重开日月光，黄金却铸郭汾阳。①

张萱乃五代时著名画家，古代不少书画目录都著录有他的《明皇按乐图》和《明皇击梧桐图》，所画内容为唐明皇与杨玉环在宫中歌舞逐乐的场面：杨玉环舞霓裳，明皇醉倚梧桐击节。古人认为，因唐明皇沉迷于声色之乐，才酿成了安史之乱，因此五代以后以此题材作画者和题诗者很多。这些题画诗或总结历史教训，或发历史感慨，只有姚枢此作乃以诗为谏，告诫忽必烈吸取明皇"游荡堕声色"的教训，其风节之高，判然若揭。诗写得平易浅白，两句一换韵，也很流畅，既易上口，又易入心，虽然不见有特别的艺术技巧，但仍可称为好诗。由此我们可以看到姚枢人品诗品的刚正直率。姚枢的侄孙姚燧也立朝有节，其"雄于文，皆其气足以充之也。……其落笔也，与造化之生物同其功，推之而无不极，极之而无所碍，不慑不疑，不胶不掾"②。这显然与姚枢人品风貌或者说是其刚正家风的教化影响有关。又如姚枢《跋烟江叠嶂图》：

> 乾坤有清气，赋与诗人身。君作无声诗，谁谓非诗人。胸中黄子陂，浩瀚无涯津。烟江一万顷，写出胸中真。秋光倚叠嶂，玉树霜色匀。定应神仙游，中有云气新。温然琢玉润，老宽削铁皴。正笔参颜苏，俨然即之温。爱事论骨髓，吮笔摇吟魂。丹青亦堪老，富贵俱浮云。观图见天趣，眼子如车轮。相马收神骏，未暇骊黄分。此意久寥

---

① 《全元诗》第 3 册，第 19 页。
② （元）刘将孙：《与姚牧庵参政书》，《养吾斋集》卷八，《景印文渊阁四库全书》本。

寥，世俗难并论。掩卷午窗静，炉烟正轮囷。①

不枝不蔓，雅正而清旷高远，如天地自然之气一样，是真性情之流露，包含着对人生社会的思考：对社会、对百姓有担当，要建功立业，又要不染尘俗，不为尘累，做一个洒脱超逸的高士。诗文里有他的抱负、他的追求。姚枢能文，但其文章几乎无传。今人编《全元文》，辑得其文三篇：《请申止杀诏》《言大本远业疏》《论救时之弊三十条》。

杨奂（1186~1255），本名焕，改奂，字焕然，号紫阳，乾州奉天人。窝阔台汗十年（1238）选试东平，词赋、论两科皆中第一，其后任河南路征收课税所长官兼廉访使。卒谥文宪。杨奂也曾入忽必烈藩府，和许衡、姚枢等人有过交往，也属于苏门学派，《宋元学案》卷九〇《鲁斋学案》列其为雪斋（姚枢）学侣。他在学术和理学上的成就得到北上儒士赵复的肯定。②苏天爵《元朝名臣事略》也说他"隐而天道性命之说，微而五经百氏之言，明圣贤之去处，辩理欲之消长，可谓极乎精义，入神之妙矣"③。这都说明了杨奂在理学上的成就。

杨奂在元初北方文坛居有极高的地位，时人称"遗山、紫阳一代宗盟"，将之与元好问并称，又称其文章、道德为"第一流人物"。④杨奂是金元之际文章名家，宗法韩愈。元好问《故河南路课税所长官兼廉访使杨公神道之碑》称其"作文划刮尘烂，创为裁制，以蹈袭剽窃为耻。其持论

---

① 马承源主编：《上海文物博物馆志》第二编第二章第一节，上海社会科学院1997年版，第321页。
② 赵复曾为其文集作序："其志其学，粹然一出于正。盖自其为诸生，固已无所不窥，坐是重困于有司之衡石。晚居洛阳，著书数十万言，沉浸庄、骚，出入迁、固，然后折衷于吾孔孟之六经。其言精约粹莹，而条理肤敏。"（《还山遗稿》附录《杨紫阳文集序》，《景印文渊阁四库全书》本）
③ （元）苏天爵辑撰，姚景安点校：《廉访使杨文宪公》，《元朝名臣事略》卷一三，中华书局1996年版。
④ （元）魏初：《跋宋汉臣诸贤尺牍手轴》，《青崖集》卷五，《景印文渊阁四库全书》本；（元）李士瞻：《跋关西杨焕然先生画像赞》，《经济文集》卷四，《景印文渊阁四库全书》本。

亦然。观删集韩文及所著书为可见矣"①。杨奂对韩愈可谓"情有独钟"，学习、整理韩愈作品而编辑成《韩子》十卷。四库馆臣对杨奂诗文评价很客观："奂诗文皆光明俊伟，有中原文献之遗，非南宋江湖诸人气含蔬笋者可及。"②他遗存下来的《还山遗稿》二卷中《射虎记》《重修岳云宫记》《与姚公茂书》《汴故宫记》《东游记》以及《全元文》所收的《重修太清观记》《京兆刘处士墓碣》等都是写得非常好的文章，文字简净，不枝不蔓，有韩愈为文"陈言勿去"和"词必己出"的精神。尤其是《京兆刘处士墓碣》一文，最为精彩。此文以传奇笔法写刘处士这位奇人的奇学异才、奇行异貌、奇异性格、奇志大节，乃奇文一篇，开元代以传奇为传记的先河。③杨奂文"光明俊伟"，诗也如此。今存《还山遗稿》卷下收五绝、五律、七绝、七律、五古、七古共六十二题一百零二首，20世纪初张钧衡又从顾嗣立《元诗选》二集中辑得十五首，编为补遗一卷，其留诗的数量是可观的。杨奂诗没有南宋江湖诗的枯寂和清苦，而是秉承中原地域厚重之气，浑厚而丰润，有大山广泽之气象，舒徐之中自有深醇。

郝经本是元好问弟子，受元好问影响是直接的，所以他与元好问一样，论诗崇尚雄奇，推崇高古④，体现了"中州千古英雄气"。他发挥理学思维而创"内游"说⑤，这是他在理学文论与诗论上的创造性贡献。

元初北方理学大师刘因也是在北方学术背景上接受朱熹理学的。刘因论诗的文字不多。他以礼、乐、御、射、书、数六艺为"古之艺"，而以诗、文、书、画为"今之艺"，认为今人也应与古人一样"游于艺"，"游古艺"已不可能，故应游于"今之艺"。"所以华国，所以藻物，所以饰身"，游以极其至，"如是而为诗文，如是而为字画，大小长短，浅深迟速，各底于

---

① （金）元好问：《遗山先生文集》卷二三，《四部丛刊》本。
② 《四库全书总目》卷一六六，第1430页。
③ 受传奇小说影响，元代以传奇笔法写传记的很多，元代的文章大家多有此类文章，如姚燧的《南京路总管张公墓志铭》《太华真隐褚君传》，虞集的《孝女赞序》，黄溍的《秋江黄君墓志铭》，元末宋濂的《秦士录》《竹溪逸民传》《抱瓮子传》《吾衍传》《樗散生传》，王祎的《吾丘子行传》等。这一系列作品，在中国散文史上显示出特异的光彩。
④ （元）郝经：《陵川集》卷二四，《北京图书馆古籍珍本丛刊》本。
⑤ （元）郝经：《陵川集》卷二〇，《北京图书馆古籍珍本丛刊》本。

成,则可以为君相,可以为将帅,可以致君为尧舜,可以措天下如泰山之安。"①表现了令人佩服的通达眼光。

这一派在许衡之后发生了变异。明薛瑄《读书录》说:"鲁斋学徒,在当时为名臣则有之,得其传者则未之闻也。"②苏门理学没有传人。苏门学派第二代突出的代表是姚燧,他与苏门第一代三位主要人物之间都有最为密切的关系:他是许衡的弟子,姚枢的侄子,杨奂的女婿。但他没有继承苏门理学,而是成为一代文章宗匠,流为文章家了。于是许衡等开创的苏门学派,到他这里就演变成了一个文派。

因而,可以肯定,金末元初北方文坛非但不沉寂,还呈现出一定程度的繁荣。杨奂与元好问大致同时,当时活跃于文坛的还有段克己、段成己等"河汾诸老",以及耶律楚材、杨弘道、郝经、刘秉忠等。

---

① (元)刘因:《叙学》,《静修先生文集》卷一,《丛书集成初编》本。
② (明)薛瑄:《薛瑄全集》下,山西人民出版社1990年版,第1066页。

第二节　南北一统与文风交融

1279年，即蒙古灭金统一北方之后三十五年，元灭南宋，统一中国，成为我国历史上前所未有的疆域最广大的朝代。元代国土极其辽阔，东西南北交通便利，各族文人能四海游历，南北文风由此交融，多族文人在元朝这个车书大同之世共同创造了元代文学的辉煌。

从至元十六年（1279）到至元二十三年（1286），虽南北统一，但文化和文学的发展基本上还是各守畛域，南北处于隔离状态。对于元统一全国之后这八年期间的文学，胡适先生说："文化上的分裂依旧存在。南方仍是中国古文化的避难地，种族上没有起什么大变化，所以文化上也没有大变化。北方就不同了……民族的迁徙和人种的混合又发生了无数的变化。若从中国旧文明的上面看起来，北方自然不如南方了：中国哲学的中心和旧文学的中心，从此以后，永不在长江流域以北了。"①南方学术传承没有受到其他文化的冲击，因而更纯正；北方学术和文学在北方游牧民族文化的冲击之下，有了新的内容，形成了多样化风格。近代吴梅先生曾这样评价元初南北文学代表性的作家："予惟有元之文，分南北二宗。北宗以元裕之为圭臬，辅之者为郝伯常、杨焕然，其接武而兴者，则有刘梦吉、王仲谋、姚端甫、马伯庸、卢处道、许可用。南宗又分两派：在江右者倡于吴幼清，而其后虞伯生、揭曼硕、欧阳元功卓然为大家；浙东之在鄞者，戴帅初、任叔实、袁伯常（长），在婺者则有许益之、吴立夫、黄晋卿、柳道传、吴正传。"②地域上有南北之分，文学上也是各有不同。

南北统一之后，北方诗文风格仍是沿袭金源之风："金之亡，一时儒先犹秉旧闻于感慨困穷之际，不改其度，出语若一，故中统、至元间皆昔

---

① 胡适著，姜义华主编：《胡适学术文集·中国文学史》，中华书局1998年版，第124~125页。
② 柳存仁等：《中国大文学史》（下），上海书店出版社2010年版，第609页。

时之绪余,一一能有以自见。"①北方文人以金源文士为主,如郝经、刘秉忠、杨果、刘因、王磐、姚枢、许衡、姚燧、王构、阎复、王恽等。他们多少都曾直接或间接地师法元好问。"北方之学,变于元初。自遗山以风雅开宗,苏门以理学探本。一时才俊之士,肆意文章,如初阳始升,春卉方苗,宜其风尚之日趣于盛也。"②其中"遗山以风雅开宗"即指在元好问的培养和影响下成长起来的一批文人,他们以雄刚古邃为风尚,粗犷豪迈之习较重。除上面所提及的数人之外,还有受元好问、刘因、郝经影响的卢挚、张之翰、滕安上、宋褧等人。他们的诗文创作,创造了中统、大德前后北方文坛的繁荣。

郝经(1223~1275),字伯常,一生著述宏富,有《陵川集》三十九卷。元好问受业于郝经的祖父郝天挺,而本身又是郝经的老师。郝经的学术与诗文风格及文学主张均深受元好问影响,陶自悦称其"理性得之江汉赵复,法度得之遗山元好问。而独申己见,左右逢源"③。郝经诗文雄奇豪迈,阳刚劲健,这显然也是元好问所追求的。不过,郝经的学术基础虽然是尊奉传统儒学的北方学术,但也接受了南儒江汉先生赵复所传的朱熹理学,因而文学理论有理学痕迹。郝经诗文兼善,文章多以议论为主,也以议论见长,《元史》郝经本传概括郝经散文的特点为"丰蔚豪宕",其《东师议》《班师议》等文,深受宋代策论文章的影响,雄辩滔滔,剖析问题深入浅出,层层推进,不仅非常有见解,而且论述透辟犀利,气势夺人,正如四库馆臣所评:"其文雅健雄深,无宋末肤廓之习。其诗亦神思深秀,天骨秀拔。与其师元好问可以雁行。"④郝经文风与元好问相近,但因时代和处境以及学问根基和个性的区别,又不同于元氏长于记事的文章风格,而是"汪洋滂沛,如大河东注,一泻千里;抑扬起伏,如太行诸峰,层见叠出"⑤。郝经论说文有苏轼策论之风,气势充盈,辞彩丰润,又有

---

① (元)袁桷:《乐侍郎诗集序》,《清容居士集》卷二一,《景印文渊阁四库全书》本。
② (清)顾嗣立编:《元诗选》初集,中华书局1987年版,第444页。
③ (元)郝经:《郝文忠公陵川文集》卷首,《北京图书馆古籍珍本丛刊》本。
④ 《四库全书总目》卷一六六,第1422页。
⑤ (明)陈凤梧:《陵川集序》,(元)郝经:《郝文忠公陵川文集》卷首,《北京图书馆古籍珍本丛刊》本。

《战国策》雄辩之气，纵横捭阖，跌宕起伏，其铺张扬厉、议论设譬有类《庄子》，驰骋想象，联想出奇，故历来受人称赏。不过，郝经散文中的佳篇多在亭台记和碑志传状两类，如《万卷楼记》《临漪亭记》《横翠楼记》《北风亭记》《遗山先生墓铭》《许郑总管赵侯述先碑铭》《先妣行状》《乔千户行状》等。写景浑然一体、远韵高清，记人则有声有色、惟妙惟肖，是不可多得的佳作。以使宋为界，郝经诗文风格有明显的不同，前期多写歌诗，后期多写律诗，此二者是郝经诗歌的主要成就。郝经的歌诗代表作有《白沟行》《贤台行》《听角行》《怀素青帘斗将二帖歌》《入燕行》《北岭行》《化城行》《青城行》《汝南行》《李丰亭》等，内容以怀古、议论之类居多，风格豪壮奇崛，纵恣雄放。多作于后期使宋羁留期间的律诗是郝经各体诗中成就最高的，含蓄苍凉，清新工润。

刘因（1249~1293），字梦吉，号静修，河北容城人。曾应召入朝，为承德郎、右赞善大夫，不久辞归。后朝廷再度征召，刘因坚辞不赴。他一生大部分时间在教授和著述中度过，今存有《静修集》三十卷。刘因是元初北方理学家和著名诗人，仰慕元好问，有诗云"晚生恨不见遗山，每诵歌诗必慨然"[①]，诗歌风格和理论均受其影响："刘因的论诗见解基本上继承了元好问的论诗主张，实际上是提倡诗要有风骨，要高古，要富有沉郁悲壮和清刚劲健之气。"[②]刘因生长北方，受地域文化的影响，诗歌风格并非仅仅是敦厚和雅正，而是"诗才超卓，多豪迈不羁之气"[③]。其诗中的河朔清刚之风、豪迈不羁之气显然是来自元好问。作为元初北方著名的儒学大家，刘因诗歌多感物兴怀之作，寄托深慨，清雅峻洁，但也有奇崛大气之作。作为一位不乏生活情趣的理学家，他的诗歌又往往新鲜活泼，富有情趣与理趣，真率自然而冲淡闲婉。刘因在诗歌创作上的成就和影响在当时要高于郝经，元人郏经诗这样评价："我朝诗派继中州，气节首推刘静

---

① （元）刘因：《跋遗山墨迹》，《静修集》卷一一，《景印文渊阁四库全书》本。
② 邓绍基主编：《元代文学史》，人民文学出版社1991年版，第407页。
③ （清）顾嗣立编：《元诗选》初集，中华书局1987年版，第129页。

修。"①推之为元初中州诗人之首。明代李东阳在《怀麓堂诗话》中的一段话也指出了刘因在元代诗坛的地位:"极元之选,惟刘静修、虞伯生二人皆能名家,莫可轩轾。"②刘因散文成就不如其诗,为文有意追求清刚之气,如《清苑尹耶律公遗爱碑》《孝子田君墓表》《易州太守郭君墓志铭》等碑记传志等文,叙述简洁明了,很能显示其叙事写人功夫。

以忽必烈藩府中的理学家许衡、姚枢为代表的苏门之学,是元初影响最大的学术流派。许衡之后,性理之学虽无嗣响,文章家却历历有人,如其弟子姚燧、畅师文、泰不华、孛术鲁翀等。姚燧和元明善在当时北方文坛影响较大,正如近人钱基博论当时北方之文学所说:"文宗韩以矫苏,诗反黄以为唐,薪于积健为雄,反宋入唐,而姚燧、元明善为之宗盟。"③《元史·姚燧传》说:"燧之学,有得于许衡,由穷理致知,反躬实践,为世名儒。"④虽然是理学大师许衡的弟子,但姚燧并不以理学名世:"燧虽受学于许衡,而文章则过衡远甚。"⑤姚燧诗文在整个元代都堪称大家。

元初北方文士郝经、刘秉忠、杨果、刘因、王磐、姚枢、许衡、姚燧、王构、阎复、王恽等,除刘因不愿出仕元朝外,其他文士均在忽必烈潜邸时期或者元立国之后为朝廷所用,志在治国行道。由于他们在元朝政治上的地位以及强烈的入世精神,诗文表现出对社会现实极强的关注。他们作为元初北方文坛的代表,诗文风格和审美风尚自然会对元代文坛格局产生持续而又深远的影响。"中州隔绝,困于戎马,风声气习,多有得于苏氏之遗,其为文亦曼衍而浩博矣。国朝广大,旷古未有。起而乘其雄浑之气以为文者,则有姚文公其人。其为言不尽同于古人,而伉健雄伟何可及也。继而作者岂不瞠然其后矣乎!"⑥姚燧、卢挚、张之翰都仕于朝廷,后又南下为官,北方文风开始影响南方文坛。

---

① (元)王逢:《谢郏仲义进士寄题澄江旧稿》,《梧溪集》卷五,《景印文渊阁四库全书》本。
② (明)李东阳撰,周寅宾、钱振民校点:《李东阳集》(三),岳麓书社2008年版,第1503页。
③ 钱基博:《中国文学史》,中华书局1993年版,第757页。
④ 《元史·姚燧传》,第4059页。
⑤ 《四库全书总目》卷一六六,第1433页。
⑥ (元)虞集:《刘桂隐存稿序》,《雍虞先生道园类稿》卷一八,《元人文集珍本丛刊》本。

政治上北方为强势，而从学术与文学来看，则南方为强势。在南方文坛，有三个影响较大的文人群体。其一是江西文派，以吴澄为代表，主要有虞集、揭傒斯、欧阳玄等文士。江西诗派这一时期主要有降元的南宋官员如方回等人。方回入元为建德路总管，罢官后居留杭州十多年。他性格豪纵，喜奖掖后进，交游广泛，在元初江浙遗老中，是一个极为活跃的中心人物，因而，在其周围形成了一个以江西诗风为主的诗人群体。其中，有的是直接受教于方回，属于方回弟子，有的仅是旨趣契合，与其诗风相近。在江西庐陵，宋末著名文学批评家刘辰翁①和他的儿子刘将孙②以及弟子赵文③，还有龙仁夫④、刘岳申⑤、刘诜⑥等依然活跃，以刘将孙诗文创作成就最为突出。他们张扬主体意识，理论上强调师心独创，以奇崛为风尚，创作上求奇求新。其二是浙江文派，在南宋都城杭州，诗学一直极为兴盛，宋亡元兴，这里仍活跃着为数众多的诗人、诗论家，以来自浙江湖州的赵孟頫为代表。"东南倡自赵松雪，而袁清容、邓善之、贡云林辈从而和之。时际承平，尽洗宋、金余习，而诗学为之一变。"⑦赵孟頫以其

---

① 刘辰翁（1232~1297），字会孟，号须溪，庐陵人。是宋元之际著名的文学批评家，也是著名的学者和诗文作家，尤以词著称。幼年丧父，家贫力学。宋景定元年（1260）至临安，补太学生。理宗景定三年（1262）廷试对策，因触忤贾似道，被置进士丙等，由是得耿直之名。后因亲老，请为赣州濂溪书院山长。后曾入殉国志士江万里幕府。德祐元年（1275）五月，丞相陈宜中荐居史馆，辞不赴。文天祥起兵抗元，刘辰翁曾短期参与其江西幕府。宋亡，隐居不仕，埋头著书，以此终老。
② 刘将孙（1257~？），元代前期重要的文论家和著名的诗文作家，字尚友，辰翁之子，辰翁号须溪，故人称将孙为小须。
③ 赵文（1239~1315），字仪可，一字惟恭，号青山，庐陵人。赵文论诗文字较多，论文者极少。而今存其作品，则主要是文。今有四库辑本《青山集》八卷，六卷文，卷七卷八为古今体诗与词。故时人及后人，多评其文，评其诗者甚为少见。
④ 龙仁夫（1253~1335），字观复，号麟洲，学者称麟洲先生，永新人。以学行称，不以诗文著称。其诗文集无传，其存世之作极少。
⑤ 刘岳申（1260~？），字高仲，号申斋，吉水人。从刘辰翁、聂淳学，与刘将孙为友，江西诗派主要文论家之一。
⑥ 刘诜（1268~1350），字桂翁，号桂隐，庐陵人，东南文章名家和文学理论家。一生未仕，文章声名甚著，有《桂隐文集》四卷、《诗集》四卷。
⑦ （清）顾嗣立编：《寒厅诗话》，《清诗话》上册，上海古籍出版社1978年版，第83页。

超群出众之才为元初东南诗坛之宗主。还有隐逸诗人仇远、白珽、黄庚等人①，流风遗韵，影响深远。浙江文派在诗歌创作上宗唐，仇远《仇仁父诗序》中的表述被后人认为是对这一时代具有共性的诗学主张的较好概括："近体吾主于唐，古体吾主于《选》。"②告别宋调，回归唐音，这一潮流在元前期是南北呼应、异地同调的。处于仕隐之间的浙东文化中心——四明文人，以宋亡之后隐居于家乡鄞县的王应麟为首，其关注点不在文学而在学术，主要成就在经学和史学上，以保存故国文献为己任，在诗文创作上并没有刻意为之。王应麟的弟子著名者有舒岳祥、戴表元、胡三省等人，他们入元后取得了很高的创作成就。舒岳祥为元初儒学大师，戴表元是元初南方诗文大家。戴表元的弟子袁桷北上入仕元朝，发扬光大了其师戴表元和自己的文学主张。其三是一大批成为"遗儒"的文人们，较著名的有郑思肖、谢翱、谢枋得、汪元量、唐钰、林景熙、郑朴翁、萧立之、文及翁等。他们的诗歌创作有着沉痛的故国之思、民族之忧、兴亡之感以及浓重的沧桑感。其他如龚开、吴渭、方凤、吴思齐、周密、张炎、蒋捷、王沂孙、王易简、冯应瑞、唐艺孙、吕同老、李彭老、陈恕可、赵汝钠、李居仁等遗民故老则隐逸高蹈，群体唱和。他们的活动以元世祖至元二十三年（1286）宋末义乌县令吴渭的月泉吟社活动较有代表性。③

至元二十三年（1286）四月，元世祖为笼络人心、稳定江南政局，命

---

① 仇远（1247~1326），字仁近，一字仁父，钱塘人。因居余杭溪上之仇山，自号山村、山村民，人称山村先生。宋末以诗与白珽齐名，并称"仇白"。入元后以遗民自居，隐居钱塘。后出为镇江路儒学正，大德八年(1304)任溧阳州儒学教授。仇远有《金渊集》六卷，皆官溧阳时所作。白珽（1248~1328），字廷玉，钱塘人。宋末以诗名与仇远并称。入元后曾以遗民自居，与宋遗老徜徉于西湖之滨，拒不出仕，诗名益著。后曾为太平路儒学正，未几摄行教授事。转常州路儒学教授，升江浙等处儒学提举司副提举，再迁兰溪州判官。致仕，结庐西湖之金沙滩。白珽学问渊博，长于诗文。黄庚，字星甫，号月屋，天台人，或说临海人。生于宋理宗景定中或稍后，元泰定四年（1327）仍在世。宋末刻意为举子业，曾入太学。宋亡科举废，放浪江湖，着意为诗文，于宋遗民诗社活动中相当活跃。有《月屋漫稿》。
② （宋）方凤：《方凤集》，浙江古籍出版社1993年版，第64页。
③ 参见任红敏：《文化遮蔽下的宋元遗民及其遗民文学》，《内蒙古社会科学（汉文版）》2012年第2期。

集贤学士、侍御史行御史台事程钜夫前往江南访贤①，目的是延揽"南方耆德清望之人"②。南方名儒、名士多在延揽之列，其中多辞章之士。程钜夫此次所荐江南文士有赵孟頫、叶李、余恁、万一鹗、张伯淳、胡梦魁、曾晞颜、孔洙、曾冲子、凌时中、包铸、何梦桂、杨应奎、范㷆文、方逢振、杨伯大等二十余人。于是，南方俊杰之士纷纷北上，出仕元廷，多任职于翰林国史院和奎章阁。欧阳玄《雍虞公文集序》谈当时馆阁中情况时说："皇元混一之初，金、宋旧儒，布列馆阁。然其文气，高者崛强，下者委靡，时见旧习。承平日久，四方俊彦萃于京师，笙镛相宣，风雅迭唱。"③由此而打破了南北文坛隔绝的局面，南北文风开始融合，并改变了当时文风。在诗歌创作方面，理学大家和文章家、文论家吴澄，以及邓文原、任士林、张伯淳、尹廷高、黄玠等人，以江南诗风为底色，适应元初南北文风融合的趋势，引导了元中期的台阁诗风。他们对元代南北文坛产生互动、在南北文风的整合中发挥了重要作用。

　　赵孟頫作为推动南北文化融合这一过程的关键人物，不仅诗文书画无一不精，而且其艺文造诣当时无人能及，各方面的成就在元代都是极高的。赵孟頫是元代南北文风交融的先导，他以在文学和艺术上风流儒雅的魅力影响了南北文人。尤其是他以宋皇族后裔的身份仕元，耸动朝野。

　　赵孟頫（1254~1322），字子昂，自号松雪道人，宋太祖十一世孙，秦王赵德芳之后。因赐第居湖州，故为湖州人。赵孟頫书法、绘画冠绝一时。出仕元廷之后，官至翰林学士承旨、荣禄大夫，封魏国公，谥文敏。有《松雪斋集》。赵孟頫于至元二十三年（1286）应召与叶李、吴澄、袁桷等北上仕元。赵孟頫作为故宋宗室子孙仕元，心头自然有太多不可为人

---

① 程钜夫江南求贤之事，《元史·世祖本纪》及程钜夫本传皆有记载。本传所载，与《世祖本纪》时间稍异，前后经过较详："二十四年，立尚书省，诏以为参知政事，钜夫固辞。又命为御史中丞，台臣言钜夫南人，且年少。帝大怒，曰：'汝未用南人，何以知南人不可用？自今部、台、院必参用南人。'遂以钜夫仍为集贤直学士，拜侍御史行御史台事，奉诏求贤于江南。初，诏令皆用蒙古字，帝特命以汉字书之。"
② （元）危素：《大元勅赐故翰林学士承旨赠光禄大夫大司徒柱国追封楚国公谥文宪程公钜夫神道碑铭》，程敏政：《新安文献志》卷七五，《景印文渊阁四库全书》本。
③ 《全元文》第34册，第456页。

道的难言之隐,但他早有出仕之意,这一点从他的一些诗词中能体会到。至元十三(1276)、十四年(1277),元世祖两次派人到江南搜访遗贤,但赵孟𫖯均推辞不就。至元十九年(1282),已经仕于江浙的好友夹谷之奇引荐他为翰林国史院编修官,他依然辞而未就。但他写给夹谷之奇的诗"青青蕙兰花,含英在中林。春风不披拂,胡能见幽心"①,却用"香草美人"手法,表明了自己不忍老于山林之中。赵孟𫖯到大都之后,因当时在朝为官者以北方文人为主,他与李孟、徐琰、周驰、田衍、阎复等北方地域的士大夫交往密切。赵孟𫖯才学人品风流,与他们诗词唱和,互相切磋诗文,南方诗歌风格开始向北方诗坛渗透。赵孟𫖯认为:"由古及今,各自名家,或以清澹称,或以雄深著,或尚古怪,或贵丽密,或春容乎大篇,或收敛于短韵,不可悉举。而人之好恶不同,欲以一人之为求合于众,岂不诚难工哉!"②他在诗歌创作上能打破门户之见,上追风骚,熔铸汉魏晋唐,吸取各家之长,兼采众体又有创新变化,形成了与众不同的风格——平淡自然、含蓄婉约、清和雅丽。当时,南北诗坛均有着共同的宗唐复古倾向,要求恢复诗歌风雅,倡导陶、谢之清新自然。不过因地域文化差异,北方多尊李、杜、韩的悲壮深沉高古之气,以刚健豪宕风格为主;南方多学王、孟、韦、柳的清幽冲淡以及晚唐意韵,主要风格是清丽婉约和含蓄蕴藉。赵孟𫖯以他才学、人格魅力以及在诗坛的地位,奖接引掖后学,吸引了一批志同道合的文士,传播了他的诗歌理论。他为元中叶之"元诗四大家"等导夫先路,使得元中期典雅平和、婉约雍容的诗风以及宗唐复古的诗学主张成为诗坛的主流。

吴澄(1249~1333),字幼清,抚州崇仁人,有元一代之理学宗师,所创学派称草庐学派。在元代,有"皇元受命,天降真儒。北有许衡,南有吴澄。所以恢宏至道,润色鸿业,有以知斯文未丧,景运方兴也"③之说。

---

① (元)赵孟𫖯:《赠别夹谷公》,《松雪斋集》卷二,西泠印社出版社 2010 年版,第 21 页。
② (元)赵孟𫖯:《南山樵吟序》,《松雪斋集》卷六,西泠印社出版社 2010 年版,第 162 页。
③ (元)揭傒斯:《大元敕赐故翰林学士资善大夫知制诰同修国史赠江西等处行中书省左丞上护军追封临川郡公谥文正吴公神道碑》,《全元文》第 28 册,第 505 页。

其诗文成就也颇高，清代四库馆臣评其诗文"词华典雅，往往斐然可观"①。吴澄的思想颇富心学色彩，其论学、论文、论诗的深刻和新鲜，在当时给北方文人带来的冲击很大。人们似乎一时还不能理解和接受吴澄，但在震撼过后，其影响是可想而知的。

南士北来，继赵孟頫、吴澄等人之后，邓文原、袁桷等也入朝，为北方诗坛注入新质，影响了诗风文风的转变。清人顾嗣立在《元诗选》袁桷小传中说："至中统、至元而大盛。赵子昂以宋王孙入仕，风流儒雅，冠绝一时。邓善之、袁伯长辈从而和之，而诗学又为之一变。于是虞、杨、范、揭，一时并起，至治、天历之盛，实开于大德、延祐之间。"②这次吴澄等带有明显心学倾向的南方学士北上，与北方学坛影响最大的以许衡、姚枢等为代表的苏门理学发生了冲突。在文学方面，则表现为南方儒雅的、宁静和美的、高蹈的文风与北方清刚豪放的、清和爽朗的、质朴粗犷的诗文风气的碰撞。到元中期延祐年间，南方之学逐渐取代了北方之学，南方文风取代北宗文风："东南倡自赵松雪，而袁清容、邓善之、贡云林辈从而和之，时际承平，尽洗宋金余习，而诗学为之一变。"③

邓文原（1259~1328），字善之，又字匪石，或作非石。祖籍绵阳，迁居钱塘。世祖至元二十七年（1290），辟为杭州路儒学正，成宗大德二年（1298）调崇德州教授，五年擢应奉翰林文字，九年升修撰，武宗至大三年（1310）授江浙儒学提举，仁宗皇庆元年（1312）召为国子司业，延祐四年（1317）升翰林待制，英宗至治二年（1322）为集贤直学士兼国子祭酒，卒谥文肃。邓文原与赵孟頫相友善，诗文、书法亦佳，时与赵孟頫齐名。《四库全书总目》称其"学有本原，所作皆温醇典雅。当大德、延祐之世，独以词林耆旧主持风气，袁桷、贡奎左右之，操觚之士，响附景从。元之文章，于是时为极盛，文原实有独导之功"④。邓文原北上大都入

---

① 《四库全书总目》卷一六六，第1428页。
② （清）顾嗣立编：《元诗选》初集，中华书局1987年版，第593页。
③ （清）顾嗣立编：《寒厅诗话》，《清诗话》上册，上海古籍出版社1978年版，第83页。
④ 《四库全书总目》卷一六六，第1426页。

翰林时，朝廷多北方之士。他的学问和为人，赢得了北方士大夫的敬重："中州士大夫多慕而与之交。徐文献公琰、高文简公克恭知公尤深。王参政巨济素刻深，与公语亦严惮之，巨济后以事系狱，自悔不用公言"；"承旨阎文康公复于僚友少所假借，公独见推重，凡大撰著必属焉"；"成宗崩，预纂修实录，姚文公燧、王文肃公构并为承旨，持见不同。阅公所具稿，互有指摘，公不与辨，第令椟藏以俟。后数日，二公取视之，皆莫能易一字"；后来，"东南遗老，凋落既尽，文章之柄悉归焉"。①他一度成为南方文人在朝中的代表。邓文原现存诗文不多，今存《巴西文集》上下卷，纯诗无文。《元诗选》收其诗一百一十余首，编为一卷，题《素履斋稿》。邓文原诗文雅正雍容，和缓平静，时人吴澄为其所撰神道碑称其"诗文淳雅，莹洁如玉"，"词苑代言，史馆修书，悉合体制，在儒臣中声实相副者也"。②黄溍撰《邓公神道碑》说他为文精深典雅，诗尤简古而丽逸。吴澄《送邓善之提举江浙儒学诗序并诗》则说："其辞章炳炳琅琅，追典诰命制之作，得颂雅风骚之遗。见推于同辈，传诵于人人，知与不知，莫不脍炙其文，金石其行。"③邓文原是元代重要的馆阁文章作手，他自称"自少好为文章，谨守绳尺"④。就其现存文章而论，其散文成就虽不甚高，但有些篇章也还写得温醇典雅。如《戴祖禹墓志铭》："始余初识祖禹时，甫弱冠，意气已颖发，倾动流辈。所居尘市嚣杂，然藏书甚富，常闭户读书，不妄接人事，如穷儒宿学，遁迹林谷，雠校自乐。余见辄愧之。而祖禹雅善余及张君仲实，言论纚纚，商榷今古，觞咏间作。客至，或瞠目耸耳，移时不出一语。余私问其故，则曰：'吾惟不耐与俗子面，而能强为言笑乎？'余尝规之，而祖禹终不欲苟刓其方，故于时率寡合。及其死，则莫不哀其才命之畸，而思如祖禹者何可复得？呜呼，自古有志

---

① （元）黄溍：《元故中奉大夫岭北湖南道肃政廉访使邓公神道碑》，《文献集》卷一〇，《景印文渊阁四库全书》本。
② （元）吴澄：《吴文正集》卷六四，《景印文渊阁四库全书》本。
③ （元）吴澄：《吴文正集》卷二五，《景印文渊阁四库全书》本。
④ （元）邓文原：《翰林侍读学士贯公文集序》，《巴西集》卷上，《景印文渊阁四库全书》本。

之士,龃龉一世,殁而公论始定者,皆可悲也。"①邓文原与赵孟頫相交最善,二人文风皆春容纡徐,崇尚雅正。

南方文士北来,北方文人的南下,共同促成了南北文风的交流和融合。

一批北方文士如姚燧、卢挚、马祖常、孛术鲁翀、康里巎巎、高克恭、贯云石、辛文房、萨都剌、余阙、丁鹤年、薛昂夫、伯笃鲁丁、玉元鼎、迺贤、赡思、王士熙、王结、元明善等南下,与南方文人相互交游、唱和往来,吸收和学习南方文化,受到南方文化气质的影响。

许衡弟子姚燧(1238~1313),元初北方文章大家,字端甫,号牧庵,洛阳人。官至翰林学士承旨,知制诰,兼修国史,卒谥文。有《牧庵集》。吴善序其文集称:"我朝国初,最号多贤,而文章众称一代之宗工者,惟牧庵姚公一人耳。"②张养浩则云:"皇元宅天下百许年,倡明古文,才姚公牧庵一人而已。"③虞集在《庐陵刘桂隐存稿序》中说:"国朝广大,旷古未有。起而乘其雄浑之气以为文者,则有姚文公其人。其为言不尽同于古人,而伉健雄伟,何可及也!"④《元史·姚燧传》评其"为文闳肆该洽,豪而不宕,刚而不厉,春容盛大,有西汉风。宋末弊习,为之一变。盖自延祐以前,文章大匠,莫能先之"⑤,可见其在元代文坛地位之高,影响之大。姚燧文章以其才气见称,不蹈袭前人,信笔挥洒,纵横捭阖,浩气、豪气、奇气均有,在当时北方文坛无人能及。姚燧是当之无愧的中国文章史上的大家。但现在编纂的中国古代文学史对姚燧的论述并不多,不免有些遗憾。姚燧是文章家,所以他虽为许衡弟子,在文学思想上却一反乃师之道,响亮地提出"文章以道轻重,道以文章轻重"⑥,主张文道并重。姚燧不以诗著称,在今存《牧庵集》中,诗占的比重也不大。

卢挚(1242?~1314?),字处道,一字莘老,号疏斋、嵩翁,弱冠由诸生充忽必烈侍从,至元五年(1268)进士。曾任职于燕南河北道提刑按

---

① 《全元文》第21册,第114页。
② (元)姚燧著,查洪德编辑点校:《姚燧集》,人民文学出版社2011年版,第655页。
③ (元)姚燧著,查洪德编辑点校:《姚燧集》,人民文学出版社2011年版,第654页。
④ (元)虞集:《道园学古录》卷三三,《四部丛刊》本。
⑤ 《元史·姚燧传》,第4059页。
⑥ (元)姚燧著,查洪德编辑点校:《姚燧集》,人民文学出版社2011年版,第69页。

察司，历任江东道提刑按察副使、陕西道提刑按察使、河南路总管、集贤学士、湖南道肃政廉访使、翰林学士承旨，晚年移居宣城。卢挚是元代著名诗人、文章家、散曲家和词人，其文与姚燧齐名，诗与刘因齐名，曲称大家，词为名家。他历仕并寓居江南，在江南诗坛极具影响。虞集说："国初，中州袭赵礼部、元裕之之遗风，宗尚眉山之体。至涿郡卢公，稍变其法，始以诗名东南。宋季衰陋之气，亦已销尽。"①他在北方诗文风气转变中起着关键作用，为元北方诗坛吹来一股清雅之风，改变了当时北方诗坛粗豪的"风沙"之气。元代诗坛尚陶、韦，当时诗论家认为这与卢挚的影响有关。揭傒斯就说："海内之学韦者，吾识二人焉：涿郡卢处道，临川吴仲谷。处道有爵位于朝，有声名在天下，其气完，故独得其深厚，而时发以简斋。"②元之前期，文坛流行宗唐师古之风，人们多倡导学唐、学汉魏晋。卢挚也是诗文复古的倡导者和实践者，其论文云："清庙茅屋谓之古，朱门大厦谓之华屋可，谓之古不可。太羹玄酒谓之古，八珍谓之美味可，谓之古不可。知此者，可与言古文之妙矣。夫古文以辨而不华、质而不俚为高。"③可见他所追求的是清雅古淡，近魏晋风味。江南诗人说到卢挚，往往充满敬意，也可说明他在当时的影响。张雨《句曲外史集》卷中有诗题《卢疏斋集》，诗前小序说："《卢疏斋集》宣城校官本，读之一过，生气凛然，有怀哲人，援笔而赋。"④苏天爵则认为，卢挚在元代诗坛有扭转风气之功，说："我国家平定中国，士踵金宋余习，文辞率粗豪衰苶，涿郡卢公始以清新飘逸为之倡……"⑤由于其文集已散佚，我们已经无法看到卢挚的诗论文字，但从以上材料中，足可见他对南方诗坛的影响和在南北诗学交汇中的巨大作用。

张之翰（1243~1296），字周卿，邯郸人。世祖中统初任洺、磁知事，

---

① （元）虞集著，王颋点校：《傅与砺诗文集序》，《虞集全集》，天津古籍出版社2007年版，第591页。
② （元）揭傒斯著，李梦生点校：《萧乎有诗序》，《揭傒斯全集》卷三，上海古籍出版社1985年版，第282页。
③ （元）陶宗仪编，李梦生点校：《南村辍耕录》卷九，上海古籍出版社2012年版，第99页。
④ （元）张雨：《句曲外史集》卷中，《景印文渊阁四库全书》本。
⑤ （元）苏天爵著，陈高华、孟繁清点校：《书吴子高诗稿后》，《滋溪文稿》卷二九，中华书局1997年版，第495页。

至元十三年（1276）除真州路知事，历行台监察御史，按临福建行省。以疾谢事，侨居高邮，蓄书教授。起为户部郎中。至元末，自请外补，以翰林侍讲学士出知松江府兼劝农事。张氏仰慕赵秉文，与同辈北方文士胡祗遹、王恽、魏初、阎复等为好友，是元初北宗文派的重要作家。在任职东南期间，他广交东南文士，与方回、白珽等著名诗人赠答唱酬，相与论诗，在南北诗风融合中发挥了重要作用。他曾与方回在建德和杭州论诗，并且颇有共识："忆初桐江共说诗，诗中之玄能得之。……迩来武林论文法，同归正派夫奚疑！"①他对融汇南北诗文风气有着高度自觉："余尝谓北诗气有余而料不足，南诗气不足而料有余"②，认为理想的诗风，是南北兼之，取两者之长而补各自之短。

为了缓和南方文士对朝廷的态度，元世祖忽必烈以对待藩府文士的态度求贤于南方。在程钜夫江南访贤的推动下，在赵孟頫、张伯淳、袁桷等一部分南方文士入仕元廷的带动下，揭傒斯、柳贯、黄溍、欧阳玄、杨载、范梈等大批著名文士北上，将南方的诗文理论和诗文风气传布到北方。元大都作为国家的政治和文化中心，翰林国史院与奎章阁又是当时南北文士名宦齐聚之地，南北文风于此交汇、互相影响。

---

① （元）张之翰：《方虚谷以诗饯余至松江因和韵奉答》，《西岩集》卷三，《景印文渊阁四库全书》本。
② （元）张之翰：《跋俞娱心小稿》，《西岩集》卷一八，《景印文渊阁四库全书》本。

第四章
海宇混一下的盛世文风

元代疆域广阔，国力强盛，空前的大一统给了元代文人强烈的自信，各族各地文人可以自如往来，南北文风逐渐统一。"国朝统一海宇，气运混合，鸿生硕儒，先后辈出，文章之作，实有以昭一代之治化。盖自两汉以下，莫于斯为盛矣。当至元、大德间，有若陵川郝文忠公、柳城姚文公、东平阎文康公、豫章程文宪公、吴兴赵文敏公，皆以前代遗老，值国家之兴运，其文庞蔚质奥，最为近古。延祐以后，则有临川吴文正公、巴西邓文肃公、清河元文敏公、四明袁文清公、浚仪马文贞公、侍讲蜀郡虞公、尚书襄阴王公，其文典雅富润，益肆以宏，而其时则承平浸久，丰亨豫大，极盛之际也。"[①] 王祎文中所提到的郝经、姚燧、阎复、程钜夫、赵孟頫、吴澄、邓文原、元明善、袁桷、马祖常、虞集、王沂等人都是元代的诗文大家。元世祖忽必烈于至元二年（1264）下诏以南人儒士程钜夫为御史中丞，并命程钜夫求贤于江南，以赵孟頫、吴澄等为代表的大批江南文士北上出仕元廷，开启了南北文士交流、文风交融的时期。元世祖忽必烈去世后，忽必烈次子太子真金第三子铁穆耳即位，是为成宗。元成宗执政期间在文化建设上没有太多贡献，但因自幼濡染儒学，也有一些作为，如在京师建文宣王庙，行释奠礼，牲用太牢，乐用登歌。自元成宗元贞元年（1295）到元朝最后一个皇帝顺帝即位（1332），元朝政治争斗激烈，帝位更替频繁，其间共历武宗、仁宗、英宗、泰定帝、天顺帝、文宗、明宗、文宗(复位)、宁宗九朝。其中从仁宗延祐到文宗天历年间，被认为是元代文化文学的盛世时期。延祐之后的文坛代表作家大多来源于南方，如吴澄、邓文原、袁桷、虞集、王沂等人，来源于北方的仅有元明善、马

---

① （元）王祎：《宣城贡公文集序》，《王忠文公集》卷三，中华书局1985年版，第77页。

祖常等人，这种局面一直持续到元代中后期。南方文人一直占据着文坛的绝对优势，虞集、揭傒斯、欧阳玄、柳贯、吴莱、黄溍、杨载、范梈、萨都剌等人，在元代文坛的成就和影响都很大。到了元成宗之后，国力强盛，社会生活稳定，"其蕃息盛大，皆莫若国朝，沙漠广莫，地经两海，尽为游牧之所。又兼金源四十万，并西域三十国，古之所谓千里者，海饮川量"①，"我国家奄有六合，自古称混一者，未有如今日之无所不一，则天地气运之盛，无有盛于今日者矣"②。文学的发展往往与国力的强大相对应，顺应社会与时代的发展，元代文坛形成一种与这种文化盛世气象相适应的文学风气，元代诗文形成一统盛世所需要的平易正大、涵容百家、伉健雄伟、冲淡悠远、纡徐雍容、涵淳茹和的盛世文风。

当是时，元代文人有一种超越往古的盛世心态，对于强盛的大一统的元王朝充满赞美之情，作品中往往饱含着盛世气象。名儒许有壬在《大一统志序》中说："我元四极之远，载籍之所未闻，振古之所未属者，莫不涣其群而混于一。则是古之一统，皆名浮于实；而我则实协于名矣！"③欧阳玄说："我元延祐以来，弥文日盛。京师诸名公，咸宗魏晋唐，一去金宋季世之弊，而趋于雅正，诗丕变而近于古。"④从"咸宗魏晋唐"，可以感受其风气之盛。正如清人顾嗣立所说："延祐、天历间，文章鼎盛，希踪大家，则虞、杨、范、揭为之最。至正改元，人材辈出，标新领异，则廉夫为之雄。"⑤延祐、天历是元"文章鼎盛"期，诗文形成一统盛世所需要的"盛大之音"。这种盛世文风，前期以虞集、杨载、范梈、揭傒斯"元诗四大家"为代表；后期则以杨维桢为代表，诗风文风以标新领异为特点。

---

① （元）郝经：《虎文龙马赋》，《郝文忠公陵川文集》卷一，《北京图书馆古籍珍本丛刊》本。
② （元）陈旅：《元文类序》，（元）苏天爵编：《元文类》卷首，上海古籍出版社1993年版。
③ （元）许有壬：《至正集》卷三五，《北京图书馆古籍珍本丛刊》本。
④ （元）欧阳玄著，魏崇武等点校：《罗舜美诗序》，《欧阳玄集》，吉林文史出版社2009年版，第87页。
⑤ （清）顾嗣立编：《元诗选》初集，中华书局1987年版，第1975页。

第一节　元代文人的盛世之感

在长达三个多世纪的南北分裂之后，元代实现了跨越往古的空前的大一统，版图在中国历代王朝中最为辽阔。地域的统一带来大规模的民族迁徙以及更大规模的民族融合。东北、漠北在元朝第一次归属于直隶中央的辽阳、岭北行省，契丹、女真族内迁并逐渐融入汉族，大量的色目民族进入内地，元廷通过宣政院行使行省职能管理吐蕃地区，西藏从此正式成为中国的一个部分。清人魏源在《拟进呈元史新编序》一文中说："元有天下，其疆域之袤，海漕之富，兵力物力之雄廓，过于汉、唐。自塞外三帝，中原七帝，皆英武踵立，无一童昏暴缪之主。而又内无宫闱奄宦之蛊，外无苛政强臣夷狄之扰，又有四怯薛之子孙，世为良相辅政，与国同休，其肃清宽厚亦过于汉唐。"[①]因而，身为海宇混一、华夷一统的大元王朝的子民是有十足之自信心的。比如姚燧从历史的角度谈论中国疆域，他认为："五帝三王以降，能一天下者，秦、汉、晋、隋、唐与宋六家，其疆理惟唐为大。今世祖天戈所加，正朔所颁，南极于阇婆，东至于倭奴，西被于日入之西滢，而北尽于人迹所不可践者，才三分有一。"[②]

元代大一统格局不仅让元人充满自信和自豪，而且元立国之后所做的奖掖农桑、扶植商业、鼓励海外贸易、疏通南北大运河等一系列经济、交通上的措施，也为元代文人四海游历创造了条件。元代文士不再拘于南北界限而四处游历成为一种时尚，南人北上，游士激增。袁桷曾写道："世祖皇帝大一海宇，招徕四方，俾尽计划以自效，虽诞谬，无所罪，游复广于昔。"[③]对元代一统天下而游历之风日盛的情形，虞集也有如此描述："国家混一以来，有欲观夫徂徕之松、新甫之柏，瞻龟山之云，咏沂上之

---

① （清）魏源：《魏源全集》（十三），岳麓书社2011年版，第182页。
② （元）姚燧著，查洪德编辑点校：《新修滕王阁记》，《姚燧集》，人民文学出版社2011年版，第112页。
③ （元）袁桷著，李军等校点：《赠陈太初序》，《袁桷集》，吉林文史出版社2011年版，第373页。

风者,川有舟航,陆有车马,不待赢粮,计日而可至。视前代分裂隔乱之世,欲往而不可得,则其游岂不快哉!"①元大都是元朝的政治经济中心,也是"士大夫之天池",人文荟萃。很多读书人在京师可以通过诗文结交馆阁重臣,有机会通过他们的引荐进入仕途,从而实现自己的人生理想。因而,以诗文游历干谒成为一种风尚。"自宋科废而游士多,自延祐科复而游士少,数年科暂废,而游士复起矣。盖士负其才气,必欲见用于世,不用于科,则欲用于游,此人情之所同。"②士人为求荐举而游,所以科举的停止,反而激发了文人游历的热情。袁桷说干谒的士子往往是:"敝裘破履,袖其囊封,卒空言无当。以其无所罪也,合类以进,省署禁闼,骈肩攀缘,卒无所成就。余尝入礼部,预考其长短,十不得一。将遇其游以喻之,游者迄不悟。朝廷固未尝拔一人以劝,使果拔一人,将倾南北之士,老于游而不止也。"③可见其时文人游历和以诗文相交往的风气并不逊于唐代。元代不可否认出现了盛世,对此叶子奇的《草木子》一书有过论述。叶子奇由元入明,而且还做了明朝的官,任巴陵主簿,后来因事入狱。《草木子》四卷是他在狱中所写,书中多有对元代往事的追述,其卷三有云:

  元朝自世祖混一之后,天下治平者六七十年。轻刑薄赋,兵革罕用。生者有养,死者有葬。行旅万里,宿泊如家。诚所谓盛也夫!④

叶子奇的描述应该是真实可靠的。在他看来,元代是出现了盛世,且持续有六七十年。虽然他也在《草木子》一书中揭露了元代种种弊政,但中国历史上的所谓盛世,哪一个是没有弊政的呢?

  随着全国南北的统一,元代文化呈现兼容并包和丰富多彩的面貌,来自各个民族和关、蜀、洛、婺等地的文化、宗教、文学、艺术均能融入。

---

① (元)虞集:《送李仲永游孔林序》,《道园学古录》卷三二,《四部丛刊》本。
② (元)刘诜:《送欧阳可玉》,《桂隐文集》卷二,《景印文渊阁四库全书》本。
③ (元)袁桷著,李军等校点:《赠陈太初序》,《袁桷集》,吉林文史出版社2011年版,第373页。
④ (元)叶子奇:《草木子》卷三,中华书局1959年版,第47页。

在多民族大一统的格局之下，元代文人视野扩大，元代的文化与文学也有了一个新气象和新格局。唐代刘禹锡曾说："夫政庞而土裂，三光五岳之气分，大音不完。故必混一而后大振。"①在海宇混一的时代风云之下，元代文学必然要体现与之相应之风貌，体现大元朝气象。陈旅为《元文类》作序，就明确和充分地发挥了这一理论：

> 元气流行乎宇宙之间，其精华之在人有不能不著者，发而为文章焉。然则文章者，固元气之为也。徒审前人制作之工拙，而不知其出于天地气运之盛衰，岂知言者哉？盖尝考之三代以降，惟汉、唐、宋之文为特盛。就其世而论之，其特盛者又何其不能多也？千数百年之久，天地气运难盛而易衰乃若此。斯人之荣悴，概可知矣。先民有言曰："三光五岳之气分，大音不完，必混一而后大振。"美哉乎其言之也。昔者北南断裂之余，非无能言之人驰骋于一时，顾往往囿于是气之衰，其言荒粗萎冗，无足起发人意。其中有若不为是气所囿者，则振古之豪杰，非可以世论也。我国家奄有六合，自古称混一者，未有如今日之无所不一。则天地气运之盛，无有盛于今日者矣。建国以来，列圣继作，以忠厚之泽，涵育万物。鸿生隽老，出于其间，作为文章，庞蔚光壮。前世陋靡之风，于是乎尽变矣。孰谓斯文之兴，不有关于天地国家者乎？②

元代疆域超越汉唐盛世，又无边患问题，经济贸易繁荣，对外交流频繁，多民族多宗教文化充分融合，元代文人自然会有非凡的气度，有恢宏的气魄，有强烈的自信，有无比的自豪。他们认为大元气运、文运之盛，虽上古三代、成周之盛，也无可比拟。所以王恽自豪地说："今海宇混一，方息马论道之时。"③清人汪琬说："昌明博大，盛世之文

---

① （唐）刘禹锡：《唐故尚书礼部员外郎柳君集纪》，《刘禹锡集》，中华书局1990年版，第236页。
② （元）陈旅：《国朝文类序》，（元）苏天爵编：《元文类》卷首，上海古籍出版社1993年版。
③ （元）王恽：《修理大都南京石经事状》，《秋涧先生大全集》卷九一，《四部丛刊》本。

也。"①元代文人认为他们生逢盛世，自然也就有盛世之感，发而为盛世之文。"宇宙间清灵秀淑之气，未有积而不发。天不能闷藏而复出以为文。遭时遇主，咏歌帝载，黼黻王度，则如五纬丽天，下烛万物……天所不能闷藏者，人亦莫得而闷藏也哉！"②元代文人认为，大元建立在宋金南北分割断裂之后，能海宇一统，四海归一，自然是盛世，他们必须发出气沛声宏的盛世文章，建立盛世文风，其字里行间必然是满满的自信与豪迈之气。元末戴良在《皇元风雅序》中对盛世文风有进一步论述："然能得夫风雅之正声，以一扫宋人之积弊，其惟我朝乎？我朝舆地之广，旷古所未有。学士大夫乘其雄浑之气以为诗者，固未易一二数……盖方是时，祖宗以深仁厚德，涵养天下垂五六十年之久，而戴白之老，垂髫之童，相与欢呼鼓舞于闾巷间，熙熙然有非汉唐宋之所可及。故一时作者，悉皆餐淳茹和，以鸣太平之盛治。"③戴良的这种看法在元代文人之中非常普遍。姚燧、卢挚、刘因、赵孟頫等人为盛世文风导夫先路。到了大德、延祐、天历年间，元代社会稳定，经济文化繁荣，虞集、杨载、范梈、揭傒斯、欧阳玄、许有壬、黄溍、柳贯、吴莱、朱德润、张雨、张翥、傅若金、王冕、倪瓒、苏天爵、李孝光、陈基、戴良、王逢、张宪、马莹、徐舫、何景福、李裕、陈樵、李序、项诇、顾瑛等以及西域的马祖常、萨都剌、余阙、泰不华、丁鹤年、贡性之、迺贤等非汉族作家共同创造了元代盛世文风，"一时作者，悉皆餐淳茹和，以鸣太平之盛治"，呈现出"熙熙然有非汉唐宋之所可及"的一派盛世气象。

---

① （清）汪琬：《文戒示门人》，《尧峰文钞》卷一，《景印文渊阁四库全书》本。
② （元）黄溍：《粟峰文集序》，《黄文献公集》卷六，《景印文渊阁四库全书》本。
③ （元）戴良：《九灵山房集》卷二九，《景印文渊阁四库全书》本。

第二节 翰林与奎章文士推动的盛世文风

元代的文化建设和文学发展主要时期是在中期,文化与文学主要成就的取得也是在中期,其间对元代盛世文风形成影响较大的是科举的复行和翰林院及奎章阁文士的共同努力。

延祐科举对元代文学盛世的到来起到不小的作用。欧阳玄在《罗舜美诗序》中说:"我元延祐以来,弥文日盛。"①清人顾嗣立也说延祐文坛盛极一时:"延祐、天历之间,风气日开,赫然鸣其治平者,有虞、杨、范、揭,一以唐为宗,而趋于雅,推一代之极盛,时又称虞、揭、马、宋。"②延祐初年,北方文坛宗将卢挚、姚燧相继辞世,马祖常、许有壬、欧阳玄、张起岩以及杨载、黄溍等诗文名家通过科举考试先后进入馆阁,并同修辽、金、宋三史。他们之间情谊很深,同僚之间常在一起诗文唱和,形成了影响巨大的馆阁文风,促进了元代雅正文风的形成。"延祐初科进士张公起岩、马公祖常、欧阳公玄及馆阁诸人,又一时文学之盛矣。"③延祐科举以后的文坛以南方文士为主,北方文士中元明善、马祖常比较突出。重开科举促使南方文士大量北上大都,如此一来南北儒士文人交流更加广泛和频繁。南方文士中以"元诗四大家"以及"儒林四杰"等为延祐时期文坛主将,文学上开始形成以代表治世之音的平易雅正为主的盛世文风。王理《元文类序》对延祐文风有这样的描述:"国初学士大夫祖述金人、江左余风,车书大同,风气为一。至元、大德之间庠序兴,礼乐成,迄于延祐以来极盛矣。大凡国朝文类,合金人江左以考国初之作,述至元、大德以观其成,定延祐以来以彰其盛。"④

---

① (元)欧阳玄著,魏崇武等点校:《欧阳玄集》,吉林文史出版社2009年版,第83页。
② (清)顾嗣立编:《寒厅诗话》,《清诗话》上册,上海古籍出版社1999年版,第83~84页。
③ (元)虞集:《都漕运副使张公墓铭》,《道园类稿》卷四六,《四部丛刊》本。
④ (元)王理:《元文类序》,(元)苏天爵编:《元文类》卷首,上海古籍出版社1993年版。

仁宗于至大元年（1308）五月，将成宗朝始建而一直未成的国子监学建成，并于延祐二年（1315）恢复科举。

皇庆二年（1313），诏行科举："诏天下以皇庆三年八月，天下郡县兴其贤者、能者，充贡有司，次年二月，会试京师，中选者亲试于廷，赐及第出身有差。帝谓侍臣曰：'朕所愿者，安百姓以图至治，然匪用儒士，何以致此？设科取士，庶几得真儒之用，而治道可兴也。'"①仁宗首下《科举诏》，明言："举人宜以德行为首，试艺则以经术为先，词章次之。浮华过实，朕所不取。"②诏书已经明确不以词章取士，而是注重明经致用之学，程朱理学著述被官方指定为科考程式。这种崇实黜华的导向，对有元一代的文学观念，有着主导性的影响。"宋讫科举废，士多学诗，而前五十年所传士大夫诗，多未脱时文故习。圣元科诏颁，士亦未尝废诗学，而诗皆趋于雅正。"③不仅应举的广大士子群起趋之，所作文字典雅平正，其他文人也是如此，士风文风为之一变。这一点也符合儒家所一贯强调的文学社会教化功能。文运与世运相和，与承平之世相适应的"治世之音"，内容大约不出吟咏雍熙、赋颂升平之类，文风以含蓄蕴藉、雍容为主。

仁宗延祐时期，元朝统一已近四十年，整个社会保持稳定和繁荣，尤其是南方。科举为读书人开辟了进身之路，虽然元代科举时断时续，但元代很多声名赫赫的文士都曾以科举入选，而且通过师友、同年关系等和主盟文坛的文学大家建立了联系。④文人士子心理渐趋平和，愤激之气平，哀

---

① 《元史·仁宗本纪》，第558页。
② 《元史·选举志》，第2018页。
③ （元）欧阳玄著，魏崇武等点校：《李宏谟诗序》，《欧阳玄集》，吉林文史出版社2009年版，第82页。
④ 延祐二年（1315）科考，赵孟頫、元明善任读卷官，得人最盛，有张起岩、杨载、欧阳玄、许有壬、黄潜、马祖常、陈泰、干文传、王沂、杨宗瑞、刘彭寿、韩浚、杨景行、张翔、赵箕翁、杨晋孙、李朝端、李希贤、梁宜等。延祐五年（1318）科考，袁桷为会试、殿试读卷官，得谢端、祝尧、虞盘（虞集之弟）、汪泽民、霍希贤等。至治元年（1321）袁桷任会试考官，得宋本、泰不华、程端学、吴师道、杨彝中、廉惠山海牙、杨梓、张纯仁、林兴祖、伯笃鲁丁、林以顺等。泰定四年（1327）科考，监试官为王士熙，读卷官为马祖常，得进士著名者有萨都剌、杨维桢、黄清老、胡一中、刘沂、燮理溥化、郭嘉、张以宁、李楠、蒲理翰、观音奴、索元岱等。

怨之气消，元代前期那种豪壮激愤之音此时已是少见，诗风文风趋于平淡纤徐。如时人揭傒斯所说："庐陵代为文献之邦，自欧公始而天下为之归，须溪作而江西为之变。……须溪没一十有七年，学者复靡然弃哀怨而趋和平，科举之利诱之也。"①延祐重开科举对元代盛世文风影响之全面、深刻而巨大可见一斑。

延祐二年（1315）恢复科举之后，在京师大都，各地士人聚集。当时科举出身的文人多在翰林国史院和集贤院供职。翰林国史院文士不用忙于政务，可以充分享受清闲生活，正如在翰林任职的虞集《玉堂燕集图》题诗中所描绘的："朝廷多暇日，别馆又青春。薄醉犹催酒，清歌况有人。玉堂金砚匣，翠袖白纶巾。老去浑无赖，凭谁为写真。"②这样的生活便于这些馆阁文人雅集吟诗赋词以消遣时日。③他们追慕魏晋名士风流，常以山水为寄，在诗文交流过程中，文风逐渐趋同，以雍容典雅、雄浑深厚、平易清和的治世之音为主要特征。

元代盛世文风的开创和发展繁荣，一方面与仁宗延祐时期恢复科举与翰林院学士的努力有关，另一方面与元文宗建立奎章阁与奎章阁文人群体的推动有极大关系。

天历二年（1329），在虞集的推动下，元文宗成立了奎章阁学士院。④当时虞集曾上《奏开奎章阁疏》，其云：

> 臣某等言，特奉圣恩，肇开书阁，将释万机而就佚，游六艺以无为。此独断于睿思，而昭代之盛典也。乃俾臣等，并备阁职。感兹荣

---

① （元）揭傒斯著，李梦生标校：《吴清宁文集序》，《揭傒斯全集》卷三，上海古籍出版社1985年版。
② （清）顾嗣立编：《元诗选》初集，中华书局2002年版，第865页。
③ 据统计，许有壬有近二十首诗歌是写给马祖常的，袁桷写给马祖常的唱和之作达四十七首，马祖常写给袁桷的唱和诗达十一首，虞集写给马祖常的唱和诗达十五首，柳贯写给马祖常的唱和诗达十八首。
④ 元文宗孛儿只斤·图帖睦尔（1304~1332），元武宗次子、元明宗弟，是元代历史上少有的有为之君。天历元年（1328）即帝位。天历二年，在虞集、柯九思，还有鲁国大长公主祥哥剌吉（文帝为其侄子）的倡导下，设立奎章阁学士院，日与文人学士品画论诗，并延揽名儒，讲授儒学，修撰《经世大典》，开创了元代文化建设的繁盛局面。

幸，辄布愚忱。钦惟皇帝陛下，以聪明不世出之资，行古今所难能之事。以言乎涉历，则衡虑困心艰劳之日久；以言乎戡定，则拨乱反正文治之业隆。然而功成不居，位定不有。谦逊有光于尧舜，优游方拟于羲皇。集群玉于道山，植众芳于灵圃。委怀淡泊，造道精微。若稽在昔之传闻，孰比于今之善美。而臣等躬逢盛事，学愧前修。虽已竭于论思，惧无堪于神补。然敢不咏歌《雅》《颂》，极襄赞之形容；探赜《图》《书》，玩盈虚之往来。冀心神之融会，成德性之纯熙。揆微志而匪能，诚至愿其如此。仰祈天日，俯察刍荛，臣某等不胜倦倦之至！①

由虞集奏疏中可以看到设立奎章阁之目的，就是顺应文宗之意，聚集人才于奎章阁以便皇帝开展文化艺术交流，振兴朝章典仪。

元文宗所建奎章阁学士院，本为宫廷收藏书籍和古玩之处。文宗皇帝若非有朝会、祠享、时巡之事，几无一日而不御，与文臣们品画论诗，鉴赏书法古玩，并进行一些文化政策相关议事。②"立奎章阁学士院，秩正三品，以翰林学士承旨忽都鲁都儿迷失、集贤大学士赵世延并为大学士，侍御史撒迪、翰林直学士虞集并为侍书学士，又置承制、供奉各一员。"③"天子既建奎章阁，置大学士二人，侍书学士二人，承制学士二人，供奉学士二人，参书二人。非尝任省台、翰林及名进士，不得居是官。"④元代通过科举入仕的文人多供职于奎章阁，加上当时集贤院和翰林国史院也是人才荟萃，吴元珪、王约、吴澄、赵孟頫、程钜夫、李孟、刘敏中、贯云石、陈俨、畅师文、元明善、张养浩、蒲道源、杨载、范梈等著名文士均在其中。奎章阁在文宗时汇集了天下才俊，进士出身的来自南北地域的多族文士济济一堂，如蒙古族的燕铁木儿、伯颜、桑哥失里、阿莱、撒迪、泰不华等，色目文人忽都鲁都儿迷失、达识帖木儿、赵士延、康里巎巎、

---

① 《全元文》第 26 册，第 41 页。
② （元）虞集：《奎章阁记》，《道园学古录》卷二二，《四部丛刊》本。
③ 《元史·文宗本纪》，第 730~731 页。
④ （元）揭傒斯著，李梦生标校：《送张都事序》，《揭傒斯全集》卷四，上海古籍出版社 1985 年版。

沙剌班，汉族文士虞集、揭傒斯、柯九思、苏天爵、尚师简、宋本、李洞、欧阳玄、许有壬、杨瑀、王守诚、贡师泰、归旸、毕申达等。居奎章阁者皆为能文之士且为元代文坛中坚力量，如虞集、揭溪斯、欧阳玄等，他们主盟元代中期文坛，引领一代风气。同时奎章阁又是清要机构，具体性事务工作不多，这促进了文人之间的文艺谈论，诗词唱和，风调相尚。再者，奎章阁文人多是通过科举入仕者，也有的曾担任元代科举考官之职负责选拔人才，他们与同时期的文坛俊彦或师或友，形成了一个文人圈和文化圈。因此，奎章阁的建立，促使不同民族、不同地域的人才荟萃于元大都。他们利用公务之暇，广泛交流，论画谈文，评诗吟赋，砥砺才艺，文学活动频繁，消弭了原先地域和文化的隔阂，促成了元代盛世诗文风貌的形成。元文宗在位时是奎章阁人才云集、广泛交流的黄金期。奎章阁文人日常主要工作是撰写朝廷宗庙各种制诰、典册、碑铭以及编修正史等，作为皇帝的文学侍臣，其文风和诗风自然以涵淳茹和、意深雅正、醇厚典则为尚，且由于他们的社会地位以及文坛影响，这种文风又进而为天下人所尚。

盛世之时，需要"以平易正大振文风、作士气，变险怪为青天白日之舒徐，易腐烂为名山大川之浩荡"①之文。虞集说："某尝以为世道有升降，风气有盛衰，而文采随之。其辞平和而意深长者，大抵皆盛世之音也。"②奎章阁文人的使命与责任就是倡导和发扬这种盛大之音。

元人认为，仁宗时代是太平极盛之世，以治世之音反映这一盛世便成为当时文人的一种追求。"皇元混一之初，金、宋旧儒，布列馆阁，然其文气，高者崛强，下者委靡，时见旧习。承平日久，四方俊彦萃于京师，笙镛相宜，风雅迭唱，治世之音，日益以盛矣。"③李国凤《贡礼部玩斋文集序》云："至于我朝元贞、延祐之间，天下又安，人才辈出。其见于文者，虽一言之微亦本于理，累辞之繁必明夫道。有温醇忠厚之懿，无脆薄謇浅之失。其流风遗韵，渐涵沫濡，盖将泽百世而未艾。呜呼！文章之

---

① （元）虞集：《跋程文宪公遗墨诗集》，《道园学古录》卷四〇，《四部丛刊》本。
② （元）虞集：《李仲渊诗稿序》，《道园学古录》卷六，《四部丛刊》本。
③ 《全元文》，第34册，第456页。

盛，其斯时欤。"① 当时文治大倡，天下太平，文士云集，追逐风雅，因而，终元一世，有很多元人关于本朝盛世诗文的论述。无论南北作家，均是发自内心地感觉他们处于历史上难得一遇的车书混同的太平盛世，写出"盛世之文""治世之音"是时代的需要、社会的需求。我们从元人自己的论述中可以看到对当时时代精神的反映，以及那个时代所形成的诗风和文风。如陈基《孟待制文集序》云：

> 中统、至元以来，风气开辟，车书混同，缙绅作者，与时更始，其文如云行雨施，雾霈万物，充然其有余也。延祐初，继体之君虚己右文，学士大夫涵煦乎承平，鼓舞乎雍熙，誓以所长与世驰骋，黼黻帝载，辅张之文，号极古今之盛。②

承平日久，经济蒸蒸日上，百姓生活殷实富庶，令元人自豪自信。他们的心态已经没有了元初的激昂和愤慨，变得熙然平和。文人茹涵儒学，学术涵养深厚，文风自然也以雅正平和、从容黼黻为特色，这是元中期太平盛世文人所特有的文章风格。《中国古代文学通论·辽金元卷》有这样一段话："人们对魏晋风度和六朝风流津津乐道，并不计较那是一个充满了杀伐屠戮长期分裂又极端黑暗的时代，对一个空前辽阔开放强盛又大一统的元朝却为什么只看它的阴暗面，而无视其独具一格的文化创造呢，仅仅因为坐在龙椅上的那个人在六朝是汉族人而在元朝是蒙古族人，仅仅因为六朝诗文是雅文学而元杂剧是俗文学，六朝人排着队上断头台的朝不保夕就比元朝的中断科举好，六朝的士族垄断仕途就比元朝的浪子——隐逸——斗士强？这是怎样的文化立场的偏颇与狭隘啊！"③ 元代是由少数民族统治的政权，因而，在很多人眼里元代是一个由异族统治的黑暗时代。他们对元代社会、文化、文学的认识有很多偏颇，不能正视元代文学的发展，也忽视了元代文人自身的感受。终元一代，没有文字狱，元代文人的生存境

---

① （元）贡师泰：《玩斋集》卷首，《景印文渊阁四库全书》本。
② 《全元文》第50册，第313页。
③ 张晶主编：《中国古代文学通论·辽金元卷》，辽宁人民出版社2005年版，第406页。

地也很宽松,他们不用向皇帝献诗,也就无须像前代文人那样刻意去写歌时颂圣的诗。人们生在这样的时代,精神上是自由的,也是充满了信心的。如元明之际叶子奇在《草木子》一书中多对元朝提出批评,但他也说:"元惠民有局,养济有院,重囚有粮,皆仁政也。"①

如同唐人常常以唐比汉一样,元人也常常以元比附盛唐,因为在兵马强壮、开疆拓土方面,元不输于唐,在文治武功全面发展、国势强盛、经济繁荣、百姓富足方面也有盛唐气象。大唐盛世的意象往往出现在元代文人的诗文当中。元人王恽有诗云:"唐到开元极盛年,见人说似即欣然。时时梦里长安道,驴背诗成雪满肩。"②欧阳玄说:"我元龙兴,以浑厚之气变之,而至文生焉。中统、至元之文庞以蔚,元贞、大德之文畅而腴,至大、延祐之文丽而贞,泰定、天历之文赡以雄。涵育既久,日富月繁,上而日星之昭晰,下而山川之流峙,皆归诸粲然之文,意将超宋唐而至西京矣。"③对中统、至元到泰定、天历之文,欧阳玄用"庞以蔚""畅而腴""丽而贞""赡以雄"形容,都是他所推崇的元代盛世"至文",可见他对元代文章是何等的自信。这种自信是发自内心的,元朝有其盛世,自然有盛世之文。元人甚至认为元"文治方张,混一之盛,又开辟所未尝有,唐盖不足为盛"④,处在这样的时代,是极易生出雍容、正大且开阔的心胸与气度的,由此而产生比盛唐更为"大振"的盛世文风也是非常自然的事。无论后世的研究者对元代的盛世文风如何评价,这种文风在当时也是一种客观存在,我们不能否认。但同时,它又不是政治高压下的产物,而是元人认知和意愿的真实表达。

---

① (明)叶子奇:《草木子》卷三,中华书局1959年版,第64页。
② (元)王恽:《偶书》,《秋涧集》卷三四,《景印文渊阁四库全书》本。
③ (元)欧阳玄:《潜溪后集序》,《圭斋文集》卷七,《景印文渊阁四库全书》本。
④ (元)刘将孙:《天下同文集序》,《养吾斋集》卷九,《景印文渊阁四库全书》本。

第五章
元代科举与诗文发展

科举制是中国君主专制社会一项伟大的制度发明,其目的在于网罗和培育社会精英,以稳固王权社会,推进政治、经济等发展。自唐太宗发出"天下英雄入吾彀中矣!"①的慨叹以来,作为选拔人才的良好机制,科举制受到唐、宋历代统治者的重视,在元统治者那里却被骤然取消,这对以"学而优则仕"为主要人生规划的中国文人而言,无疑是塌天巨变。科举制历经六百余年的实践不断完善,对读书人的影响已根深蒂固。对一个普通儒生而言,通过科举取得功名几乎是获得政治地位和荣身致显的唯一途径。尤其是刚经历过以右文著称的宋朝,科举之废不能不对元代读书人的心灵带来极大的冲击。宋朝对科举的空前重视,很大程度上鼓励并造就了儒士阶层的兴盛。据叶梦得《石林燕语》记载,宋太宗刚刚即位,就改变了唐朝"每岁多不过三十人"的录取限制,"特取一百九人","自是连放五榜,通取八百一人,一时名臣,悉自此出矣"。②宋代科举的录取人数较唐代大为增多,礼部曾规定以四百名为限,但仅绍兴二十一年(1151)一科所录,即多达九百三十一人。元代统治者用人则重根脚,科举中断,儒生士子不得不放弃通过读书参加科举谋取功名的方式。仁宗朝科举所推行的科举政策,规定"举人宜以德行为首,试艺则以经术为先,词章次之"③,依然体现了忽必烈"中统儒治"所形成的重经济、义理而斥词章的学术取向和用人倾向。元代自仁宗延祐年间恢复科举到元末停止科举,共开科举十六科,进士总量只有一千一百三十九人,只比绍兴二十一年科多了二百零八

---

① (五代)王定保:《唐摭言》,中华书局1960年版,第3页。
② (宋)叶梦得撰,宇文绍奕考异,侯忠义点校:《石林燕语》卷五,中华书局1984年版,第71~72页。
③ 《元史·选举志》,第2018页。

人，所取人数之悬殊，可见一斑。尤其是政治地位最低的南人族群中的儒士，元初处于艰难与绝望的境地，科举恢复后竞争极其激烈，政治上升空间又远不如蒙古、色目族群，甚至远逊于汉人群体。而南宋时，每科参加考试的儒士多达四十万人，占江南成年男子的2.5%。[①]宋朝培育的庞大儒士群体和以儒术经邦治国的观念在异代之后受到了极大冲击。元代官员入仕途径脱离了科举这一传统而规范的选拔机制，呈现出多样与随意性。与唐宋和明清相比较，元代通过科举入仕的文人在选官中所占比例少之又少。元代科举与宋、金科举相比，有了很大变化，这自然也影响了元代文人的心态和诗文创作。

元初，大量致力于科举的士人加入普通士人群中，除了部分隐逸乡野山林，都必须另谋生路。与政治的失意相比，生存的压力更为直接而迫近。

生存是古往今来人类所共同的、基本的需求。随着国家社会对儒士文人态度的变化，以往埋首于科场文字以求一朝金榜题名的生活追求不得不改变，为了生存，儒士们弃儒而习别业。元代很多儒生文人以教书为生，出任儒学教官。需要指出的是，在元初易代不久的阶段，出仕学官通常会被视为失节之举，会背负一定的道德压力和舆论指责。顾嗣立在《元诗选》牟巘小传中言：

> 是时宋之遗民故老，伊怃抑郁，每托之诗篇以自明其志。若谢皋羽、林德阳之流，邈乎其不可攀矣。其他仇仁近、戴帅初辈，犹不免出为儒师，以升斗自给。献之以先朝耆宿，翛然不缁。元贞、大德之间，年在耄耋，岿然备一时文献，为后生之所矜式。[②]

"以升斗自给"道出了不少隐而复仕者的苦衷，而扛住这种压力不做学官则是儒士阶层所标榜的节义。

元代也有很多文人精通阴阳术数，多有以此为谋生手段的。也有一部分学养深厚的儒士文人由吏入仕，出任吏职，是为儒吏。

---

① 参看申万里：《教育 士人 社会：元史新探》，商务印书馆2013年版，第202页。
② （清）顾嗣立编：《元诗选》初集，中华书局1987年版，第218页。

教官和儒吏某种程度上可以看作士阶层在元代的两种演变形态,他们和儒学的联系较一般百姓自然是更亲近的。由士转为农的也不在少数,毕竟农村中的湖山佳处是隐逸的最佳选择,农事也是隐逸生活的重要组成部分。儒士务农,也往往有着较高的道德追求和文化自觉,宣城贡氏便是其中之佼佼者。

元初的战乱给宣城带来极大破坏,贡家也不能幸免,不过他们很快恢复了元气,家境很优裕。《宣城贡氏六房宗谱》中记录了胡仲阳对贡应霆的描述:

> 孝弟夙根于性禀,谦恭茂著于躬行。挂冠耻仕,惟知自适于田园;发粟赈民,未始或悭于仓窖。①

贡应霆之子贡士濬早岁俭勤起家,尝曰:"家富以力者苟得,必易倾;以德者难效,必致远。"②他把德作为家族长远发展的基础,传承了父亲的道德素养和社会责任感。贡士濬的善行不局限于经济方面,还有人文层面的追求。刘师德曾记其所为:

> 建家塾以明教养,崇乡饮而息乖争。间者岁饥,其转粟则不远千里以贷,家童赖举火者何啻万家。公不言恩,人自感德。③

"公不言恩"与之前"犹耻众知"相照应,都表明贡士濬为而不恃、功成而弗居的胸怀。虽然不自彰德行,但贡士濬的德名却广受赞誉。贡氏能够保持隐逸的悠然生活,同时又有财力去结交地方和朝廷的文人雅士,不能不说与其自给自足的经济能力有关。贡氏是立足农村的地方实力派,但这样的家族并不很多。贡氏的悠闲适意,是许多经济穷困的归隐之士所难企及的,就像戴表元诗中所感慨的:

---

① 《宣城贡氏六房家谱》,清刻本。
② (元)贡奎、贡师泰、贡性之著,邱居里点校:《贡氏三家集》,吉林文史出版社2010年版,第13页。
③ 《宣城贡氏六房宗谱》,清刻本。

> 况我难携一身隐，二亲白发垂高堂。神仙拔宅古亦有，无翼不得高飞飏。不然少自屈，归去隐耕桑。随佣竭作既无一夫力，买田筑室又乏千金装。僮奴揶揄亲友弃，往往人厄非天殃。悲来俯仰寻隐处，欲亲书册依杯觞。引酒未一酌，狂风郁律冲肝肠；读书未一卷，噫呜感慨泪浪浪。①

诗人虽有隐逸之志，但是高堂父母需要供养，自己又无力耕作、无金买田，现实的生计之累使人无法超然。经济的困境导致精神的低落，当他看到贡氏入元之后兴建庭院，也只能慨叹"至于废兴绝续之际，天又瑞其所居以开之，是皆有数"②。委之天命只是一种精神上的解脱，生生所资，未见其术。为生计所迫，元成宗大德八年（1304），六十一岁的戴表元起为信州教授，但是任满即辞归，这似乎也表明了他无意出仕又无力糊口的困境。

商人在元代地位有所提升，士商关系总体上变得比较密切。元代地域辽阔，兵威强盛，也为商贾们往来提供了方便。元代重视商业，商人成了一个特殊的阶层，所以也有一些儒士选择经商。

元代儒士政治地位既已低于巫医，生活压力复重于工商，于是弃低而就高，舍儒学而就百业。及至科举恢复，部分儒士精英得以借其获得进入仕途的机会，但这类人总共不过千余人，且其中还有很大一部分是蒙古和色目人。这千余人之外的汉族儒士，仍只能迁转于俗业，奔波于生计。与其说科举兴废影响了儒士的生存状态，毋宁说是他们的心灵世界受到了更大的冲击。他们心态上的剧烈变化不断投射到文学表达上来，使今人感受到元代文学与作家心灵的疏离与共鸣。

---

① （元）戴表元著，李军等校点：《广坐隐辞》，《戴表元集》，吉林文史出版社 2008 年版，第 393 页。
② （元）戴表元著，陈晓冬、黄天美点校：《秀野堂记》，《戴表元集》，浙江古籍出版社 2014 年版，第 61 页。

第一节　科举兴废与文人心态变迁

在中国历史上，科举制度对历代文人的生活产生了深刻影响。元代用人沿袭蒙古族重世家的体制，以根脚取才，对中原自唐宋以来实施的科举取士不重视，导致了科举制度的断裂，直至元仁宗延祐二年（1315）才恢复科举，士子传统的入仕途径被割断。而且，元朝的学术取向和用人倾向重经济、义理而斥词章，科举的方针也是依此而定。元代科举与宋、金科举相比，有了很大变化，这不仅影响了元代文人的心态和文学创作，而且影响了元代文坛之格局、士人阶层的重新分化、文人群体的雅俗分流以及多族士人圈的形成等。

汉代之后的儒士文人，实现人生价值的途径多依附于政治，"志伊尹之所志，学颜子之所学"①，或进而学伊尹行道于天下，或退而学颜回明道于万世。但是，治国和明道这两种实现其人生价值的途径对元代文人来说都已经是可望而不可即。元代士失其道，也就失去了其"以天下为己任"的责任。治国与行道，对于他们来说，都已然是外在的东西。经历了思想的苦闷与人生的困顿，元代文人追寻和重新发掘了其生存价值，那就是文人自身的人生价值。他们的价值和优势就在于自身的"文"以及与"文"的属性相连的文人的生活情趣。既然是文人，"文"既是他们的自身属性，也是他们的社会优势。这种价值既不依附于政治，也不依附于道统，是他们自身所具有的。

文学繁荣兴盛离不开政治通达开明、思想自由开放、经济蓬勃繁荣、物质生活富裕等社会因素，但教育和科举盛行等文化因素也举足轻重。科举是古代文学发展和繁荣的一个重要因素，科举制度能使文人"学而优则仕"得到现实、有效的制度保障。在科举制度的推动下，社会上出现了普遍而持久的读书风气，历代君主也以仕宦和名利为诱饵劝勉读书，这当然会对文化普及起到一定的作用。从隋唐开始，大量文学家出身科举也是有

---

① （宋）周敦颐：《周敦颐集》，中华书局2009年版，第117页。

目共睹的事实。但科举的目的不是甄拔文学家,而是遴选官员,因而科举有促进文学发展的作用,也对文学发展产生过负面影响。关于科举对文学带来的负面影响,在元代早有学者和文人有过评价。

金代科举以词赋取士为主,试题自儒家经书里出:"金朝取士,止以词赋、经义,学士大夫往往局于此,不能多读书。其格法最陋者,词赋状元即授应奉翰林文字,不问其人材何如,故多有不任其事者。或顾问不称上意,被笑嗤出补外官。"①广大文士为了跻身仕途,只能把大量精力用到诗赋上去,逐渐造成了文风不良、中第者素质低下等消极影响。刘祁对此有过比较尖锐的批评:

> 金朝取士以词赋为重,故士人往往不暇读书为他文。尝闻先进故老见子弟辈读苏、黄诗,辄怒斥,故学者止工于律赋,问之他文,则懵然不知。间有登第后始读书为文者,诸名士是也。南渡以来,士人多为古学以著文作诗相高,然旧日专为科举之学者疾之为仇雠,苦分为两途,互相诋讥。②

刘祁对科举考试的僵化所带来的负面作用不可不谓有见识。在这种以词赋为主的取士之法的长久影响下,以科举为事业的人,潜心于科场学问,将个人出处与科举考试联系起来,以读书入仕为人生理想,疲于仕途竞奔,而视诗文为末事,在诗文方面用心淡泊。元人郝经也曾有过类似论述:"金源有国,士务决科干禄,置诗文不为,其或为之,则群聚讪笑,大以为异。"③虽然随着科举制的实施,金代培育和凝聚了一大批素养很高的文人,但科举所造成的文势每况愈下的负面影响也是存在的。张之翰在《葵轩小稿序》一文中说:

> 金百余年,士大夫例熟科举业。求以诗文鸣世者,由党、赵以

---

① (金)刘祁著,崔文印点校:《归潜志》卷七,中华书局1983年版,第72页。
② (金)刘祁著,崔文印点校:《归潜志》卷八,中华书局1983年版,第80页。
③ (元)郝经:《遗山先生墓铭》,《郝文忠公陵川文集》卷三五,《北京图书馆古籍珍本丛刊》本。

降,才数屈指而已,盖皆舍缓而趋急,得此而失彼,不有豪迈特达者出,而造物畀以才气,付以师友,假以岁年,其何能兼之哉?……特以科场人视诗文为末事,不能兼之者,存所警云。①

张之翰列举了金朝成就显著的文学大家,并对热衷科举之士"视诗文为末事"提出警示。文人的生活似乎仅仅拘囿于书斋、考场、官场的狭隘生活空间,读书是为了做官,诗文于做官无益,也就无须多花费心思。

同样,南宋进士也多不屑于作诗。诗人多集中于江湖,"今世之诗盛矣,不用之场屋,而用之江湖"②,不得志于科举事业,便会以诗文为乐事。戴表元描述过宋末诗坛的状况:

> 景定咸淳之间,余初客杭,见能诗人不一二数,不必皆杭产也。时余虽学诗,方从事进取,每每为人所厌薄,以为兹技乃天之所以畀于穷退之人,使其吟谣山林以泄其无聊,非涉世者之所得兼。③

可知在当时社会舆论中,诗歌成了与举子业相对立的事物,而关注诗歌创作的多是隐居山林抑或羁旅江湖之人:"当是时,诸贤高谈性命,其次不过驰骛于竿牍俳谐场屋破碎之文,以随时悦俗,无有肯以诗为事者。惟夫山林之退士,江湖之羁客,乃仅或能攻,而馆阁名成艺达者,亦往往以余力及之。"④朝廷不以诗取人,不致力于诗歌创作并不妨害文人的仕途前程,不妨害其为通儒,故诗事几乎废弃。这种情形直到南宋灭亡、科举停废之后才有所缓解。

元初未开科举,仕路不通。黄溍在《送吴良贵诗序》中说:"学者未有场屋之累,得以古道相切磋,论文析理,穷极根柢,间出其绪余,更唱迭和于风月寂寥之乡,亦足以陶写其性灵。"⑤舒岳祥也在《陈仪仲诗序》

---

① (元)张之翰:《西岩集》卷一四,《景印文渊阁四库全书》本。
② (宋)林希逸:《跋玉融林镛诗》,《竹溪鬳斋十一稿续集》卷一三,《景印文渊阁四库全书》本。
③ (元)戴表元:《仇仁近诗序》,《剡源戴先生文集》卷八,《四部丛刊》本。
④ (元)戴表元:《方使君诗序》,《剡源戴先生文集》卷八,《四部丛刊》本。
⑤ (元)黄溍:《文献集》卷五,《景印文渊阁四库全书》本。

中说："方宋承平无事时，士有不得志于科举，则收心于学问，放情于吟咏，自是天下乐事。"①士子文人从科举中解脱出来，反而能有大量的时间以学问和诗文相切磋，诗歌唱答，不失为一种乐趣。大量士人投入诗歌创作，以诗文创作为人生追求：

> 自京国倾覆，笔墨道绝，举子无所用其巧，往往于极海之涯、穷山之巅，用其素所对偶声韵者变为诗歌，聊以写悲辛叙危苦耳，非其志也。予久逃空谷，岁且再易，归检故畦，花残药堕，已为樵牧之场、猿狙之径矣。王叔范馆于其旁，课童子不废，暇则穿蒙密，入窈窕，又自课以诗，出小编示予，此所谓用其素所对偶声韵变为诗歌者耶？噫！方科举盛行之时，士之资质秀敏者，皆自力于时文，幸取一第，则为身荣，为时用，自负远甚。惟窘于笔下无以争万人之长者，乃自附于诗人之列，举子盖鄙之也。今科举既废，而前日所自负者反求工于其所鄙，斯又可叹也已。②

如此一来，诗人群体空前壮大。吴澄在《周立中诗序》中也说："自进士业废，而才华之士无所寓于其巧，往往于古今二体之诗。"③这里的"才华之士"即包括部分前宋官僚或者致力于科举的士人。正如宋末词人赵文于南宋灭亡后在《学蜕记》一文中所说："四海一，科举毕。庸知非造物者为诸贤蜕其蜣蜋之丸，而使之浮游尘埃之外耶？"④文人从科举事业的束缚中解脱出来，重新获得了自由。诗人黄庚由宋入元，对此亦深有体会：

> 以科目而为诗，则穷于诗；以科目而为文，则穷于文矣。良可叹哉！仆自龆龀时读父书，承师训，惟知习举子业，何暇为推敲之诗，作闲散之文哉？自科目不行，始得脱屣场屋，放浪湖海。凡平生豪放

---

① （元）舒岳祥：《阆风集》卷一〇，《景印文渊阁四库全书》本。
② （元）舒岳祥：《跋王櫐孙诗》，《阆风集》卷一二，《景印文渊阁四库全书》本。
③ 《全元文》第14册，第295页。
④ 《全元文》第10册，第106页。

之气，尽发而为诗文。且历考古人沿袭之流弊，脱然若醯鸡之出瓮天，坎蛙之蹄涔而游江湖也。①

随着功利观念的急剧膨胀，士人为登第入仕而读书，根本没有时间去作"推敲之诗""闲散之文"。这种风气不仅无法推动诗文的发展，而且造成文风日趋败坏。而随着科目不行，当时中国整个士阶层面临无法摆脱的境遇，不再期望于读书做官光耀门庭，缺少了期待，卸下了自身的使命感与责任感，反而多了一份洒脱。他们的人生价值追求既然已经无法实现，不如放浪于江湖，读书、作诗文，只作一个纯正的文人。他们的价值和优势就是自己的文化、学问、文才，读书和诗文成了他们生活的主要追求。元末文人贡师泰说：

> 富贵可以知力求，而诗固有难言者矣。是以黄金丹砂，穹圭桓璧，犹或幸致，而清词妙句在天地间，自有一种清气，岂知力所能求哉？②

清词妙句独得于天地之间，是元代文人心灵的寄托，是他们生活的重要组成部分。有此，足以傲世，足以生活得悠闲自在。宋元之际的诗人邓雅有诗："平生寡嗜欲，所好在吟诗。朝夕吟不已，鬓边已成丝。幼女颇解事，长跪陈戒辞。吟止适情性，勿使精神疲。深感吾女言，而我乐在兹。一日不吟咏，满怀动忧思。阿女顾予哂，予心还自怡。春风入庭院，花阴满前墀。清兴不可遏，把笔更须题。"③以诗娱我之情，作诗写我之心，完全是自然自由而无功利的。由宋入元的刘辰翁也说："鸟啼花落，篱根小落，斜阳牛笛，鸡声茅店，时时处处，妙意皆可拾得。"④为诗即在自然，时时处处，自然而发。

对于元代很多诗人来说，写诗全然是心灵的需要。诗不是写给别人看

---

① （元）黄庚：《月屋漫稿》卷首，《景印文渊阁四库全书》本。
② （元）贡师泰：《葛逻禄乃之诗序》，（元）迺贤：《金台集》卷首，《元人十种诗》，《海王邨古籍丛刊》本。
③ （元）邓雅：《偶题》，《邓伯言玉笥集》卷一，清抄本。
④ （元）刘辰翁：《陈生诗序》，《全元文》第8册，第564页。

的,只是吐露胸中的情趣,别人如何评价,对诗人来说意义不大。正如黄溍赞赏朋友作诗无功利目的,而是来写一种情趣、一种快乐、一种意境:"遇风日清美,辄与胜流韵士,酣嬉于水光山色间。所为诗,直以写其胸中之趣,不苟事藻饰求媚俗也。"①确实,元代文人对诗的理解不同于其他时期的文人。在一部分元人心中,诗就是写心的,直以写其胸中之趣而已,只为自己而作。②与其说他们是脱离社会现实,不关心世事,只书写自己的生活和人生,内容贫乏,不如清除偏见,转换眼光,看到元代诗人在宽松的环境、自然的状态下,书写心灵的自由。我们看一下元末高启的《青丘子歌》:

> 青丘子,臞而清,本是五云阁下之仙卿。何年降谪在世间,向人不道姓与名。蹑屩厌远游,荷锄懒躬耕。有剑任锈涩,有书任纵横。不肯折腰为五斗米,不肯掉舌下七十城。但好觅诗句,自吟自酬赓。田间曳杖复带索,傍人不识笑且轻,谓是鲁迂儒楚狂生。青丘子闻之不介意,吟声出吻不绝咿咿鸣。朝吟忘其饥,暮吟散不平。当其苦吟时,兀兀如被酲。头发不暇栉,家事不及营。儿啼不知怜,客至不果迎。不忧回也空,不慕猗氏盈。不惭被宽褐,不羡垂华缨。不问龙虎苦战斗,不管乌兔忙奔倾。向水际独坐,林中独行。研元气,搜元精,造化万物难隐情。……世间无物为我娱,自出金石相轰铿。江边茅屋风雨晴,闭门睡足诗初成。叩壶自高歌,不顾俗耳惊。③

诗人自号青丘子,乃一谪仙,不再关心致君泽民以及建立功业的人世间事务,其追求个性张扬、远离权力核心的旁观者心态自然显露。立德立功的价值无须他去实现,一切都被苦吟所代替,作诗几乎是他全部的人生价

---

① (元)黄溍:《信州路总管府判官谢公墓志铭》,《金华黄先生文集》卷三一,《四部丛刊》本。
② "诗以写心"之说,张晶《中国诗歌通史·辽金元卷》(人民文学出版社2012年版,第403~404页)、查洪德《理学背景下的元代文论与诗文》(中华书局2005年版,第360页)均有过论述。
③ (明)高启:《高青丘集》,上海古籍出版社1985年版,第435页。

值，且于政治无涉。

元初与元末的科举废辍，让一些文人疏离了政治和权力，淡出了治国和明道这两种实现其人生价值的途径，不再囿于陈规与俗务。同时，它唤醒了文人的独立人格意识，其人生价值不再依靠行道明道实现，而是以纯文人的心态和眼光读书，从事诗文创作。这是一种自足的文化空间，其初衷却并非自愿，而是由于统治阶层制定的不良制度，尤其是对南人的族群歧视。当族群沟通的大门打开，尤其是科举重新施行后，南士的求仕热情便如膏油逢火，高炽难灭，这一过程中所体现出的心态变化既曲折又深刻。

首先应该承认的是，草原文明与农业文明有着天然的差异，在蒙古人马上得天下的过程中，在农业文明中孕育发展出的中原政治文化传统逐步崩塌。蒙古、色目人主政，加上废除科举，使汉族文士入仕行道的愿望难以实现。作为"新附入"的南方士人，入仕更为困难。至元十九年（1282），程钜夫奏陈《吏治五事》，其中第二项"通南北之选"指出了当时北人与南士仕宦的不平等：

> 惜乎北方之贤者，间有视江南为孤远，而有不屑就之意。故仕于南者，除行省、宣慰、按察诸大衙门出自圣断选择而使，其余郡县官属，指缺愿去者，半为贩缯屠狗之流、贪污狼籍之辈。南方之贤者，列姓名于新附，而冒不识体例之讥，故北方州县并无南方人士。且南方归附已七八年，是何体例，难识如此？①

至元二十四年（1287），忽必烈任命程钜夫为御史中丞，命其求贤于江南。有学者认为："程钜夫这次江南求贤，一反过去'止以卜、相、符、药、工、伎'是举的旧例，一下荐引来二十余位南方知名的文人儒士。这不仅赢得了世祖的欢心，同时也唤起了南方许多文人的用世热情。从至元二十五年以后，至大德、皇庆间，南方文人纷纷北上。"②以宣城贡氏为例，几年之后，贡氏第七世最年长的贡𡏿（字九万）便出任学正。我们不好确定

---

① 《全元文》第16册，第87页。
② 王树林：《金元诗文与文献研究》，中华书局出版社2008年版，第28~29页。

贡氏是否刻意选择时机或者在做道德层面的观望，但其出仕行为确是受到鼓励的。戴表元《送贡九万诗序》言：

> 宣学他时为江南儒府，凡缀教职于其间，非才望高美，谁敢居之。而贡君九万，蔚然以乡间之英，板授而来为本学正，三年终更。士论称善，君子嘉其能学而望其仕也，咸为歌诗以褒勉之。①

序末署"元贞乙未岁秋八月望日序"，可知此序作于元贞元年（1295），则贡垎初任学正当在至元二十九年（1292），去程钜夫访贤不过五年。戴表元此时已奉元朝正朔，而贡氏出仕，不但"士论称善"，还有"君子嘉其能学而望其仕"。可以看出，此时南士对出仕的态度已有明显变化，自言"随缘委运"的戴表元再过九年才会出仕，但他鼓励年轻士子入仕的热情此时已很高涨。至大德三年（1299）贡奎出任教职时，戴表元又作《送贡仲章序》以壮行。与贡士濬时隐逸占据道德高地一样，此时贡奎等人的出仕既符合儒家出处进退之道，也顺应了时代潮流。可以看出南方儒士面对朝廷的政策变动，有着相当敏感的反应和非常积极的调整，对于由隐入仕，他们已经做好了充分的思想准备。当时南人已在元朝统治下生活了二十年左右，年轻的南士已没有道德负担，入仕行道的渴望很强烈，如贡奎便自言其志：

> 平居读古传记，见材名气焰士，必快慕之。今纵不得如洛贾生、蜀司马长卿、吴陆士衡，即取印绶节传，为左右侍从言论之臣，尚当赋《两都》《三大礼》，献《太平十二策》。遇则拱摩青霄，不遇则归耕白云，安能浮沉洟忍，为常流凡侪而已乎？②

儒士的入仕热情已被点燃，接下来便需要动用人脉为家族子弟的仕途

---

① （元）戴表元著，陈晓冬、黄天美点校：《戴表元集》，浙江古籍出版社2014年版，第275~276页。
② （元）戴表元著，陈晓冬、黄天美点校：《送贡仲章序》，《戴表元集》，浙江古籍出版社2014年版，第288~289页。

做好铺垫。宣城作为文化名城,对北方文臣有着独特的吸引力,而凡到宣城的文臣,往往都与贡氏有所交游。如徐一夔所记:

> 宣亦东南名藩,持部使者节而至,则柳城姚公燧、大名卢公挚、巴西邓公文原、东平王公士熙其人也,岁时行部,必枉骑过书院,亲与秘书为客主礼,褒奖再四,以风厉四方。①

姚燧、卢挚、邓文原、王士熙皆为元代名臣,他们都造访过贡士濬的南湖书院。欧阳玄所作《广陵侯神道碑铭》中也有"中朝名士若姚公燧、畅公师文至宛陵者,闻公之风,咸愿执弟子礼"②的记载。在科举已废的时代背景下,荐辟成为入仕的主要途径,而宣城经荐辟为官者,有大半都是贡氏子弟,这显然是缘于贡氏与北方官吏的密切交往。如果没有这种密切的交游,北方文臣不可能举荐贡氏子弟出仕为官;而一旦掌握这些人脉资源,对于众多南士而言苦求而不得的机会,贡氏就可以相对容易地获得。戴表元《送贡仲章序》曰:"既而有司次第其庠序岁月之劳,以名闻于中都,而将授之以郡博士之秩。前所谓甚艰且劳之选,既可以安坐而得。"③通过文学交游,贡氏在元代前期获得了更多的资源与更大的平台,并在延祐科举复行之后迅速转化成家族空前兴盛的资本。其先隐后仕的发展历程,将其从带有主动性的等待时机到积极进取求仕的心态变迁袒露无遗。

元代疆域空前广大,逾越汉唐,基本不留存唐宋二朝的边患问题。自元世祖到元中期,政治趋于稳固:"元朝自世祖混一之后,天下治平者六七十年,轻刑薄赋,兵革罕用,生者有养,死者有葬,行旅万里,宿泊如家。诚所谓盛也矣!"④其后的一段守成时期,文化之盛,不逊于历史上的唐宋明清盛世,人民生活趋于富足,国家声威气势直逼唐朝,甚而过之,

---

① (明)徐一夔著,徐永恩校注:《始丰稿校注》,浙江古籍出版社2008年版,第353页。
② 《宣城贡氏六房宗谱》,清刻本。
③ (元)戴表元著,陈晓冬、黄天美点校:《戴表元集》,浙江古籍出版社2014年版,第288页。
④ (明)叶子奇:《草木子》卷三,中华书局1959年版,第47页。

如马祖常所言:"国家覆被蒸庶,涵育生遂,重熙累洽,熏为泰和。"①华夷一统,多民族多元文化融合,南北文人之间的交流频繁,因而,元代文人极易具有正大开阔的心胸和气度。自延祐恢复科举后,"一时之人物,星离云散。或随牒远方,与时浮沉;或以名字著闻,入通朝籍;或浩然独往于重山密林,不复与世接"②。一些文人放浪于市井、勾栏、瓦舍,成为书会才人;一些文人淡泊出世,独善其身,隐居以度日,或躬耕南亩,或隐居山林;一些文人则心存魏阙,为君为国而上下求索,矢志追求,继续行道于天下,开科举后便积极致力于举业;还有一部分文人无论是隐居山林或行商,教授生徒或者躬耕南亩,都涵养了文人高雅不俗的生活情趣,即曾被孔子所称赏的曾点舞雩之情趣,保持人格的完整和精神的独立,在忘怀世事的轻松中,读书作诗文。但科举对儒士依然有着无法言说的吸引力,科举考试一旦恢复,还是让广大士人跃跃欲试,令他们兴奋激动。李孟是第一批参加元代科举考试的士子,曾赋《初科知贡举》一诗:"百年场屋事初行,一夕文星聚京师。豹管敢窥天下士,**鳌**头谁占日边名。宽容极口论时事,衣被终身荷圣情。愿得真儒佐明主,白头应不负平生。"③南宋遗老赵文,做过文天祥的幕僚,在其《学蜕记》中曾抨击科举制度,但元代重开科举让这位当时已经七十五岁高龄的老夫子也按捺不住再次参加:"犹攘臂盱衡,不自谓其老也。然终不自得以死,死时年七十有七矣。"④进士索士岩是泰定四年(1327)丁卯科的进士,其同榜萨都剌在给他所作诗卷题诗时曾回忆当年的赶考盛况:

> 忆昔登天府,文华萃帝乡。俊才鱼贯列,多士雁成行。宝剑悬秋水,骊珠耿夜光。三场如拾芥,一箭已穿杨。上策师周孔,蜚声陋汉唐。凤池开御宴,虎榜出宫墙。赐笏丘山重,恩袍雨露香。天花皆剪翠,法酒尽封黄。冠盖游三日,声名满四方。历阶超宰辅,捧表谢君

---

① (元)马祖常著,李叔毅点校:《石田先生文集》,中州古籍出版社1991年版,第193页。
② (元)黄溍:《送吴良贵诗序》,《全元文》第29册,第37页。
③ (清)顾嗣立编:《元诗选》二集,中华书局1987年版,第199页。
④ (元)程钜夫:《赵仪可墓志铭》,《全元文》第16册,第527页。

王。甲第分三馆,镌碑立上庠。曲江嘉宴会,合席尽才良。契谊同昆弟,比和鼓瑟簧。誓辞犹在耳,离思各惊肠。台阁需材器,儒林作栋梁。①

兴奋自豪之情难以抑制,极尽书写科举举行时之盛况、登科之后的荣耀。

科举也带来了元代文坛的变化,元仁宗延祐年间及其前后,对元代诗文有影响的大家几乎都出现在文坛,他们几乎都有科举的经历。"延祐以后,则有临川吴文正公、巴西邓文肃公、清河元文敏公、四明袁文清公、浚仪马文贞公、侍讲蜀郡虞公、尚书襄阴王公,其文典雅富润,益肆以宏,而其时则承平浸久,丰亨豫大,极盛之际也。"②吴澄、邓文原、元明善、袁桷、马祖常、虞集、王沂等人都是元代文章大家,他们多来自南方,其中元明善、马祖常来自北方。延祐二年(1315)乙卯进士科,赵孟頫、元明善为廷对读卷官,诸如王沂、许有壬、"元诗四大家"之一的杨载、"儒林四杰"之一的黄溍、元中期诗文大家欧阳玄、元中期诗文大家雍古人马祖常等都是这一科的进士。至治元年(1321)辛酉科,袁桷任会试考官,同年登进士第的著名诗文家有宋本、泰不华、吴师道等。泰定四年(1327)丁卯科,王士熙为监试官,马祖常为读卷官,这一年中进士的有杨维桢、张敏、黄清老、张以宁、刘尚志及色目诗人萨都剌、蒙古人燮理溥化、唐兀氏观音奴(至能)、天竺人蒲理翰、西域人沙班等。元代晚期重要的作家多数是出身于这几次科举。

元代后期科举恢复,"给社会政治文化环境和士人心态带来了诸多变化,学风、文风朝向雅正、平和的一面发展"③。在文治渐趋繁荣的大德、延祐时期,文风诗风趋于雅正平和,正如戴良所云:"我朝舆地之广,旷古所未有,学士大夫乘其雄浑之气以为文者,固未易以一二数。然自天历以来,擅名于海内,惟蜀郡虞公,豫章揭公,金华柳公、黄公而已。……

---

① (元)萨都剌:《题进士索士岩诗卷士岩与余同榜又同为燕南官由翰林编修为御史台掾兼经筵检讨除为燕南廉访经历》,《雁门集》卷四,上海古籍出版社1982年版,第107~108页。
② (元)王祎:《宣城贡公文集序》,《王忠文集》卷六,《景印文渊阁四库全书》本。
③ 余来明:《元代科举与文学》,武汉大学出版社2013年版,第187页。

故一时作者，率皆涵淳茹和，以鸣太平之鸿休。"[1]在科举制度的驱动下，由程钜夫南下所带动的南北文坛沟通与融合成为一股汹涌的历史潮流，不同地域、族群的文士汇集大都，迎来了大一统局面下文坛的南北融合，带动了诗风与文风的变革，也促成了元代盛世文风。

---

[1] （元）戴良：《夷白斋稿序》，《全元文》第53册，第246页。

第二节　南人入仕与元代诗文

　　清人宋荦在为《元诗选》所作序中说："间浏览是编，遗山、静修导其先，虞、杨、范、揭诸君鸣其盛，铁崖、云林持其乱，泖泖乎亦各一代之音，讵可阙哉！"[1]他以动态的眼光，完整地审视元代盛世文坛的形成与发展，梳理了由北方人为先导而南方人推至极盛且收尾的元代文坛历史走向。在此过程中，我们应关注元代所特有的一个文化现象——多族士人圈的形成。这就不能不提到科举给元代文坛所带来的影响，以及盛世文坛的形成。萧启庆先生在《元朝的统一与统合：以汉地、江南为中心》一文中讨论蒙古统一中国的特殊性质，引入了"国家统合"（national integration）一词，指的是"消弭构成国家的各部门——包括区域、民族、阶级——之间的差异而形成一个向心力高、凝聚力强的政治共同体（political community）"。[2]无疑，文化层面的认同是实现统合的重要步骤，元代这一步骤的启动始于程钜夫南下，又因科举而大幅推进，虽然最终并未完全实现，但盛世文坛所体现出的南北融合的趋势与风貌，是此前其他时代所不能比拟的。经过长期的官方移民和各族人民自发的流动，边疆民族进入中原，与我国其他民族杂处，到元代中后期形成各族人民大杂居、小聚居的格局。各族士大夫文人之间相互交流融合，声气相通，紧密结纳。

　　顾嗣立《元诗选》袁桷小传称：

> 元兴，承金宋之季，遗山元裕之以鸿朗高华之作振起于中州，而郝伯常、刘梦吉之徒继之。故北方之学，至中统、至元而大盛。赵子昂以宋王孙入仕，风流儒雅，冠绝一时。邓善之、袁伯长辈从而和之，而诗学又为之一变。于是虞、杨、范、揭，一时并起，至治、天

---

[1] （清）顾嗣立编：《元诗选》初集卷首，清秀野草堂刻本。
[2] 萧启庆：《内北国而外中国：蒙元史研究》，中华书局2007年版，第18页。

历之盛,实开于大德、延祐之间。①

在顾嗣立看来,元代的盛世文坛,应该从大德、延祐算起,直至至治、天历,这几乎涵盖了元代中期整个时段。而且,在他的表述中,盛世文坛之由"开"到"盛",正是从赵孟頫到"四大家"、南方文士逐渐主导文坛的过程,也可以说是南方文士北上京都并在这里逐渐获得文坛话语权的过程。盛世文坛之形成,凭借的是南北文坛之融合,而这种融合的发生地,则以大都为核心。由此,我们应重点考察北上大都的南士群体。如顾氏所言,中统、至元年间,北方之学大盛,实际上是因为他们掌握了官方话语权。元初的翰林文臣主要出自汉人群体。忽必烈本人对南士不够信任,南方文士本身也有"君臣之义"和"夷夏之辨"的顾虑。在程钜夫南下之前,南士的仕进之途是没有太多希望的,这一时期南北文坛的交流与融合也相对缺乏动力,等到赵孟頫等人进入大都文坛,文坛的南北融合才逐渐开启。"冠绝一时"的赵孟頫一入京都,便受到忽必烈的重视。按理说,他对大都文坛应该会带来不小的冲击。但是有趣的是,在盛世文坛的起点,即大德年间,我们在大都文坛根本看不到赵孟頫的身影。《元史》记载:

> 孟頫自念,久在上侧,必为人所忌,力请补外。二十九年,出同知济南路总管府事……至大三年,召至京师,以翰林侍读学士,与他学士撰定祀南郊祝文,及拟进殿名,议不合,谒告去。仁宗在东宫,素知其名,及即位,召除集贤侍讲学士、中奉大夫。②

就是说,从至元二十九年(1292)离开大都,到至大四年(1311)仁宗继位,二十年间赵孟頫只回过大都一次。整个大德年间,赵孟頫对大都文坛的直接影响接近于零。就在赵孟頫离开大都的同一年五月,发生了这样一件事:"丁未,中书省臣言:'妄人冯子振尝为诗誉桑哥,且涉大言,及桑哥败,即告词臣撰碑引谕失当,国史院编修官陈孚发其奸状,乞免所坐遣

---

① (清)顾嗣立编:《元诗选》初集,中华书局 1987 年版,第 593 页。
② 《元史·赵孟頫传》,第 4021~4022 页。

还家。'帝曰:'词臣何罪!使以誉桑哥为罪,则在廷诸臣,谁不誉之!朕亦尝誉之矣。'"①忽必烈没有怪罪词臣。对这件事,通常大家会关注他在文化上的开放与包容,可以说他不在乎词臣说过什么写过什么。但我们换一个角度看,"妄人冯子振"系程钜夫举荐的南士,"发其奸状"的陈孚也是南士,《元史》中有"攸州冯子振,其豪俊与(陈)孚略同,孚极敬畏之,自以为不可及"②的记载。于私或许敬畏,于公便"发其奸状",这似乎表明,至元二十九年的大都文坛,为数不多的南士之间,关系还不够和谐。

鲁贞在《送程子长北游序》中曾说:

> 京师,风雨之所交也,文献之所宗也,四方之所辏也。无悲歌以感之,无变诈以惑之,无勇力以威之,无郑声以荡之。遇则能使吾贵如瑚琏,通则能使吾明如秉烛,尊则能使吾重如九鼎,进则能使吾荣如春华,然则舍京师无适已。③

正是因为京师有着使士人"遇、通、尊、进"的重要作用,所以南方士人也有了"舍京师无适已"的感觉。元代中期,江南儒士游京师渐成风气,一直持续到元末。其中游历观光者固有人在,但大部分还是为了求得一官半职,建功立业。陈基在《送陈希文北上序》中写道:

> 京师,士大夫之天池也。士之生乎斯世,苟耳目聪明,心志卓荦,手足无拳挛之疾,肩背无伛偻之患,贱不至于马医,辱不至于奴隶,贫不屑为贩贾、工祝之事,非诗书之言不习,非礼义之地不践,非逢掖之服不服,非章甫之冠不冠,言可以信乎朋友,貌可以接乎公卿大夫,气可以折冲乎尊俎,智可以效官使于骏奔执事之间,乃可汗漫于江湖,栖迟于山林,浮湛于城郭,居卑而处污,局缩而偃蹇,徒资姗笑于仆妾,甚无谓也。故必扶泥涂,击奔飙,左攀鳞,右附翮,

---

① 《元史·世祖本纪》,第362页。
② 《元史·冯子振传》,第4340页。
③ (元)鲁贞:《桐山老农集》卷二,《景印文渊阁四库全书》本。

> 翩翩焉，扬扬焉，翱翔乎帝乡，徘徊于清都。①

元代江南士人游京师的结果，据申万里统计，"在116人中间，有79人得到各种的官职，占68.2%，37人无果而归，失败比例为31.8%。这一组统计数字虽然不能反映整个元代所有江南儒士游京师的实际结果，但至少说明元代江南儒士通过游京师的形式，争取到相当多的入仕和展示自己才能的机会"②。申著的统计只是抽样，数字未必可靠，但作为一种辅证，说明南士游京师并非一无所获，还是可信的。在游京师的南士群体中，有部分人本来就是谒选吏部、等待迁转的，他们不需要争取入仕的机会。贡奎即属此类。大德六年（1302）贡奎得授太常奉礼郎兼检讨，他立刻参与到大都文坛的酬唱中去。此时的大都文坛已聚集了邓文原、袁桷、虞集等江南才士，他们多任职于翰林国史院、国子学等机构，凭借自己的文学才华在官场崭露头角。这些南士的集体北上与逐步崛起，对原本由北方文士掌控的大都文坛造成了冲击。

元代文坛盛行雅集之风，大都之雅集，多以翰林文士为主体。在元前期，大都的文坛主力多为汉人。以雪堂和尚主持的雪堂雅集为例，此次雅集发生于元世祖至元二十或二十一年（1283或1284），地点在大都城南天庆寺雪堂禅房。据姚燧《跋雪堂雅集后》一文可知，参与此次雅集并作诗文者近三十人，当时北方最负盛名的文人名士几乎都被囊括其中，如：副枢商挺，中书平章张九思，右丞马绍、燕公楠，左丞杨镇，参政张斯立，翰林承旨王磐、董文用、徐琰、李谦、阎复、王构，学士徐世隆、李盘、王恽，集贤学士雷膺、周砥、宋渤、张孔孙、赵孟頫，御史中丞王博文、刘宣，吏曹尚书夹谷之奇、刘好礼，郎中张之翰，太子宾客宋道，提刑使胡祗遹，廉访使崔瑆。③这些文坛主将基本都是由金入元之汉人，南士只有赵孟頫一人，以其一人之力而与北方文士抗衡显然是不可能的。但随着南士北上，雅集的格局也发生了变化。大德八年（1304），袁桷、贡奎、

---

① （元）陈基：《夷白斋稿》卷一九，《四部丛刊》三编本。
② 申万里：《理想、尊严与生存挣扎：元代江南士人与社会综合研究》，中华书局2012年版，第109页。
③ （元）姚燧著，查洪德编辑点校：《姚燧集》，人民文学出版社2011年版，第473页。

虞集等六人游长春宫,这是南士群体在大都文坛的一次集体亮相:

> 大德八年春,集与豫章周仪之、四明袁伯长、宣城贡仲章、广信刘自谦、庐陵曾益初,始得登于其宫之阁而观之。神京雄踞之势,了然几席之间,于是古昔之疆理,近代之兴废,因得指而论之,信可谓奇观者矣。……古之能赋者,其有哀乐亏成,必托歌诗以见志。兹独不可相与讽咏,以待夫后之知者耶?况乎人生出处聚散,不可常也,解后一日之乐,固有足惜者矣。岂独感慨于陈迹而已哉?乃以"蓬莱山在何处"为韵,以齿叙而赋之,得古诗六首;别因仲章所赋倡和,又得律诗十有三首,萃为一卷,谨叙而藏之。①

回看当时的历史情境:贡奎这一年三十六岁,刚到大都两年,官居检讨,一年之后升为正八品的编修;袁桷长贡奎三岁,这一年他为应奉翰林文字,为从七品,三年之前,他为翰林国史院检阅官,是正八品;虞集在这一年是儒学教授,秩正九品,巧的是,他小贡奎三岁。这三个人在仕途的起步阶段,几乎有着相同的轨迹,在同一个年龄段时品级也差不多。这时他们可能意识不到,在不久的将来,他们在文坛有着多大的影响力。他们都只是刚入京城没几年的南士小官,因为文人雅趣聚到一起,指点江山,激扬文字。他们的聚会似乎更具随意性,不像雪堂雅集,层次虽高,却有明显的官方背景,带有一些隐形的束缚。南士们的集会追求的是心灵的舒适,他们的唱和也带有一定游戏性,是展示才华、比拼诗艺的竞赛。他们这次分韵也是按年龄编排,袁桷得"莱"字,贡奎得"山"字,虞集得"在"字。这种南士之间纯艺术的文学集会,是此前的大都文坛所少有的,而此后则越来越多。南方文士在大都开展的文学交游,蕴藏着强大的文学活力,随着他们在仕途的崛起,这种影响将扩及整个大都乃至全国文坛。但从另一个角度讲,随着官位的提高,贡奎等人之间的唱和也不再这么纯粹,如查洪德先生在《元代诗学通论》中所论述的那样:"大都之文人雅集多有官方背景,雅集的组织者和参与者以及雅集活动本身都或强或弱地

---

① (元)虞集:《游长春宫诗序》,《道园学古录》卷五,《四部丛刊》本。

表现出某种政治的或与政治相关的目的和色彩；相应的，雅集气氛也就相对庄重而有序。"①大德八年（1304），袁桷在翰林院，贡奎在太常礼仪院，虞集在路学，虽然年龄、官位有别，但互不从属，因此他们的交游显得自由平等。但在第二年，贡奎升为翰林编修，和袁桷同为翰林词臣，而官位低于袁桷，他们之间的文学交游便显示出一定的倾向性。于公，袁桷是贡奎的上级，即使后来有所调动，但只要是在大都任职，袁桷的官位始终高于贡奎；于私，二人同为戴表元的弟子辈，而袁桷与戴表元渊源更深，他又比贡奎年长，所以隐然有一种俯视贡奎之感。

贡奎与袁桷等人的诗文唱和，经常发生在大都南城。这与大都的结构不无关系。忽必烈登基之后，在中都附近建立新城，新城建成后，原燕京城就称为旧城。新城在北而旧城在南，后来都称新城为北城，而称旧城为南城。很多居民迁居新城，使旧城趋于衰落，但是这里的悯忠寺、昊天寺、长春宫等佛寺、道观保存良好，成为游览之盛地，大都文士多会于此。南城由此成了文人雅会的聚集地，如前文所说的雪堂雅集、长春宫赋诗，都发生在南城，闻名京师的廉园也在南城。大都廉园是廉希宪家族的产业，廉氏属色目人，但往来廉园者不分种族。自元代前期，廉园便是南北文人雅会之所，园中之万柳堂接待过的文人不计其数。汉人卢挚、南人赵孟頫聚于色目人家中，宾主尽欢，这是元代多族士人圈的一个缩影。此后，廉园吸引着更多的南北文士往游其中。袁桷诗题中便流露对这里的向往，贡奎也是园中之宾。在诗人眼中，这里无疑是超越尘寰的人间仙境。而从文学交流的角度看，廉园为贡奎等南方文士提供了更为广阔的艺术舞台，也让他们与北方文坛的前辈大家有了亲密交流的机会。康里人不忽木，汉人王恽、张养浩、姚燧，南人袁桷、贡奎等，通过廉园相互往来，使南北文坛在这个美丽的"文化沙龙"中发生了空前的融合。廉园之外，南北文士的距离也越走越近。

在元代中期，南方文士仕途发展良好的标志通常是成为馆阁词臣，在翰林国史院、集贤院等处任职。至大三年（1310），修撰邓文原授江浙儒

---

① 查洪德：《元代诗学通论》，北京大学出版社2014年版，第106页。

学提举，翰林院诸公为其送行。据贡奎诗题"同元学士诸公以'落月满屋梁，犹疑照颜色'之诗为韵，赋赠邓提举之官江浙"所示，这是一次诗才的大展示。贡奎以"落月满屋梁，犹疑照颜色"十字为韵，每韵赋诗一首，共存诗九首（其中"疑""照"二韵合在一诗中，疑有佚文）。① 这样的交游环境充满了文学的活力，也淡化了南北族群之分界。

顾嗣立在《元诗选》邓文原小传中说：

> 当大德、延祐之世，承平日久，善之与袁伯长、贡仲章辈振兴文教，四海之士望风景附。王士熙、冯思温名位为最显，亦皆出善之之门。文章之柄悉归焉。其盛事可想见也。②

这段评论未必完全准确，但它反映出了南士逐渐掌握文坛话语权的趋势。在大德年间，邓文原、袁桷、贡奎是大都文坛官位相对较高而诗文创作最有活力的南方文士，因为同在馆阁，他们又能形成某种合力。贡奎与官高年长的邓文原、袁桷互相酬唱，交谊颇深。对于资历晚于自己的杨载、马祖常等，贡奎也乐于提携。马祖常写有《贡仲章待制宠和次韵》诗，该诗称"贡仲章待制"，当写于延祐五年至七年期间（1318~1320），因为至治元年（1321）贡奎归宣，至终制回京已是泰定三年（1326），此时马祖常官位已高于贡奎。贡奎为南士，马祖常则出身雍古部，其族群地位高于贡奎，而其诗题乃用"宠和"二字，表面上看只是下级对上司、晚辈对前辈的尊重，实际上透露了元代文坛一些微妙的变化。延祐二年（1315），元朝重开科举，马祖常于此科中举，乡贡、会试皆中第一，廷试为第二人，而贡奎则主持了前一年的江浙乡试。在权贵云集的大都，一个翰林待制不过秩正五品，绝非高官，但是在当时南士群体中已属难得，尤其是初开科举即执掌文衡，为后来取士创立了典制，贡奎在士子心中的地位可想而知。贡奎首主乡试，便选中了黄溍这样的人才。泰定四年（1327），他又出任殿试读卷官，两榜状元是阿察赤和李黼，杨维桢、萨都剌亦名列榜

---

① 《全元诗》第 23 册，第 98 页。
② （清）顾嗣立编：《元诗选》二集，中华书局 1987 年版，第 273 页。

中。此时的贡奎，体现出了南士领袖的风范。李黼便有这样的记载：

> 泰定四年春，上策士于廷，以公为读卷官，第所试士高下以闻。天子允之，大鸿胪传次，后宴崇天门外。既而中州士大夫皆集其乡秀饮之，而南士寂寂。公乃会东南之官于朝者，置酒相乐，举人皆悦其义。①

马祖常曾评价贡奎："凡再与乡试文衡，一为廷对读卷官，所取士多知名于时，其所第甲乙，人咸服其平允。"②不止贡奎，邓文原、吴澄、袁桷、虞集、黄溍等人都曾先后执掌文衡。虽然南士在政事方面难有成就，但他们在文坛获得了更多的影响力，盛世文坛的南北比重因为科举的兴盛而产生了变化。南方文臣如吴澄、袁桷、贡奎、虞集、黄溍等人多次执掌文衡，中举的各族群进士，不分蒙古、色目、汉人、南人，都成了他们的"学生"，"同年以科目为弟昆，师友以道义视父子"③。一方面，随着教育的发展和科举的推动，"诸部子弟，类多感励奋发，以读书稽古为事"④。在这样的大背景下，蒙古、色目人学习汉文化的积极性被调动了起来。另一方面，执掌科考的汉族儒士官员在文坛的地位得到空前提升，而进士同年之间的酬唱往还、提携帮带，在政治、文学多方面都促进了盛世文坛的南北融合进程。马祖常在《送李公敏之官序》中曾对科举盛况有过详尽描述：

> 天子有意乎礼乐之事，则人皆慕义向化矣。延祐初，诏举进士三百人，会试春官百五十人。或朔方、于阗、大食、康居诸土之士，咸橐书囊笔，联裳造庭而待问于有司，于时可谓盛矣。⑤

---

① （元）李黼：《故集贤直学士奉训大夫贡公行状》，赵文友校点：《贡氏三家集》，吉林文史出版社2010年版，第134页。
② （元）马祖常：《集贤直学士贡公文靖公神道碑铭》，《石田文集》卷一一，《景印文渊阁四库全书》本。
③ （元）欧阳玄著，陈书良、刘娟点校：《元故承务郎建德路淳安县尹眉阳刘公墓志铭》，《欧阳玄集》，岳麓书社2010年版，第163页。
④ （清）顾嗣立编：《元诗选》初集，中华书局1987年版，第1729页。
⑤ （元）马祖常：《石田文集》卷九，《景印文渊阁四库全书》本。

元代乡举十七科,产生蒙古、色目乡贡进士约两千人,而不幸落榜者可能十倍于此。科举的实行促使弃弓马而就诗书的蒙古、色目子弟日益增多,数万蒙古、色目子弟埋首经籍,投身场屋,企图以学问干取禄位。元代科举制度促成了蒙古、色目弟子士人化,促进了各族精英阶层的交融,也形成了元代所特有的文化现象:来自不同地域、不同文化背景、不同民族的文人使用汉语进行文学创作,一个多族士人圈形成。萧启庆先生在《元代的族群文化与科举》一书中对元代多族士人圈的形成有详细论述。[①] 在科举中,士人因座主门生、同年同僚的关系而超越种族藩篱结交。由科举进而入仕者,谙熟汉文化,自然改变了元前期多族官员间言语不通的局面,各族士人相互之间诗词往来,切磋学问,加深情谊。在科举制度下,座主与同年又往往构成士人社会政治网络的重要组成部分,座主与门生、同年之间往往交往密切。在元代科举考试中,考官以汉人为大多数,"于见任并在闲有德望文学常选官内选差"[②],但也有少数民族官员,如蒙古人阿鲁威、燕赤、定住,色目人马祖常、赵世延、斡玉伦徒、余阙,女真人李术鲁翀,北魏拓跋氏后裔元明善都当过考试官。元代比较有名的蒙古、色目文人伯牙吾台部泰不华,高昌畏兀人三宝柱,西域人雅琥、萨都剌,拂林人金元素,唐兀氏余阙,乃蛮人答禄与权,高昌畏兀人偰伯僚逊,蒙古逊都思氏笃烈图等都先后中进士,以诗闻名当时。色目文人马祖常,延祐初中举,授应奉翰林文字,同知制诰兼国史院编修,屡主文衡,胡助称其"得上无惭龙虎榜,盛朝□变古文章"[③]。苏天爵、陈旅、宋本、宋沂等名士即由他选拔。西域色目人萨都剌,泰定四年(1327)中进士。文坛宗主虞集是萨都剌的座师,观音奴、张以宁、杨维桢、偰善著、李质、索元岱是其同年。虞集曾作《与萨都拉(剌)进士》一诗:

---

① 萧启庆:《元代的族群文化与科举》,联经出版事业股份有限公司 2008 年版,第 55~115 页。
② 《元史·选举志》,第 2020 页。
③ (元)胡助:《和马伯庸同知贡举试院记事》,《纯白斋类稿》卷八,《景印文渊阁四库全书》。

> 当年荐士多材俊,忽见新诗实失惊。今日玉堂须倚马,几时上苑共听莺。贾生谁谓年犹少,庾信空惭老更成。唯有台中马侍御,金盘承露最多情。①

对萨都剌赞赏之情溢于言表。萨都剌亦有《和学士伯生虞先生寄韵》:

> 白鬓眉山老,玉堂清昼闲。声名满天下,翰墨落人间。才俊贾太傅,行高元鲁山。独怜江海客,樽酒夜阑珊。②

诗中将虞集的才学比肩西汉大文学家贾谊,德操比肩唐代高士元德秀,足见他对虞集道德文章的钦仰之情。两相对照,座主与门生之间可谓情深意切。萨都剌对同年的感情也非常深厚,他写给观音奴的一首诗中有"无日不思我,有诗还寄君"③之句,可见深情厚谊。

元代,在蒙古、色目人中间,出现了一大批硕学鸿儒和诗人、文章家,而其座师则多为汉族儒士。天历二年(1329),元文宗于京师设立奎章阁,当时的文坛精英遂汇聚于此,其中最具文化影响力的则是虞集。虽然南士的政治地位始终难以与蒙古、色目乃至汉人相持平,但是文化上的优势使其引领了盛世文坛的风向,获得了科举制复行以前所未有、也绝不可能有的文坛影响力。在谈及盛世文坛的时候,很多人将目光集中于延祐之后,尤其是文宗天历、至顺年间,这实际上没有认识到元代文坛发展的内在趋势。文坛的整体发展至少要看两个合力,即制度层面的统合和文人层面的融合。程钜夫南下访贤是政治统合的表现,也确实激发了南士北上的热情,为南北融合打了一针"兴奋剂",但也因为此并非常规政策而缺

---

① (元)虞集:《道园学古录》卷三,《四部丛刊》本。
② (元)萨都剌:《和学士伯生虞先生寄韵》,《萨天锡诗集》卷中,《元人十种诗》,《海王邨古籍丛刊》本。
③ 观音奴,字志能,号刚斋。唐兀氏,泰定四年(1327)进士。(元)萨都剌:《送观志能分得君字志能与仆同榜又同南台从事考满壮还》,《萨天锡诗集》卷中,《元人十种诗》,《海王邨古籍丛刊》本。

乏持续作用。大德年间，主要靠文人交游来实现文化融合。这种融合是双向的，既有南士的进取，也有北人的包容，如阎复、元明善等人对南士的态度是很开放的。这种"文倡于下"的融合受制于文人交游的地方性，不足以形成全国性的影响。延祐复行科举才算出现了制度性的文化统合，一方面激发了蒙古人、色目人学习汉文化的热情，另一方面刺激更多南人北上，文人层面的融合也更充分了。但是元政权的制度原则并没有变，无论制度统合还是文人融合，都跨不过"四等人制"的族群等级差异。当两种合力缺乏新的发展空间时，便会产生新的矛盾与动荡。即使奎章阁的建立，使个别南士的官位得以提升，但因其职权与原有的翰林国史院并无清晰差别，整个制度统合层面并未提供新的空间。官高自危，南士上层的文学活力反而降低，同时下层南士所受的族群歧视仍未改变。元统元年（1333）科举取士满百人，标志着汉文化在元代的影响力达到鼎盛，这同时也是制度统合与文人融合两个合力的顶点，在元政权统治下，已经不可能再进一步。由于元朝统治者的宫廷斗争与权力博弈，接下来便是科举的两科停废，无论政治统合还是文人融合都出现了历史性的倒退。

吴师道《贡仲章学士挽诗》曾写道：

> 邓袁相继厌人间，公又云亡我涕潸。文采顿消南国士，仪形空想北门班。百年乡梦应先觉，万里祠官竟不还。怅望箫笳动哀曲，湖风吹浪雪堆山。①

泰定四年（1327），袁桷辞世；五年，邓文原辞世；天历二年（1329），贡奎辞世。大德年间在南北融合中最为活跃、延祐之后在科举中屡掌文衡的三个南士陆续告别人间。在元代文坛的发展过程中，他们在文人融合与制度统合两方面都取得了空前甚至绝后（从趋势上看）的成绩；他们的离世，也从这两个方面削弱了南士族群的力量。"文采"虽不会"顿消"，但南士群体在元代文坛的向上发展趋势却已受挫，即使元末战乱促使个别南士的官位再创新高，但属于南士的文化盛世已经逐渐远去了。

---

① （元）吴师道：《吴师道集》，吉林文史出版社2008年版，第127页。

第三节 科举复行与盛世文风

从整个中国古代文学发展史来看，元代诗文是不容忽视且有着与其他朝代不同特色的。许有壬在《大一统志序》中说：

> 臣闻《春秋》所以大一统者，六合同风，九州共贯也。然三代而下，统之一者可考焉。汉拓地虽远，而攻取有正谲，叛服有通塞，况师异道，人异论，百家殊方，指意不同，无以持一统，议者病之。唐腹心之地为异域而不能一者，动数十年。若夫宋之画于白沟，金之局于中土，又无以议为也。我元四极之远，载籍之所未闻，振古之所未属者，莫不涣其群而混于一。则是古之一统，皆名浮于实，而我则实协于名矣。①

草原的游牧文明，东南沿海的海洋文明，中原地区的农业文明，西亚地区的商业文明，都聚合在这个空前强大的国家里。多民族文化相互交流与交融，尤其少数民族作家群的加入，其雄健粗犷的民族气质与文化风格给元代诗文创作的题材和内容带来了更为新鲜的血液，为整个元代文学增添了亮色。元代科举制度的确立和实施，不仅影响了元代文人的社会地位和经济状况，影响了他们的生存和生活方式，也影响了他们的心态和诗文创作。这主要体现在两个方面：一方面，元人开始以纯文人的心态和眼光致力于文学创作；另一方面，元代科举实施旨在保障蒙古、色目人仕进特权的两榜制，各族士子文人均踊跃参加科举考试，大国气象和盛世之感，促成了元代盛世的时代精神和盛世文风的形成。

盛世文风作为一个文学命题，它与南士群体的政治地位有着密切关联。这种融合而成的文学风尚，是不断变化的政治环境在南士文学表达中的一种折射。有元一代的南士，出仕机会不像前朝那样多，即使出仕，也

---

① （元）许有壬：《大一统志序》，《全元文》第38册，第124页。

多为文学之臣,少有政事上的建树。处于族群阶层末端的南士阶层,拥有最丰富的文化资源,政治空间却最狭窄,这一矛盾到元朝灭亡也没能解决。频繁的帝王更替与多变的政治时局,对南士的仕宦与文学创作都产生了一些复杂的影响。有些政事之争与文学观念相关,尤其是馆阁文臣这个群体,其文学表达直接服务或受制于现实政治,盛世文风即是其中的一个结果。

元代前期,南方文士入仕有几类情况:一是降臣,如方回等;二是朝廷访聘的名流,如赵孟頫等;还有一类是自荐于朝堂者,如陈孚。在隐逸之风比较盛行的元代前期,陈孚的出仕欲望显得比较强烈。《元史》记载:"至元中,孚以布衣上《大一统赋》,江浙行省为转闻于朝,署上蔡书院山长,考满,谒选京师。"①关于陈孚,有一件事需要再次被提及,这件事发生在至元二十九年(1292)五月:

> 丁未,中书省臣言:"妄人冯子振尝为诗誉桑哥,且涉大言,及桑哥败,即告词臣撰碑引谕失当,国史院编修官陈孚发其奸状,乞免所坐遣还家。"帝曰:"词臣何罪!使以誉桑哥为罪,则在廷诸臣,谁不誉之!朕亦尝誉之矣。"②

这段史料经常被用来说明元代统治者文化政策的开明,但这件事的背景不是这么简单。就在之前一年,权臣桑哥被诛,其余党自然要被查办。至元二十九年(1292)二月丁亥:

> 御史台月儿鲁、崔彧等言:"冯子振、刘道元指陈桑哥同列罪恶,诏令省台臣及董文用、留梦炎等议。其一言:翰林诸臣撰《桑哥辅政碑》者,廉访使阎复近已免官,余请圣裁。"帝曰:"死者勿论,其存者罚不可恕也。"③

这一记录有两点值得注意。第一,阎复因为撰《桑哥辅政碑》一事被免

---

① 《元史·陈孚传》,第 4338~4339 页。
② 《元史·世祖本纪》,第 362 页。
③ 《元史·世祖本纪》,第 360 页。

官，说明在政治斗争中词臣并不安全。撰碑一事本是出自圣旨，但是天子盛怒之下，阎复仍被当作同党处办，好在免官的处罚远好于处死。第二，冯子振在这年二月是桑哥一党的弹劾者，而三个月后，他又被陈孚"发其奸状"。冯子振是程钜夫南下访贤所荐之人，陈孚自谓不及。关于冯子振是否"妄人"，其实争论的意义不大。一方面，在忽必烈的角度，冯子振既不像阎复那样官高位重，又曾经在桑哥倒台后表现了忠诚，而桑哥一党已被或诛或罚，再追究下去便是意气之争，政治意义不大。对这些，我们不能以现代文化的开明来作对比，毕竟，虽然可以用一句"词臣何罪"开脱冯子振，但同样是词臣的阎复，却直到成宗继位才得以东山再起。在统治者眼中，文字是否"同列罪恶"，要看它能否体现统治者的政治意愿。另一个方面，词臣的这种弹劾，虽然不无意气之争的因素在内，但是也在立场上表明了自己对皇帝的忠诚。尤其当时冯子振官集贤待制，是五品官，而身为国史院编修的陈孚只是八品官而已，这种上奏是需要一些胆量的。就在这年的九月，本来是八品官的陈孚一跃而与冯子振平级，可以看出统治者对他的认可。

从某种角度看，冯子振和陈孚其实是一类人：冯子振"指陈桑哥同列罪恶"，显然将阎复撰《桑哥辅政碑》一事列入其中；陈孚指控冯子振，认为其主要罪行之一是"尝为诗誉桑哥，且涉大言"。两个人都以词臣所撰诗文作为罪状，有以文字立狱的倾向，可以看出他们把诗文作品与仕宦之路联系得很紧。《元史》记载二人都喜欢逞才运文。陈孚以《大一统赋》起身为官，他显然有明确的歌功颂德的主观意识。冯子振在这方面也体现出了高度的自觉性，其《居庸赋》中便有"我世祖皇帝，执符以御极，从善如转圜。挈三百年共尽之江左，开亿万世方昌之圣元"[①]等语句。其《虹月楼诗》之序言称赞朱君璧之丹绘曰："予于是喜而拈出之，使此声流行天壤间。当有达官贵人赏识，进之秘书之直，则其黼皇猷而饰国徽，将无所不可。"[②]在这种自觉的服务政治意识统摄下，其诗文作品在反映现实矛盾和抒发个人情志上不免有所束缚。

---

① （元）冯子振撰，王毅辑校：《海粟集辑存》，岳麓书社 2009 年版，第 83 页。
② （元）冯子振撰，王毅辑校：《海粟集辑存》，岳麓书社 2009 年版，第 35 页。

在程钜夫南下访贤之后，南士群体对儒士的政治境遇有了一些过分乐观的期待。即使是著名的宋遗民谢枋得，也有了"辛酉至庚寅，三十年文运大明，今其时矣"的错觉，他还劝勉方伯载：

> 天地之大，无儒，道亦不能自立，况国乎？秦之后为汉，嫚儒者莫如汉帝，尊儒者亦莫如高帝。子能为董公，为子房，为四皓，帝必不敢以儒之腐者竖者待子矣，安知以文章名天下者，不在子乎？安知使儒道可尊可贵者，不自子始乎？①

庚申年即至元二十七年（1290），此时冯子振已被荐入朝，陈孚也献上了他的《大一统赋》。"以文章名天下"成为很多南方士人的志向，而这些以文章为进身之阶的士人们，所作文赋多以歌功颂德为主要内容：李洧孙"运去祚移，杖策东还，屏迹海上，箪瓢晏如，垂将两纪。达官贵人有知先生者，强起而致之京师，先生因作《大都赋》以进，一时馆阁诸公，咸共叹赏，交荐于上"②；周应极"至大间，仁宗为皇太子，召见，献《皇元颂》，为言于武宗，以为翰林待制"③；李裕"径别亲友，杖策游京师，撰《至治圣德颂》一篇，诣丞相府上之。丞相以闻英宗，召见玉德殿，令宿卫禁中"④。从至元末年之后，这样的例子有很多。其中有些作者是隐士，有些则是官宦之后，他们都把文章作为展示自己才华的媒介，而他们的题目也越来越露骨，歌功颂德的意味也越来越明显。像方伯载那种"愿为大元一逸民，超然出乎十等人之外也"⑤的文人风骨，在这种文章中显然是看不到了。

南士以文求仕，至少在元代前期科举废行的情况下，是一种无奈的进取之举。沿袭成风之后，这种歌颂型的文字会逐渐失去它的文学活力。即

---

① （元）谢枋得：《送方伯载归三山序》，《全宋文》第355册，第99页。
② （元）黄溍：《雳峰文集序》，《黄文献公集》卷六，《丛书集成初编》本。
③ 《元史·周应极传》，第4296页。
④ （明）宋濂：《元故承务郎道州路总管府推官李府君墓铭》，《宋学士文集·銮坡集》卷四，《四部丛刊》本。
⑤ （宋）谢枋得：《送方伯载归三山序》，《全宋文》第355册，第99页。

使南士中真的有以文章名天下者，也很难"使儒道可尊可贵"。至元二十四年（1287），忽必烈说："汝未用南人，何以知南人不可用！自今省部台院，必参用南人。"①所谓"参用南人"，虽然是给了南人一席之地，但南人仍是从属的地位。在根本的族群歧视无法解除的情况下，进入省台的南人也无法真正实现其政治上的抱负。赵孟頫是最早进入省台的南士之一，但他仍是以大词臣而为政坛的小点缀。《元史》中记载了赵孟頫在大都政坛经历的种种挫折：

> 孟頫才气英迈，神采焕发，如神仙中人，世祖顾之喜，使坐右丞叶李上。或言孟頫宋宗室子，不宜使近左右，帝不听……或以孟頫年少，初自南方来，讥国法不便，意颇不平……帝初欲大用孟頫，议者难之……至元钞法滞涩不能行，诏遣尚书刘宣与孟頫驰驿至江南，问行省丞相慢令之罪，凡左右司官及诸路官，则径笞之。孟頫受命而行，比还，不笞一人，丞相桑哥大以为谴。②

"不平""难之""大以为谴"正是上层官员对待赵孟頫的态度。赵孟頫在这种歧视与排挤之下，必须想方设法保全自己。"桑哥钟初鸣时即坐省中，六曹官后至者，则笞之，孟頫偶后至，断事官遽引孟頫受笞"③，虽然赵孟頫通过向叶李申诉，避免了这种侮辱，但是他为官之艰难可见一斑。在这种情况下，赵孟頫在表达自己的政治意愿时便更加谨慎。比如至元二十七年（1290），桑哥一党理算天下钱粮导致民不聊生，这一年又发生了地震，集贤、翰林两院官员"畏忌桑哥，但泛引经传及五行灾异之言，以修人事、应天变为对，莫敢语及时政"。赵孟頫此时任职集贤，他通过阿剌浑撒里劝"帝赦天下，尽与蠲除，庶几天变可弭"，后者入奏时也确实如他所言。皇帝诏书下达后，"桑哥怒谓必非帝意"，此时赵孟頫又从桑哥角度出发，以"非及是时除免之，他日言事者，倘以失陷钱粮数千万归咎尚书省，岂不为丞相深累耶"之语打消桑哥的质疑。赵孟頫显然不能公然得

---

① 《元史·程钜夫传》，第4016页。
② 《元史·赵孟頫传》，第4018~4019页。
③ 《元史·赵孟頫传》，第4019~4020页。

罪权臣，某种程度上，桑哥可能还有拉拢赵孟𫖯的意思。如前面所提赵孟𫖯迟到险些受笞一事，桑哥的处理办法是"亟慰孟𫖯使出，自是所笞，唯曹史以下"，为他做了制度上的调整。还有一次，赵孟𫖯行东御墙外，因为道险，其马跌堕于河，桑哥将此事奏告于帝，遂移筑御墙稍西二丈许。①

即使忽必烈如此恩宠，身为南士的赵孟𫖯也始终保持战战兢兢、如履薄冰的谨慎。忽必烈曾询问叶李、留梦炎之优劣，赵孟𫖯对留梦炎采用了事功之臣的标准，说"其人重厚，笃于自信，好谋而能断，有大臣器"；而他评论叶李则是词臣角度，说"叶李所读之书，臣皆读之，其所知所能，臣皆知之能之"。忽必烈批评留梦炎"依阿取容"，认为赵孟𫖯"以梦炎父友，不敢斥言其非"。②这件事的后续发展，显露出赵孟𫖯此时复杂的心态：

> 孟𫖯退谓奉御彻里曰："帝论贾似道误国，责留梦炎不言，桑哥罪甚于似道，而我等不言，他日何以辞其责！然我疏远之臣，言必不听，侍臣中读书知义理，慷慨有大节，又为上所亲信，无逾公者。夫捐一旦之命，为万姓除残贼，仁者之事也。公必勉之！"既而彻里至帝前，数桑哥罪恶，帝怒，命卫士批其颊，血涌口鼻，委顿地上。少间，复呼而问之，对如初。时大臣亦有继言者，帝遂按诛桑哥，罢尚书省，大臣多以罪去。③

可以看出，赵孟𫖯君前奏对之后，对忽必烈所说的话思考得何等细致。他解读出了多重含义：一、皇帝说贾似道误国，很可能是影射桑哥，皇帝批评留梦炎，很可能是婉转地指责自己；二、桑哥之罪，如果现在不上奏，将来一旦桑哥倒台，自己难免要受牵连或指责；三、要找皇帝亲近的大臣上奏，自己不能亲自上奏。至于第三点，我们不好揣测赵孟𫖯的真实心理，到底是因为他是"疏远之臣"，还是因为他要明哲保身。但从事态演变上看，赵孟𫖯可能并没有猜对忽必烈的心思。彻里因赵孟𫖯的鼓动而上

---

① 《元史·赵孟𫖯传》，第4019~4020页。
② 《元史·赵孟𫖯传》，第4020~4021页。
③ 《元史·赵孟𫖯传》，第4021页。

奏，换来的是一顿狠打，而在"继言者"中也看不到赵孟頫的身影。《元史·赵孟頫传》记载此事，显然是要将"帝遂按诛桑哥"的功劳分一些给赵孟頫，但是赵孟頫在这件事情中将风险转嫁给了彻里，他明哲保身的技巧是很高的，"且将忠直报皇元"的"忠直"不可能真正落实。我们不能把赵孟頫的政治手段完全归因于其个人的圆滑世故。事实上，在南人族群地位整体低下的元代，受皇帝重用的南士，往往会引来权臣的敌视甚至迫害，赵孟頫深知这一点。元姚桐寿《乐郊私语》记录了张伯淳的事迹：

> 文穆公受知于世祖皇帝，尝被召入便殿，问当时急务。时方隆冬，上以所坐貂褥撤赐命坐，别以他褥进御。公所上数十条，皆当时切要。上命执政以次第举行。而桑歌、卢世荣辈，以罢冗官一条为侵夺朝权，詈声朝堂曰："何物蛙虾儿，遽欲夺吾柄邪？"夜令健儿俟之途，将甘心焉。幸中表赵文敏知之，邀还邸中得免。明日虽拜翰林承旨，寻以惧祸病免。及卢、桑伏诛，诏还前官。①

在赵孟頫的帮助下，张伯淳才免于受害。在这件事之后，赵、张二人对官场斗争的残酷无疑会有更深的认识。张伯淳"惧祸病免"与赵孟頫的明哲保身本质上都是为了远祸存身。忽必烈对赵孟頫的看重，也是赵孟頫不能自安的原因之一。他自念久居上位，必为人所忌，力请补外，延祐年间才又重回大都政坛。终其一生，他都未能真正施展其政治才华，如杨载所说："公之才名颇为书画所掩，人知其书画而不知其文章，知其文章而不知其经济之学也。"②

作为由宋入元的南士，"往事已非那可说，且将忠直报皇元"是面对忽必烈表现忠心时的口号，而赵孟頫艺术价值更高的、也更能表达其内心的担忧与无奈的，则是《岳鄂王墓》这样的诗作：

> 岳王坟上草离离，秋日荒凉石兽危。南渡君臣轻社稷，中原父老

---

① （元）姚桐寿：《乐郊私语》，《景印文渊阁四库全书》本。
② （元）杨载：《大元故翰林学士承旨荣禄大夫知制诰兼修国史赵公行状》，任道斌校点：《赵孟頫集》，浙江古籍出版社1986年版，第275页。

望旌旗。英雄已死嗟何及，天下中分遂不支。莫向西湖歌此曲，水光山色不胜悲。①

这样的诗作，写的是不堪说的往事，往往更能代表赵孟頫内心的真实感受。他对自己出仕的选择绝不是"忠直报皇元"那样自信，而是带有很深的道德失落甚至心灵痛苦。应制诗句不能抒发诗人内心的复杂感受，表达的只是政治上正确的立场选择。那些相对属于个人化情感表达的诗文，才是真正优秀的作品，而这些诗文的预设读者显然不是忽必烈或者桑哥等人。

元代前期如赵孟頫等，虽然仕宦并不快乐，但有入职省台的机会，相比后来的南士还是优越的。元代中期，虽然号称"治世"，但南人在仕途上仍难有作为。叶子奇在《草木子》中称：

> 天下治平之时，台省要官皆北人为之，汉人南人万中无一二，其得为者不过州县卑秩，盖亦仅有而绝无者也。后有纳粟、获功二途，富者往往以此求进。令之初行，尚犹与之，及后求之者众，亦绝不与南人。在都求仕者，北人目为腊鸡，至以相訾诟，盖腊鸡为南方馈北人之物也，故云。②

叶氏所言或许有些夸张，但并非毫无根据。《元史·王都中传》云："当世南人以政事之名闻天下，而位登省宪者，惟都中而已。"③王都中之父王积翁以全闽八郡图籍降元，曾任江西行省参知政事。王都中承父荫，最后仕至从二品的行省参知政事，得以担任拥有行省实权之职，在元代中期确属少有。即使科举实行之后，南士的境遇也没有得到根本改变，他们在仕途上仍然难有作为。科举出身的李祁便曾感慨：

> 科目行，士皆斲一第以行其志。然其初入官，率多得州县，又往

---

① 《全元诗》第 17 册，第 241 页。
② （明）叶子奇：《草木子》卷三，中华书局 1959 年版，第 49 页。
③ 《元史·王都中传》，第 4232 页。

往居佐贰下僚，守长肆行，奸吏无检，加以大府把握于上，一失其意，立蹈祸机。而豪猾之民，又从而窥伺之。盖有终日忧勤而无益于事功者，回视昔时，读书谈道之乐，反不可得。噫！士志此而求以行其志，难矣哉！①

即使是盛世文坛中最负盛名的虞集，他的文学成就与文坛地位在元代罕有匹敌，但其同样缺少政事上的功绩。虞集的仕宦起点不像赵孟頫那么高，他是从底层迁转而上，文宗时始至高位。因此，在大德、延祐年间，他还没有赵孟頫那种谨小慎微的惶恐心理，其主要精力是在学术与诗文上。但在南北文坛融合过程中，文学方面的纷争也为虞集的仕宦带来某些风险。《元史·元明善传》记载了元明善与虞集之间的争执：

明善言："集治诸经，惟朱子所定者耳，自汉以来先儒所尝尽心者，考之殊未博。"集亦言："凡为文辞，得所欲言而止，必如明善云'若雷霆之震惊，鬼神之灵变'然后可，非性情之正也。"二人初相得甚欢，至京师，乃复不能相下。董士选之自中台行省江浙也……乃举酒属明善曰："士选以功臣子，出入台省，无补国家，惟求得佳士数人，为朝廷用之，如复初与伯生，他日必皆光显，然恐不免为人构间。复初中原人也，仕必当道；伯生南人，将为复初摧折。今为我饮此酒，慎勿如是。"②

元明善和虞集的争执主要在于文学观念上的差异，不同的文学立场导致二人"不能相下"。董士选特意劝告元明善，请他不要"摧折"虞集。由此，"中原人"与"南人"在仕宦上的不同境遇一望而知。元明善后来主动请虞集评论自己的文章，并按虞集的意见修改，二人"欢好如初"，"集每见

---

① （元）李祁：《送陈元善赴海北宪掾序》，王毅辑校：《云阳集》卷四，岳麓书社2009年版，第76页。
② 《元史·元明善传》，第4173页。

明经之士，亦以明善之言告之"。① 元明善和虞集能够和好如初，主要归因于董士选的调解及元明善本人的大度，虞集在文学立场上显然也与之有所调和。这也从另一层面反映了，由于仕宦地位的不平等，南人的文化优势会受到破坏。

仁宗即位之后曾试图改革国子监，对于南士群体而言，这种调整具有政治、文化的双重意义，但最终"有为异论以沮之者，（吴）澄投檄去，（虞）集亦以病免"。元仁宗去世之前，曾有"儒者皆用矣，惟虞伯生未显擢尔"之叹。此后，虞集官位提升，但他的政事之才始终得不到发挥。有两个事例可以说明虞集的困境：其一，泰定年间，虞集侍讲经筵，曾与同列进献"宽远人而因地利"之策，本已议定于中，但因为另有进言而罢；其二，文宗时，虞集曾"乞一郡自便"，文宗以"尔材何不堪，顾今未可去尔"答复，并给虞集升官。② 可以看出文宗是打算重用虞集的，但在多种势力博弈的大都政坛，这反而会给虞集招来更多的敌意，而虞集本人的政事才能仍找不到用武之地。虞集曾经几次努力想要外调，但均未成功：

> 时关中大饥，民枕籍而死，有方数百里无子遗者，帝问集何以救关中……因进曰："幸假臣一郡，试以此法行之，三五年间，必有以报朝廷者。"左右有曰："虞伯生欲以此去尔。"遂罢其议。有敕诸兼职不过三，免国子祭酒。③

可以看出，虞集并不满足于君前奏对，而是想假一郡施展自己的经济之才，但是这种愿望不可能实现，反而给政敌以离间之机。虞集的政事之才不得施展，在文化建设方面也有体现。虞集曾被命为读卷官，他拟制策以进，首以"劝亲亲，体群臣，同一风俗，协和万邦"为问。所谓"同一风俗，协和万邦"，隐含着族群平等的主张，但结果是"帝不用"。在虞集主修《经世大典》时，需要参考诸帝实录和《脱卜赤颜》，翰林院以"不当示

---

① 《元史·元明善传》，第4174页。
② 《元史·虞集传》，第4176~4177页。
③ 《元史·虞集传》，第4177~4178页。

人"等借口拒绝出借。奎章阁与翰林国史院在功能上有很大重合,身为奎章阁侍书学士的虞集,于公得不到翰林院的襄助,于私则"入侍燕闲,无益时政,且媢嫉者多",处境非常尴尬。①元文宗曾对虞集的职责作过明确的指示:

> 立奎章阁,置学士员,以祖宗明训、古昔治乱得失,日陈于前,卿等其悉所学,以辅朕志。若军国机务,自有省院台任之,非卿等责也。②

在元文宗眼里,虞集就是辞章之臣,军国机务不能插手。虞集所能做的,便是"承诏有所述作,必以帝王之道、治忽之故,从容讽切,冀有感悟,承顾问及古今政治得失,尤委曲尽言,或随事规谏,出不语人"。一方面,他用心良苦,希望通过言说治道,使文宗有所感悟;另一方面,他谨慎隐忍,不能暴露出影响政事的用心,"谏或不入,归家悒悒不乐",精神上很苦闷。③虞集面临和赵孟頫一样的矛盾:君王既不可能跨越族群差异,给予他足够的施展政治才能的空间,其所给予的恩遇与亲近,又会招致政敌的迫害。

> 时世家子孙以才名进用者众,患其知遇日隆,每思有以间之。既不效,则相与摘集文辞,指为讥讪,赖天子察知有自,故不能中伤,然集遇其人,未尝少变。一日,命集草制封乳母夫为营都王,使贵近阿荣、囉囉传旨。二人者,素忌集,缪言制封营国公,集具稿,俄丞相自榻前来索制词甚急,集以稿进,丞相愕然问故,集知为所绐,即请易稿以进,终不自言,二人者愧之。④

面对贵进之臣的公然欺骗甚至陷害,虞集不能直接回应,但通过隐忍使政

---

① 《元史·虞集传》,第 4178 页。
② 《元史·虞集传》,第 4178 页。
③ 《元史·虞集传》,第 4179 页。
④ 《元史·虞集传》,第 4179~4180 页。

敌"愧之",很可能只是精神胜利法的想象。在这种情况下,虞集试图辞职,文宗不准,赵世安为他请求外任之职,又遭文宗怒斥。既没有进取的空间,又没有离开的自由,虞集只能在文辞上加倍小心,"委曲尽言",以免落人口实,能保护他的只是"帝王之道""圣贤之言"以及"天子之明"。

我们重新审视虞集与元明善的文学争端,便会发现:"若雷霆之震惊,鬼神之灵变"不只概括了北人的风格,更体现了一种文学表达的自由;而虞集所主张的"性情之正",不只是理学修养的体现,在现实政治中还是避免文字迫害的最佳表达方式。这种文学主张,在虞集主持科举之后自然被发扬光大。成为元代文坛宗主的虞集多次主持乡试、会试、殿试的科考:延祐四年(1317),主持大都路乡试;泰定元年(1324),考试礼部;泰定四年(1327),再次考试礼部;至顺元年(1330),为殿试读卷官。他理学涵养丰厚,博极天下之书,文风正大和雅,其《跋程文宪公遗墨诗集》说:"故宋之将亡,士习卑陋,以时文相尚,病其陈腐,则以奇险相高,江西尤甚,识者病之。初内附时,公之在朝,以平易正大振文风,作士气,变险怪为青天白日之舒徐,易腐烂为名山大川之浩荡。"[1]他指出要去陈言,反对奇险浮薄、乖戾偏执,倡导平易正大、古雅舒徐。

赵孟頫的一个事例也可以表明南士以经典为依归的倾向:

> 皇太后有旨,议改隆福宫名。它学士拟"光被",公拟"光天"。它学士曰:"'光天'二字出陈后主诗,不祥。"公曰:"'帝光天之下',出《虞书》,何名不祥!"于是各书所拟以进,卒用"光天"。[2]

南方文臣对儒家经典的熟悉,对其仕宦会起到类似的积极作用。这就不难理解为什么虞集评议文章的标准是不诡于经,而"凡为文辞,得所欲言而止",可以避免言多必失的隐患。也许这些考虑并非其文学主张的初衷,但在残酷的政治环境中,为了保全自己,虞集也不得不采用这些表达策略。

---

[1] (元)虞集:《道园学古录》卷四〇,《四部丛刊》本。
[2] (元)杨载:《大元故翰林学士承旨荣禄大夫知制诰兼修国史赵公行状》,任道斌校点:《赵孟頫集》,浙江古籍出版社1986年版,第274页。

当然，不是每个南方文臣都像赵孟頫、虞集那样小心翼翼，很多南士其实是抱有致君行道之志，而且不惮于发表出来的。如贡奎出仕时便有壮语：

> 今纵不得如洛贾生、蜀司马长卿、吴陆士衡，即取印绶节传，为左右侍从言论之臣，尚当赋《两都》《三大礼》，献《太平十二策》。遇则拱摩青霄，不遇则归耕白云，安能浮沉渊忍，为常流凡侪而已乎？①

贡奎于仕宦生涯中几度回到宣城，归耕白云。相比虞集，他的自由空间更大一些，其诗文中表达自我情绪的内容也相对多一些。但就总体而言，南士中多数人还是安于词臣的本分，对于政事上的无所作为，并没有太多失落。我们可以看一下杨载《寄袁伯长》这首诗：

> 几年簪笔侍明光，直取才华补卫郎。祀事悉稽周典礼，颂声须假汉文章。云垂迥野鸣鞘远，月满高城下漏长。校猎合袪尤盛事，愿闻作赋拟《长杨》。②

显然，杨载对词臣的身份是倍感荣耀的。"作赋拟《长杨》"或许也有百颂一讽的现实关怀，但这首诗整体上表达的还是安于礼乐文章的词臣心态。在这种心态下，文学与仕宦是完整统一的，其仕宦追求不过是主祀事、献颂声，不会遭遇虞集那样的政治倾轧，也没有贡奎那样的失落。

南士之间在仕宦心态上有着内在的差别，有时甚至是明显的分歧。这种分歧既有文学层面的，也有仕宦层面的。比如虞集和揭傒斯之争：

> 文宗之御奎章日，学士虞集、博士柯九思常侍从，以讨论法书名画为事。时授经郎揭傒斯亦在列，比之集、九思之承宠眷者则稍疏。

---

① （元）戴表元著，陈晓冬、黄天美点校：《送贡仲章序》，《戴表元集》，浙江古籍出版社2014年版，第288~289页。
② 《全元诗》第25册，第272页。

因潜著一书曰《奎章政要》以进,二人不知也。万几之暇,每赐披览。及晏朝,有画《授经郎献书图》行于世,厥有深意存焉。句曲外史张雨题诗曰:侍书爱题博士画,日日退朝书满床。奎章阁中观政要,无人知有授经郎。盖柯作画,虞必题,故云。①

揭傒斯争宠之心是很明显的,他显然把虞集当作了仕途上的对手。二人在文学上也产生了分歧。虞集曾评论自己与杨、范、揭之诗,将揭傒斯之诗比作"三日新妇",而自比为"汉廷老吏",这引起了揭傒斯的不满。揭傒斯在顺帝朝才被擢至高位,但在天历年间,元文宗对他也很看重,恒以字呼之而不名。揭傒斯在《忆昨四首》其一中追忆奎章阁生活,颇有感念皇恩之意:

> 天历年中秘阁开,授经新拜育群材。宫门待漏常先到,讲席收书每后回。召试时蒙天语劳,分题不待侍臣催。满头白雪丹心在,太液池边只独来。②

两个文学风格截然不同的诗人,在颂圣的声调上如此一致,不能不说其心态上是有相通之处的。

不止南方文士,我们再看另外一位色目儒臣马祖常。他是延祐二年(1315)乙卯科进士。马祖常养德于内,硕学于外,"非三代两汉之书不观,文则富丽而有法,新奇而不凿"③,文风尚质复古。陈旅《石田先生文集序》说:"浚仪马公伯庸,褎然以古文擢上第,声光煜如,清河元文敏公谓其所作可以被管弦、荐郊庙,《天马》《宝鼎》诸作殆未之能优也。公早岁吐辞,即不类近世人语言,古诗似汉魏,律句入盛唐,散语得西汉之体。"④他追求

---

① (元)陶宗仪:《南村辍耕录》卷七,《四部丛刊》三编本。
② (元)揭傒斯:《揭文安公全集》卷三,《四部丛刊》本。
③ (元)苏天爵:《石田先生文集序》,(元)马祖常:《石田先生文集》卷首,中华书局1986年影元刻本。
④ (元)陈旅:《石田先生文集序》,(元)马祖常:《石田先生文集》卷首,中华书局1986年影元刻本。

中和平正、醇厚儒雅的文风,论文也以中和为美。其为袁哀诗集所作的序,写出了对文章的审美追求:

> 夫人之有文,犹世之有乐也。乐之有高下节奏,清浊音声,及和平舒缓,焦杀促短之不同。因以卜其世之休咎,象其德之小大。人之于文亦然,然不能强为也。赋天地中和之气而又充之以圣贤之学,大顺至仁,浃洽而化,然后英华之著见于外者,无乖戾邪僻忿懥淫哇之辞,此皆理之自然者也。非惟人之于文也,虽物亦然。华之大艳者必不实,器之过实者必不良,必也称乎!求乎称也,则舍诗书六艺之文,吾不敢它求焉。①

反对浮华虚饰卑弱的文气,主张和雅春容、典雅质实的文风。马祖常"两知贡举,一为读卷官,时号得人"②。泰定四年(1307),马祖常知礼部贡举,取士八十五人,又充廷试读卷官。至顺元年(1330)三月,马祖常知礼部贡举,为读卷官,取士九十七人。

虞集和马祖常均善于识人,乐于提携后进。他们以所倡导的中和雅正、舒和平易的文风为标准来荐拔人才。在科举的作用下,这种文风风行天下而成为主流,形成元代诗文雅文学的风貌。揭傒斯说过一句话揭示这种现象:"须溪没一十有七年,学者复靡然弃哀怨而趋平和,科举之利诱之也。"③欧阳玄认为科举对元代诗风有很多负面影响:"宋讫,科举废,士多学诗。而前五十年,所传士大夫诗,多未脱时文故习。圣元科诏颁,士亦未尝废诗学,而诗皆趋于雅正。旧谓举子诗易似时文,正未然也。安成李宏谟汇所作诗,以求序。读之终篇,语多清新。迥出时文旧棄,诚可尚也。"④

元代海宇混一,疆域的空前辽阔,能激荡起元代文人胸中一种逾越往

---

① (元)马祖常:《卧雪斋文集序》,《石田先生文集》卷九,中华书局1986年影元刻本。
② (元)许有壬:《敕赐故资德大夫御史中丞赠摅忠宣宪协正功臣河南行省右丞上护军魏郡马文贞公神道碑铭并序》,《至正集》卷四六,《北京图书馆古籍珍本丛刊》本。
③ (元)揭傒斯撰,李梦生点校:《吴清宁文集序》,《揭傒斯全集》,上海古籍出版社1985年版,第280页。
④ (元)欧阳玄:《李宏谟诗序》,《圭斋文集》卷八,《四部丛刊》本。

古的太平盛世的自信和自豪感,也给当时文人带来了一种傲视往古的盛世文风:平易正大,文势伉健雄伟,气象浩然宏朗,可以黼黻时代盛业,符合时代的需求。查洪德先生说:"生活在疆域无比辽阔且国势强盛的元代,文人们确实有一种盛世之感。这种盛世之感是真实的,文人们倡导一种与这一盛世相副的盛世文风,以期其诗文能够表现'大元盛世'的时代精神,这不应该受到贬斥。"①文臣黼黻盛世的自觉心理应该是南北文臣所共有的,而政治地位的差异所引发的表达策略的细微差别,就特别值得玩味了。刘诜曾批评元代中后期文风:

> 于文则欲气平辞缓,以比韩欧。不知韩欧有长江大河之壮,而观者特见其安流;有高山乔岳之重,而观者不觉其耸拔。何尝以委怯为和平,迂挠为春容,束缩无生意、短涩无议论为收敛哉?②

他批评的对象,恰恰是虞集所说的辞平和而意深长的"盛世之音"。盛世之音的形成,除了文风的追求之外,恐怕与当时文臣恐惧与感恩并存的仕宦心态不无关系。

到了元代后期,因为战乱,科举再次废止,盛世之音也渐告消歇。南士文臣之末世典范、虞集弟子贡士泰,经历了动荡的战乱生涯的磨砺,诗文不再停留于歌功颂德,而有了更为深沉的意境。程文评曰:

> 先生脱吴门之难,栖迟海上者三年,益得肆其学问之功。及丞相迫起之,不得已为西浙运使,才志又不得以大展,则抑遏隐忍以就笔砚之末,载其道于书,故其陈义之高、属辞之密,深厚尔雅,又非前日《友迁》《玩斋》之比矣!是不可不以不知也。太史之称虞卿、韩昌黎之论柳子、东坡海外之文、少陵夔州以后之诗,彼皆有所激而进也。③

---

① 查洪德:《"海宇混一"鼓舞下的元代盛世文风》,《南开学报》2008 年第 4 期。
② (元)刘诜:《与揭曼硕学士》,《桂隐文集》卷三,清抄本。
③ (元)程文:《贡泰甫东轩集序》,邱居里校点:《贡氏三家集》,吉林文史出版社 2010 年版,第 168 页。

至正二十年（1360），贡师泰督漕闽中。此时的他，既要为京师筹措粮草，又不愿逼迫民众，虽秉孤忠，徒耗心力。

这年冬天，贡师泰被召回京，但因道路不通，他无法北上，只好暂时寓居香严寺。他传道授徒，日与诸公交游，生活看似惬意，但时局的忧患仍时时在怀，其《春日玄沙寺小集序》便写出了这种复杂的情感：

> 方今宽诏屡下，四方凶顽犹未率服。且七闽之境，警报时至，而吾辈数人，果何暇于杯勺间哉？盖或召或迁，或以使毕将归，治法征谋，无所事事，故得从容以相追逐，以遣其羁旅怫郁之怀。然而谢太傅之于东山，王右军之于兰亭，非真欲纵情丘壑泉石而已也。夫示闲暇于抢攘之际，寓逸豫于艰难之时，其于人心世道，亦岂无潜孚而默感者乎？他日，当有以解吾人之意者矣。①

至元二十二年（1362）秋，贡师泰抵达海宁，与久别的家人团聚，不久因病辞世。七律《送有亨侄还钱唐》二首应当是他最后的诗作，其二云：

> 钱唐壮观天下奇，昔日繁华曾见之。夜月管弦唯鼓角，春风罗绮尽旌旗。湖山谩想游人乐，城郭徒增志士悲。今日别离东海上，一瓢村酒爨如丝。②

此作更为沉郁。战乱当前，繁华尽成云烟，贡师泰感叹的是"十年江海三杯酒"，怀念的是"百里溪山一钓船"。此时其家乡宣城已被朱元璋所占，子侄也四出逃难，客路别离，贡师泰向贡有亨倾诉了"何日兵戈得休息，敬亭风雨共归田"的美好愿望，这也成了他的遗愿。③

---

① （元）贡奎、贡师泰、贡性之著，邱居里校点：《贡氏三家集》，吉林文史出版社2010年版，第292页。
② （元）贡奎、贡师泰、贡性之著，邱居里校点：《贡氏三家集》，吉林文史出版社2010年版，第258页。
③ （元）贡奎、贡师泰、贡性之著，邱居里校点：《贡氏三家集》，吉林文史出版社2010年版，第258页。

贡师泰虽然只是一个个案，但他折射出元代后期南方文臣在事功与文学上的基本走向。他们的职官随时局之动荡而不断起伏，虽有壮志却无法力挽狂澜。战乱与易代给他们心灵带来巨大的冲击，国家不幸诗家幸，他们的诗文突破了歌功颂德的框架，更多地表达了自我心灵的震颤。

科举之兴废，本是元统治阶层的治国之术，在元代中期确实起到了统合之效，促进了盛世文风的兴起。但是族群地位的不平等，加之多种社会矛盾的激化，使原本为国选才的重大方略成为无关全局的点缀。在元代统治下，政治体制和文化体制始终未能良好地融合在一起，文坛上的互相接纳也无法改变这一事实。

第六章
元代理学承传与诗文创作

理学对诗文创作的全面影响是元代文学一个不能绕过去的话题。元代有别于其他时代的以理学为精神底蕴的诗风和文风，正是在理学以一种制度的形式存在、程朱之学被定为官学的社会时代才出现的。

邓绍基先生对元代儒学的发展有过很精准的分析："元王朝统治者从接受儒学到尊崇儒学，从根本上说是为了统治的需要"，"元王朝尊崇程朱理学，也就是尊崇儒学传统及其在社会生活各个方面的御众地位，实质上又是维护封建秩序"。① 无论是为了统治的需要，要撤除儒生心目中固有的"夷夏之防"，还是为了安百姓以图治，随着学院教育的发展，元代最终都将儒学上升为了官方哲学。程朱理学成为科举考试内容之后，便成为官学和私学等各种教育组织授课的主要内容。元代国子学和书院的教学内容都是程朱理学，这极大地推动了元代儒学的发展，使理学思想在元代的思想界、学术界更占有主要的甚至是独尊的地位。元代著名的文学大家虞集非常明确地指出了这一点："朱氏诸书，定为国是。学者尊信，无敢疑二"②，"群经、四书之说，自朱子折衷论定，学者（赵复）传之，我国家尊信其学，而讲诵授受，必以是为则，而天下之学皆朱子之书"③。

在元朝建立后短短几十年的时间里，中国的理学教育和儒家文化出现了空前繁荣的局面。据元代司农司统计诸路学府之数，至元二十三年（1286）有两万余所，至元二十五年有两万四千余所，至元二十八年有两万一千余所。而且，南宋时以研究与传播程朱理学闻名的书院，如白鹭洲书院、岳麓书院、淮海书院、月泉书院、慈湖书院、道州书院、濂溪书院

---

① 邓绍基：《元代文学史》，人民文学出版社1991年版，第17~18页。
② （元）虞集：《跋济宁李璋所刻九经四书》，《全元文》第26册，第333页。
③ （元）虞集：《考亭书院重建朱文公祠堂记》，《全元文》第26册，第524页。

等纷纷得到重建和修复,一大批新的书院也建立起来。官学和私学的发展,推动了儒学的推广和传播。欧阳玄说:"今州县学校则必专祠先圣先师,于是国家秩诸祀典。若夫书院则又多为先贤之祠,或其过化之邦,或其讲道之地,如是者不一也。"① 程朱理学日益被元代士人普遍认可,并成为当时社会的主流思想,到仁宗朝上升为官方哲学。元仁宗深受儒学影响,他已经深刻认识到:"明心见性,佛教为深;修身治国,儒道为切。"② 他即位之后,标榜扶持儒学,大力兴办教育,改善社会风气并培养治国的贤才,且恢复了一度中断的科举取士制度。仁宗朝科举考试以程朱理学为主,所考内容都是儒学经典。程朱理学的官学地位开始确立。

元王朝尊崇儒学。在元代,儒学与文学全面融合,不再区分学者和文章家。《元史》编纂时将"道学""儒林"和"文苑"三传合为"儒学传",就说明了元代儒学、道学与文学家合而为一的现象。受此影响,近代以来的文学研究者,也往往结合儒学来论元代文学。民国时期学者刘咸炘先生等就曾依据元代的学派而将元代文派分为三家,即北方之文、江西之文与浙东之文。自 20 世纪 80 年代以来,邓绍基先生、查洪德先生等,对此关注尤多。③ 他们认为,作为新儒学的理学,不仅是元代文学不容忽略的历史文化背景之一,而且是元代诗文形成不同于其他任何时代的鲜明特色的重要原因。

一般正史是将道学家、儒士与文学家分别立传的,如《宋史》分为"道学""儒林"和"文苑",宋代儒学与文学是分开的,周敦颐、张载、程颐、程颢、邵雍、李侗、朱熹等列在"道学传",梅尧臣、黄庭坚、陈师道、秦观、张耒、周邦彦等诗人、词人列入"文苑传"。《元史》总裁官宋濂、王祎在编撰《元史》时把学者和文学合而为一,体现的即是学术与文章并重、儒学与文学交融的思想观念。元代文坛的重要作家,多数是精

---

① (元)欧阳玄:《贞文书院记》,《圭斋文集》卷五,《景印文渊阁四库全书》本。
② 《元史·仁宗本纪》,第 594 页。
③ 此外,如马积高《宋明理学与文学》(湖南师范大学出版社 1989 年版)、韩经太《理学文化与文学思潮》(中华书局 1997 年版)、许总《宋明理学与中国文学》(百花洲文艺出版社 1999 年版)等论著中,对于元代的理学与文学的关系也多有论述。

通理学而兼具文学之才。理学家文人化，如许衡、吴澄和刘因以及"儒林四杰"虞集、黄溍、柳贯、揭傒斯，均为元一代理学大家与著名诗文作家；而元代的诗文作家也多精于理学，如郝经、程钜夫、许谦、欧阳玄、吴莱、曹元用、元明善、龚开、袁易、周恕、戴良及西域色目文士迺贤、马祖常等人。姚燧、戴表元、杨载、吴师道、吴莱、傅若金、陈绎曾、李孝光等享誉文坛的大家，均师承元代几位理学大家，与儒学有这样那样的渊源。由此可见，元代的儒学和文学是融合的。

至元二十四年（1287），江西南城人程钜夫得到元世祖忽必烈重用。他对儒家经典非常重视，曾向忽必烈建议在贡举中经学主程朱传注、文章革唐宋宿弊。他奉命求贤于江南，推举了二十多位儒学文学之士入京，其中有江西大儒吴澄，还有促进南北文风交融的赵孟頫。元中叶至元末的作家绝大部分是南方人，而且以闽、浙、赣三省居多，无疑是这三省为南宋理学三大基地的结果。元代虽然没有像宋代那样出现二程、张载、朱熹、陆九渊等影响巨大的儒学大师，但出现了一批儒学素养深厚且在文学史上颇有影响的文学家。从《元史》及元人行状和墓志铭中，能看到多数元代文人既具有理学修养，又在诗文创作上有所成就，是学者型作家。

在理学高度发展的同时，元代文人在理学的影响和浸润之下，诗文创作有着不同于前代的独特风貌，就是形成了以理学为精神底蕴的诗风文风。如元代最具代表性的平易正大、淡雅萧散、闲静高雅、气和声和的文风，正是理学家外圆内方、儒雅孤介而清高自守的君子人格之体现。

程颐在《明道先生行状》中如此说程颢："先生资禀既异，而充养有道；纯粹如精金，温润如良玉；宽而有制，和而不流；忠诚贯于金石，孝弟通于神明。视其色，其接物也，如春阳之温；听其言，其入人也，如时雨之润。胸怀洞然，彻视无间。测其蕴，则浩乎若苍溟之无际；极其德，美言盖不足于形容。"[①] 胸怀洞然、温润如玉、怡然自得，正是儒者圣贤气象的表现。有如此心态、如此修养，写出来的诗文自然也是从容而自得，冲淡而悠远。元代的主流文化风格可以说是在理学的影响和浸润之下笃敬

---

① （宋）程颢、程颐著，王孝鱼点校：《二程集》第二册，中华书局1981年版，第637页。

自守而又能舒卷自如，已然和唐代追求快意人生而道德失律的进士文化，以及宋代思想修养上追求明道见性、致力于重建儒家道统的士大夫文化不同。程颢《郊行即事》一诗："芳原绿野恣行时，春入遥山碧四围。兴逐乱红穿柳巷，困临流水坐苔矶。莫辞盏酒十分醉，只恐风花一片飞。况是清明好天气，不妨游衍莫忘归。"①诗中的悠然自得之趣，大有颜回和曾子之乐。颜、曾自得之乐本身就是一种艺术的表达。颜回"一箪食，一瓢饮，在陋巷"之乐，曾点"莫春者，春服既成，冠者五六人，童子六七人，浴乎沂，风乎舞雩，咏而归"之乐，超然世外，人与自然合而为一，萧散高致。这种境界、意趣和人生体验，既体现了道德人格的追求，又足见其人生境界和高士情怀。程颢对诗的看法是只需看诗本身，不必太深太凿。所以方回在《瀛奎律髓》中评此诗道："大儒事业有大于诗者，不可以诗人例目之。五、六乃朱文公所深取。"②其中指出宋代理学家对诗文的看法：他们虽然学养深厚，但并不以著文作诗为事业，诗仅仅是诗，他们追求的是儒者事业，不能以诗人或者文人来看待。

元代文人有元代文人的风格。因而，元代诗文创作也有元代所独有的风格。理学精神底蕴全面渗透和影响文学创作，理学家重理趣、平和闲淡以及中和静穆的人生境界，明心见性的人生追求，对元代独特文风诗风的形成有着全面而深刻的影响。

无论是理学家兼善文学还是文士濡染理学，他们的诗文创作总是和他们深厚的儒学理学功底相关。才根于气，学问具足乃是吟诗作文的基础和必要的根柢。方回《杨初庵诗卷序》有这样的陈述："吾州朱文公，集关洛大成，学也。排江浙异趣，识也。其著书为文、为史、为诗，无一不可，才也。盖唐三百年以词章取士，而知道者无闻焉。老杜自比稷契，昌黎力辟佛老，近乎知道云耳。同邑杨君复以诗示余，卷首有云：'潇洒幽凄境，人间万事空。双童耕陇上，一鹤下云中。果熟留花种，苗生识药丛。自然为至道，何必问崆峒。'殊有前辈思致，他佳者亦不一□□□。"③较

---

① （宋）程颢、程颐著，王孝鱼点校：《二程集》第二册，中华书局1981年版，第477页。
② （元）方回：《瀛奎律髓》卷二三，《景印文渊阁四库全书》本。
③ 《全元文》第7册，第91~92页。

高的学术、文学修养更容易使他们以文章载道、明志。他们大多以经世致用的雄文大册、盛世之文而著称,而不太似唐宋古文家那样大量创作抒写个人情怀的作品。再者,理学作为元代的官学,程朱著作被确立为必考之书,堂而皇之列入科举程式之中,这就相应地强调了经术为先的地位,强调了文章的社会教化功能。不像宋代理学家作文强调明道而割裂文采,元代文人在文章写作上以"道从伊洛传心事,文擅韩欧振古风"[1]、"以欧苏之发越,造伊洛之精微,篇有兴而语有味"[2]为追求,注重表现中和之意。以韩柳欧苏之文,载周程张朱之道,文章既要有旨趣和文采,同时又要载道,讲究文道兼容。文章以平易正大、纡徐雍容、涵淳茹和等风貌出现,正是理学家对"胸中洒落,如光风霁月"[3]的"圣贤气象"的追求的结果。

元代文人以深厚的学术和理学修养以及涵淳茹和的君子人格来培植这种雍容和平易正大的诗文风格。元初文章大家姚燧,师承北方大儒许衡,又是理学家姚枢的侄孙,他曾在《樗庵集序》一文中极力推崇"大雅君子":"惟所性中正宏厚者,故能优柔而明炳,洞畅而温醇,斯大雅君子,言符其德者也。"[4]有君子风度,才能写出"中正宏厚"的文章,这两者是对应的。刘壎《雪崖吟稿序》说:"至其诗则能抑而入理,醇雅圆熟,一不作怪宕豪险语,蔼然风人趣味也。"[5]其诗歌创作也是以醇雅圆熟为尚。王恽在《遗安郭先生文集引》一文中更是进一步阐发了作者的理学修养、君子人格以及语言文字能力之间的密切关系:

> 文章虽推衍六经,宗述诸子,特言语之工而有理者乎?然必需道义培植其根本,问学贮蓄其穰茹,积有渊源,尚其辞体,为之不辍,务至于圆熟,以自得有用为主,浮艳陈烂是去,方能造乎中和醇正之域,而无剽切捞攘灭裂荒唐之弊,故为之甚难,名家者亦不多见。惟周卿先生,天资冲粹,内守峻洁……其资之深、学之博,与夫渊源

---

[1] (金) 刘祁撰,崔文印点校:《归潜志》卷一四,中华书局1983年版,第184页。
[2] (元) 刘将孙:《赵青山先生墓表》,《全元文》第20册,第427页。
[3] (宋) 黄庭坚:《濂溪诗并序》,《山谷集》卷一,《四部丛刊》本。
[4] (元) 姚燧著,查洪德编辑点校:《牧庵集》,人民文学出版社2011年版,第52页。
[5] (元) 刘壎:《水云村稿》卷五,《景印文渊阁四库全书》本。

> 讲习,可谓有素矣。故诗文温醇典雅,曲尽己意,能道所欲言。平淡而有涵蓄,雍容而不迫切,类其行己,蔼然仁义道德之余。①

在王恽看来,只有在这三个方面不懈追求,才能获得"平淡而有涵蓄,雍容而不迫切"的文风。"学问深,德日进",则品德和修养见于词章之间。这种观点在元代学术界和诗文界被普遍接受和认可。这当然也和元中期追求与太平盛世相符的诗文创作有很大关系。儒家诗教一向以"温柔敦厚"的诗学观念为宗旨,而元代文人将诗文创作建立在儒家理学思想之上,在诗文创作上强调突出醇正的性情。因而,平易正大的文风出现既符合社会实际需求,又和当时文坛理学氛围相吻合。虞集在给刘诜诗稿作序时说:"昔者庐陵欧阳公秉粹美之质,生熙洽之朝,涵淳茹和,作为文章,上接孟、韩,发挥一代之盛。"②在他看来,元代也是如此。当时恰逢元中期承平盛世,天下混一,疆域又是有史以来最广阔的,元代文人的自豪感和歌颂是真诚的,发自内心的,所以诗文创作也要如宋文一样,成就一代之胜。

我们看一下元中期虞集、欧阳玄等人对理学与文学风格关系的阐述。虞集认为:"以平易正大振文风,作士气,变险怪为青天白日之舒徐,易腐烂为名山大川之浩荡"③,"气象舒徐而俨雅,文章丰博而蔓衍。从而咏之,不足以知其深广;极其所至,不足以究其津涯。此岂非龟蒙徂徕之间,元气之充硕,以发挥一代斯文之盛者乎?"④虞集所赞同的正是这种在理学的学术底蕴上所形成的平易正大、元气充硕、冲淡悠远的文风。欧阳玄《族兄南翁文集序》说:"族兄南翁过余浏上,示予以文稿,读其文,廉静而深醇。是四辞者,昔人尝以称人之有德者矣,今予以称兄之文,必有所见也。兄抱道自足,无求于时,故形诸外者,亦有德之言乎!"⑤他认为"廉静而深醇"的文风来自大儒君子深厚的理学修养,是儒者圣贤气象的展现,也与理学家的人格追求有必然联系。

---

① (元)王恽:《秋涧集》卷四三,《四部丛刊》本。
② (元)虞集:《刘桂隐存稿序》,《道园类稿》卷一八,《元人珍本丛刊》本。
③ (元)虞集:《跋程文宪公遗墨诗集》,《道园学古录》卷四〇,《四部丛刊》本。
④ (元)虞集:《曹士开汉泉漫稿序》,《道园学古录》卷三三,《四部丛刊》本。
⑤ (元)欧阳玄:《族兄南翁文集序》,《圭斋文集》卷八、《四部丛刊》本。

第一节　元代理学的承传

近代以来，治学术史者在梳理中国学术脉络时，往往论及周秦诸子学、魏晋玄学、两汉经学、隋唐佛学、宋明理学以及清代朴学的序列，而其中元代部分明显被忽略。即使是当代的治理学史者，也往往只谈宋明理学，对元代多是一带而过。其实，若从历史实际来看，包括理学在内的元代学术，在学术由宋向明的发展中发挥着重要的承接作用。尤其是作为新儒学的理学在元代被悬为功令，正式成为官学，这是中国学术发展过程中意义重大的历史事件。

就地域来说，元代理学的播迁，具有由南而北、南北交融并由中原而东传的整体走向。

元初，理学史上出现了一件带有某种标志性意义的大事，即赵复北上。据《元史》载，蒙古太子阔出侵宋，拔德安，俘获宋儒士赵复，后于燕京建太极书院，请赵复讲学其中，于是程朱之学在北方受到儒士的普遍欢迎，得到迅速传播。"自江汉先生以南冠之囚，吾道入北，而姚枢、窦默、许衡、刘因之徒，得闻程朱之学以广其传，由是北方之学郁起。"[①]赵复在太极书院传伊洛之学，生徒百人，后又遍游河北、山东，宣扬理学，影响甚巨。程朱理学迅速在燕京、怀卫等地传播，逐渐成为北方学术的主流。怀卫理学家姚枢、许衡、窦默、郝经等入忽必烈藩府。在他们的影响和努力之下，北方崇儒兴学，学术由湮晦渐复昌明。忽必烈即位后，设翰林国史院，立国子学，以许衡制定的教育模式推广理学。

许衡被誉为"朱子后一人"，曾两任国子祭酒。他在制定学制时，全部以朱熹著作为准，这成为理学官学化的先声。许衡之后，他的弟子耶律有尚等，继续主朝廷学事，一遵许衡之旧。许衡弟子姚燧及其子许师敬等，还前后极力奏劝元帝复兴科举。也正是在他们的努力下，科举得以复行天下。科举考试的内容，则规定用朱熹注。虞集曾指出："我国家

[①] 陈叔谅、李心庄：《重编宋元学案》卷八三，正中书局1944年版。

尊信共学，而讲授授受，必以是为则，而天下之学，皆朱子之书。"① 又说："而朱氏诸书，定为国是，学者尊信，无敢疑贰。"② 这就使得理学成为元朝的官方学术。自此之后，理学成为了中国社会的官方思想，一直延续到清末。

元之初的北方儒学，肇于金代儒学。当时，政治上宋金对峙，学术上南北分裂，正如《元史·赵复传》所描绘，"南北道绝，载籍不相通"③。因此，包括耶律楚材、姚枢、许衡、刘因等在内的北方学者，早年所接受并研习的多是由汉唐传承下来的章句、训诂、句读之学。直到赵复北上，北方学者才真正开始接触程朱之学。许衡曾自道其学术转向："曩所授受皆非，今始闻进学之序。"④ 刘因的情况也大致如此，《元史·刘因传》："初为经学，究训诂疏释之说，辄叹曰：'圣人精义，殆不止此。'及得周、程、张、邵、朱、吕之书，一见即曰：'我固谓当有是也。'及评其学之所长，而曰：'邵，至大也；周，至精也；程，至正也；朱子极其大，尽其精，而贯之以正也。'"⑤ 清人黄百家进一步评论说："自石晋燕云十六州之割，北方之为异域也久矣，虽有宋诸儒叠出，声教不通。自赵江汉以南冠之囚，吾道入北，而姚枢、窦默、许衡、刘因之徒，得闻程朱之学，以广其传，由是，北方之学郁起，如吴澄之经学，姚燧之文学，指不胜屈，皆彬彬郁郁矣。"⑥ 许衡、刘因等人，在金代儒学的基础之上，吸收程朱之学，提出了自己的学说主张，并经过师友传承，形成了不同的学派。黄百家曾评论："有元之学者，鲁斋、静修、草庐三人耳。草庐后至，鲁斋、静修，盖元之所藉以立国者也。"⑦ 可见许衡与刘因对有元一代学术影响之大。

许衡为学有两个特点：一是在师法取向上尊崇朱熹之学；二是在为学中重践履实用而轻义理建构。对此，他的弟子姚燧曾概括道："先生之学

---

① （元）虞集：《考亭书院重建文公祠堂记》，《全元文》第 26 册，第 524~525 页。
② （元）虞集：《跋济宁李璋所刻九经四书》，《全元文》第 26 册，第 333 页。
③ 《元史·赵复传》，第 4314 页。
④ 《元史·姚枢传》，第 3711 页。
⑤ 《元史·刘因传》，第 4008 页。
⑥ （清）黄宗羲等：《宋元学案·鲁斋学案》，《学生国学丛书》本，第 441 页。
⑦ （清）黄宗羲等：《宋元学案·静修学案》，《国学基本丛书》本，第 148 页。

一以朱子之言为师，穷理以致其知，反躬以践其实。"①受朱熹影响，许衡之学的核心范畴是理（或说道），认为理是最高本体。与此同时，他把气纳入以理为最高范畴的哲学逻辑结构之中，视阴阳之气为联系理、太极与人、物的中间媒介，认为阴阳之气可以相互转化，人的气禀之性也可以因之改变。在知行关系上，他对朱熹之说有所发展，提出知和行是两回事的观点。至于两者的关系，他认为知是为行而知，行是行其所知，进而要求知与行二者并进。也因此，明人薛瑄曾评论说："鲁斋力行之意多"，"盖真知实践者也"。②清代四库馆臣也将许衡视为元儒笃实的代表。

刘因是与许衡齐名的北方两大儒之一，他主张把汉唐的传注疏释之学与宋人的议论之学结合起来。在他的倡导下，元人为学在注重性理阐释时，仍不废注疏考据。此外，他还曾提出："古无经史之分，《诗》《书》《春秋》皆史也，因圣人删定笔削，立大经大典，即为经也。"③刘因明确表达了"六经皆史"的思想，这对元明清三代学人都产生了深远影响。

元代前期的南方学术接续南宋诸儒。南宋学术，至乾道、淳熙年间而大盛。这一时期，理学名家辈出，臻于辉煌之境,其中朱熹集前代之大成。黄震曾论道："乾淳之盛，晦庵、南轩、东莱称三先生。独晦庵先生得年最高，讲学最久，尤为集大成。"④他认为朱熹的学问，极其广大，极其精微，是宋以前百代学术思想的总结。朱熹门人众多，分别来自福建、浙江、江西、安徽、湖南、江苏、四川、湖北、广东、河南、山西等地。朱熹殁后，他们多回到原籍，并将朱子之学散播于全国各地。故在南方，无论是浙东、江西还是安徽，诸地学者都堪为朱学后裔。

其中，以许谦为代表的金华朱学，历来被视为朱子嫡传。许谦是朱熹的四传弟子，黄溍曾论道："程子之道得朱子而复明，朱子之道至先生益尊，先生之功大矣。"⑤许谦为学重视四书，对朱熹《四书章句集注》致力

---

① （元）许衡：《先儒议论·姚氏牧庵语》，《鲁斋遗书》卷一四，《景印文渊阁四库全书》本。
② （元）许衡：《先儒议论·薛文清公读书录》，《鲁斋遗书》卷一四，《景印文渊阁四库全书》本。
③ （元）刘因：《叙学》，《刘静修先生集》卷一，《畿辅丛书》本。
④ （宋）黄震：《黄氏日抄》卷四〇，《景印文渊阁四库全书》本。
⑤ （元）黄溍：《白云许先生墓志铭》，《文献集》卷八，《景印文渊阁四库全书》本。

尤多。除继承朱熹的理气观、天命观、性善论、心性论、知行观之外，他还尤重名物训诂和提倡读书。江西之学则以吴澄为代表。揭傒斯称："皇元受命，天降真儒。北有许衡，南有吴澄。所以恢宏至道，润色鸿业，有以知斯文未丧，景运方兴。"① 可见吴澄在当时的地位和影响。吴澄一生以教书授徒为业，在学术上更多地是追求一种"全体大用"之学，也就是儒家所言的"君子尊德性以道问学"，坚持"尊德性"与"道问学"相结合。在师法取向上，他推尊朱熹，但不株守朱学门户，而是广泛吸取宋儒的其他思想，并加以综合与发展。除了精通儒家经典之外，吴澄还涉猎天文、地理、医学、术数等领域，他也是元代的文学大家。近人钱穆曾评论说，朱熹之后，学问规模宏大渊博与朱熹能相比者，恐怕只有吴澄一人。

徽州是朱熹故里，古徽州府治为新安。新安的乡贤名流，多受朱熹影响。在宋元之际，新安的理学学者多排斥异说，形成了门户堡垒。入元之后，发展到郑玉、赵汸和朱升一辈，他们力纠宋季理学学派的门户之弊，而主张求其真知。詹士南曾指出赵汸治学旨在求其实理："新安自朱子后，儒学之盛，四方称之为东南邹鲁。然其末流，或以辨析文义、纂辑群言，即为朱子之学。先生独超然有见于圣贤之授受，不徒在于推究文义之间。故其读书，一切以实理求之，反而验之于己，非有以信其必然不已。"② 赵汸学术上师事理学家黄泽，儒学造诣精深，诸经无不通贯，尤其长于《春秋》之学，文学上则尊奉一代文宗虞集，学术与文学兼擅，无愧为新安理学的代表。

儒学在宋代众派纷争、门户森严，经过宋元之际的学缘交叉、相互吸收，发展到元代，逐渐成众派汇流之势。

元初学者，除少数仍坚守门户外，一般都已走向兼取各家之途。如果说元初北方学者是兼取北宋、金各家，那么南方学者基本上是兼取南宋各家。学术界称元代学者和会朱陆，其实何止朱陆，举凡宋代各派，如张载气学、永嘉功利之学、唐氏经制之学，他们都兼采并取，以至于被先儒斥为异端而力排坚拒的佛老之说，他们也有所吸收。南宋时期形成的闽、

---

① （元）揭傒斯：《大元敕赐故翰林学士资善大夫知制诰同修国史赠江西等处行中书省左丞上护军追封临川郡公谥文正吴公神道碑》，《全元文》第28册，第505页。
② （明）詹士南：《东山赵先生汸行状》，《新安文献志》卷七二，明弘治十年刻本。

浙、赣、湘四个学术中心，经过宋元之际的融汇与整合，到元初实只有浙江金华和江西两大中心。金华之学以金履祥、许谦为代表，江西之学以吴澄为代表。金华之学自南宋后期传朱熹弟子黄榦一脉，由何基、王柏、金履祥、许谦递相传授，反倒成为朱学正宗。江西的吴澄杂取各家，和会朱陆，浙东学派的传人戴表元亦兼取各家而不主一派。

元中期，又有两大变化：一是各派进一步相互吸收，已经没有明显的门派之别；二是学术各派传人全都流而为文人了。江西之学的代表虞集，金华之学的代表黄溍、柳贯，浙东学派的代表袁桷，都已成为著名的诗人、文章家。在北方，许衡的弟子姚燧是元中期文坛盟主，也成为文人而非学者；刘因之学也没有传人。

元后期，已经无所谓学术可言，理学彻底地衰落了。从社会政治的角度说，元代后期完全失去了学术发展的客观条件。顺帝即位之前已有权臣燕铁木儿乱政，顺帝即位后又有权相伯颜跋扈，政治进入了极度黑暗时期。此后虽有号称贤相的脱脱短暂执政，但元朝大势已去，反元起义连连发生，大江南北已是处处烽烟。危难之秋，脱脱曾再任丞相，但不久即遭劾罢，随后遇害。此时战火已经燃遍大半中国，各地割据军事势力之间也相互攻伐。元朝廷在一片战乱中离开大都，逃往漠北。元代的历史就在这攻伐与纷争中结束了。这样的时代，政府无暇从事文化建设，学者无法潜心治学，他们甚至找不到一个可安放书桌的地方，当然也不可能有学术的发展。从学术史衍变的情况看，元代中期所谓道统与文统的合一，是由学者"流而为文人"实现的。元代后期，可以说是一个有文人无学者的时代。仅有的少数几位所谓学者，学术上既缺乏造诣，也没有什么影响。元后期的文人则多数没有明确的学统，即使勉强与某学派联系上，也与其学术思想、诗文主张、诗文风格没有高度的相关性。

此外，元代时程朱之学的东传一脉，历来为学者所忽略。早在元初理学北上之后，留居在元大都的高丽士人安珦、白颐正、权溥等，主动接受了许衡一派的程朱之学，开启了理学的高丽一脉。据《高丽史》载，曾任元代征东行省儒学提举的安珦，在元大都见到了朱熹著作，于是在研读之后带回高丽。这是高丽理学的开端。在他之后，白颐正与权溥等人，不仅究心朱子之学，还在高丽刊刻朱熹的《四书章句集注》等书籍。他们的弟子李齐贤一辈,在与中原士大夫的交往中,切磨问学,学术更加精进。高丽忠宣王曾在元大都建万卷堂,当时中原博雅之士如王构、阎复、姚燧、赵孟頫、虞集等,都曾游于其门。李齐贤作为侍从之臣,周旋于其间,学问益进,得到当时诸公之称叹。由于许衡一派的程朱之学在当时占据主导地位,故李齐贤等人的理学颇受许衡影响,虽以理为本体,但尤重气。

第二节　元代理学与诗文发展

到元中期,在学术与诗文发展的历史上,就出现了理学与文学前所未有的关联和互动。两宋时期,长期分立别传的文统与道统,在元代文人身上合而为一了,这为理学观念向文学的全面渗透提供了客观可能。在渗透和交融中,以理学为精神底蕴的文风形成,德高性醇成为雅正诗文创作最基本的条件。

道统与文统合一之势,形成于元初。在此之前,理学家与文章家各有自己的道统与文统:文章家不仅不承认理学家的文统,也不承认周程张朱的道统;理学家不承认文章家的道统,也不承认韩柳欧苏的文统。

理学家们不仅关注道统,也关注文统,希望按照他们的认识来确认历代文章正宗。理学家真德秀花了很大工夫编成一部《文章正宗》。当然,他的选录完全是按理学家眼光而非文章家眼光。他在《文章正宗纲目》中说:"正宗云者,以后世文辞之多变,欲学者识其源流之正也。……夫士之于学,所以穷理而致用也。文虽学之一事,要亦不外乎此。故今所辑,以明理义切世用为主。其体本乎古,其指近乎经者,然后取焉。否者辞虽工亦不录。"[①]这是理学家的文统,自然不会为文章家所认可。

文章家则认为,自己不仅是文统的承续者,也是道统的继承者。苏门六学士之一的秦观谈苏轼之学就说:"苏氏之道,最深于性命自得之际,其次则器足以任重,识足以致远。至于议论文章,乃其与世周旋,至粗者也。合下论苏氏而其说止于文章,意欲尊苏氏,适卑之耳。"[②]

宋代文章家与理学家相互攻击,都是将对方的文与道一并否定的。如苏轼自言"素疾程颐之奸,未尝假以色辞"[③],他自然不可能认为二程是圣人之道的承传者。宋代理学集大成者朱熹攻击苏轼及苏门文人说:"至若

---

① （宋）真德秀:《文章正宗》卷首,元至正元年刻本。
② （宋）秦观:《答傅彬老简》,《淮海集》卷三〇,《四部丛刊》本。
③ （宋）苏轼:《杭州召还乞郡状》,《东坡全集》卷五九,《景印文渊阁四库全书》本。

苏氏之言……语道学则迷大本，论事实则尚权谋，眩浮华，忘本实，贵通达，忘名检。此其害天理，乱人心，妨道术，败风教，亦其尽出于王氏之下也哉！……其徒如秦观、李廌之流，皆浮诞佻轻，士类不齿，相与扇纵横捭阖之辩以持其说，而漠然不知礼义廉耻为何物。"①他当然也不会承认欧苏一派在文统中的地位。

元代的文人儒士决不如此，其统绪意识的成熟就表现在：他们既崇尚周程张朱，也仰慕韩柳欧苏，并且希望自己既能承周程张朱的道统，又能接韩柳欧苏的文统，合文、道而一之，集理学之道统与文章家之文统于一身。戴表元在《紫阳方使君文集序》中说：

> 窃独怪夫古之通儒硕人，凡以著述表见于世者，莫不皆有统绪，若曾、孟、周、邵、程、张之于道，屈、贾、司马、班、扬、韩、柳、欧阳、苏之于文。当其一时及门承接之士，固已亲而得之，而遗风余韵，传之将来，犹可以隐隐不灭。②

他读方回文章，认为方回既承接了道统，又承接了文统，是为"精气之英，统绪之会"。语性理则以周程张朱为宗，论文章则以韩柳欧苏为法，更有人不仅分别道统与文统，且进一步在文统中区分文与诗的不同统绪。方回就标举"学周程，文欧苏，诗黄陈"。他具有鲜明的文学意识，除明确指出"学问浅深，言语工拙，皆非所以论诗"③外，还坚决反对以论学代论诗，认为若论诗兼及其人之品行，那么诗格高于陶、杜者亦不罕见。他们离道统与文统建立时期的宋代已久，能超脱于利害之上而用客观冷静的眼光认识历史上真实的道统与文统。只有在这时，才能说中国学术界道统与文统的观念已经成熟。

元初南北学者分别反思宋金文弊。他们的两种反思，引出了相同的结果：要求合道统与文统为一。这在元代可以说是主导性的思潮。《元史》修撰者将前代史书的"儒林""文苑"二传合而一之，为"儒学传"，正反

---

① （宋）朱熹：《答汪尚书》，《晦庵先生朱文公文集》卷三〇，《四部丛刊》本。
② （元）戴表元：《紫阳方使君文集序》，《剡源集》卷一一，《丛书集成初编》本。
③ （元）方回：《赵宾旸诗集序》，《桐江集》卷一，《元代文集珍本丛刊》本。

映了元代的学术观念和学术现实。这种结合，与单纯主张文章与义理的融会是不同的，这是一种更具有根本性的结合。在元代，这种结合与趋同，对学术和文学的影响是巨大和深刻的。

学者流为文人只是问题的一个方面，与此相伴的是文人普遍濡染经学，服膺理学。王士禛《池北偶谈》记孙承泽之语云："元儒经学，非后人所及。盖元时天下有书院百二十，各以山长主之，教子弟以通经学。经学既明，然后得入国学。……明初，人犹多通经学，皆元时遗逸，非后辈所及。"①此时的文人，或是具有学者修养的诗人，或者是具有诗人气质的学者。中国的传统学术可以三分为儒学、史学和文学。其中，儒学理念决定着史观，同时，学者又多是文以述学，诗以体道，于是儒学进而主导性地影响了文学观念和文学风貌。可以说，儒学与诗文之间存在着不容割裂的联系，这直接关乎诗文创作的风貌。元代的新儒学——理学与文学之间的关联和互动，主要体现在以下几个方面：

其一，学术研究主体与文学创作主体的身份一致。传统学术中，文史哲浑然不分。就身份而言，学者与文人多有重合。集理学之大成的朱熹，既是一代学宗，同时也是诗文家。除他之外，北宋之初的"三先生"胡瑗、孙复、石介，"北宋五子"周敦颐、张载、邵雍、程颢、程颐，以及南宋"东南三贤"中的张栻、吕祖谦等，均同时在学界和文坛有重要的地位和影响。但是，这些人仍然属于能文的学者，多归诸理学家阵营，与当时的文学阵营存有区别。入元之后，学者与文人在身份上已很难作出区分。他们往往既是理学的阐释者，也是文学的创作者，同时还多是其思想和主张在政治上的践行者。戴良《夷白斋稿序》曾论元代文坛大家称："我朝地域之广，旷古未有。学士大夫乘其雄浑之气以为文者，固未易一二数。然自天历以来，擅名于海内，惟蜀郡虞公、豫章揭公、金华柳公、黄公而已。"②他所列举的虞集、揭傒斯、柳贯、黄溍由之被誉为元代"文章四大家"，而这四人又被并称为"儒林四杰"。声名更著的"元诗四大家"虞集、杨载、范梈、揭傒斯，是元代最具代表性的诗人，他们的理学造诣也不低，在学术史上可以占有一席之

---

① （清）王士禛：《池北偶谈》卷一五，《景印文渊阁四库全书》本。
② 《全元文》第53册，第246页。

地。正如《元史·儒学传序》所言:"元兴百年,上自朝廷内外名宦之臣,下及山林布衣之士,以通经能文显著当世者,彬彬焉众矣。"①

其二,学术与文学合而为一。一般认为,孔孟之前的学术正统与文学正统合一不分,孔孟之后,两者判然为二而流弊无穷。到宋末金季时,文道之争愈演愈烈,势同水火,结果造成文道俱弊。入元之后,南北学者对前朝的这种弊端加以反思,进而达成共识:要求合道统与文统为一。宋濂等人在《元史·儒学传序》中说:"前代史传,皆以儒学之士,分而为二,以经艺颛门者为儒林,以文章名家者为文苑。然儒之为学一也,六经者斯道之所在,而文则所以载夫道者也。故经非文则无以发明其旨趣;而文不本于六艺,又乌足谓之文哉!由是而言,经艺文章,不可分而为二也明矣。"②在这种共识的影响之下,元代学术与文学之间实现了一种根本性的结合。

其三,学术理念决定着作家对天、地、人的认识,进而影响了其对诗文的认知和创作。以元代高丽士人为例,他们在接受并承传程朱理学之后,就对文学有了不同以往的认知。在纠正汉唐诸儒训诂之陋和宋代道学家的蹈空之习时,他们也对宋金季世和高丽朝中期的词章浮华诸弊进行了反思,并由之构建起新的诗学体系:文由道生而以载道;理气不二,文随气运;既要师古,折衷唐宋而泛取诸代之盛,也要师心而自成一家;追求经世致用和性情之正兼济的堂堂正正的中和之风。在创作实践中,他们则追求文以求实、诗为日用。其中,李齐贤本诸经史,以倡导古文引领风气,所作不仅多评骘史传,而且更重书写民生疾苦和忠爱之思。其弟子李穑集理学之大成,也崇实主敬,论学文章详辨理气心性,史传墓志则既重文情之美,又重推扬节义。他们直接推动了朝鲜半岛学术风气与文风的彻底转向。

其四,理学学派演变为文学流派。自南宋始,学者多文以述学,诗以体道,其学术旨趣影响诗文风貌,有一派之学,就有一派之文。某些流派,从学术角度看,它是一个学派;从文学角度看,它又是一个文派。与

---

① 《元史·儒学传序》,第 4313 页。
② 《元史·儒学传序》,第 4313 页。

学派林立相应，文派亦林立。文派多有其学派背景，学派也多衍为文派。当代学者徐远和在《理学与元代社会》中曾指出元代理学成熟的一个标志就是形成了不同学派。他在黄宗羲《宋元学案》的基础之上，将元代理学大致划分为鲁斋学派、静修学派、草庐学派、北山学派、徽州学派五大学派。罗海燕与林承坯《宋元时期的学术承传与诗文流派的生成》又结合元代文学的实际，归纳出元代由学派而衍生的五大文派，分别为许衡之学与中州文派、刘因之学与北方文派、吴澄之学与江西文派、许谦之学与金华文派、赵汸之学与新安文派。黄百家认为，金华之学，自许谦一辈而下，多流而为文人。他说："北山（何基）一派，鲁斋（王柏）、仁山（金履祥）、白云既纯然得朱子之学髓，而柳道传（柳贯）、吴正传（吴师道）以逮戴叔能（戴良）、宋潜溪（宋濂）一辈，又得朱子之文澜，蔚乎盛哉！"①他指出了金华学派逐渐流衍为诗文流派这一重要的文学现象。查洪德先生则将视野扩大到元代的所有理学学派。经过考察比较，他认为元代学术的各派传人最终全都"流而为文人"，并评论道："理学的'流而为文'，也即理学各派传人都成了诗文作家，这是元代特有的学术史现象和文学史现象。"②

其实，理学"流而为文"的趋势，肇始于朱熹。自朱熹始，理学家不再因道废文，而是对诗文重视起来。当时，南宋各大学派无一不重视诗文。以诗歌为例，对两宋的学派作一比较。北宋时期，理学家大多严格遵循"作文害道"的文道观，对诗歌心存戒备，甚至刻意抵制，因此，绝大多数北宋理学家的诗歌数量较少：周敦颐存诗二十九首，张载存诗十六首，程颢存诗六十七首，程颐存诗三首，只有邵雍存诗较多，有一千五百八十三首。不过，这些诗歌绝大多数都是为论道服务的，属于颇为人诟病的"道学之诗"。南宋时期，理学家创作的诗歌数量与质量都大幅度提高：朱熹存诗一千三百一十八首，张栻存诗三百七十五首，吕祖谦存诗一百一十三首，魏了翁存诗七百一十一首，真德秀存诗九十五首，就连主张"六经注我""不立文字"的陆九渊也留下二十余首诗。南宋诸学派虽以理学授受，但是诗文也成为他们论学体道的重要凭借。不过，归根结底，他们

---

① （清）黄宗羲等：《宋元学案·北山四先生学案》，中华书局1986年版，第2727页。
② 查洪德：《元代理学"流而为文"与理学文学的两相浸润》，《文学评论》2002年第5期。

属于文学色彩较浓的理学流派。元代则不同,学派几乎完全衍变为了具有深厚学术底蕴的文学流派。学术衍为诗文,学者变为作家。元代学术"流而为文",成为了一个客观的发展态势。在这种大趋势下,学术流派必然也会流衍为诗文流派。

一般而言,确定一个文学流派,需考虑三个基本要素:一是要有影响较大的领袖或核心人物;二是有着较为明确清晰的创作理念或主张;三是存有一定数量相近风格的文学作品。元代诸家学派都已基本具备了这三个要素。

藩府理学家郝经和许衡文学上的造诣在元初北方历来为人所称道。鲁斋学派代表许衡,受朱熹之学于赵复。许衡文章温柔敦厚、和缓纡徐、雍容正大,郝经诗文沉雄顿挫、气势磅礴,二人是元初北方文坛独具特色的文学大家。许衡在元代学术上有很高的地位和影响,虽然是以学术而不以诗文名世,但其儒者文风自有其特色。鲁斋一脉,许衡学胜于文,为学派之首,而文派核心则是姚燧。姚燧学承许衡,文承杨奂,甚至师法韩愈,他没有继承苏门理学,而是成为元代数一数二的文章大家。《元史·姚燧传》称其"为文闳肆该洽,豪而不宕,刚而不厉,春容盛大,有西汉风,宋末弊习,为之一变。盖自延祐以前,文章大匠,莫能先之"[1]。此派后学,文章家历历有人,而性理之学却无嗣响。

静修学派代表刘因是元代最重要的三大理学家之一。刘因在元代学术史上地位非常重要,但他更是一位诗人,在文学上声名籍甚,远远超过他在学术上的影响。刘因出身于儒学世家,元廷两次征召,皆固辞不就,被元世祖称为"不召之臣"。刘因六岁能诗,七岁能属文,有诗集《丁亥集》《静修遗诗》等,留下了近九百首诗作。清人顾嗣立评曰:"静修诗才超卓,多豪迈不羁之气。"[2]他的诗作很有个性,多是佳作。刘因在论诗和论文等方面也颇有造诣。从元代直至今天,刘因都被认为是元代最重要的诗人之一。刘因后学苏天爵,在理学上建树无多,成就主要在文学与史学上,已纯然文人矣。当代学者杨镰先生亦认为,元代北方的大学者,比如

---

[1] 《元史·姚燧传》,第4059页。
[2] (清)顾嗣立编:《元诗选》初集,中华书局1987年版,第129页。

姚枢、郝经、许衡、刘因、安熙等等，在诗坛占据了一席之地，但他们（特别是刘因）的诗并不附属于理学、儒术，而是真正意义上的文学作品。静修一脉，因刘因本身诗文卓著，故学派与文派庶几表里并行。

草庐学派代表吴澄，由朱熹再传弟子饶鲁得朱熹之学，以和会朱陆为特色。吴澄在当时与许衡并称，有所谓"南吴北许"之说。吴澄一脉江西文派的核心是虞集。虞集于性理之学创见已无多，完全成了一位文人。虞集出生于儒学世家，乃吴澄之高足，理学涵养深厚，博极群书，"上而经术之腴、儒先之绪，下而乐府之韵、书画之神，以及丹经道藏之旨，靡不该焉"①。他在元代文学史上的地位举足轻重，文章为一代所宗，诗居"元诗四大家"之首。胡应麟高度评价其诗："虞奎章在元中叶，一代斗山"，"七言律，虞伯生为冠"，"元人绝句，莫过虞、范诸家"。②吴澄的高足中还有一位重要的文学家，便是贡师泰。贡师泰累任吏部侍郎、礼部尚书，也以文学成就卓然于世。元后期大文学家杨维桢评其文学成就说："宛陵贡公，则又驰骋虞、揭、马、宋诸公之间，未知孰轩而孰轾也。……独擅文名于元统、至元之后。有元之文，其季弥盛，于宛陵父子间见之矣。"③

金华学派的代表许谦，为朱熹嫡传，其文学全然无道学家之气，但是其学者色彩仍浓。至"金华三先生"柳贯、黄溍、吴莱，则俨然文学宗师而成为金华文派的核心。黄百家指出："黄勉斋得朱子之正统，其门人一传十金华何北山基，以递传于王鲁斋柏、金仁山履祥、许白云谦，又于江右传饶双峰鲁，其后遂有吴草庐澄，上接朱子之经学，可谓盛矣。"④这些理学家不少身兼文学家角色，是元代文学史上非常有名的诗文大家。

金华学派中的著名文人吴师道和欧阳玄都出自许谦门下。吴师道年轻时工词章，发为诗歌，才思涌溢。他以写诗、论诗见长，在诗坛上非常活

---

① （清）梁章钜：《退庵随笔》卷二一，清同治十一年刻本。
② （明）胡应麟：《诗薮·外编》卷六，上海古籍出版社1979年版，第241页。
③ （清）顾嗣立编：《元诗选》初集，中华书局1987年版，第1394页。
④ （清）黄宗羲等：《宋元学案·双峰学案》，沈善洪主编：《黄宗羲全集》第6册，浙江古籍出版社1992年版，第313页。

跃,"尝与同郡黄晋卿、柳道传友善,数以诗篇相往来"①,其《吴礼部诗话》,是元代一部较为重要的诗话著作。欧阳玄为朝中重臣、文坛领袖,他"经史百家,靡不研究,伊洛诸儒源委,尤为淹贯","历官四十余年,在朝之日,殆四之三。三任成均,而两为祭酒。六入翰林,而三拜承旨。修实录、《大典》、三史,皆大制作。屡主文衡,两知贡举及读卷官。凡宗庙朝廷雄文大册、播告万方制诰,多出玄手","海内名山大川,释老之宫,王公贵人墓隧之碑,得玄文辞以为荣。片言只字,流传人间,咸知宝重"。②欧阳玄在当时就被人们视为大手笔,曾任《宋史》《辽史》《金史》编纂的总裁官,且参与编纂了《皇朝经世大典》。欧阳玄也是元代很有成就的文学批评家。黄溍是金华学派的重要人物,也是元代中后期出色的文学家。时人傅亨评黄溍学术与文章说:"言性理,探程朱之奥妙;论著述,继韩柳之雄深。"③吴莱在元代文学史上的地位也很高,黄溍推许他说:"吾纵操觚一世,又安敢及之哉!"④柳贯"与溍及临川虞集、豫章揭傒斯齐名,人号为儒林四杰"⑤,在散文、诗歌领域均有建树。戴良是元末文坛的名家,文章雍容浑穆,简洁流畅,其诗"质而敷,简而密,优游而不迫,冲淡而不携,庶几上追汉魏之遗音,其复自成一家"⑥。宋濂是元代金华学派的殿军,又是元末明初的大文学家,承前而启后,在元代文学史上举足轻重。其文章温文俊雅、雄浑壮伟,欧阳玄曾高度赞扬他的文章:"气韵沉雄,如淮阴出师,百战百胜,志不少慑,其神思飘逸,如列子御风,翩然骞举,不沾尘土;其辞调尔雅,如殷卣周彝,龙纹漫灭,古意独存;其态度多变,如晴霁终南,众驺前陈,应接不暇,非才具众长,识迈千古,安能与于斯?"⑦

新安学派中胡一桂、胡炳文等人身上学者色彩较强,但是到了赵汸一

---

① (清)顾嗣立编:《元诗选》初集,中华书局1987年版第1545页。
② 《元史·欧阳玄传》,第4196~4199页。
③ (元)黄溍著,王颋点校:《黄溍全集》下册,天津古籍出版社2008年版,第861页。
④ 《元史·黄溍传》,第4190页。
⑤ 《元史·黄溍传》,第4198页。
⑥ (元)王祎:《九灵山房集序》,(元)戴良:《九灵山房集》卷首,明正统十年刻本。第1226册。
⑦ (元)欧阳玄:《欧阳玄集》,岳麓书社2010年版,第80-81页。

辈，也多被目为文人。赵汸长于诗文，汪仲鲁曾序其诗云："因感发而形之咏歌，虽不专乎是，然长篇短哦，亦一字不苟为也。"①至清代四库馆臣，对其文学评价更高："有元一代，经术莫深于黄泽，文律莫精于虞集。汸经术出于泽，文律得于集。其渊源所自，皆天下第一。"②不仅如此，明代曾出现数部署名赵汸的诗法著作，如《翰林考正杜律五言赵注句解》三卷、《赵东山五言类选》一卷等。这些书在中国虽流传无多，但是却播迁留存于朝鲜半岛和日本，成为常见的初学者入门之作。从这一侧面，可以见到世人对赵汸文学造诣的极大认可。赵汸是新安文派当之无愧的核心人物。

元代理学东传一脉的开创者如安珦、白颐正与权溥等人的诗文著述不多，但发展到李齐贤、李穑等人，则诗词文赋均擅，著述宏富，蔚然为文学大宗。其中，李齐贤是元代高丽文派的核心人物。

元代各派均有着相同或相近的治学方法与学术风格，在此影响之下，其诗文自然也呈现出相应的一致性。各理学学派内部师徒之间、门人之间，往往彼此交往密切，更易形成群体风格。各个学派的代表人物和众多骨干，也均有文集传世，其中诗文都不在少数。可见，由学派成为诗文流派之说符合元代学术发展的实际，是成立的。而依据相对严格的理学门派承传谱系，我们可以梳理出不同的诗文派别。

---

① （元）赵汸：《东山存稿》卷首，《景印文渊阁四库全书》本。
② 《四库全书总目》卷一六八，第1461页。

第七章
元代文学流派及其发展

  学派不同,因之衍生的文派自然有别。我们过去没有从这一角度去认识元代文学,故对诗文流派的梳理不清,也很难准确把握元代文坛的整体布局和走向。若从学派承传谱系这一角度重新梳理元代诗文的发展,会得到过去不曾有的认识,也会解决一些以往没有理清的问题。元代理学学派的统绪意识,为具有多元或单一学术背景的诗文流派的生成提供了可能与前提;学派内部的师脉承传,则为诗文流派的建构准备了切实可行的方法。基于学派的承传谱系,有元一代可以归纳出六个文学流派,虽然不能概括这一时期的全貌,但是却足可代表因学而文的诗文主流。

第一节 中州文派

许衡创立的鲁斋学派，是元初影响最大的学术流派。许衡之后，性理之学无嗣响，而文章家却历历有人。姚燧、畅师文、泰不华等，均以诗文名世。虞集曾论许衡后学"谓修词申义为玩物，而从事于文章"①，指出鲁斋之学衍为中州文派的趋势。其中姚燧尤为典型，他没有继承许衡的学统，于理学并无深造，而以文章名世，成为元代最著名的文章家之一，也是中州文派的代表作家。钱基博先生论当时北方之文学说："文宗韩以矫苏，诗反黄以为唐，蕲于积健为雄，反宋入唐，而姚燧、元明善为之宗盟。"②他直以姚燧为中州文派的宗主。除姚燧的同门师友外，他的一些同僚，如张养浩、李术鲁翀等，均为中州士人，且诗文之风深受姚燧影响，故他们也构成了中州文派的一部分。③

姚燧有文集《牧庵集》。吴善序其文集称："我朝国初，最号多贤、而文章众称一代之宗工者，惟牧庵姚公一人耳。"④张养浩序则云："皇元宅天下百许年，倡明古文才姚公牧庵一人而已。盖常人之文，多剽陈袭故，窘趣弗克振拔。惟公才驱气驾，纵横开阖，纪律惟意。其大略如古劲将率市人战，彼虽素不我习，一号令之，则鼓行六合，所向风从，无敌不北。"⑤张养浩对姚燧文的评论，颇具代表性。虞集在《庐陵刘桂隐存稿序》中说："国朝广大，旷古未有。起而乘其雄浑之气以为文者，则有姚文公其人。其为言不尽同于古人，而伉健雄伟，何可及也！"⑥《元史·姚燧传》评其"为文闳肆该洽，豪而不宕，刚而不厉，春容盛大，有西汉风，宋末弊

---

① （元）虞集：《送李扩序》，《全元文》第 26 册，第 174 页。
② 钱基博：《中国文学史》中册，上海古籍出版社 2007 年版，第 700 页。
③ 查洪德：《元代理学"流而为文"与理学文学的两相浸润》，《文学评论》2002 年第 5 期。
④ （元）姚燧著，查洪德编辑点校：《姚燧集》，人民文学出版社 2011 年版，第 655 页。
⑤ （元）姚燧著，查洪德编辑点校：《姚燧集》，人民文学出版社 2011 年版，第 654 页。
⑥ （元）姚燧著，查洪德编辑点校：《姚燧集》，人民文学出版社 2011 年版，第 669 页。

习,为之一变。盖自延祐以前,文章大匠,莫能先之"①。四库馆臣综引前人之论,对姚燧文章作了高度评价:

> 张养浩作是集序,称其"才驱气驾,纵横开合,纪律惟意,如古劲将率市人战,鼓行六合,无敌不北"。柳贯作燧谥议,称其"典册之雅奥,诏令之深醇,抉去浮靡,一返古辙。而铭志箴颂,雄伟光洁,家传人诵,莫得而掩"。虽不免同时推奖之词,然宋濂撰《元史》,称其文"闳肆该洽,豪而不宕,刚而不厉,春容盛大,有西汉风,宋末弊习,为之一变",国初黄宗羲选《明文案》,其序亦云"唐之韩、柳,宋之欧、曾,金之元好问,元之虞集、姚燧,其文皆非有明一代作者所能及",则皆异代论定,其语如出一辙。燧之文品亦可概见矣。②

张养浩、柳贯与姚燧同朝,难免有赞誉之词;而宋濂作为元末的文学家、史学家,评价是很公允的。至清,黄宗羲把姚燧视为和韩愈、柳宗元、欧阳修并列的文章大家,从中可以看到姚燧在整个中国文章史上的地位和影响。查洪德先生曾整理姚燧文集,并翔实论述了姚燧的文学成就,指出姚燧的古文实属于学者之文,在内容上以信史之笔为后世展示了宋元之际宏阔而真实的历史,在艺术上则以传奇为传记,破休求新,正中见奇。他认为,姚燧是元代最具代表性的文章家。认真阅读姚燧诗文,不仅能让我们重新认识这位文章家,而且会使我们重新评价元代诗文。③

姚燧在《送畅纯甫序》中曾提出"文章以道轻重,道以文章轻重"④,主张文道并重。在此之前的北方,金人学苏轼之条达舒畅而流为滑易,缺乏骨骼与气势。尽管在金后期已有雷渊、李纯甫等人主张宗唐学韩,金末还有人倡导"取韩柳之辞、程张之理,合而一之"以"尽天下之妙"⑤,但

---

① 《元史·姚燧传》,第4059页。
② 《四库全书总目》卷一六六,第1433页。
③ (元)姚燧著,查洪德编辑点校:《姚燧集》,人民文学出版社2011年版,第1~39页。
④ (元)姚燧著,查洪德编辑点校:《姚燧集》,人民文学出版社2011年版,第69页。
⑤ (金)刘祁:《归潜志》卷三,《景印文渊阁四库全书》本。

这种理论和主张一直缺乏文章大家的创作实践来推动,因而不能形成新的文风。直到姚燧以刚劲雄豪之文振起一时文风,才使时人为之耳目一新。

姚燧古文中,记序之类佳善之作尤多,如《序江汉先生事实》《别丁编修》《序牡丹》《康瓠亭记》《赫羲亭记》都堪为代表。《序江汉先生事实》记姚枢救赵复于死俘间事,语言简洁又生动传神,而人物的心理活动,也在这简洁的文字中表现出来:

> 某岁乙未,王师狗地汉上。军法:凡城邑以兵得者,悉坑之。德安由尝逆战,其斩刈首馘,动以十亿计。先公受诏:凡儒服挂俘籍者,皆出之。得故江汉先生。见公戎服而髯,不以华人士子遇之。至帐中,见陈琴书,愕然曰:"回纥知事此耶!"公为之一莞。与之言,信奇士,即出所为文若干篇。以九族殚残,不欲北,因与公诀,蕲死。公止共宿,实羁戒之。既觉,月色烂然,惟寝衣留故所。公遽鞍马周号于积尸间,无有也。行及水裔,见已被发脱履,仰天而祝。盖少须臾蹈水,未入也。①

其《太华真隐褚君传》,写人则形神具妙,写景则几媲美唐宋名家。如写牛心谷云:"谷直南中,方入行二里许,深林奇石,泉溅溅鸣其下。垦地盈亩,构室延袤不足寻丈,环莳佳花美箭。人之来者,始则爱其萧爽,不自知置身尘埃之外;居不夏暑,既已欠伸弛然,而思去矣。"②文字质朴平实,却令人会心,很耐读。姚燧题跋小品也有佳作,如《书米元晖画山水》:"米敷文之画,全法其父。山水树石,不事工细,多以云烟映带。只喜作横挂,长不三尺,自题曰'墨戏'。今此独双幅巨轴,且当时奉诏与朱敦儒辈对画禁中者耶?真旷代稀有物也。"③全文简洁明畅,且有妙趣流泻笔端,颇得宋人小品之意趣,读之颇惬人意。

姚燧之诗,五、七言,古、近体皆备,诸体中,最为优秀者,当为五、七言古体。《过开先寺》《过大孤山》《过小孤山》《清明日陪诗僧悟柳

---

① (元)姚燧著,查洪德编辑点校:《姚燧集》,人民文学出版社2011年版,第63页。
② (元)姚燧著,查洪德编辑点校:《姚燧集》,人民文学出版社2011年版,第457页。
③ (元)姚燧著,查洪德编辑点校:《姚燧集》,人民文学出版社2011年版,第476页。

山登落星寺》等记游写景之作，皆景象雄奇，想象奇特，显示出作者过人的胸襟和气魄。

姚燧之外，中州文派作家当以张养浩为首。张养浩（1269~1329），字希孟，自号齐东野人，别号顺庵，晚号云庄老人，济南人。游京师，献书于平章不忽木，辟礼部令史，荐入御史台。延祐初兴科举，遂以礼部侍郎知贡举。历陕西行台治书侍御史、礼部尚书、吏部尚书、陕西行台中丞等，卒谥文忠。张养浩著述宏富，有《三事忠告》（一题《为政忠告》）四卷，内含《牧民忠告》二卷，《风宪忠告》《庙堂忠告》各一卷；诗文集有《归田类稿》二十二卷（另有《张文忠公文集》二十八卷；散曲集则有《云庄休居自适小乐府》传世。《元诗选》初集辑入张养浩诗近百首，题为《云庄类稿》。《全元散曲》又据他书补辑出小令八首，套曲一套。《全金元词》收入张养浩词一阕。李术鲁翀《张文忠公归田类稿序》称："圣朝牧庵姚文公以古文雄天下，天下英才振奋而宗之，卓然有成，如云庄张公，其魁杰也。"[1]指出了张养浩在中州文派中的特殊地位。张养浩自称年二十四时，见姚燧于京师，后来又数往来于其门，可见他与姚燧过往之密。

张养浩之文，颇为时人推重。李术鲁翀《张文忠公归田类稿序》称："其文渊奥昭朗，豪宕妥帖。其动荡也，云雾晦冥，霆砰电激；其静止也，风熙日舒，川岳融峙，绰有姿容。辟翕顿挫，辞必己出，读之令人想象其平生。千载而下，凛有生气。"[2]张养浩曾作《云庄记》，开头即点明"余性雅嗜山水"。接着记云庄周围景象："始皆茅茨。第前有林甚茂，皆先祖手植，迨今将百余年。树多梨、杏、桃、柿，交枝合荫，盛夏亦爽然无暑意。负林为亭，面亭激流为池，实以荷芰，环以丛篁、垂柳、桧柏、花卉之植。所谓名山灵泉者，或献岚贡翠于几席之下，或岐流合派，经纬乎畎亩之中。"再记自己身处其中，其乐融融："风云月露，晨吟夕咏，靡不括奇纳秀于囊箧，为不能曲尽其所以乐。意之所得，物之所感，目之所及，

---

[1] 《全元文》第32册，第292页。
[2] 《全元文》第32册，第292页。

笔之所向，亦足以发焉而无余蕴。"①语言清新优美，行文如行云流水，极尽自然之风致。

张养浩为一代名臣，立朝有大节，治民有善政，弃官归隐后，遇关中大旱，出赈饥民，忧劳成疾，死于任所。其高风亮节与爱民情怀，也于诗中见之。正如四库馆臣所言："养浩为元代名臣，不以词翰工拙为重轻。然读其集，如陈时政诸疏，风采凛然；而《哀流民操》《长安孝子贾海诗》诸篇，又忠厚悱恻，蔼乎仁人之言。即以文论，亦未尝不卓然可传矣。"②其诗亦被时人所重，张起岩撰神道碑铭说他"早有能诗声，每一诗出，人传诵之"③。除四库馆臣所举者，《黄州道中》《观合元殿故址》《读史有感自和十首》等也都表现了他仁民爱物之情怀。他的散曲之作则明快流畅，〔山坡羊〕《潼关怀古》表达出他对历代兴亡的思考，以"兴，百姓苦；亡，百姓苦"作为结句，既深刻又有力度。写于陕西救灾时的套曲〔南吕·一枝花〕《咏喜雨》也是较有影响的作品。

继姚燧之后，与张养浩同时的北方文风的代表作家还有元明善。元明善（1269~1322），字复初，大名清河人，北魏拓拔氏后裔。元仁宗居东宫，首擢其为太子文学，及即位，改翰林待制，参修成宗、顺宗实录，升翰林直学士。修武宗实录，升翰林侍讲学士。英宗即位，又召入集贤为侍读，升翰林学士。成宗、武宗实录的主持者为姚燧，元明善则是姚燧最得力的助手。元明善晚年文章愈益精进，古文与姚燧并称，被目为一代文宗。张养浩撰《故翰林学士资善大夫知制诰同修国史赠某官谥文敏元公神道碑铭》称：

至大四年，仁宗皇帝正位宸极，数被召见，凡诸寺观碑及近侍先世功行铭者甚夥。会牧庵姚先生燧以承旨居翰林，修成、武二宗实录，命君总之。君悉心毗赞，迄成两朝盛典。君所述者，姚公略为窜易，他人则所留无几。居尝谓："文有题者，吾能为之。无题者，复初亦能为。"其见推激如此。夫古文自唐韩、柳后，继者无闻焉。至

---

① （元）张养浩：《归田类稿》卷六，《景印文渊阁四库全书》本。
② 《四库全书总目》卷一六六，第1423页。
③ 《全元文》第36册，第157页。

宋欧阳公出，始起其衰而振之，曾、苏诸公，相与左右，然距韩、柳犹有间。金源氏以来，则荡然无复古意矣。天开皇元，由无科举，士多专心古文，而牧庵姚公倡之，骎骎乎与韩、柳抗衡矣。其踵牧庵而奋者，惟君一人。①

元明善虽从学于吴澄，但论文章宗派，则无疑应归之中州，故张养浩以之为能继姚燧之踵者。马祖常《元文敏公神道碑》也将元明善与姚燧合称："倡古学于当世，为一代之文宗者，柳城姚燧暨公而已。"②查洪德先生认为，《元史》说姚燧"颇恃才，轻视赵孟頫、元明善辈"，其说绝不可靠。上引张养浩撰元氏神道碑铭，可为有力证据。皇庆、延祐间，虞集乃南文之望，元明善为北文之宗。元明善在江西及在金陵时，每与虞集剧论以相切劘。元明善言："君治诸经，惟朱子所定者耳。自汉以来先儒所尝尽心者，考之殊未博。"虞集则曰："凡为文辞得所欲言而止，必如明善云'若雷霆之震惊，鬼神之灵变'然后可。非性情之正也。"③二人的争论，反映了当时南北学术之异趣和南北文风之对立。元明善所代表的，是姚燧一派的文学主张和文章风格。

姚燧文章以碑传著称，元明善碑传之文颇近姚燧。其《丞相东平忠宪王碑》，述中书左丞相柏柱之祖忠宣王从铁木真起兵事："太祖皇帝起兵，与乃蛮人战，吾师败绩。七骑走利，追兵尾及，困乏绝食。忠宣多力，走水次，缚致二岁橐驼，炙其肉，啖太祖。太祖马毙，六人相顾，忠宣遂以己马济太祖，步射贼而死。"又述忠宣王第三子佐铁木真定天下事："太祖战失利，单走泽中。天大雪，忠武与博尔术张马鞴蔽太祖卧，且起视迹，二人之足不移。太祖从三十骑行涧谷间，遇群盗突射，忠武三发三殪，除彻马鞴障太祖。叱骑战贼，贼问，知忠武名，乃解去。"④其文古典深奥似姚燧，叙述简洁而能绘声绘色也似姚燧，显示了高超的功力。

元明善文有写得明净而令人神往者，如《万竹亭记》记万竹亭：

---

① （元）张养浩：《归田类稿》卷一〇，《景印文渊阁四库全书》本。
② （元）马祖常：《石田文集》卷一一，《景印文渊阁四库全书》本。
③ 查洪德编：《中国古代诗文名著提要·金元卷》，河北教育出版社2009年版，第154页。
④ 《全元文》第24册，第340~341页。

> 周所居植竹，竹无虑十万个。构亭竹间，覆之白茅，名曰万竿。竹不止万，而曰万，志盈数也。亭之西，雪山嵯峨，玉立霄汉。东则岷江之支，洪流达海。亭并长溪，可汲可渔，抱亭几合，而去与江会。每风日清美，目因境豁，群虑冰释，神情散朗，超然遗世。风或雨之夕，溪声与竹声乱，耳入清音，幽思以宣，肃如也。或雪或月，亭与竹尽宜。①

真可谓如诗如画，写出一个清静世界。读其文使人神清气朗，如置身世外，尘虑全消。其文字则自然开阖，长短句巧妙组合，声与色完美搭配，心与境、人与景无间融合，别具风致。

元明善与张养浩情谊深厚，相互推重。张养浩《挽元复初》诗云："韩孟云龙上下从，岂期神物去无踪。知君本自雄才刃，顾我安能直箭锋？一死一生空世隔，三熏三沐为谁容。平生碑版天留在，不朽何须藉景钟。"②惺惺相惜，这是对知己的哀挽。其《文敏元公神道碑铭》则说："余尝许其词工，而君亦谓余气盛。"③二人同声相应，同气相求，文学见解一致。

许衡弟子中能文者，除姚燧外，又以高道凝、畅师文为突出。

《元史·姚燧传》载："元贞元年，以翰林学士召修世祖实录，初置检阅官，究核故事。燧与侍读高道凝总裁之。"④可见高氏在当时文坛颇具地位与影响。

畅师文，字纯甫，号泊然。幼时家贫好学，后拜见许衡，与鲁斋弟子姚燧、高道凝结为好友。至元五年（1268），他上书论时政十六策，为丞相安童赏识，经推荐，被征聘为右三部令史。后伯颜统兵伐宋，选为掾属，随军谋划，攻取江南后，惟携书籍而归。后因进所撰《平宋事绩》，拜监察御史。曾编纂《农桑辑要》，论述各种农作物栽培及家畜家禽饲养方法，倡导种植棉花和苎麻。又出任陕西汉中道巡行劝农副使，在当地设

---

① 《全元文》第 24 册，第 303~304 页。
② （元）张养浩：《归田类稿》卷一九，《景印文渊阁四库全书》本。
③ （元）张养浩：《归田类稿》卷一〇，《景印文渊阁四库全书》本。
④ 《元史·姚燧传》，第 4058 页。

立义仓，推广种艺法。后官国子监司业、陕西行省理问。武宗时，参修成宗实录，官终翰林学士。他既是鲁斋后学，也是中州文派作家，时人对他多有推崇。许有壬《文肃畅公神道碑铭》称其"弱冠，谒鲁斋许先生，先生宾遇之，高弟若姚公端甫、高公道凝，皆相推友善"，并言其"为文力追古作，卢公处道以为似太史公，而姚公端甫亦称纯甫实善文"。① 其著述多而不存稿，故传世诗文极少。姚燧与畅师文相友善，有《与畅纯父学士同舟过鹿门山》词、《寄畅纯父治中》诗等。《送畅纯甫序》是姚燧现存最重要的论文之作，其云：

> 然纯甫寔善文。其不轻以出者，将以今为未积，积而至于他日，以《骚》《雅》末流《典》《谟》一代乎？将恃夫莅民既为循吏，持宪既为才御史，富民又将为良大农，道行一时，无暇于为言乎？岂以世莫已知，有之而退藏于密也？由积而为书他日，与道行一时，无暇于为言则可；由莫已知而不出，若余也，虽不善文，而善知文，则纯甫为失人矣。②

按照姚燧的说法，畅师父虽善文但"不轻以出"，时人尚且莫测其高深，我们今天就更无从知其成就了。但有一点可以肯定：他与姚燧为文章知己。

孛术鲁翀（1279~1338），一作富珠哩翀，始名思温，字伯和，后更名翀，字子翚，女真人。祖父随蒙哥南征，家于邓州顺阳。其父任江西掾，以家自随。孛术鲁翀生于赣江舟中。父死后，家道零落，他不顾家事而更用力于学。曾从新喻萧克翁学，后来受到文坛巨子姚燧的赏识。大德十一年（1307）以荐授襄阳县儒学教谕，升汴梁路儒学正。至大四年（1311）授翰林国史院编修官。延祐二年（1315）擢河东道廉访司经历，迁陕西行台监察御史。延祐五年拜监察御史。后擢翰林修撰，又改左司都事。预修《大元通制》，并撰写序言。泰定二年（1325）曾出为河南行省左右司郎中等职，参修《太常集礼》，兼经筵官。迁集贤学士，兼国子祭酒。升礼部尚

---

① 《全元文》第 38 册，第 357~360 页。
② （元）姚燧著，查洪德编辑点校：《姚燧集》，人民文学出版社 2011 年版，第 69 页。

书。元统二年（1334）除江浙行省参政。逾年以迁葬归故里。后至元四年（1338）卒，追封南阳郡公，谥文靖。孛术鲁翀以师道自任，是许衡的后继者。他的文章简奥典雅，深合古法。有文集六十卷，久佚。近人缪荃孙辑出他的作品，编为《菊潭集》四卷。《元诗选》二集选入孛术鲁翀诗八首。据苏天爵《孛术鲁公神道碑铭并序》，孛术鲁翀为学务博而约，自六经诸史传注，下至天文、地理、声乐、历律、水利、算数，所论皆能服人，年二十余，即号称巨儒。先从乡先生李贞隐学诗赋，稍长游学江西，拜名儒萧克翁为师。再走京兆，其学益宏以肆。复游汉上，从姚燧学古文。燧大奇之，称赞他："谈论锋出，其践履一以仁义为准。文章不待师传而能，后进无足伦比。"①《元诗选》小传称"子翚学博而正，为文章典重质实，不为浮靡，其词悉本诸经，如米粟布帛，皆有补于世教"，并评价："元初文章雄鸣一时者，首推牧庵，而亦推服子翚如此，宜后人以鲁姚并称云。"②其《平章政事致仕尚公神道碑》表彰墓主德业，议论正大："公粹美高亮，行修洁。年十六七志学，溯伊洛，究洙泗，完经大史、诸子百家，该洽无不综，一以仁义为根极。孝友行业，著见州闾。大臣交荐，声名日振。世庙方大有为，衣冠元老森然以所能辅经纬。公翱翔上下，佐画开先，实与有力。"追述其行为之美，学问之正，辅佐朝廷之有力。又记其闲居之时："从容事外二十余年，寿考康强。几杖清寂，手不释卷。缙绅造之，非圣贤中道、经纶大经置不谈，闻者随其器量大小，皆润溉，天下望之若瑞星神岳。素缜严，簠饮食，动静皆有节制。居位应务，察事理，守名法，简易正大，物无不容。推行所宜，不胶不固。大政大节，利不回，威不屈，仁勇沛然，绰有余裕。古遗爱、遗直，公兼尽之。"③这种对人格的表彰，实可推衍以说明他的文风追求。

孛术鲁翀曾于襄城访问故老，探寻先贤遗冢，感叹宋代名臣范镇的盛德伟烈。其所作《范坟诗》称："雄哉炼石手，妙补天巍巍。丞相江南来，云掩扶桑晖。旧德陈苦辞，往往陁谤讥。诸贤抗章疏，弱卒攻圣围。公力

---

① 《全元文》第 40 册，第 275~276 页。
② （清）顾嗣立编：《元诗选》二集，中华书局 1987 年版，第 193 页。
③ 《全元文》第 32 册，第 342 页。

斡禹鼎，正气砰黄扉。"前贤盛德如此，而眼前却已是"彼黍离离"，读之令人心酸。诗人在诗歌的结尾处，表达了面对兴亡盛衰变迁的深深叹惋："我来访遗垄，名姓存依稀。来仍散兵烬，雨雪无留霏。公名在天下，岂逐薤露晞。谁能禁耕牧，盛事乘新机。吾力不足振，感叹徒歔欷。"①

与姚燧一样，李朮鲁翀文风追求雄刚古邃。他为张养浩《归田类稿》所作序中描述了其审美主张，而他的诗文创作体现了这些主张。如其《大都乡试策问》：

> 朝廷者，纲纪所综，而风化所由宣。京师者，郡县所望，而民物所由阜。以上达下者，礼乐政刑也，事孰大焉？以下奉上者，士农工商也，业孰广焉？事振于上，万方治象以之昭明。业修于下，万世邦本于是巩固。生民以来，天下国家，莫之能易也。夫礼，天地之节也。三代损益，虽可概见，叔孙之仪，后世因之。……奇功炽而夺稼穑之务，苦窳售而耗库廪之储。其何方以正之？商，懋迁之资也。钞法久黩，农末交病；市扰不测，有无俱艰。徼幸者公私相欺，折阅者上下莫诉。其何术以平之？②

行文大开大合，变化莫测，自有一种不可当之气势，使人遥想宋代陈亮文章之"堂堂之阵，正正之旗，风雨云雷交发而并至，龙蛇虎豹变现而出没"③，真有如此风神与气度。

在中州文学一派中，受姚燧影响最大、创作又与之最为接近者，当属李朮鲁翀。但是，在李朮鲁翀之后，中州文派渐无有名之士。历史进入元代中期，当南方文人虞集等北上并进入文坛中心位置后，平易阔大之文风逐渐行于天下，中州文派随之式微。

---

① 《全元诗》第29册，第419页。
② 《全元文》第32册，第295~296页。
③ 《宋史·陈亮传》，中华书局1977年版，第12941页。下所引《宋史》均为此版本，不另注。

第二节 北方文派

　　元代北方文派由静修学派演变而来。刘因是静修学派的开创者，他既为理学大家又是诗文名家，故元代北方文派也由他肇始，而后历经数代。第一代以刘因、郝经及滕安上为核心，而卢挚与王恽等环而拱之。第二代则以安熙与张弘范兄弟为代表。第三代以苏天爵与王结最为卓越。这一派的文学主张是：诗文既以六经为本而文道并重，又以汉魏及唐为指归而崇古复雅，并且不以门户为限而崇实尚用。此文派主要由三大群体构成：一是刘因及其门人弟子，二是郝经，三是卢挚、王恽。其中，刘因及其门人弟子是主体。郝经与刘因作为挚友，交流密切，彼此推重，均推崇程朱之学但不固守，诗文主张都源于元好问又有所发展。正是因为学术与诗文风格相近，他们同时成为元代北方文派的重要代表，清人顾嗣立论元前期诗派时就将两人并列，称："元兴，承金宋之季。遗山元裕之以鸿朗高华之作，振起于中州，而郝伯常、刘梦吉之徒继之。故北方之学，至中统、至元而大盛。"[1]卢挚、王恽等，虽在理学上造诣不多，但是在诗文风尚上与郝、刘有着明显的一致之处，故也将他们归于北方文派。这一派对有元一代的学术与文学有着重要影响，并一直延续到明清时期。他们的诗文（包括词）呈现出明显的整体特征，主要表现为：慷慨、奇崛而充盈清刚之气，并流露出强烈的主体意识；简严质朴而平实畅达，却不乏冲和之美；文道合一，而兼具纵横之势。下面分而述之。

　　其一，慷慨清刚而主体意识强烈。北方文派诸人多受元好问影响，其诗文具有北地的慷慨清刚之气。刘因早年诗歌直溯汉魏盛唐，且颇得其中精髓。早年学李白、韩愈、李贺等，咸宗汉魏，形成了豪迈苍劲且梗概沉郁的风格。《宋理宗南楼风月横披二首》其一云："试听阴山敕勒歌，朔风悲壮动山河。"[2]此可以作为其诗风的一个概括。再如其尤为人称道的《渡白沟》

---

[1] （清）顾嗣主编：《元诗选》初集，中华书局1978年版，第593页。
[2] 《全元诗》第15册，第158页。

《遂城道中》等诗，悲壮激昂，又有着无尽而深沉的历史感慨。《白沟行》《贤台行》《听角行》《怀素青帘斗将二帖歌》《入燕行》《北岭行》《化城行》《青城行》《汝南行》《李丰亭》等，则沉郁顿挫、清新警策、震撼纵恣，雄猛之气充盈字里行间。刘因为文则有意追求清刚之气，以发扬北宗文章之传统，其《吊荆轲文序》虽短，而萧杀之气直浸人心，慷慨激昂，又使人热血沸腾。郝经诗文也是如此，四库馆臣评"其文雅健雄深，无宋末肤廓之习。其诗亦神思深秀，天骨秀拔"，"其诗格以朴劲为主，不免稍失之粗犷，而笔力健举。七言古诗尤有开阖排宕之致，视元末秾艳纤媚之格全类诗余者，又不以彼易此"。① 张弘范以武将而作诗，大多慷慨跌宕。许从宣《淮阳集序》论其诗称："至其读韩信、李广传诸作，英气伟论，卓荦发扬，又岂拘拘律度之士所能道哉！"②

北方文派诸人又具有强烈的主体意识，他们借诗文来抒写性情，表达事功之志以及体道感悟。如安熙之诗学陶渊明、朱熹，以吟咏性情、陶写造化为主。张弘范纪行、抒怀、怀古等诗均侧重个体情感的抒发，事功意识尤为突出。其《南征二首》其一"明年事了朝天去，铜柱东边第一功"③，《初夏》"六月长安道，功名两字催"④，都是将自己的追求与功名相联系。故许从宣《淮阳集序》称其"以事业之余，适其情性，而聊以见之吟咏"⑤。

其二，简严质实而冲淡平畅。北方文派诗文受理学影响，不尚空言，质朴无华而严守章法，同时又受陶渊明影响，表现出冲淡之美。刘因晚年尚陶，又形成了冲淡、自然、不假雕琢的风格，《和陶集》在这方面表现得极为突出。阎复曾论郝经："公才识超迈，务为有用之学。上溯洙泗，下迨伊洛诸书，经史子集，靡不洞究。掇其英华，发为词章，议论高视前古，慨然以羽翼斯文为己任。"⑥ 苏天爵文集三十卷，其中碑志、行状共十

---

① 《四库全书总目》卷一六六，第1422页。
② （元）张弘范：《张淮阳诗集》卷首，清抄本。
③ 《全元诗》第9册，第187页。
④ 《全元诗》第9册，第182页。
⑤ （元）张弘范：《张淮阳诗集》卷首，清抄本。
⑥ （元）阎复：《元故翰林侍读学士国信史郝公墓志铭》，《全元文》第9册，第293页。

七卷，占全书篇幅一半以上，所记人物有大臣、中下级官吏、儒生、隐士、妇女等各色人物。虞集曾称赞苏天爵之文简洁严重，如其为人。王结诗文留存不多，但是成就可观，四库馆臣评其集："诗多古体，大抵舂容和平，无钩棘之态，文亦明白畅达，不涉雕华。"①

其三，富有理趣而议论纵横。北方文派成员多数兼学者与作家身份于一身。受理学影响，其诗词多富于哲理而无宋季诸人的道学气，其文往往纵横捭阖却遵守章法而言之有理。刘因既是一位理学家，又不乏生活情趣，其诗往往表现出情趣与理趣的融合，很多诗又往往有出人意表的议论。其《读史评》："纪录纷纷已失真，语言轻重在词臣。若将字字论心术，恐有无边受屈人。"②《仙人图三首》其一："千古谁传海上山，坐令人主厌尘寰。蓬莱果有神仙在，应悔虚名落世间。"③这些诗，总能在常见的事物中，揭示出常人见不到之理，让人服其思索之精深。刘因的议论文，也多雄辩有力，如《辋川图记》等堪为代表。《元史》本传概括郝经散文的特点为丰蔚豪宕。郝经散文以议论胜，即使像碑、志、记、传之类的文字，有的也写成议论文，或者以议论为主，或者充满了议论。其《东师议》《班师议》等文，深受宋代策论文章的影响，论证颇为有力，多以雄辩胜，正说反说，左说右说，层层逼进，气势夺人，历来受人称赏。郝经的这些文章大都写得辞采丰润，跌宕起伏，气势充盈，论辩有力。安熙以传授理学为世人所重，文章以性理为主，其《斋居对问》在问答间阐发己意，其《封龙山书院释菜先圣文》自述心迹，于平实中见学道之志，屡为时人及后人称引。其序、记、书、箴、墓志、行状、祭文，都讲求礼制。苏天爵以力学善文著名，任官后仍嗜学不厌。他读经稽古，作文很有章法。文章以政论文为主，中间夹杂着写人、记事的叙述性文字，逻辑性、议论性、实用性较强，文字简洁、凝练、严谨。

---

① 《四库全书总目》卷一六七，第1439页。
② 《全元诗》第15册，第146页。
③ 《全元诗》第15册，第149页。

第三节 江西文派

吴澄创立草庐学派，这是朱子后学群体中的一个重要学派。他们奉朱熹之说为圭臬，著书立说，讲学授徒。《宋元学案·草庐学案》列草庐门人三十位，其中以虞集与元明善等人最为知名。吴澄学者而兼文人色彩，既能恢宏"至道"，又能润色"鸿业"。四库馆臣评其文"词华典雅，往往斐然可观"①，肯定了他的诗文成就。这一派以理为诗之本，提倡平淡自然，主张辞由己出，在元代文坛具有重要地位。

作为元代江西文派代表的吴澄，自觉运用其哲学思想来研究文学问题，他的诗文理论，常常带有浓厚的哲学意味。他比较系统地论述了文本于气的观点，对文自心生的观点也有论述，由此引出文须自然、诗须道性情之真等主张。尽管主自然、主真等不具创新意义，但他在新的理论基础上加以论证，自比以往的论述深刻。他把天地之气、人文、历史气运放在一起考查，提出了超越前人之论。所作诗文，往往敢于批判现实，无所避忌，文章写得大胆深刻，具有较高的社会意义。行文追求自然，而又很讲究法度。有些文章语言典雅洁净，圭角不露而光彩喜人。

对于吴澄的诗作，明代徐𤊹《笔精》称其"专志理学，而诗亦多巧思"，能"超脱理学蹊径"。②而《元诗选》初集吴澄小传则说："先生雅好邵子书，故其诗多近之。其句法超逸处，如'乔木啸清风，寒花醉香露'，'窗红开晓渗，草碧验春温'，'人定籁声寂，天旋斗柄移'。又《述怀》云'悬知海上三山客，尘视人间万户侯'，《题大乾庙壁》云'身合沉江甘殉楚，心知蹈海胜归秦'，《芍药》云'浅潮半醉流霞晕，清印初昏淡月痕'，俱清婉可诵也。"③邓绍基先生举其五律《送富州尹刘秉彝如京》，以为这样"风格雅淡，情意深浓，笔法也颇老苍"的诗，在很大程度上可

---

① 《四库全书总目》卷一六六，第1428页。
② 陈衍：《元诗纪事》卷七，《万有文库》本。
③ （清）顾嗣立编：《元诗选》初集，上海古籍出版社1993年版，第332页。

代表吴澄的诗格。①这些评论从不同方面揭示了吴澄诗的风格特点，互相之间似乎有些矛盾，但应该说都符合吴澄诗的实际。吴澄七言律有纤巧一格，受晚唐体影响比较明显，徐燉"巧思"云云，多见于这一类，其中好的作品颇为清新流转；五言律多老健，乃承江西之脉，邓绍基先生所言，属于这一类。《元诗选》小传所谓"超逸""清婉"者，所举诗句则多清巧、软款，其中五言三联，其一见于其文集卷九七《题孔知府致仕》，其二、其三分别见于卷九三《为舒景春赋东皋》、《又和张仲美韵二首》之一，七言三联载于文集卷九四、九五，《述怀》乃《用赠李灿然韵述怀》，《芍药》乃《次韵杨司业芍药》。就全诗论，《题孔知府致仕》《次韵杨司业芍药》两首较好，其他均不可取。《元诗选》一首也未选，可见选编者也不以这六首为上品。吴澄受邵雍影响，是服其学问而及于诗，这一问题应从更大的背景上来认识：吴澄作为理学家而兼诗人，移理入诗，其成功之作多富理趣，风格冲淡，与他论诗远宗魏晋、近推卢挚相合。

---

① 邓绍基主编：《元代文学史》，人民文学出版社1991年版，第438页。

第四节　金华文派

金华朱子学历来被视为是朱学嫡脉，而到许谦一辈，则已由讲学家转而为讲学家之兼擅文章者。许谦之后，更是均为文章之士。金华学派有明晰的师门承传脉络："北山四先生"（何基、王柏、金履祥、许谦）—"金华三先生"（黄溍、柳贯、吴莱）—宋濂、王祎、胡翰、戴良—方孝孺。这一派成员众多，自许谦之后承传三代，绵延百余年，是中国文学史上不应被漠视的一个文学流派。他们主张文学与学术、事功合而为一，并有着强烈的道德重建意识，重视教化，形成了具有深厚理学底蕴的文风，并在很大程度上影响了元明文学的变迁。金华文派传承数代，受元代社会文化以及金华地域环境的影响，其文学理论与创作形成了鲜明的时代特征。

其一，主张文学与学术、事功合而为一。宋亡后，元人对此进行反思。在学术文化层，他们得出宋代灭国的两个原因：一是宋季空谈性理，不能经世致用；二是宋人将学术分裂，文道各趋于两极。造成的弊端是：道学则谈理虚矫，求异于世；文章则偏求奇怪艰深之辞；政事则流于闳阔骄激。因此，他们主张文学与学术、事功合而为一。金华文派亦持此论，更为可贵的是，他们又多能身体力行之。如黄溍论学主张学术与事功并重，反对将两者割裂，对于"群居则玩思空言，而指簿书钱谷为细务；从政则苟逭吏议，而视仁义礼乐为虚文"[①]与"务为高论而不屑意于为事，或者指经义为无用之言"[②]的现象加以批判。黄溍自己做到了这一点。时人傅亨为黄溍请谥所作之《请谥文移》称他"擅一代之文章，为诸儒之规范"，"言性理探程朱之奥妙，论著述继韩柳之雄深"。[③]近人钱基博先生亦评曰："黄溍文为苏轼之疏畅，而归本欧阳修之纡徐；学则朱熹之义理，

---

① （元）黄溍：《国学蒙古色目人策问》，《文献集》卷三，《景印文渊阁四库全书》本。
② （元）黄溍：《跋余姚海堤记》，《文献集》卷四，《景印文渊阁四库全书》本。
③ （元）黄溍：《请谥文移》，《文献集》卷七，《景印文渊阁四库全书》本。

而兼吕祖谦之文献。承宋人之学，为宋人之文。"① 此外，如胡翰《古乐府诗类编序》称"诗之用犹史也。史言一代之事，直而无隐；诗系一代之政，婉而有章。辞义不同，由世而异"，又说诗歌"情深而文明，气盛而化神，故可以感鬼神，和上下，美教化，移风俗"。② 王祎作《宋景濂文集序》时也认为："昔之圣贤，其学可谓至矣。其于三才万物之理，仁义道德、礼乐制度、治乱是非、显隐巨细之际，凡天人传心之妙，帝王经世之略，无弗察而通也。其真知实践既有得于内矣，于是将以自见而淑诸人也，然后托于文章，以推其意之所欲言。"③ 这些均是主张文章和事功合而为一的。

其二，有着强烈的道德重建意识，重视教化。宋亡元兴，对于儒学之士而言，无异于天崩地坼。因为这不是一般的改朝换代，而是原来支撑社会运转的行政系统、道德体系，几乎全部被打破，整体上呈现出社会失序、道德失范的局面。具言之，则表现为新旧儒学的艰难蜕变、异族统治下正统观的重新调整、佛道二教的严峻挑战、儒吏之间的尖锐矛盾、儒士自身出处进退的彷徨等。面对如此艰难之境遇，元代士人形成一种自觉的道德重建意识，并且慨然以此为使命。居于上位者，极力劝谏统治者行汉法，推儒治；在下者讲学乡里，究心道学，淳朴民风。他们所做正如许衡所言："纲常不可一日而亡于天下。苟在上者无以任之，则在下之任也。"④

伴随着科举的恢复，金华文派的第一代有些人进入仕途，如黄溍、柳贯、吴师道、张枢等，他们任职时几乎均以救世行道为己任。但是，有元一代，社会极其不公平，南人进入仕途非常艰难，而即使进入官场，升迁的机会又甚渺茫。所以，属于南人的金华文派诸人，除第一代有几个人出任官职外，多数人一生从事教职，以讲学为业。第二代人遭遇了元明易代，在朱元璋攻下江南后，多归附朱元璋，并在新朝的建设中发挥了巨大作用。但无论是在元代沉沦教职，还是入明居于要位，他们一以贯之的是

---

① 钱基博：《中国文学史》，中华书局1993年版，第820页。
② （清）薛熙：《明文在》卷四六，吉林人民出版社1998年版，第274页。
③ （元）王祎：《王忠文集》卷五，《景印文渊阁四库全书》本。
④ 《元史·许衡传》，第3717页。

重视教化。在理论上，他们持此主张，翻检其文集，道德教化之语也处处可见。

其三，形成具有深厚理学底蕴的文风。查洪德先生曾说："在元代，理学全面影响诗文，形成了以理学为精神底蕴的一代文风，这也是元代有别于其他时代的文风。"① 元代金华文派更是因金华学派流而为文所致，这种特征更为明显。

清人黄百家论金华之学时，尝言："北山一派，鲁斋、仁山、白云既纯然得朱子之学髓，而柳道传、吴正传以逮戴叔能、宋潜溪一辈，又得朱子之文澜，蔚乎盛哉！"② 他指出金华之学一脉，"北山四先生"传承了朱熹的道学之正脉，至柳贯及吴师道、戴良与宋濂等，则又继承发扬了朱熹的文学。"学髓"及"文澜"并得，是金华文派学术与文学方面突出的特点。但是，在新的社会历史背景下，金华文派所受的理学影响，并不限于朱子一家。元代理学总体趋势是众派汇流、朱陆和会。金华之地有"东南小邹鲁"及"文献之邦"之誉，吕祖谦历史文献之学、陈亮事功之学及唐仲友经制之学都兴起于此地。这些流派对于处于元代且推崇乡贤的金华文派诸人，自然都有影响。在朱熹之学及其他学派的交叉影响下，金华学人为学更杂，文学愈盛，形成了具有深厚理学底蕴的金华文风。

金华文风的创作主体往往通经能文，既是学者又是文章之士。如黄溍和柳贯，与虞集、揭傒斯名列"儒林四杰"。元人陈旅又称："金华有二先生：曰柳公道传，曰黄公晋卿，皆以文章显名当世。"③ 再如宋濂，亦既是理学家，又被视为文章大家。他们将理学的概念和范畴引入诗文中，继宋人之后，继续丰富文学的话语表达系统。道学之"太极""物理""天机"等词往往直接或经化用而入诗句，如"太极一图关道妙，为开幽翳出朝光"④，

---

① 查洪德：《外儒雅而内奇崛：理学家之人格追求与元人之文风追求》，《晋阳学刊》2007年第1期。
② （清）黄宗羲等：《宋元学案·北山四先生学案》，沈善洪主编：《黄宗羲全集》第6册，浙江古籍出版社1999年版，第217页。
③ （元）陈旅：《宋景濂文集序》，《安雅堂集》卷五，《景印文渊阁四库全书》本。
④ （元）柳贯：《送陈彦正山长奉亲赴柯山》，《待制集》卷六，《景印文渊阁四库全书》本。

"俯视渊底鱼，仰观天上鸢。抚化心已惬，即物理自全"①，"天机久已泄，世网孰为纲"②。在内容层面，金华文派的文章以政事、军旅、外交、礼乐、教化等实用方面为主，诗歌则以抒发性情之正及宣泄被抑遏之志为主。思维层面，受程朱理学的影响，金华文派诸人议论时长于辨析，注重理性的感悟和阐发，故其行文多具有强烈的思辨色彩，充盈着思辨之美。在境界层面，金华诸人受理学濡染，致力于成贤成圣，追求一种"儒者气象"，这种理想对诗文产生了很大的影响。查洪德先生认为：诗文之"平易正大"，是理学家追求的"圣贤气象"人格精神的体现；诗文之"自得之趣"，是理学家学问与道德修养中追求"深造自得"的表现；诗文之"气和声和"，是理学家要求"志以御气"的结果。金华学人的诗文之风貌，正可为其最佳注脚。③戴良《夷白斋稿序》评论黄溍与柳贯之文章："其格调固拟诸汉唐，理趣固资诸宋氏。至于陈政之大，施教之远，则能优入乎周德之未衰。"④认为他们的文学格调可拟诸汉唐二代，更得宋理学之趣，其陈述政治、施礼教化则堪比成周时代。戴氏之言，固有过誉之处，但是却也揭示出了金华文派具有深厚理学底蕴的文学特征。

在元明文学的变迁中，金华文派一直扮演着重要角色。元初，金履祥、许谦等人授徒教学，隐居乡里，声名不显，却担任着传承朱熹之学的重任。元中后期，金华文人与吴中文人同为当时文坛最活跃的两大群体。至元明之际，金华文派达于鼎盛，在全国文坛独步一时。明人胡应麟尝言："国初文人，率由越产，如宋景濂、王子充、刘伯温、方希古、苏平仲、张孟兼、唐处敬辈，诸方无抗衡者。"⑤《明史》也称："明初，文学之士承元季虞、柳、黄、吴之后，师友讲贯，学有本原。宋濂、王袆、方

---

① （元）戴良：《游慈湖》，《九灵山房集》卷一五，《景印文渊阁四库全书》本。
② （元）吴莱：《蜂分》，《渊颖集》卷三，《景印文渊阁四库全书》本。
③ 参见查洪德：《外儒雅而内奇崛：理学家之人格追求与元人之文风追求》，《晋阳学刊》2007年第1期。此文论元人的人格追求与文风追求的关系及特点，最为详赡。
④ （元）戴良：《九灵山房集》卷七，《景印文渊阁四库全书》本。
⑤ （明）胡应麟：《诗薮》续编，上海古籍出版社1979年版，第341页。

孝孺以文雄。"①他们不仅以文章著称，诗歌创作亦不弱。王世贞尝论宋濂与王祎称："宋、王二氏，虽以文名而诗亦严整、妥切，则婺中诸君子，冠冕国初，不独其文也。"②后来，尽管在朱元璋、朱棣父子的政治打击下，金华文人多凋谢沦亡，但是，金华文派的文学主张及诗文创作却始终影响着有明一代，甚至余泽惠及清代与后世。明代文学流派众多，一些社团、流派如以"三杨"为代表的台阁体诗人、前后"七子"以及唐宋派等几乎都与金华文派有着直接或间接的关系。金华文派对于清人的影响，则主要表现在四大方面：一是金华文派学术与文学紧密结合的特点，受到了清人重视，清人亦多结合理学流变来论其文学，钱谦益、黄宗羲与全祖望等人可谓代表；二是清人评论元明之间的金华文派时不带民族偏见，故他们对于金华文派诸人的气节、操守颇多推重，故王祎、戴良与方孝孺等人的事迹，在清代一再被传说，成为激励后人之榜样；三是金华文派诸人的诗文集在清代多被整理与翻刻，同时，其诗文也多为清人诗文选集所收录；四是已有学者通过分析认为，八股文在结构上的奥妙隐含在宋濂《文原》之中，并得出结论——宋濂通过这篇文章影响了明代士子，进而也启迪了清代文人。另外，金华文派的影响不只限于国内，还波及韩国、日本、越南等国家。朱元璋曾不无骄傲地对宋濂感叹道："方今四夷皆知卿名。"③可以说，有明一朝开国文臣之首宋濂及以他为代表的金华文派，其影响不仅深远，而且广泛，在学术史与文学史上均有着重要地位。

---

① 《明史·文苑传序》，第7307页。
② （明）胡应麟：《诗薮》续编，上海古籍出版社1979年版，第341页。
③ （元）宋濂：《宋文宪公全集》卷八二，《四部备要》本。

第五节　新安文派

　　元代新安朱子学，以赵汸为代表。赵汸之前，有程若庸、胡一桂、胡炳文、陈栎、倪士毅、汪克宽等大家，但是他们诗文成就并不显著。及赵汸出，打破了之前新安理学的保守局面，力推朱陆和会，并与郑玉一起，将新安理学对《春秋》学的研究推到了一个新的高度。他一生致力于著书立说、教书育人、传播朱子理学思想，为徽州地区培养了大量的理学人才，从而丰富和发展了新安理学，为新安理学的兴盛做出了积极的贡献。在明中期以后有关徽州的文献中，赵汸被视为新安理学先儒。赵汸一生跨越元明两朝，新安理学后于明代崛起，赵氏颇有功焉。

　　赵汸（1319~1369），字子常，徽州路休宁人。生而姿禀卓绝。年十九，闻九江黄泽有学行，往从之游。后复从临川虞集游，获闻吴澄之学，乃筑东山精舍，读书著述其中。由是造诣精深，诸经无不通贯，而尤邃于《春秋》，学者称东山先生。明初，征修《元史》，书成辞归。未几卒，年五十一。著有《东山存稿》七卷。《元诗选》二集辛集选其诗五十一首。清儒皮锡瑞称："元明人之经说，惟元人赵汸《春秋属辞》义例颇明，孔广森治《公羊》，其源出于赵汸。"①宋濂对赵汸更是推崇备至，认为赵汸的《春秋》学独能"直探圣人之心于千载之上"，"世之说《春秋》者至是亦可以定矣"。②赵汸于经术学黄泽，于文章学虞集。学有根柢，故其文章波澜意度，均有典型，在元末亦可谓翘然独出者。四库馆臣曾评道："其文亦多淳实典确，不为浮声，犹见先民矩矱之遗。"③诗作往往因感发而形诸歌咏，如《病士》《悼子瑄》等诗，皆发诸真情，而《峡源瀑布》《题碧山图》等诗，写景疏阔淡远，意境清幽。

---

① 皮锡瑞：《经学历史·经学积衰时代》，《学生国学丛书》本。
② （元）宋濂：《春秋属辞序》，（元）赵汸：《春秋属辞》卷首，明刻本。
③ 《四库全书总目》卷一六八，第1461页。

第六节 高丽文派

元初理学北上，留居大都的安珦、白颐正、权溥等主动接受许衡一派的程朱之学，并传授于李齐贤辈，开启了理学的高丽一脉。元中期李齐贤等人与姚燧等问学切磨，进一步昌明学术，又授之李穑等弟子。元后期李穑等人私淑许衡，又承欧阳玄衣钵，理学造诣臻于精深，并传郑梦周、郑道传、权近等，高丽理学大盛。元代高丽士人以文述学、因诗体道，且文道并重，依学脉承传谱系形成了文学流派——高丽文派。高丽文派前后承传三代，留存下数量可观的诗文著述。高丽文派代表性作家秉承相同的文学观念，同声相应，同气相求，彰显出群体性的文学风貌。这一派的创作，既是元代文坛不可或缺的组成部分，同时又在朝鲜文学史上占有极高的地位。元代儒学的笃实品格与流而为文的发展态势，以及文学的大元气象等，深刻影响着高丽文派。同时，反过来，他们的文学创作也对元代文坛有着重要影响。

一是高丽文派大量的论学文章、史传著述、纪游诗词与唱和篇什等，增强了元代文学的丰富性。元代高丽文派的成员，既有游学中原而登第入仕者，也有大量的王族侍从和出使人员，这些人多有论著留存。《全元文》与《全元诗》收录的高丽作家不超十人。但实际上，据《元史》《高丽史》以及《韩国文集丛刊》等可知，其数量远不止这些。如今韩国留存下来的尚有：金坵《止浦集》三卷、李达衷《霁亭集》四卷、白文宝《淡庵先生逸集》四卷、安珦《晦轩先生实纪·诗文》一卷、田万英《蛰隐逸稿》六卷、赵宪《重峰先生文集》二十卷、郑可臣《千秋金镜录》（卷数不明）、李承休《动安居士集》四卷、郑浦《雪谷集》二卷、韩修《柳巷诗集》（卷数不明）、李齐贤《益斋集》十卷、郑道传《三峰集》十四卷、安轴《谨斋集》四卷、崔瀣《拙稿千百》二卷、李穀《稼亭集》二十卷、李仁复《樵隐集》（不分卷）与李穑《牧隐集》六十五卷、金九容《惕若斋学吟集》三卷等。在这些文献中，几乎都能找到与元代直接相关的文学作品。

二是高丽文派文学创作中体现出的东方认同意识，与蒙古、色目士人的族群认同，南、北方士人的乡邦情怀等，共同充实了元代文学的多元性。韩国著名汉学家许世旭曾以李齐贤为例论元代的高丽士人与清代的李朝士人的不同："李齐贤到元朝去，已经分不清楚'彼我'。你是你，我是我，你是贵国，我是彼国，这种观念在李齐贤那里几乎没有"，"李齐贤与中国读书人的不同，只是语言的不同"。① 这里需要指出的是，元代高丽士人曾不满被归于"汉人"一等，多次请求要等同于色目人。安轴《请同色目表》曾奏请："亲则是一家甥舅，义则为同体君臣。兹远别于汉南，得同入于色目。"② 李齐贤所拟《乞比色目表》也称："既然得附于本支，何乃未同于色目？肆历由中之恳，伫沾无外之恩。伏望赐以俞音，顺其景慕。"③ 但是元廷一直未允，始终视其为"汉人"。也因此，作为"汉人"的高丽士人，亦属于元代多族士人圈的一部分。此外，几乎所有的高丽士人，都自称"东国"或"三韩"，这是一种混合着乡邦情怀、族群认同和政治心态的自我意识。陶然先生称其为"本位意识"，认为"高丽文人普遍在政治上以特殊的陪臣心态坚守民族本位，思想上既接受儒家传统立场又强化家邦意识，文学创作上则在立足中国文学传统的同时，流露出明显的本土观念"，并提出"他们又经常从高丽民族本位出发，不断强化其独立观念和自我体认"。④ 显然，高丽士人的这种自我意识，是客观存在的。而从更多的高丽士人的言行来看，这种东国意识，又不完全是一种类似金华文派、江西文派的乡邦意识，也不等同于蒙古、色目人基于政治优越性的族群意识，而更多的是一种在认同大元王朝前提下的忠于王氏政权的政治意识。这种意识，也是元王朝自身的特殊性所导致的。在这种意识的作用之下，元代高丽士人创作了数量可观的所谓"得纾国患"的诗文作品。《东人诗话》卷下就曾论道："高丽中叶以后，事两宋、辽、金、蒙古强

---

① 许世旭、刘顺利：《在沟通中增进了解——与韩国著名汉学家许世旭教授的对话》，见刘顺利：《半岛唐风：朝韩作家与中国文化》，宁夏人民出版社2004年版，第6页。
② 〔朝〕安轴：《谨斋集》卷二，《韩国文集丛刊》本。
③ 〔朝〕李齐贤：《益斋乱稿》卷八，清艺海楼抄本。
④ 参见陶然：《论元朝高丽文人的本位意识——以李齐贤为例》，《浙江社会科学》2010年第6期。

国，屡以文词见称，得纾国患。夫岂词赋而小之哉！"①

三是高丽文派立足性理、偏重史传，以及旨在解决现实问题和关涉系列政治事件的文学创作，形成了元代文坛的异趣。高丽士人往往集元朝官员、王氏侍从与高丽国官员三重身份为一身，再加上元廷与高丽王氏政权之间关系复杂而特殊，这使得他们创作了众多关涉现实问题和政治事件的诗文。如在李齐贤文集中，史传类作品数量众多，史志、论赞、表笺占了很大比重，此外，如《在大都上中书都堂书》《上伯住丞相书》等，则都是参与当时政治事件的产物。

四是壮大了元代作家队伍，且他们创作了大量的纪游、咏史和与中原士人的唱和之作，这也是元代文学的构成部分。高丽士人在元代文坛上非常活跃。受中原风气尤其是理学的濡染，高丽作家对文学的认识与元代主流思潮一致。他们也认为，文由道生而以载道，并赞同理气不二、气化万物而文随气运的观念。在创作取向上，主张既要师古，泛取诸朝之盛，也要师心而自成一家。同时，受"正性情"思想的影响，文学上尤爱追求中和之风。他们的纪游、咏史与酬答之作最引人瞩目。他们足迹遍布中华，纪游之作多歌咏大好河山，而咏史诸作则评论古今胜迹与中国历史人物。以李齐贤《益斋集》为例，其诗多为纪游之作，其《过中山府感仓唐事》《过祁县感祁奚事》《蜀道》《诸葛孔明祠堂》《登峨眉山》《函谷关》《姑苏台和权一斋用李太白韵》《淮阴漂母墓》《白沟》《题长安逆旅》等可谓代表，且喜诗词同题而作。李穀也曾多次游历西湖，其诗句"欲识西湖奇绝处，夜深化睡暗香生"②，更是流传一时。他还撰有《滦京纪行》一卷。他的咏史之作，对象多达数十人。李穑《即事》诗写道："昔年游宦走京师，天下一家随所之。"③他还歌咏过崇德寺、永宁寺、寿安寺等。高丽士人的酬答诗文则反映出与中原士大夫的交游之广泛与情谊之深厚。终元一代，与高丽士人有过诗文酬唱并有作品留存至今者，就有耶律楚材、刘秉忠、郝经、王鹗、王恽、赵孟頫、吴澄、许谦、姚燧、程钜夫、袁桷、刘敏中、

---

① 〔朝〕徐居正：《东人诗话》，蔡美花、赵季主编：《韩国诗话全编校注》第1册，人民文学出版社2012年版，第198页。
② 〔朝〕李穀：《稼亭先生文集》卷一六，《韩国文集丛刊》本。
③ 〔朝〕李穑：《牧隐集》卷一六，《高丽名贤集》三，大东文化研究院1986年版。

虞集、揭傒斯、欧阳玄、许有壬、吴师道、程端学、陈旅、张翥、迺贤、苏天爵、朱德润、黄溍、柳贯与丁鹤年等。高丽士人文集中留存的酬唱往来诗文则更多不胜数。他们之间的交往之盛，从李榖身上也可窥见一斑。元统二年（1334），李榖奉制书东还，当时的馆阁之士与其同年陈旅、宋本、欧阳玄、岳至、王沂、潘迪、揭傒斯、宋褧、程益、程谦、郭嘉，以及居于大都的高丽人李齐贤、权汉功、安震、安轴、闵子夷、郑天濡、李达尊、白文宝、郑浦与安辅等，纷纷作诗为其送行。这些诗文全部被收录在李榖的《稼亭杂录》中。

五是元代高丽士人的回流促进了朝鲜文学的发展与转变。杨镰在论元西域作家群时，曾指出这一群体进入中原属于人才的单向流动，并评论说："这种人才的单向流动，这种只有一个路径的不归之旅，在经历了四五代人的一个世纪演变之后，下一步华化的西域人在中原的'本土化'就是无法避免的必然归宿。换句话说，即便不出现元明之际的'断裂带'，西域诗人群体也将会因其失去了自身的特点而不复存在。"① 但是，在朝鲜半岛，情况却与西域作家群体的单向流动有所不同。徐居正在《东人诗话》卷下中曾对此评论道：

> 高丽光、显以后，文士辈出，词赋四六秾纤富丽，非后人所及，但文辞议论多有可议者。当是时，程朱辑注不行于东方，其论性命义理之奥，纰缪抵牾，无足怪者。盖性理之学盛于宋。自宋而上，思孟而下，作者非一，唯李翱、韩愈为近正，况东方乎？忠烈以后，辑注始行，学者骎骎入性理之域。益斋而下，稼亭、牧隐、圃隐、三峰、阳村诸先生相继而作，倡明道学。文章习气庶几近古，而诗赋四六亦自有优劣矣。②

韩国学者李家源在其《韩国汉文学史》专节"性理学兴起与诗歌创作"中论道："韩国的性理学，即宋学，为高丽忠烈王以后，伴随宋程颐、朱熹

---

① 杨镰：《元西域诗人群体研究》，新疆人民出版社1998年版，第465页。
② 〔朝〕徐居正：《东人诗话》，蔡美花、赵季主编：《韩国诗话全编校注》第1册，人民文学出版社2012年版，第198页。

之《集注》传入而兴起,并于文学产生全面之影响。"①

元代高丽士人实现了回流,他们携带大元学术、文化、文学直接推动了朝鲜半岛的学术与文风的彻底转向,并促成了朝(韩)汉文学史上的黄金时代。

---

① 〔韩〕李家源著,赵季、刘畅译:《韩国汉文学史》,凤凰出版社2012年版,第173页。

第八章
三教交融与元代文人及文学

在中国宗教文化史上，元代是颇有特色的一个朝代。元朝统治者实行的宗教政策是"教诸色人户各依本俗"，其中虽然有对宗教的虔敬之情，但更多的是出于功利的考虑。元代宗教的"最大特色便是多元性和开放性，这与蒙古统治的辽阔版图及其迫切需要的文明滋养是分不开的。蒙古诸部原本信奉原始的萨满教，但其在权力扩张的过程中很快学会了接容与纳取。在其兼容并蓄的宗教政策下，佛教、道教、伊斯兰教、基督教等都在中国得到广泛的传播和发展……当蒙古由蒙昧的部落逐渐形成强大的帝国时，其原始的血性与发达的文化结合势必构成一道奇观，而宗教便在其中成为一个独具魅力的角色"①。在这个比较开放、宽容的文化环境内，除蒙古族原有的萨满教以外，佛教、道教、伊斯兰教、基督教、犹太教、摩尼教、祆教等各种宗教都被兼收并蓄，使得元代社会中各宗教间彼此融合、繁荣共处的局面超越历代，因此造就了开放多元的宗教景观。白寿彝先生指出，从民族发展上看，宋元时代是中国历史上的第三次民族大融合时期。②元朝疆域辽阔，民族众多，政治统一，多种宗教的流行，也给元代文学、艺术、哲学、语言、文字乃至医学、印刷术、天文、历法和社会生活等带来了极大的影响。而从文学来看，其与宗教的深刻联系也是历来文学研究者所主要关注的。

---

① 张维青、高毅清：《中国文化史》（三），山东人民出版社2010年版，第376~377页。
② 白寿彝：《关于中国封建社会的几个问题》，《白寿彝史学论集》，北京师范大学出版社1994年版，第41页。

第一节　元代文人之禅道化

宗教与文人的关系在元代变得更为密切。元代文人对宗教观念的接受和认同，各宗教并行且彼此融合，文人禅道化、释道徒文人化，均达到了前所未有的程度。儒、释、道三大文化中，往往是以儒家思想为主、佛道为辅。从中晚唐开始，佛教思想、道教哲学融合到了儒家思想文化里，到北宋中叶，一个以儒为主导、以佛道为辅助的三教合流的思想格局已经形成。三教调和、会通、合流，文人进而以儒治世，守而以道治身，退而以佛治心。

到了元代，文人禅学化、释道徒文人化已成突出倾向。因兼容各种宗教的国策，元代宗教繁盛，其中以佛、道两教最为显著。元代文人几乎无人公开排佛老，对佛道思想普遍认同，而元代的佛徒道士很多又都是儒士。因而，三教同源、三教归一的现象在元代非常突出。元代的儒学也有了新的发展。受当时社会思潮的影响，儒学思想中往往也包含着释道思想。儒士崇尚儒学的同时又信奉佛老，以宗教作为调节心理平衡的一种重要手段。孟子曰："士之仕也，犹农夫之耕也。"士大夫文人都有着以道自任的强烈的使命感，他们在恪守传统儒家文化以图通过仕进的道路实现自己的人生理想受到打击之时，面对失落，往往出入佛道。宗教是人们在现实中得不到解脱时摆脱痛苦的良方。佛禅以空寂为宗，随缘而适，以求解脱，认为心清净无垢即能开悟成佛。道教重视生存与享乐，引导人们抛却尘俗之累，超脱物外，极虚静，弃物欲。佛教和道家思想恰好能与儒家思想互补，从而使人达到内心和谐。元代文人便以儒学为主干，以佛教禅宗、道家心性为慰心良药，精神有寄托、有希望。正如梁漱溟先生所说的："宗教之为物，饥不可以为食，渴不可以为饮，夏不祛暑，冬不御寒，对于此身生活问题不见有任何用场。然它从远古发生在人群社会间，势位崇高……是即人生，非若动物囿止于身体存活而已，必精神安稳乃得遂顺地生活下去之故耳。宗教虽于身体不解饥渴，但它却为精神时多时少解些饥渴。"①

元代文人主观上对佛道思想普遍认同。程钜夫认为释道安民治国的作用同儒学一样，曾说："孔、释之道，为教虽异，而欲安上治民、崇善闭邪则同。"②元初刘秉忠是忽必烈政权中重要的辅佐之臣，不仅曾出家为僧，而且也曾做过道士，其学术贯通儒释道三家且涵养深厚。他在《呈全一庵主》中写"庄周一梦花间蝶，圆泽三生石上僧"③，援引庄老，融入佛禅之境，非常洒脱。张养浩〔沉醉东风〕《寄阅世道人侯和卿》："披一领熬日月耐风霜道袍，系一条锁心猿拴意马环绦。穿一对圣僧鞋，带一顶温公帽。一心敬奉三教，休指望做神仙上九霄，只落得无是非清闲到老。"④身着道士服，足上穿一对圣僧鞋，头上戴的是温公帽（温公即司马光，代表儒家），可见元代三教合一思想对张养浩生活的影响。元后期以文章闻名于江南的"浙东四先生"之一的宋濂，也是以儒学为宗，又精于释老之学。刘基称其"上究六经之源，下究子史之奥，以至释老之书，莫不升其堂而入其室"⑤。

元代文人诗文集中为释道徒撰写的题跋、疏、记、塔铭等非常常见。文人与僧人道士交往密集，往来唱和。名士袁桷、虞集、吴澄、柳贯、赵孟頫、张伯淳、黄溍、邓文原、任士林、揭傒斯、李存、程钜夫、刘将孙等体现与道士交往的诗文很多。虞集与诗僧释大䜣交游，为其所撰《蒲室集》作序。虞集与张留孙、吴全节、薛玄卿、夏文泳、干寿衍、祝丹阳、陈可复、陈乂新、朱本初、张雨、赵嗣琪、张秋泉等名道交往，其《道园学古录》和《道园遗稿》文集中多有题赠道士以及宫观碑记等有关道教的诗文，如《吴张高风图序》《次韵伯庸尚书春暮游七祖真人庵兼简吴宗师》《奉同吴宗师赋蔡七祖新斋》《赋壶洲》《游仙游山赋诗》《灵惠冲虚通妙真君王侍震碑》《处州路少微山紫虚观记》《孙真人墓志铭》《黄中黄墓志铭》

---

① 梁漱溟：《宗教与人生》，《梁漱溟自选集》，首都师范大学出版社2008年版，第148页。
② （元）程钜夫：《秦国文靖公神道碑》，《雪楼集》卷九，《丛书集成续编》本。
③ （元）刘秉忠：《藏春集》卷二，《北京图书馆古籍珍本丛刊》本。
④ （元）张养浩撰，冯裳点校：《云庄乐府》，上海古籍出版社1985年版，第28页。
⑤ （明）刘基：《潜溪集序》，罗月霞主编：《宋濂全集》第4册，浙江古籍出版社1999年版，第2327页。

《玉隆留题》《黄堂留题》《张宗师墓志铭》《河图仙坛碑》《陈真人碑》《崇寿观碑》《白云观记》等。他在《梦吴成季真人见访梦中作》中写道:"竹外旌旗驻马鞍,儿童惊喜识衣冠。青山春日何须买,高阁浮云只共看。野簌不堪供七箸,新诗聊可助盘桓。当年赤壁扁舟梦,几度人间玉宇寒。"①以平和的语气写出二人的感情,同时表现出虞集心中早已有了回归田园山水的想法。

元末江南文坛上,玉山草堂主人顾瑛出入三教。他有一首著名的《自题小像》诗:"儒衣僧帽道人鞋,天下青山骨可埋。若说向时豪杰处,五陵鞍马洛阳街。"②亦儒亦道亦僧,优游三教。倪瓒曾为其绘《顾玉山三教小像》,像中顾瑛"清腴微须,顶笠束玦,蹑玄舄,执孔雀尾扇,坐云鹤褥,有书一册在旁"③。正是儒释道合一的形象。有趣的是他的玉山雅集盛会,更显示了元代一个特有的文化现象,即无论儒生、释子、道士均参加,相会相容。

倪瓒精通经史诸子,参禅论道,也是出入于三教之间。他的兄长倪昭奎,先担任儒官,后皈依全真道,于延祐二年(1315)得授真人称号。受兄长崇奉道教的影响,倪瓒置身于物外,淡泊处世,他平日"多居琳宫梵宇,人望之,若古仙异人"④。

黄公望通三教,旁晓诸艺,善画山水,师董源,晚年变其法,自成一家。年轻时有儒家兼济天下的抱负,有志于仕途,后由倪昭奎介绍入全真教,改号一峰、大痴,开始了寄情山水、超然物外、以画为乐的隐居生活。

杨维桢有儒家的积极入世精神,其治学兼综三教,崇尚自然,明确指出老氏"以自然为宗,以无为为有本",并以此为基础,主张"各以得性为至,自尽为极也"。⑤杨维桢的思想虽是以儒为本,但对道家的清静无为、道法自然的宗旨显然也有所理解。他在晚年所作的《自然铭》中说:"故

---

① (元)虞集:《道国学古录》卷二九,《景印文渊阁四库全书》本。
② (元)顾瑛:《自题小像》,《玉山草堂集》,《元人十种诗》,海虞毛氏汲古阁刻本。
③ (元)倪瓒:《清闷阁全集》卷九,《景印文渊阁四库全书》本。
④ (元)张端:《云林倪先生墓表》,《全元文》第56册,第298页。
⑤ (元)杨维桢:《玄妙观重建玉皇殿碑》,《东维子集》卷二三,《景印文渊阁四库全书》本。

老庄祖自然，使世之沓婪躁妄一安乎自适，而诣乎定极此自然。"①在《委顺斋铭》中亦说："顺一吾委，万物自然。"②杨维桢众多的诗友学生中有相当一部分是道士，大多是心胸清旷、了无俗尘的有道之人。杨维桢虽然从未皈依佛门和佛教，但"交浮屠南北之秀，凡数十人"③，结交了不少有才华的诗僧、书僧、画僧。杨维桢也精于佛道，以其广博的学识和对佛教精义的理解，在《雪庐集序》一文中论道言："佛以神道设教，以辅国君治本，使民从化，不俟刑驱。且赞今天子以西天佛子为帝者师，所以崇其治本者耳。"④对佛教辅佐治理国家的作用分析得很透彻。据贡师泰《皆梦轩记》所载，元末奇士陈汝嘉亦"履儒者行，衣道士服，荜门蓬户，与世泊然"⑤。可见，融通三教在那个时代的文人身上很具有一定的普遍性。

在思想上强调儒释道一致和互补，既吸收佛教义理之精髓以及道家理论的精华，又在现实中出入三家，成了元代文人一种普遍的选择，且成为元代文化的一个突出特点。

色目文人萨都剌广于游历，访真问道，游访寺庙，与当时著名诗僧和道士多有唱和之作。萨都剌与了即休上人相见相惜，多有交往，两人互赠竹笋、胡桃和茶等礼物。萨都剌诗集中有十七首写给了即休上人的诗，如《忆鹤林即休翁》《病中寄即休上人》《病中寄了上人》《谢休师惠笋》《送鹤林长老胡桃并茶》《寄即休翁》《次韵休上人见寄》等。萨都剌在镇江任职期满，在因胜庄写给了即休上人的留别之作《宿因胜庄》二首曰：

> 薄暮雨初作，客愁行路难。长风吹短发，平地走惊湍。云气千山暝，松声五月寒。小窗僧话久，亦学坐蒲团。
>
> 竹院亦幽雅，参禅愧未能。梦回僧枕雨，花落佛龛灯。风响过墙竹，窗摇挂树藤。裁诗题素壁，聊尔记吾曾。⑥

---

① 《全元文》第42册，第41页。
② 《全元文》第42册，第44页。
③ （元）杨维桢：《送照上人东归序》，《全元文》第41册，第298页。
④ 《全元文》第41册，第290页。
⑤ 《全元文》第45册，第256页。
⑥ （元）萨都剌：《雁门集》，上海古籍出版社1982年版，第86页。

可见两人相交颇深。暮雨中，临行前，虽有客愁之扰，但当诗人以清净佛性观照自然万物，大自然的山山水水、花花草草也显得空灵澄澈而清气弥漫了。他受上人禅意影响，也坐蒲团以参禅，小小举动透出的是满纸浓浓的情谊。

萨都剌喜爱游历，很多名山胜景都留下了他游山访道的足迹。他的诗集中涉道诗有数十首：《过桐君山》《游梅仙山和唐人韵》《会真观》《望武夷》《武夷山》《换骨岩》《武夷漫题二首》《游吴山紫阳庵》《钱塘驿望吴山》《游清溪道院》《过紫薇庵访冯道士》《游钟山紫薇观酬江月》《题冶城道士嵇秋山卷》《同吴郎饮道院》《题紫薇观冯道士房》《憩奉真道院》《春日镇阳柳溪道院》《春游太真观》《游会仙宫》《蛾眉云》《仙坛》《宿茅山崇禧观南坞楼》《题吕城葛观二首》《雪中饮升龙观》《题元符宫东秀轩又名日观》《题舒真人北山楼观图》《送王习灵新授宗师朝京》《送李恕可随王宗师入京》《次韵送人还茅山》《赠张道士》《赠吴山紫阳庵女道士》《赠道士陈华隐》《赠刘尊师》《送道士良穿冠还楚丘》《赠谢舜咨羽士》《寄茅山谢舜咨》《答茅山道士见寄》《寄林所元道士》《赠茅山道士胡琴月》《句曲山赠清玄道士陈玉泉朝京还山复拜广陵观》《送湖洲鼓元明道士人茅山》《升龙观九日海棠杏花开二首》《题茅山梅石道士卷》《升龙观夜烧香印上有吕洞宾老树精》《春日过丹阳石仲和宅会茅山道士石山辉》《紫薇观道士冯友直与予同宿菌阁次日予过元符宫友直同僧安上人过五云观写诗赠友直》等。这些诗记录下他寻访游览道教胜迹以及和十余名道士友好交往的情形。

萨都剌和元代第二代玄教大宗师龙虎山道士吴全节也有密切交往，有《和闲闲吴真人二首》《和题吴闲闲京馆王本中醉作竹石壁上》《寓升龙观时吴宗师持旨先驾至大都度溧川遂次韵赋此以寄并柬舜咨先生》等诗歌以记。萨都剌与道士张雨更是交往颇密，情谊深厚，写有不少唱和诗和赠答诗，唱和诗如《和韵三茅山呈张伯雨外史》《将游茅山先寄道士张伯雨》《寄句曲外史》《次韵寄茅山张伯雨》，赠答诗如《拥炉夜宴张天雨宅时张不饮有友谢舜咨尚在句曲因成诗嘲张寄谢》《寄良常伯雨》《酬张伯雨寄茅山志》。二人还曾一起同游，其间萨都剌写下了《同伯雨游凝神庵因观宋高宗赐蒲衣道士张达道白羽扇》《宿玄洲精舍芝菌阁别张伯雨二首》。萨都剌又有《梦张天雨》：

政恐梅花即是君，一床蝴蝶两床分。邀予悟读《玄真子》，羡尔偕升太素云。开箧取书银字灭，卷帘呼酒玉笙闻。觉来不省谁同梦，云影翻窗似水纹。①

可见别后感怀亦深，透过文字，张雨的风华如在眼前。

元末著名文学家陈基，受业于名儒黄溍，有诗文集《夷白斋稿》三十五卷传世。他曾为所交往释子道友的诗文集撰写序言，从文字中可见他对佛教道教的理解，如其《送煜上人序》认为佛教心性哲学"以戒为墉，以慧为户，以法界为宇，以性海为乡，以度门道品为族属，菩萨大士为戚姻。故求其法者，不涉内外，不泥中间，不以语言，不以文字，必心空诸漏，法同梦幻，无得无证，然后谓之解脱"②。

元代儒臣文士多雅好与僧道交游。虞集《河图仙坛碑》记有当时朝中士大夫与正一道张留孙、吴全节师徒二人交往的情况："至元、大德之间，重熙累洽，大臣故老心腹之臣，莫不与开府（张留孙）有深契焉。至于学问典故，从容裨补，有人所不能知。而外庭之君子，巍冠褒衣，以论唐虞之治，无南北皆主于公（吴全节）矣。若何公荣祖、张公思立、王公毅、高公昉、贾公钧、郝公景文、李公孟、赵公世延、曹公鼎新、敬公俨、王公约、王公士熙、韩公从益诸执政，多所咨访。阎公复、姚公燧、卢公挚、王公构、陈公俨、刘公敏中、高公克恭、程公钜夫、赵公孟頫、张公伯纯、郭公贯、元公明善、袁公桷、邓公文原、张公养浩、李公道原、商公琦、曹公元彬、王公都中诸君子，雅相友善。交游之贤，盖不得尽记也。"③据此，几乎当时所有的知名文臣均与张留孙、吴全节师徒有过交游。

上文所言元末吴中著名的道教诗人张雨，与赵孟頫、虞集、柳贯、张翥、萨都剌、顾瑛、倪瓒、杨维桢、郑元祐、陈旅等著名文士均有交往。

---

① （元）萨都剌：《雁门集》卷一三，上海古籍出版社1982年版，第368~369页。
② （元）陈基著，邱居里、李黎校注：《夷白斋稿》卷一四，《陈基集》，吉林文史出版社2009年版，第137页。
③ 《全元文》第27册，第200~201页。

《元诗选》评张雨:"风裁凝峻,赵文敏公一见而异之,授以李北海书法。范德机以能诗名,外史造焉。范适他出,有诗集在几上,外史取笔书其后,为四韵诗。守者大怒,走白范。范惊曰:'我闻若人而不得见,今来,天畀我友也。'即日诣外史,结交而去。由是外史名震京师。一时袁伯长、马伯庸、杨仲弘、揭曼硕、黄晋卿诸人,皆争与为友。……晚年尤为杨廉夫所推重。"① 杨维桢的弟子张宪,负才而不羁,遨游天下,常与道士为伍。不过,元代一些有地位的显宦,他们与道士的来往应酬之作,比与僧的要多些。

赵孟頫《题如上人诗集》一文写道:"仆所以为是言者,爱上人之才,喜其言语之工,而欲增益其所未至耳。"② 不吝笔墨表达对如上人的喜爱和赞扬。杨维桢在《送照上人东归序》中自称:"余交浮屠南北之秀,凡数十人。"③ 顾瑛所编《草堂雅集》收录了不少方外诗人的作品。倪瓒一生不涉仕途,而喜浪迹江湖,流连僧寺。元代"三隐"之一的笑隐大䜣为龙翔寺主持,与当时的达官贵人及文人墨客交往颇多,其《蒲室集》中多有与当时的文坛名流如柯九思、李孝光、萨都剌、虞集等人的唱和之作。

士子文人在与僧道徒的交往中,不仅诗文创作相互影响,且文化思想也相互渗透。禅宗以心为本和老庄虚静的观念虽然对现实功利并无多少益处,但对调和文人心态非常有用。佛教的空净禅悦和道家的清静无为思想抚慰着文人心灵,使其不受外物和尘俗的干扰,这对文学创造和文学思想是十分重要的。元代文人儒释道三教融合共生的思想和文化,不仅形成了元代文学史的一个重要特质,也成为中国文化最重要的特征之一。

---

① (清)顾嗣立编:《元诗选》初集,中华书局1987年版,第2409页。
② 《全元文》第19册,第94页。
③ 《全元文》第41册,第298页。

第二节 元代释道徒之文人化

元代实施保护佛教、道教特权的政策。一方面，宋以来三教合流思想的影响，元代佛道的盛行，文化思想控制的松懈，文人对佛道思想的普遍认同和接受，导致了元代文人禅道化倾向的突出。另一方面，元初由于战乱，大批旧金亡宋文人士大夫为求活命，避入佛寺道观为释子和道徒，使释道人数急剧增长，释道徒文人化在元代达到了前所未有的程度。以往的研究者把这类人看作隐士，以为是隐于释道者。

由于佛教居士耶律楚材和全真教丘处机等人的影响，蒙古军在黄河以北略地时，僧徒和道士受到了保护，文人纷纷进入佛寺、道观以全身。特别是全真教，一时大为兴盛。丘处机曾说："千年以来，道门开辟，未有如今日之盛。"①可见入全真教者人数之多。元代道教发展兴盛，不仅道教派系衍生发展最多，而且教义融合三教思想，道士群体数量、道观建置规模和道教社会影响力、道教大宗师的社会地位都达到前所未有的地步。丘处机、张留孙、吴全节等道士在道门晋升很快，地位显赫，受统治者的宠信程度极高。有些道士也能凭借统治者对他们的信任而参与时政、举荐纳贤。

元代道教声名最为显著而且影响最大的当属全真教，著名的全真道士大都"以服膺儒教为业"②，多是通经达史、喜文善赋的文士。因而，可以说全真教在当时具有"士人隐修会"性质。③南怀瑾先生也指出："所谓全真教的内容，是因袭宋元以来禅宗的心性，配合丹道家主张清静专修的办法，它虽属于道教的门派，实是融会了儒、佛、道三家精神的新兴道术。"④全真教在创教之初，就"援儒释为辅佐，使其教不孤立"，读的书不限

---

① （元）段志坚编：《清和真人北游语录》卷一，《道藏》，文物出版社、上海书店、天津古籍出版社1988年版。
② （元）元好问：《皇极道院铭》，《全元文》第1册，第429页。
③ 邓绍基：《元代文学史》，人民文学出版社1991年版，第21页。
④ 南怀瑾：《禅宗与道家》，复旦大学出版社1991年版，第296页。

于道教经典，还有《易》《诗》《书》《孝经》等儒家经典："全真教徒大抵均习儒书，以孝悌为先。虽倡三教合一，然实为儒者道德性命之学。"① 这就使其容易为当时以儒学为宗的士人所接受。因此，在金元之际的战乱时期，众多儒生视"天下事无可为，思得毁裂冠冕，投窜山海，以高骞自便"②，纷纷遁入深山，皈依全真，以远祸全身。"时河南新附，士大夫之流寓于燕者，往往窜名道籍"③，"四方学者辐辏堂下，归依参叩"④，"汴梁既下，衣冠北渡者多往依焉"⑤。北方的全真教、太一教、真大教教徒都明显地表现出浓厚的文人化倾向，许多道士具有儒者色彩，"寄迹道家，游意儒术"⑥。

入元之后，以正一教为代表的南方道教也表现出浓厚的儒学化色彩。"尝闻龙虎山尊崇吾圣人书，弦诵之声接于两庑。"⑦ 宋亡后，南方的士人入道数量虽不如北方之多，但也为数不少。郑元祐《遂昌山樵杂录》就说："宋亡，故官并中贵往往为道士。"⑧ 郑思肖《十方道院云堂记》："迩来仙佛之居数倍多于三十年前，而率皆富者蔽身，贫者窃食焉，非真心出家。"⑨《元诗选》："当是时，江南甫定，兵革偃息，遗民故老如周草窗、汪水云之徒，往往托于黄冠以晦迹，虚中殆其流亚欤！"⑩ 可见当时的道观确实成了逸民遗老躲避战乱的地方，因而，南方道教徒也呈现出文人化、儒学化特征。

元代很多道士具有很高的文化水平，能诗善文，精通琴棋，工书法兼

---

① （元）李道谦：《终南祖庭仙真内传》，吕友仁、查洪德主编：《中州文献总录》上册，中州古籍出版社 2002 年版，第 589 页。
② （元）元好问：《孙伯英墓铭》，《遗山集》卷三一，《四部丛刊》本。
③ （元）王鹗：《真常真人李志常道行碑》，《甘水仙源录》卷三，《道藏》，文物出版社、上海书店、天津古籍出版社 1988 年版。
④ （元）王恽：《宗师尹公道行碑铭并序》，《秋涧先生大全文集》卷五六，《元人文集珍本丛刊》本。
⑤ （元）宋子贞：《普照真人玄通子范公墓志铭》，《全元文》第 1 册，第 167 页。
⑥ （元）吴澄：《题吴真人封赠祖父诰词后》，《全元文》第 14 册，第 531 页。
⑦ （元）袁桷：《送陈道士归龙虎山序》，《清容居士集》卷二四，《景印文渊阁四库全书》本。
⑧ （元）郑元祐：《遂昌杂录》，《景印文渊阁四库全书》本。
⑨ 《全元文》第 10 册，第 709 页。
⑩ （清）顾嗣立编：《元诗选》初集，中华书局 1987 年版，第 2371 页。

绘画。①他们出身于儒宦之家或是儒业之家，受过良好的儒家文化教育，广泛涉猎儒家经典，具有较高的儒家文化素养。他们选择入道，或者是因为生计问题，或者是出于对道教的热爱。如道士赵嗣琪本是宋魏悼王十一世孙，出身儒宦世家，他于武夷山天游道院弃俗入道，乃因自小就有远离尘俗之志。龙虎山道士唐洞云、张雨原是儒宦之家子弟，或家道中落，或不满当世风气，弃俗为道士。陈日新出身于儒学世家，但是自小慕道，"好读书，而乐接世务，其居在宫中最幽迥处。庭中草木，无所剪治，花实时成，云以观化。好为诗，清丽自然，有足传者"②。他们超然物外，多才多艺。如丘处机、马钰、谭处端、马臻、张留孙、陈义高、吴全节、朱思本、张雨、陈日新、薛玄曦、夏文泳、王眉叟、陈可复、陈又新等，其中陈义高、吴全节、陈日新、薛玄羲均出自张留孙之门。吴澄《仙岩元禧观记》这样描述道教龙虎宗（正一教）："信之山水固奇秀，而龙虎山都其最。……逮及国朝，盛极甲天下，一本三十六支，冠褐千余，其崇隆丰厚，位望侪于亲臣，资用拟于封君，前代所未尝有。"③

元代的道士大多是高度文人化的道士。他们有的入朝为官，与文坛大家交往密切；有的隐逸林泉，积极融入地方文人圈。他们时而漫游湖海，时而随军远镇。特别而又丰富的人生经历，使得其诗歌内容多元，独具特色。在胡风国俗的元代，他们充分发挥道士身份的优势，以诗文作为与多族文人交流的工具，促进了多元文化的交融。

元代很多道士能诗善文，而且创作实绩之突出，远超前代。据不完全统计，元代有姓名可考的道士诗人至少有一百二十位，存诗七千八百首以上。其中，以元初马臻和元末张雨诗文成就最高。

正一教诗人马臻（1254~1318后），字志道，别号虚中，著有《霞外诗集》十卷，钱塘人。马臻与周密、赵孟頫、吾邱衍、鲜于枢、方回、黄

---

① 据《御定佩文斋书画谱目录》卷三九记载，元代擅画道士有张与材、张嗣成、吴全节、丘处机、薛玄羲、方从义、祝玄衍、张雨、郑樗、赵宜裕、周兰雪、孙德彧、李道谦、李志宗、杜道坚等。
② （元）虞集：《陈真人道行碑》，《道园学古录》卷五〇，《四部丛刊》本。
③ 《全元文》第15册，第285页。

潜等名士有诗文往来，工诗善文，擅长绘画，著名于当时。① 四库馆臣称："《霞外诗集》十卷，元马臻撰。……其人盖在通介之间者也。集中铺张富贵者数篇，如《嗣师吴真人》诗之类，颇乖山林之格。然所作皆神骨秀骞，风力遒上，琅琅有金石之音。虽不能具金鶂擘海、香象渡河之力，而亦不类酸寒细碎、虫吟草间。观其《述怀》一诗，殆宋末遗老寄托黄冠，而其豪逸俊迈之气，无所不可，政不以枯寂恬淡为高耳。"② 他才华气质出众，德行高洁，虽广与士大夫文人相交，但淡泊名利，清虚守静，胸次宏豁。其诗以花草鱼鸟烟云等自然风景为主，清而淡，自然而清雅，但也不失豪迈俊逸大气磅礴之风。马臻的七言绝句被人称赏。田雯《论七言绝句》："金元人绝句，如元好问、萨都剌、马臻、宋无诸家，多有可观。"③

张雨（1283~1350），又名天雨，字伯雨，别号贞居子，世称句曲外史，也是钱塘人，宋张九成的后裔。张雨年二十弃家入道，登茅山受大洞经箓，学道于吴人周大静。张雨多才多艺，诗文之外，还善书工画。④ 其友倪瓒称其"诗文字画皆为本朝道品第一"⑤。胡应麟《诗薮》："元方外鲜能诗者，道则句曲张雨，释则来复见心。张以雅游，故声称藉藉，其诗实不如复，然复入本朝矣。"⑥ 皇庆二年（1313），张雨随开元宫真人王寿衍入大都，以诗文与京中文人学士相往还，声价日隆，享誉文坛。与张雨交游者，官员有赵孟頫、袁桷、马祖常、黄溍、虞集、揭傒斯、卢挚等，名士

---

① 《四库全书总目》卷一六六："《金渊集》六卷，元仇远撰。……远在宋末，与白珽齐名，号曰仇白。厥后张翥、张羽以诗鸣于元代者，皆出其门。他所与唱和者，周密、赵孟頫、吾邱衍、鲜于枢、方回、黄溍、马臻，皆一时名士。"（第1428页）
② 《四库全书总目》卷一六七，第1436页。
③ （清）田雯：《古欢堂集》卷一七，《景印文渊阁四库全书》本。
④ （元）黄溍《文献集》卷六《师友集序》："伯雨负其超迈卓绝之材，不徒有闻于家庭，而脱落绮纨之习，遂能遗世独立，周览六合，必欲尽大观而无憾。其高风雅致，固可概见也。"（《景印文渊阁四库全书》本）（明）陶宗仪《书史会要》卷七："博闻多识，善谈名理，作诗自成一家，字画亦清逸。"（《景印文渊阁四库全书》本）（明）王达善《听雨楼诸贤记》："先生书法黄太史，清新高迈，不流于众。虽元氏翰林诸公，亦自以为不逮也。"［（明）朱存理：《珊瑚木难》，（《景印文渊阁四库全书》本）］
⑤ （元）倪瓒：《题张贞居书卷》，《清閟阁全集》卷九，《景印文渊阁四库全书》本。
⑥ （明）胡应麟：《诗薮》外编卷六，朝鲜高丽铜活字本。

有张翥、倪瓒、顾阿瑛、杨维桢等。① 同时张雨还是顾瑛玉山雅集的主要参与者之一。② 顾嗣立评价他说："以豪迈之气，孤鸣于丘壑，而清声雅调，闻诸馆阁之上。虽出处不同，其为词章之宗匠一也。"③ 张雨诗集有《贞居先生诗集》五卷、补遗三卷，词有《贞居词》，另外有《自书诗册》、《玄品录》五卷。徐达左《贞居先生诗集序》对张雨人品和才华的评价恰如其分："后七百余年，当元盛时，贞居以儒者抽簪入道，自钱塘来句曲。负逸才英气，以诗著名，格调清丽，句语新奇，可谓诗家之杰出者也。当是时，以诗文名世者，若赵松雪、虞道园、范德机、杨仲弘诸君子，以英玮之姿，凌跨一代，谐鸣于馆阁之上，而流风余韵，播诸丘壑之间。贞居以豪迈之气，超然自得，独鸣于丘壑之间，而清声雅调，闻诸馆阁之上，诸君子亦尝与其唱酬往还。虽出处不同，而同为词章之宗匠，辟如轩轾，讵知其孰先而孰后耶？"④与前代道士诗多表现修道、鄙弃世俗不同，张雨作品更多是对现实社会的关注和对自我内心的观照，其中可见昂扬的人生态度。

正一教诗人陈义高，少时聪颖，游学四方。平生喜作诗，张伯淳称其"酒酣为诗文，意生语应，笔陈不能追。有谪仙、贺监风致，高古处可追

---

① 《四库全书总目》卷一六八："《句曲外史集》三卷、补遗三卷、集外诗一卷，元张雨撰。……雨诗文豪迈洒落，体格遒上。早年及识赵孟頫，晚年犹及见倪瓒、顾阿瑛、杨维桢，中间如虞集、范椁、袁桷、黄溍诸人，皆以方外之交，深为投契。故耳擩目染，具有典型。虽托迹黄冠，而谈艺之家位置于文士之列，不复以异教视之，厥有由矣。"（第1452~1453页）张翥《蜕庵集》卷三有《挽张伯雨宗契》诗。张雨《句曲外史集》卷中《卢疏斋集并序》："《卢疏斋集》，宣城校官本，读之一过，生气凛然，有怀哲人，援笔而赋。人物西清第一流，曾看绣斧下瀛州。难求冀北千金骨，空载江南数斛愁。小谢梦无青草句，大苏诗有景疏楼。敬亭依旧蛾眉月，付与骑鲸汗漫游。"（《景印文渊阁四库全书》本）
② （清）钱谦益《列朝诗集小传》甲前集录《玉山草堂俄别寄赠诸诗人》，其中凡三十七人：柯九思、张翥、黄公望、倪瓒、熊梦祥、杨维桢、顾瑛、于立、张天英、张田、刘西村、郯韶、张简、沈明远、俞明德、周砥、瞿智、殷奎、卢昭、金翼、陈聚、陈基、张师贤、顾敬、郭翼、秦约、陆仁、王巽、卫仁近、吕恒、吴克恭、文质、聂镛、张渥、李廷臣、袁华、琦元璞。（《明代传记丛刊》本）
③ （清）顾嗣立编：《元诗选》初集，中华书局1987年版，第2409页。
④ （元）张雨：《句曲外史贞居先生诗集》卷首，《四部丛刊》本。

陶、谢，类非烟火食语"①。与卢挚、姚燧、赵孟頫、程钜夫、留梦炎等名流交游甚密，诗文往来较多。与前代道士诗人与诗坛中心较为疏远不同，陈义高随晋王甘麻剌远镇朔漠，长期生活在异域文化之中，因此他的诗中对异域文化的体悟和思考也更为深刻。其生平和文学成就略见于《四库全书总目》："《陈秋岩诗集》二卷。案陈《秋岩集》散见《永乐大典》中，然不著其名，亦不著时代。考焦竑《国史经籍志》有陈宜甫《秋岩集》，当即其人，而爵里则终无可考。……其诗多与卢挚、姚燧、赵孟頫、程钜夫、留梦炎等相倡和，而诸人诗乃罕及之，其始末遂不可复详矣。原集焦志作一卷，然篇什稍多，疑其字画偶误，今据《永乐大典》所存者编为二卷。其诗大抵源出元、白，虽运意遣词少深刻奇警之致，而平正通达，语无格碍，要自不失为雅音也。"②

第二代玄教大宗师吴全节（1269~1346），字季成，号闲闲、看云道人，饶州安仁人。十三岁到龙虎山学道，师李宗老、雷思齐，复师张留孙。至治二年（1322），授特进上卿、玄教大宗师、崇文弘道玄德真人、总摄江淮荆襄等处道教、知集贤院道教事。著有《看云录》，揭傒斯奉旨作序，已佚。《元诗选》二集壬集选其诗三十七首。吴澄《题吴真人封赠祖父诰词后》：

> 吴真人全节寄迹道家，游意儒术，明粹开豁，超出流俗。危辞日久，特嘉其劳，以翰林学士、中顺大夫官其父。越明年，群臣例有封赠，真人恩及二代。生者封一品，死者赠二品，宠光荣耀，儒臣或不能及；制语谆详，又前代词臣所未尝有也。③

在道教文士当中，吴全节博览群书，游意儒术，文采风流。许有壬对

---

① （元）张伯淳：《崇正灵悟凝和法师提点文学秋岩先生陈尊师墓志铭》："余初入词林，与秋岩先生陈宜父为世外交。其纵谈三千年宇宙间事，亹亹忘倦。酒酣为诗文，意生语应，笔陈不能追，有谪仙、贺监风致，高古处可追陶、谢，类非烟火食语。今已矣！夫遗文有《沙漠稿》《秋岩稿》《西游稿》《朔方稿》。"（《全元文》第11册，第249页）
② 《四库全书总目》卷一六六，第1434~1435页。
③ （元）吴澄：《题吴真人封赠祖父诰词后》，《全元文》第14册，第531页。

其有"人以为仙，我以为儒"①的评语。他关心民生疾苦，也积极参政，曾明确表示："予平生以泯然无闻为深耻。每于国家政令之得失，人才之当否，生民之利害，吉凶之先征，苟有可言者，未尝敢以外臣自诡而不尽心焉。而恩赉之厚，际遇之久，则有非人力所能至者矣。"②又深谙清静空寂之学，性情淡薄，袁桷称其"德不形，礼为翼。熙熙冲静之神，侃侃孝友之色。笼古络今，其词如云。佐理以无为，智渊而若存。朝承衮龙，暮抚松鹤。心彻九九，坐石盘礴。是所谓养其尺宅，守玄以生白者耶！"③他充分发挥天子近臣的优势保护士大夫，交游非常广泛，不仅道教人士，而且当时的名公巨卿多与他有交往。虞集《河图仙坛碑》记载："至于学问典故，从容裨补，有人所不能知，而外庭之君子，巍冠褒衣，以论唐虞之治，无南北皆主于公矣。若何公荣祖、张公思立、王公毅、高公昉、贾公钧、郝公景文、李公孟、赵公世延、曹公鼎新、敬公俨、王公约、王公士熙、韩公从益诸执政，多所咨访。阎公复、姚公燧、卢公挚、王公构、陈公俨、刘公敏中、高公克恭、程公钜夫、赵公孟頫、张公伯纯、郭公贯、元公明善、袁公桷、邓公文原、张公养浩、李公道原、商公琦、曹公元彬、王公都中诸君子，雅相友善。交游之贤，盖不得尽记也。"④当时所有名臣显宦、文坛名士基本都在这个名单之中。交游之广，恐怕只有张雨一人堪与之匹敌。吴全节也擅长诗歌写作，刘将孙《题吴闲闲诗卷》："东坡尝赋诗，羡无为子以王事而得山水之乐。今闲闲真人阁皂降香，为山中赋咏，写成卷以付葆光张省吾，又非无为子可得而几也。笔光墨润，飞动毫楮，诗辞秀丽潇洒，兼有天人之福。文章技道，有本有原，所以教省吾者，无不可以三隅反也。把玩爽然。"⑤他与士人诗歌往还，并有意将盛世诗风传播山林之间，吴澄曾赞曰："其诗如风雷振荡，如云霞绚烂，如精金良玉，如长江大河。盖其少也尝从硕师，博综群籍，蚤已窥闯唐宋二三

---

① （元）许有壬：《特进大宗师闲闲吴公挽诗序》，《全元文》第38册，第127页。
② （元）虞集著，王珽点校：《河图仙坛碑铭》，《虞集全集》，天津古籍出版社2007年版，第1008页。
③ （元）袁桷：《吴闲闲复赞》，《清容居士集》第3册，浙江古籍出版社2015年版，第491页。
④ 《全元文》第27册，第200~201页。
⑤ （元）刘将孙：《养吾斋集》卷二五，《景印文渊阁四库全书》本。

大诗人之门户。"①儒道能得到名儒和文坛巨匠刘将孙和吴澄如此之高的评语，确实不多见。

朱思本（1273~?），字本初，号贞一，临川人，出身于儒学世家，后为龙虎山道士。朱思本能诗善文，有《贞一稿》传世。吴全节《贞一稿序》："朱本初，儒家子也，为黄冠，与予同道；居龙虎，与予同山；处京师，与予同朝；雅志诗文，与予同好。予长于本初四岁，则其年之相若也。……今观本初示予《贞一斋稿》，其文皆四十后作，而用志方锐也。"②朱思本和当时很多名流雅士相交往，如袁桷、柳贯、王继学、许有壬、薛玄卿、马臻等。"临川朱君本初，是尝寄迹老子法中，所谓游方之外者也。居京师，多从公卿大夫游，比年奉将使指代祀名山，车辙马迹半天下矣。每情与景会，辄形之篇什，有风人咏叹之思，而无山林愁悴之音。"③朱诗内容广泛，富有现实主义精神，凡自然风物、山川风俗、民生休戚、政治社会等均有所涉猎。当时许多诗文名家如柳贯、虞集、许有壬、范梈等皆为之作序。其文章也为人所称道，吴宽《题贞一稿》云："故元文章之盛，虽方外道流，亦有其人，如吴全节、薛玄卿、张伯雨辈是也。此则朱本初所著《贞一稿》，观其所得，尤为精深，宜一时大家，特为亲书其首也。"④朱思本曾有上京之行，集沿途所记所作为《北行稿》一集，纪实性很强。他还好舆地职方之学，有《舆地图》二卷刊行于世，又写有《北海释》《和宁释》《西江释》等地志考释文章，是不可多得的地理学家。

薛玄曦（1289~1345），一作薛玄羲，字玄卿，号上清外史。祖籍河东，徙居信州之贵溪。生而不凡，好静不喜喧繁，年十二入道龙虎山，师事张留孙、吴全节。至正三年（1343），制授弘文裕德崇仁真人、佑圣观住持，兼领杭州诸宫观。为学弘博，在书法上与张雨齐名，善为文，而尤长于诗⑤，著有《上清集》《樵者问》，编有《琼林集》。《元诗选》二集壬

---

① （元）吴澄：《吴闲闲宗师诗序》，《全元文》第14册，第365页。
② （元）朱思本：《贞一斋杂著》卷首，清抄本。
③ （元）柳贯著，柳遵杰点校：《〈贞一稿〉序》，《柳贯诗文集》，浙江古籍出版社，2004年，第430页。
④ （明）汪砢玉：《珊瑚网》卷一一，《景印文渊阁四库全书》本。
⑤ （元）黄溍：《弘文裕德崇仁真人薛公碑》，《金华黄先生文集》卷二九，《四部丛刊》本。

集选其诗二十八首。薛玄曦在元代后期颇有诗名,在京师与虞集、袁桷、杨载、揭傒斯等人诗文唱和颇多。大凡学道之人,诗歌均高洁俊逸,清奇洒落,超尘绝俗。《元诗选》二集:"玄卿负才气,倜傥不羁,善为文,而尤长于诗。揭曼硕留琼林月余,斋三日乃为作序,称其老劲深稳如霜松雪桧,百折莫能挠;清拔孤峻如豪鹰俊鹘,千呼不肯下;萧条闲远如空山流泉,深林孤芳,自形自色,不与物竞。人以为知言。玄卿书札极丽逸,片楮出,人争欲得之,有闻风而未之见者,或使图其像以去。"①生性淡泊而爱萧闲林泉,这对他诗歌创作影响很大。又刘壎《琴泉诗稿跋》说:

> 客谓德光洒落人也,喜接四方豪俊。麈尾三尺,云根一泓,日陶写得天趣。宜其诗和平无暴气,清醇无险语。傥更振缨濯尘,入悟境,夺活机,世间好语,尽当奄有。少陵曰:"读书破万卷,下笔如有神。"天风雁翎,新句频寄。②

几句话足以使我们管窥玄卿修道的无欲与虚静对其诗歌创作的影响。人心静则诗歌清静,人悟道则诗歌灵活清醇。元代道士文人群的创作特色及其文坛影响,是值得关注但尚少有学人涉及的领域。

清代史学家赵翼称:"古来佛事之盛,未有如元朝者。"③战乱之际,文人儒生遁入空门的虽然没有入道的多,但也为数不少。"盖兵乱已极,衣冠之流,铅椠之士,逃于其类而为之,非佛氏之为教或当然也。"④再者,元统治者尊崇藏传佛教,对汉地佛教也采取保护政策,禅宗和律宗势力都很大。元代科举时兴时废,士子仕进之路受阻,有的隐于禅门。这使得元代僧人数量激增。

元代很多著名僧人出身儒家,受过良好的儒学教育。释道衍,多被认

---

① (清)顾嗣立编:《元诗选》二集,中华书局1987年版,第1358页。
② 《全元文》第10册,第327~328页。
③ (清)赵翼著,栾保群、吕宗力校点:《陔余丛考》卷一八,河北人民出版社1990年版,第286页。
④ (元)戴表元:《珣上人删诗序》,《剡源文集》卷九,《景印文渊阁四库全书》本。

为是儒林人物。"师，儒林之出也，而托迹于浮屠之间。余故不以浮屠待师，而师亦自待以为浮屠而已也。"① 元"诗禅三隐"之一大龙翔集庆寺住持大䜣，字笑隐，本南昌陈氏子，家世业儒。释本诚，字道原（一作道元），号觉隐（一作字），曾师从名儒胡长孺。圆至，字天隐，世代业儒。释明河《续补高僧传》："（圆至）季父勉，父文，叔兄云皆中显科，为宋名臣。师按窥世相，深有所感悟于中。以咸淳甲戌出家，依仰山慧朗禅师钦公脱发，时年十九。务静退，寡交识，怡然以道味自尚。喜为文章，志弘护，非炫饰知见以自售也，故其文日益进。"② 琦上人也是出身儒学世家："琦上人，吴之儒氏也。自幼落发为浮屠天平山中，壮游四明雪窦，见石室禅师，深器之，俾职记室。"③

宋元之际僧人多能诗，诗僧在元代僧人中占有很大比例。尤其是江浙一带，因其丰厚的诗禅文化和元代特殊的佛教政策，高僧辈出，诗僧辈出。宋人余靖曾云："大抵南方富于山水，号为千岩竞秀，万壑争奇，所以浮图之居，必获奇胜之域也。"④ 陈衍所编的《元诗纪事》卷三四，收入释子诗共计四十六人作品。台湾学者王德毅等人所编《元人传记资料索引》收僧人（番僧若干人不计）四百一十六人，顾嗣立《元诗选》共收入释子十六人的五百三十首诗，《元诗选癸集》则补录了一百二十六个释子的二百七十七首诗，未收入《元诗选》及《元诗选癸集》而确知其为诗人的则有二十二人。《元代僧诗全集》《全元诗》收录诗僧三百多人、诗七千首以上。从这些数据看来，诗僧数量不可谓不多，其在全部元文人中所占比例不可谓不高。元代僧人特别是那些高僧、名僧，不能作诗的几乎没有。另外，以书画著称的僧人有二十一人。诗僧中有诗文集的有二十六人（书二十九种），有佛学著作的有十五人（书十五种）。《四库全书》共收入了五部释子诗文集：释英《白云集》三卷，善住《谷响集》三卷，圆至

---

① （明）王彝：《衍师文稿序》，《王常宗集》卷二，《景印文渊阁四库全书》本。
② （明）释明河：《续补高僧传》卷二四，《续藏经》本。
③ （元）杨维桢：《琦上人孝养序》，《全元文》第41册，第302页。
④ （宋）余靖：《韶州白云山延寿禅院传法记》，《武溪集》卷八，《景印文渊阁四库全书》本。

《牧潜集》七卷，大䜣《蒲室集》十五卷，大圭《梦观集》五卷。上述别集，共存诗十八卷，一千三百七十七首。其中释圆至工诗亦善文，四库馆臣予以很高评价："自六代以来，僧能诗者多，而能古文者少，圆至独以文见，亦缁流中之卓然者。……其诗亦有可观。"① "诗禅三隐"是元代诗僧中成就很高的僧人，其中笑隐释大䜣的"《蒲室集》十五卷……是集诗六卷，文九卷……集中多与赵孟頫、柯九思、萨都拉、高彦敬、虞集、马臻、张翥、李孝光往来之作"②。"三隐"名声响亮，犹如唐之"国清三隐"、宋之"九僧"。元人高士明将圆至（天隐）、大䜣、本诚（觉隐）三人的诗文稿荟萃成编，为《三隐集》。诗僧善住，《元代僧诗全集》中收录他的诗作计有七百八十四首。

较之前代，元代诗僧把酒赋诗、隐于官吏，更加世俗化，也更加文人化。诗僧的族属比之前代更为多元，且与各族文人广为交好。北庭释子鲁山、天竺僧人蒲理翰都曾流寓江南，交结士子，有诗传世。有些诗僧成了多族士人圈的中心人物。如释来复，其所编《澹游集》上卷所收作者中，蒙古、色目诗人共二十人，赠诗有三十八题五十首之多。这些自然也是元代诗僧群体的新异之处。

示法、悟道、颂古，这是历代僧诗的基本主题。元代僧诗除此之外，在诗歌主题上又出现了一些新变。元代隐逸之风盛行，故多山居诗；元末战乱频仍，故多丧乱诗；元僧更重伦常，故多孝亲诗；元代文人画兴盛，及于丛林，故多题画诗。这些诗歌题材的盛行，与历代僧诗有别，和同时代诗人的诗作也有不同。

在艺术风格上，元末诗僧群体的创作风格呈现出多元化的趋向，这与胡风国俗及诗歌自身发展有着紧密的关联。

此外，诗僧圆至曾为宋人周弼编选的《三体唐诗》六卷作注，释英、道惠、善至、来复等诗僧都曾以诗论诗，或在文章中表明自己的文学见解。方外之人论诗，既有宗教底蕴的影响，又和文学思潮息息相关，值得关注。

元代僧人著作的数量可观，成就也是很大的。我们从牟巘《跋恩上人

---

① 《四库全书总目》卷一六六，第1429页。
② 《四库全书总目》卷一六七，第1436~1437页。

诗》中可以看到禅僧恩上人诗歌创作的情况：

> 予多病，不出户限，又颇嗜睡。人或与诗，辄置枕间，意殊愦愦，莫晓何故。苦事，苦事。近四明恩上人忽自姑苏来访，不觉惊起。固是我辈人，何相见之晚也。闻此上人有诗千百首，自号断江，声价喧传远近。予以寡陋，今方识之。年来诗人总向僧中去，而僧中亦罕见如此者。予所见，乃《游庐山》百余首，《游洞庭》二十四首，杂诗四十余首。不过千百首中之一二，已为奇特。大率不蔬笋，不葛藤，又老辣，又精采。而用字新，用字活，所谓诗中有句，句中有眼，直是透出畦径，能道人所不到处。想当来必从悟入，非区区效苦吟生、鉥心陷胃、作为如此诗也。或谓禅家每以诗为外学，上古德，多有言句，不知是诗是禅，是习是悟，是外是内耶？上人受业云门□□灵澈，若是到处，亦复何异？①

牟巘"诗人总向僧中去"之说，确实是元代文学创作的一种客观状况。恩上人的诗歌有随缘任运而见性成佛的灵活机变，潇洒自如而灵感飞动，毫无诗僧作品一贯的"蔬笋气"或"酸馅气"，而是语言老辣精彩，用字新而且活，实为诗僧特有之气质和禅风的结合，因而让牟巘赞不绝口。

元朝特殊的佛教政策和僧官的设立，使僧人的政治地位和社会声望提高，一部分高僧的社会地位和影响力甚至超过名士，这也是儒士文人与他们交往的一个原因。很多高僧宿德与文人士大夫雅集唱和，谈诗论道，品茗弈棋，携手览胜。元末顾瑛主持的玉山雅集，就有释良琦、释元本、释子贤、释照、释宝月、释泉澄、释广宣、释行方、释福初、释良圭、释超珍、释自恢、释法坚、释至灸、释文信、释希颜、释元璞等文士僧人参加。孙炎《午溪集序》记载了张翥、李孝光、丁复、释大䜣、孙炎等同游石头城，赋诗唱和的情形：

> 元统癸酉秋，监察御史辟河东张仲举为金陵郡博士教弟子。时永

---

① 《全元文》第7册，第645页。

嘉李孝光、天台丁仲容、僧笑隐咸在,炎以弟子员得从之游。登石头城,坐翠微亭故趾,大江西来,如白虹绕城下,淮南诸山尽在几席。是日,诸先生效韩、孟联句,仲容耆饮,口讷讷不能语;孝光髯漆黑;仲举长面而鹤身,善谈谑。酒酣,日已没,宿龙翔方丈。仲容困酒先引去,笑隐出烛中坐,孝光在左,仲举在右,昆仑奴作递书邮。仲举首倡,曰:"先皇昔潜邸,梵宫冠东南,遗弓泣父老。"次授笑隐云云。比晓,仲举夺笔走数韵成章。余尝论:仲容诗若大宛天马,举足万里,有盖世之气;仲举如鸣球琴瑟,合轩辕氏律吕;孝光若禹九鼎,神奸物怪,怆人心魄;笑隐如棠溪之金,随手铸器,不离模范,而神采焰焰可畏。嗟夫!俯仰之间,忽焉隔世,独仲举先生尚存。①

雅集唱和,分韵赋诗,是元代文士雅集的常态。释大䜣和李孝光等人这个小型的出游雅集活动是元代众多雅集中的一个。元代僧人道士不仅参与文人雅集,而且还多次主持文士雅集。杨维桢说他和三山雷隐禅师有二十多年的交往:"予以师友之者几二十年。其谢事归隐于莲峰也,尝以本朝诗僧之作委其选辑,自端而下凡若干人,时诗凡若干首,持来征序。……夫以浮屠之教弃,伦理而宗空无,其为书又务为宏阔胜大之言……不以空无为师,而以诗文命世者,代不乏绝,错以成章,非徒侈乎风云月露,而尤致君亲之慕。其与吾魁人硕士往来倡和,因时以悲喜,随事以比兴者,风雅宗焉。"②释善继曾与名公如赵孟頫、黄溍等交游。释善住和邓牧、白珽、仇远、虞集、刘致、赵孟頫、鲜于枢等文士均有诗歌往来。释来复所编《澹游集》收录有僧人、儒士、公卿、道士一百五十余人的诗作。由以上,可见其时儒释道三家交游的状况。

元代是一个宗教异常繁荣的时期,文人对宗教观念的接受和认同使文人禅道化、释道徒文人化等现象非常突出。因此,元代文学呈现出独特的风貌。

---

① (元)孙炎:《午溪集序》,(元)李孝光撰,陈增杰校注:《李孝光集校注》第4册,浙江古籍出版社2016年版,第1183页。
② (元)杨维桢:《高僧诗集序》,《全元文》第41册,第288~289页。

第三节　三教交融对元代文学创作的影响

在人类创造的各种文化形式中，宗教和文学恐怕是历史上最能潜移默化地影响大众心灵的两种形式。①文学与宗教有着某种内在的相通，宗教可以安顿人的思想与感情，文学则可以陶冶人的情志与心灵，其最基本的指向均是人的精神领域。李泽厚先生说："由于有屈、庄的牵制，中国文艺便总能够不断冲破种种儒学正统的'温柔敦厚''文以载道''怨而不怒'的政治伦理束缚，而蔑视常规，鄙弃礼法，走向精神——心灵的自由和高蹈。由于儒、屈的牵制，中国文艺又不走向空漠的残酷、虚妄的超脱或矫情的寂灭，包含著名佛家如支道林，不也因知友之丧而'风味顿蹶'以致殒亡的深情如此么？"②可见宗教对中国文化、中国人的影响是非常大的。

葛兆光先生说："如果说儒家学说主要使中国古典文学强调社会功能而充满了理性的色彩，佛教主要使中国古典文学具有了缜密的肌理与空灵的气象的话，那么道教则主要是使中国古典文学保存了丰富的想象力和神奇瑰丽的内容。"③元代儒释道三教融合以及文人禅道化、释道徒文人化对士人的价值观念产生了重要影响。元代文人汲取老庄以道为本、追求清静无为的自然之理，尊重儒家"穷则独善其身，达则兼善天下"、"天下有道则见，无道则隐"的人生选择，以及佛家淡泊出世、人生如梦的"空无"之旨，使元代形成一种将遁隐避世与精神的内敛视为时尚的社会文化。隐逸则心态怡然，心态怡然则诗文怡然。"师居浮云之山，其心漠然无所起，其容淡然无所滞，其意怡然无所忧。其诗盖亦似之。不划刻，不推敲，不钵心而擢胃，信乎有得于怡云者也。"④元代文人中普遍具有隐逸意识。查洪德先生曾对元代隐逸现象有过精辟论述："元代隐逸之士，不仅

---

① 何光沪：《天人之际》，中国社会科学出版社 2003 年版，第 233 页。
② 李泽厚：《探寻语碎》，上海文艺出版社 2000 年版，第 216 页。
③ 葛兆光：《道教与中国文化》，上海人民出版社 1987 年版，第 302 页。
④ （元）牟巘：《怡云说》，《全元文》第 7 册，第 656 页。

规模数量超过往古,其隐逸原因和隐居方式,也前所未有地多样:有遗民为隐士者,有求仕不成而隐者,有无意于仕宦而隐者。隐居教授,隐于田园,隐于山林,隐于释老,隐于市井,隐于书画。"①

元代文学作品中"叹世""遁世""隐逸"之作颇多。全真教任情纵性、优游适意、返归自然的精神对元代文学创作的影响很大,尤其在元杂剧的神仙道化剧和元散曲中表现得较为突出。杂剧中,以神仙道化剧为代表,集中表现了元代文士避世隐遁的思想。马致远的《陈抟高卧》、宫天挺的《七里滩》,均直接描绘隐逸之乐,表达远离尘俗浊世的愿望。剧中田园山水的清幽隽美、尘外世界的自由脱俗,皆给人极其强烈和深刻的印象。散曲的隐逸主题则更加突出:"在包含3853首完整小令的《全元散曲》中,和隐逸思想有关的小令达到了995首之多,在457首套曲中,和隐逸思想有关的套曲有52首。"②

元代散曲、杂剧大家白朴是元代著名的隐士。王博文在《白兰谷天籁集序》中记载了他的生平经历:

> 读书颖悟异常儿,日亲炙遗山,謦欬谈笑,悉能默记。数年,寓斋北归,以诗谢遗山云:"顾我真成丧家狗,赖君曾护落巢儿。"居无何,父子卜筑于滹阳。律赋为专门之学,而太素有能声,号后进之翘楚者。遗山每过之,必问为学次第,常赠之诗曰:"元白通家旧,诸郎独汝贤。"未几,生长见闻,学问览博。然自幼经丧乱,苍皇失母,便有山川满目之叹。逮亡国,恒郁郁不乐,以故放浪形骸,期于适意。中统初,开府史公将以所业力荐之于朝,再三逊谢,栖迟衡门,视荣利蔑如也。③

白朴是在当时北方文坛盟主元好问的身边成长起来的。他拥有极高的才华,同样也有大量出仕的机会。他的父亲白华是元好问的好友,也是金末元初北方著名士人。在围城之际,白华跟随金哀宗出逃,后又至南宋,辗

---

① 查洪德:《元代文学通论》中册,东方出版中心2019年版,第638页。
② 柴琼:《元散曲隐逸作品代表作家研究》,华中师范大学硕士论文,2009年,第3页。
③ 《全元文》第5册,第89页。

转回到北方,与当时北方著名的汉侯史天泽、张柔等皆有交往。白朴在史天泽的力荐之下有出仕为官的机会,但他依旧选择隐于山水之间。白朴不仅是与关汉卿、王实甫并称的杂剧大家,同时也创作了大量的散曲、词作。如〔双调·沉醉东风〕《渔父》:

> 黄芦岸白蘋渡口,绿杨堤红蓼滩头。虽无刎颈交,却有忘机友。点秋江白鹭沙鸥。傲煞人间万户侯,不识字烟波钓叟。①

如此意境,正是那些喜欢任情纵性、无拘无束的人们苦苦追寻的。黄芦白蘋,绿杨红蓼,美艳异常。白鹭沙鸥自在飞翔,于艳丽色彩中渲染出一派宁静与恬淡。置身此境中,斗笠钓竿,岂不羡煞神仙!曲中透出作者摆脱红尘羁绊的心态,带有浓厚的理想色彩。又如〔仙吕·寄生草〕《饮》:

> 长醉后方何碍,不醒时有甚思?糟腌两个功名字,醅渰千古兴亡事,曲埋万丈虹霓志。不达时皆笑屈原非,但知音尽说陶潜是。②

其中可以看到他对山水隐居生活的热爱。白朴远离仕宦,寄情世外,以陶渊明为异代之音的理想。除此之外,他还满怀深情地写出了隐居生活的闲适,如他著名的〔越调·天净沙〕:

> 春山暖日和风,阑干楼阁帘栊,杨柳秋千院中。啼莺舞燕,小桥流水飞红。(《春》)
>
> 云收雨过波添,楼高水冷瓜甜,绿树阴垂画檐。纱橱藤簟,玉人罗扇轻缣。(《夏》)
>
> 孤村落日残霞,轻烟老树寒鸦,一点飞鸿影下。青山绿水,白草红叶黄花。(《秋》)
>
> 一声画角樵门,半庭新月黄昏,雪里山前水滨。竹篱茅舍,淡烟

---

① 《全元散曲》,第200页。
② 《全元散曲》,第193页。

衰草孤村。(《冬》)①

曲中所描述的四时景色，既是实景，又带有飘逸出尘的色彩。其中可以看到白朴对隐逸山村生活的喜爱，同时也表现出他对世俗红尘的远离。曲中之景，无论色彩还是意境都有一种孤寂之感，展示出的便是远离红尘之"逸"。他所追求的，不仅仅是"身隐"，更是"心隐"，是精神上的一种脱离，一种精神上的追求。这正是元人隐逸的独有色彩，曲中的意境，又是元代隐逸之风在文学作品中的表现。

元代曲家常常追求一种适性任情、无拘无束、逍遥自在的生活，在散曲中吟唱他们的人生理想。曲中的形象或是渔翁、牧人、耕夫，或是饮酒的散淡仙，或是漂泊的行者，表现出一种蔑视富贵、全性保真、珍视生命的时代意识。就内容而言，元散曲也多是讥世叹世和闲适隐居的主题。如吕止庵〔商调·集贤宾·叹世〕中的〔双雁儿〕："不如闻早去来兮，乐清闲穷究理。无辱无荣不萦系。守清贫绝是非，远红尘参道德。"②人生如此短暂，何必去争什么名利，不如远离红尘，参修《道德经》。这种淡泊名利的思想境界充分展示为在隐逸生活状态下享受大自然的无穷乐趣。张养浩的散曲多描述这种境界，如其〔双调·雁儿落兼得胜令〕："云来山更佳，云去山如画。山因云晦明，云共山高下。倚杖立云沙，回首见山家。野鹿眠山草，山猿戏野花。云霞，我爱山无价。看时行踏，云山也爱咱。"③抛弃名利，隐居山林，在山水中放纵自我，追求一种闲云野鹤的旷达，大有李白《独坐敬亭山》的高标绝俗。

元人词有相当一部分是道士所作，其中充满了所谓的"道情"。元人所编的《鸣鹤余音》八卷，作者多为全真教教徒或全真教所尊之教祖。《道藏提要》评价其内容说："所收词赋诗歌，皆阐全真教旨。或叹人生无常，世间火坑，劝人出家修道；或抒避世出尘，逍遥林泉之清闲逸趣；或剖析玄理，发明心性，咏修心悟性之旨要。尤以阐发内丹之作为多。"④

---

① 《全元散曲》，第 196~197 页。
② 《全元散曲》，第 1131 页。
③ 《全元散曲》，第 407 页。
④ 任继愈主编：《道藏提要》，中国社会科学出版社 1991 年版，第 842 页。

这类作品在唐圭璋所编《全金元词》中占了相当比例。如以下全真道七子中丘处机和谭处端的词：

> 十洲三岛，运长春、不夜风光无极。宝阁琼楼山上耸，突兀巍峨千尺。绿桧乔松，丹霞密雾，簇拥神仙宅。漫漫云海，奈何无处寻觅。　遥思徐福当时，楼船东下，一去无消息。万里沧波空浩渺，远接天涯秋碧。痛念人生，难逃物化，怎得游仙域。超凡入圣，在乎身外身易。（丘处机《无俗念·仙景》）①
>
> 上无三瓦舍，下没一犁田。水云真活计、且随缘。街前展手，化个有缘前。独步归来晚，万里晴空，卧听虎啸啼猿。　趣闲闲、真乐无边。一派滚灵泉。鼎中真火降、永凝铅。虎龙蟠绕，真秀结根源。默默无为坐，独守孤峰，一轮明月流灭。（谭处端《满路花》）②

丘词描绘的是一幅逍遥自在的仙界之景。上片之景气势宏大，高山密林、宝阁琼楼、丹霞云海、神仙宅邸，所有一切景物都令人神往。下片由徐福之典领起，想到了仙界是如此遥远，如何才能逃离物化？只有在修仙证道中达到逍遥无所待之境，才能抛却尘世俗累，了无挂碍，飘然出世。谭词也是表达了于苦修中体味真道、远离尘世俗务、无所累之境。

如果说全真教对元曲、元杂剧和隐逸诗词影响很深的话，那么正一教主要影响的是南方的诗和文。张雨《吴兴道中四首》其一："临湖门外是侬家，郎若闲时来吃茶。黄土筑墙茅盖屋，门前一树紫荆花。"③诗中画面和谐悠闲、平实淡雅，是极有生活情趣的田园风景。

当然，避世与内敛的文学精神也体现为佛门释子修禅静心、栖居山林、清幽寂寥的自在生活，通常也是以诗文反映出来。如石屋禅师清珙《闲咏》其三："柴门虽设未尝关，闲看幽禽自往还。尺璧易求千丈石，黄金难买一生闲。雪消晓嶂闻寒瀑，叶落秋林见远山。古柏烟销清昼永，

---

① （元）丘处机著，赵卫东辑校：《丘处机集》，齐鲁书社2005年版，第65页。
② 《全金元词》，第416页。
③ 季镇淮、冯钟芸、陈贻焮等选注：《历代诗歌选》第3册，中国青年出版社1980年版，第968页。

是非不到白云间。"①写的是山居生活的自在清静，有着超然世外的洒脱。

受释道宗教思想的影响，选择避世的隐逸文人在有元一代文人中占据了很大一部分。出于对现实社会的失意，或对适意生活的追求，一批士人选择遁迹到诗文、书画等艺术载体中，陶醉于诗文和翰墨之中，将"叹世""遁世""隐逸"等理想表现为山水田园之趣，追求清静与养生，流连诗酒，潜心佛老，著文吟诗。如黄溍为书院山长袁易②作的墓志铭：

> 行中书省署君石洞山长，君乃欣然就职。既归，卒隐弗仕，即于所居西偏为堂，曰静春。壅水成池，周于四隅。池上累石如山，芰荷蒲苇，竹梅松桂，兰菊香草之属，敷舒缭绕，而其外则左江右湖，禽鱼飞泳于烟波莽苍间。堂中有书万卷，悉君手所校定。客至辄敛卷，相与纵饮剧谈，留连竟夕乃已。君丰姿秀朗，每雨止风收，挟小舟以笔床、茶灶、古玩器自随，逍遥容与，扣舷而歌，望之者识其为世外人。③

从所描述的丰姿秀朗的外貌看，袁易的的确确是一位世外神仙。他的生活环境，以及他平静淡然的读书生活，让人羡慕，非真隐不能有如此境界。

出入宗教与文化的自由，使元代文人进行诗文创作没有太多顾忌。元文人在诗文中充分表现禅道情趣，也是特有的时代风格。

宗教是元代文化中的一个重要的构成要素，宗教与文学的关系，在元

---

① （清）顾嗣立编：《元诗选》初集，中华书局1987年版，第2502页。
② 袁易，字通甫，长洲人，与龚璛、郭麟孙称吴中三君子。大德初，以行中书省荐，出为徽州路石洞书院山长，一仕即归。大德十年（1306）卒于家。著有《静春堂诗集》四卷，为其子袁泰所编，今存《景印文渊阁四库全书》《知不足斋丛书》本。《元诗选》初集甲集选其诗四十五首。（元）陈绎曾《静春堂诗集后序》："静春，吴先生别墅，吴淞、具区之间。……资蕴藉而学赡给，尤得吴会之美者而居有之，故其诗如奏雅琴，巍然而《高山》，汤然而《流水》，穆然而《南风》，洋然而《文王》，怆然而《猗兰》，凄然而《履霜》。情境之通，错然百变，而和平祥雅主于中者，固蔼如也。严古似建安，工致似三谢，娴冶似徐庾，冲淡似陶元亮，合数长而引之于律度，盖近取之王介甫。就其资与学而发之于所居所遇，不失情境之真，斯可谓不求异古人而自能成家者矣。"[（元）袁易：《静春堂诗集》，《知不足斋丛书》本]从中可见袁易诗文风采。
③ （元）黄溍：《袁通甫墓志铭》，《金华黄先生文集》卷三三，《四部丛刊》本。

代显得更为密切。元代文人对宗教观念的接受和认同达到了前所未有的程度，这也影响了他们的文学创作。

名儒黄溍曾有过一段遍谒佛寺、广交高僧大德、参禅礼佛的特殊经历，其文集中关于佛教的序记塔铭之类的文章很多。元代佛教被奉为国教，在元代崇佛的特殊文化氛围中，黄溍写这类文章，除了僧众请托的因素之外，也出于他对僧人的敬重和欣赏。他本人亦能深悟佛法的庄严与佛理的深细，如他写的《偈二首》："久谓声闻难作佛，今知龙女解成男。分明信有旁人分，五十三身第一参"；"息心无想成无记，有见还同有相存。不尽普贤殊胜行，随方愿启一城门"。①自明心志，于空观中能参透名理心契。

儒者奉佛，在参礼佛法时融入个人的体会和修养，多有与世无争的思想与入道的愿望。在这样的思想和心态之下所创作的诗歌自然也是娴雅清静的。如仇远《闲居十咏》其三："仰屋著书无笔力，闭门觅句费心机。不如花下冥冥坐，静看蜻蜓蛱蝶飞。"②只有参悟佛理、领悟道情，才能有这样精妙脱透的境界。难怪元人刘将孙就学仙说禅对诗歌创作的影响有如此之说：

> "学诗如学仙，时至骨自换。"此语非无为言之也，予固身体而心验之矣。往尝写字，恨不能如意。长者教予曰："久当自熟。"当时尝以俗语反之云："佣书者不已久耶？"既而写愈久愈多，笔下忽觉转换如移神，方悟其趣。诗亦若此，非可以犟龥效而得之也。③
>
> 诗固有不得不如禅者也。今夫山川草木，风烟云月，皆有耳目所共知识，其入于吾语也，使人爽然而得其味于意外焉，悠然而悟其境于言外焉，矫然而其趣其感他有所发者焉。夫岂独如禅而已，禅之捷解，殆不能及也。然禅者借滉瀁以使人不可测，诗者则眼前景，望中兴，古今之情性，使觉者咏歌之，嗟叹之，至于手舞足蹈而不能已。

---

① 《全元诗》第28册，第234~235页。
② 《全元诗》第13册，第271页。
③ （元）刘将孙：《牛蓑集序》，《养吾斋集》卷一〇，《景印文渊阁四库全书》本。

登高望远，兴怀触目，百世之上，千载之下，不啻如自其口出。诗之禅至此极矣。①

刘将孙是从佛道对文人心境和诗文创作的影响来阐述的。正是对禅的体悟，使人达到随缘委运、怡然恬淡的心灵状态，超脱了现实人生的矛盾与痛苦，才能达到内心真正的宁静与愉悦。说仙说禅是一个心态的改观，人清爽了，咏于诗歌也是趣味盎然，忘怀世事，无任何羁绊。

自然，元代像黄溍这样亲近佛道的文人很多，文章大家姚燧、虞集等文集中反映其与佛道交往的文章也很多。元代文人的宗教观也影响了他们的文章观。文章立论须正，这是传统学术与文章守持的基本原则。儒家传统文化对鬼神概念是排拒的，孔子有"不语怪力乱神""未能事人，焉能事鬼""务民之义，敬鬼神而远之"等说，虽没有否定鬼神，却显示出"薄鬼神"之要义。宗教文化在元代社会获得了一种空前绝后的繁荣，不仅各宗教并存融合，且迷信之风极度盛行。《元典章·新集·刑部·刑禁·杂禁》记载："江淮迤南风俗，酷事淫祠，其庙祝师巫之徒，或呼太保，或呼总管，妄为尊大，称为生神，惶惑民众，未经禁治。"②跟其他朝代文人相比，元代文人不再恪守中国传统儒家精神，而是在思想上信佛达道，在现实中出入三家，这自然会影响元代文人的处世观念，并影响其文章写作所守持的基本原则。文章立论须醇正的观念受到了全面冲击，文人不再对方外玄虚之事淡然处之，于是道教、佛教中的神仙方术、世道轮回、因果报应观念及神佛宗教故事出现在元人的文章中。如刘将孙《定光圆应普慈通圣大师事状》记通圣大师神异之事：

> 初至岩数夕，蛇虎交至，了不为动。山神启曰："吾眷属为师守此久，师既来，吾将何适？"师曰："此荆棘荒秽，非汝栖止。山前地宽平，吾为汝卜居焉。"是夕，乡人咸见秉炬负载、老幼扶携，自

---

① （元）刘将孙：《如禅集序》，《养吾斋集》卷一〇，《景印文渊阁四库全书》本。
② 转引自〔日〕滨岛敦俊：《明清江南农村社会与民间信仰》，厦门大学出版社2008年版，第266页。

岩而出。……惠州河源县洲上有巨舰插沙岸，祥符初，南海郡僧造砖塔，叩于师曰："此舰甚济事，然不可取，愿师方便。"师曰："此船已属阴府矣。"僧再三恳请，师书偈与之，僧持往船所，应手拔出。运砖毕事，有巨商借之运米，即为恶风漂去，不知所往。……又尝化禅果院佛殿，日既卜，匠请曰："材虽备，而溪曲多山，牵挽数日方可达，殆不能应期。"师往视之，曰："果然，当奈何？"乃以拄杖指山，咄曰："权过彼岸！"山即随杖中断。①

此文构思巧妙，艺术性很强，读来深有情趣。不仅写了通圣大师有神鬼莫测之能，而且法力超凡，非常有个性和风采，令人难忘。

以写实为主的碑传塔铭等文章中，却写进了许多虚构的、幻想的、想象奇特的东西，而这在元人那里并不罕见，许多元人文集中都有类似的文章。尤其是元代文人在为释老和方外术士写碑传塔铭时，往往驰骋文采，将许多荒诞不经的东西写入，且言之凿凿。以传奇笔法写传记文章，接近唐宋传奇，可作小说观。如姚燧的《太华真隐褚君传》，以传奇笔法写太华真隐这一林间高士之奇人奇事，令人有高深莫测之感，引人入胜。文字洞微知著，谐趣从容，不是单靠制造紧张或神秘的悬念来表现人物形象，而是通过对真隐褚君日常生活的描述来显示其过人之处。以洒脱的文笔创作出大放异彩的传奇性传记，已成为姚燧文章的特色。由于深受宗教文化的影响，元代文人经过有意识的"虚饰雕彩"，反而使传记文学更向文学靠拢了。虞集《王诚之墓志铭》《王公信墓志铭》，黄溍《武昌大洪山崇宁万寿寺记碑》，揭傒斯《饶隐君墓志铭》，宋濂《吾衍传》《竹溪逸民传》《秦士录》《抱瓮子传》《樗散生传》等文章，皆属此类。

这种写作风格继续繁衍扩展，为元代之后的小说、戏剧所吸收，并加以创变，再加上志怪小说的影响、宗教文学为文学创作提供的题材，直接促成了迷离诞幻的神魔小说的流行。神魔小说中，除《西游记》及其续书之外，较有名的尚有《四游记》《三宝太监西洋记》《禅真逸史》《禅真后史》等。还有借鬼神之酒杯，浇心中之块垒的神魔怪诞寄寓型小说，杰出

---

① 《全元文》第20册，第413~415页。

的有《斩鬼传》《平鬼传》《何典》《聊斋志异》等，其中蒲松龄的《聊斋志异》可以作为代表。李汝珍的《镜花缘》，想象力极其丰富，尤其集中在第八回到第五十四回唐敖的两次海外之行，如"黑齿国"讽刺科场舞弊，"淑士国"讽刺穷儒酸气，"两面国"讽刺阴谋诡诈，"毛民国"讽刺鄙吝，"跂踵国"讽刺古板，"长臂国"讽刺贪婪，"翼民国"讽刺奉承……把人情世态的卑污抖落于人们面前。同时，作者还试图展示他的理想建构，在封建道统的藩篱中显露出启蒙民主思想的一角，如"女儿国"中的平等观念，"智信国"中的科学思考，"轩辕国"中的歌舞升平，"淑士国"的斯文好礼。

总之，元代民族众多、文化多元、宗教多种的冲突与并存融合现象，导致了元代文学精神的避世与内敛。佛道对元杂剧、散曲、文章及文学理论均产生了重要影响，并对后世神魔小说和传奇戏曲产生了深远影响。因而，研究元代文学，宗教与文学的关系是必不可缺的一部分。

第九章
元词成就之重新审视

1234年元灭金统一北方，1276年占领南宋都城临安，1279年彻底灭亡南宋，结束了南北政权的分立，完成了统一，建立了中国历史上版图最大的全国性统一政权。在统一之前的长达四十多年期间，文坛分蘖南北。元混同南北之后，南北文化与文学合流，南北词坛开始互动与相互影响，词坛出现新的风貌。

第一节　元词发展及其走向

　　元初北方词坛主要是继承金之余绪。对金代词，历来评价并不低。清代陈廷焯曾言："金词格律犹高，不流薄弱，虽不逮两宋，固远出元明之上。"①北方虽然经历了长期战乱，但其后忽必烈重用儒士文人，并采用汉法建元中统，恢复经济，并未影响北方词的发展。在元初北方词坛，由金入元的遗民词人元好问、杜仁杰、杨弘道、段克己、段成己、李俊民，忽必烈藩府词人郝经、刘秉忠、许衡、杨果，以及其他金源词人李治、姜彧、王恽、王旭、刘敏中、张养浩、曹伯启、曹居一、白华、白朴、张弘范、卢挚、刘因等，仍多属苏辛一脉，创作成就和艺术成就十分可喜。

　　元词实由沉郁雄奇而不失深婉的遗山词开端。吴梅先生《词学通论》早有"大抵元词之始，实受遗山之感化"②之说。其后白朴清旷放逸的天籁词直接承嗣遗山词，堪称元词北宗之典范。刘秉忠藏春词"雄廓而不失之伧楚，酝藉而不流于侧媚"③。张弘范词狂放大气而不失情深，又有蕴藉秀丽的一面，因而深得清人陈廷焯赞叹："清词丽句，不减永叔、小山诸贤。从古大英雄，必非无情者，吾于仲畴益信。"④陈廷焯评诗境、词境曰："诗有诗境，词有词境，诗词一理也。然有诗人所辟之境，词人尚未见到者，则以时代先后远近不同之故。一则如渊明之诗，淡而弥永，朴而愈厚，极疏极冷极平极正之中，自有一片热肠，缠绵往复，则陶公所以独有千古，无能为继也。求之于词，未见有造此境者。"⑤陈廷焯这段话标举陶渊明的诗境，刘因词即臻此境。刘熙载曾指出，刘因词，亦如东坡评陶诗所谓"癯而实腴，质而实绮"者，说明刘因词与陶渊明诗有意境相似之

---

① 陈廷焯：《云韶集》卷一一，同治十三年稿本。
② 孙克强、岳淑珍编著：《金元明人词话》，南开大学出版社2012年版，第267页。
③ 王鹏运：《跋藏春乐府》，孙克强、岳淑珍编著：《金元明人词话》，南开大学出版社2012年版，第195页。
④ （清）陈廷焯：《白雨斋词话》卷七，上海古籍出版社2009年版。
⑤ （清）陈廷焯：《白雨斋词话》卷八，上海古籍出版社2009年版。

处。况周颐《蕙风词话》称赞刘因词"寓骚雅于冲夷,足秾郁于平淡,读之如饮醇醪,如鉴古锦,涵泳而玩索之,于性灵怀抱,胥又裨益",又引王鹏运的话,说刘因词"朴厚深醇中有真趣洋溢,是性情语,无道学气"。① 确实,刘因词作并未表现出他诗作中那种悲愤激壮的感情,而是隐蔽起来,出之以超旷、冲淡。如其《清平乐·饮山亭留宿》:"山翁醉也,欲返黄茅舍。醉里忽闻留我者,说到群花未谢。脱巾就挂松尖,觉来酒兴方酣。欲借白云为笔,淋漓洒遍群岚。"② 词写其醉后欲归,因赏花而留,醒来酒兴犹酣,欲借白云为笔,洒遍群山。这是抒写其山林隐逸的生活,在察物观生中,寄托其寓有哲理的超世之怀。而在表达方法上,则纯用自然语言,以白描出之,不用典故,无有丽辞。通体旷逸冲夷,自成境界。

由南宋入元的词人多承南宋余绪。1279 年元统一中国后,南北车书混一,南北方文人交游往复,词坛风气改观。

元初南方词人,比较重要的是遗民词人周密、张炎、刘辰翁、蒋捷等。陶然先生《金元词通论》一书中列有以庐陵为中心的江西词人群和杭越遗民词人群。江西词人群以以遗民自处的刘辰翁为主,另外还有尹济翁、彭元逊、赵文、赵功可、刘将孙、罗椅、李珏、罗志仁、王从叔、刘贵翁、李天骥、王梦应、刘应雄、刘天迪、周孚先、曾允元、颜奎、胡幼黄、吴元可、段宏章、王炎午、刘景翔、刘应几、彭泰翁、黄水村、危复之、姜个翁、刘壎、姚云、黄子行、彭履道、杨樵云、宋远、萧烈、黎廷瑞、徐瑞、王奕等。③ 杭越遗民词人群以张炎和仇远为主,有周密、王沂孙、唐珏、王易简、冯应瑞、唐艺孙、吕同老、李彭老、李居仁、陈恕可、曹良史、赵与仁、范晞文、汪元量、董嗣杲、杨均、曾寅孙等。④ 南方词人群体人数众多,阵容可谓壮观,作品数量也较多,他们多怀念故国,写沧桑之变,抒幽微之怀。

至元二十三年(1286),元世祖命程钜夫前往江南访贤,赵孟頫、仇

---

① 转引自缪钺:《冰茧庵词说》,《缪钺全集》第三卷,河北教育出版社 2004 年版,第 433 页。
② 《全金元词》,第 781 页。
③ 陶然:《金元词通论》,上海古籍出版社 2010 年版,第 336~338 页。
④ 陶然:《金元词通论》,上海古籍出版社 2010 年版,第 341~344 页。

远、吴澄、赵文、刘埙等南方词人入仕新朝，其后，詹玉、冯子振、蒲道源、虞集等南方词人也先后入仕。他们挟南宋雅词传统以入北方词坛，与北方词坛的王恽、胡祇遹、魏初、卢挚、姚燧、梁曾、张之翰、刘敏中等在元大都交游，形成南北词风交汇合流趋势。当时的北方词坛，最有代表性的词人有刘敏中、姚燧、刘因、卢挚等。刘敏中词是比较典型的文人词，代表这一时期北宗词派最重要的成就。富有理趣的"二庵词"，即姚燧牧庵词和刘因樵庵词，秉承苏辛豪放高逸之词风，很受后人推崇。刘因虽是理学家，但词作毫无道学家的迂腐之气，高古平淡，极有蕴藉。①卢挚词曲兼善，诗文与刘因、姚燧齐名，其疏斋词二十二首有融合南北词风的迹象，既豪放粗犷，又清疏婉丽。张之翰、张焚父子都擅长写词。张之翰，号西岩，累擢翰林侍讲，词存七十首，继承北宗词豪迈高古之气概。其子张焚，字野夫，号古山，官至翰林修撰，存词六十余首，颇有稼轩风神。从元仁宗延祐时期到元末，词坛风气嬗递，即所谓"南风之熏兮"，南宗雅词的清丽典雅逐渐占据优势，豪放粗犷的北宗词渐趋衰落。虞集的词风格以雅正为特色，清丽典雅。南方词坛以张翥、张雨最为活跃，其中张翥词被称为"元词之冠"。元末谢应芳、倪瓒、邵亨贞、顾瑛等承袭仇白词风，以风雅为尚。

以上是元代词坛的发展概况。元代之后，诸家多有"词衰于元"之说。陈廷焯乃是词学史上重要的词学家之一，他肯定金词，否定元词：

> 词莫盛于两宋，至有明一代而风雅扫地矣。然明词之失，谁作之俑？论古者不得不归咎于元代。作者如程钜夫、赵子昂辈，犹是宋音；后则渐尚新艳，风格不逮；虞伯生一代作手，惜所作寥寥，不足振弊；张仲举出，直追南宋，远祖清真，取法白石，为一代之冠。②

两宋词的辉煌之后，又有清词的繁盛，元词很难得到陈廷焯的认可。陈廷焯对元词的看法也代表了清代词学家对元词的认识。清代张惠言《词选

---

① 孙克强、岳淑珍编著：《金元明人词话》，南开大学出版社2012年版，第173页。
② （清）陈廷焯：《云韶集》卷一二，同治十三年稿本。

序》也说:"自宋之亡而正声绝,元之末而规矩隳。"①江顺诒也有类似说法:"词之坏于明,而实坏于元","元之杂以俳优,明人决裂阡陌……俳优窜而大雅之正音已失,阡陌开而井田之旧迹难寻"。②

词在两宋达到极盛。到了元代,曲大兴,"元人工于小令套数而词学渐衰"③。相较之下,词的创作只是继承,而缺少了创新。虽然元代也产生了一批优秀的词人和作品,且元词的创作成就依然十分可观,但少有如宋代苏辛那样的大家。元代一百多年的历史怎么能和两宋四百多年的历史相比?因而,可以说词这种文体在元代虽然不是发展的盛世,但也绝非已经处于萧条不振的状况之中。陶然在《金元词通论》一书中指出:"元词是宋词的延续与余波,延续了它积极的一面,也延续了它不可避免的衰颓趋势,然而不能就此认为词的衰落是从元代开始的以及元代词坛只是一片衰阑景象。当然,元词与两宋词的高潮无法相比,但余波毕竟不是一潭死水,它也有涟漪和微澜,甚至在一些特定的时期,还卷起了不小的波浪。以一'衰'字来概括元词的历史地位无疑是不合理的和不全面的。"④据唐圭璋《全金元词》以及朱彝尊《词综》等总集,元代有二百多位词人,流传于世的词作约三千七百首,而且作为元代文学中富有特色的一面,其中出现了元好问、耶律楚材、廉希宪、萨都剌、李齐贤等一批少数民族词人。

我们知道,元词相较于两宋词而表现出的衰微,是诸多条件共同促成的。

其一,形成元词"已衰"论的一个原因在于元代词人的划分。虽然其中有些明显的误断早已纠正,但至今还有很多学者沿袭旧说,如以上所提到的由南宋入元的重要遗民词人张炎、王沂孙、蒋捷、仇远等,无疑都是元代文人。王沂孙(1233~1293),入元为庆元路学正,应该算是元人了。张炎(1248~1320?),二十七岁入元,在元朝生活了四十多年,曾于至元二十七年(1290)应召赴大都缮写金字藏经,其后有出仕之举,只不过求仕未成而南归。从这一点上来看,他无疑应该算是元朝人。与周密、王沂

---

① 唐圭璋编:《词话丛编》,中华书局2005年版,第1617页。
② (清)江顺诒:《词学集成》卷一,唐圭璋编:《词话丛编》,中华书局2005年版,第3223页。
③ (清)陈廷焯:《白雨斋词话》卷五,上海古籍出版社2009年版。
④ 陶然:《金元词通论》,上海古籍出版社2010年版,第100~101页。

孙、张炎并称为"宋末四大家"的蒋捷,生卒年不详,宋亡后隐居不仕,不过,他的大半生也都是在元朝度过的。①仇远(1247~1326),在元朝生活二十多年,入元之后基本是隐居江湖,常常与周密、张炎、方凤、谢翱、戴表元等人诗词唱和,以表达对南宋的怀想。但在大德五年(1301),仇远出任镇江学正,大德九年又迁溧阳州学教授。做了元朝的官,难道还算是宋人吗?正是由于这种文化遮蔽,对宋元之际的作家进行时代断限时,常将一些元人归为宋人。自然,这种情况也表现在将元末明初大量元遗民归为明人上。元人而入《明史·文苑传》者甚多,其中就包括杨维桢、钱惟善、戴良、王逢、丁鹤年等著名元遗民。著名诗人杨维桢,七十二岁时元亡,入明三年去世,且曾赋《老客妇谣》,以守节之嫠妇自喻,表达拒不仕明之意:"岂有老妇将就木,而再理嫁者耶?"②不料,杨维桢竟入《明史·文苑传》。清代赵翼《廿二史札记》卷三〇"元末殉难者多进士"指出元代有一个矛盾的现象:"元代不重儒术,延祐中始设科取士,顺帝时又停二科始复。其时所谓进士者,已属积轻之势矣。然末年仗节死义者,乃多在进士出身之人。"③他还列举了仗节死义者的名单:余阙、泰不华、李齐、李黼、郭嘉、王士元、赵琏、孙撝、周镗、聂炳、刘耕孙、丑闾、彭庭坚、普颜不花、月鲁不花、迈里古思。可见,为元朝殉难死义者多是以儒术教育出来的进士,其中多汉族文人。除以上所列诸人外,元遗民中较著名者尚有张昱、李存、徐舫、何景福、杨恒、杨引、吴海、蔡英子、叶颙、舒頔、王翰、倪瓒、李祁、顾德辉、郭钰、朱希晦等人。宗国倾覆之后,这些元遗民避世归隐,闲居养志,很多被当作明代文人。刘基和高启等人的主要创作活动在元朝,也无一例外被划分到了明代。

其二,元词已经失去了发展的文化环境。词是配乐歌唱的,是文人们在"绮筵公子,绣幌佳人,递叶叶之花笺,文抽丽锦;举纤纤之玉指,拍

---

① 蒋捷宋度宗咸淳十年(1274)中进士,两年后即1276年元军破临安。据嘉庆《宜兴县志·隐逸传》记载,元成宗大德九年(1305),"宪使减梦解、陆垕交章荐其才,卒不就博学",则他在元代至少已经生活了三十一年。
② 《明史·杨维桢传》,第7309页。
③ (清)赵翼:《廿二史札记》,世界书局1936年版,第445页。

按香檀"①的歌酒环境中，应歌妓们之需而创作的词曲，通过歌妓们动人的歌喉和优美的音乐而流传。自北宋南宋之交开始，词与乐便出现了逐步分离的倾向，词本身也日益雅化，越发脱离了民间新声更富于自由变化的趋势。词体失去了音乐基础，走向成熟和定型，逐渐成为纯粹的抒情诗体。

在这种情况下，散曲出现了。散曲是元代出现的一种新兴的诗歌形式。与诗词等抒情文学的蕴藉含蓄不同，它生动活泼，通俗易懂，但又不乏文采，是一种极具生命力并且取得了很高文学成就的诗歌样式。周德卿《中原音韵》概括其特点为"文而不文，俗而不俗"，文而不迁，俗非卑俗，不同于街巷俚歌，常常熔铸诗词语入曲，通俗中又不乏辞采。散曲流行非常广泛，可以说上自宫廷教坊，下至市井民间，无不传唱。当时名妓也以唱曲子为主，元夏庭芝《青楼集》所记梁园秀、珠帘秀、赵真真、杨玉娥、小娥秀、李心心、杨奈儿、秦玉莲、秦小莲、司燕奴、南春宴、天然秀、国玉第、李芝秀等著名女乐，均以擅长小唱、杂剧、诸宫调等著称。元代不论是教坊行院还是秦楼楚馆，最为流行的皆是曲乐而不是词乐。文人与歌妓的交往中，曲亦占据了重要的位置。元代文人很多都擅长词创作，只不过他们的才情都用在元曲创作上，词创作以气概胜，如《艺苑卮言》附录所言："元有曲而无词，如虞、赵诸公辈，不免以才情属曲，而以气概属词，词所以亡也。"②

其三，从文体发展角度来看，这是一种自然规律。每一种文体都有发展繁荣和兴盛期，两宋是词的鼎盛期，词至有元，已然不能与两宋相比。更多的说法是元词艺术上继承多而创新少，开拓空间已十分有限。但实际上，元词并非如此。元北宗词上承金词，追模苏辛，南宗词则继承了南宋雅词。

金元之际的词人元好问，其《遗山乐府》现存词三百七十余首，其数

---

① （五代）欧阳炯：《花间集序》，（五代）赵崇祚辑，李一氓校：《花间集校》，人民文学出版社1958年版，第1页。
② （明）王世贞：《世苑卮言》，孙克强、岳淑珍编著：《金元明人词话》，南开大学出版社2012年版，第181页。

量之多、质量之高，金元两代均无人与之匹敌，即使置之两宋词坛，也无愧为一流词人。近代词学大师唐圭璋先生说："我国南宋时，北方先后为金元所据，作者习染词风，词亦多可观"，"金元先后占据北方，词受两宋影响，亦多可观，如元好问、张翥，其最著者"。① 陈廷焯《云韶集》云："《遗山乐府》为金词之冠，足以平睨贺、周，俯视百代。遗山词以旷逸之才，驭奔腾之气，使才而不矜才，行气而不使气，骨韵铮铮，精金百炼，别于清真、白石外，自成大家。"② 遗山词题材广泛，咏物怀古、交游酬唱、赞美山水、感时伤世、纪事言情等内容均涉及，元词的隐逸、山水、怀古三大部类题材在《遗山乐府》中都已经存在。遗山词风格独具，以大家风范融贯苏、辛词之雄奇豪放及秦、周、姜、史之婉约。"乐府始于汉，著于唐，盛于宋。大概以情致为主，秦、晁、贺、晏虽得其体，然哇淫靡曼之声胜。东坡、稼轩矫之以雄辞英气，天下之趣向始明。近时元遗山，每游戏于此，掇古诗之精英，备诸家之体制，而以林下风度，消融其膏粉之气。"③ 元好问善于融合各种词风，是中国词史上独树一帜的词人。他生长于北方，少数民族质朴刚健的性格特色以及北方慷慨雄健的地域风格使他的词慷慨豪健而疏宕洒脱，但又不失蕴藉婉约，婀娜秀润，"疏快之中，自饶深婉，亦可谓集两宋之大成者矣"④。由于元好问在金末元初文坛上的领袖地位和崇高声望，集大成的遗山词直接影响了元初北方词坛。元初北方词人白朴、王恽、刘敏中、刘因、刘秉忠、魏初、郝经等的词风均受元好问影响。尤其是白朴词，无论内容还是风格，均有遗山词之风韵，正如吴梅先生所说："大抵元词之始，实受遗山之感化。"⑤ 元好问奠定了元代前期词人吟咏荆棘铜驼之慨、黍离麦秀之悲词作的基调，沉郁苍凉，雄奇豪迈，爽朗清刚。北方词学苏、辛的路子实自元好问开启，与元代南方词人尚周、姜形成了鲜明的对照，构成了整个元代初期词坛南北的不同风格。

---

① 《全金元词》凡例、前言，第1页。
② （金）元好问撰，赵永源校注：《遗山乐府校注》，凤凰出版社2006年版，第846页。
③ （元）王博文：《天籁集序》，施蛰存编：《词籍序跋萃编》，中国社会科学出版社1986年版，第463页。
④ （清）刘熙载：《艺概》卷四，上海古籍出版社1978年版。
⑤ 吴梅：《吴梅讲词学》，团结出版社2019年版，第127~128页。

白朴有词集《天籁集》传世。天籁词是遗山词的直接承嗣，既承苏、辛、元之风格而又独具个性，也有南宗词的清雅。清人朱彝尊在《天籁集跋》中说："兰谷词源出苏、辛，而绝无叫嚣之气，自是名家。"①四库馆臣称："朴词清隽婉逸，意惬韵谐，可与张炎玉田词相匹……惜以制曲掩其词名。"②天籁词刚柔兼济，豪婉并备，虽不及遗山词之沉雄，但也豪健放逸，有清隽萧然之风、婉约放逸之格。天籁词语言风格明净率真，用典颇多，并善于凝练前人诗句入词，但皆为常见和易懂者，风格近于曲。

张翥词以其蕴含的士大夫情结而代表元词的最高成就。张翥乃元末诗词大家，字仲举，号蜕庵居士，晋宁襄陵人。他虽为北人，但多半生是在江南度过的，有《蜕庵集》和《蜕岩词》传世。即便对元词颇有微词的陈廷焯也赞赏道："余雅不喜元词，以为倚声衰于元也。所爱者惟赵松雪、虞伯生、张仲举三家。然子昂原属宋人，道园老子，所作无多。元代作者，惟仲举一人耳。"③四库馆臣评价蜕岩词为"婉丽风流，有南宋旧格"④，是对南宋姜、张一派的继承。但实际上，蜕岩词在南宋词的基础上吸收北派词风，不仅有继承而且有创新。张翥汲取南北词风之长，避免曲化而保持词体本色，词作清婉流丽，律协可歌，以雅正为风。郑文焯说："元人词亡虑数十家……惟虞集《鸣鹤遗音》、张翥《蜕岩词》最称雅正。"⑤清人吴衡照对张翥词兼容南宋诸家词之风格气韵有过论述：

> 张仲举词出南宋，而兼诸公之长。如《题梅花卷子》云："墨池雪岭三生梦，唤起缟衣仙子。仍独自。伴瘦影、黄昏和月窥窗纸。"绝似石帚。《西湖泛舟》云："藕花深、雨凉翡翠，菰蒲软、风弄蜻蜓。"绝似梅溪。《玉簪》云："琢就瑶笄，光映鬓云斜蠹。"绝似梦窗。《西江客舍闻梅花吹香满床》云："一树瑶花可怜影。低映。怕月明照见，青禽相并。"绝似碧山。《蓼花》云："船窗雨后，数枝低

---

① （元）白朴：《天籁集》卷末，清光绪四印斋刻本。
② 《四库全书总目》卷一九九，第1822页。
③ 唐圭璋编：《词话丛编》，中华书局2005年版，第3727页。
④ 《四库全书总目》卷一九九，第1822页。
⑤ 唐圭璋编：《词话丛编》，中华书局2005年版，第4336页。

入,香零粉碎。"绝似玉田。①

张翥词兼取各家之长,清雅婉约,抒情色彩浓郁,情感丰富。张翥词也有北宗词豪放刚劲的特色,善于抒写士大夫情怀。刘熙载《词概》中阐述了这一点:"张仲举词,大抵导源白石,时或以辛稼轩寄之。"②

我们看到,元词的创作并非衰弱已极,而是有继承也有创新,仍然是富于活力的。

其四,虽然宋词对题材内容的开掘已经相当丰富,从最初酒席歌筵上侑觞佐欢的小唱,到经过苏轼、辛弃疾引诗法入词成为抒写士大夫文人情怀的诗词,但还是给元词留下许多可深入开发的空间。到元代,词的内容更加广泛,词体愈发显示出其作为文人抒情言志与社会交际工具的强大功能,和诗一样在雅集题咏酬唱赠答中广泛地应用于文人日常交际,而把侑觞佐欢的歌唱功能留给了大众化、通俗化的元曲。元词沿着苏辛"以诗为词"之路进一步诗化,不再闺音弥漫,而是为士大夫文人抒情言志,或抒隐逸情怀,或咏山水之乐,或发怀古之思,或写日常琐事,或交往唱酬。

元词中有很多抒写隐逸情怀之作。诸如金遗民词人段克己、段成己兄弟避乱于龙门山,写了一些追念亡金、感慨乱世、向往隐逸的词作。如段克己《满江红》:

> 雨后荒园,群卉尽、律残无射。疏篱下,此花能保,英英鲜质。盈把足娱陶令意,夕餐谁似三闾洁。到而今、狼籍委苍苔,无人惜。
>
> 堂上客,头空白。都无语,怀畴昔。恨因循过了,重阳佳节。飒飒凉风吹汝急,汝身孤特应难立。谩临风、三嗅绕芳丛,歌还泣。③

借菊花来象征、隐喻其生性高洁,以及隐居田园之志趣。对故国的眷念、今昔之感、人生沧桑之叹一时都出现在作品中。

---

① 唐圭璋编:《词话丛编》,中华书局2005年版,第2436页。
② 唐圭璋编:《词话丛编》,中华书局2005年版,第3697页。
③ 夏承焘、张璋编:《金元明清词选》,人民文学出版社1983年版,第66页。

又如忽必烈的重要谋臣刘秉忠，为忽必烈谋划军政机要二十多年，但刘秉忠本人淡于功名利禄，他的词作常有隐逸之思，体现出士大夫潇散淡泊与老成达观的心理特质。李昌集先生在他的《中国古代散曲史》中论刘秉忠词曰："观秉忠词，多'言志'之作，个中'山林'之志又为最常见主题，语言刚劲雅致，实为一种'诗化'之词，是承宋代苏辛一路的金词的余响。"①如其《木兰花慢》词：

> 到闲人闲处，更何必，问穷通。但遣兴哦诗，洗心观易，散步携筇。浮云不堪攀慕，看长空、淡淡没孤鸿。今古渔樵话里，江山水墨图中。　　千年事业一朝空。春梦晓闻钟。得史笔标名，云台画像，多少成功。归来富春山下，笑狂奴、何事傲三公。尘事休随夜雨，扁舟好待秋风。②

功名富贵不过是眼前浮云，对他来说并无多少意义。他所向往的是以闲静心态度过悠然生活，山水、林泉、茅舍、田园才是自由生活的乐土，不如归去，乘一叶扁舟逍遥于江湖。

刘敏中、王恽、王鹗、姚燧、卢挚、程钜夫、虞集、赵孟頫、许有壬、欧阳玄等馆阁大臣多用词应酬赠答。

王恽是元代存词最多的词人。《全金元词》共收录他的词二百四十四首，是元代非常有代表性的士大夫文人词。王恽对大元帝国有着强烈的认同感和自豪感，他基本生活在中原地区，长期活动在燕赵、晋陕、齐鲁一带，词风也是典型的北宗词，不仅气势雄浑、悲壮慷慨，而且也有清疏朗健、超逸洒脱的一面。他的词题材广泛，举凡游历、题画、赠妓、隐逸均有所涉及。

深受元世祖忽必烈器重的程钜夫，身处集贤院、翰林国史院等清要机构十余年，名重于当时，与当时馆阁名臣及大都南北文人多有诗词往来。他的词可以算是馆阁文臣词的代表。其《玉楼春·次韵王彦博右丞咏梅》：

---

① 李昌集：《中国古代散曲史》，华东师范大学1991年版，第482页。
② （元）刘秉忠：《藏春集》卷五，《北京图书馆古籍珍本丛刊》本。

> 梁园赋客情无奈，嚼到梅花和蜡爱。偏怜初日透宫黄，怕染春风成野黛。　游蜂怪底随飞盖，拣得繁枝偿酒债。玉堂开卷已春残，红紫纷纷都异态。①

词风雍容娴雅，有富贵气，但以寻常语出之，以自然生活化的笔调写馆阁生活，显得含蓄温婉。

虞集存词不多，近人朱孝臧《彊村丛书》曾辑其词为《道园乐府》一卷，吴昌绶跋云："道园乐府无专集，散见《学古录》及《遗稿》，合抄之，得十有八首（实为十七首）。原附《鸣鹤余音》，乃道园与全真冯尊师所作《苏武慢》《无俗念》诸词，共有三十首。"② 加上唐圭璋先生《全金元词》又补入《一剪梅·惜花》一首，数量仍不算多，且题材亦不广，大体为次韵、题画、赠妓、隐逸之作。但是，虞词依然以其儒雅风韵和含蓄深婉的情趣奠定了他在元代词史上的地位。陈廷焯非常赞赏虞集的词作："虞道园词笔颇健，似出仲举之右。然所作寥寥，规模未定，不能接武南宋诸家，惟'报道先生归也，杏花春雨江南'二语，却有自然风韵。"③ 其为世人激赏堪为元词的压卷之作的名篇《风入松·寄柯敬仲》：

> 画堂红袖倚清酣。华发不胜簪。几回晚直金銮殿，东风软、花里停骖。书诏许传宫烛，香罗初剪朝衫。　御沟冰泮水挼蓝。飞燕又呢喃。重重帘幕寒犹在，凭谁寄、银字泥缄。为报先生归也，杏花春雨江南。④

---

① 《全金元词》，第 794 页。
② （元）虞集：《道园乐府》卷尾，清光绪抄本。
③ 唐圭璋编：《词话丛编》，中华书局 2005 年版，第 3823 页。
④ 《全金元词》，第 862 页。

此词"词翰兼美,一时争相传刻,而此曲遂遍满海内矣"①。作为赠友之作,有富丽雍容的馆阁风味,词采华美,情致深婉细腻。上阕追忆了对好友柯九思(字敬仲)的情谊,回忆在馆阁中与柯九思鉴书赏画、赓诗唱和的生活;下阕转到江南,以杏花、春雨寄予对朋友深切的思念。有哀怨,有感慨,有清幽的景色。虞集的词风格多样,有的典雅富丽,有的情韵悠长,有的豪放洒脱,可以说是典型的文人士大夫之词。

另外,元词"以诗为词"一路,也体现在元词善于融化唐人诗歌上。赵永源考证:"杜甫在他们词作中出现的次数最多,其中李俊明的《庄靖先生乐府》凡16次、段克己的《遯庵乐府》凡16次、段成己的《菊轩乐府》凡12次、刘秉忠的《藏春乐府》凡18次、白朴的《天籁集》凡15次、王恽的《秋涧乐府》凡80次、刘敏中的《中庵乐府》凡26次、刘因的《樵庵词》凡6次。其次是白居易,金元词人亦好之,其中尤以段克己、段成己兄弟最为突出,白居易诗在段克己词作中出现的频率为17次,段成己为15次。此外,在刘秉忠、白朴、王恽、刘敏中、刘因的词集中,白居易诗出现的频率也比较高,仅次于杜甫。"②

其五,元词类曲也是一个重要原因。元词沿金词方向发展,作法呈诗化兼曲化倾向。大凡个人怀抱、人际交往、游赏品物、社会百象等生活的方方面面,皆可见诸词人笔下。受元曲影响,许多词记俗事、写常情,未尝不是词体开放的积极尝试。尤其是元代北方词人群体的词,曲化倾向较明显。元词的曲化并非元词之衰亡,这种文体的互相渗透,是词体发展过程中的一个必然要经历的阶段。换个角度来看,苏轼"词诗"观念能被词坛普遍接受,词体能以诗为之,扩大了词体的抒情功能,那么元词的曲化在词体整个发展过程中也具有一定的意义,且直接影响了明词的曲化,正

---

① (元)陶宗仪《南村辍耕录》卷一四《风入松》:"吾乡柯敬仲先生九思,际遇文宗,起家为奎章阁鉴书博士,以避言路居吴下。时虞邵庵先生在馆阁,赋《风入松》长短句寄博士云:'画堂红袖倚清酣,华发不胜簪。几回晚直金銮殿,东风软、花里停骖。书诏许传官烛,香罗初剪朝衫。 御沟冰泮水挼蓝,飞燕又呢喃。重重帘幕寒犹在,凭谁寄、锦字泥缄。报道先生归也,杏花春雨江南。'词翰兼美,一时争相传刻,而此曲遂遍满海内矣。剪,一作试。"(上海古籍出版社2012年版,第159页)所录与《全金元词》所载略有差异。
② 赵永源:《金元词人融化唐诗风尚论略》,《江海学刊》2010年第2期。

如陈廷焯所说:"元代尚曲,曲愈工而词愈晦。周、秦、姜、史之风,不可复见矣。"①

元代文人对元曲的评价很高。徐世隆序元好问词时说:"乐府则清新顿挫,闲婉浏亮,体制最备,又能用俗为雅,变故作新,得前辈不传之妙。东坡、稼轩而下不论也。"②虞集也说:"一代之兴,必有一代之绝艺足称于后世者。汉之文章,唐之律诗,宋之道学,国朝之今乐府,亦关于气数音律之盛。"③把散曲看作和汉代的文章、唐代的律诗、宋代的道学一样,可见元曲在虞集的观念中地位之高。如果说虞集对曲在学术和文学观念上是通达的贤者观点,那么我们从元末杨维桢评价曲的价值也能看到元人对曲的喜爱:"夫词曲本古诗之流,既以乐府名编,则宜有风雅余韵在焉。苟专逐时变、竞俗趋,不自知其流于街谈市彦之陋,而不见夫锦脏绣腑之为懿也,则亦何取于今之乐府可被于弦竹者哉?"④自金代开始,文坛即是诗、词、曲三体并行,元代继承并延续了这种格局。曲虽然是新兴的文体,但文人对曲的热爱使得元曲创作出现生机勃勃的兴盛局面,因而,词体受到曲体文学繁盛的冲击和影响是必然的。

元代很多词人是以创作曲为主的。刘毓盘《词史》早已经指出:"关、马、郑、白为元曲四大家,鲜于枢、姚燧、冯子振、白无咎、乔吉、张可久、陶宗仪等皆工于曲,故其词亦近于曲。"⑤诸如马致远、白朴、刘敏中、张养浩、卢挚、乔吉、贯云石、薛昂夫等,既写词,也都是曲坛大家。元好问、杜仁杰、刘秉忠、张弘范、杨果、王恽、胡祗遹、姚燧、魏初、滕宾、虞集、鲜于枢、刘因、薛昂夫、杨立斋、赵孟頫、赵雍、张可久、张雨、徐再思、李齐贤、吴镇、沈禧、萨都剌、倪瓒、蒲道源、邵亨贞等也都是词曲兼擅,他们写作词和曲时必然相互影响。

元词的这种类曲倾向主要体现在部分作品风格的通俗化或俚俗化上。"金元词的曲化有两种情况:一是在曲文学尚未成熟时,词体自身的俗

---

① (清)陈廷焯著,屈兴国校注:《白雨斋词话足本校注》卷三,齐鲁书社1983年版,第228页。
② 姚奠中、李正民:《元好问全集》增订本,山西古籍出版社2004年版,第1252页。
③ (元)孔齐:《至正直记》卷三,上海古籍出版社1987年版,第69页。
④ (元)杨维桢:《周月湖今乐府序》,《东维子集》卷一一,《四部丛刊》本。
⑤ 刘毓盘:《词史》第八章,上海古籍出版社2011年版,第143页。

化，这主要表现在民间词的创作上，一个突出的表现就是词成了金元时长期风行于北方的大众宗教——全真道教徒们宣扬教义和交际往来的工具。二是在曲文学繁盛之时，词体在创作中向曲体的靠拢。这方面主要指文人词在当时的俗文学——曲的影响下所表现出来的通俗化倾向，突出地体现在许多作品流利、明快、直率、浅白，甚或谐谑的语言特色上。词体曲化，从根本上说削弱了词体的自身特征，但对于处于不景气中的词坛，也并非全然无益。"①散曲最大的特点在于俗和豪辣，词的曲化就是吸收元曲内容的通俗简易、语言的直白畅达。"词的曲化最直接的表征是仿曲为词，也就是指词人模仿市井俗曲的语言、手法、情调和意境进行词的创作，但并不改变原有词牌和音乐。"②词体的类曲即是如此。因此，金元时代文人创造的一些小令作品往往使人词曲难辨，正如唐圭璋先生在《全金元词》凡例中所说："金元人词集中，往往羼入曲调。如王恽《秋涧乐府》中，竟有三十九首曲调。其他作家亦多类此。是编于词集中之曲调如《天净沙》《凭阑人》《小桃红》《干荷叶》《水仙子》《折桂令》等皆不辑录。至如《太常引》《人月圆》等调，词曲全同，无法区分，则仍于词集中保留。"③比如，元人冯子振写有《鹦鹉曲》四十二首，这些曲子似词又类曲，因而《全金元词》一书将之全部收录，但现在学界仍然有很多学者分析认为冯子振的四十二首《鹦鹉曲》不是词而应当是曲。张可久也是词曲兼善的作家，他的十五首《人月圆》被作为曲收入《全元曲》，亦作为词被收入《全金元词》，真是词曲莫辨。元好问的词也有类曲化倾向，如：

> 谩郎活计拙于鸠。闲中又过秋。枕书眠了却登楼。贫来颇自由。　书咄咄，赋休休。西窗晚更幽。诗家贫杀也风流。家人不用愁。④

> 阿仪丑笔学雷家。绕口墨糊涂。今年解道，疏篱冻雀，远树昏鸦。

---

① 张晶主编：《中国古代文学通论·辽金元卷》，辽宁人民出版社2005年版，第94页。
② 郑海涛、霍有明：《论明词曲化的表现和成因——兼谈对明词曲化的评价》，《长江学术》2010年第1期。
③ 《全金元词》，第3页。
④ （金）元好问：《阮郎归》，《全金元词》，第103页。

> 乃公行坐文书里,面皱鬓生华。儿郎又待,吟诗写字,甚是生涯。①

风格是词曲兼而有之,有词的流丽,也有曲的流畅和活泼。

金元之际,曲文学骎骎以盛,作为通俗性、娱乐性很强的艺术形式在民间得到了广泛的发展。在这种时代文学风气下,词家填词不能不受其影响,于是此时期的词文学遂出现了"类曲化"倾向。如白朴,元曲名家,他填词时就不知不觉有曲的某些色彩和特征,情调真率自然,语言俚俗活泼,如《玉漏迟》:

> 碧梧深院悄。清明过也,秋千闲了。杨柳阴中,又是一番啼鸟。人去瑶台路远,孤负却、花前欢笑。音信杳。西楼尽日,凭栏凝眺。
> 缥缈。雾阁云窗,恨梦断青鸾,夜深寒悄。檐玉敲残,摧得五更风小。麝注金猊烬冷,画烛短、银屏空照。芳径晓。惆怅落红多少。②

"清明过也,秋千闲了"非常通俗明了,读起来朗朗上口,明白如话。"杨柳阴中,又是一番啼鸟"一句从谢灵运"池塘生春草,园柳变鸣禽"诗句转化而来,后半部分则又是词体味道,写一个女子的相思与闲愁,援曲入词,倒也与其他清雅明丽的句子相融合,并不显得突兀。又如《西江月·渔父》:

> 世故重重厄网,生涯小小渔船。白鸥波底五湖天。别是秋光一片。 竹叶酷浮绿酽,桃花浪渍红鲜。醉乡日月武陵边。管甚陵迁谷变。③

风格更加曲化,直抒胸臆,置于元曲中亦别无二致,纯是曲的意象,曲的

---

① (金)元好问:《眼儿媚》,《全金元词》,第102页。
② (元)白朴撰,徐凌云校注:《天籁集编年校注》,安徽大学出版社2005年版,第190~191页。
③ (元)白朴撰,徐凌云校注:《天籁集编年校注》,安徽大学出版社2005年版,第169页。

构思，曲的语言，俗白清浅。

元词的"类曲化"倾向，为元词的发展带来了一些新气象，丰富了词自身的表现形态和方式，形成了元词活泼灵动的情调。

元代词坛可以说不乏佳作，也有自己的特色，之所以形成元词"已衰"之论，跟后世词评家多关注婉约词风有关。尤其是在两宋词坛的光环笼罩之下，有此说也是难免的，诚如近代王易先生在《中国词曲史》中所说："元之词未衰，而渐即于衰者，以作者之心力无形而分其大半于曲也；而所以不终归于衰者，词之本体特精，而用各有宜也。且词曲之称，其始未尝有划然之界也。"[①]

---

① 王易：《中国词曲史》，中国书籍出版社2017年版，第245页。

第二节　元代少数民族词人的创作

元王朝不仅疆域辽阔，而且是中国历史上少见的民族大迁移与大混居的时代，多民族之间的相互涵化与融合，使文学领域也出现很多卓越的少数民族大家。当然，因为他们的出现，也使元代成为整个中国词史上最复杂也最丰富的一个时期。这既是时代发展的结果，又是各民族文化融合的结果。

元代少数民族词人众多，所取得的成就斐然。①元初有辽宗室后裔耶律楚材、耶律铸父子，集金文学之大成、开元词学之先河的鲜卑拓跋部后裔元好问，鲜卑族王沂，还有女真词人兀颜思忠和奥敦周卿。西域色目文人中，廉希宪、贯云石、马祖常、萨都剌、偰玉立、薛昂夫、丁鹤年等均有词传世。回回人萨都剌被清人林人中誉为"有元一代词人之冠"②。高昌色目人贯云石是廉希宪之弟廉希闵的外孙，曾出任翰林学士，是散曲大家，词也别有特色。回鹘文人薛昂夫是散曲家，精通儒学，书法兼善，只可惜他创作的诗词多已散佚，《全金元词》收其词三首。从赵孟頫《薛昂夫诗集叙》中可以看到其诗词创作风貌："皆激越慷慨，流丽闲婉，或累世为儒者有不及，斯亦奇矣。"③高丽士人李齐贤，作为高丽忠宣王侍从留

---

① 王叔磐先生《元代北方民族词选》一书中共收录元代四十位北方民族词人的二百八十首词作。这四十位词人所属的部族有：契丹、蒙古、突厥、女真、畏吾、鲜虞、安息、氐、高丽、鲜卑、党项，还有一些属于色目人或西域他族。该书自序中论述："总计元代词人共有二百多位，其作品仍流传至今者，有耶律楚材、李治、许谦、李庭、刘秉忠、杜仁杰、耶律铸、白朴、王恽、胡祗遹、廉希宪、卢挚、张弘范、姚燧、刘敏中、刘因、程文海、吴澄、赵孟頫、管道升、鲜于枢、吴存、王沂、蒲道源、袁易、安熙、杨载、朱晞颜、虞集、欧阳玄、张玉娘、王结、王旭、张埜、元卿、张雨、冯子振、乔吉、张可久、刘燕哥、吴镇、李孝光、贯云石、薛昂夫、许有壬、张翥、李齐贤、宋褧、偰玉立、谢应芳、倪瓒、萨都剌、华幼武、邵亨贞、顾阿英、柯九思、陶宗仪、高明、韩奕、梵琦、尹志平、宋德芳，等等。"（内蒙古教育出版社1999年版）
② （清）林人中：《萨天锡先生诗跋》，萨镇冰、萨嘉曦修：《雁门萨氏家谱》卷五，北京图书馆出版社2000年版，第702页。
③ （元）赵孟頫：《薛昂夫诗集叙》，《松雪斋集》卷六，《海王邨古籍丛刊》本。

居中国，存词五十三首。元代少数民族词人群体的出现改变和丰富了元代词坛的面貌，他们的创作风格呈现出不同于传统的、别具一格的审美风格和审美意趣，在中国词学史上光彩独放，为元代词坛注入了新的活力和生机。这在中国文学史上是绝无仅有的，其所取得的成就也是令人瞩目的。

少数民族词人和汉族词人的词作在题材方面几乎没有区别。"与元代特殊的政治、社会环境相对应，元人笔下的好词，大都集中在隐逸、山水、怀古这三大部类。元代的著名词家，鲜有不同时或分别在这三大部类中搴旗拔垒、登坛拜将的。"①作为元代词坛开创者的元好问，更是将凡词体所能写者均纳入笔下。因其醇厚的儒学学术修养、北方地域文化的豪迈基础，以及他本人对雅正风格的推崇，遗山词兼容各家而自成一体。元代少数民族词人的词作，主题和风格绚丽多姿，从中可拈出以下两点：

一、以山水、田园、隐逸展示士大夫文人情怀

元代文人追求隐逸之风非常兴盛，无论是在朝为官者，还是真正隐居田园山林、隐于书画、隐于市井勾栏者，都在诗文词曲中大谈特谈隐逸之趣，表达对世俗生活的不屑、对清闲生活的享受。这种心态在物质与精神层面都达到富足水平的士大夫文人中相当普遍。他们以诗词曲来展示内心自适情怀和看破看淡世俗功名的洒脱，是一种悠然闲适的旷达情态。在元代少数民族词人作品中，山水、田园、隐逸题材所占比重也较大。从这一点上来看，元代少数民族词人如耶律楚材、耶律铸、元好问、王沂、兀颜思忠、廉希宪、贯云石、马祖常、萨都剌、偰玉立、薛昂夫、丁鹤年等，与汉族文人别无二致。

耶律楚材（1190~1244），契丹族，辽东丹王突欲八世孙，金尚书右丞耶律履之子。耶律楚材"博极群书，旁通天文、地理、律历、术数及释老、医卜之说，下笔为文，若宿构者"②。燕京破，被成吉思汗召至帐下，后随成吉思汗西征。他振兴儒学，保护儒士文人，为当时士人所景仰。耶律楚材今仅存词《鹧鸪天·题七真洞》一首："花草倾颓事已迁，浩歌遥望

---

① 唐圭璋主编：《金元明清词鉴赏辞典》，江苏古籍出版社1989年版，第1页。
② 《元史·耶律楚材传》，第3455页。

意茫然。江山王气空千劫，桃李春风又一年。　横翠嶂，架寒烟，野花平碧怨啼鹃。不知何限人间梦，并触沉思到酒边。"①耶律楚材虽备受成吉思汗赏识，但并非以治国之才受到重用，而是以精通阴阳术数与符瑞卜筮受到成吉思汗的信任，他曾感慨道："学术忠义两无用，道之将丧予忧惶。"②初行汉法步履维艰，因而，其词难免流露出故国家园之思，以翠嶂、寒烟、啼鹃以及闲花野草等景物衬托此情，境界开阔，在悲慨、苍凉底色下有着旷达豪迈，大有辛词之风。况周颐赞曰："高浑之至，淡而近于穆矣。庶几合苏之清、辛之健而一之。"③

元好问为北魏拓跋氏后裔，曾从郝经祖父郝天挺学，淹贯经传百家。元好问词数量多，质量高。徐世隆《遗山先生文集序》谓："乐府清雄顿挫，闲婉浏亮，体制最备，又能用俗为雅，变故作新，得前辈不传之妙。"④况周颐《蕙风词话》认为遭遇国变使得他词风转变："神州沉陆之痛，铜驼荆棘之伤，往往寄托于词。亦浑雅、亦博大，有骨干、有气象。"⑤金亡后，元好问词多以隐逸为主，如其《满江红·内乡作》一词：

老树荒台，秋兴动、悠然独酌。秋也老、江山憔悴，鬓华先觉。人到中年原易感，眼看华屋归零落。算世间、唯有醉乡民，平生乐。
凌浩荡，观寥廓。月为烛，云为幄。尽百川都酿，不供杯杓。身外虚名将底用，古来已错今尤错。唤野猿、山鸟一时歌，休休莫。⑥

与山水云月为伴，以诗酒自娱，确实是任性而逍遥。哪里还在乎那身外虚名？把国家覆亡之伤痛化作了诗和酒。词风也是旷达洒脱之极。少数民族词人写隐逸，写山水，写田园，与南方词人的悲秋伤春、感念故国明显不

---

① 唐圭璋主编：《金元明清词鉴赏辞典》，江苏古籍出版社1989年版，第217页。
② （元）耶律楚材：《用前韵感事二首》其二，《湛然居士文集》卷二，中华书局1986年版，第27页。
③ （清）况周颐：《蕙风词话》卷三，上海古籍出版社2009年版，第79页。
④ （金）元好问：《遗山先生文集》卷首，明弘治十一年刻本。
⑤ （清）况周颐：《蕙风词话》卷三，唐圭璋编：《词话丛编》，中华书局2005年版，第4463页。
⑥ 《全金元词》，第80页。

同，这显然与北方民族的个性以及生存环境等多种因素有关。这种旷达，刘扬忠先生解释说："'旷达'是一种超脱世俗、达观自适的从容风度，也是一种参透物理、冲淡玄远的思想境界和疏放闲逸、与物俱化的审美情味。"① 又如《人月圆·卜居外家东园》一词：

> 重冈已隔红尘断，村落更年丰。移居要就，窗中远岫，舍后长松。十年种木，一年种谷，都付儿童。老夫惟有，醒来明月，醉后清风。②

这种超逸和洒脱让人难以想象词人经历了金元易代的社会动荡与战乱，只感觉到真正的田园之乐、生活闲适之趣，是何其洒脱的境界和胸怀！

被忽必烈称为"廉孟子"的廉希宪，畏兀人，名将布鲁海牙之子。自幼习儒术，儒学素养深厚，又曾师从名儒王鹗，是一个深受儒学影响的色目文人。廉希宪常常在自家的万柳堂置酒招客，和名士文人唱酬。他存留下来的诗词不多，《全金元词》仅存其《水调歌头·读书岩》一首，但从词中仍可看到元代文人非常典型的士人心态，且颇能显示其名士风流。词如下：

> 杜陵佳丽地，千古尽英游。云烟去天尺五，绣阁倚朱楼。碧草荒岩五亩，翠霭丹崖百尺，宇宙为吾留。读书名始起，万古入冥搜。
> 凤池崇，金谷树，一浮鸥。彭殇尔能何许，也欲接余眸。唤起终南灵与，商略昔时名物，谁劣复谁优。白鹿庐山梦，颉颃天地秋。③

词人淡泊恬退、自在逍遥的心境和周围的碧草、翠霭、朱楼、丹崖等融为一体，即使置之于宋代文人士大夫词中也难以择出，是传统的文人词。

在朝为官者如李齐贤、王沂、兀颜思忠等亦时以隐逸词表达丘壑山林之思。

---

① 刘扬忠：《唐宋词流派史》，中国社会科学出版社2007年版，第201页。
② 《全金元词》，第117页。
③ 《全金元词》，第721页。

鲜卑族士人王沂，字思鲁，延祐二年（1315）进士，官国子学博士、翰林待制、礼部尚书。身居高位，他的词仍时而流露对隐逸生活的向往，如《菩萨蛮·题李溉之词卷》：

> 大明湖上秋容暮。风烟杖屦时来去。说与病维摩，可人秋水呵！自书盘谷序，和了停云句。把酒为君歌，济南名士多。①

也是洒脱之极，借勉励朋友归隐而抒发淡然心境。

女真族人兀颜思忠，字子忠，居东平，历官淮西廉访副使、湖南宪金、淮西廉访副使、浙西廉访使。他是顾瑛玉山草堂座上客，与杨维桢、李孝光、柯九思、黄溍、张雨、倪瓒、高明等名流交往颇多。兀颜思忠现存词《水调歌头·偕宪椽分司尉邑偶得友人招隐之章率尔次韵》一首：

> 白云渺何许，目断楚江天。悲风大河南北，跋涉几山川。手线征衫尘暗，雁足帛书天阔，恨入短长篇。青镜晓慵看，华发早盈颠。
> 叹流光，真逝水，自堪怜。明年屈指半百，勋业愧前贤。霄汉骖鸾无梦，桑梓归耕有计，醉且付高眠。寄谢鹿门老，待我共谈元。②

这是典型的士大夫文人的词，有温文尔雅的儒者气质，也有苏辛词之豪迈超逸。词中感慨时光易逝，愧对前贤，借归隐之意表达自己清虚自守的境界和旷达胸襟。

儒业起家的文人偰玉立，出身于畏兀世家。他的词作和兀颜思忠词有很多相近之处，其仅存的词作《菩萨蛮·蒙岩石刻》：

> 蒙岩几日桃花雨。依稀流水章桥去。只恐到天台。误通刘阮来。玉堂开绮户。不隔尘寰路。休认避秦人。壶中别有春。③

---

① 《全金元词》，第833页。
② 《全金元词》，第848页。
③ 《全金元词》，第1058页。

以山水写闲情逸致，然后以"隔尘寰路"表达了归隐之情。

李齐贤，高丽人，出生于书香世家，作为高丽忠宣王侍从留居大都近三十年。他广交名士，与姚燧、阎复、赵孟𫖯、元明善、张养浩等交游颇密，深受儒学思想影响，著有《益斋乱稿》十卷。他所存的五十三首词中，寄情山水景物之作颇多，如《沁园春·将之成都》：

> 堪笑书生，谬算狂谋，所就几何！谓一朝遭遇，云龙风虎；五湖归去，月艇烟蓑。人事多乖，君恩难报，争奈光阴随逝波。缘何事，背乡关万里，又向岷峨。　幸今天下如家，顾去日无多来日多。好轻裘快马，穷探壮观，驰山走海，总入清哦。安用平生，突黔席暖，空使毛群欺卧驼。休肠断，听阳关第四，倒卷金荷。①

词作虽有乡关之思，但透露出疏散从容的气度。语言清新爽朗，别有意趣。清代词学家谢章铤认为："学稼轩，要于豪迈中见精致。近人学稼轩，只学得莽字、粗字……稼轩是极有性情人，学稼轩者，胸中须先具一段真气奇气，否则虽纸上奔腾，其中俄空焉，亦萧萧索索如牖下风耳。"②词人未必具备辛弃疾那样的才华，但北方民族豪健洒脱的性格与辛弃疾的超迈、真气和奇气偶和，所以词作超迈而旷达，雄远壮阔而清灵隽秀。

元代少数民族词人的作品几乎都涉及山水、田园、隐逸的内容，这和他们融入汉文化圈有很大关系，是当时词坛整体状况的一个反映。而北方地域文化的熏陶以及北方民族性格的影响，使这类作品都质朴从容、旷达超逸，一任感情流露，无矫揉造作之感。

二、深入骨髓的英雄心态与英雄情结

这些少数民族文人虽然久居中土，在学术修养和汉文化水平上已经与汉族士人别无二致，但"与生俱来的民族性格、文化认同感却难以改变"③。他

---

① 龙建国评注：《沁园春》，四川文艺出版社1998年版，第235页。
② （清）谢章铤：《谢章铤集》，吉林文史出版社2009年版，第528页。
③ 刘嘉伟：《贯云石、薛昂夫等西域曲家的英雄情结》，《民族文学研究》2014年第5期。

们的相貌具西域色目人之体貌特征，如贯云石之"芙蓉仙人冰玉质，貌粹骨刚长八尺。阅遍尘寰扰扰人，玄鬓朱唇双眼碧"①。而且，游牧民族自古逐水草而居，其民族性格依然存留在他们骨血里，出之为豪放洒脱、阳刚英武、剽悍勇猛之气质及崇尚勇力的英雄情结等。突厥人有"贵壮健，贱老弱"的价值观，女真人在推选酋长和家族继承人时把勇毅善战作为选拔标准，蒙古族更是崇尚勇武的民族英雄。这一点从游牧民族的英雄史诗中也能看出，藏族的《格萨尔》、蒙古族的《江格尔》和柯尔克孜族的《玛纳斯》，均是描写本民族英雄金戈铁马的征战史。他们推崇的是在战争中纵横驰骋、所向披靡的英雄。马祖常是西北雍古人，出自尚武的也里可温家族，其曾祖曾从元世祖南征。萨都剌出身将门，其祖、父皆以世勋镇云、代，居于雁门，戎马倥偬。萨都剌虽然偃武修文，但也自有一股天生的英雄气概。贯云石"神采迥异，年十二三，膂力绝人，善骑射，工马槊，尝使壮士驱三恶马疾驰，公持稍前立而逆之，马至腾上，越而跨之，运稍风生，观者辟易。挽强射生，逐猛兽上下"②，可见其骑射与马上功夫了得，臂力超人，乃是典型的西域勇士。赵孟𫖯《薛昂夫诗集叙》称薛昂夫为"西戎贵种"，"服毡裘，食湩酪，居逐水草，驰骋猎射，饱肉勇决，其风俗固然也"。③血脉中流淌的民族性格与西域地域的影响，使得他勇决而豪迈。一方水土养一方人，不同的地理条件、不同的生活习俗和信仰造就了不同的民族文化和气质。这些文化性格和民族气质自然会影响他们的文学创作。体现在词作中的，则是英雄意识和英雄情结，词风劲健爽朗而且个性张扬。

耶律楚材之子耶律铸（1221~1285），字成仲，号双溪，谥文忠，契丹人。他长于塞北，又曾出征伐蜀、驰骋沙场，曾任中书左丞相，屡罢屡起，经历了仕途坎坷。四库馆臣评价他的《双溪醉隐集》八卷曰："……

---

① （元）叶颙：《第一人间快活丸歌》，《樵云独唱诗集》，（清）丁丙辑：《武林坊巷志》第 2 册，浙江古籍出版社 2018 年版，第 361~362 页。
② （元）欧阳玄：《元故翰林学士中奉大夫知制诰同修国史贯公神道碑》，《圭斋文集》卷九，《景印文渊阁四库全书》本。
③ （元）赵孟𫖯：《薛昂夫诗集叙》，《松雪斋集》卷六，《海王邨古籍丛刊》本。

经济不愧其父,而文章亦具有父风。故元好问与李冶诸人,皆与款契。"①
他的词以清爽流丽为主,但时常流露出建功立业的英雄之气,即使以婉约笔墨写文士风流,也会有军事意象的词汇出现,如《满庭芳·西园席间用人韵》:

> 酒阵诗坛,征兵命将,得无倾动华筵。拟勤春事,还自要相先。天地元如逆旅,应自愧、不驻流年。凭谁问,姮娥心事,何惜月长圆。
> 西园张乐地,献歌呈舞,燕扰莺喧。尽未妨颓玉,锦瑟旁边。脱落尘凡健笔,终不负、兴染芳烟。欢缘在,判家视草,仍是玉堂仙。②

他非常渴望如英雄一样横刀立马,建立不世之功而扬名后世。正因为常常带兵打仗,对戎马倥偬的生活有深刻的体会,一腔英雄气常在,才会有"酒阵诗坛,征兵命将"之语脱口而出。词人虽然看透了世事无常,仕途崚嶒,但驰骋沙场多年,早已把怨气悲戚化成了豁达洒脱。即使是送别词也无半点哀怨悲伤,如《南乡子·送人北行入燕作》:

> 匹马赴严宸,将谓青云上致身。不是男儿容易事,风尘,水远山长愁杀人。 离别若为情,雪暗西山泪满巾。还忆夜来分手处,天津,桃李无言各自春。③

看到友人将青云直上,叮咛他仕途上并非一帆风顺,是男儿汉则不易,有豁达,也有洒脱。

萨都剌继承了苏辛词清旷雄奇的风格,其词雄奇豪迈、刚健质朴。张翥对萨都剌推崇非常,其题萨都剌画像曰:"词林推为雄伯,而宪府叹为宗工。至其纂组锦绣,吐呐珠玑,才华鹄峙,文采鸾飞。富五车而登屈宋之奥,高八斗而窥班马之微,俾功开手,学美绍前,微论昭代之风雅,非

---

① 《四库全书总目》卷一六六,第1431页。
② 《全金元词》,第623页。
③ 《全金元词》,第623页。

先生，其谁与归。"①萨都剌一生以儒者自居，"有子在官名在儒"②，关心时政，充满忧患意识，其词作中最突出的就是怀古词。因看到了元朝的种种弊端和衰亡的景象，万古苍凉、千秋兴废之感一时间奔来眼底。如其最负盛名的两首怀古词《满江红·金陵怀古》和《木兰花慢·彭城怀古》：

> 六代繁华，春去也、更无消息。空怅望、山川形胜，已非畴昔。王谢堂前双燕子，乌衣巷口曾相识。听夜深、寂寞打孤城，春潮急。
> 思往事，愁如织。怀故国，空陈迹。但荒烟衰草，乱鸦斜日。玉树歌残秋露冷，胭脂井坏寒螀泣。到如今、只有蒋山青，秦淮碧。(《满江红·金陵怀古》)③
> 古徐州形胜，消磨尽、几英雄？想铁甲重瞳，乌骓汗血，玉帐连空。楚歌八千兵散，料梦魂、应不到江东。空有黄河如带，乱山起伏如龙！汉家陵阙动秋风。禾黍满关中。更戏马台荒，画眉人远，燕子楼空。人生百年如寄，且开怀、一饮尽千钟。回首荒城斜日，倚阑目送飞鸿。(《木兰花慢·彭城怀古》)④

这两首词是萨都剌怀古词中的代表作，豪迈、博大、俊逸、旷达、深沉、清新、苍凉。古往今来，人事代谢，令人感慨万端。对英雄的功业无成和美人的忠贞执着的嗟叹，是词人对元王朝的一片忠心以及无力扭转王朝颓势的复杂而矛盾的心态。怀念英雄，向往英雄，是萨都剌游牧民族子弟英雄情结的体现。他呼唤英雄，诗词中也常描写征战，如《念奴娇·登石头城次东坡韵》之"蔽日旌旗，连云樯橹，白骨纷如雪"⑤。他把自己对人生、对历史的认识和感慨写进词里，有一种雄壮的动态美、力度美、阳刚美。

贯云石、薛昂夫等西域子弟，均以曲名世。畏吾人贯云石，元初重臣阿里海涯之孙，其曲清新俊逸，疏放流丽，名重文坛，著有《酸斋集》二

---

① 萨镇冰、萨嘉曦修：《雁门萨氏家谱》，北京图书馆出版社 2000 年版，第 157 页。
② （元）萨都剌：《溪行中秋玩月》，《全元诗》第 30 册，第 245 页。
③ 《全金元词》，第 1090 页。
④ 《全金元词》，第 1092 页。
⑤ 《全金元词》，第 1092 页。

卷。今仅存词两首，即《水龙吟·咏扬州明月楼》和《蝶恋花·钱塘灯夕》。薛昂夫本名薛超吾，回鹘人。汉姓马，字昂夫，号九皋。祖父曾做过御史大夫，死后被追封为覃国公，谥清献。父亲曾做过御史中丞，死后也被追封为覃国公。薛昂夫历官江西省令史、佥典瑞院事、太平路总管、衢州路总管等职，后归隐杭州西湖一带，在山水田园中终老。薛昂夫今存词三首。贯云石和薛昂夫词均与曲相通，有明显的曲化倾向，有曲的句法、曲的意绪。二人词作存留较少，主题以叹世乐闲居多，词风雅丽、清新。现各引他们一首词：

晚来碧海风沉，满楼明月留人住。璚花香外，玉笙初响，修眉如妒。十二栏杆，等闲隔断，人间风雨。望画桥檐影，紫芝尘暖，又唤起、登临趣。　回首西山南浦。问云物、为谁掀舞。关河如此，不须骑鹤，尽堪来去。月落潮平，小衾梦转，已非吾土。且从容对酒，龙香浼茧，写平山赋。①

登高懒，且平地过重阳。风雨又何妨。问牛山悲泪又何苦，龙山佳会又何狂。笑渊明，便归去，又何忙。　也休说、玉堂金马乐。也休说、竹篱茅舍恶。花与酒，一般香。西风莫放秋容老，时时留待客徜徉。便百年，浑是醉，几千场。②

两首词作者不同，但都是洒脱放达，即使有愁绪，也没有进退失据的苦闷。如果本人没有英雄气概，怎么会如此俊爽，如此不羁与洒脱！

"南人得江山之秀，北人以冰霜为清。"③与北方的自然与人文环境相一致的一个"清"字，蕴有清标、清雅、清美、清醇、清刚、清隽、清爽、清新、清朗、清润、清劲、清壮、清挺等意，非常适合概括元代少数民族词人词作的风格，洒脱旷达，语言省净，意境清新。

---

① （元）贯云石：《水龙吟·咏扬州明月楼》，《全金元词》，第950页。
② （元）薛昂夫：《最高楼·九日》，《全金元词》，第951页。
③ （清）况周颐：《蕙风词话》卷三，人民文学出版社1960年版，第57页。

马克思说，色彩的感觉是一般美感中最大众化的形式。①色彩给人以极强烈的视觉刺激，而且特征鲜明，很直观。少数民族词人善于用青、白、绿、紫、碧等表冷色调的色彩词以及水、月、露、青镜、清风、玉佩等清莹剔透的物象，共同构成"清"之美。如萨都剌的《酹江月·题清溪白云图》：

> 周郎幽趣，占清溪一曲。小桥横渡，溪上红尘飞不到，惟有白云来去。出岫无心，凌江有态，水面鱼吹絮。倚门遥望，钟山一半留住。　涵影淡荡悠扬，朝朝暮暮，是几番今古。指点昔人行乐地，半是鹭汀鸥渚。映水朱楼，踏歌画舫，寂寞知何处。天涯倦客，几时归钓春雨。②

虽有漂泊倦旅之情，但清溪、白云、小桥、清风等景物给人远离红尘而超然物外的感觉，只觉清气满眼，整个画面都是一片宁静和谐。"进士萨天锡者，最长于情，流丽清婉，作者皆爱之。"③萨都剌非常善于运用色彩构成清新淡泊、优美秀丽的画面。又如《酹江月·游句曲茅山》：

> 一壶幽绿，爱松阴满地，蕊珠宫府。老鹤一声霜衬履，隔断人间尘土。月户云窗，石田瑶草，丹井飞龙虎。荼蘼花落，东风吹散红雨。　春透紫髓琼浆，玻璃杯酒，滑泻蔷薇露。前度刘郎重到也，开尽碧桃无数。花外琵琶，柳边莺燕，玉佩摇金缕。三山何在，乘鸾便欲飞去。④

著名的道教圣地句曲茅山在词人笔下之所以如此雅洁清幽，是通过"幽绿""瑶草""紫髓琼浆""玻璃杯""碧桃"等几个代表性的冷色调词汇和清幽物象表现的，亦显示了词人平静愉悦的情致。萨都剌曾说："自是

---

① 《马克思恩格斯全集》第13卷，人民出版社1979年版，第145页。
② 《全金元词》，第1091页。
③ （元）虞集：《傅与砺诗集序》，《全元文》第26册，第266页。
④ 《全金元词》，第1091页。

诗人有清气,出门千树雪花飞。"① 北方游牧民族生活在辽阔无垠的草原,天寒地冻,一年之中常见洁净的冰雪,"以冰霜为清"②亦属当然。

元代少数民族词作为元代文坛增添了独特色彩。少数民族词人质朴方刚,又有很高的汉文化和儒学修养,其与生俱来的民族性格和文化背景,使其词作形成了清刚健朗、疏野放旷的风格。

---

① (元)萨都剌:《寄金坛元鲁宣差竹操二年兄》,《雁门集》卷二,上海古籍出版社1982年版,第39页。
② (清)况周颐著,孙克强辑考:《蕙风词话·广蕙风词话》,中州古籍出版社2003年版,第41页。

第三节　南北词风之交融

随着元统一中国，词坛南北分流的格局被打破，北方与南方词风交汇融合，使得元词有了更大的包容度，这也是元词区别于宋、金词的一个突出特征。对南北词风的融合，赵维江先生有过专文论述，他认为：元词的发展经历了北方词独盛的前期之后是南北词派并行共荣的中期，最后是南宗词复兴与北宗词衰微的后期。"在元朝有国130余年间，元代词坛经历了一个由北方独支到南北合一的过程。地域文化环境意义上的南北分合的格局变化，规定了元词发展的大致走向和总体的风貌特征。体现着不同的地域文化精神的南北词派，从相互间的隔漠、自是到关注、认可，最后以南兴北衰为结局走向融合归一。"①

北宗词主要继承了苏轼和辛弃疾豪爽刚健、洒脱旷逸的词风以及"以诗为词"的观念。在元初，北方文人学苏辛的路子，元好问奠定了北宗词沉郁苍凉、雄奇豪迈、爽朗清刚的基调；南方词人承南宋余绪，感沧桑巨变，以尚周邦彦和姜夔的风流蕴藉为主，婉约清丽，声韵流美。整个元代初期词坛呈现南北不同的风格风貌。况周颐《蕙风词话》卷三对北宗词和南宗词有过非常详细的论述：

> 自六朝已还，文章有南北派之分，乃至书法亦然。姑以词论，金源之于南宋，时代政同，疆域之不同，人事为之耳。风会曷与焉：如辛幼安先在北，何尝不可南；如吴彦高先在南，何尝不可北。顾细审其词，南与北确乎有辨，其故何耶？或谓《中州乐府》选政操之遗山，皆取其近己者。然如王拙轩、李庄靖、段氏遁庵、菊轩，其词不入元选，而其格调气息，以视元选诸词，亦复如骖之靳，则又何说。南宋佳词能浑，至金源佳词近刚方。宋词深致能入骨，如清真、梦窗是；金词清劲能树骨，如萧闲、遁庵是。南人得江山之秀，北人以

---

① 赵维江：《南北分合与元词走向》，《暨南学报》2010年第5期。

冰霜为清。南或失之绮靡，近于雕文刻镂之技。北或失之荒率，无解深裘大马之讥。善读者抉择其精华，能知其并皆佳妙。而其佳妙之所以然，不难于合勘，而难于分观。往往能知之而难于明言之。然而宋金之词之不同，固显而易见者也。①

况氏之论主要是阐述北宗词和南宗词之不同。元前期，北方在被蒙古族统治之前，早已经历了契丹人建立的辽和女真人建立的金，很容易认同和参与蒙古族建立的元政权。有志之士为推行汉法、保存中原文化而积极努力，金遗民虽然有不愿出仕新朝而隐居避世者，但多数能直面社会现实。另外，北国自然环境孕育了北方词人豪健方刚的性格，所以，元前期北方词人即使表达颠沛流离、人生多艰之感伤，风格也颇为疏朗。他们的词风在元好问直接影响下不仅豪迈明快、清疏淡净，而且有缠绵婉曲、清雅秀丽之特色，比金词风格更为多样。况氏较为准确地将北宗词风格概括为一个"清"字，是与北方的自然和人文环境相一致的。南宋偏安南国，词仍沿着"本色"方向发展，虽有稼轩大倡北宗，但主流未改。南宋遗民词人以山林田园为归，以自然云水为乐，追求闲适、淡泊的情怀。江南钟灵毓秀、青山绿水的自然环境，孕育出南宗词婉约流美、清空骚雅的境界。因而，南宗词占得一个"秀"字，具秀雅、秀美、秀拔、秀润、灵秀、秀洁、秀澈之美，也是与南方的自然与人文环境相一致的。

元初北方词坛以北方文人为主，包括由金入元的遗民词人元好问、杜仁杰、杨弘道、段克己、段成己、李俊民，还有仕元的文人郝经、刘秉忠、许衡、杨果、张弘范、卢挚、王恽、张养浩、刘敏中、白华等。他们仍多属苏辛一脉，创作成就十分可喜。如上文所言，北宗词以"清"为审美好尚，北宗词人很少有专写词的，多是词曲兼善如张养浩和刘敏中，或者是诗文名家而兼写词如卢挚、姚燧、王恽，并不是全副精力都投入词创作。

元初南方词坛以周密、张炎、刘辰翁、蒋捷、仇远、王沂孙、陈恕可、唐珏等遗民词人为主，他们的创作开创了当时词坛的盛况。遗民词人目睹了国家社稷的覆亡，身遭乱离，最触动他们情感的是亡国之痛、故国

---

① （清）况周颐：《蕙风词话》卷三，人民文学出版社 1960 年版，第 57 页。

之思。为了不居乱邦，他们或者选择遁迹隐居在湖山泉石间，于山林云水中寻求解脱，或者深入寺院道观，游于方外，求禅问道。经历了精神上的困惑与迷惘之后，"南宋遗民故老，相与唱和于荒江寂寞之滨，流风余韵，久而弗替，遂成风会"①。虽然以山水为寄，但宋元易代使他们的物质生活和精神生活均遭到沉重打击，少有真正的惬意和快乐了。南宋虽然政治腐败，但家国尚且完整；南宋灭亡，他们只能以隐逸自保气节，从山水田园中找寻自己存在的意义。我们看一下南宋灭亡给这些文人带来的伤害。

周密是南宋遗民词人的领袖，宋亡前曾为义乌令，宋亡后兵火破家，一切散去，借亲友资助寓居杭州。宋末任礼部尚书的邓剡，一门十二口都死于战乱。王沂孙亡国后也是过着形容憔悴，如孤吟山鬼的生活。宋亡后，他曾隐居遁世一段时日，因生活衣食无着，为谋生计，曾出仕为庆元路学正，但其词作也是沉郁幽深、哀思凄婉，极尽悲苦无依之状。如其《扫花游·秋声》：

> 商飙乍发，渐渐渐初闻，萧萧还住。顿惊倦旅，背清灯吊影，起吟愁赋。断续无凭，试立荒庭听取。在何许。但落叶满阶，惟有高树。
> 迢递归梦阻。正老耳难禁，病怀凄楚。故山院宇。想边鸿孤唳，砌蛩私欲。数点相和，更着芭蕉细雨。避无处。这闲愁、夜深犹苦。②

落叶、孤雁、芭蕉、细雨，多种意象组成了一幅凄清秋景图，来烘染词人那颗悲苦不堪的心和潦倒穷愁的生活状态，读罢令人黯然。

张炎更是如此。张炎出于词学世家，多才艺，能度曲。他是南宋初期功臣循王张俊的后裔，祖父张濡和父亲张枢地位显赫。他身为富家公子，过着悠游的读书交友生活，但在元兵进入临安之后，他的生活发生了巨变。因祖父张濡镇守独松关时，部下误杀元朝使者，临安陷落时张家惨遭元兵报复，祖父被凌迟处死，家产被掠，家人或被杀或被掳，父亲张枢也下落不明。张炎侥幸逃脱，但国破家亡，流离失所，不得不以文寄食于

---

① （清）赵翼著，王树民校正：《廿二史札记》卷三〇，中华书局1984年版，第705页。
② （宋）王沂孙：《王沂孙词集》，上海古籍出版社2011年版，第75~76页。

人。他的《解连环·孤雁》正是对他这种身世和心境的再现：

> 楚江空晚。怅离群万里，恍然惊散。自顾影、欲下寒塘。正沙净草枯，水平天远。写不成书，只寄得、相思一点。料因循误了，残毡拥雪，故人心眼。　谁怜旅愁荏苒。漫长门夜悄，锦筝弹怨。想伴侣、犹宿芦花，也曾念春前，去程应转。暮雨相呼，怕蓦地、玉关重见。未羞他、双燕归来，画帘半卷。①

孤雁失群惊散的凄惨，实系词人家国两失之痛，虚实结合，既写物又写人，展现当时亡国文人士大夫的悲苦遭遇和漂泊不定的悲苦凄凉，暗含深悲剧痛的哀思。

亡国之悲被时间抚平后，张炎心志上获得了自由。超脱心灵苦闷，才能求得安闲，登临山水，能赏得自适的清幽世界，深得道家隐居终老、旷达任性的自然之道。此后，他的词风变得朗畅清疏，清空雅正。张炎论词提倡"雅正""自然"："词欲雅而正，志之所之，一为物所役，则失其雅正之音。"②

南宋遗民词人漂泊流离生活结束后，才能在白云、青山、流水的自然景色中寻求心态平和，真正看到青山是山，流水是水，不再看山也悲苦，观水也伤情。他们多以词抒写山林云水间的恬淡之乐，以参禅悟道保持心态平和，以隐逸追求安乐。如蒋捷在《沁园春·次强云卿韵》中说：

> 结算平生，风流债负，请一笔勾。盖攻性之兵，花围锦阵，毒身之鸩，笑齿歌喉。岂识吾儒，道中乐地，绝胜珠帘十里楼。迷因底，叹晴干不去，待雨淋头。　休休，著甚来由。硬铁汉从来气食牛。但只有千篇，好诗好曲，都无半点，闲闷闲愁。自古娇波，溺人多矣，试问还能溺我不。高抬眼，看牵丝傀儡，谁弄谁收。③

---

① 彭玉平：《唐宋词举要》，商务印书馆2014年版，第465页。
② （清）陈廷焯：《白雨斋词话》，上海古籍出版社2009年版，第38页。
③ 唐圭璋编纂：《全宋词》第5册，中华书局1999年版，第4344~4345页。

不再在秦楼楚馆、歌席酒筵中寻欢作乐，而是在自然清景中细细品味山林云水的隐逸乐趣。词人胸怀大畅，体验着那种闲适、淡泊的快乐。南宋遗民词人们忘却或减轻感情上的沉重负担，开始在隐逸田园山水中享受平淡之趣，心境宁静适意了，心态自然也平和了，一丘一壑，一花一草，是渔樵共话，还是茅斋索居，都变得清新可喜了。他们的词作即使写隐逸也有不同的个性，有旷达潇洒的，有闲适疏狂的，有宁静悠闲的，有诉诸佛道排遣忧郁的。不同的隐居方式，不同的个性，形成了元初南方词坛的独特风貌。南方遗民词人更重视词体功能。王国维认为词可以委婉含蓄地抒发诗所不能言的情："词之为体，要眇宜修。能言诗之所不能言，而不能尽言诗之所能言。诗之境阔，词之言长。"①他们的词绝少涉及男女艳情一类，多抒写隐逸生活的状态与情致。

　　元混一之后，词坛是北宗与南宗并峙的状态。不过，此时南方词人无论是词作水平还是词人数量均高于北方词人。张炎、仇远②等词人倡导雅正词风，南方词人受影响较大。尤其是仇远，他于入元后近五十年才去世，词多作于入元后。元后期重要词人张翥、张雨等皆出其门，受其沾溉，故仇远可谓元词南宗之祖。张炎、周密、仇远入元后，依然是按照自己的审美价值观创作词，或述幽怨悲怀，或浅吟隐逸闲适。他们极力倡导"雅词"，给元代词坛带来了一股强大的复雅风气。仇远和张炎乃至交好友，过从甚密，二人徜徉湖山泉石间，以词相唱和。仇远针对北宗词有过批评，他在《玉田词题辞》中说："又怪陋邦腐儒，穷乡村叟，每以词为易事，酒边兴豪，即引纸挥笔，动以东坡、稼轩、龙洲自况，极其至四字《沁园春》、五字《水调》、七字《鹧鸪天》《步蟾宫》，拊几击缶，同声附

---

① 王国维：《人间词话》，人民文学出版社1982年版，第226页。
② 仇远（1247~1326），字仁近，一字仁父，号近村，又号山村民，学者称山村先生，钱塘人。宋咸淳年间以诗名与白珽并称于吴下。著有《无弦琴谱》一卷、《金渊集》六卷、《山村遗集》一卷。《元诗选》二集甲集选其诗一百零八首。（清）丁丙《武林坊巷志》引《七修类稿》曰："山村先生仇远，字仁近，宋咸淳名士。宋亡，落魄江湖，博通经史，剩有诗声，惜未见集以行世也。至元中，荐为溧阳教谕，转宝庆路教授，不赴，改将仕郎、杭州路总管府知事致仕，就家钱塘，今西城脚下，尚有遗址在焉。年八十卒，葬钱塘北山栖霞岭。"（《武林坊巷志》第8册，浙江人民出版社1990年版，第720页）

和，如梵呗，如步虚，不知宫调为何物，令老伶俊娼面称好而背窃笑，是岂足与言词哉！"①这是对无苏辛之才而以苏辛为尚、不顾词乐音律而流于粗疏诟病的北宗词风的不满，也是在强调复雅。在倡导复雅的元初词人中，仇远的作用十分值得注意。他又说："读《山中白云词》，意度超玄，律吕协洽，不特写音檀口，亦可被歌管、荐清庙，方之古人，当与白石老仙相鼓吹。世谓词者诗之余，然词尤难于诗。……予幼有此癖，老颇知难，然已有三数曲流传朋友间，山歌村谣，是岂足与叔夏词比哉！古人有言曰：'铅汞交炼而丹成，情景交炼而词成。'《指迷》妙诀，吾将从叔夏北面而求之。"②仇远词风清空，与张炎相类。他对张炎清雅词风的认可及其大量雅词的创作，使其自身与张炎共同促成了词坛风气的根本转变，使得南宗词风最终居于主流。

随着赵孟頫、仇远、吴澄、赵文、刘埙、詹玉、冯子振、蒲道源、虞集等南方词人也先后入仕，南宋雅词传统流入北方词坛。南方词人与北方词坛的王恽、胡祗遹、魏初、卢挚、姚燧、梁曾、张之翰、刘敏中等在元大都交游，词坛形成南北词风交汇合流趋势。南北分合是元代词坛一个引人注目的文化景观。所谓"壤地有南北，而人物无南北，道统文脉无南北"③，在结束了长期的地域阻隔和政治差异而造成的隔膜，以及文化观念上的相互排斥后，经过不断的磨合交流，南北词风逐渐融合为一。赵孟頫和虞集在其中起到了很重要的作用。这首先是他们在当时文坛的地位和影响力所致，再者是出于他们的大批优秀词作的影响。赵孟頫作词不事雕琢而保其自然真气，是一位非常重要的南宗词人。吴梅先生《词学通论》称"其词超逸，不拘于法度，而意之所至，时有神韵"④，尤为可贵。虞集词被认为在元代词坛上最为雅正，兼苏秦之胜。由于虞集在政坛和文坛上的地位，其创作对于南北词风的融合所起的推动作用当非同一般。在赵孟頫和虞集等士大夫文人的倡导和影响下，元词趋于雅正，正如虞集《中原音韵序》所言："辛幼安自北而南，元裕之在金末国初，虽词多慷慨，而音节则为

---

① （宋）张炎撰，吴则虞校辑：《山中白云词》附录，中华书局1983年版，第164页。
② （宋）张炎撰，吴则虞校辑：《山中白云词》附录，中华书局1983年版，第164页。
③ （元）家铉翁：《题中州诗集后》，《全元文》第11册，第745页。
④ 孙克强、岳淑珍编著：《金元明人词话》，南开大学出版社2012年版，第184页。

中州之正,学者取之。我朝混一以来,朔南暨声教,士大夫歌咏,必求正声,凡所制作,皆足以鸣国家气化之盛。"①从延祐年间到元末,受南风之熏染,南宗词在元代再度复兴,曾兴盛于南宋词坛的雅词占据了上风。同时北宗词豪放俊逸之气渗透到了清空、雅正的南宗词的创作之中,元词放弃了北宗的诗化和曲化词,以及民间欣赏的滑稽诙谐而浅白易晓的俗词。北宗日渐式微,元词的创作主体也是以阵容壮观的南方词人为主,无论是作品数量还是质量,南方词人都占据了绝对优势。元盛世时期词坛,方正清雅的正声为士人所推许。

元后期,以张翥为中心,形成了一个活跃在江南一带的词创作群体。张翥是北方人,长于南方,受南方地域和文化环境的熏陶,又跟从倡导风雅的仇远学习,其词被誉为"元词之冠"。在张翥周围,有着一个经常宴集唱和并以雅正相尚的词人群体,包括谢应芳、倪瓒、邵亨贞、危素、顾瑛等。

元词有元词之特色。通观元词的发展和元代词人的创作情况,较之宋金有着独有的时代风貌。元词是整个元代文学不可或缺的组成部分。元词上承宋金词,下启明清词,是衔接二者的不可缺少的中间环节。元代少数民族词人的涌现,元词的兼容南北、风格多样以及元代词曲之间的递变,均是元词的特征。

---

① (元)周德清:《中原音韵》卷首,明刻本。

第十章
元代俗文学的发展及演变

元代的文学活动与文学创作是非常活跃的,这不仅体现在士大夫文人雅文学——诗文的继续发展上,更突出地表现在下层大众的民间俗文学——戏曲的繁荣兴盛及小说的发展上。大众俗文学的兴起,使得元代文坛呈现雅俗文学并重、相融相生的格局,这在中国文学史上是一个新的现象,而且开启了明清雅俗文学全面繁盛的局面。

元代是中国戏曲文学的黄金时代。元代疆域广阔,多民族共居,统治者虽然采取了民族歧视政策,但治法粗疏,少有对意识形态领域的控制,推行比较宽容的政治和文化政策,文人反而获得了充分的精神思想自由。再者,科举时兴时废,文人唐宋以来形成的人生追求和人生价值观念被强有力地改变。统治者多用经济之士和义理之士而轻辞章之士的用人导向,影响了元代文人的人生价值取向。这些都造成了元代文士的分化,或归雅或趋俗。

元初北方那些从文人雅士中分离出来而走入市井的才子文人,投身于为传统文人所不看重的新兴文体——杂剧和散曲的创作,使俗文学作家队伍在元代形成,且具有相当规模。俗文化、俗文学得到了自由发展的空间。据庄一拂《古典戏曲存目汇考》估计,元杂剧存目约有五百三十种,今存一百六十二种。元杂剧作家,仅据《录鬼簿》和《续录鬼簿》所载,有名有姓的就有两百二十多人。除杂剧外,还有宋代以来流行于南方的南戏。元代南戏作品大约有两百一十种,只是南戏作家知其名姓者极少而已。元代戏曲的繁兴,与元代思想言论的相对自由、元代城市经济发展繁荣所提供的物质和群众基础、统治者对戏曲歌舞的爱好、元代的文化文艺政策,以及文人参与创作等是分不开的。另外,元代戏曲的成就也与唐宋诗词的繁荣与小说等文体的发展关系密切。曲词依循的是诗词的传统,吸收了唐宋诗词的成果,并取用了小说在故事题材和演述体制等方面的许多优点以丰富自己的艺术表现,才有了元代戏剧的成熟与发展。另外,元末,北杂剧衰落,南戏吸收了北杂剧的一些优点,为明清传奇的繁荣奠定了基础。

元代小说是承袭六朝以来两种体制即唐代传奇文言小说和宋代话本通俗小说传统而发展起来的。文言小说至南宋中后期进入高峰,元代文言小说创作趋向衰微。志怪小说虽未绝迹,但较之宋代,衰落明显,其间比较重要的有《异闻总录》和《新刊湖海异闻夷坚志续编》《闲居录》《缉柳编》《续夷坚志》《江湖纪闻》等。传奇小说也寥若晨星,只有元初的《李师师外传》和稍后的《娇红记》出类拔萃,前后映辉。元代白话小说逐渐成熟,渐成主流,开创了以白话文写小说的先例,主要成就是从说话艺术发展而来的话本小说,为明代拟话本和明清长篇白话章回小说发展开辟了广阔的道路。两宋"说话"伎艺繁荣,盛况空前。不过到了元代,由于统治者的干预,"说话"这种口头表演伎艺渐趋衰落,开始由勾栏瓦肆进入书坊,"话"的内容变成书面小说形式在民间流传。元话本小说分为短篇话本小说和长篇讲史话本两类。元代小说大多经明人修改,现存很少。保存至今的元代至正年间新安虞氏刊印的《全相平话五种》十五卷,包括《武王伐纣书》《乐毅图齐七国春秋后集》《秦并六国平话》《前汉书平语续集》和《三国志平话》,所叙史事多系真假掺杂、虚实并行,为明清长篇小说发展积累了经验,也显示了元代在古典小说的形成和发展过程中的特殊地位。虽然白话小说一直被视为"小道"而不入雅文学,为精英文人所轻忽,但它迎合了普通市民的文化程度和审美需求,无论茶楼说书、勾栏瓦肆的演出还是形成文本以供阅读,均贴切生动、通俗易懂,更能吸引市民欣赏,使元代文坛呈现出新的态势。

随着元代城市经济的繁荣、商业的发展、城市人口的集中,市民阶层开始在社会中占据重要地位。人们在物质上的需求被满足之后,也开始追求精神上的享受,戏曲、小说等通俗文学由此走进大众的视野,并逐渐占据了文坛的主流。

第一节　城市文化与元代戏曲的发展

要了解元代戏曲的发展，需贴近元代戏曲发展自身，从影响其发展的几个方面即科举、宗教、娱乐、城市文化等去理解。

我们知道，唐宋两朝城市经济已经非常发达，市民通俗文艺也颇兴盛，但却没有真正实现俗文学的兴盛和繁荣。中国古代文学史上雅俗文学的分流出现在享国时间不长的元代，究其原因，俗文学的创造主体——以风流滑稽为特征的浪子文人群体的出现是一个至关重要的因素。元朝统一全国后，社会经济的繁荣为杂剧的兴起奠定了物质基础和群众基础。元朝统治者渐次放弃了相对落后的游牧经济，开始重视农业，采取了一些措施，使农业生产得到恢复和发展。忽必烈时期已经出现了社会稳定、经济复苏的局面。至元到大德年间，是元代社会经济最为繁荣的时期，为杂剧的发展提供了社会经济文化环境。以手工业为例，元朝政府以官办形式发展了手工业，设立了诸色工匠的管理机构，仅工匠的分类就九十八种之多。沈从文先生《中国古代服饰研究》称：

> 据元明之际通俗读物《碎金》艺业篇第二十七"工匠"部门曾记载，元代有如下各种行业：都料、大木、小木、锯匠、泥水、杵手、体夫、杂工、起塔、造殿、凿石、打银、楞作、砌街、修井、淘井、鞔鼓、铸钟、锻磨、箍桶、掌鞋、磨镜、磨刀、铜鑞（漏）、整漏、雕佛、布銮、明金、使漆、碾玉、打绦、穿结、绣草、像生、销金、描金、累珠、铺翠、镂镂、锃剑、钉铰、装背、裱背、裁缝、打弓、造箭、打帘、油作、油伞、做伞、梳篦、剃面、鐇耳、净发、割脚、整足、传神、貌真、碾药、圆药、修香、浇烛、刷马、做笔、烧墨、凿纸、打席、打荐、修箸、竹匠、雕印、修伞、画领、藤作、打帆、刺旗、造船、写牌、钉秤、镶器、络丝、打铁、搕灶、捏塑、旋作、灯作、穿交椅、修冠子、打香印、打炭墼、赤白作、糊黏作、妆銮、

>　　发错、摺经、褶裙、打绳、打线、使绵、緻扇。①

可见元代各行手艺之发达。元还分别在大都、上都、涿州、建康、平江、杭州等地设立织造局，纺织业有了长足发展。随着农业、手工业的恢复和发展，海运和漕运得以兴盛。特别是宋朝以来纸币的推行，大大便利了地区间的商业流通，刺激了元代商业的发展和繁荣。元中期，整个社会呈现繁荣富庶、生机勃勃的局面，各行各业的发展都充满了活力，出现了闻名于世的大都、杭州、泉州等商业大都市。大都是当时全国政治、经济、文化的中心，也是东西方文化的交流中心。马可·波罗认为，当时世界诸城，无能与之相比者。"京师者，天下之都会，而四方贤士大夫之所时集也"②，多元文化融汇，四方士子文人齐聚。杭州自唐以来便繁华富庶，在南宋成为都城之后更是达到高峰。元代的杭州城繁华依旧，依然是湖山如画的"销金窝儿"，市场繁盛，勾栏棋布："《梦粱录》称南宋杭州瓦舍共十七处。这种瓦舍大的能容千人，不论风晴雨雪，日日演出各种杂剧百艺。"③杭州"山川风物之美，四方未能或之过也。天下既一，朔方奇俊之士以风致，自必乐居之"④，吸引了各族官员富户以及文人雅士来此寓居或游历。

宋代城市生活与娱乐活动已经非常繁荣，至元代，随着城市经济的继续发展、财富的增加、人民生活水平的提高，无论是官绅还是普通市民，都开始追求娱乐，享乐的欲望推动了城市文化娱乐活动的发展，勾栏、瓦肆、倡优均快速增多。从文献记载来看，随着北曲杂剧风行大江南北，瓦舍勾栏的开设也遍及全国各地并盛极一时。⑤元夏庭芝《青楼集志》云："内而京师，外而郡邑，皆有所谓构栏者。辟优萃而隶乐，观者挥金与之。"⑥

---

① 沈从文：《中国古代服饰研究》，上海书店出版社 2011 年版，第 498~499 页。
② （元）郑玉：《送张伯玉北上序》，《师山集》遗文卷一，《景印文渊阁四库全书》本。
③ 沈从文：《中国古代服饰研究》，上海书店出版社 2011 年版，第 512 页。
④ （元）虞集著，林纾选评：《题杨将军往复书简后》，《虞道园集》，商务印书馆 1924 年版，第 34 页。
⑤ 元代除了大都之外，保定、真定、河间、大名、平阳、东平、襄阳、扬州、和州、松江、杭州等地，都有大小勾栏演出杂剧。
⑥ （元）夏庭芝：《青楼集志》，中国戏曲研究院编：《中国古典戏曲论著集成》第 2 集，中国戏剧出版社 1959 年版，第 7 页。

据廖奔先生推测，元代瓦舍勾栏的分布地域是极其广泛的，黄河与长江的中下游地区都有其踪迹，而主要集中地带则是从大都到江浙的运河沿岸城镇。①孟元老《东京梦华录》记载，北宋汴京的瓦舍众多，是一个集吃喝玩乐于一体的游乐场所：

> 街南桑家瓦子，近北则中瓦，次里瓦。其中大小勾栏五十余座。内中瓦子莲花棚、牡丹棚，里瓦子夜叉棚、象棚最大，可容数千人。自丁先现、王团子、张七圣辈，后来可有人于此作场。瓦中多有货药、卖卦、喝故衣、探博饮食、剃剪纸画、令曲之类。终日居此，不觉抵暮。②

各色人等同处一个空间，在提供吃喝玩乐各色服务、有鲜明商业运作模式的瓦舍当中，可满足口腹之欲，又可享受感官娱乐，人员流动性很大，热闹非凡。瓦舍的演出活动丰富多彩："勾栏中的各种专项技艺演出丰富多彩，北宋时有小说、讲史、诸宫调、合生、武艺、杂技、傀儡戏、影戏、说笑话、猜谜语、舞蹈、滑稽表演等二十多种，南宋发展为五十多种，如相扑、说经、覆射等。元代时，专门记载女演员情况的《青楼集》已有数十种的记录。为了吸引观众，各种技艺演出可谓色彩斑斓，争奇斗胜，充满了竞争性。根据记载，往往有数十种技艺演出在各个勾栏内同时上演，所有的演出是同时进行的，甚至一天二十四小时循环不断……在勾栏中那些令人眼花缭乱异彩纷呈的表演项目中，杂剧始终是最引人注目的。"③

元杂剧的发展与繁荣是以勾栏瓦舍为代表的文化娱乐场所的繁荣为依托的。元杂剧的演出面向社会各阶层的民众，要最大限度地满足市民大众的娱乐需求，只有吸引不同层次的观众群体，迎合不同的欣赏口味，才能在市场竞争中站住脚。为了适应勾栏瓦舍中不同观众的需求，剧本、演员及杂剧演出的本身都要进行不断调和与改变。所以我们说，戏曲是属于市井的，也是娱乐的。汤显祖这样评价戏剧的感染力和娱乐功能："使天下之人无故而喜，无故而悲。或语或嘿，或鼓或疲，或端冕而听，或侧弁而

---

① 廖奔：《中国古代剧场史》，中州古籍出版社1997年版，第45页。
② （宋）孟元老：《东京梦华录》卷二，贵州人民出版社2009年版，第30页。
③ 杜桂萍：《论元杂剧与勾栏文化》，《学习与探索》2002年第3期。

哈，或窥观而笑，或市涌而排。乃至贵倨弛傲，贫啬争施。瞽者欲玩，聋者欲听，哑者欲叹，跛者欲起。无情者可使有情，无声者可使有声。寂可使喧，喧可使寂，饥可使饱，醉可使醒，行可以留，卧可以兴。鄙者欲艳，顽者欲灵。"[1]近代学者三爱先生《论戏曲》说：

> 戏曲者，普天下人类所最乐睹、最乐闻者也，易入人之脑蒂，易触人之感情。故不入戏园则已耳，苟其入之，则人之思想权未有不握于演戏曲者之手矣。使人观之，不能自主，忽而乐，忽而哀，忽而喜，忽而悲，忽而手舞足蹈，忽而涕泗滂沱，虽些少之时间，而其思想之千变万化，有不可思议者也。[2]

戏曲能让市民劳作之后得到放松，感到愉悦，受到感染，是元代文人与戏曲艺人在勾栏瓦舍中迎合各阶层市井群体的审美需求和艺术趣味而创造的市井文艺。勾栏瓦舍遍布各地，演出频繁，观众也常常为这种喜闻乐见的娱乐形式挥金如土。有了观众，有了活动场所，也就有了元代戏曲的发展。要吸引观众，剧本要丰富多彩，情节要跌宕起伏，演员要技艺精湛。戏剧艺术离不开演员的表演。胡祗遹《优伶赵文益诗序》曰："优伶，贱艺也，谈谐一不中节，阖座皆为之抚掌而嗤笑之，屡不中，则不往观焉。"[3]要成为一个好的演员并非易事。元代杂剧演员文化程度不高，识字不多，但他们往往能熟记很多剧本，如李芝秀"赋性聪慧，记杂剧三百余段；当时旦色，号为广记者，皆不及也"[4]。这就涉及推动戏曲发展的三个方面：一是朝廷的文艺政策和导向；二是推动戏曲发展的主要因素即戏曲演员；三是戏曲本身魅力的主要创造者即戏曲作家和剧本。

---

① （明）汤显祖著，徐朔方笺校：《宜黄县戏神清源师庙记》，《汤显祖诗文集》，上海古籍出版社1982年版，第1127页。
② 阿英编：《晚清文学丛钞·小说戏曲研究卷》，中华书局1960年版，第52页。
③ （元）胡祗遹著，魏崇武等校点：《胡祗遹集》，吉林文史出版社2008年版，第224~225页。
④ （元）夏庭芝：《青楼集》，中国戏曲研究院编：《中国古典戏曲论著集成》第2集，中国戏剧出版社1959年版，第29页。

一、元代文艺政策与戏曲的发展

元代戏曲的商业性决定了其娱乐性的特征。元代文艺政策在客观上决定了元代戏曲的发展导向。日本汉学家青木正儿《元人杂剧序说》称："蒙古人的爱好歌舞和强制推行俗语文，这两件事对于助成杂剧的盛行上，大概具有重大的关系。"①北方的游牧民族，不仅以勇敢尚武著称，而且能歌善舞，喜爱宴乐聚会。我们知道，蒙古族是一个对歌舞有着很大兴趣的草原游牧民族，《蒙古秘史》中多次记载古代蒙古族欢宴歌舞的场景："蒙古部众，很是欢悦，跳舞，宴会。忽图剌被推选为合罕，在豁儿豁纳黑主不儿地方，在繁茂的树荫下，跳舞，欢宴，把杂草踏烂，地皮也踏破了。"②可以想象当时的蒙古人对娱乐性歌舞的喜好程度。清末蒙古族学者罗卜桑旺丹《蒙古风俗鉴》也有类似的记载："成吉思汗每宴饮游乐之余，尤喜听唱歌奏乐，汗妃叶遂族人，名曰阿术·蔑儿干者，事无巨细，善会其妙，辄能造就新声，多合人意。"③成吉思汗对歌舞情有独钟，因而宠爱能唱新声的妃子。又《蒙鞑备录》"燕聚舞乐"条下记载了蒙古木华黎出师的情景："国王出师，亦以女乐随行。率十七八美女，极慧黠，多以十四弦等弹大官乐等曲，拍手为节，甚低。其舞甚异。"④木华黎行军出师都以女乐随行，可以想见乐曲和舞蹈在蒙古族生活中的重要性。青木正儿认为："连出师都以女乐相随，这样嗜好音乐的蒙古王……他们在暗地里奖励院本，改善院本，大概是自然的事。"⑤《马可·波罗游记》也说："元朝宫内团拜时，席散后，有音乐家和梨园子弟演剧以娱众宾。"⑥阿英更加肯定元杂剧繁荣的"一个有利条件，就是当时统治阶级的支持"⑦。

---

① 〔日〕青木正儿著，隋树森译：《元人杂剧序说·元曲研究》（乙编），台北里仁书局2000年版，第7页。
② 策·达木丁苏隆编译，谢再善译：《蒙古秘史》，中华书局1956年版，第40页。
③ 转引自袁炳昌、冯光钰主编：《中国少数民族音乐史》上册，中央民族大学出版社1998年版，第135页。
④ （宋）孟珙：《蒙鞑备录》，《续修四库全书》本。
⑤ 〔日〕青木正儿著，隋树森译：《中国文学概说》，重庆出版社1982年版，第12页。
⑥ 〔意〕马可·波罗：《马可·波罗游记》，人民文学出版社1983年版，第35页。
⑦ 阿英：《元人杂剧史》，《剧本》1954年第4期。

元杂剧是中国戏曲成熟形态的标志，它一出现便表现出与传统雅文学截然不同的体式和风貌。元杂剧的主要功能不是"载道"，而首先是娱乐，每一剧以一本四折一楔子的形式，叙演一个完整的故事。观众在简单热闹的声色之娱中得到充分的感官娱悦，同时又通过完整的故事情节得到了心理的满足。因而，元杂剧是一种民间大众化的艺术。北方游牧民族对戏曲的要求并不在伦理教化上，而是更为重视其愉悦性与观赏性。他们不像以前的士大夫文人那样鄙薄教坊俗乐，元丞相脱脱等人认为："世所谓雅乐者，未必如古，而教坊所奏，岂尽为淫声哉！"[1]不仅如此，他们还尽可能地排除文艺演出的治安隐患，《元典章》所记载的文艺禁毁法令中的几条都是关乎治安的："在都唱琵琶词货郎儿人等，聚集人众，充塞街市，男女相混，不唯引惹斗讼，又恐别生事端"（禁弄蛇虫唱货郎）[2]；"今后夜间聚着众人唱词的，祈神赛社的，立集场的，似这般聚众着妄说大言语、做歹勾当的，有呵，将为头的重要罪过也者，其余唱词赛社立集场的每，比常例加等要罪过"（禁聚众赛社集场）[3]。此外，还有一条禁止良家子弟学习散乐和词话的："除系籍正色乐人外，其余农民市户、良家子弟，若有不务本业，习学散乐，般说词话人等，并行禁约。"（禁学散乐词传）[4]这些均是从治安角度考虑的，如对"别生事端"的防范显然是出于对公众演出带来的治安问题与政治隐患的忧惧。

元代朝廷对戏剧比较重视。中统元年（1260），朝廷立仙音院，复改为玉宸院。中统二年（1261），又设立教坊司，宫廷中经常由教坊司演出各种歌舞和杂剧。元代的教坊乐部规模非常庞大，在中国历史上前所未有。《元史·百官志》载：

  教坊司，秩从五品。掌承应乐人及管领兴和等署五百户。中统二年始置。至元十二年，升正五品。十七年，改提点教坊司，隶宣徽院，秩正四品。二十五年，隶礼部。大德八年，升正三品。延祐七年，复正四

---

① 《宋史·乐志》，第3358页。
② 《元典章·刑部·杂禁》，中国书店1990年版，第820页。
③ 《元典章·刑部·禁聚众》，中国书店1990年版，第816页。
④ 《元典章·刑部·杂禁》，中国书店1990年版，第820页。

品。达鲁花赤一员,正四品;大使三员,正四品;副使四员,正五品;知事一员,从八品。令史四人,译史、知印、奏差各二人,通事一人。①

元代教坊司的品秩要高于此前唐宋、此后明清诸朝的教坊司。元代礼部尚书也仅是正三品,而管理承应乐人的教坊司初设从五品,在大德时曾达到了最高的正三品,与礼部尚书同。教坊司内还有蒙古和色目人任职的达鲁花赤为乐官,并设立译史、通事等翻译官员,均说明朝廷对戏剧的重视,这在中国古代史上是从不曾有过的。

一些从事元代戏曲研究的学者历来把《元典章》所记载的禁治妆扮四天王等一段文字视为元朝政府对杂剧演出的限制,我们仔细分析一下便知并非如此:"道与小李,今后不拣什么人,十六天魔休唱者,杂剧里休做者,休吹弹者。四天王休妆扮者,骷髅头休穿戴者,如有违犯要罪过者!钦此。"②元朝立国尊奉藏传佛教为国教,宫廷中所演奏的宗教音乐有萨满教音乐、释道音乐等。由于藏传佛教在宫中极为兴盛,藏传佛教的音乐在宫中影响也很大。元世祖至元十八年(1281)所颁发的这条禁令,要求禁止杂剧演出采用"四大天王"和"十六天魔"的宗教音乐。其中,《十六天魔舞》是藏传佛教用来赞佛的舞曲,"四大天王"与"骷髅头"指藏传佛教舞蹈"查玛"(蒙古语音译"羌姆",俗称"跳神""打鬼"),应当是元杂剧表演中的这些内容,触犯了佛教的尊严,故遭到限制。从这条禁令可以看到两点:一是元世祖朝杂剧已在宫廷流行,这对上层社会产生了影响,由此必会产生更大的社会影响,促成元杂剧的流行;二是颁布圣旨涉及有关舞蹈的具体条款,恰恰说明统治者对杂剧演出是非常关注的。所以,么书仪先生在其《戏曲》里说:"元王朝统治阶级对歌舞戏曲的爱好,鼓励了戏曲的发展。"③

很长一段时间内,蒙古族都没有文字,文化修养不高,文学作品靠口耳相传,虽然入主中原居于统治地位,但无法如中原历代统治者一样支持诗词文赋等雅文学。再有,他们原本就喜爱歌舞音乐,出于娱乐消遣之目

---

① 《元史·百官志》,第2139页。
② 《元典章·刑部·杂禁》,中国书店1990年版,第821页。
③ 么书仪:《戏曲》,人民文学出版社1994年版,第83页。

的，更趋向于支持娱乐性强的通俗文化。因而，在文学欣赏方面，他们更易于接受融乐曲、百戏、滑稽戏、舞蹈、讲唱等为一体而且曲辞大众化、口语化、通俗化的元杂剧。而且，元杂剧的乐曲是吸收了他们带来的大量的乐曲与乐器的北曲，宾白中也有蒙古族的语言，不仅更符合他们的审美眼光和审美趣味，也容易得到他们的认同，无疑会受到统治者的喜爱。朝廷的扶持对杂剧在元代繁荣和兴盛产生了直接影响。

任何文学艺术的繁荣，都离不开思想自由活动的空间。元代的思想文化是元杂剧繁盛的另一依托。元朝统治者虽然在文化上远落后于拥有深厚的传统文化的汉民族，但在文化制度上反而更容易对不同的文化采取包容、宽松的态度，而元代的统治理念也必然带来文化领域多元共存的局面。这种宽松的文化环境和多元文化并存的局面为杂剧的发展和繁荣提供了条件，更利于长期游离于正统文学之外且难登大雅之堂的俗文学的兴盛，成就了元代俗文学的发展。此外，蒙古统治者对戏曲歌舞的爱好与关注等均为元杂剧提供了更为广阔的发展空间。

二、青楼女子与元代戏曲

"青楼"即是妓院，"青楼女子"是妓女的代称。①中国有关娼妓业的最早记载是战国的官办妓院"内闾"，汉代有"营妓"，唐代有"平康坊"，宋代有"富乐院"。发展到了元代，娼妓数量并未减少，即使在元代社会

---

① （元）张择《青楼集叙》："《青楼集》者，纪南北诸伶之姓氏也。名以青楼者何？盖取秦少游之语也。记以诸伶者谁？吴淞夏君之集也。夏君百和……方妙岁时……厥一纪，东南兵扰，君值其厄，资产荡然……无何，张氏据姑苏，军需征赋百出，昔之吝财豪户，破家剥床，目不堪睹。……我圣元世皇御极，肇兴龙朔，混一文轨，乐典章，焕乎唐尧，若名臣方蹴，具载信史。兹记诸伶姓氏，一以见盛世芬华，元元同乐，再以见庸夫溺浊流之弊，遂有今日之大乱，厥志渊矣哉。《史》列伶官之传，侍儿有集，义倡司书，稗官小说，君子取焉。伯和记其贱者未者，后犹匪企及，况其硕氏巨贤乎？当察夫集外之意，不当求诸集中之名也。伯和拜手曰：先生知予哉！至正丙午春，顽老子张择鸣善谨叙。"（中国戏剧研究院编：《中国古典戏曲论著集成》第2集，中国戏剧出版社1959年版，第6页）秦观常用"青楼"指妓女住处或妓女，但此词的使用并不始自秦观。南朝梁刘邈《万山见采桑人》诗："倡妾不胜愁，结束下青楼。"唐杜牧《遣怀》诗："十年一觉扬州梦，赢得青楼薄幸名。"温庭筠《塞寒行》："彩毫一画竟何荣，空使青楼泪成血。"可见，此词古已有之。

发展繁荣时期，妓女数量也是惊人。元代的娼妓数量多而且分布集中，据《马可·波罗行记》载，仅大都一地就有官属娼妓两万五千人。中国古代的娼妓多是艺妓一体，讲究色艺双全，亦娼亦优，元代的青楼女子自然和元代戏曲发展有着必然的联系。《青楼集》记载的元代一百二十个青楼女子，大部分是戏曲歌舞艺人，从事杂剧、院本、南戏、慢词、说唱诸宫调、弹唱、舌辩小说、说书、器乐演奏、舞蹈等。这些女伶借《青楼集》而名世。书中还涉及当时三十多个男性艺人。朱经《青楼集序》：

> 商颜黄公之裔孙，曰雪蓑者，携《青楼集》示余，且征序引。其志言读之，盖已详矣，余奚庸赘。窃维雪蓑在承平时，尝蒙富贵余泽，岂若杜樊川赢得薄幸之名乎？……今雪蓑之为是集也，殆亦梦之觉也。不然，历历青楼歌舞之妓，而成一代之艳史传之也。雪蓑于行，不下时俊，顾屑为此。余恐世以青楼而疑雪蓑，且不白其志也，故并樊川而论之。噫！优伶则贱艺，乐则靡焉。文墨之间，每传好事，其湮没无闻者，亦已多矣。黄四娘托老杜而名存，独何幸也！览是集者，尚感士之不遇。①

《青楼集》的作者夏庭芝，在卷首的《青楼集志》中也对此作了说明：

> 呜呼！我朝混一区宇，殆将百年，天下歌舞之妓，何啻亿万，而色艺表表在人耳目者，固不多也。仆闻青楼于方名艳字，有见而知之者，有闻而知之者，虽详其人，未暇纪录，乃今风尘澒洞，群邑萧条，追念旧游，恍然梦境，于心盖有感焉；因集成编，题曰《青楼集》。遗忘颇多，铨类无次，幸赏音之士，有所增益，庶使后来者知承平之日，虽女伶亦有其人，可谓盛矣！至若末泥，则又序诸别录云。至正己未春三月望日录此，异日荣观，以发一笑云。②

---

① 中国戏剧研究院编：《中国古典戏曲论著集成》第 2 册，中国戏剧出版社 1959 年版，第 15~16 页。
② 中国戏剧研究院编：《中国古典戏曲论著集成》第 2 册，中国戏剧出版社 1959 年版，第 7~8 页。

这里的青楼女子是指女乐。她们以色艺娱人,往往没有人身尊严,如李渔在《连城璧》中所说:"但凡做女旦的,是人都可以调戏得,只有同班的朋友调戏不得。"①她们的服务对象也许是帝王将相或达官贵人,也许是士大夫文人或者普通读书人,也许是军士商人,也许是市民农夫。色和艺,是她们生存的条件。胡祗遹在《黄氏诗卷序》中提出的"九美说"对此有过阐述:

> 女乐之百伎,惟唱说焉。一、资质浓粹,光彩动人;二、举止闲雅,无尘俗态;三、心思聪慧,洞达事物之情状;四、语言辨利,字句真明;五、歌喉清和圆转,累累然如贯珠;六、分付顾盼,使人解悟;七、一唱一说,轻重疾徐中节合度,虽记诵娴熟,非如老僧之诵经;八、发明古人喜怒哀乐、忧悲愉佚、言行功业,使观听者如在目前,谛听忘倦,惟恐不得闻;九、温故知新,关键词藻,时出新奇,使人不能测度为之限量。九美既具,当独步同流。②

要赏心悦目,容貌漂亮、举止闲雅是主要的,然而不止于此,还要聪明,能洞达事物,有好的唱功、舞蹈和表演能力。元代有如此众多的女伎员,但《青楼集》中记载的也仅仅只有一百二十位。其中貌美如花、风姿过人者,如聂檀香"姿色妩媚",李娇儿"姿容姝丽",杜妙隆"金陵佳丽人",顺时秀"姿态闲雅",李真童"举止温雅"。更有一些是色艺双绝,如"京师旦色,姿艺并佳"的周人爱,"姿容丰格,妙绝一时,善花旦杂剧"的张奔儿,"美姿容,善杂剧"的汪怜怜,"丰神靓雅……闺怨杂剧为当时第一手"的天然秀。张昱《辇下曲》有记顺时秀之作:"教坊女乐顺时秀,岂独歌传天下名。意态由来看不足,揭帘半面已倾城。"③有些女艺人虽然容貌一般,但是有专门擅长的技艺,如朱锦绣虽然"姿不逾中人"但"高艺实超流辈",喜春景"姿色不逾中人,而艺绝一时",和当当"虽貌

---

① (清)李渔著,李忠良点校:《无声戏》,中华书局2004年版,第166页。
② 羊列荣、刘明今编著:《中国历代文论选新编·宋金元卷》,上海教育出版社2007年版,第239页。
③ (元)张昱:《可闲老人集》卷二,《景印文渊阁四库全书》本。

不扬,而艺甚绝",米里哈"貌虽不扬"但"歌喉清宛、妙入神品",这都是"观者挥金与之"的原因。还有一些女艺人不仅姿色出众、能歌善舞,还有一定的文化修养,如刘婆惜"通文墨",般般丑"擅词翰",樊香歌"颇涉史书"。而张怡云、珠帘秀、刘燕歌、一分儿等,文思敏捷,能作词曲,至今尚有残曲或作品传世。

《青楼集》载有许多技艺超绝的女伶。其中擅长杂剧表演的有:珠帘秀、顺时秀、南春宴、周人爱、玉叶儿、瑶池景、贾岛春、王玉带、冯六六、王榭燕、王庭燕、周兽头、刘信香、司燕奴、班真真、程巧儿、李赵奴、天然秀、国玉第、赛帘秀、天锡秀、天生秀、赐恩深、张心哥、王奔儿、平阳奴、郭次香、韩兽头、李芝秀、朱锦绣、小玉梅、匾匾、宝宝、赵真真、西夏秀、李娇儿、张奔儿、翠荷秀、和当当、莺童、汪怜怜、米里哈、顾山山、大都秀、孙秀秀、帘前秀、燕山秀、荆坚坚、王心奇、李定奴等。擅长南戏的有:龙楼景、丹墀秀、芙蓉秀(兼能杂剧)。擅长院本的有:赵偏惜。擅长诸宫调的有:赵真真、杨玉娥、秦玉莲、秦小莲。擅长歌舞的有:梁园秀、刘燕歌、魏道道(兼能杂剧)、玉莲儿、王巧儿、连枝秀、樊香歌、赛天香、赵梅歌、一分儿、刘婆惜、事事宜。擅长慢词的有:解语花、王玉梅(杂剧亦精致)、李芝仪(兼工小唱)、童童(兼杂剧)、孔千金。擅长讴唱的有:宋六嫂、杨买奴。擅长合唱的有:于四姐、朱春儿、金莺儿。擅长小唱的有:小娥秀(兼能慢词)、李心心、杨奈儿、于盼盼、吴女、燕雪梅、牛四姐、袁当儿、真凤歌。擅长弹唱的有:陈婆惜、观音奴。擅长调话的有:时小童。其中尤为突出者,则有:顺时秀,"杂剧为闺怨最高,驾头、诸旦本亦甚得体";天然秀,"闺怨杂剧为当时第一手,花旦、驾头亦臻其妙";孙秀秀善饰小旦,名公巨卿多爱之,在大都声名远播,有"人间孙秀秀,天上鬼婆婆"之说;天锡秀,"善绿林杂剧,足甚小,而步武甚壮";魏道道,独舞《鹧鸪》,"自国初以来,无能继者";赛帘秀,"中年双目皆无所睹,然其出门入户,步钱行针,不差毫发,有目莫之及焉",虽然目盲,但动作造型和身段台步优美绝伦。①

---

① 以上参(元)夏庭芝:《青楼集》,中国戏曲研究院编:《中国古典戏曲论著集成》第2册,中国戏剧出版社1959年版。

很多女伶从事元代戏曲表演，如《青楼集》所记珠帘秀等人，她们在元代戏剧的发展中占有很重要的地位。从明初朱权《太和正音谱》所载赵孟𫖯所言可知元代娼优参与杂剧演出活动的概况：

> 杂剧，俳优所扮者，谓之"娼戏"，故曰"勾栏"。子昂赵先生曰："良家子弟所扮杂剧，谓之'行家生活'，娼优所扮者，谓之'戾家把戏'。良人贵其耻，故扮者寡，今少矣，反以娼优扮者谓之'行家'，失之远也。"或问其何故哉？则应之曰："杂剧出于鸿儒硕士、骚人墨客所作，皆良人也。若非我辈所作，娼优岂能扮乎？推其本而明其理，故以为'戾家'也。"关汉卿曰："非是他当行本事，我家生活，他不过为奴隶之役，供笑献勤，以奉我辈耳。子弟所扮，是我一家风月。"虽是戏言，亦合于理，故取之。①

实际上，在元代杂剧演出中，青楼女子已经是演出的主要承担者。《青楼集》中擅长杂剧表演的女乐有五十人，其中六人可以兼扮旦、末，十八人工旦色，另外二十五人虽未说明，但也应以工旦角为主。对此，明代胡应麟有过记录：

> 今优伶辈呼子弟，大率八人为朋，生、旦、净、丑、副亦如之。元院本止五人，故有五花之目。一曰副净，即古之参军也；一曰副末，又曰苍鹘，苍鹘可击群鸟，犹副末可打副净；一曰末泥，一曰孤装。见陶氏《辍耕录》。而所谓无生、旦者，盖院本与杂剧不同也。元杂剧旦有数色，所谓装旦，即今正旦也；小旦，即今副旦也；以墨点破其面，谓之花旦，今惟净丑为之，而元时名妓，咸以是取称。又妓李娇儿为温柔旦，张奔儿为风流旦，盖胜国杂剧，装旦多妇人为之也。
>
> 宋时杂剧名号，惟《武林旧事》是征，每一甲，有八人者，有五人者。八人者有戏头，有引戏，有次净，有副末，有装旦；五人者第

---

① （明）朱权：《太和正音谱》卷上，中国戏曲研究院编：《中国古典戏曲论著集成》第 3 册，中国戏剧出版社 1959 年版，第 24 页。

有前四色，而无装旦。盖旦之色目，自宋已有之而未盛，至元杂剧多用妓乐，而变态纷纷矣。①

这些女伶与当时的士大夫文人及书会才人交往颇多。她们不仅色艺超绝，能歌善舞，足以娱耳目之乐，而且多妙语如珠，善解人意，能与文人进行精神交流。文人和女伶的交往有时富有浪漫色彩，如《青楼集》载赵孟頫、商简、高克恭、姚燧、阎复等名流文士常到女伶张怡云家聚会："张怡云能诗词，善谈笑，艺绝流辈，名重京师。赵松雪、商正叔、高房山皆为写《怡云图》以赠，诸名公题诗殆遍。姚牧庵、阎静轩，每于其家小酌。"②这些女艺人中也不乏既有才艺，又性格豪爽、有侠义之风者，如张玉莲："人多呼为张四妈，旧曲其音不传者，皆能寻腔依词唱之。丝竹咸精，蒲博尽解，笑谈亹亹，文雅彬彬。南北今词，即席成赋，审音知律，时无比焉。往来其门，率富贵公子。积家丰厚。喜延款士夫，复挥金如土，无少暂惜爱。"③珠帘秀与关汉卿、卢挚、王恽、冯子振、黎正卿、胡祗遹等名士俱有交往。王恽《赠珠帘秀序后》曰：

七窍生香咏洛姝，风流不似紫山胡。半床梦冷珠帘月，一序情钟乐籍图。锤破小山犁舌狱，倒翻卓氏拍沽炉。芳踪苦孀同心赏，遏断行云唱鹧鸪。④

《全元散曲》录珠帘秀小令一首，套数一套。夏庭芝《青楼集》："珠帘秀，姓朱氏，行第四。杂剧为当今独步，驾头、花旦、软末泥等，悉造其妙。胡紫山宣慰尝以《沉醉春风》曲赠云：'锦织江边翠竹，绒穿海上明珠。

---

① （明）胡应麟：《少室山房笔丛》辑录，《中国古代乐论选辑》，人民音乐出版社1981年版，第295~296页。
② 中国戏曲研究院编：《中国古典戏曲论著集成》第2册，中国戏剧出版社1959年版，第17页。
③ （元）夏庭芝著，孙崇涛，徐宏图笺注：《青楼集笺注》，中国戏剧出版社1990年版，第173页。
④ （元）王恽：《秋涧集》卷二一，《四部丛刊》本。

月淡时,风清处,都隔断落红尘土。一片闲情任春舒,挂尽朝云暮雨。'"①关汉卿、卢挚、冯子振等都有著名的诗曲佳作赠珠帘秀,如关汉卿的〔南吕·一枝花〕《赠朱帘秀》,冯海粟的〔鹧鸪天〕,王恽的〔浣纱溪〕,卢挚的〔双调·蟾宫曲〕《醉赠珠帘秀》及〔双调·寿阳曲〕《别珠帘秀》等。

　　元代文人在与妓女交往中写了不少赠妓诗、词、曲。顺时秀与刘时中,天然秀与白朴,鲜于伯机与曹娥秀、全子仁与刘婆惜等都交往密切。《青楼集》:"天然秀姓高氏……丰神靓雅,殊有林下风致,才艺尤度越流辈。闺怨杂剧为当时第一手,花旦、驾头亦臻其妙。……然尚高洁凝重,尤为白仁甫、李溉之所爱赏云。"②翰林学士王元鼎钟情于顺时秀,他们的韵事也是当时文坛一段佳话:"歌妓顺时秀,姓郭氏。性资聪敏,色艺超绝,教坊之白眉也。翰林学士王公元鼎甚眷之,偶有疾,思得马版肠充馔,公杀所骑千金五花马,取肠以供,至今都下传为佳话。时中书参政阿鲁温尤属意焉,因戏谓曰:'我比元鼎如何?'对曰:'参政,宰相也;学士,才人也。燮理阴阳,致君泽民,则学士不及参政;嘲风咏月,惜玉怜香,则参政不如学士。'参政付之一笑而罢。郭氏亦善于应对者矣。"③顺时秀聪敏异常,专于人情,善于应对,王元鼎对她不仅是爱慕,也有欣赏。

　　白朴、元好问、赵孟頫、商衟、卢挚、滕宾、亢文苑、冯子振、王元鼎、姚燧、胡祗遹、阿鲁温、李洞、贯云石、班惟志、王士熙、乔吉、钟嗣成、倪瓒、贾固、刘廷信、全子仁等均有与歌伎交往和词曲赠答的记载。文人写赠妓诗(词、曲)成为风气。"元代文人赠妓诗词,与宋人赠妓词、元曲家的赠妓曲有很大不同。宋人赠妓词、元人赠妓曲,都有一些对歌妓轻慢、狎玩的内容,还有一些色情的东西。元人的赠妓诗词没有这样的东西。赠妓曲有些关注的是妓女的卖笑生涯,甚至肉体,赠妓诗词则关注歌妓的表演,关注的是艺术。"④另外,元代勾栏依然有追欢卖笑的传

---

① 中国戏曲研究院编:《中国古典戏曲论著集成》第 2 册,中国戏剧出版社 1959 年版,第 19 页。
② 中国戏曲研究院编:《中国古典戏曲论著集成》第 2 册,中国戏剧出版社 1959 年版,第 23 页。
③ (元)陶宗仪:《南村辍耕录》卷一九,中华书局 1959 年版,第 235 页。
④ 查洪德:《元代文人的赏曲之风》,《武汉大学学报》2016 年第 3 期。

统，许多女妓在卖艺的同时也卖身。文人士大夫与她们交往不受道德伦理规范制约，当然也不排斥风花雪月的诱惑。因而，一些文士聚会雅集、诗酒唱和要歌舞助兴的时候，席间往往有这些女伶的身影。杯酒间不免填词酬妓，知音赏曲，如王恽《喜迁莺》小序记载："己丑秋八月廿六日，雨中饮贾方叔家。乐籍刘氏歌以侑觞，众宾欣然，为之赏音。刘因求乐府于予，遂赋此，且道坐客醉语。"①姚燧、卢挚在江东公务之余，携歌妓与当地的士大夫文人出游："我国家统一天下，首立台宪以纲纪百辟。大抵先教化而后刑政，敦儒雅而鄙吏术，尚宽厚而去文深。故当时御史、部使者，多老成文学之士。予家江东，方七八岁时，见牧庵姚公、疏斋卢公按治之暇，辄率郡士大夫携酒肴歌妓出游敬亭、华阳诸山，或乘小舟直抵湖上，逾旬不返。"②就连姚燧与卢挚这样身份的官员和诗文大家都如此，可想而知与歌妓的往来已成为元代文人雅趣生活的一部分。

当然，文人士大夫与歌妓的交往不排除肉体关系，逢场作戏者固然有，但还是有真正的欣赏成分在里边，以精神上的契合为多。③

元代文人与女伶的交往是很自然很普遍的。投身市井红尘的浪子文人常常流连于勾栏，他们与伶人社会地位接近，更是同病相怜，而红袖添香、歌舞助兴也可以刺激文人的才情。上层文人士大夫有地位，有文化修养，在某种程度上能够理解伶人甚至帮助她们，如名士的一些题咏可以让她们身价倍增。文人和这些青楼女子的关系并不是简单的金钱和肉体关系，而是才和情、情和性的那种更深层的关系。

元代青楼女子的职业特点决定了她们和元代戏曲的关系，使她们客观上为推动元代戏曲的发展做出了贡献。

三、书会才人、文人与元代戏曲

有人评论说，元代是中国科举史上最低落的一代。④元代科举长期废而不行，自金宋亡后至仁宗延祐二年（1315），迟迟未能恢复科举，导致

---

① 《全金元词》，第669页。
② （元）贡师泰：《跋王宪使朱县尹倡和诗卷》，《全元文》第45册，第199页。
③ 查洪德：《元代文人的赏曲之风》，《武汉大学学报》2016年第3期。
④ 金诤：《科举制度与中国文化》，上海人民出版社1990年版，第160页。

了科举制度文化的断裂,正如萧启庆所说:"元代用人取才最重世家,即当时所谓'根脚'。此一'根脚'取才制,与唐宋以来中原取士以科举为主要管道可说是南辕北辙,大不相同,元朝中期以前,一直未恢复科举制度,汉族士人遂丧失此一主要的入仕管道。"①几百年来一以贯之的社会运行轨迹一下子变了,元代士人们通向显达以实现自身价值的途径被堵塞了,"两宋以来独享统治权力与社会荣耀的'知识菁英'遂多被摒斥于统治阶层以外"②。这就从根本上打碎了元代文人功业的幻梦。元代科举至仁宗时才恢复,但忽必烈时期幕府文人的学术取向和用人倾向,对仁宗时科举政策的影响是巨大的。《元史·选举志》载:

> 至仁宗皇庆二年十月,中书省臣奏:"……夫取士之法,经学实修己治人之道,词赋乃搞章绘句之学。自隋、唐以来,取人专尚词赋,故士习浮华。今臣等所拟将律赋省题诗小义皆不用,专立德行明经科,以此取士,庶可得人。"帝然之。③

程钜夫所拟《科举诏》中"举人宜以德行为首,试艺则以经术为先,词章次之。浮华过实,朕所不取"④的方针,即由忽必烈"中统儒治"所形成的重经济、义理而斥词章的倾向而来。在如此明确的导向下,元代的辞章之士始终是受排斥的。他们被斥而不用,失去了科举进身之阶,被断送了上进之路。

人不一定要治国平天下才有价值,虽然辞章之士被抛出了社会的主流,远离统治中心,社会地位已然是大大跌落了,但没有富与贵,他们还有"文"。"文"就是文人自身所具有的优势。他们中的一部分淡化了与政治的依附关系,在动乱扰攘时代大潮的冲击之下全节远害,或隐居教授,或隐于田园,或隐于山林,或隐于释老,或隐于市井,追求的依然是文人雅趣之乐,追求人格的完整和精神的独立。还有一部分"以文章为戏玩者",

---

① 萧启庆:《内北国而外中国:蒙元史研究》,中华书局2007年版,第145页。
② 萧启庆:《内北国而外中国:蒙元史研究》,中华书局2007年版,第187页。
③ 《元史·选举志》,第2018页。
④ 《全元文》第16册,第5页。

是具有文学素养的下层文士，绝大部分终身布衣，即所谓的"浪子"文人群体，是元初北方从文人雅士中新分离出来向下流动而走入市井的一个群体。朱经《青楼集序》曰："我皇元初并海宇，而金之遗民，若杜散人、白兰谷、关已斋辈，皆不屑仕进，乃嘲风弄月，流连光景。庸俗易之，用世者嗤之，三君之心，固难识也。"① 杜仁杰、白朴、关汉卿三人，即是这类文士的代表。他们与歌妓艺人交往，进入以市民为主体的商业化文化娱乐市场，投身于为正统文人所不看重的新兴文体——杂剧和散曲的创作。至此，俗文学作家队伍形成，且很快具有了相当规模。《真珠船》卷四记载：

> 元曲如《中原音韵》《阳春白雪》《太平乐府》《天机余锦》等集，《范张鸡黍》《王粲登楼》《三气张飞》《赵礼让肥》《单刀会》《敬德不伏老》《苏子瞻贬黄州》等传奇，率音调悠圆，气魄宏壮，后虽有作，鲜之与京矣。盖当时台省元臣，郡邑正官，及雄要之职，尽其国人为之，中州人每每沉抑下僚，志不获展。如关汉卿乃太医院尹，马致远江浙行省务官，宫大用钓台山长，郑德辉杭州路吏，张小山首领官，其他屈在簿书，老于布素者，尚多有之。于是以其有用之才，而一寓之乎声歌之末，以纾其佛郁感慨之怀，盖所谓不得其平而鸣焉者也。②

"沉抑下僚，志不获展"使得大批才情兼具的优秀文人在市井尘俗里寻找快乐，专心投入戏曲创作中。元散曲家赵显宏〔南吕·一枝花〕《行乐》写道："十年将黄卷习，半世把红妆赠。向莺花场上走，将风月担儿拈。"③ 十年苦读诗书，半世以来肩负的却是"风月担"，行走于"莺花场"，在舞妓歌姬风月场中消遣，诗酒忘忧。他们在市井这个文化空间中，不受礼法与礼教在思想上的管辖与束缚，冲破男女之大防，创造了俗文学的辉煌。

据《录鬼簿》《续录鬼簿》以及《太和正音谱》所记载的情况来看，元代有姓名可考的杂剧作家就有近百人。元代的大都和杭州聚集了当时南

---

① 中国戏剧研究院编：《中国古典戏曲论著集成》第2集，中国戏剧出版社1959年版，第15~16页。
② （明）胡侍：《真珠船》卷四，《丛书集成初编》本。
③ 《全元散曲》，第1182页。

北的杂剧作家。大都作为全国政治、经济和文化的中心，孕育、吸引了众多杂剧作家。大都杂剧作家群以不屑仕进的"才人"关汉卿为首，包括官职卑微而退离官场的马致远、张国宾、红字李二、花李郎、赵文敬等。北方还有以石君宝为代表的平阳杂剧作家群，以白朴为代表的真定杂剧作家群，以高文秀为代表的以写"水浒戏"见长的东平杂剧作家群。南北统一之后，随着经济的发展，杂剧的创作中心逐渐向南移。明代徐渭在《南词叙录》中指出："元初，北方杂剧流入南徼，一时靡然向风，宋词遂绝，而南戏亦衰。"①自此形成了南方杂剧作家群，繁华的杭州就成为全国的戏曲活动中心，杂剧作家、散曲作家、南戏作家、院本作家在此相互切磋交流。王国维先生在《宋元戏曲史》中谈到这个现象："至中叶以后，则剧家悉为杭州人。中如宫天挺、郑光祖、曾瑞、乔吉、秦简夫、钟嗣成等，虽为北籍，亦均久居浙江。盖杂剧之根本地，已移而至南方，岂非以南宋旧都，文化颇盛之故欤？"②宫天挺、郑光祖、曾瑞等作家从北方来到杭州，钟嗣成、乔吉、周文质等长期寓居杭州，萧德祥、朱凯、王晔等是杭州土生土长的作家，杭州一时人才济济，与北方的大都作家群交相辉映。他们身份各异，钟嗣成是杭州路儒学正，鲍天佑是昆山州吏，须子寿为钱塘县吏，宫天挺也不过是钓台书院山长，萧天瑞、李时英行医为业，施惠是商人，范居中以占卜为业，曾瑞、乔吉则优游市井与江湖之间。

元代城市经济的发展和市民人口的增加，使勾栏瓦舍等演艺场所空前发达。同时，科举的停滞及重经济和义理之士的用人导向使得辞章之士生存境遇改变，不得不离开正常的文人仕进之路，其中一部分流向市井，以"以文章为戏玩"，于是勾栏瓦肆便成了这些浪子文人流连忘返之所。城市的发展刺激了勾栏瓦舍的娱乐消费，这种娱乐消费刺激了俗文学的发展。元代的戏曲创作成了浪子文人群体发泄内心苦闷不平、寄托情志的媒介和载体。鲁迅先生在《中国小说史略》中谈到俗文学的功能时说："以意度之，则俗文之兴，当由二端，一为娱心，一为劝善，而尤以劝善为大

---

① 转引自程炳达、王卫民：《中国历代曲论释评》，民族出版社2000年版，第108页。
② 王国维：《宋元戏曲史》，上海人民出版社2014年版，第64页。

宗。"①从俗文学的角度来看，元代戏曲这两者兼备。王国维先生说："元剧最佳之处，不在其思想结构，而在其文章。其文章之妙，亦一言以蔽之，曰：有意境而已矣。何以谓之有意境？曰：写情则沁人心脾，写景则在人耳目，述事则如其口出是也。"②这种论说指出了元代戏曲让作家青睐的原因。浪子文人的玩世心态促使他们以戏曲寄意而平衡情志。他们并非不屑仕进，而是仕进无门。有的是处于社会政治的边缘，官职低微，不得不另寻出路。有的混迹于勾栏，在俗文学戏曲创作上找到了他们的人生价值。这部分文人人生追求的转变促成了元代戏曲艺术的繁荣。

深入市井和都市生活，在勾栏瓦舍等演出场所中与各种伶人的接触，使得从事戏曲创作的浪子文人自身均具备丰富的城市市井生活经验和戏曲演出的经验。关汉卿曾粉墨登场，其他如王实甫、马致远、纪君祥、王仲文、杨显之、高文秀、郑光祖、乔吉等，亦均出入勾栏瓦舍，了解下层市民百姓的遭遇，熟悉他们的喜怒哀乐。元代浪子文人混迹于市井和勾栏瓦舍，与艺人们相处，了解和熟悉了艺人的思想生活，熟悉了舞台艺术，同时还直接或者借助艺人与市井观众建立起联系，以自己的才情和文学素养创作出"一代之文学"的元杂剧。他们与那些富有才情、美色、高超技艺的女艺人交往，互相切磋激励，互相理解尊重，也激发出创作的热情和激情。浪子文人在戏剧中也创作了许多青楼女子的形象，文人与妓女悲欢离合题材的戏剧作品即是在了解和同情青楼女子的基础上出现的。

元代从事戏曲创作的文人还有一部分是书会才人。按照《中国戏曲发展史》中所说，书会成员不属于文人集团，不能进入上层社会，但他们又能够用笔写作，施展自己的文学才华，因而在当时被称作"才人"。③书会形成于宋代，属于民间艺人的行业组织，到了元代进一步发展并日趋成熟，有玉京书会、燕赵才人、元贞书会、武林书会等，各地书会中均活跃着从事戏曲创作的文人。钟嗣成《录鬼簿》所列的散曲、杂剧作家共有一百五十二人。如关汉卿，钟嗣成将之列为"前辈已死名公才人，有所编传

---

① 鲁迅：《中国小说史略》，人民文学出版社1952年版，第112页。
② 王国维：《宋元戏曲史》，中国和平出版社2014年版，第118页。
③ 廖奔、刘彦君：《中国戏曲发展史》第二卷，山西教育出版社2000年版，第129页。

奇行于世者"之首，其余五类是"前辈已死名公，有乐府行于世者""方今名公""方今已亡名公才人""已死才人不相知者""方今才人相知者"和"方今才人闻名而不相知者"等。"才人"即是对专职杂剧作家——书会才人的称谓。他们的社会身份比较低微，是不能和那些"名公"相比的。《录鬼簿续编》中记录的书会才人有七十一人。鉴于此，孙楷第先生认为，《录鬼簿》与《录鬼簿续编》所录的曲家，泰半为书会中人。①现存的戏曲文献也有不少关于元代书会和书会才人的记载，如元明之际士人贾仲明在《书录鬼簿后》中，曾提到元贞书会"李时中、马致远、花李郎、红字公四高贤合捻《黄粱梦》"②。南戏《张协状元》第二出〔烛影摇红〕："烛影摇红，最宜浮浪多忔戏。精奇古怪事堪观，编撰于中美。真个梨园院体，论诙谐除师怎比？九山书会，近目翻腾，别是风味。　一个若抹土搽灰，趋枪出没人皆喜。况兼满座尽明公，曾见从来底。此段新奇差异，更词源移宫换羽。大家雅静，人眼难瞒，与我分个伶俐。"③我们从中可以了解到书会才人的社会地位和生活状况。

　　自从元代文人走进勾栏瓦舍，戏曲就出现了新的面貌。从剧作家所占比重看，书会才人是元代戏曲的主要创作群体，各类演出场所提供的表演剧本主要来源于他们的创作。再有一点，书会才人与演员以及演出的场所勾栏瓦舍之间联系更为紧密，也更为符合元代戏曲创作和传播过程中社会化、商业化的特征。因为剧本必须要观众接受认可，还要通过演艺人员的搬演、观众的欣赏和接受才会产生消费。戏曲作家把戏曲创作当作谋生糊口的手段，使创作活动在很大程度上直接表现出一种赤裸裸的商业性动机——写剧为演出，演出为取悦观众，观众喜欢看则能赚钱，有着很明显的功利意图。这一点可能会导致时人或后人一些偏颇的说辞。但是，书会才人在创作戏曲的时候会充分考虑演员的特色以及戏曲演出的效果，演员在演出的同时也会把演出的效果和意见及时反馈给戏曲作家，相互交流，以满足观众的审美需求，从而吸引观众。如此一来，戏曲就更贴近观众，

---

① 孙楷第：《元曲新考·书会》，《也是园古今杂剧考》附录，上杂出版社1953年版，第395页。
② （元）钟嗣成：《录鬼簿》卷上，《续修四库全书》本。
③ 《永乐大典》卷一三九九一。

更能迎合观众的欣赏水平和要求。

元代的城市经济繁荣，大小城市勾栏瓦肆众多，尤其是大都和杭州两大城市，商业性戏曲演出活动十分频繁。优秀的剧本和演员精彩的舞台表演结合，才能吸引观众消费，正如夏庭芝《青楼集志》所言："内而京师，外而郡邑，皆有所谓构栏者。辟优萃而隶乐，观者挥金与之。"①元代的浪子和书会才人（剧作家）、演员、演出场所、观众就这样得到了整合，达成了协作，形成了戏曲创作和演出的一个完整链条。

元代南北各地涌现了大量的"名公才人"。他们的戏曲创作贴近市民，贴近观众和演员，写出来的东西有着深厚的平民基础和浓重的世俗底蕴，因而打造了南北戏曲的繁荣景象。

---

① （元）夏庭芝：《青楼集志》，中国戏曲研究院编：《中国古典戏曲论著集成》第 2 册，中国戏剧出版社 1959 年版，第 7 页。

第二节　宗教的世俗化与元代戏曲的发展

"在中国文化史上元代宗教是颇有特色的，其最大特色便是多元性和开放性，这与蒙古统治的辽阔版图及其迫切需要的文明滋养是分不开的。蒙古诸部原本信奉原始的萨满教，但其在权力扩张的过程中很快学会了接容与纳取。在其兼容并蓄的宗教政策下，佛教、道教、伊斯兰教、基督教等都在中国得到广泛的传播和发展。这种多元与开放有时令人想到唐代，但与唐代不同的是其铁骑与商业的色彩更浓。这是由很大的历史跨越造成的，当蒙古由蒙昧的部落逐渐形成强大的帝国时，其原始的血性与发达的文化结合势必构成一道奇观，而宗教便在其中成为一个独具魅力的角色。"①蒙古统治者对宗教虽然有虔敬之情，但更多的是出于功利的考虑。在元代比较开放、宽容的文化环境内，除蒙古族原有的萨满教以外，佛教、道教、伊斯兰教、基督教、犹太教、摩尼教、祆教等各种宗教都被兼收并蓄，外来宗教较多，各宗教繁荣共处，超越历代，因此造就了元代开放多元的宗教景观。白寿彝先生指出："从民族发展上看，宋元时代是中国历史上的第三次民族大融合。"②元代是一个宗教繁盛的朝代。因蒙古民族的形成之初，就包容了乞颜、弘吉剌、克烈、塔塔尔、蔑尔乞、乃蛮等诸多部落，这些部落在文化方面本就有一定的差距，如此便形成了具有多元性与同一性、开放性与凝聚性、以及包容性等特点的蒙古文化。这种包容性体现在他们对各种文化的接受上，也体现在他们对各种宗教的包容和接受上。元统治者对各种宗教都采取保护和利用的政策，各宗教间彼此融合且世俗化的色彩越来越浓。

蒙古族的原始宗教是萨满教，最高神为天神"腾格里"。他们崇拜的是自然神灵，凡天地、日月、星辰、风雨、雷电、山川等均被奉为神明。

---

① 张维青、高毅清：《中国文化史》（三），山东人民出版社2002年版，第376~377页。
② 白寿彝：《关于中国封建社会的几个问题》，《白寿彝史学论集》，北京师范大学出版社1994年版，第41页。

随着蒙古族统治者对外的军事扩张，萨满教在与其他宗教碰撞、交流、冲突、融合的过程中，在元代完成了伦理化的过程，一直为蒙古族人民信仰。蒙古历代统治者每逢有重大行动都要按一定的仪式首先拜敬天神，"元之有国，肇兴朔漠，朝会燕飨之礼，多从本俗"[1]，后来受汉族传统文化的影响，既拜天，又祭孔，还祭郊社宗庙。这样，既采用了汉族传统礼仪，又充分考虑蒙古族萨满教信仰，使元代的萨满教具有国家宗教的性质。

蒙古人通常以"也里可温"统称基督教及其教徒。元代流传的基督教宗派主要是景教、东正教和天主教。早在蒙古立国之前，蒙古族的一些古老部族克烈部、汪古部、乃蛮部就已经皈依了景教。汪古部基督教极为兴盛，十字寺林立，僧众成群。11世纪初，景教主要在西北地区流传，突厥人盛行景教，东迁的西域色目人中的阿速、钦察、斡罗思人是主要的基督教信徒。蒙古统一中原之后，景教于中原地区也开始设传教机构，以大都、镇江、杭州、泉州、扬州等地为盛。信仰景教的基本是蒙古人和色目人，而且许多信教的蒙古人都是一时有权有势的人物，如深受元廷重用的马薛里吉思即出身于景教世家。

元时通常以波斯语音称穆斯林为"木速蛮"或"木速鲁蛮"等。西域色目人中的哈剌鲁、阿儿浑等突厥部族在元代已经伊斯兰化，伊斯兰教众占人口的绝大多数。蒙古西征胜利，阿拉伯、波斯等广义西域地区的穆斯林大量迁居中土，被称为"回回"，都信仰伊斯兰教。随着他们的大批东迁，伊斯兰教士也随之进入中土。蒙古统治者对各种宗教普遍宽容与优礼，还设置了专门管理伊斯兰教事务的官方机构——回回哈的司，伊斯兰教士由此各地自由、广泛地传播其宗教信仰。元代伊斯兰教徒中，仍以西亚、中亚地区的穆斯林移民为主，不过已经有大量蒙古人、汉人加入伊斯兰教，其后形成"元时回回遍天下"[2]的局面。因西域色目人为元朝的建立和巩固做出了突出贡献，他们在元代享有较高的政治和社会地位。

"元兴，崇尚释氏，而帝师之盛，尤不可与古昔同语。"[3]从中晚唐开

---

[1] 《元史·礼乐志》，第1664页。
[2] 《明史·西域传》，第8598页。
[3] 《元史·释老传》，第4517页。

始，佛教思想、道教哲学已经融合到了儒家思想文化里。到北宋中叶，形成了一个以儒为主导、以佛道为辅助的三教合流的思想格局，文人进而以儒治世、守而以道治身、退而以佛治心的处世之术也由此奠定。宋元之际战乱及三教合流思想的影响，元代文人对佛道思想的普遍认同和接受，导致了元代文人禅道化倾向突出，而释道徒文人化在元代也达到了前所未有的程度。

正因为元代宗教政策的宽松和多元化，有元代一代各种宗教都很发达，这可概括整个元代宗教繁盛的局势。在元代之前或以后的各个朝代，影响文学的宗教一般都只有佛道两教。元代则不然，除了传统的释道，伊斯兰教、基督教、藏传佛教及萨满教等都对元代的文人和文化产生了影响。

一般说来，元杂剧创作突出地受道教和佛教禅宗的影响。罗锦堂先生在《论元人杂剧之分类》一文中已经指出了这个问题："元人杂剧取材于宗教者，道教多于佛教。盖自太祖成吉思汗礼遇全真派道士丘处机而受其教以后，有元一代，历朝君主皆尊崇之；至元中叶以后，佛教势力始渐兴盛。当时文士，志不得伸，内心空虚，厌恶现实，而又不能潜修佛理，安于寂灭，故所受道教影响尤甚。"[①] "道教神仙思想的根本，就在于认为人可以不死，能维持不死就可以成为神仙，成仙自然就成为美妙奇幻的神仙世界的成员，也就意味着现世苦难生活的结束和享乐生活的无限延长。这也就是道教神仙思想具有最大吸引力的所在。"[②]长生久视与乐在人间、出世性和人间性在道教的宗教精神里都得到了体现。既可以向往神仙境界，追求生命的永恒，又能不离世俗，沉迷红尘享乐，因而，道教是中国最世俗化和契合民众心理的宗教。

夏庭芝的《青楼集志》把杂剧分为驾头、闺怨、鸨儿、花旦、披秉、破衫儿、绿林、公吏、神仙道化、家长里短十类[③]，说明其时"神仙道化"已是专门一类。明初朱权在《太和正音谱》中把元与明初杂剧分为十二

---

① 罗锦堂：《论元人杂剧之分类》，周康燮主编：《宋元明清剧曲研究论丛》第 1 集，香港大东图书公司 1979 年版，第 134 页。
② 任继愈主编：《中国道教史》，上海人民出版社 1990 年版，第 456~457 页。
③ 中国戏剧研究院编：《中国古典戏曲论著集成》第 2 册，中国戏剧出版社 1959 年版，第 7 页。

科:"一曰神仙道化,二曰隐居乐道,三曰披袍秉笏,四曰忠臣烈士,五曰孝义廉节,六曰叱奸骂谗,七曰逐臣孤子,八曰铍刀赶棒,九曰风花雪月,十曰悲欢离合,十一曰烟花粉黛,十二曰神头鬼面。"[1] 其中与道教神仙内容有关的包括"神仙道化""隐居乐道""神头鬼面"三科,"神仙道化"被列在首位,"隐居乐道"被列在第二位,可见道教神仙题材在当时戏曲创作中的影响和地位。王汉民先生在《全真教与元代的神仙道化戏》一文中根据钟嗣成的《录鬼簿》、贾仲明的《录鬼簿续编》等书的记载辑出二十五种元代的神仙道化戏:马致远《吕洞宾三醉岳阳楼》《王祖师三度马丹阳》《马丹阳三度任风子》《开坛阐教黄粱梦》《太华山陈抟高卧》,郑廷玉《风月七真堂》、赵文殷《张果老度脱哑观音》、纪君祥《韩湘子三度韩退之》、赵明道《韩湘子三赴牡丹亭》、岳伯川《吕洞宾度铁拐李岳》、范康《陈季卿误上竹叶舟》、李寿卿《鼓盆歌庄子叹骷髅》、史九散人《花间四友庄周梦》、张国宾《严子陵垂钓七里滩》、宫天挺《严子陵钓鱼台》、吴昌龄《张天师夜祭辰钩月》、石君宝《张天师断岁寒三友》、谷子敬《吕洞宾三度城南柳》《邯郸道卢生枕中记》、杨景贤《王祖师三化刘行首》、贾仲明《丘长春三度碧桃花》《铁拐李度金童玉女》《吕洞宾桃柳升仙梦》、无名氏《汉钟离度脱蓝采和》和《瘸李岳诗酒玩江亭》。[2]

佛教不仅在元代有着特别崇高的地位,而且佛教与戏曲的结合,丰富了戏曲内容,促进了戏曲的发展。但元杂剧中的佛教剧却非常之少,在现存元杂剧中,只有郑廷玉的《布袋和尚忍字记》、吴昌龄的《花间四友东坡梦》、李寿卿的《月明和尚度柳翠》、武汉臣的《散家财天赐老生儿》、元末明初刘君锡的《庞居士误放来生债》、无名氏的《观音菩萨鱼篮记》六部,其中《散家财天赐老生儿》着力宣扬因果报应思想,但在佛教生活图景描写上着墨不多。另外,关汉卿的《山神庙裴度还带》,郑廷玉的《看钱奴买冤家债主》,无名氏的《崔府君断冤家债主》,虽有佛教成分,但道教成分也不少,不是单纯的佛教剧。元杂剧中的佛教剧所反映的佛教生活几乎与藏传佛教无关,虽然现存剧本中偶尔出现"活佛"之称谓,但未见

---

[1] 中国戏剧研究院编:《中国古典戏曲论著集成》第3册,中国戏剧出版社1959年版,第24页。
[2] 王汉民:《全真教与元代的神仙道化戏》,《世界宗教研究》2004年第1期。

一个元代地位显赫的帝师的身影。在现实生活中,藏传佛教主要在元皇室活动,皇室的佛事活动虽然非常频繁,但法事、咒语、经书"名目"不使用汉语,与汉地民间接触较少,因此藏传佛教没有成为元杂剧作家的描写对象。

受佛道思想的影响,度脱和隐逸是元代戏曲的重要表现内容。元代的度脱戏曲有以下几种:马致远《吕洞宾三醉岳阳楼》《马丹阳三度任风子》《邯郸道省悟黄粱梦》、谷子敬《吕洞宾三度城南柳》、岳伯川《吕洞宾度铁拐李岳》、史樟(史九敬先)《老庄周一枕蝴蝶梦》、范康《陈季卿悟道竹叶舟》、杨讷《马丹阳度脱刘行首》、贾仲明《吕洞宾桃柳升仙梦》《铁拐李度金童玉女》、无名氏《瘸李岳诗酒玩江亭》、无名氏《汉钟离度脱蓝采和》。元代神仙道化戏在人物形象、语言风格以及所表现的禁欲思想和厌世情绪上均受到了全真教的影响,构成了中国宗教史上一道罕见的文化奇观。道教的主旨是让人在修道升仙的幻想中,达到对生命的超越,以清静无为为宗,以虚明应物为用。很多神仙道化剧都是演述度脱故事,演绎世人孜孜以求的功名利禄和贪恋的酒色财气都是空幻,人生如梦一场,现实就是苦闷、是烦恼,只有得道成仙才能解脱。很多演述度脱故事的神仙剧都带上了元代文人的隐逸色彩,如王子一的《刘晨阮肇误入桃源》、郑廷玉的《布袋和尚忍字记》和范子安的《陈季卿悟道竹叶舟》,我们均可从中看到非常明显的隐居避世思想。

马致远以写神仙道化剧而著称。在其现存的七部作品中,有五部是神仙道化剧,以至于有"万花丛中马神仙"[①]之称。马致远早年追求功名,虽有作栋梁材的抱负,但郁郁不得志,中年过着"酒中仙""风月主"的狂放生活,晚年又做了"林间友""尘外客"的隐士,避世以寻超脱成为他宗教剧的一个主要特征。如《马丹阳三度任风子》,讲述道士马丹阳度脱甘河镇屠户任风子得道成仙的故事。任风子看到尘世只是苦难和无奈,选择了离开尘世,走向方外,从此遵师嘱,每日担水浇畦,锄苗种菜,栽柳种菊,一心诵经修道。任风子经过马丹阳一番度化,度过"酒色财气,人我是非"之关,终于修成正果。当然,作者笔下的神仙生活也是隐居避世的隐士生活,神仙并非不食人间烟火的神灵,而是读老庄书,吃淡饭清

---

① (明)贾仲明:《凌波仙》吊词,(元)钟嗣成:《录鬼簿》,明抄本。

茶,欣赏野水溪桥,乐山怡水,无拘无束,自由逍遥。戏剧描绘的自种自足的人间隐士,实则借着道家仙境,表现文人隐士的思想意识和生活情趣,描绘的是一种远离尘嚣、宁静安逸的世外生活。只有高标出世,超然物外,才能自适于丘壑林泉,才能真正得到精神的放松与心灵的惬意。《太华山陈抟高卧》剧中的陈抟,"把富贵做浮云可比",是一个"乐琴书林下客,绝宠辱中山相。推开名利关,摘脱英雄网,高打起南山吊窗。常则是烟雨外种莲花,云台上看仙掌"的真隐士。①马致远通过陈抟之口描绘了隐居修仙之乐:"卧一榻清风,看一轮明月,盖一片白云,枕一块顽石,直睡的陵迁谷变,石烂松枯,斗转星移。"②融合了道家的无为和佛家的空寂,投身于自然大化,展示了逍遥、自在、闲适、散淡、清高的文人个性。贺昌群曾这样评价:"元曲作家,因为受了环境的影响,对于时局自然表示不满,却因着作者的个性和处境关系,有的就看透一切,蔽屣富贵,恬淡散朗,不慕荣利,如马东篱辈,他们的文章,放诞风流,典雅清丽,读之令人有出尘之想。"③

佛教戏曲本来就少,以度脱为主的是李寿卿的《临歧柳》和郑廷玉的《忍字记》。

《临歧柳》或称《度柳翠》。今存《元曲选》本、《柳枝集》本,题目正名作"显孝寺主诵金经,月明和尚度柳翠";息机子《元人杂剧选》本,题目正名作"风光独占出墙花,月明和尚度柳翠"。剧写观音菩萨净瓶内杨柳枝叶偶染微尘,罚往人世,在杭州化作风尘艺妓,名为柳翠。三十年后,填满宿债。观音令第三十六尊罗汉月明尊者点化柳翠。在显孝寺中,罗汉月明所化和尚劝她出家,柳翠不肯,和尚点破其梦中所思,但柳翠留恋红尘,月明罗汉再次度化,让她在梦中被阎神追杀,柳翠方始惊醒,情愿出家。随后圆寂坐化,跟随月明返归南海,面聆观音教诲,返本还元,同登佛会。剧情与道教同名度脱剧情节颇为相似,但演述的是佛教故事。青木正儿赞道:"这虽然就是马致远喜欢作的那类度脱剧,但是两相比较,则马致远取材于道教,此则取材于佛教。元曲中取材于佛教的作品很

---

① 王季思:《全元戏曲》第二卷,人民文学出版社1990年版,第20~21页。
② 王季思:《全元戏曲》第二卷,人民文学出版社1990年版,第15~16页。
③ 贺昌群:《贺昌群文集》第二卷,商务印书馆2003年版,第744页。

少，和取材于道教的作品相比，实在是寥寥无几，《度柳翠》和郑廷玉的《忍字记》都是罕见的例。此剧结构既自然，曲和白也都好。曲词随处插入月与柳的缘语以说法，极其巧妙。应当算是元曲杰作之一。"①

《忍字记》，今存息机子《古今杂剧选》本、《元曲选》本，题目正名均作"乞儿点化看钱奴，布袋和尚忍字记"。剧写灵山会上，第十三尊罗汉不听如来讲经说法，一念思凡，被罚往汴梁投胎，便是刘均佐。佛祖又差弥勒尊佛化作布袋和尚前去点化。刘均佐乃汴梁第一富户，但却是典型的"看钱奴"，"若使一贯钱呵，便是挑我身上肉一般……我平日不是个慈悲人"。身为凤翔府岳林寺住持的布袋和尚前去度他出家，被断然拒绝。生日那天，布袋和尚来此化斋，并向刘均佐传大乘佛法，刘均佐舍不得用纸，布袋和尚在他手掌写一"忍"字，洗之不去。由伏虎禅师幻化的乞丐刘九儿来乞讨，讨要一贯钱，刘均佐吝啬至极，不仅一文不给，还与对方发生争执，推了刘九儿一掌，致其毙命。正惊惧间，布袋和尚前来救活刘九儿，劝刘均佐出家。有命案在身的刘均佐被迫答应出家，但他难舍妻儿，反悔说："师父可怜见，我怎生便舍的这家业田产、娇妻幼子？您徒弟则在后园结一草庵，在家出家。"刘均佐在后园结庵，焚香念佛，每日三顿素斋，成了"草庵中无忧无虑的僧家"。一日，正静坐听儿子说起妻与人做伴饮酒，便操刀捉奸。布袋和尚见之，让他忍着，并休妻出子出家。刘均佐随往岳林山出家，但又总牵挂妻子家产，"争奈万贯家缘，娇妻幼子，无人掌管"，一心要回汴梁还俗。路过自家坟地，见儿子已是八旬老者，正进退无门，布袋和尚出现，指点刘均佐原为罗汉，其妻子儿女乃骊山老母及金童玉女所化。刘均佐感叹道："不争俺这一回还了俗，却原来倒做了佛。想当初出家本为逃灾祸，又谁知在家也得成正果。"从此幡然醒悟，一心向佛，返本朝元，永为罗汉。佛教有"无生法忍"，此剧宣扬"忍"字，意谓浮生尽若梦幻，凡事皆须容忍。②

几乎所有元杂剧演述的度脱故事，均是度脱者对世俗生活的否定和被度脱者对世俗生活的留恋构成了戏曲冲突，都有隐逸特色，或多或少反映

---

① 〔日〕青正正儿著，隋树森译：《元人杂剧概说》，中国戏剧出版社1957年版，第95页。
② 王学奇主编：《元曲选校注》第3册，河北教育出版社1994年版，第2688~2736页。

着文人对叹世、遁世的崇尚。王子一的《刘晨阮肇误入桃源》，演述汉代天台人刘晨、阮肇鉴于天下大乱，不愿为官，进山采药，在太白金星指引下进入桃源洞，与天台二仙女结为夫妻的故事。二人在洞中居住一年，一年后，尘缘未断，思乡心切。等到他们出山回到家中，才发现儿子早已亡故，孙子都已老大，遂感叹："山中方七日，世上已千年，信有之也。"于是幡然醒悟，回到桃源，与两位仙女同赴蓬莱。仙界是美好的、清静的、永恒的，是人生的理想归宿。桃源仙境是桃花流水、佳肴美姬、宁静幽美的温柔富贵之乡。这种仙界幻境自然是文人向往的脱俗、清幽、自足的亦醒亦醉的隐士乐园。对此，余秋雨先生说得很透彻："神仙道化剧的作者首先不是从道教徒、佛教徒的立场来宣扬弘法度世的教义和方法的，而是从一个苦闷而清高的知识分子的立场来鄙视名利富贵、宣扬超然物外的人生态度的。"[1]元代宗教剧主要表现佛、道二教的内容，但剧作家不是为了宣扬宗教思想，表达宗教理念，描绘一个真正的僧人、居士或者虔诚的道徒，而是为了宣泄内心情感，给自身寻求一处精神的栖息地。

还有一点，道教里浪漫传奇的神仙故事也丰富了元杂剧的色彩和内容。如《李云卿得悟升真》《张天师明断辰钩月》《许真人拔宅飞升》等，有诸多搬演奇幻多端的道教科仪法术的情节，这对明清传奇戏曲有不少影响。明清传奇戏曲中依然存在道教各种斋醮科仪式，而且其浪漫、诡谲和传奇的表现手段也是从元代宗教戏曲中演化而来的。

周作人曾言："影响中国社会的力量最大的，不是孔子和老子，不是纯粹的文学，而是道教和通俗文学。"[2]这句话很有道理，中国戏曲是最大众的文艺，是具有最广大的群众基础和鲜明的民间化特征的文学艺术形式，来自民间，成长于民间，通俗易懂，百姓喜闻乐见。元代道教思想也表现出浓厚的世俗伦理色彩，更加通俗化，影响渗入社会生活的各个方面。《太上感应篇》曰："祸福无门，惟人自召，善恶之报，如影随形。"《阴骘文》曰："近报则在自己，远报则在儿孙。"这种观念和思想在中国民间很有影响。戏曲则把这种思想搬上舞台，往往是积善者遇难呈祥，不仅

---

[1] 余秋雨：《中国戏剧文化史述》，湖南人民出版社1985年版，第168页。
[2] 周作人：《中国新文学源流》，华东师范大学出版社1995年版，第5页。

能功名富贵到手,且能世代仕禄、子嗣绵延、福寿双全,甚至最后升天成佛、得道成仙;作恶者则夭寿乏嗣,还要堕入地狱中饱受煎熬。

元无名氏杂剧《施仁义刘弘嫁婢》中的洛阳巨富刘弘,一生有两大缺憾,一者夭寿,二者乏嗣,太白金星特地下凡嘱咐他"婚姻死葬,邻保相助,行好事,积阴功"。于是他马上执行,关典铺,散资财,葬旧友,养遗孤,嫁婢女,终于感动神明,为他增寿赐子。神明道:"则为你积功累行阴功厚,希德施恩神天佑。则为你行尽仁义礼智信,今日个保全你那妻财子禄寿。"

无名氏《冤家债主》,今存《元刊杂剧三十种》本、明赵琦美脉望馆钞校本、《元曲选》本。晋州张善友一生所积银两被赵廷玉偷去,其妻却赖下僧人寄存银两。其后,张有二子,长子早起晚眠,持家勤俭,次子则吃酒赌钱,败坏家业。继之,善友之妻以及二子先后死去,善友不忿,怨恨神明不公。其后,梦游地府,得见妻、子,始知长子乃是偷其钱者赵廷玉转世,特来还债,故能勤俭持家;次子乃僧人脱生,特来索债,因而败坏家业。善友恍然醒悟,并告诫世人"再休提世上无恩怨,须信道空中有鬼神。总不如安贫,落一个身困心不困"。全剧意在宣扬佛教善恶报应之说,颇为直露,连善友二子名字都是"乞僧""福僧"之类。

南戏《赵贞女蔡二郎》,述蔡二郎新婚未久即离家应举,他的妻子赵贞女节衣缩食奉养翁姑。二老死后贫无以葬,赵贞女以罗裙包土,亲筑坟茔。而蔡二郎却在得到高官厚禄之后,背弃父母,抛弃糟糠妻子,于是被暴雷震死,这是神灵显威,对负义之人的报应。到元高明《琵琶记》里,蔡老员外夫妇相继去世后,赵五娘也是罗裙包土、血流满指为公婆筑造坟台,孝心感动上苍,得阴兵相助筑成坟台,得以葬公婆。不过《琵琶记》的结局是夫妻团聚,回到老家和睦生活,后来一起出家获证佛果。

元代戏曲中这种谈因果、寓劝惩、扬善惩恶的教化作用影响深远,对明代戏曲和明代的拟话本都有很大影响。明代戏曲中,《灌园叟晚逢仙女》借助神仙信仰扶弱锄强,《闹阴司司马貌断狱》借助冥府阎君为读书人鸣不平,《游酆都胡母迪吟诗》对科举弊病进行鞭挞。小说家则将其故事化、形象化,写善人得道成仙以劝善,恶人阴谴冥诛以惩恶。神灵鬼怪、花妖狐魅、异域仙境、阴曹地府虽不断出现,但其最终目的并非宣扬宗教，而在于现实人生。人们都有惩恶扬善的良好愿望，但现实社会并不总能满足人们的这一愿望，佛道观念以其虚幻的方式使这一愿望得到实现，因而就被小说家所广泛使用。

受佛教影响，许多戏剧中被度脱者常常是以坐化的方式彻底解脱而升入佛国天堂，如《度柳翠》"柳翠在东廊下坐化了也"，《猿听经》"袁秀才坐化归空去了"。观众普遍有善有善报、恶有恶报和喜欢大团圆的心理，戏剧往往也如此结局，甚至是一些历史中已然载入史册、所共知的历史事实，剧作家也要在剧中让冤死之人死而复生、转生于忠良之家或死后复仇，让被拆散的有情人死后异化为美善形象如比翼鸟、连理枝、双飞蝶、并蒂花等再续前缘，让落难善良公子得好报、薄情负心汉遭报应，从中能看到佛教道教善恶报应思想的影响。中国古代的戏剧，多写阴阳二界，以今生来世的遭遇作为戏剧故事情节的基本框架，以"始于穷困泣别"开场，以"终于团圆宴笑"收煞。中国古代戏剧中，悲剧少于悲喜剧和喜剧，常以英雄永生为结局。

元杂剧中的佛教剧虽然大多以张扬宗教教义为主旨，而且"布道"的热情较高，但多数剧作在"布道"时并非板着面孔说教，而是刻意追求娱乐性，特别是喜剧效果。其中有些剧目，如《花间四友东坡梦》《度柳翠》《观音菩萨鱼篮记》等甚至采用了类似今天的"戏说"手法来刻画人所共知的著名僧侣或神灵。元代佛教剧的剧情多数具有神奇怪诞、不可预料的特点。其以疯、癫、狂之僧人形象制造喜剧效果的手法也被明清戏曲所继承，使明清两代的佛教剧同样具有很强的游戏性，其中的僧人大多具有醉、癫、狂、疯、痴的喜剧性格。

中国古代有深厚的宗教文化土壤，佛教与道教是中国传统文化的重要构成部分。植根于这一土壤的戏曲与宗教有着千丝万缕的联系。戏曲的孕育与宗教的发生发展相伴随，戏曲成熟并繁荣于中国佛教和道教加速向民间普及的封建社会后期，包含着惊人想象力的宗教故事和奇特的宗教人物形象为戏曲创作提供了丰富的题材和艺术智慧。同时，这些作品以佛道哲理来解释人生，宗教色彩比较浓厚，但与直接宣扬宗教教义的宣传品又有所不同。首先，作者的出发点是现实人生，劝诫世人抛却恩怨、荣华富贵、功名利禄，以进入到无拘无束、无挂无碍的自由境界，这是人生的一种理想。其次，这些作品都反映了比较真实的世态人情，表现了比较丰富的社会生活，而不仅仅是枯燥抽象的说理。再次，小说中的人物形象也较鲜明，情节比较曲折，有些作品的人物形象可以说塑造得十分成功。

当然，将佛道哲理作为创作的主旨，并不等于作者已看破红尘，遁入空门。假若真是如此，作者也就没有必要费尽心血、殚精竭虑地去进行创作了。实际上，他们比任何人都更为关心现实，关心人生。只是面对变幻不定的人生现实，他们找不到一种合乎理性的解释，于是遁入宗教的哲理中去寻找答案，使自身获得解脱。这或许就是众多的戏剧作家、小说家要在创作中借助佛道文化的原因。

元代戏曲主要是受佛教和道教的影响比较大，不过其他宗教的影响也不容小觑。我们知道，萨满教祭祀主持者萨满，介于人神之间，一般善歌能舞，娱神医人。在举行萨满仪典即跳神的时候，常用的乐器主要是萨满鼓，有一种说法是因神灵喜欢鼓声，敲鼓是为了聚神。萨满鼓不仅是萨满教中的法器，也是萨满音乐的主要伴奏乐器。萨满在跳神中表现神鬼天人喜怒哀乐场面的热烈、阴森、欢腾、恐怖均离不开鼓点的渲染和烘托。萨满教是蒙古族和不少西域少数民族所信仰的古老宗教，其宗教音乐与舞蹈历史悠久，别有情趣，自然会对元杂剧的舞蹈和音乐带来影响。吴莱在《北方巫者降神歌》中描写道："天深洞房月漆黑，巫女击鼓唱歌发。高梁铁镫悬半空，塞向墐户迹不通。酒肉滂沱静几席，筝琶朋揩凄霜风。"[1]萨满在作法时，除了以萨满鼓来伴奏之外，还用筝和琵琶这两种拨奏乐器。虽然目前无从考证元杂剧演出时使用乐器的情况，但从杨富斗先生《山西运城西里庄元代壁画墓》一文[2]、山西洪洞县水神庙明应王殿元代戏曲壁画"大行散乐忠都秀在此作场"，可知元杂剧的乐器里至少有鼓、笛、象板、琵琶等。元无名氏杂剧《蓝采和》第四折"持着些枪刀剑戟，锣板和鼓笛"，也可为旁证。

戏者，戏之耳，是为共识。中国的正统文化观念历来崇尚雅正，一直

---

[1] 《全元诗》第40册，第17~18页。
[2] 孙进己、苏天钧、孙海等编：《中国考古集成》（华北卷·金元二），哈尔滨出版社1986年版，第990页。

视戏剧为不登大雅之堂的小道。胡应麟《庄岳委谈》云:"俳优杂剧,不过以供一笑……非雅士所留意也,宋世亦然。"①元代社会巨变,戏剧地位才有所改变并臻于成熟繁荣。卢前先生曾云:"中国戏剧史是一粒橄榄,两头是尖的。宋以前说的是戏,皮黄以下说的也是戏,而中间饱满的一部分是'曲的历程'。"②元代戏曲兴起且繁荣,完成了中国戏剧独特的结构体制,不仅引领一代之文学,而且领风骚数百年。

元代戏曲也影响了明清小说创作。明清小说出现主动利用、模拟戏曲的现象。不仅以《水浒传》《三国演义》《西游记》为代表的世代累积型小说吸纳、整合了同一故事系统中戏曲的开拓成果,《金瓶梅》《红楼梦》等个人独创型的小说也主动、有意地模拟着戏曲的题材、人物、情节及形制因素等。

---

① (明)胡应麟:《少室山房笔丛》,上海书店出版社2009年版,第425页。
② 卢前:《卢前曲学论著三种》,商务印书馆2017年版,第142页。

第三节　元曲雅俗共赏的文化阐释

　　元散曲和杂剧同称为"元曲"。元曲极具生命力，清代曲家徐大椿在《乐府传声·元曲家门》中说："若其体则全与诗词各别，取直而不取曲，取俚而不取文，取显而不取隐。盖此乃述古人之语，使愚夫愚妇共见共闻，非文人学士自吟自咏之作也……总之，因人而施，口吻极似，正所谓本色之至也。此元人作曲之家门也。"①指出了元曲生动活泼、通俗质朴、明白如话的一面，称之为"本色"。但元曲不只有俗的一面，也有雅的一面，如世人之所以对那首〔越调·天净沙〕《秋思》赞叹不已，正是因其清雅有致，雅俗共赏。元曲并不乏文采，文学史研究界将元曲定性为中国俗文学艺术范畴，郑振铎《中国俗文学史》自然把元曲纳入。

　　任何一种艺术必须有俗趣而不失雅致，通俗而不庸俗，才是艺术。②周德卿《中原音韵》概括元曲特点为"造语必俊，用字必熟，太文则迂，不文则俗；文而不文，俗而不俗，要耸观，又耸听"③，乃是侧重元曲之本色。元曲文而不迂，俗非卑俗，不同于街巷俚歌，常熔铸诗词入曲，通俗中又不乏辞采。因而，要谈元曲，离不开雅、俗两个方面。俗是元曲的本色，雅是元曲的另一面，就如同人有风趣幽默的一面，也会有严肃认真的一面。

　　在元统治中国之前，北方已经历了契丹建立的辽、女真族统治的金。元曲的率真自然，深受北方草原游牧民族的生活习俗、文化特质以及音乐与民歌等的影响。蒙古族及北方其他游牧民族的歌舞音乐，不仅丰富了元杂剧的歌舞表演，而且还丰富充实了杂剧的曲牌。宋曾敏行《独醒杂志》

---

① （清）徐大椿著，吴同宾、李光译注：《乐府传声译注》，中国戏剧出版社1982年版，第14~15页。
② 秦学人、侯作卿编著：《中国古典编剧理论资料汇辑》，中国戏剧出版社1984年版，第340~341页。
③ 中国戏剧研究院编：《中国古典戏曲论著集成》第1册，中国戏剧出版社1959年版，第232页。

卷五说:"先君尝言:宣和末客京师,街巷鄙人,多歌蕃曲,名曰〔异国朝〕〔四国朝〕〔六国朝〕〔蛮牌序〕〔蓬蓬花〕等,其言至俚,一时士大夫亦皆歌之。"[1]这里所说的"蕃曲",就是北方少数民族歌曲。这些早在北宋末年就已为汉族人民所喜爱传唱的歌曲,自然也会被元曲创作吸收。比如杂剧中的〔者剌古〕〔阿纳忽〕〔古都白〕〔唐兀歹〕〔阿忽令〕〔拙鲁速〕〔浪来里〕等曲子都是来自女真或蒙古之曲。以宋元以来的俗谣俚曲为基础,将契丹、女真、蒙古等族的武夫马上之歌与中原地区的民间小调融汇在一起所创造的,以中原乐系为主,融合契丹、女真、蒙古族诸乐的曲子,即北曲。其声调慷慨激越、质朴浅切、刚劲豪健,曲辞大众化、口语化、通俗化,并且宜于咏歌。

王世贞《曲藻序》:"曲者,词之变。自金、元入主中国,所用胡乐,嘈杂凄紧,缓急之间,词不能按,乃更为新声以媚之。……但大江以北,渐染胡语,时时采入,而沈约四声遂阙其一。东南之士未尽顾曲之周郎,逢掖之间,又稀辨拙之王应。稍稍复变新体,号为南曲。高拭则成,遂掩前后。大抵北主劲切雄丽,南主清峭柔远,虽本才情,务谐俚俗。"[2]这里比较北曲与南曲,说北曲主"劲切雄丽",南曲主"清峭柔远",总结出北曲"嘈杂凄紧"的特点。接着又总结南北曲之不同:"凡曲:北字多而调促,促处见筋;南字少而调缓,缓处见眼。北则辞情多而声情少,南则辞情少而声情多。北力在弦,南力在板。北宜和歌,南宜独奏。北气易粗,南气易弱。此吾论曲三昧语。"[3]王骥德《曲律》出指明了北曲的特点:"曲,乐之支也。自《康衢》《击壤》《黄泽》《白云》以降,于是《越人》《易水》《大风》《瓠子》之歌继作,声渐靡矣。乐府之名,昉于西汉。……入元而益漫衍其制,栉调比声,北曲遂擅盛一代;顾未免滞于弦索,且多染胡语,其声近噍以杀,南人不习也。迨季世入我明,又变而为南曲,婉丽

---

[1] 王国维:《宋元戏曲史》,中国书籍出版社 2020 年版,第 79 页。
[2] 中国戏剧研究院编:《中国古典戏曲论著集成》第 4 册,中国戏剧出版社 1959 年版,第 25 页。
[3] (明)王世贞:《曲藻》,中国戏剧研究院编:《中国古典戏曲论著集成》第 4 册,中国戏剧出版社 1959 年版,第 27 页。

妩媚，一唱三叹，于是美善兼至，极声调之致。"①

元曲是从北方民间兴起的新声，不仅给中原音乐带来了新的生气和活力，而且其质朴浅切的语言为各族人民所喜闻乐见，非常宜于元代大众群体所接受。

随着女真、蒙古等北方民族进入中原，兴起于北方的元曲，必然会吸收少数民族的歌谣俚曲。在蒙古族统治者那里，并无对民歌、小曲、戏曲的轻视与偏见，且北方草原民族一向以豪放、粗犷、坦诚、勇毅而著称，元曲的特点突出表现了草原文化那种辞采豪壮、淋漓畅快、声调铿锵、遒劲朴质、率真阳刚的文化特质。可以说元曲的那些本色自然、淋漓酣畅、高亢激越的作品必然受到了北方草原游牧文化的熏染。

王国维先生说："元曲之佳处何在？一言以蔽之，曰：自然而已矣。古今之大文学，无不以自然胜，而莫著于元曲。……故谓元曲为中国最自然之文学，无不可也。若其文字之自然，则又为其必然之结果，抑其次也。"又说："凡一代有一代之文学：楚之骚，汉之赋，六朝之骈语，唐之诗，宋之词，元之曲，皆所谓一代之文学，而后世莫能继焉者也。独元人之曲，为时既近，托体稍卑，故两朝史志与四库集部均不著于录；后世儒硕，皆鄙弃不复道。而为此学者，大率不学之徒。"②无论是自然还是"托体稍卑"，均指出了元曲和传统诗词风格上最大的不同，即率真自然、通俗质朴、活泼灵动、辛辣诙谐，全然不避俚俗。钟嗣成《录鬼簿序》称："若夫高尚之士，性理之学，以为得罪于圣门者，吾党且唉蛤蜊，别与知味者道！"③元曲以酣畅淋漓如烈酒的曲风，让人感觉到绝然不同于诗词之端庄典雅的美。

元代文人尚曲，曲家辈出，如黄正位《阳春奏》凡例所言："盖元时善曲藻者，不下数百家，而所称绝伦，独马东篱、白仁甫、关汉卿、乔梦

---

① 中国戏剧研究院编：《中国古典戏曲论著集成》第4册，中国戏剧出版社1959年版，第55页。
② 王国维：《宋元戏曲考》，《王国维戏曲论文集》，中国戏剧出版社1984年版，第85页。
③ （元）钟嗣成著，王钢校订：《校订录鬼簿三种》，中州古籍出版社1991年版，第55页。

符、李寿卿、罗贯中诸臣而已。"①我们先看一下北曲名家。《艺概》卷四："北曲名家，不可胜举，如白仁甫、贯酸斋、马东篱、王和卿、关汉卿、张小山、乔梦符、郑德辉、宫大用，其尤者也。诸家虽未开南曲之体，然南曲正当得其神味。观彼所制，圆溜潇洒，缠绵蕴藉，于此事固若有别材也。"②《四友斋丛说》："元人乐府，称马东篱、郑德辉、关汉卿、白仁甫为四大家。马之辞老健而乏滋媚，关之辞激厉而少蕴藉，白颇简淡，所欠者俊语，当以郑为第一。"③徐渭《南词叙录》："南易制，罕妙曲；北难制，乃有佳者。何也？宋时，名家未肯留心。入元又尚北，如马、贯、王、白、虞、宋诸公，皆北词手。国朝虽尚南，而学者方陋，是以南不逮北。"④可见北曲名家亦以北方文人为主。

以俚俗见长（但又不拘泥于此）的元曲作家不少。关汉卿的散曲作品不算很多，《全元散曲》录其流传下来的小令五十七首、套数十三套、残套数两套。贯云石说关汉卿的散曲"造语妖娇，却如小女临杯，使人不忍对觞"⑤。关汉卿对生活有热情和激情，对世事有洞察力。他的散曲豪爽而不失老辣，常常以诙谐语讽古咏今，语言以质朴为主，但也不失活泼灵动、豪放风趣。比如他写男女恋情的作品，多写离别与相思，尖新流丽。如〔南吕·四块玉〕《别情》："自送别，心难舍，一点相思几时绝。凭阑袖拂杨花雪。溪又斜，山又遮，人去也。"⑥用代言体写离别相思之苦，语淡而情浓，婉转而韵味悠长。再如〔双调·人德歌〕《夏》："俏冤家，在天涯，偏那里绿杨堪系马！困坐南窗下，数对清风想念他。蛾眉淡了教谁画？瘦岩岩羞带石榴花。"⑦这支曲子写少妇对远方情人的思念、猜疑和抱怨，大胆泼辣又俏皮风趣，借鉴俗谣俚曲，深情婉转，纯是儿女风情，哪里还见

---

① 蔡毅：《中国古典戏曲序跋汇编》，齐鲁书社1989年版，第425页。
② 中国戏曲研究院编：《中国古典戏曲论著集成》第9册，中国戏剧出版社1959年版，第116页。
③ （明）何良俊：《四友斋丛说》卷三七，明万历七年刻本。
④ 程炳达、王卫民：《中国历代曲论释评》，民族出版社2000年版，第110页。
⑤ （元）贯云石：《阳春白雪序》，（元）杨朝英：《阳春白雪》卷首，清抄本。
⑥ 《全元散曲》，第156页。
⑦ 《全元散曲》，第166页。

得到中原礼教三从四德的影响？元代文人在写男欢女爱的香奁艳作之类曲子时多不顾俚俗，要多大胆就有多大胆。如贯云石的〔中吕·红绣鞋〕《欢情》："挨着靠着云窗同坐，偎着抱着月枕双歌。听着数着愁着怕着早四更过。四更过情未足，情未足夜如梭。天哪，更闰一更儿妨甚么！"①又如王和卿〔中吕·阳春曲〕《题情》："情粘骨髓难揩洗，病在膏肓怎疗治？相思何日会佳期？我共你，相见一般医。"②

他们写闲适情怀的作品，闲适中其实都深寓着激情，具有深刻的社会批判意义。如关汉卿〔南吕·四块玉〕《闲适》："南亩耕，东山卧，世态人情经历过。闲将往事思量过。贤的是他，愚的是我，争什么！"③中国的传统文人都有济世理想，元曲作者其实也不例外。但面对黑白颠倒、贤愚错位的现实，那些卑鄙而有权位的人都以贤者自居，你又有什么办法呢？所以这里的极旷达之语，也是极愤激之语。

关汉卿散曲的代表作，是他自画像又自赞自嘲式的作品〔南吕·一枝花〕《不伏老》："攀出墙朵朵花，折临路枝枝柳。花攀红蕊嫩，柳折翠条柔。浪子风流。凭着我折柳攀花手，直煞得花残柳败休。半生里折柳攀花，一世里眠花卧柳。"④这套曲子不仅是关汉卿的代表作，也是元散曲的名篇。曲中以第一人称"我"直接出面，以通俗、诙谐、酣畅、滔滔若江河奔泻的语言，自我介绍，自我赞赏，自我调侃，从而塑造了一个特殊环境中的特殊人物。整套曲子都在夸赞"浪子风流"，这其中蕴含着深刻的思想和文化意义。首先，它是市民化了的知识分子对于传统道德观念和道德评判标准的反叛；其次，它是以一种玩世不恭的形式，来表示对黑暗统治的反抗。

元初北方曲家王和卿，《全元散曲》录其小令二十一首、套数一套、残套数两套。他滑稽挑达的性格在散曲作品中表现得很充分，也成为他作品的风格。〔仙吕·醉中天〕《咏大蝴蝶》是突出地表现他这种性格的一首曲子：

---

① 《全元散曲》，第363~364页。
② 《全元散曲》，第43页。
③ 《全元散曲》，第157页。
④ 《全元散曲》，第172页。

挣破庄周梦，两翅架东风。三百座名园，一采一个空。难道风流种，唬杀寻芳的蜜蜂。轻轻飞动，把卖花人扇过桥东。①

《徐氏笔精》卷五记载："元王和卿与关汉卿，俱以北调相高。偶见大蝴蝶飞过，和卿赋云：'弹破庄周梦，两翅架东风。三百座名园，一采一个空。谁道风流种，唬杀寻芳的蜜蜂。轻轻飞动，把卖花人，扇过桥东。'汉卿遂罢咏。和卿此词，妙处全在结语。然宋谢无逸《蝴蝶》诗云：'江天春暖晚风细，相逐卖花人过桥。'时有'谢蝴蝶'之称。和卿袭其意耳。"② 今人认为，曲中的"大蝴蝶"具有比喻和象征意义，但这比喻和象征的是什么，却不甚明了。有人说这"大蝴蝶"是给任意污辱妇女的"花花太岁"式权贵人物画像。元代的曲家多采用滑稽的方式发泄心中的愤懑，表现自己的玩世不恭。王和卿就是这样，他还有一首同样荒诞的作品〔双调·拨不断〕《大鱼》：

　　胜神鳌，夯风涛，脊梁上轻负着蓬莱岛。万里夕阳锦背高，翻身犹恨东洋小。太公怎钓？③

《列子·汤问》说在渤海之东，有蓬莱等五座神山，随波涛上下往还。天帝担心它们流失，遂命十五只巨鳌分班轮流顶住。王和卿写的这条大鱼，比这巨鳌不知要大多少了。这篇作品，应该是文人放浪形骸、恣意任诞和无拘无束生活的自况。

　　元曲正是以它自然而不造作取胜，俗语、市井语、北方少数民族语、戏谑调侃之语往往揉入曲中。杜仁杰〔般涉调·耍孩儿〕《庄家不识勾栏》〔尾〕："则被一胞尿，爆的我没奈何。刚捱刚忍更待看些儿个，枉被这驴

---

① 《全元散曲》，第41页。
② （明）徐𤊨：《徐氏笔精》卷六，明崇祯五年刻本。
③ 《全元散曲》，第45页。

颏笑杀我。"①极情尽致，形成酣畅淋漓、明快显豁的风格，赢得了市民和文人的喜爱。王骥德《曲律·杂论下》称："晋人言丝不如竹，竹不如肉，以为渐近自然。吾谓诗不如词，词不如曲，故是渐近人情。"②此言不虚，近人情才是元曲之独特魅力。

李渔《闲情偶寄·贵显浅》："曲文之词采，与诗文之词采，非但不同，且要判然相反。何也？诗文之词采贵典雅而贱粗俗，宜蕴藉而忌分明。词曲不然，话则本之街谈巷议，事则取其直说明言。凡读传奇而有令人费解，或初阅不见其佳，深思而后得其意之所在者，便非绝妙好词，不问而知为今曲，非元曲也。元人非不读书，而所制之曲绝无一毫书本气，以其有书而不用，非当用而无书也，后人之曲，则满纸皆书矣。元人非不深心，而所填之词皆觉过于浅近，以其深而出之以浅，非借浅以文其不深也，后人之词，则心口皆深矣。"③元曲的浅俗也是由其本身的文体特征决定的。文章和诗词属于雅文学范畴，其读者群是读书人，故不怪其深。戏文和曲子的接受群体不仅是读书人，而且还有街巷市井的百姓，故贵浅俗。二者接受群体不同，故风格亦不同。

张养浩的散曲也是以本色语来写的。张养浩曾官监察御史，因上疏批评时政，触犯权要被罢官，后来又出任礼部尚书，参议中书省事。元英宗元宵节要在宫中张灯，张养浩上疏谏阻，英宗大怒。不久，张养浩辞官归隐。元文宗天历二年（1329），关中大旱，张养浩特拜陕西行台中丞，后忧劳成疾，死于任上。在赴陕西的途中，他写下了著名的〔山坡羊〕《潼关怀古》。张养浩有散曲集《云庄休居自适小乐府》，存小令一百六十一首、套数两套。张养浩是一位深切关怀民生疾苦、具有社会责任感的曲家，现存散曲多作于他罢官休居之后。虽然他退出了官场，但一个关心现实社会的有责任感的士大夫不可能对现实视若无睹，回首官场中的尔诈我虞、风波惊险，他有万千感慨。因而，他后期曲风更加沉郁豪放，更能揭

---

① 《全元散曲》，第32页。
② 中国戏曲研究院编：《中国古典戏曲论著集成》第4册，中国戏剧出版社1959年版，第160页。
③ （清）李渔：《闲情偶寄》，《李渔全集》第3卷，浙江古籍出版社1991年版，第17~18页。

示官场之弊端，讽刺也更锐利。同时，他又怀想隐逸，想遁迹世外，也真挚赞美田园生活的平静闲适，语言比较质朴。他的怀古之作影响很大，特别是其中的〔中吕·山坡羊〕《潼关怀古》：

  峰峦如聚，波涛如怒，山河表里潼关路。望西都，意踌蹰，伤心秦汉经行处。宫阙万间都做了土。兴，百姓苦；亡，百姓苦。①

他的感怀没有停留在一个王朝的兴亡上，而是更深入一步。他见过在战乱中流离失所、家破人亡的百姓，当他把目光投向了社会底层，就揭示了一个带有普遍性的历史规律："兴，百姓苦；亡，百姓苦。"一针见血地指出了封建王朝与百姓利益的根本对立，使作品的思想价值升华到一个难能可贵的高度。这首小令的特点，是语言警策动人。所谓"警策"，是指精练扼要而含义深切动人。与马致远的〔天净沙〕《秋思》相比，两者各有胜处：《秋思》以意境韵味取胜；《潼关怀古》以警策动人取胜，也就是以深刻的议论取胜。《秋思》似唐人绝句，《潼关怀古》则像宋人小诗，各有风味。

  贯云石在《阳春白雪序》中称誉卢挚之曲"媚妩如仙女寻春，自然笑傲"②。但卢挚也有俚俗泼辣、诙谐幽默的作品，如其〔双调·沉醉东风〕《闲居》：

  恰离了绿水青山那答，早来到竹篱茅舍人家。野花路畔开，村酒槽头榨。直吃的欠欠答答。醉了山童不劝咱，白发上黄花乱插。③

全以自然通俗、明白晓畅的本色语来表达文人雅士淡然洒脱和追求惬意人生的情怀，不加雕饰而随意点染，干净爽利，平易顺畅。

  元曲有的俚俗活泼，诙谐泼辣，尖新刻露，崇尚趣味。这也是郑振铎《中国俗文学史》把元曲纳入俗文学的原因。元曲有市井味儿，有风尘味

---

① 《全元散曲》，第437页。
② （元）杨朝英：《阳春白雪》卷首，清抄本。
③ 《全元散曲》，第113页。

儿，有诙谐味儿，有泼辣粗朴味儿，无论是讽刺世态炎凉，还是嘲弄历史、歌颂隐逸、写男女恋情，都可以把这种风格发挥到雅俗共赏的水平。

元曲雅俗共赏，因而，元代文人对曲青睐有加。元代文人赏曲、写曲如宋代文人写词、听词一样，也是文人雅趣生活的重要内容之一。"文人需要赏曲，曲也需要文人。赏曲是文人们雅趣生活的重要内容，诗酒雅会，不能没有妓乐，一曲清词酒一杯，又可逞才较艺。这是文人生活所不可少、无可取代的。和历代文人一样，元代文人也追求雅趣生活。或竹间林下，或池馆胜处。古器瑶琴，左图右史。但无妓乐，便落寞无趣。"①就连虞集这样的文坛宗师参加宴饮活动时也一样是听曲作词：

> 虞邵庵先生集在翰苑时，宴散散学士家。歌儿郭氏顺时秀者，唱今乐府。其《折桂令》起句云"博山铜细袅香风"，一句而两韵，名曰短柱，极不易作。先生爱其新奇，席上偶谈蜀汉事，因命纸笔，亦赋一曲曰："鸾舆三顾茅庐，汉祚难扶。日暮桑榆，深渡南泸。长驱西蜀，力拒东吴。美乎周瑜妙术，悲夫关羽云殂。天数盈虚，造物乘除。问汝何如？早赋归与。"盖两字一韵，比之一句两韵者为尤难。先生之学问该博，虽一时娱戏，亦过人远矣。②

于此可见元代文人雅集聚会中饮酒、赏曲是必要的一个活动。赏曲能激发创作灵感和激情，写曲能展现才艺与巧思，也会给文人带来意想不到的名声。吴梅先生评曰："先生（虞集）文章道义，照耀千古，出其余绪，犹能工妙若此，洵乎天才不可多得也。此种短柱句法，自元迄今，和之者绝少，惟明徐天池《四声猿》中，曾一仿之，后不一见也。"③正是元代文人的热情参与，才推动了元曲创作的发展。

文人与歌妓交往很多是持欣赏的态度。夏庭芝作《青楼集》为歌妓立

---

① 查洪德：《元代文人的赏曲之风》，《武汉大学学报（人文科学版）》2016年第4期。
② （元）陶宗仪著，武克忠、尹贵友校点：《南村辍耕录》卷四，齐鲁书社2007年版，第55页。
③ 吴梅：《顾曲麈谈·中国戏曲概论》，上海古籍出版社2011年版，第89页。

传，他本人在文人中也具有极高的声望和人脉。《录鬼簿续编》记载："夏伯和，号雪蓑钓隐。松江人。乔木故家，一生黄金买笑，风流蕴藉。文章妍丽，乐府、隐语极多。有《青楼集》行于世。杨廉夫先生，其西宾也。世以孔北海、陈孟公拟之。"①元张仲深《题淞江夏伯和自怡悦斋》曰："高人税尘鞅，嗜此林麓居。空翠眩微旭，石气陵玄虚。淑景秘莫测，协风与之俱。燕坐澹忘虑，素怀亦自摅。外物岂我婴，内境默有愉。所以君子心，廓然弥八区。愿持济时术，与云同卷舒。起作邦家霖，坐见民物苏。穷固自怡悦，达使俱欢虞。作诗慰高人，此意将何如。"②夏庭芝乃风流洒脱的君子。张择《青楼集叙》：

《青楼集》者，纪南北诸伶之姓氏也。名以青楼者何？盖取秦少游之语也。记以诸伶者谁？吴淞夏君之集也。夏君伯和，文献故家。起宋历元，几二百余年，素富贵而土苴富贵也。方妙岁时，客有挟明雌亭侯之术而谓之曰："君神清气峻，飘飘然丹霄之鹤。厥一纪，东南兵扰，君值其厄，资产荡然。豫损之又损，其庶几乎！"伯和揽镜，自叹形色。凡寓公贫士，邻里细民，辄周急赡乏。遍交士大夫之贤者，慕孔北海，座客常满，尊酒不空，终日高会开宴，诸伶毕至。以故闻见博有，声誉益彰。无何，张氏据姑苏，军需征赋百出。昔之吝财豪户，破家剥床，目不堪睹。伯和优游衡茅，教子读书，幅巾筇杖，逍遥乎林麓之间，泊如也。追忆曩时诸伶姓氏而集焉。喜事者哂之，弗究经史而志米盐琐事。质之于颀老子，曰："贤哂其易易，竟弗究其所以然者。我圣元世皇御极，肇兴龙朔，混一文轨，乐典章，焕乎唐尧，若名臣方蹴，具载信史。兹记诸伶姓氏，一以见盛世芬华，元元同乐，再以见庸夫溺浊流之弊，遂有今日之大乱，厥志渊矣哉。《史》列伶官之传，侍儿有集，义倡司书，稗官小说，君子取焉。伯和记其贱者末者，后犹匪企及，况其硕氏巨贤乎？当察夫集外之

---

① 中国戏曲研究院编：《中国古典戏曲论著集成》第 2 册，中国戏剧出版社 1959 年版，第 285 页。
② （元）张仲深：《子渊诗集》卷一，《景印文渊阁四库全书》本。

意，不当求诸集中之名也。"①

元代出现了一个庞大的歌妓队伍，因此也促进了元曲的繁荣。夏庭芝对歌妓纯然是欣赏，而无亵玩之心。他同情歌妓的不幸遭遇，并不因她们社会地位低下而鄙视她们，而是以赞赏心态和忠实的文字记录她们的技艺。尤其是一些色艺超群、敏捷善于应对、有一定文化修养的歌妓，她们与元代社会上层的名公显宦、文人雅士的交往应酬也被记载下来。

来自民间的元曲，到了杨果、卢挚、姚燧、白朴、马致远、张养浩、乔吉、张可久等文人学士手中，就逐渐变得雅致起来。他们以其卓越的文学才华、以诗词的写法来写散曲，所以，曲风之酣畅逐渐变为典雅、清丽。卢前先生《饮虹曲话》称："江西诗派一祖三宗之说，余尝拟之于曲。东篱，一祖也；三宗，小山、梦符、希孟。豪放、端谨、清丽，为曲中三大派。《太和正音谱》乐府十五体，于豪放曰丹丘，希孟是也；于端谨曰江东，小山其前导；梦符则又开清丽之东吴。至于宗匠，不得不推东篱矣。"②以张可久、乔吉的散曲为例。《曲律》卷四称："李中麓序刻元乔梦符、张小山二家小令，以方唐之李、杜。夫李则实甫，杜则东篱，始当；乔、张盖长吉、义山之流。然乔多凡语，似又不如小山更胜也。"③许光治《江山风月谱散曲》自序云："张小山、乔梦符散曲，犹有前人规矩在，俪辞追乐府之工，散句撷宋唐之秀。"④刘熙载《艺概》卷四亦云："小山极长于小令，梦符虽颇作杂剧、散套，亦以小令为最长。两家固同一骚雅，不落俳语，惟张尤翛然独远耳。"⑤比如张可久的小令〔中吕·红绣鞋〕《次崔雪竹韵》："学孔子尝闻俎豆，羡严陵不事王侯，百尺云帆洞庭秋。醉呼元

---

① （元）夏庭芝著，孙崇涛、徐宏图笺注：《青楼集笺注》，中国戏剧出版社1990年版，第34~35页。
② 卢前：《卢前四种曲》，中华书局2006年版，第259页。
③ 中国戏曲研究院编：《中国古典戏曲论著集成》第4册，中国戏剧出版社1959年版，第156页。
④ 转引自卢前：《卢前曲学论著三种》，商务印书馆2017年版，第512页。
⑤ 李天纲、张安庆编：《海上文学百家文库·刘熙载卷》，上海文艺出版社2010年版，第82页。

亮酒，懒上仲宣楼，功名不挂口。"①周德清《中原音韵》以此曲为"定格"之一，称此曲"对偶、音律、语句、平仄俱好"，诚"知音杰作也"。②此曲联词对句骈俪工巧，用事、句法、词语都十分典雅、工丽，而且境界极淡雅浑厚。白朴是散曲大家，他的词受散曲的影响，而他的曲更有词的清雅流丽。如〔双调·沉醉东风〕《渔夫》："黄芦岸白蘋渡口，绿杨堤红蓼滩头。虽无刎颈交，却有忘机友。点秋江白鹭沙鸥，傲杀人间万户侯，不识字烟波钓叟。"③景美境美，不争名利，更不掺杂是非，只是自得其乐而已。句子简单但境界透彻，揽入了词境。又如〔双调·庆东原〕《叹世》："那里也能言陆贾，那里也良谋子牙，那里也豪气张华？千古是非心，一夕渔樵话。"④用功勋卓著的陆贾、姜子牙、张华三人故事，用典精炼，奉劝世人不要贪恋高官，形成铺排连贯的气势，一气呵成，而曲家的意思也完全展露。马致远被誉为"秋思之祖"的〔越调·天净沙〕《秋思》一曲，也是用写词的手法来写散曲，风格含蓄、凝练、雅致。

元代，一些文人把宋词故事、宋词词曲、宋词语言大量融入曲中，成为曲的题材、曲调、语汇和表现手段，使得原本酣畅淋漓、直抒胸臆而不避俚俗的元曲变得含蓄典雅、高浑豪迈而富有韵味。

元代散曲坛上的"双璧"马致远和张可久，均有数量众多且质量上乘的作品。马曲风格豪放洒脱，张曲风格清雅秀丽。

马致远被称为"曲状元"，散曲作品有《东篱乐府》一卷，《全元散曲》录其小令一百一十五首、套数十六套、残套数七套。他的散曲多写隐居生活，以描写自然景物和游子漂泊、表现愤世和厌世的思想为主，曲词风格老健，曲文简练，内容生动，又能以疏放笔墨写飘逸淡薄情怀，成为曲中豪放派的代表。他的〔越调·天净沙〕《秋思》，王国维先生《宋元戏曲史》评价说："〔天净沙〕小令，纯是天籁，仿佛唐人绝句。"⑤这首小令不过二十八个字，却把幽远的秋原暮色、寂寞的旅人和他悲凉的情怀表现得

---

① 《全元散曲》，第 892 页。
② （元）周德清：《中原音韵》卷下，民国十五年海宁陈乃乾影印本。
③ 《全元散曲》，第 200 页。
④ 《全元散曲》，第 201 页。
⑤ 王国维：《宋元戏曲史》，中国书籍出版社 2020 年版，第 124 页。

那么充分。另外，马致远散曲多写超然出世、与世无争、旷达恬退、及时行乐的隐居生活和情怀，这类作品本身也是以表现文人的风雅生活和襟怀为主，再以飘逸疏放笔墨表现，清雅更近词。

张可久①散曲的内容比较宽泛，其中一些吊古伤今之作，表现了对现实的不满和作为一名文人无可奈何的心境。张可久是元代散曲作家中存曲最多的一位，且只写散曲，不作杂剧，反映了元散曲由本色向典丽、由俗中见雅到雅中有俗的过渡。张可久崇拜宋词人，尤对姜夔倍为推崇，他的散曲创作向词的写法靠拢，讲究曲律与音韵。其散曲〔双调·折桂令〕《赠胡存善》云："掌梨园乐府须知，富有牙签，名动金闺。一代风流，九州人物，万斛珠玑。解流水高山子期，制暗香疏影姜夔。胸次清奇，笑毁黄钟，识透玄机。"②将散曲家胡存善比作南宋词人姜夔，可知他作曲学姜夔的创作倾向。他的一些曲词意境清雅，颇有姜夔词"冷美"的况味，如〔南吕·一枝花〕《湖上归》：

> 长天落彩霞，远水涵秋镜。花如人面红，山似佛头青，生色围屏。翠冷松云径，嫣然眉黛横。但携将旖旎浓香，何必赋横斜瘦影。③

以张可久为代表的典丽派曲家，十分讲究炼字炼句，讲究对仗的工整凝练。张可久散曲中咏物写景、闲适游冶之作较多，不少写得清丽可喜。如〔中吕·山坡羊〕《雪夜》："扁舟乘兴，读书相映，不如高卧柴门静。唾壶冰，短檠灯，隔窗孤月悬秋镜。长笛不知何处声。惊，人睡醒；清，梅弄影。"④好似不食人间烟火，乐道安贫，颇有仙风，自然有一种清虚恬淡的境界。张可久散曲追求诗词般的典雅，少用俚言俗语。浓厚的文学修养和文人气质使得他有不少作品又回归到词的风格韵味，这代表了元后期散曲由俗转雅的趋势。其曲辞中整饬雅丽的对句甚多，如〔南吕·金字经〕

---

① 张可久（1270?~1348），字小山。或说字仲远，号小山。专攻散曲，今存小令八百五十五首，套数九套，近人辑为《小山乐府》。
② 《全元散曲》，第939页。
③ 《全元散曲》，第990页。
④ 《全元散曲》，第816页。

《次韵》"出岫白云笑，入山明月愁"①，〔双调·殿前欢〕《客中》"青泥小剑关，红叶谥江岸，白草连云栈"②等。可见，到张可久，曲的形式美、辞藻美得到极大的重视。他还善于熔铸前人诗词入曲。一则体现在直接化用前人成句或者化用诗词中的传统句法上，除体式与词不同外，其曲的句法、章法、格调、意境等，基本上看不出与词有何差别，有五代、北宋小令词之风味。二则用词的表现手法来创作散曲，同时又将散曲创作手法融入词。他的六十多首词，打破词和曲的创作界限，以词风作曲，以曲风入词，因而不少作品究竟应属词还是属曲，估计除了张可久本人之外，已难辨别。又加之〔人月圆〕〔太常引〕等既是曲调，也是词调，更令人难以区分。

元后期散曲清丽派另外一个代表——乔吉③，也以散曲尤其是小令名世。钟嗣成〔双调·凌波仙〕《吊乔梦符》对其评价颇高："平生湖海少知音，几曲宫商大用心，百年光景还争甚？空赢得雪鬓侵，跨仙禽路绕云深。欲挂坟前剑，重听膝上琴，漫携琴载酒相寻。"④乔吉的散曲风格已经完全由浅俗自然向清丽雅正的风格转变，风格多样。如其〔双调·水仙子〕《重观瀑布》："天机织罢月梭闲，石壁高垂雪练寒。冰丝带雨悬霄汉，几千年晒未干。露华凉人怯衣单。似白虹饮涧，玉龙下山，晴雪飞滩。"⑤气势如虹，气魄极大，雄伟壮美之风颇似李白《望庐山瀑布》，曲风雅丽而奇崛，豪放而洒脱。

乔吉散曲集有《惺惺道人乐府》《乔梦符小令》，近人任讷辑为《梦符乐府》。乔吉散曲在明清时深受一些文人的推崇，可比之诗中李杜。李开

---

① 《全元散曲》，第 788~789 页。
② 《全元散曲》，第 919 页。
③ 乔吉（约 1280~1345），一作乔吉甫，字梦符，一作孟符，号笙鹤翁，又号惺惺道人。原籍山西太原，流寓杭州。美容仪，能词章。以威严自饬，人敬畏之。居杭州太乙宫前，有《题西湖梧叶儿》百篇，名公为之序。游于江湖间四十年，欲刊所作，竟无成事者。有《天风》《环佩》《抚掌》三集。所作杂剧凡十一种，今存《杜牧之诗酒扬州梦》《唐明皇御断金钱记》《玉箫女两世姻缘》三种，《怨风月娇云认玉钗》《燕乐毅黄金台》《死生交托妻寄子》《马光祖勘风尘》《荆公遣妾》《节妇碑》《九龙庙》《贤孝妇》八种均已佚。散曲见于《太平乐府》《乐府群玉》等集中，李开先辑录其小令一卷。《全元散曲》录其小令二百零九首、套数十一套。
④ 《全元散曲》，第 1370 页。
⑤ 《全元散曲》，第 626 页。

先《乔梦符小令序》云："元以词名代，而乔梦符其翘楚也。梦符名吉，号笙鹤翁，又号惺惺道人。以词擅场于至正间，然以字行，无问远近，识不识，皆知有太原乔梦符云。梦符不但长于小令，而八杂剧、十数散套可高出一世。予特取其小令刻之，与小山为偶。元之张乔，其犹唐之李杜乎！"① 乔吉博学而广才，是一个洒脱不羁的江湖才子。其散曲作品，大抵围绕他四十年落拓漂泊的生涯，多啸傲山水，书离愁别绪，咏隐逸情怀，叹人生短促，感世事变迁，忧官场险恶。"三千丈清愁鬓发，五十年春梦繁华"②，是他经历过人生的艰辛曲折之后的参悟和对人生更加透彻的认识。

乔吉有一段非常精辟的关于散曲作法的见解："作乐府亦有法，凤头、猪肚、豹尾是也。大概起要美丽，中要浩荡，结要响亮；尤贵在首尾贯穿，意思清新。"③他创作散曲非常重视章法，善于用典、化用唐宋诗词，注重锤炼字句，如其〔越调·天净沙〕《即事》：

莺莺燕燕春春，花花柳柳真真。事事风风韵韵。娇娇嫩嫩，停停当当人人。④

全曲二十八个叠字，一叠到底。繁花细柳，美人赏心悦目，娇嫩多情，韵味十足。乔吉散曲有俗有雅，豪放、冷峭、清丽风格并存，正如郑振铎先生在《中国俗文学史》中所说："（乔吉散曲）最多的乃是没有忘记了文士的积习——向雅丽尖新走去——而同时却又不自觉的夹杂些俗语方言进去的东西。"⑤这首曲子是俗曲，但化用易安词，又俗中有雅。《冷庐杂识》卷五曰："李易安〔声声慢〕词'寻寻觅觅，冷冷清清，凄凄惨惨戚戚'，乔梦符效之，作〔天净沙〕词云：'莺莺燕燕……停停当当人人。'叠字又增其半，然不若李之自然妥帖。大抵前人杰出之作，后人学之，鲜有能并美者。"⑥乔吉作为一名清客，能写出这样的句子，也是很有他的潇洒和狂狷。

---

① （元）乔吉：《乔梦符小令》卷首，明隆庆刻本。
② （元）乔吉：〔双调·折桂令〕《客窗清明》，《全元散曲》，第596~597页。
③ 转引自王国维：《宋元戏曲史》，中国书籍出版社2020年版，第161页。
④ 《全元散曲》，第592页。
⑤ 郑振铎：《中国俗文学史》，上海古籍出版社2013年版，第359页。
⑥ 转引自（宋）李清照：《李清照全集》，崇文书局2015年版，第69页。

罗宗信《中原音韵序》亦云："世之共称唐诗、宋词、大元乐府，诚哉！"① 在当时人观念中，元曲与唐诗、宋词以及宋代理学等并称，是一代文化精华的体现。宋代文人以诗为词，增强了词的抒情性，使词这种文体的抒情性增强；而元代曲家以词法作曲，同样扩大了元曲的表达功能，虽然本色味减少了，但又何尝不是对元曲的一种开拓？张弘范以赳赳武夫作曲，把大将军的威猛形象写入曲中，其〔殿前欢〕《襄阳战》一曲与〔鹧鸪天〕《围襄阳》一词亦完全可以等量齐观，皆是慷慨激昂，风格豪放，展现出驰骋疆场、叱咤风云的英雄之气。

元代在曲一统文坛的时期，文人的散曲创作从民间走向案头。一旦成为士大夫文人言志抒怀的文体，曲必然要受到传统诗词的影响，引风雅入俚俗，在质朴中注入华采，率真自然中也多了刚健和洒脱。所谓"雅不避俗，俗不伤雅"，即指此而言。要充分认识元曲的俗与雅，还需在文学大背景下去审视。俗与雅有时如同双生子，俗无须避雅，雅又何须忌讳俚俗？元曲雅语、丽语、俚语、口语凝练结合，"文而不文，俗而不俗"，雅俗共赏，风格可以质朴自然，可以优美典雅，可以辛辣诙谐，也可以温润清丽。一代有一代之文学，在北方歌谣俗曲的基础上发展起来的元曲成为金元时期一代文学之胜，由俗而雅，亦俗亦雅，受到元代文人的重视和喜爱。元曲的多种风格使其保有不朽的艺术价值，也成就了元代俗文学的辉煌。

---

① （元）周德清：《中原音韵》卷首，民国十五年海宁陈乃乾影印本。

第四节　市井及娱乐需求与元代小说发展

元代作家队伍雅俗分流，一部分具有较高文化修养的作家加入俗文学的创作队伍中，戏曲、小说等俗文学创作呈现一派兴盛的局面，使元代文坛格局发生了变化。

戏曲是属于市井的，具有娱乐性。小说也一样，它自产生起，便与市井联系紧密。

宋金元时期，城市繁荣，市民文化兴起，说话和讲唱艺术日益繁盛。瓦舍勾栏的设立、说话艺人的增多、市井听众的捧场，使宋代民间说话呈现出职业化与商业化的特点。当时的说话分为小说、说经、讲史、合生四家。鲁迅先生《中国小说史略》对话本的定义为："说话之事，虽在说话人各运匠心，随时生发，而仍有底本以作依凭，是为'话本'。"①话本小说是宋代蓬勃发展的说话艺术发展到成熟和定型阶段，由口头文学向书面文学转化的结果。经过宋元两代，话本小说完成了从宋代口头创作故事到元代编写故事文本的演变。来源于说话的宋元话本小说的重要特征就是娱乐性和通俗性。文化层次较低的大众市民以话本为娱乐消遣。鲁迅先生曾谈宋元话本的娱乐性："其取材多在近时，或采之他种说部，主在娱心，而杂以惩劝。"②小说不仅故事情节生动有趣，而且语言通俗易懂，以供人消遣娱乐为重要特征。

现存元小说话本的数量难以确定，大致被认定为元代小说话本的有《柳耆卿诗酒玩江楼记》《宋四公大闹禁魂张》《简帖和尚》《快嘴李翠莲记》《曹伯明错勘赃记》《错认尸》《阴德积善》《新桥市韩五卖春情》《任孝子烈性为神》《汪信之一死救全家》《小水湾天狐诒书》《勘皮靴单证二郎神》《张孝基陈留认舅》《金海陵纵欲亡身》《裴秀娘夜游西湖记》《绿珠坠楼记》

---

① 鲁迅：《中国小说史略》，《鲁迅全集》第9卷，人民文学出版社2005年版，第117页。
② 鲁迅：《中国小说史略》，《鲁迅全集》第9卷，人民文学出版社1981年版，第115页。

等。元话本小说主要成就是长篇讲史话本。元人讲史话本又称"平话","平"就是评论的意思。讲史话本虽脱胎于史书,但语言风格却平易晓畅,口语讲述间或穿插诗词,诗词也只用于念诵,不加歌唱。元人编刊的讲史话本,今存《全相平话五种》,既依傍史实,又杂以民间口传故事,有虚有实,亦文亦野,别成一家。元讲史话本对明清章回小说的发展与繁荣有着直接的影响,因而,它在小说史上的地位也不容忽视。

正如程毅中先生《宋元话本》所言,话本是市民阶层的文艺,它反映了市民的生活和思想。元代话本小说是当时俗文学的重要代表,其价值体现在,为迎合读者的市民本位和市民情趣,偏离了以雅正为旨归的诗文创作传统,演述古今故事、市井生活,以内容的世俗化、语言的口语化为主要特点。郑振铎先生指出:

> 中国小说与别国小说不大相同,有它自己的特点:(一)是口头的传说写下来的……(二)小说既是口头传说写下来的,所以保留了许多口语,并且是第二身称的,句句都针对听众来说,对群众不断的交代情节和问题,中间还常常夹杂一些议论……(三)许多小说是讲唱的,讲完一段就由歌伴唱一段,形容一种东西或人物的时候,也唱一段……(四)因为是讲唱的,所以保留许多说书的样式,开头时总要说一篇闲话,作为引子……(五)长篇小说为了掌握住听众,故多卖关子,到紧张之时就说"欲知后事如何,且听下回分解",所以中国小说常有惊险之处。[①]

元代话本小说的成熟与发展,推动着古代叙事文学逐步走向黄金时期。话本小说语言生动活泼,有很强的叙事感和吸引力。梁启超先生曾说:"文学之进化有一大关键,即由古语之文学变为俗语之文学是也。"[②] 元代,小说的主流由文言小说变为生动通俗的话本小说,也改变了中国文学史的发展格局。从此以后,以俗语叙事为主要特征的白话小说开始走进中国

---

① 郑振铎:《郑振铎全集》第6卷,花山文艺出版社1998年版,第188~189页。
② 转引自袁行霈主编:《中国文学史》,高等教育出版社2003年版,第470页。

文学史的殿堂，并逐渐赢得了中国后世文学的主流地位。到明代中叶，白话小说作为成熟的文学样式正式登上文坛。

话本小说产生后，中国就产生了所谓通俗小说，和以前的旧小说有很大的不同，无论在思想内容还是艺术形式上都起了新的变化。它的题材、体制和语言都是有鲜明的特色的，这就奠定了之后中国小说发展的基础，建立了近代中国小说的民族传统。因此，在中国小说的发展中，宋元话本起了一个继往开来的作用，是中国小说发展史上的一个重要链条，处在一个承前启后的关键时期。①元代小说在吸收前代文学精髓的基础上，不仅文学性、艺术性得到很大的提高，而且极大地丰富了中国小说的艺术宝库。"白话小说的兴起，是中国小说史上的一大变迁。虽然不始于宋，然而确实兴盛于宋元。尤其是元代，白话文学的发展，引起了中国文学的新变化。宋元之后，以叙事为主要功能的通俗文学登上了中国文学史的殿堂，赢得了明清文学的主流地位，小说的兴盛是起了重大作用的。"②元话本以其细致真实的人物描写、曲折丰富的故事情节和生动活泼的语言在我国小说史上占据了一个不可取代的重要地位，且奠定了我国白话小说的基础。

元话本充满市井性特征：小说情节曲折，充满了戏剧性，十分吸引人；语言生动形象，多运用口语、俗语、俚语，市井趣语、隽语在作品中比比皆是，大大增强了作品的通俗性和娱乐性。话本小说的市井特征不仅体现在情节具有戏剧性和语言贴近生活上，还体现在塑造了许多更贴近市民生活的人物形象上。"宋元话本作为一种市民的文学，它的最大特点和优点，是市民阶层中的劳动人民在说话艺术中破天荒第一次占有重要的地位，社会新兴势力的一部分，下层市民中劳动的'小人物'，在话本中作为被肯定的主人公出现。这在我国的说话艺术中以至小说史上是一个新事物，是一个意义重大的进步……宋元话本第一次冲破了帝王将相、才子佳人统治说话艺术的局面，为我国的小说创作打开了劳动群众和被压迫人民登堂入室的大门。"③"它在一定程度上反映了时代的新的特征——市民力量的壮大，市民民主思想的萌芽。在说话艺术本身，更是一个新的发展，

---

① 程毅中：《宋元话本》，木铎出版社1983年版，第133页。
② 程毅中：《关于宋元小说研究的若干问题》，《文学遗产》1995年第5期。
③ 胡士莹：《话本小说概论》（上），中华书局1980年版，第307页。

它已更多地面向市民群众,市民群众直接参与了城市说话艺术的创造,使说话这一门伎艺不再仅仅为封建统治阶级效劳,开始用市民自己的形象来为广大市民群众以及农民群众服务了。"① 如《碾玉观音》中的璩秀秀,出身于贫寒的装裱匠家庭,美貌出众且聪明伶俐,有一手好刺绣。因家境窘迫,其父以一纸"献状",将正值豆蔻年华的秀秀卖与咸安郡王。后郡王府失火,秀秀逃命之际,遇见了年轻能干的碾玉匠崔宁,约崔宁寻求美好的生活。璩秀秀敢想敢做,代表了平民百姓的生活和思想。小说虽然以趣味横生、曲折离奇的故事情节演说璩秀秀、崔宁二人的爱情故事,但以插科打诨的语言和一个个搞笑的情节使小说充满娱乐性,如秀秀做鬼后戏弄郭排军的情节,笑料不断。又如《宋四公大闹禁魂张》中,作者如此描绘贪婪的张员外:

  这员外有件毛病,要去那:虱子背上抽筋,鹭鸶腿上割股,古佛脸上剥金,黑豆皮上刮漆,痰唾留着点灯,捋松将来炒菜。这个员外平日发下四条大愿:一愿衣裳不破,二愿吃食不消,三愿拾得物事,四愿夜梦鬼交。是个一文不使的真苦人。他还地上拾得一文钱,把来磨做镜儿,捍做磬儿,掐做锯儿,叫声"我儿",做个嘴儿,放入箧儿。人见他一文不使,起他一个异名,唤作"禁魂张员外"。②

利用夸张手法和滑稽戏谑的语言塑造了自私自利、精明、贪婪、鄙俗的张员外,栩栩如生,非常具有戏剧效果,使得这篇小说娱乐性、趣味性非常强烈。"如《张古老》《宋四公》《史弘肇》《皂角林大王假形》几篇,笑声几乎随处可闻,畅情滑稽,又不流于尖酸。"③

  《错斩崔宁》《汪信之一死救全家》《简帖和尚》等公案小说话本,则表现了当时的世态民情与社会风纪,反映了元代社会官府昏庸、吏治腐败的社会现象,是贴近社会现实的。

---

① 胡士莹:《话本小说概论》(上),中华书局1980年版,第308页。
② (明)冯梦龙:《喻世明言》,华文出版社2019年版,第451~452页。
③ 吴璧雍:《从民俗趣味到文人意识的参与》,蔡英俊主编:《中国文学的巅峰之境》,黄山书社2012年版,第287~289页。

小说本为小道，因其极富娱乐性、通俗性，才成为市井民众喜爱的文学形式。

戏曲和小说更贴近普通市民的日常生活，这种世俗性是小说得以发展的一个主要关键，正如《红楼梦》第一回所言：

> 市井俗人喜看理治之书者甚少，爱适趣闲文者特多。历代野史，或讪谤君相，或贬人妻女，奸淫凶恶，不可胜数。更有一种风月笔墨，其淫秽污臭，屠毒笔墨，坏人子弟，又不可胜数。至若佳人才子等书，则又千部共出一套，且其中终不能不涉于淫滥……竟不如我半世亲睹亲闻的这几个女子，虽不敢说强似前代书中所有之人，但事迹原委，亦可以消愁破闷。也有几首歪诗熟话，可以喷饭供酒。至若离合悲欢，兴衰际遇，则又追踪蹑迹，不敢稍加穿凿，徒为供人耳目而反失其真传者。今之人，贫者日为衣食所累，富者又怀不足之心，纵然一时稍闲，又有贪淫恋色、好货寻愁之事，那里有工夫去看那理治之书？所以我这一段故事，也不愿世人称奇道妙，也不定要世人喜悦检读，只愿他们当那醉淫饱卧之时或避世去愁之际，把此一玩，岂不省了些寿命筋力？就比那谋虚逐妄，却也省了口舌是非之害，腿脚奔忙之苦。再者，亦令世人换新眼目，不比那些胡牵乱扯，忽离忽遇，满纸才人淑女，子建文君红娘小玉等通共熟套之旧稿。①

市场需要决定了通俗文学的发展。演绎市井细民种种人生悲欢离合的小说，满足了人们对快乐和世俗生活的向往，这才是真正推动小说发展的深层原因。

传奇小说经历了唐代的蓬勃发展之后，至宋代已呈衰微之势，到元代作品更少，几近销声匿迹。元代的传奇小说主要有《李师师外传》《娇红记》《春梦录》《姚月华小传》《绿窗纪事》《龙会兰池录》等。

---

① （清）曹雪芹：《红楼梦》上，中华书局2020年版，第3~4页。

《娇红记》,又名《娇红传》①,描写王娇娘和申纯的爱情悲剧,反映了青年男女对爱情的热切追求,以其鲜明的现实主义题材和震撼人心的悲剧力量以及全新的思想、生动感人的人物形象和细腻丰润的文笔,领尽文苑风骚。吴志达先生在《中国文言小说史》中如此评价《娇红记》:"其篇幅之长大,达二万余言,情节之宛曲、文笔之细腻、艺术形象之生动感人,可与唐人传奇媲美而自有其特色。"②《娇红记》与《西厢记》共为元代小说戏曲史上的双璧。虽然小说中不少重要情节模仿《韩凭》《华山畿》《焦仲卿妻》及《莺莺传》等,但仍是元代文言小说的杰构,它的出现,标志着我国小说创作的新进展。

　　《娇红记》小说通过初见钟情、家宴解围、和诗露情、月夜谈心、拥炉共语、夜雨阻期、剪发盟誓、遣媒被拒、偷鞋生隙、飞红使妒、相约同心、鬼魅惑生、重缔姻亲、帅府逼婚、江舟诀别、娇以忧卒、生为情死、合葬鸳鸯等曲折情节的设置,描写申纯与王娇娘从相识到相恋、再到为争取婚姻自由而进行的斗争和反抗。二人几经波折而不能成眷属,双双殉情,凄美哀婉,感人至深。明人丘汝乘曾评价《娇红记》为"事俱而文深,非人莫能读"③。王娇娘之美,在于她对爱情的执着和热烈。黑格尔认为:"爱情在女子身上特别显得最美,因为女子把全部精神生活和现实生活都集中在爱情里和推广成为爱情,她只有在爱情里才找到生命的支持力;如果她在爱情方面遭遇不幸,她就会像一道光焰被第一阵狂风吹熄掉。"④申纯对娇娘的爱恋也是执着而纯粹的,因钟情而勇敢决断,遇到心上人娇娘之后,心里唯有情字,远胜于功名。二人婚姻不能自主,最后殉

---

① 迄今所发现的《娇红记》篇幅长短不一:一种约两万字,收入《燕居笔记》《花阵绮言》《绣谷春容》《国色天香》中;一种约一万三千字,收入《香艳丛书》(名《王娇传》)中;后来褚祖仁、宣啸东在泰州市图书馆发现了更简略的本子,约5400字,收入钟振奎所作的《绿云红雨山房文抄》中。关于《娇红记》的作者及成书年代,有四种说法:一说是宋末元初的江西名儒宋梅洞撰,复有题中州李诩者,又有谓元人虞集编辑、明人赵晖集览,以及先托名于虞集、后又讹化为卢伯生者。学术界一般认为第一种说法比较可信。
② 吴志达:《中国文言小说史》,齐鲁书社1994年版,第638页。
③ (明)丘汝乘:《娇红记序》,《金童玉女娇红记》卷首,《古本戏曲丛刊》本。
④ 〔德〕黑格尔著,朱光潜译:《美学》第2卷,商务印书馆2017年版,第327页。

情,以飞红"仿佛""恍惚"之间听见二人的耳语谈笑,继而以坟上的鸳鸯双飞,呈现了对于申娇爱情遗恨的补偿心态。另外,小说中二人殉情后升仙,超越了前人仅以象征手法表现的窠臼,令人耳目一新。"佳人才子两相宜,致福端由祸所基。用作夫妻谐汝愿,不劳钻穴隙相窥。"①

晚明小说理论家胡应麟在《少室山房笔丛》中有一段谈文言小说发展的言论:"凡变异之谈,盛于六朝,然多是传录舛讹,未必尽幻设语。至唐人乃作意好奇,假小说以寄笔端……宋人所记,乃多有近实者,而文采无足观。本朝《新》《余》等话,本出名流,以皆幻设,而时益以俚俗,又在前数家下。"②文言小说在六朝是雏形,到唐代则鼎盛,在宋代以纪实为主,在明初以《剪灯新话》和《剪灯余话》为代表。这段话没有谈及元代文言小说,忽视了元代文言小说在文学史上的地位和作用。虽然元代文言小说处在唐宋传奇和明清小说两个文言小说发展高峰之间,无法与之相提并论,但《娇红记》作为中篇文言传奇的开创之作,引领了明代中长篇传奇小说创作的风气,以其为代表的中篇传奇小说的大量出现作为小说史上一个重要的现象,对明清时期的其他小说流派的产生有深远的影响。李梦生《中国禁毁小说百话》也曾谈道:"《娇红记》中写才子佳人互相倾慕、诗词往来、吟咏赓和、私订终身、中遭小人拨弄的情节,被许多中篇文言小说模仿,与明代《钟情丽集》《怀春雅集》等作品一起,直接影响了世情小说《金瓶梅》,并推动和促进了明末清初才子佳人小说的产生与繁荣。"③明清时期两个重要的小说流派——才子佳人小说以及世情小说的创作流行,在一定程度上都与《娇红记》有一定的关联。

作为中篇传奇小说体系中的先驱,《娇红记》以其"事俱而文深"的编撰风格以及不落俗套的独创意识,丰富了古代小说文本创作的思想内涵,堪称元代文言小说中的一颗明珠。正如孙楷第所言,其"流播既广,

---

① (宋)罗烨:《醉翁谈录》,古典文学出版社1957年版,第17页。
② (明)胡应麟:《少室山房笔丛》,中华书局上海编译所1958年版,第486页。
③ 李梦生:《中国禁毁小说百话》,上海古籍出版社1994年版,第3页。

知之者众。乃至名公才子,亦谱其事为剧本矣"①。《娇红记》问世以来,其故事内容为众多读者所接受,被戏曲作家改编成戏曲。陈益源称以《娇红记》为首的元明中篇传奇小说是"元明清三代戏曲取材的渊薮"②。据现存资料统计,元明清三代至少有八部戏曲是据《娇红记》小说改编的,分别是王实甫《娇红记》杂剧、邾经《王娇春死葬鸳鸯冢》杂剧、汤舜民《娇红记》杂剧、金文质《娇红记》杂剧、刘东生《新编金童玉女娇红记》杂剧、沈寿卿《娇红记》戏文、孟称舜《节义鸳鸯冢娇红记》传奇、许逸《两钟情》传奇,其中以孟称舜的《节义鸳鸯冢娇红记》影响最大。

《娇红记》的问世,打破了中国文言小说篇幅短小的格局。它以生死不渝的爱情悲剧,接近中篇的叙事格局,以及韵散相间的叙事技法,在元明两代形成了一个蔚为壮观的中篇传奇小说流派。有明一代的中篇传奇小说中,诗词曲等韵文体式的大量掺杂成了其区别于其他类型小说的一大特征。诸多小说作品直接或间接受《娇红记》影响而创作,或改编,或模仿,其中模拟痕迹最为明显的当属明代李昌祺所作传奇《贾云华还魂记》,收录于《剪灯余话》卷五。其他广见于明清通俗类书或小说汇编的中篇文言传奇小说有:《钟情丽集》《龙会兰池录》《双卿笔记》《丽史》《荔镜传》《怀春雅集》《花神三妙传》《寻芳雅集》《天缘奇遇》《刘生觅莲记》《李生六一天缘》《传奇雅集》《双双传》《五金鱼传》。其中,除《双卿笔记》《荔镜传》《李生六一天缘》只是间接受到《娇红记》影响外,其他诸篇与《娇红记》皆有关联。这些传奇,大体依循《娇红记》轨辙,模拟痕迹至为明显。③它们与《娇红记》一脉相承,在创作模式上直接承接《娇红记》而来。成熟定型于明末清初的才子佳人小说,其直接的影响因子当属以《娇红记》为首的中篇传奇小说。清初拟话本小说《二桥春》开篇有云:

> 王娇娘既遇了申生,两边誓海盟山,究竟不能成其夫妇。似这般决裂分离,又使千百世后读书者,代他惋惜。这些往事,不堪尽述。

---

① 孙楷第:《日本东京所见小说书目》卷六,人民文学出版社1958年版,第127页。
② 陈益源:《从〈娇红记〉到〈红楼梦〉》,辽宁古籍出版社1996年版,第1~3页。
③ 陈文新:《文言小说审美发展史》,武汉大学出版社2007年版,第473页。

如今待在下说一个不折齿的谢幼舆、不断肠的朱淑真、不负心的元微之、不薄命的王娇娘。才子佳人，天然配合，一补从来缺陷。①

作者笔炼阁主人表明自己这篇《二桥春》在情节结构上袭《娇红记》而来，塑造的人物是和申纯、娇娘一样受读者青睐的才子佳人。不过这篇小说的结局是有情人终成眷属，是更符合读者阅读口味的大团圆结局。这说明了王娇娘与申生的故事流传之广、影响之大、知之者之多。读者都惋惜申纯、娇娘这对才子佳人未能终成眷属，因此才有这种大团圆式结局才子佳人小说的出现，以弥补读者遗憾。晚明时期出现了大批高水准的文言传奇小说作品，均印证了迎合社会上的心理需求，贴近市井民众的生活和审美要求，是催生小说创作繁荣的一个重要原因。

扎拉嘎先生说："在元代之后，中国古代文学结构进入到俗文学为主体的时代。"②元代戏曲小说等通俗文学已经逐渐占据文坛的主流地位，元代文学现象和文学体裁丰富起来，以杂剧、南戏、散曲、小说等新兴的文学样式为代表的俗文学逐渐崛起，使得元代文学丰富多彩，充满活力。这对明清文坛格局是一个指引，正是有了元代戏曲小说的创作实践，影响所及，才有了明清时期戏曲小说创作的发展繁荣。

---

① （清）笔炼阁主人：《五色石·二桥春》，江苏古籍出版社1993年版，第1页。
② 扎拉嘎：《游牧文化影响下中国文学在元代的历史变迁——兼论接受群体之结构变化与文学发展的关系》，《文学遗产》2002第5期。

结　语

　　所谓中国文学的格局，是指在宏观视野中，构成中国文学整体的各大板块及其相互联系。在中国文学史上，元代文学不但是独特的，也是复杂的。复杂的历史条件和民族、地域、民风人情以及学术传统基础等因素，造就了元代文学不同于其他朝代的文化特质和风格特征，可称是中国文化发展史上独具特色的一段。这样一个特殊朝代，其文化和文人活动、文学格局有着不同于其他朝代的特色。纵观几千年的中国文学史，元代文学处于一个里程碑式的特殊节点上。元代以后的明清时期，中国文学最后定型之大格局形成。元代是这一大格局形成的关键期。

　　元代文学的格局主要从两个方面来看，一是文坛格局，一是文体格局。元王朝疆域辽阔，海宇混一，民族众多。在此背景下，元代文坛大格局形成：地有南北，人有华夷，体分雅俗。首先，北方承金而来与南方承宋而来各具鲜明特色的地域文化与文学并存，随着南北一统，文风相互影响和融合；其次，元代是中国文学史上的一个特殊时期，其文学创作是在民族融合的大背景下进行的，也是由多族作家共同创造的；再次，承宋之后，在文学发展的进程中，元代作家队伍出现文道融合、雅俗分流的变化，雅文学与俗文学各自沿着自己的发展轨迹，形成双峰竞秀之势。

　　元代是中国历史上第一个由少数民族建立的大一统王朝，中国历史由此进入了一个特殊的时期，中国文学史也进入了一个特殊的时期。在几千年的中国文学史上，元代处于这样一个特殊的时期——在它之后的明清时期，中国文学最后定型之大格局形成：雅文学与俗文学分流并形成双峰竞秀的文坛格局，文人士大夫的雅文学和市井大众的通俗文学同时发展、繁荣、兴盛，文学呈全面繁盛局面。

　　唐宋科举重文学，唐以诗赋取士，宋代科举考试虽兼考策论，但还是延续了唐代诗赋取士的传统，以科举促进文学创作。因而，唐宋以言志抒怀的诗歌和文章等雅文学为主。元代科举处于低谷期，其所推行的科举政策重经术而斥词章，考试的核心内容开始向经学倾斜。长期不开科举，对元代文学创作并非是一件坏事。刘辰翁《程楚翁诗序》："科举废，士无一人不为诗。于是废科举十二年矣，而诗愈昌。前之亡，后之昌也。士无不为诗矣，所以为诗，亦有同者乎？"①元代文人无法用文学创作谋取功名富贵，便收束了功利之心，如此，读书反而成了一种乐趣。"树隔残钟远欲无，野云漠漠雨疏疏。飞蚊尽逐南风去，父子灯前共读书。"②诗人拈出的父子闲居生活的一个代表性片段是悠然地灯下共读书。元代隐居教授的翁森，其《四时读书乐·春》如此描述读书之乐："山光照槛水绕廊，舞雩归咏春风香。好鸟枝头亦朋友，落花水面皆文章。蹉跎莫遣韶光老，人生唯有读书好。读书之乐乐何如？绿满窗前草不除。"③读书完全是无功利目的的，令人向往。科举不兴对元代文学发展来说并非是文化厄运，元代文人以科举跻身仕途的道路不畅，是人生的无奈，但反而可以专心从事读书与文学创作，因而以诗会友，诗酒雅集之风更加兴盛："吾乡诸友，遭群凶攘窃之余，而复形诸咏歌，发其铿锵之音，宣其湮郁之气，和其性情之美。或登高临深，或良辰美景，或悲忧愉逸，一于诗是寄。"④

明清用八股取代诗赋，"纯文学"彻底退出，考试核心内容全部是经义。明代"稍变其试士之法，专取四子书及《易》《书》《诗》《春秋》《礼记》五经命题试士。盖太祖与刘基所定。其文略仿宋经义，然代古人语气为之，体用排偶，谓之八股，通谓之制义"⑤。原因很简单，因"汉、唐及宋，取士各有定制，然但贵文学，而不求德艺之全"⑥，而统治者所要选拔的是德艺兼备之人才。明清科举所考三场，第一场所考的八股文题目均是从《论语》《大学》《中庸》《孟子》四书而来，让学子们沉溺于揣摩圣人的意图，代圣人立言。这样的科举考试完全束缚了考生的才气与识见。

---

① 《全元文》第8册，第552页。
② （元）仇远：《闲居十咏》其二，《山村遗集》，《续修四库全书》本。
③ （清）厉鹗：《宋诗纪事》卷八一，上海古籍出版社1983年版。
④ （元）舒頔：《群英诗会序》，《贞素斋集》卷二，《景印文渊阁四库全书》本。
⑤ 《明史·选举志》，第1693页。
⑥ 《明史·选举志》，第1695页。

由此看来，明清科举考试是对文学的放逐，对明清文学的发展阻碍颇多。功名利禄的诱惑力很大，明清文人为了应举而读书。只要是想通过科举入仕的读书人必然要以八股文为学习的主要内容，甚至有文人专门从事编辑科考文章以获其利。如明人王光承，"过目成诵，博学能文，善书，为古文词精绝，岁科常第一，坊家争请选文，遂有《易经孚尹》《墨卷乐胥》《名家雪崖》《考卷右梁》《白门易社》诸书行世，贾人获利无算"[①]。这样的士人，哪里还会花费时间去吟诗作词？这种是典型的应试教育，为取得科举之成功，想尽办法专攻科举文章。"唐以诗取士，四声八病之学，童而习之，人人而能之。能者既多，则工者亦不乏。中世数百年学宫令甲，专以经义为得失，而言诗之学遂衰。间有能者，亦复不得工。盖其白首呫哔，止此经生章句。必待一第，始得弃举子业，以从事于诗。迨从事焉而其气已衰，且其章句之习墨守膏肓，未能澄汰以入古人之堂奥。此虽欲稍工不可得，况求其几于古人乎？是故今之能诗者，必有高世之才，而士大夫之能诗者，必早得一第，朝气犹新。新者乃能自拔于流俗，而外此则难矣。"[②]按照此说，明清科举把诗文创作引入了低谷。

但是，明清科举制度对文学创作及文学发展的影响不全是负面的，也有正面的。明清两代的科举考试吸引了广大民众读书应试的热情，即使是出身低微的平民百姓通过读书也可以中举登科，拿到功名乃至高官厚禄。如江苏、安徽、浙江、江西、福建、广东、山东等地区，因为人口众多，文化发达，通过科举入仕的读书人所占比例非常高。首先，一部分通过科举取得功名的文士有了充足的闲暇时间从事诗文创作。其次，因科举考试必然要淘汰大批读书人，必然有部分读书人从科举考试中分离出来，放弃科举入仕的道路，从事文学创作。明清两代从事文学创作的人并不少，在北京、南京、苏杭等地，有各种诗社和文社，文学聚会频繁（虽然有很多文社是研习八股文的）。另外，随着明清科举考试的繁荣，读书人对每三年一次的乡试会试非常看重，在科试之际，频繁交友、聚会、结社、赋

---

① （清）曾羽王：《乙酉笔记》，《清代日记汇抄》，上海人民出版社1982年版，第30~31页。
② （清）徐嘉炎：《野香亭集序》，李宁主编：《李英世系文史编纂·文史类》，合肥教育学院中文系1993年版，第174页。

诗、论诗。尤其是全国各地士子到京师参加会试时，自然免不了诗赋往来，以文会友景况非常之盛，显然是他们人生之乐事。科举考试形成的同年、师生之间诗酒唱和、谈艺论文也十分常见，这些无疑推动了文学的发展。

明清时期，统治者在文化上控制比较严酷，明清两朝的文字狱要超越此前历代。虽然明朝是汉族执政，但明太祖朱元璋登基之后，诛杀功臣，大兴文字狱，并没有给予士大夫文人太多尊重。很多文士即使隐居山泽也不能保全自己，多有文士成刀下冤鬼或枉死狱中。在明中叶以前，文士这种在政治高压之下战战兢兢的境况长期没有得到改变，重构道统的愿望也只能偃旗息鼓。身在仕途中的文人士大夫多以清雅和平淡为尚，这样才能迎合统治者的好尚。殆及清代，对满族统治者在思想文化上的政策，用"钳制"一词表述非常准确。很多清代文人学者深惧文祸，转而研究经学。统治者又提倡："列圣首，重抡才。文艺以清真雅正为宗，武科以骑射娴习为要。"①因而，明清官方所提倡和主导的文风，就是儒家的中和、平淡和清雅。两朝科举和文学创作分离，读书人作八股文，习举子业，一旦进入仕途则诗文以清雅为宗旨，如唐宋文人那样以文章和诗词谈古论今、指斥时弊的情况越来越少了。

另外，诗也好，文也好，并非以宣扬道统、明道为佳。元代文人不再依附于科举考试，以文为生活，读书、著文、吟诗、赋词不再依附于政治，也不再是歌功颂德、粉饰太平的工具，仅仅是为了写心愉情而已。能够写出作者心性感情的才是真正的文学，从这一点看，元代的文学创作回到了文学的本质。明中叶以后，随着统治者对思想和学术控制的减弱，学术风气比较宽松了。如王阳明的心学、李贽的"童心说"等标新立异的思想，虽然被统治者认为是"异端邪说"，但并不影响许多文人学子信奉的热情。宗教界出现了佛教狂禅思想的流布，还有西方天主教的传播。当然，程朱理学的影响也同时存在，各地讲学之风也盛行起来。在这样的文化氛围之下，一些文人不再致力于治平之道，而是以文自娱，文章不再是正统载道的工具，这一点和元代部分文人一样。如明代的唐宋派，作文主张"本色"，要"自胸中流出"而"直写胸臆"。代表作家归有光，其散文

---

① 《皇朝通志》卷七二，《景印文渊阁四库全书》本。

《项脊轩志》描写平淡的家居生活,又饱含深情。晚明公安派,袁宏道、张岱等人的小品散文以文章写生活的情趣和快乐、闲适和愉悦,使得文学回归本质和本色。这才是文学的本然,不依赖于物质,不依赖于政治,完全是文人自我的精神寄托。

许有壬在《大一统志序》中说:"臣闻《春秋》所以大一统者,六合同风,九州共贯也。然三代而下,统之一者可考焉。汉拓地虽远,而攻取有正谲,叛服有通塞,况师异道,人异论,百家殊方,指意不同,无以持一统,议者病之。唐腹心之地为异域而不能一者,动数十年。若夫宋之画于白沟,金之局于中土,又无以议为也。我元四极之远,载籍之所未闻,振古之所未属者,莫不涣其群而混于一。则是古之一统,皆名浮于实,而我则实协于名矣。"①在元代,草原的游牧文明、中原地区的农业文明、东南沿海的海洋文明、西亚地区的商业文明都聚合在这个空前庞大的国家里。多民族文化相互交流融合,少数民族的雄健粗犷的民族气质与文化风格给元代诗文创作的题材和内容带来了更为新鲜的血液,少数民族作家群的加入,为整个元代诗文创作队伍增添了亮色。

元代诗文作家群体复杂多元,不仅体现在地域层面上,也体现在政治层面上。元初由于蒙古、金、宋之间的战争和改朝换代,在地域层面有南方和北方两个大的分裂的地域群体,又进一步分为了遗民群体、入仕群体、隐逸群体、半隐半仕群体、世侯幕府群体、入仕元廷群体等。在元代中期,全国统一,南北文风开始交汇融合,一批北方文士如姚燧、卢挚等人南下做官,同时一部分南方文士北上入朝,其文风互相影响,其中最突出的代表是赵孟頫、张伯淳以及理学家吴澄等。其时虽然也有南北作家之分,但不同作家群之间颇多交集、融合,南方有以虞集、揭傒斯、黄溍、柳贯为代表的江西、浙东两大地域群体,北方有元明善、张养浩、宋氏兄弟、苏天爵等人,少数民族作家群有马祖常,域外高丽文人有李谷、李穑等。他们的地域文化、学术背景和诗文风格均有区别,不仅使得元代作家群体多元化,也增添了文人群体的民族色彩和域外色彩。从政治层面而言,以元大都的翰林院和奎章阁文人群体为核心的作家群体则集南北作家

---

① 《全元文》第38册,第124页。

之大成，打破了地域、民族的界限，最终推动了南北不同作家群的融合以及盛世文风的形成。元代后期文坛由于政治的原因再次分为了南北不同的阵营。南方由于战乱和割据，诗文创作分裂为几个地域群体：依附于张士诚的吴中群体，包括以顾瑛、杨维桢等为核心的玉山草堂群体、以高启为核心的北郭士人群体；依附于朱元璋的浙东群体，主要是黄溍、柳贯的传人，以宋濂、王祎、戴良等人为主；还有处在陈友谅控制区域的江西地域群体。北方则以元大都的作家群为主，包括危素、王沂等人。元代诗文自始至终都具有突出的地域与群体特征。

娱乐价值是文学的重要价值之一。中国文学从先秦直到唐宋，一直是以自娱为主。自宋代书会才人出现，到元代书会才人进一步发展，文学创作才开始走向市场化。元之后，到明清两朝，俗文学发展迅速，属于平民文化市场的小说戏曲作品极其繁荣，文学从自娱走向了大众的消费。

其一，城市商品经济的发展，使平民生活水平都提高了，人们的消费和享乐欲望被激发出来。很多经济发达的文化都市，如江南地区的南京、扬州、苏州、杭州等，不仅经济繁荣，交通便利，风景优美，而且文化底蕴深厚，人杰地灵，文艺繁兴，吸引了许多文人居住或者游历。自然，因文化消费的需要，一些文化缙绅和文化商人也随之出现，他们亦儒亦商，既是文学家也是商人。俗文学在明清两朝达到前所未有的繁荣。为了迎合市民消费需求，明清小说更重视娱乐性，以至于"月之夕，花之辰，衔觞赋诗之余，登山临水之际，稗官野史，时一转玩。诸凡神仙妖怪，国士名姝，风流得意，慷慨情深，语千转万变，靡不错陈于前，亦足以送居诸而破岑寂"①。明朝后期心学的兴起，以及佛道等宗教思想文化的盛行，对整个社会文化、文学包括小说的影响都是巨大的。而且，明代中后期的商品经济迅速发展，随之而来的就是城市的繁荣、市民阶层的壮大，以及通俗文化的兴盛。明胡应麟有言："然古今著述，小说家特盛。而古今书籍，小说家独传，何以故哉？……夫好者弥多，作者弥众，传者日众，则作者日繁，夫何怪焉？"②阅读的广泛需求、良好的市场利益，都使得文人编

---

① （明）汤显祖：《艳异编序》，《汤显祖集》，上海人民出版社1973年版，第1503页。
② （明）胡应麟：《少室山房笔丛》，上海书店出版社2009年版，第282页。

纂、撰写小说作品的风气日盛，小说成为一种流行于各阶层之间的文学样式。明后期的印刷业有很大的发展，官方和私人刊刻均十分兴盛，许多大城市刻书书坊密集。出现了著名的金陵世德堂、金陵周氏大业堂、余象斗三台馆、余氏双峰堂、毛氏汲古阁等专门编刊文学书籍的书坊，刻印了大量合乎平民百姓口味的通俗文学作品。很多具有较高文学水平和知名度的文人从事编书、刻书、卖书的行业。小说戏曲等通俗作品的刊刻非常繁盛，非常活跃。冯梦龙的《三言》、凌濛初的《二拍》即是明代非常受欢迎的小说集，《三国演义》《水浒传》《西游记》《金瓶梅》等一再被翻刻印刷，也出现了一些续书、编选本。文学作品突破文化人的圈子，成了社会消费的对象，同时也推动了印刷、造纸手工业的发展。

其二，在商品经济的刺激之下，文人观念发生改变，有的以文谋生，文学创作自然而然地成了生存手段，而且变得合理且理所当然。文化在社会对精神文化需求大增的情况下进入市场，也出现了多如牛毛的"山人"从事文学活动。虽然前代文人写作亦不乏润笔之资，但到明代变得更为普遍。元代重视商业发展，商人得到了更多尊重，到了明代，文人给商人写作碑传的情况已经很普遍。刘教正《思斋杂记》云："天顺初翰林各人送行文一篇，润笔银二三钱可求也，叶文庄公云：时事之变后，文价顿高，非五钱一两不敢请。成化间则闻送行文求翰林者非二两者不敢求，比前又增一倍矣。则当初士风之廉可知。正德间，江南富族著姓求翰林名士墓铭或序记，润笔银动数廿两甚至四五十两，与成化年大不同矣。"①名士文征明曾撰有《重修苏州织染局记》《苏州织染局真武庙记》碑文。科举制度也促成了大批屡试不第的文人转而从事文化事业。这些人介于雅俗之间，有人是因才使气著书立说，有的是因生活困顿落魄而卖文为生。

元之后，雅文学和俗文学同时发展，雅文学向清雅和纯文学方面发展，俗文学更加市场化和商业化，文人也不再鄙薄以文为生。

元代文学之格局，还有一方面是文体格局。元代文坛，文学形式体裁丰富多样：杂剧，散曲，南戏，话本，笔记小说，诗、文、词等传统文学

---

① （明）俞弁：《山樵暇语》卷九，《涵芬楼秘笈》第二集，明朱象玄抄本。

样式(可再分汉族文人创作、非汉族文人创作)，诗文批评理论，曲论等多元并兴，各体文学均取得了较高成就，而且一如历朝文学作品一样，诗文仍然是主导文体。经过千余年发展演变，随着各种文体的发展、丰富、完善，中国文体中诗、文、词、戏曲、小说五体竞盛的格局在元代定型，奠定了明清相对稳定的文体之大格局。

第一，传统诗文继唐宋之后继续发展，诗文依然是元代文学的大宗，从作者数量到作品数量都相当可观[1]，而且形成了自己的时代特色。陈垣先生在20世纪初就已经对元代诗文成就作出了充分肯定："(元代) 儒学文学，均盛极一时。而论世者轻之……明人蔽于战胜余威，辄视如无物，加以种族之见，横亘胸中，有时杂以嘲戏。王夫之《夕堂永日诸论·外编》谓'胡元诗人贯云石、萨天锡欲矫宋诗之衰，而膻气乘之'云云，其一例也。"[2]郑振铎先生在《插图本中国文学史》中也早已作出公允评价："元与明初的诗词，论者每有不满之语。但他们虽没有散曲坛那末样的光芒万丈，却也不是很寥落的。特别因为逢着蒙古人入据中原的一个大变，诗词的风格，遂也颇有不同于前的。慷慨激昂者，悲歌以当泣，洁身自好者，有托而潜逃，即为臣为奴者之作，也时有隐痛难言之苦。故元代初期之作，遂多幽峭之趣……元末诸诗家，其成就似尤在虞、杨、范、揭四家之上。他们处境益艰，用心更苦，所作自更深邃雄健。"[3]

元代没有出现李杜和欧苏那样的大诗人，但自有其特色。元人在唐宋两座高峰下所面临的"极盛难继"的困境，通过对宋诗的反动，将诗歌创作从重理轻情的道路上拉了回来，再次高倡唐诗主情取兴的创作范式，开启了明清两代尊唐崇宋的诗学争论与创作实践，直接影响了明清诗歌的走向。

在元代，地位最高的依然是文章，其次是诗。元代文章上承宋金下启

---

[1] 《全元文》全书共一千八百八十卷，收录作者三千一百四十余人，文章三万五千余篇，约两千八百余万字。《全元诗》收入近五千位元代诗人流传至今的约十四万首诗篇，两千多万字。元代诗文别集，现存约有四百五十种以上，已佚的约四百二十五种。由此可见元代诗文创作的数量之可观。
[2] 陈垣：《陈垣史学论著选》，上海人民出版社1981年版，第179~180页。
[3] 郑振铎：《插图本中国文学史》，人民文学出版社1957年版，第750~754页。

明清，是中国文章发展史上不可或缺的重要环节，虽然未形成唐宋文章那样的高峰，但也形成了元代文章的独特风貌。元末戴良认为：

> 故自周衰，圣人之遗言既熄，诸子杂家并起而汩乱之。汉兴，董生、司马迁、扬雄、刘向之徒出，而斯文始近于古。迨其后也，曹、刘、沈、谢之刻镂，王、杨、卢、骆之绝艳，又靡然于当时。至唐之久，而昌黎韩子以道德仁义之言起而麾之，然后斯文几于汉。奈何元气仅还，而剥丧戕贼，已浸淫于五代之陋。直至宋之刘、杨，犹务抽青媲白，错绮交绣以自炫。后七十余年，庐陵欧阳氏又起而麾之，而天下文章复侔于汉、唐之盛。未几，欧志弗克遂伸，学者又习于当时之所谓经义者，分裂牵缀，气日以卑。而南渡之末，卒至经学、文艺判为专门，士风颓弊于科举之业。而我朝舆地之广，旷古所未有，学士大夫乘其雄浑之气以为文者，固未易以一二数然。自天历以来，擅名于海内，惟蜀郡虞公、豫章揭公及金华柳公、黄公而已。盖四公之在当时，皆涵淳茹和，以鸣太平之盛治。其摛辞则拟诸汉、唐，说理则本诸宋氏，而学问则优柔于周之未衰。学者咸宗尚之，并称之曰虞、揭、柳、黄，而本朝之盛极矣。①

在创作主体方面，元代文章自始至终都存在创作群体的多元化倾向，尤其少数民族作家群与域外作家群的加入使得创作队伍更加多元化。在文章观念方面，元代文章在摒弃宋金后期文章重道轻文、滑易平弱等弊病的同时，更加具有包容性。元代初期北方文章的创作主体包括金代的遗民作家、世侯幕府群体作家及入仕元廷的作家；文章风格在并尊唐宋、上追秦汉文章的同时，呈现出雄健古朴的风格；文章主题方面则出现了兴亡之感和存史意识。元初南方文章的创作主体主要由遗民作家群构成；文章风格在批评宋代文章重道轻文、格气卑弱的同时，提倡文道并重，风格呈现多样化的趋向；文章主题中渗透着遗民们的悲剧性生命体验。在南北统一之后，南北作家出现了积极的交流，南北文风也开始融合。元代中期完成了

---

① （元）戴良：《夷白斋稿序》，《全元文》第53册，第245~246页。

南北文风的融合，形成了盛世文风。此时创作主体是多元群体共生的局面，有浙东群体、江西群体、北方作家群、奎章阁文人群体、少数民族作家群、域外文士群。文章观念方面也有了新的发展和超越，主张文道并重，并且文道关系和内涵有了新的延伸和超越，不仅"文"的独立性得到了突出，且"道"也不限于儒家的道德传统。元代中期的文章家以并尊唐宋、上追秦汉为旗帜，掀起了文章的复古思潮。文章风格则出现了多元化的特点，一方面有平易正大的文风，另一方面也保留了雄健古朴的文风。元代后期出现了不同地域群体的多元崛起和文风的多样化。元末战乱造成了地域的分裂，文章创作也打破了元代中期多元共生的局面，在不同的地域出现了多个地域创作群体。创作主体主要有依附张士诚的吴中作家群、依附朱元璋的浙东作家群、江西作家群，以及北方的元大都群体。吴中群体以玉山草堂和北郭士人群体为主，文章多描写作家个人的宴饮生活和闲适性情，当然也有批评现实的一面。浙东群体文人都有着强烈的用世精神，主张文章回归道统。北方的元大都作家群更多地受到了元代中期文章创作的影响。另外，江西作家群体也主要继承了元代中期文人的一些文章思想。

要之，从整个中国古代文学发展史来看，元代诗文是不容忽视，而且有着与其他朝代不同的特色的。

第二，元代词曲并行。与词体文学创作在宋代的兴盛相比，元词缺少宋词的深度与广度，在艺术上没有多少新的开拓，主要是承续前代的传统。虽然也取得了值得称道的成就，但始终无法与宋词相抗衡。此时散曲之作风头正健，方兴未艾，显示出这一新的诗歌样式的生命力，涌现了大量名家名作，成就辉煌。但词与曲有较深的"血缘关系"，彼此影响：散曲到后来逐渐雅化，借鉴诗词的手法与意境表现；词则反受曲的渗透，出现了散曲化的倾向。

第三，元代是中国戏曲文学的黄金时代。除杂剧外，元代戏曲还包括宋代以来流行于南方的南戏。戏曲的繁兴，与元代思想言论的相对自由、经济繁荣提供了物质和群众基础、蒙古统治者对戏曲歌舞的爱好与关注，以及大量文人流入市井参与杂剧创作等分不开。另外，元代戏曲的成就也与唐宋诗词的繁荣与小说等文体的发展关系密切。曲词依循的是诗词的传统，吸收了唐宋诗词的成就，才有了元代"诗剧"的成熟。元代戏曲也取用了小说的故事题材和演述体制等许多方面的优点以丰富自己的艺术表现。元末，北杂剧衰落，南戏吸收了北杂剧的一些优点，为明清传奇的繁荣奠定了基础。

第四，元代文言小说创作不够兴盛，但白话小说逐渐成熟，话本、讲史都很盛行，开创了以白话文写小说的先河，为明代拟话本和后来的白话长篇章回体小说发展开辟了广阔的道路。从明清小说发展的情况来看，市场和娱乐性的需求是催生小说发展的一个重要因素。代表明清小说发展成就的长篇章回小说，在明清拥有广泛的读者群，其中杰出者如《三国志演义》《水浒传》《西游记》《金瓶梅》《封神演义》《说岳全传》《隋唐演义》《雷峰塔传奇》《三侠五义》《八仙得道传》《七真祖师列仙传》《醒世姻缘传》《姑妄言》《儒林外史》《红楼梦》《歧路灯》《镜花缘》《魏忠贤小说斥奸书》《辽海丹忠录》《西游补》《水浒后传》《荡寇志》等，娱乐性也贯穿始终。如明中期神魔小说《西游记》，整部小说轻松诙谐，风趣的语言，无处不在的幽默，引人入胜而独具魅力，娱乐性极强。小说中的猪八戒，肥大，愚笨，好吃懒做，打小算盘、占小便宜，无甚本领却憨态可掬。如第三十二回写猪八戒被巡山的妖精捉住：

> 他见那些小妖齐上，慌了手脚，遮架不住，败了阵，回头就跑。原来是道路不平，未曾细看，忽被蓏萝藤绊了个跟跄。挣起来正走，又被一个小妖，睡倒在地，扳着他脚跟，扑的又跌了一个狗吃屎，被一群妖赶上按住，抓鬃毛，揪耳朵，扯着脚，拉着尾，扛扛抬抬，擒进洞去。[①]

八戒滑稽可笑、狼狈万状，在紧张的与妖魔鬼怪战斗的情节中平添了许多乐趣，令人忍俊不禁。

至此，古代白话小说进入文学史，并在整个文学体系中确立了自己的地位，这成为学术史上的一个重要事件。这样看来，在中国文学发展的大

---

① （明）吴承恩著，吴圣燮辑评：《西游记》上册，崇文书局2019年版，第272页。

势变局中,元代文学"转捩点"的意义,学界关注得还不够。元代文学的新变由何而来,给后世文学带来哪些影响,还有很多问题值得我们思考。

  要之,在元代,正是因为地有南北、人有华夷,多元文化碰撞融合,才改变了文坛格局;正是因为雅俗分流,不同命运文人的艺术创造才改变了文学的走向。本书力图在"多元文化—文人活动—文学格局"的三维体系中,解决元代文学研究现状中各板块之间存在着的各自叙述、互不关联、相互割裂的问题,希望为推进元代文学研究奉献绵薄之力,为相关研究提供方法论上的启示。当然,限于笔者的识力,本书存在着诸多粗疏之处,敬请读者批评指正!

参考文献

(一) 元人著作

(元) 丘处机:《磻溪集》,《北京图书馆古籍珍本丛刊》本。

(元) 马臻:《霞外诗集》,《元人十种诗》,《海王邨古籍丛刊》本。

(元) 耶律楚材撰,谢方点校:《湛然居士文集》,中华书局1986年版。

(元) 刘秉忠:《藏春集》,《北京图书馆古籍珍本丛刊》影印明天顺五年刻本。

(元) 郝经:《郝文忠公陵川文集》,《北京图书馆古籍珍本丛刊》本。

(元) 郝经撰,秦雪清点校:《郝文忠公陵川集》,山西人民出版社、山西古籍出版社2006年版。

(元) 戴良:《九灵山房集》,《四部丛刊》本。

(元) 迺贤:《金台集》,《元人十种诗》,《海王邨古籍丛刊》本。

(元) 迺贤:《河朔访古记》,《景印文渊阁四库全书》本。

(元) 许衡:《鲁斋遗书》,《北京图书馆古籍珍本丛刊》本。

(元) 余阙:《青阳先生文集》,《四部丛刊》续编本。

(元) 许衡著,王成儒点校:《许衡集》,东方出版社2007年版。

(元) 汪元量:《水云集》,清光绪《武林往哲遗著》本。

(元) 林景熙:《霁山文集》,明嘉靖十年刊本。

(元) 方凤著,方勇辑校:《方凤集》,浙江古籍出版社1993年版。

(元) 方回:《桐江续集》,《景印文渊阁四库全书》本。

(元) 方回:《桐江集》,《续修四库全书》本。

(元) 程端学:《积斋集》,《景印文渊阁四库全书》本。

(元) 张伯淳:《养蒙文集》,《景印文渊阁四库全书》本。

(元) 胡祗遹著,魏崇武等校点:《胡祗遹集》,吉林文史出版社2008

年版。

（元）虞集著，王颋点校：《虞集全集》，天津古籍出版社2007年版。

（元）虞集：《道园学古录》，《四部丛刊》本。

（元）虞集：《道园类稿》，《元人文集珍本丛刊》本。

（元）虞集：《道园遗稿》，《景印文渊阁四库全书》本。

（元）李庭：《寓庵集》，《续修四库全书》本。

（元）王恽撰，杨晓春点校：《玉堂嘉话》，中华书局2006年版。

（元）许有壬：《至正集》，《北京图书馆古籍珍本丛刊》本。

（元）马祖常：《石田先生文集》，中华书局1986年版。

（元）萨都剌：《萨天锡诗集》，《元人十种诗》，《海王邨古籍丛刊》本。

（元）萨都剌：《萨天锡集外诗》，《元人十种诗》，《海王邨古籍丛刊》本。

（元）萨都拉著，殷孟伦、朱广祁标点整理：《雁门集》，上海古籍出版社1982年版。

（元）丁鹤年：《鹤年先生诗集》，清光绪《琳琅密室丛书》本。

（元）王冕著，寿勤泽点校：《王冕集》，浙江古籍出版社1999年版。

（元）舒頔：《贞素斋集》，《景印文渊阁四库全书》本。

（元）姚燧著，查洪德编辑点校：《姚燧集》，人民文学出版社2011年版。

（元）吴澄：《吴文正集》，《景印文渊阁四库全书》本。

（元）赵孟頫：《松雪斋集》，《元人十种诗》，《海王邨古籍丛刊》本。

（元）张之翰：《西岩集》，《景印文渊阁四库全书》本。

（元）刘敏中：《中庵集》，《景印文渊阁四库全书》本。

（元）陆文圭：《墙东类稿》，《景印文渊阁四库全书》本。

（元）王恽：《秋涧先生大全文集》，《四部丛刊》本。

（元）程钜夫：《雪楼集》，《丛书集成续编》本。

（元）元明善：《清河集》，《丛书集成续编》本。

（元）欧阳玄：《圭斋文集》，《四部丛刊》本。

（元）曹伯启：《曹文贞公诗集》，《景印文渊阁四库全书》本。

（元）黄溍：《金华黄先生文集》，《四部丛刊》本。

（元）赵汸：《东山存稿》，《景印文渊阁四库全书》本。

（元）李存：《俟庵集》，《北京图书馆古籍珍本丛刊》本。

（元）揭傒斯著，李梦生标校：《揭傒斯全集》，上海古籍出版社 1985 年版。

（元）苏天爵著，陈高华、孟繁清点校：《滋溪文稿》，中华书局 1997 年版。

（元）牟巘：《陵阳集》，《景印文渊阁四库全书》本。

（元）舒岳祥：《阆风集》，《景印文渊阁四库全书》本。

（元）释来复：《澹游集》，《续修四库全书》本。

（元）释大䜣：《蒲室集》，《景印文渊阁四库全书》本。

（元）释圆至：《牧潜集》，清光绪《武林往哲遗著》本。

（元）释善住：《谷响集》，《景印文渊阁四库全书》本。

（元）释英：《白云集》，《景印文渊阁四库全书》本。

（元）唐元：《筠轩集》，《景印文渊阁四库全书》本。

（元）王礼：《麟原文集》，《景印文渊阁四库全书》本。

（元）孔齐撰，庄敏、顾新点校：《至正直记》，上海古籍出版社 1987 年版。

（元）陶宗仪：《南村辍耕录》，中华书局 1959 年版。

（元）吾衍：《闲居录》，《景印文渊阁四库全书》本。

（元）蒋子正：《山房随笔》，中华书局 1981 年版。

（元）王结：《文忠集》，《景印文渊阁四库全书》本。

（元）张翥：《蜕庵集》，《景印文渊阁四库全书》本。

（元）刘仁本：《羽庭集》，《景印文渊阁四库全书》本。

（元）刘诜：《桂隐文集》，《元人文集珍本丛刊》本。

（元）陈栎：《陈定宇先生文集》，《元人文集珍本丛刊》本。

（元）夏庭芝著，孙崇涛、徐宏图笺注：《青楼集笺注》，中国戏剧出版社 1990 年版。

（元）杨维桢：《铁崖古乐府》，《景印文渊阁四库全书》本。

（元）贡师泰：《玩斋集》，《景印文渊阁四库全书》本。

（元）李孝光：《五峰集》，《景印文渊阁四库全书》本。

（元）陈旅：《安雅堂集》，《景印文渊阁四库全书》本。

（元）胡助：《纯白斋类稿》，《景印文渊阁四库全书》本。

（元）宋褧：《燕石集》，《北京图书馆古籍珍本丛刊》本。

（元）林弼：《林登州集》，《北京图书馆古籍珍本丛刊》本。

（元）顾瑛辑，杨镰、叶爱欣整理：《玉山名胜集》，中华书局2008年版。

（元）顾瑛辑，杨镰、祁学明、张颐青整理：《草堂雅集》，中华书局2008年版。

（元）苏天爵编：《元文类》，上海古籍出版社1993年版。

（元）苏天爵辑撰，姚景安点校：《元朝名臣事略》，中华书局1996年版。

（元）周霆震：《石初集》，《豫章丛书》本，江西教育出版社2006年版。

（元）徐明善：《芳谷集》，《豫章丛书》本，江西教育出版社2006年版。

（元）徐瑞：《松巢漫稿》，《豫章丛书》本，江西教育出版社2006年版。

（元）甘复：《山窗余稿》，《豫章丛书》本，江西教育出版社2006年版。

（元）吴皋：《吾吾类稿》，《豫章丛书》本，江西教育出版社2006年版。

（元）王祎：《王忠文集》，《景印文渊阁四库全书》本。

（元）陈基：《夷白斋稿》，《四部丛刊》三编本。

（清）张景星等编选：《元诗别裁集》，上海古籍出版社1979年版。

（清）顾嗣立编：《元诗选》初集、二集、三集，中华书局1987年版。

（清）顾嗣立、席世臣编：《元诗选》癸集，中华书局2000年版。

（清）顾奎光编，（清）陶瀚、陶玉禾评：《元诗选》，清乾隆十六年刻本。

李修生主编：《全元文》，凤凰出版社（江苏古籍出版社）2001~2006年版。

杨镰主编：《全元诗》，中华书局2013年版。

唐圭璋编：《全金元词》，中华书局1979年版。

隋树森编：《全元散曲》，中华书局1964年版。

王季思主编：《全元戏曲》，人民文学出版社1999年版。

徐征等主编：《全元曲》，河北教育出版社1998年版。

姚奠中主编，李正民增订：《元好问全集》，山西古籍出版社2004年版。

丁生俊编注：《丁鹤年诗辑注》，天津古籍出版社1987年版。

胥惠民、张玉声、杨镰辑注：《贯云石作品辑注》，新疆人民出版社1986年版。

王文才校注：《白朴戏曲集校注》，人民文学出版社1986年版。

(二) 相关古籍

(唐) 李延寿：《南史》，中华书局 1975 年版。

(宋) 欧阳修等：《新唐书》，中华书局 1975 年版。

(元) 脱脱等：《宋史》，中华书局 1977 年版。

(元) 脱脱等：《金史》，中华书局 1975 年版。

(明) 宋濂等：《元史》，中华书局 1976 年版。

(清) 张廷玉等：《明史》，中华书局 1974 年版。

(晋) 陶渊明著，逯钦立校注：《陶渊明集》，中华书局 1979 年版。

(晋) 陆机著，张少康集释：《文赋集释》，人民文学出版社 2002 年版。

(南朝梁) 钟嵘撰，曹旭集注：《诗品集注》，上海古籍出版社 1994 年版。

周振甫：《文心雕龙今译》，中华书局 1986 年版。

(南朝陈) 徐陵编，(清) 吴兆宜注，(清) 程琰删补，穆克宏点校：《玉台新咏笺注》，中华书局 1985 年版。

(唐) 杜甫撰，(清) 仇兆鳌详注：《杜诗详注》，上海古籍出版社 1992 年版。

(唐) 韩愈：《韩昌黎全集》，中国书店 1998 年版。

(唐) 皎然撰，李壮鹰校注：《诗式校注》，人民文学出版社 2003 年版。

〔日〕遍照金刚撰，卢盛江校考：《文镜秘府论汇校汇考》，中华书局 2006 年版。

(五代) 赵崇祚编，华连圃注：《花间集注》，商务印书馆 1935 年版。

(宋) 陆游著，钱仲联校注：《剑南诗稿校注》，上海古籍出版社 1985 年版。

(宋) 程颢、程颐著，王孝鱼点校：《二程集》，中华书局 1981 年版。

(宋) 苏轼著，(清) 王文诰辑注，孔凡礼点校：《苏轼诗集》，中华书局 1982 年版。

(宋) 苏轼著，孔凡礼点校：《苏轼文集》，中华书局 1986 年版。

(宋) 周密编纂，邓乔彬等撰：《绝妙好词译注》，上海古籍出版社 2000 年版。

(宋) 朱熹、吕祖谦编，查洪德注译：《近思录》，中州古籍出版社 2004

年版。

（宋）魏庆之编：《诗人玉屑》，上海古籍出版社1978年版。

（宋）严羽撰，郭绍虞校释：《沧浪诗话校释》，人民文学出版社1983年版。

（宋）郑樵：《通志》，中华书局1995年版。

（宋）郭茂倩编：《乐府诗集》，中华书局1979年版。

（宋）朱熹著，郭齐、尹波点校：《朱熹集》，四川教育出版社1996年版。

（宋）朱熹：《晦庵先生朱文公文集》，《四部丛刊》本。

（宋）陆九渊著，钟哲点校：《陆九渊集》，中华书局1980年版。

（元）方回选评，李庆甲集评校点：《瀛奎律髓汇评》，上海古籍出版社1986年版。

（元）马端临：《文献通考》，中华书局1986年版。

傅璇琮主编：《唐才子传校笺》，中华书局1987~1990年版。

额尔登泰、乌云达赉校勘：《蒙古秘史校勘本》，内蒙古人民出版社2007年版。

（明）孙原理辑：《元音》，中国书店1989年版。

（明）王骥德著，陈多、叶长海注释：《王骥德曲律》，湖南人民出版社1993年版。

（明）胡应麟：《诗薮》，上海古籍出版社1979年版。

（明）谢榛著，宛平校点：《四溟诗话》，人民文学出版社1998年版。

（明）汤显祖著，徐朔方笺校：《汤显祖全集》，北京古籍出版社1999年版。

（明）高棅编：《唐诗品汇》，《景印文渊阁四库全书》本。

（明）杨慎：《词品》，人民文学出版社1960年版。

（明）冯从吾：《元儒考略》，清光绪《知服斋丛书》本。

（清）黄宗羲等：《宋元学案》，中华书局1986年版。

（清）沈时栋编：《古今词选》，康熙五十五年锄经书屋刻本。

（清）朱彝尊编，（清）汪森增订：《词综》，上海古籍出版社1978年版。

（清）况周颐原著，孙克强辑考：《蕙风词话·广蕙风词话》，中州古籍出版社2003年版。

（清）况周颐撰，屈兴国辑注：《蕙风词话辑注》，江西人民出版社

2000年版。

（清）吴文溥：《南野堂笔记》，中华国粹书社1912年版。

（清）赵翼著，霍松林、胡主佑校点：《瓯北诗话》，人民文学出版社1963年版。

（清）黄虞稷撰，瞿凤起、潘景郑整理：《千顷堂书目》，上海古籍出版社1990年版。

（清）彭定求等编：《全唐诗》（增订本），中华书局1999年版。

（清）于敏中等编纂：《日下旧闻考》，北京古籍出版社1981年版。

（清）永瑢等：《四库全书总目》，中华书局1963年版。

（清）王梓材、冯云濠辑：《宋元学案补遗稿本》，北京图书馆出版社2000年版。

（清）张宗橚编，杨宝霖补正：《词林纪事·词林纪事补正合编》，上海古籍出版社1998年版。

（清）丁传靖编：《宋人轶事汇编》，中华书局1981年版。

（清）厉鹗辑：《宋诗纪事》，上海古籍出版社1983年版。

艾荫范等注释：《唐宋诗醇》，春风文艺出版社1995年版。

（清）刘熙载：《艺概》，上海古籍出版社1978年版。

（清）张豫章编：《御选宋金元明四朝诗》，《景印文渊阁四库全书》本。

（清）王夫之等撰，丁福保编：《清诗话》，上海古籍出版社1999年版。

（三）今人著作

柯劭忞等：《新元史》，吉林人民出版社1995年版。

白寿彝主编：《中国通史》，上海人民出版社1997年版。

包根弟：《元诗研究》，台湾幼狮文化事业公司1978年版。

北京图书馆编：《北京图书馆古籍善本书目》，书目文献出版社1989年版。

北京大学哲学系美学教研室编：《中国美学史资料选编》，中华书局1981年版。

北京师范大学古籍所编：《元代文化研究》，北京师范大学出版社2001年版。

北京师范大学中文系文艺理论教研室编著：《中国古代文论选注》，陕西人民出版社1983年版。

蔡美彪：《辽金元史考索》，中华书局2012年版。

蔡镇楚：《中国诗话史》，湖南文艺出版社1988年版。

曹顺庆等：《中国古代文论话语》，巴蜀书社2001年版。

陈得芝：《蒙元史研究丛稿》，人民出版社2005年版。

陈高华：《元史研究论稿》，中华书局1991年版。

陈高华：《元史研究新论》，上海社会科学院出版社2005年版。

陈西进编著：《蒙元王朝征战录（公元1162—1279年）》，昆仑出版社2007年版。

陈垣：《陈垣史学论著选》，上海人民出版社1981年版。

陈垣编著，陈智超、曾庆瑛校补：《道家金石略》，文物出版社1988年版。

陈垣：《元西域人华化考》，北京师范大学出版社1982年版。

陈垣：《南宋初河北新道教考》，中华书局1962年版。

陈衍辑撰，李梦生点校：《元诗纪事》，上海古籍出版社1987年版。

陈植锷：《诗歌意象论》，中国社会科学出版社1990年版。

陈尚君辑校：《全唐诗补编》，中华书局1992年版。

陈鼓应注译：《庄子今注今译》，中华书局1983年版。

陈鼓应注译：《老子今注今译》，商务印书馆2003年版。

程俊英、蒋见元：《诗经注析》，中华书局1991年版。

邓绍基主编：《元代文学史》，人民文学出版社1991年版。

邓绍基选注：《金元诗选》，人民文学出版社2005年版。

樊美筠：《中国传统美学的当代阐释》，北京大学出版社2006年版。

方智范等：《中国词学批评史》，中国社会科学出版社1994年版。

方勇：《南宋遗民诗人群体研究》，人民出版社2000年版。

费孝通等：《中华民族多元一体格局》，中央民族学院出版社1989年版。

冯友兰著，赵复三译：《中国哲学简史》，天津社会科学院出版社2005年版。

符海朝：《元代汉人世侯群体研究》，河北大学出版社2007年版。

高人雄：《古代少数民族诗词曲家研究》，民族出版社2003年版。
高永年：《中国叙事诗研究》，江苏教育出版社2002年版。
谷志科、宋文主编：《邢州学派》，中国文联出版社2008年版。
顾易生、蒋凡、刘明今：《宋金元文学批评史》，上海古籍出版社1996年版。
郭预衡：《中国散文史》，上海古籍出版社1986~1999年版。
郭绍虞：《中国文学批评史》，上海古籍出版社1979年版。
郭绍虞主编：《中国历代文论选》，上海古籍出版社1979年版。
郭英德、谢思炜等：《中国古典文学研究史》，中华书局1995年版。
郝时远、罗贤佑主编：《蒙元史暨民族史论集——纪念翁独健先生诞辰一百周年》，社会科学文献出版社2006年版。
韩儒林主编：《元朝史》，人民出版社2008年版。
韩经太：《理学文化与文学思潮》，中华书局1997年版。
侯外庐、邱汉生、张岂之主编：《宋明理学史》，人民出版社1984年版。
贺西林、赵力编著：《中国美术史简编》，高等教育出版社2003年版。
黄拔荆：《中国词史》，福建人民出版社2003年版。
黄惇：《中国书法史·元明卷》，江苏教育出版社2002年版。
黄中祥：《哈萨克英雄史诗与草原文化》，中央编译出版社2007年版。
蒋寅：《古典诗学的现代诠释》，中华书局2003年版。
金元浦主编：《中国文化概论》，首都师范大学出版社1999年版。
金开诚、董洪利、高路明：《屈原集校注》，中华书局1996年版。
〔日〕吉川幸次郎著，李庆等译：《宋元明诗概说》，中州古籍出版社1987年版。
方孝岳：《中国文学批评》，生活·读书·新知三联书店1986年版。
朗樱、扎拉嘎主编：《中国各民族文学关系研究》，贵州人民出版社2005年版。
李炳海：《民族融合与中国古代文学》，东北师范大学出版社1997年版。
李昌集：《中国古代散曲史》，华东师范大学出版社1991年版。
李舜臣、欧阳江琳：《"汉廷老吏"虞集》，江西高校出版社2006年版。
李新宇：《元代辞赋研究》，中国社会科学出版社2008年版。

李修生、查洪德主编：《20世纪中国文学研究·辽金元文学研究》，北京出版社2001年版。

李泽厚：《美的历程》，中国社会科学出版社1984年版。

李治安：《忽必烈传》，人民出版社2004年版。

李文禄、刘维治主编：《古代咏花诗词鉴赏辞典》，吉林大学出版社1990年版。

李时人主编：《古今山水名胜诗词辞典》，陕西人民出版社1991年版。

李正民、董国炎主编：《辽金元文学研究》，文化艺术出版社1999年版。

梁申威等编著：《禅词妙趣》，山西人民出版社2006年版。

梁启超：《中国近三百年学术史》，北京市中国书店1985年版。

梁庭望、张公瑾主编：《中国少数民族文学概论》，中央民族大学出版社1998年版。

廖奔：《中国古代剧场史》，中州古籍出版社1997年版。

莫砺锋：《朱熹文学研究》，南京大学出版社2000年版。

敏泽：《中国文学理论批评史》，人民文学出版社1981年版。

敏泽：《中国美学思想史》，齐鲁书社1989年版。

廖奔、刘彦君：《中国戏曲发展史》，山西教育出版社2000年版。

郭绍虞、钱仲联、王遽常编：《万首论诗绝句》，人民文学出版社1991年版。

刘毓盘：《词史》，上海书店1985年版。

刘大杰：《中国文学发展史》，复旦大学出版社2006年版。

刘嘉伟：《元代多族士人圈的文学活动与元诗风貌》，人民出版社2016年版。

刘明今：《辽金元文学史案》，上海古籍出版社2004年版。

刘德重、张寅彭：《诗话概说》，中华书局1990年版。

刘正民、星汉、许征选注：《西域少数民族诗选》，新疆人民出版社1987年版。

逯钦立辑校：《先秦汉魏晋南北朝诗》，中华书局1983年版。

陆玉林：《传统诗词的文化解释》，中国社会科学出版社2003年版。

罗斯宁：《元杂剧和元代民俗文化》，广东高等教育出版社2007年版。

马建春：《元代东迁西域人及其文化研究》，民族出版社 2003 年版。
缪钺：《诗词散论》，上海古籍出版社 1982 年版。
么书仪：《元代文人心态》，文化艺术出版社 1993 年版。
孟繁清等：《金元时期的燕赵文化人》，河北人民出版社 2004 年版。
南京大学历史系元史研究室编：《元史论集》，人民出版社 1984 年版。
牛海蓉：《元初宋金遗民词人研究》，中国社会科学出版社 2007 年版。
欧阳光：《宋元诗社研究丛稿》，广东高等教育出版社 1996 年版。
潘清：《元代江南民族重组与文化交融》，凤凰出版社 2006 年版。
潘天寿：《中国绘画史》，上海人民美术出版社 1983 年版。
彭国忠：《元祐词坛研究》，华东师范大学出版社 2002 年版。
漆绪邦主编：《中国散文通史》，吉林教育出版社 1996 年版。
邱树森主编：《元史辞典》，山东教育出版社 2002 年版。
钱穆：《中国近三百年学术史》，中华书局 1986 年版。
钱穆：《中国文化史导论》，商务印书馆 1994 年版。
钱基博：《中国文学史》，中华书局 1993 年版。
钱仲联等撰：《元明清词鉴赏辞典》，上海辞书出版社 2002 年版。
孙克强编著：《唐宋人词话》，河南文艺出版社 1999 年版。
孙克强：《雅俗之辨》，华文出版社 1997 年版。
孙克宽：《元代汉文化之活动》，台湾中华书局 1986 年版。
史伟：《宋元之际士人阶层分化与诗学思想研究》，人民文学出版社 2013 年版。
上海古籍出版社编辑部：《宋元笔记小说大观》，上海古籍出版社 2007 年版。
施蛰存主编：《词籍序跋萃编》，中国社会科学出版社 1994 年版。
施蛰存、陈如江辑录：《宋元词话》，上海书店出版社 1999 年版。
史卫民：《元代社会生活史》，中国社会科学出版社 1996 年版。
陶尔夫、刘敬圻：《南宋词史》，黑龙江人民出版社 2005 年版。
陶然：《金元词通论》，上海古籍出版社 2001 年版。
陶秋英编选，虞行校订：《宋金元文论选》，人民文学出版社 1984 年版。
唐圭璋编纂，王仲闻参订，孔凡礼补辑：《全宋词》，中华书局 1999

年版。

唐圭璋编:《词话丛编》，中华书局1986年版。

唐圭璋等校点:《唐宋人选唐宋词》，上海古籍出版社2004年版。

唐圭璋编著:《宋词纪事》，上海古籍出版社1982年版。

王国维:《宋元戏曲史》，上海古籍出版社1998年版。

王国维:《人间词话》，上海古籍出版社1998年版。

王明荪:《元代的士人与政治》，台湾学生书局1995年版。

王荣:《中国现代叙事诗史》，中国社会科学出版社2004年版。

王叔磐、孙玉溱、张凤翔等选注:《元代少数民族诗选》，内蒙古人民出版社1981年版。

王先霈:《中国古代诗学十五讲》，北京大学出版社2007年版。

王运熙、顾易生主编:《中国文学批评通史》，上海古籍出版社1996年版。

王德毅、李荣村、潘柏澄编:《元人传记资料索引》，中华书局1987年版。

王超等主编:《古诗词轶事传说》，河南人民出版社2002年版。

翁独健主编:《中国民族关系史纲要》，中国社会科学出版社1990年版。

吴相洲:《唐代歌诗与诗歌》，北京大学出版社2000年版。

伍伟民、蒋见元:《道教文学三十谈》，上海社会科学院出版社1993年版。

夏晓虹编校:《中国现代学术经典·梁启超卷》，河北教育出版社1996年版。

肖驰:《中国诗歌美学》，北京大学出版社1986年版。

肖占鹏主编:《隋唐五代文艺理论汇编评注》，南开大学出版社2002年版。

萧君和主编:《中华民族史》，黑龙江教育出版社2001年版。

萧启庆:《内北国而外中国：蒙元史研究》，中华书局2007年版。

徐复观:《中国艺术精神》，春风文艺出版社1987年版。

徐谦:《诗词学》，商务印书馆1926年版。

徐子方:《挑战与抉择——元代文人心态史》，河北教育出版社2001

年版。

徐远和:《理学与元代社会》,人民出版社 1992 年版。

杨光辉:《萨都剌生平及著作实证研究》,高等教育出版社 2005 年版。

杨镰:《元西域诗人群体研究》,新疆人民出版社 1998 年版。

杨镰:《元诗史》,人民文学出版社 2003 年版。

杨镰:《元代文学编年史》,山西教育出版社 2005 年版。

杨伯峻译注:《论语译注》,中华书局 1980 年版。

杨伯峻译注:《孟子译注》,中华书局 2004 年版。

杨义:《重绘中国文学地图》,中国社会科学出版社 2003 年版。

杨志玖:《元代回族史稿》,南开大学出版社 2004 年版。

黄叔琳注,李详补注,杨明照校注拾遗:《增订文心雕龙校注》,中华书局 2000 年版。

殷义祥译注:《三曹诗选译》,巴蜀书社 1994 年版。

颜中其编注:《苏东坡轶事汇编》,岳麓书社 1984 年版。

〔美〕叶维廉:《中国诗学》,生活·读书·新知三联书店 1992 年版。

易晓闻:《中国古代诗法纲要》,齐鲁书社 2005 年版。

余冠英编:《汉魏六朝诗选》,人民文学出版社 1958 年版。

余来明主编:《中国文学编年史·元代卷》,湖南人民出版社 2006 年版。

余来明:《元代科举与文学》,武汉大学出版社 2013 年版。

袁行霈:《中国诗歌艺术研究》,北京大学出版社 1996 年版。

袁行霈、孟二冬、丁放:《中国诗学通论》,安徽教育出版社 1994 年版。

袁行霈主编:《中国文学史》,高等教育出版社 1999 年版。

云峰:《元代蒙汉文学关系研究》,民族出版社 2005 年版。

曾永义编辑:《元代文学批评资料汇编》,台湾成文出版社 1978 年版。

祖保泉:《司空图诗品解说》,安徽人民出版社 1980 年版。

查洪德、李军:《元代文学文献学》,中国社会科学出版社 2002 年版。

查洪德:《理学背景下的元代文论与诗文》,中华书局 2005 年版。

查洪德主编:《中国古代诗文名著提要·金元卷》,河北教育出版社 2009 年版。

查洪德:《元代诗学通论》,北京大学出版社 2014 年版。

詹锳义证:《文心雕龙义证》,上海古籍出版社1989年版。

詹福瑞:《中古文学理论范畴》,河北大学出版社1997年版。

詹石窗:《南宋金元的道教》,上海古籍出版社1989年版。

詹石窗:《道教文学史》,上海文艺出版社1992年版。

詹石窗:《南宋金元道教文学研究》,上海文化出版社2001年版。

张伯伟:《中国古代文学批评方法研究》,中华书局2002年版。

张晶:《辽金元诗歌史论》,吉林教育出版社1995年版。

张少康:《中国文学理论批评史教程》,北京大学出版社1999年版。

张毅:《中国文学通览·元代卷》,中华书局1997年版。

张毅:《宋代文学思想史》,中华书局2006年版。

张毅:《中国古代文学发展史》,南开大学出版社2003年版。

张迎胜:《元代回族文学家》,人民出版社2004年版。

张葆全:《诗话和词话》,上海古籍出版社1983年版。

郑振铎:《插图本中国文学史》,北京出版社1999年版。

张璋等编纂:《历代词话》,大象出版社2002年版。

张璋等编纂:《历代词话续编》,大象出版社2005年版。

钟陵编著:《金元词纪事会评》,黄山书社1995年版。

周振甫译注:《周易译注》,中华书局1991年版。

周伟民:《明清诗歌史论》,吉林教育出版社1995年版。

涂云清:《蒙元统治下的士人及其经学发展》,台湾大学出版中心2012年6月版。

赵敏俐、吴相洲、刘怀荣等:《中国古代歌诗研究》,北京大学出版社2005年版。

赵琦:《金元之际的儒士与汉文化》,人民出版社2004年版。

赵维江:《金元词论稿》,中国社会科学出版社2000年版。

周良霄、顾菊英:《元史》,上海人民出版社2003年版。

中华书局编辑部:《宋元明清书目题跋丛刊》,中华书局2006年版。

中国戏曲研究院编:《中国古典戏曲论著集成》(第2集),中国戏剧出版社1959年版。

朱汉民等:《中国学术史·宋元卷》,江西教育出版社2001年版。

朱良志：《中国美学十五讲》，北京大学出版社 2006 年版。

朱荣智：《元代文学批评之研究》，台湾联经出版事业公司 1982 年版。

朱光潜：《诗论》，安徽教育出版社 1997 年版。

宗白华：《美学与意境》，人民文学出版社 1987 年版。

〔美〕刘若愚著，杜国清译：《中国文学理论》，江苏教育出版社 2005 年版。

《欧美古典作家论现实主义和浪漫主义》，中国社会科学出版社 1980 年版。

（四）论文

萧启庆：《元朝多族士人的雅集》，《中国文化研究所学报》1997 年第 6 期。

萧启庆：《元代蒙古、色目士人层的形成与发展》，北京大学中国传统文化研究中心编：《文化的馈赠——汉学研究国际会议论文集》（史学卷），北京大学出版社 2000 年版。

萧启庆：《元代科举中的多族师生与同年》，《中华文史论丛》2010 年第 1 期。

李修生：《元代文化刍议》，《殷都学刊》1999 年第 1 期。

查洪德：《元代作家队伍的雅俗分流》，《西南民族大学学报》2009 年第 12 期、《新华文摘》2010 年第 8 期。

查洪德：《"海宇混一"鼓舞下的元代盛世文风》，《南开学报》2008 年第 4 期。

查洪德：《元代文学的多元丰富性》，《光明日报》2008 年 8 月 1 日。

查洪德：《元代文学史研究再审视》，《陕西师范大学学报》2010 年第 5 期。

左东岭：《元代文化与元代文学》，《郑州大学学报》1991 年第 1 期。

左东岭：《元明之际的种族观念与文人心态及相关的文学问题》，《文学评论》2008 年第 5 期。

杨镰：《元诗文献研究》，《文学遗产》2002 年第 1 期。

杨镰：《元代文学的终结：最后的大都文坛》，《文学遗产》2004 年第

6 期。

郭万金：《元代文化生态平议》，《民族文学研究》2008 年第 1 期。

邱江宁：《奎章阁文人与元代文坛》，《文学评论》2009 年第 1 期。

蒲宏凌：《关于元诗》，《文学评论》2010 年第 6 期。

门岿：《元代蒙古族及色目诗人考辨》，《文学遗产》1988 年第 5 期。

门岿：《论元代女真族和契丹族诗人及其诗作》，《中央民族学院学报》1989 年第 4 期。

蒋寅：《古典诗学中"清"的概念》，《中国社会科学》2000 年第 1 期。

张晶：《论少数民族诗人在元代中后期诗风丕变中的作用》，《民族文学研究》1997 年第 1 期。

李治安：《元代汉人受蒙古文化影响考述》，《历史研究》2009 年第 1 期。

展龙：《试论元末汉族士大夫的民族认同意识》，《内蒙古社会科学》2008 年第 6 期。

费孝通：《人的研究在中国——个人的经历》，《读书》1990 年第 10 期。

姚大力：《中国历史上的民族关系与国家认同》，《中国学术》2002 年第 4 期。

方克立：《费孝通与"和而不同"文化观》，《中国社会科学院研究生院学报》2006 年第 6 期。

刘俐俐：《"美人之美"为宗旨的民族文学理论与方法的几个论域》，《文艺理论研究》2010 年第 1 期。

方龄贵：《关于元史研究的几个问题》，《社会科学战线》1986 年第 4 期。

山西省考古研究所：《山西运城西里庄元代壁画墓》，《文物》1988 年第 4 期。

云峰：《论蒙古民族及其文化对元杂剧繁荣兴盛之影响》，《内蒙古师范大学学报》2003 年第 4 期。

扎拉嘎：《北方少数民族对中国文学的贡献》，《社会科学战线》2003 年第 3 期。

刘嘉伟：《元代萨林诗人金哈剌刍议》，《文学遗产》2016 年第 3 期。

刘嘉伟：《"三美一同"理念观照下的元代多民族文学活动》，《内蒙古社会科学》2016 年第 2 期。

刘嘉伟:《元代江南多族士人圈的地域特色》,《浙江工商大学学报》2016年第1期。

刘嘉伟:《试析元代多族士人圈的文化认同》,《西北民族研究》2015年第2期。

刘嘉伟:《贯云石、薛昂夫等西域曲家的英雄情结》,《民族文学研究》2014年第5期。

刘嘉伟:《元大都多族士人圈的互动与元代清和诗风》,《文学评论》2011年第4期。